U0917888

陕西文学六十年作品选（1954—2014）

长篇小说卷

（七）

陕西出版传媒集团
陕西人民出版社

目　录

月亮的环形山（节选）

李天芳　晓雷

【作者简介】李天芳，女，陕西省作家协会会员，国家一级作家、中国作协全国委员，原陕西省文联副主席、陕西妇女文化研究会会长，享受国务院政府津贴专家。

从1964年在《人民文学》发表散文处女作以来，开始文学创作。现已出版散文集、小说集、长篇小说、随笔、报告文学十余部，约300万字。主要作品：长篇小说《月亮的环形山》；小说散文集《秘密》；中短篇小说集《爱的未知数》；小说集《偶然》；散文集《种一片太阳花》《延安散记》《绿酒杯》《山连着山》《李天芳近作选》《李天芳散文选》等多部，在全国各地获奖20余种。有多篇散文、优秀篇章被全国统编大学、中学、小学教材长期采用，被各类新闻、函授、文学讲习班在全国20多个省市讲授，被中央和地方电台作为保留文学节目多次播诵，被《中国新文学大系》《中国当代散文鉴赏》《中国当代美文精选》《二十世纪女作家散文精品》等数十种海内外各种选本收编。文学经历和成就，已被《中国文学家辞典》《中国女作家辞典》《新中国文学辞典》《世界华人作家辞典》等多种权威性辞书列入词条。

晓雷，陕西合阳人，中国作家协会会员，编审，陕西省作家协会副主席，国务院特殊津贴专家。著有抒情诗集《豆蔻年华》《依依后土》《飘逸的香乐神》，叙事长诗《脚夫的爱情》，抒情长诗《天命》《能源放歌》，纪实散文集《南飞雁》《在那遥远的地方》《文学的奥林匹克》《经历好莱坞》，系列中篇小说集《苦爱三部曲》，长篇小说《月亮的环形山》等。文学作品被选入数十种选本，获奖十数次；书法作品多次参展，多次由报纸和刊物发表，出版专辑，选入各种书画集，由大陆、香港、台湾等地以及美国、日本、马来西亚等国广泛收藏。其创作业绩收入各种辞书、名录。

第一章

走出赤安市政府文教局的大门，梁相谦长长地叹一口气：完了！一股从未有过的失望情绪控制着他，压迫着他。其实，刚才在分配办公室，黄秘书那张薄薄的嘴唇一启："我们已经研究定了，请您到光明中学去。"梁相谦的心就不由自主地呻吟了一声。失望像猛然间吹来的冷风，使他浑身发凉发木。他脸上的神色大约很难看很古怪吧？黄秘书诧异地望着，一双小眼睛不解地问："怎么，你不乐意去？光明中学可是全市首屈一指的重点中学，不是谁想去就可以去。有人想去就是不能去，我们是经过反复挑选才让你去的哩……"

梁相谦的嘴唇动了动，想说的话，从他的喉梗里冒出来，在口腔里打了一个转，终于又咽了下去。并非他瞧不起中学教育，瞧不起教师这一行，只是他痛切感觉到，走进学校的大门，就和他的意愿南辕北辙，尤其走进的愈是重点，愈是赫赫有名的学校，离他梦寐求索的目标就更加遥远！事情就是这样！文教局怎么就一点也不理解他，体察他，不给予他些许的关照呢？

初中毕业的时候，没有报考普通的高级中学，而上中等师范学校，仅仅因为家庭穷困。高中是私费，除了交学费，每星期还得从家里背馍。一星期一口袋蒸馍，对他的母亲是一个沉重的负担。而师范学校却管吃，这对家贫如洗的梁相谦，就足够了，就足以使他安心苦读了。

在家乡，农民父兄把教书先生当作圣人，把教书生涯当作神圣的事业。教书先生的饭，是全村各家各户轮流送的。盛饭的器皿也特别，一个特制的白铁罐儿装着流食，一个木制的油漆提盒里装着菜蔬和蒸食。不管轮到谁家，不管家境如何，乡里人总要倾其所有，花样翻新。那只小木盒里，不断变换的食品，是农家妇女的巧手做出的馍饨、水饺、懒麻食、猫耳朵、猴儿脸……“吃罐罐饭的”，成了教书先生的别称。谁家的孩子长成大人后能吃上罐罐饭，那一定是祖上积了阴德，连父母兄弟都会觉得无上荣耀。

梁相谦的父母累死累活，挣断筋骨也要供儿子上学念书，目的是希望儿子能挤进教书先生的行列，而儿子却压根儿不企求这种尊荣，压根儿不想去当吃罐罐饭的教书先生，他暗暗立志，要做一个他母亲根本不知为何物的行吟诗人……

当时，他只敢把这个心愿向他姑姑的儿子吐露。那个小表兄曾经念完高中，又考上西北建筑学院，是文化最高的人。他对梁相谦出主意说，上师范的人，只要学得好，还可以继续考高等师范院校。而大学，在梁相谦看来，那是通向诗坛的必由之路。他渴望接受高等教育。于是，他抱定命运之神特别光顾的信念，投靠关中师范。三年期满，他果然遇上好机会，应届毕业的师范学生中要抽百分之七的优秀生上高等师院，他考进西北师范大学。

那一年全国不设保送生，但他实际上是保送进了大学。考试只是象征意义，他没有费太大的力气，就跨进西北第一流的高等师范学府。这真是一个奇妙的读书的世界。敞亮的教学楼，幽静的林荫路，五彩缤纷的花园和绿叶茵茵的草坪……哪里都是默诵静读的好环境。特别是那座巍峨雄伟的图书楼，藏着数以万计的书籍，订着无所不有的报刊，坐在那备有小小台灯的阅读桌上，苦读中外古今的诗篇，潜心地琢磨，潜心地领会，变成自己的血，化成自己的肉，那是再愉快不过的事情了……

毕业的时候，他选择了深藏在黄土塬中的这座山城。他认为这是一片出诗的土地。只要在这块土地上耕耘，就必定能结出诗的硕果，稍许给他一个起码的条件就成。他向往的是赤安歌舞团。他在省城看过这个歌舞团的演出，被那些独具特色的陕北民歌和陕北舞蹈深深地震撼过。那奔放的、飞腾的、爆发生命力的陕北腰鼓舞，那优美的、抒情的、如火焰如流水的陕北扇子舞、那缠绵的、悠扬的而又略显忧伤的陕北信天游，都是世界上最美的艺术，因为它们都饱含着给人以无限想象的诗意。特别是那些信天游，其形象的鲜明，比兴的奇特，感情的真挚，旋律的有没，语言的生动活泼，在梁相谦看来都是无与伦比的。从那个时候起，可以说，他的魂灵就被这个团勾去了，要能去这里写诗写歌，就是最大的幸福……

他热切地巴望赤安市文教局体察他，关注他，给他一点切实的帮助，这帮助在他们是轻而易举的，对他，对他的未来和一生却至关重要。

昨天晚上，接到文教局要他去谈话的同志，他迷迷糊糊一夜都睡不着觉。决定他命运的时刻到了，他就像第一次要去上学的儿童，有一种陌生的游动和快活。天不亮就跳下床，离开招待所，早早地徘徊在文教局门口，准备迎接他的福音……

好不容易黄飞鹏按时上班来了，把他让进门，用商量的而又亲切热情的语气说："梁相谦同志，我们研究过了，想请你去市歌舞团创作组当编剧，写歌词什么的，不知你愿不愿意？"

"太愿意了……"梁相谦由于冲动和亢奋，冲口答应着。他发现自己的失态，又变得很窘。

黄秘书理解地笑笑："那好吧，我现在就开介绍信，你下午去歌舞团报到。"

拿上盖有文教局大印的介绍信，梁相谦连声道谢着告别黄秘书，出了文教局的门，他就禁不住地咧着嘴笑。他没有想到他的分配就这么理想，这么称心如意，缪斯就这么钟爱他，他能不从心眼里往外溢出兴奋吗？母校的老校长曾期望所有的毕业生，三年小成，五年中成，十年大成。梁相谦绝不辜负师长，他要在这片出诗出歌的圣土上，用他的诗笔，三年在省内打响，五年在全国打响，十年在世界打响！

他觉得浑身振奋，脚步轻松，想着想着就急步如飞。但他没注意，下市政府大门的台阶时没踏稳，一脚跌倒，头在门墙上重重地碰了一下……他疼醒了，原来是在梦中……

真正的谈话的时间已到，他极快地收拾好去局里圆梦，但是，他热切的期盼落空了，落空了！向梦想的叶芽浇来的，是一盆冰冷的水！

说话和悦而骨子里冷漠的黄秘书，丝毫没有征询他个人意见的意思，开门见山地直接通知他去光明中学报到。一句话，事情就定了！梁相谦的心好像掉了半块。一刹那间，他有一种为自己申辩、表白、抗争的强烈愿望。但是他到底没有启齿。他怕碰钉子，怕人嘲笑，怕听见冷言冷语："想做诗人，那怎么行？你是师范大学毕业的，不是诗人大学毕业的嘛！"他似乎看到黄秘书偏着头说话的神态，他厌烦这种神态。有人官位很大，却平易近人；有人并不算什么领导，却拿腔作势，一副政府要员的派头。他暗暗地观察过，仪表堂堂的黄秘书，绝不是可以与之谈诗论文，可以与之倾吐心迹的人。他的工作，只是把这一批四面八方走来的大学毕业生像物件一样，分发出去。这么多天，他天天和大学生们打照面，一副公事公办的架势，怎么能跟他倾吐衷肠？

"去吧，这是组织的信任。"黄秘书特意加的一句话，更像一张封条，贴在他的双唇上，即便肚里有千言万语，再也无法张开了。他苦不堪言。因为他需要的是另一种信任。是当诗人的信任，不是当教师的信任！

可他最终什么话也没说。他没有勇气表示异议，没勇气讨价还价。他接受过的教育和他与生俱来的性格，都没有教会他这么做。

接受既定的分配是一回事，心里的痛苦又是一回事。现在，他沉重的双腿，拖着同样沉重的心情，懵懵懂懂地走到肤施河大桥上，依着石栏杆，掏出一盒刚买的香烟，极不熟练地抽出一根，又极不内行地点燃，吸起来。清悠悠的河水从桥下流过，一直流向前方。阳光洒在河面上，闪闪烁烁，蒸腾的水雾弥漫，一片氤氲迷蒙。

清风传来一阵说笑声，顺着声音的方向眺望，前边河滩上有一群男男女女。他们都穿着灰布军装，打着绑腿，系着草鞋，戴着八角帽，女的都留着齐耳根的剪发头。呀，这是一群八路军战士，是刚刚结束了开荒比赛，还是刚开完了整风会议？是刚从抗日前线归来，还是正要出发奔向战场？你看，他们多么愉快、欢畅，有的蹲在河边洗脸，有的坐在石头上歇息，有的俯在沙滩上学字，还有的站在河心撩水，水花喷溅，溅起一串串笑声……梁相谦忘了自己在哪里，也忘了此刻是什么年月，他觉得自己也是那一群战士中的一个，他就要走向他们中间，去打闹，去嬉笑，去无忧无虑地生活和战斗……

“梁相谦!”

一只有力的手猛地在他肩头一拍，惊喜地叫他。扭过头，他惊异地认出中学时代的同学王世韵。念初中时，他们的座位一前一后，上课时，一个偷偷地写诗，一个偷偷地作曲。梁相谦看不懂王世韵那些蛤蟆蝌蚪豆芽菜，王世韵却对梁相谦的每一个呵和呀赞不绝口，声言他们将来会长期合作，一个作词一个谱曲，谱写出最美的动人的歌。可是初中毕业后，他们就各奔东西了。梁相谦因为家境穷苦，不得不去读关中师范，又由关中师范上了西北师范大学中国文学系；王世韵在高中三年，数理化门门是鸭子，却终于背上蒸馍布袋进省城，考进了西北音乐学院作曲系。虽然同在省城攻读，但也有好几年不见面了。今天相逢，两个人都感到喜出望外。

“我听说你提前毕业两年，去年分配到这里，是吧?”梁相谦问。

“是的，分到赤安歌舞团。”

“歌舞团！那太好了……”

“好什么!”王世韵沮丧地说，“歌舞团已经撤销解散了。”

“为什么?”这大大出乎梁相谦的意料。

“还不是像我提前毕业一样，遇到困难时期。一部分人员精减转业，留下大部分归并到省歌舞剧院。”王世韵掏出烟递给梁相谦一支，他自己也举起一支。

点着烟，梁相谦继续问：“那你……”

“我？留守兵团的成员。”王世韵不满地咕噜，“人家远走高飞后，这里只有一个留守处，看大门，跟我一起，还有两个人。成天跑腿打杂。这不，拍电影的来了，我给人家扛道具。”

梁相谦这才看见王世韵身旁放着一辆木纺车，也才明白河滩上的一群人是电影演员，并不是真的八路军。梁相谦口里支吾着，他替自己的同学惋惜，也替自己惋惜，看来，歌舞团是怎么也去不成了。

王世韵问：“你呢，分配到哪里了?”

“光明中学。”

“呵，那太好了，和我们很近，隔了一条河。你看，我们就在那边石佛山上，你报到后给我招呼一声，我去看你。”

河滩上响起一阵哨音，寻声望去，有个戴太阳帽的人正在给演员们讲解什么，大概是导演。王世韵说：

“很抱歉，今天不能跟你说话了，我得赶快把这些东西送下去，下边学纺线的镜头要急用哩。”

王世韵扛起纺车匆匆离开，走到桥头，他又转回身问：

“哎，听说你恋爱了，对象来了吗？好极了，这个地方必须有个姑娘，要不，寂寞得很……哈哈……”

“你有对象了吧？”

“我？还在构思之中呢。哎，什么时候带你的对象让我看看。”说罢，王世韵从桥旁的台阶下河滩去了。

遇见老同学，梁相谦心里更难受，酷爱作曲的王世韵居然守了大门，惺惺相惜，同病相怜，他望着王世韵扛着纺车的背影，更添惆怅。歌舞团撤销，文化馆又不要人，看来只有一条去学校的路。聊以自慰的是，他要去的光明中学，恰好是黎月早就定了的学校。这就是说，他俩还可以像毕业以前一样，同在一个学校，朝夕相处。

世界上的事，总难绝对说好说坏。梁相谦想去的地方，去不成；不想去的地方去了，却能和他心爱的姑娘在一起。这还不是不幸之中的万幸吗？正因为这样，这个内心矛盾重重的大学毕业生，才喜忧参半地接受了既成的分配方案。

他和她可以毫不留恋地离开繁华的省城，但却害怕彼此远离。天天相见，时时交流，听对方说，向对方说，是他俩最大的幸福和愉快。分离，哪怕是短暂的、须臾的，都会使他们怅然若失，焦灼难忍。现在好了，不必担心因参加工作而分隔异地，他们仍会像学生时代那样如影随形，耳鬓厮磨，这难道不也同样是他暗自期盼的？至于那梦寐以求的诗的渴望，一定会得到她的安慰和鼓励：哪里有生活，哪里就有诗，哪里就产生诗人，朱自清、闻一多、艾青、臧克家，不都是从教师岗位上升起的诗的巨星？她准会这样说！

这么一想，梁相谦的心情好多了。他不愿再在街上耽搁，径直回到招待所。不论怎样，应该把自己的消息告知黎月。他敲敲她那孔窑洞的门，里边没人应声。白麻纸糊的窗户上有个小洞，他扒在那里看看，几个女同学都不在，只有黎月侧身朝里躺在她的床铺上，胡乱拉了一件衣服盖着，像是睡着的样子。他诧异她怎么这会儿就睡午觉，也不怕着凉，赤安的九月，白天在窑里睡觉也不能离开棉被。估计她是看书看困了，迷迷糊糊睡去，要不就是听见了他的脚步声，故意给他装假。

他轻轻推开门，蹑手蹑脚走过去，站在床边。见她动也不动，他就猫着腰，弯着食指，在她那穿着薄袜的脚心上，轻轻地勾了勾。他等着她把脚迅速地缩回去，然后咯咯咯笑着坐起。可是那只脚像麻木地失去知觉，一动不动。又去勾了勾，还不肯动。他弯腰探身朝里一瞧，她的两眼睁得圆圆的。她根本就没有睡。

“我就知道你假装，快起来!”

梁相谦拽住黎月的胳膊，拉她。

“有事么?”黎月望一眼相谦，低声咕噜地问。

“看你那个模样，好像没有事就不能来……告诉你，我刚从文教局回来，我的事总算定了。你猜哪里?光明!前途光明，你光明，我也光明!”

尽管梁相谦并没有如愿以偿，但这会儿，他还是极力收藏起满肚子不快，把去光明中学作为一个喜讯告诉黎月。他相信她会立刻跳起来，眼里露出惊喜的光芒。可是黎月木然地坐在床头发呆，面无表情。

“怎么，没想到吧?”

半晌，黎月呻吟似地喃喃说：“我知道……”

“瞎说，黄秘书刚刚通知我的，你怎么会知道?”

“我知道……”黎月又机械地重复一句。

梁相谦大惑不解：“你知道?知道了不高兴，是不是?”

“祝贺你!”

“谁要你祝贺……”梁相谦终于受不了黎月冷冰冰的面孔和冷冰冰的语调，“你怎么了，我该没惹你吧?”

“谁说你惹我?”

“那你这是怎么啦？这些天，你一直嘀咕我的分配，好心对你说，你却又这样……”

“我怎样？不是向你祝贺过了吗？”

“谁要你祝贺来？你何必挖苦人……你又不是不知道，我并不想到学校去，什么学校也不稀罕！只是想到你，我才答应的。难道把咱们分在一起，你不乐意？莫非只许母校抬举你，就不许赤安抬举别人？莫非让你一个高材生去重点学校，你那小心眼儿才能满足，是不是？”

梁相谦夺下黎月手中的报纸，拉住她的手腕，要她起来。哪知，听了他这一番玩笑，黎月的脸色顿时变得灰白，手指冰凉，而且轻轻地发颤。她闪电般抽出她的手，愠怒地喊道：

“别碰我！你出去！出去……”

门外，一阵脚步响，恰好有人从窗前走过。

窑洞的窗棂很大，只糊着一层薄纸。虽然没看见是谁，但梁相谦确信，黎月这么高声地跟他嚷嚷，窗外的人肯定听见。他是个极爱面子的人。虽然生性宽厚，为人赤诚，肯为他所爱的姑娘赴汤蹈火，但自尊心却容不得一点损伤。黎月这么厌烦地叫他出去，就像她遇见了强盗。这使他大伤面子。他顿时大为光火：

“这么嚷嚷像什么话？是谁抢你东西了？”

黎月睬也不睬，一把拉开被子，蒙住头，又自顾自地躺倒睡下。

梁相谦扭身就走，跨出门槛时，狠劲拉了一下窑门，门扇与门框发出了猛烈的碰撞声，也像他的愤怒！

他怕是要疯了！怒气冲冲地出了大门，走下山坡，在大街上漫无目的地踟蹰。现在，他脑子里已不管什么分配不分配的事，只剩下和他吵嘴的黎月，这个叫他又爱又气的黎月！

这个世界上，他最不能忍受的，莫过于黎月的冷淡。不知道别的恋人间会不会闹别扭，他俩都是极敏感的人，因为这样那样的原因，或者根本就没有什么原因，只不过一句话，一点芝麻大的事，就闹摩擦。一闹，两个人都气得不得了，一个肺快炸了，一颗心要碎了，恨不得即刻从高楼上跳下去。可是没过多大工夫，又和解了，各自都哈哈大笑，奇怪自己为什么会生那么大的气。这冲突真是春秋的暴风雨，来得快，去得也快。风过雨过，便是奇异的晴空如洗。两个人更亲昵，更甜蜜，更相知，更难分难舍。但当新的冲突和风波又一次来临时，他们又好像掉进绝望的深渊，陷入世纪的末日。此刻，这烦恼，怨怒，痛苦不堪的情绪，正塞满他的胸腔，他伤心透了！

你根本不该在这种时候冷淡我，跟我赌气闹别扭。这是什么时候？我的梦想，在现实的石头上一碰，轻易地化为乌有，肚子里的一团郁结怎么也不肯消散，心还在隐隐作痛，只是因为想到你，想到要和你在一起，才强咽苦水，强颜欢笑，而得到的竟是你这样声色俱厉的一份回报！时冷时热，乍阴乍晴，小鬼才能弄懂你脑子里转着什么念头！

无数个脸，男的、女的、老的、少的、微笑的、大笑的、温情的、腼腆的，一一迎面而来，又匆匆闪过，但梁相谦的面前，时时浮现的，只是黎月那张冷冰冰的脸！无数种声音在大街上喧嚣，叫卖的，说笑的、吆儿喝女的、吟唱小曲的、组成了这山城喧嚣杂乱的交响乐，但梁相谦耳旁回响的，只有黎月那冷酷暴戾的申斥声……这太叫梁相谦难以承受，也太让他百思不得其解……

同学们都说，他和她是天造地设的一对儿。因为他们有那么多相似之处，这些相似之处会使他们的未来十分和谐；他们又有那么多不同之处，不同之处又会使他们相互补充，变得完整而美好。爱是什么？不就是寻找和它相似而又不相似的另外半个灵魂？

这些话，他听了曾是多么舒服惬意呵！

在男同学的眼里，黎月是高不可攀的月亮。都以为她根本不会在同学中寻找男朋友。要寻找的那个他，如果不是满腹经纶的教授学者，就一定是事业上成就卓然而英俊风流的专家名流。结果，那个他竟在他们中间，竟是他们中间普通而平凡的一个：农民的儿子梁相谦！这着实叫人感到意外！这些话，也许对梁相谦多少暗含贬义，但梁相谦听起来，同样舒服惬意。他们越是那样评价她，他心里越觉得舒坦。既然你们认为她是可望而不可即的月亮，是月宫里的仙女，而她却走到我的面前，要和我手携手地生活一辈子，这还不值得我骄傲？

从此，他将他的全部感情丝毫不留地给了她。

他很想送她一件最贵重的礼物，以志心中的爱。想来想去，不知送什么好。他太穷了，穷得一文不名，任何看得上眼的东西，对他来说，都昂贵得可怕。何况，那些可用钱买来的礼物，即使再昂贵，他也觉得无法与他的感情放在同一个天平上。

主意终于有了！

他悄悄地钻进母校的图书大楼，搜罗古今中外的情诗情歌，把最喜爱的一一翻拣出来。裁开一页页雪白的粉莲纸，用红钢笔一道道打好竖线，然后用毛笔小楷，把那些选出来的诗歌，工工整整地抄录下来。白纸黑字红竖线的诗页，用根蓝丝带精心地装订成册，封面上，以清秀的仿宋体写上《古今情歌抄》。它像一本真正的石印版的线装书，很是别致。他端详了好久，在他自己装潢设计的封面上，郑重地写了癸卯年，签上名，加盖上他自己篆刻的一个心形图章。那是两个篆字：梁梁。一个字是一个心房，两个心房合成一颗桃形心。

当他把这个礼物递到她手上时，她又惊又喜，眼睛的睫毛立刻被晶莹泪珠濡湿了。

上邪！
我与君相知，
长命无绝衰！
山无棱，
江水为竭，
冬雷震震，
夏雨雪，
天地合：
乃敢与君绝！

这些诗句简直就像他写的，是他内心世界的展示和抒发；这些诗句也简直就是为她写的，使他心灵的颤动和吟哦。她默默地诵读这些诗句的时候，泪水涟涟，嘴角微微颤动。

没有珠光宝气的馈赠，没有恩呀爱呀的絮叨，但那“长命无绝衰”

的爱的根芽，深深地扎在两颗心壤里，即使谁也没有在口头上做什么承诺，他们也明白，那比诺言更具约束力的真情，已经溶入了那由两个一半构成的完整的灵魂之中……

可是那半个灵魂，为什么要跟他这半个闹别扭，跟他捣蛋？为什么无风起浪，为什么忽阴忽晴？

他是个理想主义者，炽热甜蜜的爱，使他幸福，陶醉，使他心情振奋；但任何波折，都会刺痛他的心，会使他顿然无趣，闷闷不乐。每当这种时刻，他就会产生这样的臆想：人与人之间，无论多么亲密，多么知己，毕竟并不能做到完全了解，如同一个山包和另一个山包，一棵大树和另一棵大树，相互间永远难以全然了解和沟通。即便贾宝玉和林黛玉、罗密欧和朱丽叶、简·爱与罗切斯特……怕也是这样……

整整半天时光，梁相谦都在赤安街头郁郁徘徊。对这次突然涌来的阴云，他最终作出了这样的解释：她到底是不满意我，不能像我那样，十分地爱她！是呵，我不英俊，也不富有，只有一颗诚实坚韧的心，可诚实在世界上，能被几个人看重和欣赏呢？我也不是才华出众的人，也许空有热情和抱负，终生碌碌无为，一事无成。像她那样有魅力的姑娘，凭什么只有我才能获得她的感情呢。据说，深沉内向的姑娘，并不只从外在的条件上挑选伴侣，我总不敢完全相信。比方说，我就不喜欢丑陋的姑娘，不喜欢性格平庸的姑娘……

梁相谦昏头涨脑，漫无目的地走着，临街的窗户上贴着各式各样的窗花，他无心欣赏，小饭铺里特有的米酒油馍荞面饸饹，他也不想品尝，赤安城四周的名山名峦，他也没有兴趣游览，只是下意识地挪动两条腿，像幽灵似地四处飘荡……

走出街巷，来到肤施河岸边，梁相谦脚步停下来，他默默地凝视潺潺湲湲的河水和水边那布满大大小小砾石的沙滩。几天前，他陪着黎月，还有同来的同学，就是由这里涉水过河，攀上对面青松覆盖的山坡，登上旗杆山顶，在那古老的高塔下，又喊、又跳、又唱，那份快活激动地情景，现在变得又遥远，又模糊，像是从来不曾出现过！他心乱如麻，神志恍惚，但潜意识里，有一点非常明确：这一次，他绝不主动找黎月和好，除非她当面向他道歉，向他解释清楚。他认为，男人不管怎么爱一个女人，也不能一味地迁就，更不能低三下四。没有尊严的爱，等于没有爱！

太阳高高地升在中天，河水忽然变成黄褐色，变得混浊，凝重，沉甸甸的。上游似乎刚刚下过雨。梁相谦拿定主意，内心反而变得平静。他离开河岸，再回他的招待所。刚走到山坡下，韦村贤急急地在半坡上呼喊他。

待这个胖姑娘神色紧张告诉完她知道的有关情况后，梁相谦又震惊得目瞪口呆，立刻为刚才拿定的主意羞愧万分，为自己的胡思乱想羞愧万分。原来这些天，他满脑子转的尽是自己的追求，抱负，理想，未来，一点也没想到，踏上这片圣土，迈第一步时，他热恋着并准备携手一生的姑娘，此时面临着什么样的处境！

第十五章

在成功的喜悦中陶醉了一天一夜的黎月，变得比任何时候都随和，都宽容。自尊心虽然像个玻璃器皿，容易碰伤；但也像漏气的轮胎，容易补好。曾经有过的一切不快，瞬息间化为乌有；曾经受到的白眼和冷遇所笼罩在情绪上的阴影，顷刻间烟消云散；至于和自己笃爱甚深的梁相谦的纠葛，也会眨眼间雪消冰释。

在他们之间，已不能有空白的时日。些许的疏隔，都会给他们带来懊悔和遗憾。和梁相谦闹了那么一场严重的别扭而又在电话上回绝了与他见面之后的第十天，也就是进五星以后的第二个星期六，黎月决定以突然的方式出现在梁相谦面前。

这天下午，学校已进入上课时的宁静，黎月没有课，就在自己的窑洞里梳洗打扮起来。她把那面从上大学就带在身边小圆镜撑放在书桌上，用白色的塑料梳子，梳理乌黑悠长的秀发。梳子是母亲买的，镜子是外祖母送的。这么些天，由于为存在和承认而进行的紧张奋争，使她几乎忘记了她们。这个时候，外祖母在干什么？是在院子里的葡萄架下坐着歇凉吗？省城的气温在九月仍然是很高的。母亲在干什么？是到邻居家去借当天的报纸吗？她一天不看报就如同一天不吃饭那样感到不自在……不过，此时黎月的思绪没有长时间停留在母亲和外祖亲身上，她急于去见梁相谦。

她在镜子里瞧着，那黑发披散开，直垂到腰间，如波似浪，连自己也觉得十分秀美。因忧伤和压抑而变得苍白的脸色，开始显得红润了，恢复了原本就有的光彩。这多日因郁悒而变得灰暗的眼睛，重新发亮，嘴巴也不再紧绷，总好像衔着笑、绽着笑，从嘴角流泻出去。她把满头黑发用小发夹从中间分开，编成两个长辫，用细橡皮筋一扎，扔在耳后。从镜中摄下来的，就是那么一张极天真极动人的脸庞了。她微微一笑，两个酒窝儿宛若溢满幸福的泉水。对着镜子中的她，她在想象着，当她不期而至地突然出现在梁相谦面前，他会是怎样一副表情。他会感到惊奇，瞪大他那浓眉下深藏的一双明眸；或者他会激动，兴奋得用他那洞大的嘴巴叫起来；或者，他在装假赌气，扬起那高隆的鼻子和那个倔强的下巴……那么，她要逗他，惹他，使他转怒为喜。她生气的时候，他经常急得一筹莫展，毫无办法，眼见着局面愈来愈僵，空气愈来愈紧张；而他生气了，她总有办法缓和，使乌云瞬间消散，不论他怎么生她的气，都经不住她的和平攻势。只要她对着他的耳朵喃喃低语地说点什么，亲昵地抚摸他的头发，或者顽皮地凝视着他，把头靠在他胸口上……他准会舒展开额头的阴云，紧绷着的嘴巴准会咧开，破怒为笑，即刻，他们之间就仿佛什么不愉快也不曾发生过……她就这么一边梳理打扮，一边遐想……

她实在太惬意了，太兴奋了。十天之前，她还是一块石头被人跑来扔去，不理不睬，如今忽然显示出另外的价值，使所有的怀疑者都突然瞪大了眼睛，像惊异于一块钻石的发现。她能不称心快意吗？她将要去见自己深爱的人，去诉说这些，一吐为快！

她换上大学毕业时才做的学生蓝布装，白底小花的衬衫从外套的小翻领中露出来，衬托她浑圆而美丽的脖颈。上衣和西裤描绘出她整个形体的修长和曲线美，加上一双偏带儿的白底黑面方口鞋。把她装扮得那么素雅。今天，她是特意这么打扮自己的。她知道梁相谦喜欢她这身装束。他虽然说她“浓妆淡抹总相宜”，但更喜欢她的淡妆，以为朴素的装束更能显示她优雅的气质和纯真的风韵。

五星中学通往光明中学的路，不再是像她第一次行走时那般凄凉了，变得一片明媚。河水在路旁不远处流着，鸟儿在柳荫里啼叫着，她自己的脚步也变得轻盈起来……

从光明中学传达室的玻璃窗口，黎月看见传达室有个姑娘正分报纸和信件。她问了梁相谦的住处转身就走。紧挨大门的那一长排窑洞的廊檐下，有个人正以关切的目光注视她，她也看了那个人一眼。传达员在背后喊："张校长，还有你的一封信。"听见喊声，她不由得又看了一眼，哦，原来他就是光明中学的掌权者：一张白白胖胖的脸，没有胡须，没有皱纹，既像幼儿园的保姆，又像寺庙里的佛徒。把她关在门外、拒不接纳的那个人，看来面善，而心竟那么狠。但现在，不把她分在光明中学已经无所谓了，五星中学接纳了她，承认了她，那将是她自己的学校！她将要在那里施展才能，贡献力量了！何必再理会这个张校长！

光明中学真大，她边走边问，先过教学区，再穿过操场，沿着一层层砖石街上到一个平台上，才看见那一片树林，那树林中掩藏着一座三间正房。对的，紧靠山根的一间，就是梁相谦的新居。黎月急切地甚至有点心跳气喘地推门时，却发现，门上吊着一把铁锁。透过纸窗上的小孔，瞥见桌上那熟悉的大砚台，梁相谦爱其如命的那个套着黑木盒子的大砚台，和那个有着鱼龙变化图案的笔筒。是的，这王是恋人的斗室。但多么扫兴呵！她是怀着急切之情而飘来，迎接她的，却竟是这么一把无情冰冷的铁将军！他去教室讲课，还是到别的什么地方了？要等到什么时候？她下意识地揪住那把铁锁。呵！它并没有锁死，只是挂在那里。她喜出望外，破门而入。

除了桌上，屋子全是乱糟糟的，仿佛是梁相谦那乱糟糟的心境的写照。床上，被子没有叠，团堆在一起。枕头歪扭着，旁边放一堆零乱的书籍，有好几本都打开叠放着，细一摸，竟布满灰尘。显然，他并没有心思把每一本书看完，就胡乱地撇在一边。靠窗的书桌和木椅上，也是一层尘土，只有桌面当中有一块似乎被衣袖擦过。脸盆和牙具放的不是地方……总之，一切都不顺眼。但今天，她既不想抱怨，也不想责怪。

她脱了外衣，挽起袖子，把两根发辫用小手绢扎在后背上，要在他回来之前，把这小屋收拾、整理、打扫一遍。把零乱的书籍放回书架，把脸盆架放到墙角，把被子叠得方方正正，把脏衣脏袜放在脸盆里，用清水泡上，然后，把桌椅擦抹得亮亮光光。不大功夫，这间屋子变得十分条理和清爽，宛若重新换了主人。

当屋内清爽宜人的时候，她才坐在木椅上稍稍休息一下。怎么这阵儿他还不回来？难道不在学校？是进城去了，还是登山去了？此刻，她后悔他们闹别扭，一闹竟十天不见面，真不知这十天是怎么熬过来的，因为此刻的一分钟也叫人觉得好像一天那样漫长。真让他受委屈了。他平时明明一分钟都不愿离开她，而竟然有二百四十个小时，他和她却不曾见面。“我真狠！”她在暗自责备自己，也许他此刻出门，是知道我要来，故意报复我吧？

她感到焦灼，顺手拉开抽屉，发现他自己装订的诗簿，随手翻阅，突然翻出一首《问月》，那是写给自己的，她的心怦怦直跳，一字一句地默诵：

你为什么总不那样圆满，
而常常残缺？
为什么你总不高高升起，
而常常沉没？
为什么你总不那样明丽，
而常常云掩雾遮？
为什么你总不那样光焰喷射，
而常常阴沉冷漠？

她开始心儿激奋得狂跳，而渐渐变得愧怍和歉疚。她真刺伤了他，让他多么痛苦，多么烦恼，这多么不应该！他是多么爱她呵，爱得那么痛苦，那么焦灼，那么如醉如痴，如癫如狂。而她竟这样折磨他。“你真冷酷呵！”黎月咒骂自己了。捏着那页黄纸的手也在簌簌地抖。不知不觉，泪水滴落下来，打湿了那个问月的诗句。她掏出手帕擦去眼泪，从笔筒里抽出蘸笔，在梁相谦的诗行旁边，一句一句地眉批起来。

梁相谦突然破门而入，他迎着黎月的目光，对视片刻，那瞳仁里放大的是惊讶，兴奋和犹疑。黎月放下诗簿，站起来，侧靠在桌边，朝他微笑，泪花却在眼里闪烁。正如黎月预料的，梁相谦竟站在那里，不作声，也不动，像一截树长在那里……

黎月迅速走到他跟前，把两只胳膊搭在他双肩，绕着他的脖子。她什么道歉的话也不说，但她的眼睛、脸庞和整个神态充满柔情蜜意，她断定梁相谦会像过去那样，一把推开她，但她的柔情即刻就将他溶化，他的怨怒像夜露朝雾见了朝日，会消散尽净。但是，梁相谦克制住自己，他伸手取下黎月紧绕在他脖子上的玉臂，沉着脸，冷冷地问：

“你大概是打了胜仗，才来抚慰受伤的士兵吧？”

“不错，不大不小的胜仗。”黎月奇怪地望着梁相谦，“哎，我还没告诉你，你怎么知道？”

“还用你说吗？成了新闻人物，哪个不知道？”

“那太光荣了……”黎月无不得意，又把手去绕他的脖颈。

梁相谦忽然动了气：“你以为你的小恩小惠就能收买我？你知道这些天，我是怎么活过来的？我成了幽魂，孤鬼，丧家犬，……没有死，那只是侥幸！”

黎月吓了一跳，她往后退了一步，定定地盯着梁相谦，沉吟许久，她才慢慢地问：

“你知道我是怎么过来的？五星中学并没有慷慨接收我，而要我试讲，进行考察，然后决定去留……我吃不下饭，睡不稳觉，关住门一个人研究教材，钻研大纲，写教案，练试讲，提心吊胆，担惊受怕，只怕又被赶出门外，……我不敢对你说，怕你着急，难受，影响你工作……一切我都独自忍受……现在，我不怪你，你倒怨起我来……好吧，再见！”黎月转守为攻，偷眼看梁相谦的脸色，然后转身去拿她的提包，真的要去，委屈得眼都红了……

梁相谦大梦初醒，他吓坏了，心软了。他知道，黎月任起性，使起小脾气，就会真的离开。他忙去哄黎月，黎月避开躲开，不让他靠近。梁相谦硬是拉住她，抱住她，想把嘴对住她，封住她的嘴，不让她走，也不让她再说下去……

他紧搂住她的腰抱起她来，那不像是搂抱，像是要把她扼死在怀里。两个人都闭了眼睛，只凭着感觉，他在寻找她的嘴唇，她在迎接他的嘴唇，渐渐地靠近，靠近，再靠近……那灼烫的红唇将要吻合的一刹那间，她突然将头摆在一边，娇喘着说：

“扎……”

梁相谦的大嘴巴一瘪，露出微笑：“我暗自发过誓，你不来，我就不刮胡子。”

“如果我一年不来呢？”

“一年不刮。”

“如果我永远不来呢？”

“永远不刮。”

“哦，那你的胡子该能长多长？”

“这么长，这么长，这么长……”梁相谦用手比划着，到颌下，到胸膛，到膝盖……

黎月想象着长须的梁相谦，那长须可以垂到颌下，胸前，小腹前……太有趣，太有意思，她孩子般地笑了。

梁相谦瞥见那首《问月》诗旁边有新添的墨迹，便拿过来诵读：

即使我变作一弯残月，
依然有完整的心儿一颗；
即使我已从西山沉没，
依然会从东山的峰峦复活；
即使常常有云掩雾遮，
依然会被我轻轻剪破；
即使我表面如冰霜包裹，
依然保持着一团烈火……

梁相谦愣过一刻之后，带着泪花，像一头雄狮一样猛扑过去，把黎月揽在怀里，热烈地亲吻她，疯狂地抚爱她……正像两股河水冲破岩石的阻隔突然汇流一起，她也承接了他的疯狂和痴迷，他们撕打，拼搏，咬啃，像要把对方撕成碎片，吞在腹中……由于过分的激动和过分地贴近，阻住了她的呼吸，简直要使她窒息过去了……

许久，他们才稍稍平静下来，她喘息着说："你怕要疯了，疯了！"

"是的，想你想疯了。"

"我还你。"

"要加倍。"

黎月仰起脸问："真的，这些天，你是怎么过的？"

"我……差点儿跳楼。"

黎月咯咯笑起来："哪儿有楼？净是山！"

梁相谦指指窗外，开口说："差点儿从那块山岩上跳下去！"

窗外，是坡度低缓却蜿蜒起伏的桃梦山，梁相谦手指的正是那块桃花岩，夕阳射在那风雨侵蚀成的花形图案上，宛若艳艳的桃花正在开放。黎月从梁相谦的肩膀上抬起头，透过窗户，看那桃花，看那山岩，眨眨眼睛：

"你想从那个地方往下跳？"

"最好的地方。"

"那我天天坐在那里等你。"

"能等回来？"

"不能等你回来，我就变成望夫岩了……"

梁相谦十分惬意，他深情地凝视着她，轻轻搂住她的纤腰，轻轻抚弄她的发丝，辫梢，衣衬……

黎月和梁相谦在小屋里忙着收拾擦洗。一会儿，韦村贤和吴慧洁要一同来这里过中秋节。工作以后，她们还没有一起聚会过，现在时值中秋，怎么能不在一起乐一乐呢？两位小姐还没有到，郑达翔也去接吴慧洁去了，只有他们俩坐在屋里等着。

梁相谦说起上周末，他如何寂寞，如何焦灼，如何推开郑达翔的屋门，如何看见他们两个的狼狈样儿，惹得黎月掩口直笑。

"真不知趣，开玩笑也不看个时候。"

“那就是最好的时候，我一敲门，吓得他们惊慌失措。”

“那要是人家闯到你屋里呢？”

“我才不管来不来人，照样抱你、吻你。”

他俩嘻嘻哈哈地笑说着，带着小格子的门像被一阵风突然吹开，郑达翔、吴慧洁、韦村贤同时出现在门口。

梁相谦明白了，他们如此莽撞地出现，完全是针对他上周行为的报复，他对客人笑道：“可惜你们早来一步，精彩的场面还没有开始！”

五个人同时哈哈大笑。黎月和韦村贤、吴慧洁，搂在一起，笑成一团。半个月没见面了，慢如隔世，黎月的眼里噙着泪花。吴慧洁不失时机地打趣：“哟，哟，一天不见哥哥的面，泪花花在眼眶直打转……”

梁相谦说：“你别高兴，你哭的日子还在后头呢。今天咱们的聚会，第一就是欢送郑达翔去农村搞四清，他这一走呀，一月不见哥哥的面，大路上行人直问遍，两个月不见哥哥的面，一双高跟鞋直跑断……”

郑达翔说：“你们别乱扯，冲淡了主题，今天咱们的聚会，主要是祝贺黎月讲课的成功，她已经变成赤安市教育界的明星了……”

黎月连忙说：“别夸张，我不过是刚挤进门就是了。其实，咱们今天聚会还有更重要的主题，那就是庆祝韦村贤找到了如意郎君……”

“马里头挑马不一般高，人里头就属蔚然哥哥好……”吴慧洁唱着捏了村贤一把。

韦村贤满脸通红。

黎月问韦村贤：“村贤，你和周蔚然谈得怎么样了？”

吴慧洁抢着说：“他俩已经如胶似漆，书信不断。上一周，周蔚然专门去看她，已经谈判到最后阶段，准备发表联合公报了。”

“净瞎说……”韦村贤嗫嚅道：“我见了他就不知该说什么好，好像变成了哑巴，哪里还能谈什么……”

黎月说：“你要有信心，主动一些。那可是好人。明天星期日，你就去他那儿玩去吧。”

“要速战速决。”吴慧洁说，“到元旦的时候，我把郑达翔从乡下叫回来，咱们集体结婚！”

“哪能那么快！”韦村贤忽然提议：“你们别再耍贫嘴，咱们何不去河边赏月？挤在屋里多憋气！”

“这才够浪漫！”梁相谦第一个响应，其余三个人也一齐叫好。

月亮圆满得如同此刻的生活。它把光辉涂在天地四方，夜空显得高远，河滩显得平阔，山峦也改变往昔的冷峻而显得柔媚。五个年轻人仰坐在河岸上，眺望中秋的明月。他们心里，各有各的关于月亮的故事，各有各的关于月亮的憧憬。但这会儿，那圆满无憾的明月，使他们共有的。它面蕴着微笑，饱含着温暖，有光明到了极点。远处的山，近处的石，爽阔空旷的河面，都浸透在万里迷蒙的光影里。河上的月夜，是如此静美！令人感到整个世界和生活，也是这样静美，没有一丝儿缺憾！

随手打开带来的中秋食品，但谁也不想吃。当了半个月教师，受了不少束缩，就让他们这么自由自在地坐一会儿，躺一会儿吧！有人哼起歌，是郑达翔浑厚的带点嘶哑的男低音，姑娘们也唱起来，断断续续……

远远的地方，传来沙沙声音，隐约看见有人往架子车里装沙子。梁相谦又来了兴致，要大家一起前去看看。说不定是个月下的赤安人，说不定是一首漂亮的小诗。他们一齐走到那衣衫褴褛的民工跟前，问长问短。那人停下工具，用好奇的眼睛盯着他们，盯了好半天，突然叫道：“梁相谦！”

这可把五个人同时吓了一跳。装沙人扔了铁锨，拉住梁相谦的胳膊，带着沙哑的声音问：

“难道你们都不认识我了？”

梁相谦和两位女士几乎同时喊出声：“朱卫军？”他们从声音认出了淘沙的民工是他们的同班同学。是在上三年级时被开除的那位倒霉的同学！分开后整整一年半了，谁能相信，竟在此时此地、此情此景下重逢！他们同时都复活了不愉快的记忆……可怜的朱卫军跪在宿舍的走廊里，抱住辅导员的腿，请求为他们保留学籍，愿意接受除此以外的任何处罚。他一边诉说，一边痛哭，把额头在地上碰得梆梆直响。那不是一个二十岁的小伙子的哭，那是有如女人的撕心裂胆般的哀嚎，那痛苦，那绝望，那疯癫，把辅导员和一座楼的同学都震傻了。辅导员脱身后，他发疯一般地在地上打滚，那是一种濒临深渊而又毫无办法的人的绝望挣扎。那种惨状，使任何铁石之心也要破碎的……

突然地相见，使大家又震惊又尴尬，半晌都找不到合适的对话。梁相谦问朱卫军："你不是回家乡去了？我记得你的家靠近长城？"

朱卫军说："是的，但我无颜见江东父老。户口还在腰里掖着，成了真正的腰掖户！"

"你在赤安干什么？"

"还能干什么？拉架子车，给工地洗沙子，砸石头子儿，做临时工。"

"就你一个人？小夏呢？"黎月清晰地记得小夏那黑西施似的文静和腼腆，她首先关切的是她。

"一家三口，连那个不该出生的孩子，都在这儿，靠黑市粮过日子。"朱卫军诚恳地介绍着，忽然改口说，"别净说我，你们这是怎么来的？毕业分到这里？噢，我算计你们该毕业了，还常猜想谁会分到这儿来，没想到竟然是你们几个……"

"小夏和孩子在哪儿住？"黎月仍挂心着安徽姑娘。

"努，就在石佛山下。走，去我的寒窑坐坐，认个门，以后好常常去我那里玩，我好想你们！"

一句话，说得大家心都碎了，眼都潮了。

明知未能毕业的女主人未必愉快，但他们都不能拒绝这邀请。不然，会使落魄的朱卫军更伤心。他们把没有品尝的月饼、葡萄、香梨、鲜枣和苹果背起来，跟着朱卫军踏水过河。

朱卫军把客人领进窑时，小夏正给孩子喂饭，做梦都没梦到会在这时会见从前的同学，吓得慌了手脚。她把孩子放在大炕头，站起身慌乱地招呼客人就座。大家都坐在炕沿上。那已经两岁多的男孩，像农民的孩子那样光着头，光着屁股，端一只遍体鳞伤的搪瓷碗，用洋铁皮弯成的小勺铲着蒸熟的南瓜往嘴里送，糊得满身满脸都是瓜汁。梁相谦想打破尴尬，亲切地抚摸着孩子的头问："这就是你的儿子，这么大了！"

"就是这个害货，可把老子坑结实了！"朱卫军自嘲自叹，黑西施对大家笑笑，还有些腼腆羞涩。黎月注视灯影里的她，她失去过去的妩媚，脸颊瘦削而带有菜色。黑眼睛还如当年一样明彻，但眼角却过早地布上细纹。

“给老同学们倒水喝。”朱卫军给妻子叮咛后，给大家解释，“我们都把八月十五忘了，也没准备啥……”

“我们是不速之客，快别张罗了……”三个女同学齐声谢止主人。

梁相谦身旁有一根顶窑的圆木，引起他特别的注意。刚才进窑前，他就注意到这是一面荒凉的山坡，朱卫军住的是一孔废弃了的土窑。即使在月光下，也可以看见破烂不堪的小窑裂开一条吓人的缝隙，现在坐在灯下，那裂缝就更加明显，为了安全，裂缝上横着一条土板，用这根没有刮皮的圆木支撑着，但这能保证安全吗？他想起雨夜中挑檐石塌下来那恐怖的景象，仍然心有余悸。

朱卫军说：“你别看那裂缝吓人，塌不下来，立木顶千斤，有这根椽撑着，没甚！”

郑达翔和朱卫军不熟悉，他一个人回头看炕边的男孩，看他正独自一个认真地吹着什么玩。细一瞅，天哪，他傻眼了，那小家伙放在嘴里吹的，不是气球，是一只乳白色的避孕套！

梁相谦也发现了，三个女士从他们吃惊的眼睛里，相继看见这令人震惊的场面。她们迅速把头扭过去，脸烧得绯红，心里同时一阵酸楚。天真可怜的孩子，哪里知道他的出生，使他年轻的父亲，受尽了羞辱，吃尽了苦头。一对小夫妇今生今世大概再也不敢生孩子了，提起来就胆战心惊，不得不经常采取预防措施，但他们只顾忙活招呼老同学，谁也没注意，孩子竟当着客人的面玩着那玩意儿！

朱卫军忽然记起说：“哎，前几天我在路上捡了一个大包袱，有衣服，有被单，交到公社去了，后来听说是你们五星中学教师丢的，大概丢的人受急了吧？”

黎月和梁相谦同时吃惊，原来是朱卫军捡到了自己的东西。她细看看这窑洞内破旧的杂物，两个老同学身上破旧的衣着，却又拾金不昧，不由得不感动。

黎月悄声问梁相谦带钱没有，梁相谦会意，趁朱卫军没注意的时候，把身上仅有的几块钱掏出来压在喝水的粗碗下。韦村贤看见梁相谦的动作，也悄悄这样做了。

告辞的时候，主人叮咛客人们再来，客人们也邀请主人到学校去，朱卫军说黎月和慧洁结婚的时候，他一定前去凑兴。四个人无限感慨。出了门，黎月抬头望月，泪眼中的月亮大而模糊，有着绿色的寒光，她忽然哽咽起来……

第二天傍晚，太阳落山时分，黎月离开光明中学。梁相谦送她到石头桥上，才依依相别。

黎月捡了小路，这条路绕到山根底下直通五星中学门口。虽然公路上大树遮阴，很美，但相比之下，她更喜欢庄稼地中的土路。这路的一边是山坡，一边是平地，坡地上长着即将成熟的玉米，平地里长着深深浅浅的青菜。根壮叶绿的玉米，每一根都饱含着绿汁，黑油油一片，丛林一般覆盖在低缓的山坡上，看不见公路了，没有行人，没有车辆，安静极了。黎月穿着黑平绒薄底鞋，轻快地迈着步子，心里想着下周的课该怎么讲，想着未来的日子该怎样努力……

"黎老师——"

经过玉米林中间，金泽仿佛从天而降。黎月正想自己的心事，一点也没有留意会有人出现，着实叫她吓了一跳。

"我在那边画画，看见你过来了。"金泽手拿一本黑皮画本指着一片菜地，解释说。菜地中间有辆解放式水车，车下来的水顺着一条小渠流去。蒙着捂眼的一头小毛驴懒洋洋地转圈，走走，停停。看水的人在靠近公路的地头，离得很远，看见驴子不走了，便拉着声噢得噢得地喊两声。

"你是上街去了？"金泽问。

黎月点点头。

"昨天就去的？"

"在同学那里玩。"

黎月本想说到梁相谦那儿去了，但话到嘴边，又觉得没有必要说那么清楚。她不想在这儿耽搁，明天还有课，她得赶快回学校，收拾收拾，好再准备一下。既然第一课成功，它便成了标杆，不能从那里再降下来。

“来，稍坐一会儿，你大概走累了。”金泽殷勤地说，“有件事，我还要对你讲呢。”

对任何人的好意，姑娘总是不好断然回绝。在她迟疑不决时，金泽已经顺着田埂走到水车跟前，在一块石头上坐下来。黎月不好猜忌人，她不会想到，金泽是有意在这儿等她的，已经焦急地等了两个小时了。她也不善于当面拒绝人，特别是当对方十分友好的时候。何况她也真的走累了，不妨在这里稍稍休息片刻。她坐在金泽对面的石头上。

金泽把画本放在膝头，点燃一根烟，一边吸着，一边抬头望着山顶，好像专心致志地欣赏那一团云彩。

“金老师，你不是说有事？”

金泽扭过头，没有作声。停了一会儿，才像下了决心似地说：“黎老师，我要感谢你。”

“感谢我？”黎月莫名其妙。

“是。感谢你那天在团支部会上给予的支持。”

“我可什么也没说。”半晌坐在路旁的黎月，才弄清金泽指的是怎么回事，急忙对他解释说。

“我知道你什么也没说，但这没有说就是理解。你不听别人都在说什么？自私，个人主义，追求资产阶级生活方式，看不起劳动妇女，看不起劳动人民……谁是劳动人民？我祖祖辈辈都是！叫他们试试看，和一个不爱的女人一起生活，不要说三年五载，他们恐怕连一天也不肯。从十四岁起，家里人就把我和她扭在一起，十四岁，我懂得什么呢？订婚，结婚，全是为了父亲母亲。只有到了现在，我才知道这是多么大的错误。难道不允许纠正吗？难道要我一错到底吗？我究竟妨碍了谁？同志们不谅解，领导不谅解。巩校长虽然器重我，可我一提离婚，他就发火。教师中间，只有周蔚然、马浩山给我一点真诚的关心。除了他们，就是你。黎老师，你虽然刚进学校，可我觉得我们已经认识很久了。我把你的理解看得很宝贵，很重要……所以，我要特别感谢你。人和人是不容易理解的。所以，有些人，你虽然和他相处，永远不会激起你的热情，可另一些人，一见如故，就有好感……”

金泽的眼圈红了，声音突然变得暗哑。这种过分激动地情绪，使黎月茫然不知所措。是的，他讲得不错。她没有在帮助金泽的支部会上发言，因为她不能像别人那样去发言，她有她的看法。舒服不舒服，不应该由别人判断。她没有发言，因为她不便这样讲；初来乍到她也可以不讲，但心里的想法，也是她自己的事，看法归看法，既无需当事人感谢，更无需当事人误会……她本能地站起来，知道不应再任他诉说下去：

“金老师，你误会了，我没有发言，是因为我什么也不了解……”

从学校那边传来一阵钟声。大约又停电了，高诚在敲那半截钢轨，就要上晚自习了。黎月借机说：“要上晚自习，我要走了……”

“等一等。黎老师，我能送你一件东西吗？”

金泽直直地站着，用他那明亮的眼睛像第一天她进校时那么瞅着她，将手里那个黑皮画本送给她。

黎月打开，愣住了。画本里全是她的头像，用钢笔画的，异常清晰，正面，侧面，面带笑容的，低头凝思的……她真感到惊恐，不明白他在什么时候什么地方能画出这些速写。她匆匆瞥了一眼，感到心慌意乱，急忙还给金泽：

“谢谢。你的画本，还是你拿着吧。”

说毕，她低头踏着菜畦中间的水沟，匆匆离开，仿佛怕被什么挂住一样。

金泽木然地站着，看着黎月的背影，脸色变得苍白……

第三十章

一件暗红隐花的小绸棉袄，一条藏蓝色的呢裤。这就是新娘，这就意味着少女时代的结束？这就是爱的成熟，爱的结果？多少次她在幻觉中描绘着，想象着这一天，这一天就这样来了？

他们不可能豪华，也不愿标新立异。黎月生性喜欢简洁，任何繁缛的形式，都会惹她不悦。鞠躬，敬礼，介绍恋爱经过，她厌烦这么被人摆弄。结婚的礼仪，如果一定要形式，她以为还是旅行为好。因为这是两个人的事，可以避开原来的环境，到陌生而新奇的地方，两个新人自由地快活共同度过一个月，然后开始他们的新生活。但那时，她只在小说里看见蜜月旅行这个字眼，周围也没有人这样做。没有婚假，没有时间，也没有钱，四十六元加四十六元，大学毕业后的试用期工资，是无法旅行的。既然这样，她想彻底简单，简单得连任何都不想要，两个人被子一并她就满足。但梁相谦说不行，这毕竟是一生中的头等大事，如此草率，将来回去，该怎么向她的外祖母和母亲交代？何况，两个学校要好的同事和朋友，都等着这一天呢。虽说不请客设宴，但总要叫大伙儿热闹一番才好，不可拂逆冷落了众人，他也要黎月答应，一定要做一件红绸棉袄，越红越好。这是他家乡的习俗，新媳妇穿红袄红裤红花鞋，会把一切不祥和晦气冲掉，会招来大吉大利。他们远离家乡，没有父母亲张罗，没有兄弟姐妹帮扶，别的都可以从简从略，这一件事儿，他得做主。黎月把黑白分明的一双眸子睁得大大的，愣了愣，居然格外爽快地同意了。对，买顶红顶红，最红最红的，她说。

他带着自己心爱的即将做新娘的姑娘，在赤安市区内满街跑。隆冬季节的这个最典型的正午，天气特别冷，差不多走遍到东关，从正街跑到二道街，从转角楼跑到新市场，差不多走遍赤安全城也没有找到梁相谦一心要买的那种红颜色的绸缎。他手里捏一张购货卡——工会组织照顾，把学校仅有的一张货卡送给他们，可是有卡片还是买不到货，商店可供选择的商品少得可怜。梁相谦平时顶不愿意逛商店，不得已要买个什么，总是直奔目标，买了就走。这一天着魔似的，这个商店出，那个商店进，黎月走得脚疼，再也不肯找，可他说什么也不行；非要买到不可。好不容易，到末了在一家不起眼的小店铺，见到一种暗红隐花的绸料。梁相谦虽仍不满意，但又无可奈何。黎月安慰说，你以后再给我补一件顶红红的，不行吗？这才勉强买了。未能尽如人意，他到底不痛快，多少年后，他还要因别的触发想起这件事，总觉得遗憾内疚，现在他只能用这块差强人意的绸料，装扮他的新娘了。

两天前，省城寄来一个小小的包裹：一块宝蓝底的软缎被面；一块大红的线绨被面，一对枕套；一条苹果绿的小床单。那蓝缎舍不得用现在倾其所有寄给黎月。包裹里还有母亲的信："……你们要结婚的消息，叫奶奶又高兴又难过。高兴的是，他唯一疼爱的孙女，毕竟长大了，成人了，难过的是，远隔千里，又天寒地冻，奶奶和妈妈都无法为你们操办。我想等到你们大喜的那一天，在家里给她老人家炒几个菜，买一点酒，遥遥地祝福你们永远幸福美满……”黎月伤心地把脸埋在柔软的被面里，久久没有抬起。这信，这蓝缎被面，这红绸小棉袄，无论什么时候想起，她的心里都是酸酸的。

“怎么，快上花轿了，你还哭？”杨雅琪大惊小怪地嚷嚷，“自由恋爱，又不是封建包办，还这个样？那对象该是你挑的选的，莫非还不称心？”

杨雅琪永远有她的思路，她的逻辑，也永远难以体谅和理解别人。黎月可不愿让她误解，如果不掩饰和分辨，那张嘴说不定会快快地广播出去，全校师生都会问，“她结婚时掉眼泪，怪不怪？”她赶快擦干眼泪。杨雅琪又疑惑地张张嘴：“我说呢，这么好的小伙子，还有不称心的？好了，我来给你梳头吧。”

待会儿，陪送黎月过去，是校长亲自托付给杨雅琪的任务。沈楚一病未起，她也乐意承当这个显眼的角色。一早，她打扮得比新娘还俏，出出进进，愉快地接受男同事那些夸张的奉承和过分的取笑。她乐意在取闹声中欣赏自己，肯定自己。

“梳个高髻，盘在头顶，怎么样？”杨雅琪白细的手指，把黎月一头的黑发拢起问。

望着镜子，镜中的自己不像自己，赶快摇摇头。梁相谦曾经说：“无论你怎么打扮收拾都可以，只是别叫我看着你不像你！”她拿过梳子，自己梳好头发，依旧向他平时那么编起辫子，那么盘在耳后。

关于怎么送新娘到光明那边，爱热闹的青年男教工们发生了一点点小小的争论。高诚说，应该由他赶上毛驴拉车把新娘送过去，因为是他用这种有地方特色的交通工具把她接来的。他要在毛驴头上扎朵大红绸花，挂两串大铜铃铛，他还要在路上唱：金铃银铃铜串铃，响过了九州十三省……马浩山说，他有更好的主意，让新娘和所有去参加婚礼的，都穿上冰刀鞋，顺着结冰的肤施河，从五星中学的门口开始前进，一直滑到光明家门口，叫他们看看咱们的绝招儿……这两份提议，一个过于保守一个又过于浪漫，结果，都在笑声中被否决了。当光明中学的人骑自行车来接新娘时，五星的男男女女也推着自行车去送新娘，冬日晴空刺目的阳光，透过赤条条的树枝树梢，照在他们的脸上。有人喊道：看，咱们成了《地道战》里的武工队了……

实际上，婚礼是为大家提供了一个机会。

高诚一到，放下车就去找他的对象郭香莲，两个人不知藏到哪里去了，再也不见踪影。

韦村贤也如她所答应的，准时来了。她坐在角落里，尽量回避周蔚然，回避与人讲话。但与她在小饭馆里见过一面的王世韵，却像老朋友似地和她打招呼，跟在她的左右，一有机会就和她搭讪。

两个学校的领导也在婚礼上见面。他们平时除了一块在局里开会，难得这样轻松愉快地谈谈话。作为主家的张克良校长，像招待老亲家那样，殷勤地给巩德麟送烟递茶，又时不时地和他斗斗嘴，相互揶揄几句。他一边慢慢地嗑瓜子，一边笑眯眯地打量着坐在对面的新娘，对他的同僚说道："尊敬的巩校长，我至今弄不懂，当初文教局把这么好的一个才女留给你们，你怎么还乱发脾气，乱骂人？"

巩德麟不动声色地反唇相讥："人才是人才，可不是局里偏爱我们，也不是我们急急下手挑的，那是人家捡剩下，才塞给我们的。"

张克良尴尬地咧咧嘴，又以守为攻："你这可是说我？何以见得我们挑挑拣拣？你们怎么知道不是我们高风格把好的让给你们？老巩，说句实话，我们这小伙子写诗可是一把好手，说不定将来成了气候，是个诗人，可论教学、讲话，比不上你那个掌上明珠哟！"

巩德麟嘿嘿笑了，他丝毫不掩饰他的得意："这叫瓜地拣瓜，拣得眼花嘛。"

"前事休提。"张克良挥挥手，"新婚一过，把新娘调过来，或者咱两家来个调换，反正你们有的是人才嘛。"

轻轻品了一口茶，巩德麟双手捂住茶杯，从容地笑笑："聪明的张克良先生，你的如意算盘好极了，可惜，为时已晚。"

张克良并不服输，他的手指在桌上画了一个圆，又一个圆，反扑过来："听说，上次校长们来听观摩课，你没有派她出场，不觉得有所失误吗？”

巩老头儿倔强地扭过头，正色道：“你难道不知我这是欲扬先抑，从严治军，防患于未然吗？是人才就要叫端端直直地往上长，绝不许横生枝节。我不像你，滑头滑脑，四面落好……”

“我哪有你那硬正的资本？不论来什么运动，谁能奈何你？老巩，你闻到了吗？空气可不大对头呵……”

张克良压低声说的最后一句话，被大教室一角爆发出来的笑闹淹没了。那里，两个学校的男教师，正在给新房凑对联。他们暂时打破学校的界限，以各人所带课程结成团伙，数学组的，政治组的，物理组的……各自琢磨，研讨，把编得最成功的对联贴到新房去。好对联的标准是一要对仗工整，二要趣味横生，三要专业特色。

马浩山自知肚里的墨水不够，自告奋勇要当裁判，哪一组想好了，写在纸上交给他，他便向大家念一遍。念一遍，便是一通捧腹大笑。笑声吸引了两位校长，问他们起哄什么。

有人朝马浩山挤挤眼，要他对巩校长保密，体育教师说：“怕什么！婚礼上不论长幼尊卑，校长想看就让他看。”他把手里的纸条一一展在巩德麟面前。

数学组的是：从恋爱到结婚，质的飞跃；从结婚到生娃，量的增加——对立统一。

政治组的是：你在上，我在下，不算压迫；我耕耘，你收获，不是剥削——两厢情愿。

物理组的是：摩擦摩擦再摩擦；发热发热再发热——尖端放电。

还没看完，张克良那保养得又白又胖、一丝皱纹也不显的脸，笑成了一朵花。巩德麟却背过脸说：“适可而止，不要太粗鲁嘛。怕你们这对联贴出去，新娘要一把撕了的。”

马浩山在他背后喊：“她要敢撕，明儿回去，我们全不理她！”

婚礼上意外地出现一个人，掀起一个意外的高潮。李光甫来了！他不是在省党校学习吗？什么时候回到赤安的？怎么一回来就知道这里有一个婚礼？在场的客人和两位新人，谁也没有料到他的出现。他先和新郎新娘亲热地握手，又和客人们一一招呼，然后走到他的老朋友巩德麟跟前说道："我是不请自到，赶来当主婚人的。平心而论，这个主婚人非我莫属，巩校长、张校长都不该和我争这个位置。新娘这么一点高，我就认识了。可以说，我是娘家人，又是婆家人。"他将两支英雄金笔、两本绘有陕北山水的硬皮日记本，交给黎月和梁相谦，低声对他们说，"芝麻小豆，不成贺意。"又回头对大家说，"礼品虽小，但我寄予厚望。各位也许知道，两位新人都是文化人，都喜欢拿笔杆。早前我也曾想做个文化人，可不得不拿了枪杆子，肚里没喝多少墨水，文人的梦终于没有做成。所以我一辈子很爱文化人，敬重他们，仰慕他们，愿和他们交朋友。边区时代，我曾认识一位诗人，他现在已经大名鼎鼎了。当时，他的诗发表在油印小报和战士的黑板报上，发表一首我背一首，喜欢得不得了，可我到底一句诗没写出来，到底是个粗人。所以我希望两个新秀才，用我送的笔和本子做个开头，记下这块土地上发生的每件事，结识的每个人，感受的每一种情绪，包括记下今天这个简单朴素而又隆重热烈的结婚场面。若干年后，说不定可以写成一本书呢。你们说，好不好?"

热烈的喝彩，热烈的掌声。

眼下，该来的大都来了，但少了吴慧洁。她一心盼望郑达翔回来，商量着和黎月他们同时结婚，但左等右等，只等来一个扫兴的消息。郑达翔给黎月和梁相谦来了一封信，告诉他们，他已离开市区社教试点，回到他原来的队上，离开时，伯母的问题尚无结果，看来均需等到来年才会见分晓。他劝黎月不要着急，也不要过问，最好听其自然，许多事是个人无能为力的，不要徒生烦恼。他遣词小心谨慎，写得含含糊糊，但那意思，黎月完全心领神会。难怪母亲的心里只字不提这方面的情况。达翔还说，他不断收到慧洁催他结婚的信，他何尝不想飞回来，和老同学们共同举行结婚大典，他太想结婚了！但是社教队不放假。春节前他们要整顿一月。整顿什么，尚不得而知，但估计，在西安时向黎月吐露的那些心事，恐均属整顿之列。这封信叫黎月心里格外难过。

吴慧洁想必也得到同样消息，本来就坐不住的她，终日骚动不安，耐不得寂寞，总想身边有人陪伴。但是和金泽的接触已经使她反感，她再也不肯到他那里去放大和冲洗什么鬼相片了。一时的迷误悔恨和讨厌自己。达翔以外，别的男人也使她感到实在没有意思。好在教育展览本年度暂告结束，她请了几天假，匆匆探望她的大胡子去了。

金泽没有来。这个婚礼使他心情惆怅，空虚而百无聊赖。他把自己关在屋子里，也不知抽掉了多少黄金叶。不称心的婚姻叫他伤心透了，他像飞蛾扑花，惊惊惶惶，忙忙碌碌，但总无结果，既得不到花，也得不到蜜。也许，他在思索，在反省。这思索和反省，发挥他本来就富有的聪明才智；也许，他还要沿着现在的路走下去，走进一个深深的泥潭，释放他天性中那些不良成分。现在谁能预知呢？

令黎月诧异的是，朱卫军和他的黑牡丹也没有来。

夜深了，小屋内只留下他们俩。茫茫乱乱熙熙攘攘的一天，他和她都未感疲倦，反倒更高亢兴奋。一炉炭火陪伴他们，温暖如春。两对眼睛相对凝望，万分幸福，几分惊奇。这里就是我们的新家？这就是我们的新生活么？明天，明天两个人都要与旧的我告别，生命将扬开一页新的历史。还有艰难吗？矛盾吗？别扭吗？还有中伤、流言、眼泪、痛苦吗？也许一切都有，但这会儿，他们心里一片光明，一片静谧。像仰头望见的一钩新月，只有明媚柔和的光晕，没有那么缥缈的环形山。

梁相谦望了一眼他们的床，蓦然想起应该问问黎月，为什么她一定要在今天铺这条粗布单而不铺西安妈妈寄来的那条苹果绿的小床单？

黎月深情的一笑。这笑让他迷惘。半晌，他实在猜不出，她才不得不开口：“这是乡下母亲送的礼物。我猜想，为了这条床单，她老人家不知熬了多少夜，费了多少辛苦，才把棉花纺成线，把线织成布，洗洗浆浆，样样都是她的心血。你想想，假如我们的新房里，没有她惠赠的东西，她若知道，能不难过吗？日后，我可怎么见她老人家的面？”

低缓的声音，徐徐地说来，轻得像云，柔得像风，但这几句话使梁相谦整个身心都为之震撼，他感激地把黎月看了又看，一把拉过她，搂在胸前，冲动地语无伦次地在她耳边低语：“谢谢你，谢谢你，我一定要好好地爱你，好好地爱你……”

紧紧地紧紧地拥抱，使她透不过气，使他难以自己。

“外边有人！”她撒了个谎，轻轻地挣开他。他侧耳听听，真有响动。松开她，拉门出去。一个睡意蒙胧的月夜。风将一撮树叶吹到墙根，那里有一堆尚未消融的积雪。一弯银光烁烁的上弦月，远远地望着他，善意地揶揄地笑。他意识自己受了蒙蔽，迅速抽身回来，紧紧地把门关住。

“等一等。”床前那块花布幔拉开了，遮住床和她。从布幔后边传来一个急促而又轻柔的命令。

一阵过后，万籁俱寂。他迷惑地猜测。她准是怕羞。和同学、朋友、同事中的男性交往，她一向落落大方，但在他面前却一直克服不了羞怯的障碍，那有保留的温情，常常使他的渴望受阻。

他站在铁炉旁捅火。炉膛里添的是瓦窑堡的燕窝煤，用火枪一捅，就像干柴烈焰。他看见靠近铁炉子的半截铁皮烟筒，烧得通红。红光映在那一块布幔上。铁壶里的水沸腾翻滚，大团大团的水雾弥漫在整个窑洞，似升起一片温热而庞大的柔情，似造就一个缥缈而诱人的仙境……

他不愿再等，也不愿意听从于任何命令。他觉得他正是炉膛里那毕剥作响的火炭，被铁皮筒吸着，带着呼呼的飞机轰鸣般的音响，燃烧起来，疯狂地燃烧起来。急切地把要去吞没他和她，融化他和她久久积压的愿望、激情和太多太深的爱，需要在雄姿勃发的征战中，得到一无顾忌地淋漓尽致地宣泄和有声有色的表现。

走过去，靠近床，撩开布幔的一角，一阵眩晕的光亮几乎使他倾倒。呵呵，呵呵……他震惊得说不出话来。在那个铺着粗布花单的小床上，裸露地侧身卧着的是一尊圣体，一尊卧佛，一尊安睡的维纳斯。

在浓密的睫毛下，她那微启的双眸，无声而频频地向他传递心音：你不是早就渴望观赏她，抚摸她，得到她？我之所以要保留，正是为了这一刻的毫无保留，正是为了你能无憾地得到一切。这是一颗完完整整的月亮，你可以细细地看，她未沾一丝纤尘，不染一滴泥垢……

他要接受了，不是带着猎人的贪婪，而是带着诗人的迷醉。他的目光移动着，在读一首最美的诗，在读一幅最美的画：如丝如绸的肌肤，优雅柔美的线条，从那光洁的肩头，到那凹下的腰肢，到那浑圆的臀部，是一条起伏的曲线，如湖面涌动的涟漪，如几多跃起的雪浪，柔和，细腻，匀称，明丽，这是荷叶中间的一朵睡莲，云雾中的一只天鹅，晨曦中喷薄欲出的半轮朝日，夜帷中那一冰清玉洁的月亮……呵呵，这是怎样的杰作呵……这是怎样的杰作呵……无与伦比，美妙无双，天地间仿佛再也造不出这样神奇的杰作了。就在这一刻，他的行为突然得到升华。孩提时代的爱，神秘的梦，和对爱情的向往，使他成为一个超然的存在，他心里充满神圣的喜悦和圣洁的情感，他似乎顿然领悟，爱情一如宗教，都有某些神秘的色彩；他也体会到，诗人们笔下对爱的歌颂，为什么和宗教里对神虔诚的赞美诗竟那么类同和相似……

他从迷离和晕眩中清醒过来，脸颊上竟是两行长长的热泪！火在炉膛里跳窜，血在他周身奔流……

没有邀请李光甫，李光甫突然地出现，让黎月他们突然地高兴。但她再三叮嘱特意邀请的朱卫军，却到底没有来，又使黎月和梁相谦感到缺憾。

清晨，一缕阳光从窗口射进来，照在新房里靠墙的那面小桌上。小桌上有一个搪瓷茶盘，几只带花的玻璃杯，还有一个暖水瓶和两面小圆镜，那是同事和朋友们送来的礼物。这些礼品中间，有五个黄灿灿的南瓜，高高地垒在靠墙的地方。这也是礼物，是朱卫军早在一周前赶着送菜的大车捎来的。那天梁相谦还在上课，朱卫军把南瓜和一袋小米交给传达室的郭香莲，还留了一张纸条：“……结婚是什么？就是在一个锅里吃饭，在一个炕上睡觉。盼你们成家后的第一顿饭，吃的是我送来的南瓜和小米。它们是荒山野坬、无人注意的沟沟畔畔偷种下的收获，但依然很甜很香……老朱和小夏同贺。”

“咱们去看看老朱。”起床以后，望见那一摞大南瓜，黎月脱口对相谦说。

正可以借此机会，一块儿出去走走，权作结婚旅行。梁相谦欣然答应了。他们把糖果拿了一大包，又拿了一条香烟，决心叫老同学喜出望外。

这是一九六五年的元旦。

阳光暖暖地照着石佛山。几天前那一场积雪，差不多已完全消融，干旱了一冬的土地，把雪水贪婪地吮吸净尽，只有背阴和低洼处，还留下一点残迹。空气冷冽，但异常清新。他们踏着冰面过河，顺着弯曲的小路上山。八月十五来这里时是夜间，朱卫军那裂缝的破窑洞内的陈设，留给他们非常压抑的印象。但现在这压抑之情没有了。不知是他们沉浸在自己的幸福之中，还是他们长进了，成熟了。人的生命力其实非常顽强，即使逼到天涯海角、悬崖绝壁，还会设法活下去的。黎月有时倒很羡慕他们，超然于社会之外，超然于人际纠纷之外，只为生存而奋斗，这是多么单纯的日子！谁能说这里只有艰涩、辛苦，没有恩爱甜蜜？托尔斯泰说的不全对，不幸的家庭固然各有各的不幸，幸福的家庭也各有各的幸福。

转过那块巨大突出的山崖，梁相谦猛地抓住黎月的胳膊不走了，他的眼睛惊恐万状又困惑不解地盯着前边。他记忆里，朱卫军他们住的那面黑黝黝的窑洞，已不复存在，它背后的那面山体，一溜坡地坍塌下来，乱石，黄土，荒草，枯树，埋葬了一切。

“这不可能，怕是我们记错了地方!”黎月像是在和自己争辩。她的脸已经失去血色。

没有错，他们就是被朱卫军带着走过这段小路上山的。他家对面的那面山坡上，有一片青枫林。卫军说过，陕北的青枫林叶子，秋天和枫树的叶子一样红。那片树林子还在。

路上过来一个捡羊粪老汉，他们拦住他。

“这是怎么了?”“滑坡。”“山坡有住家户没有?”“一个黑户。”“人呢?”“坏了。”

仿佛变成了冰，变成了石头，他们再也说不出一句话。卫军的脸，小夏的眼睛，孩子的小手，以及手中玩着的避孕套，还有那没刮皮的圆木，全都血肉模糊地交织在一起，在他们眼前晃动。黎月一头扑在梁相谦的后背，埋住脸，呜呜地哭出声来……

黎月又回到课堂上。

她有点莫名的紧张，好似第一次走进教室那样。虽然她在红绸棉袄上罩了件黑灯芯绒外套，还是吸引了学生，尤其是女生的注意。她们飞快地交换着好奇的意味深长的眼神，嘴角流露出不易察觉的微笑。

她拿起讲桌上的点名册，点名册下压着一尺见方的玻璃镜框，镜子左下角，有个小小的红漆喜字，左下角用同样的红漆写着：你的全体学生敬贺。

黎月那不听话的眼泪，又夺眶而出。好久，她才抬起头，向着她的学生，低声地又非常真挚地说：“谢谢，谢谢大家！”

她好像走了很久很久，只不过转了一个圆，又回到原来的地方。

但原来的奋斗和抗争，矛盾和纠葛，悲喜哀乐、酸甜涩苦，都不会再以同样的面目出现了。这圆上的每一个点，即是小小的终点，又是一个新的起点。

（选自《月亮的环形山》，作家出版社 1988 年版）

从两个蛋开始（节选）

杨争光

【作者简介】杨争光，陕西乾县人，1982 年毕业于山东大学中文系。著名编剧，小说家，诗人。著有《土声》《南鸟》《老旦是一棵树》《黑风景》《棺材铺》《从两个蛋开始》等小说，担任电影《双旗镇刀客》编剧，电视连续剧《水浒传》编剧之一，《激情燃烧的岁月》的总策划。

一　革命的蛋

队伍像温柔的母鸡，每打下一个县城，就会下一窝“蛋”，让他们留在那里，做地方工作。雷工作雷震春就是队伍打下奉天县城以后留下来的一枚蛋。他一十八岁，长得白白净净，像个念书的。他想跟队伍走，不愿留下来。他给连长说我不我不。连长拍拍他的肩膀说：

“雷震春同志这也是革命。今天以前，革命需要你扛枪打仗如狼似虎，从今天开始，又需要你做蛋了，你就在这儿做一枚革命的蛋吧。”

雷工作还想说点什么，队伍已经吹着哨子开拔了。他一脸的遗憾，对着开拔的队伍说：

“好吧，蛋就蛋吧，革命不能挑挑拣拣。”

那时候，雷工作觉得世上最好的事就是革命。他从十六岁开始革命，两年时间，正在兴头上。

他留了下来，在土改工作训练班训练了三个月，和白云霞一起被分配到符驮村。

白云霞大雷工作三岁，原在县城的一所小学当老师。她很愿意和这位穿着军装眉目秀气的前革命军人一起工作。她大大方方地握了一下雷工作的手，说：“我们走。”

从县城到符驮村，要走三十里土路。他们走啊走啊，走啊走啊，走到一个叫双冢湾的地方，白云霞累了，说，歇一会儿吧。他们就歇了一会儿。

正是小麦扬花灌浆的时候，路的左边是小麦，路的右边也是小麦，两边的小麦随风起伏着，像柔软的波浪，一层撵着一层，一层压着一层。村庄在很远的地方，看不见一个人影，只有几只不关人事的蝴蝶傻里傻气地扇着花翅膀，一会儿落在这儿的麦穗上，一会儿又落在那儿的麦穗上。

白云霞追了一阵蝴蝶，就势躺在了麦子上。麦子很软活，她让雷工作也躺。她说压倒的麦子明天会自动起来的。她说既然你怕压坏麦子你就躺得离我近一点这样就会少压一点麦子。

雷工作就和白云霞躺在了一起。事后，雷工作死活想不起他和白云霞成事的具体细节。总要解扣子吧？总要解裤带吧？总要往白云霞身上去吧？他自己上去的还是白云霞拉他上去的？这些，他一概记不起来了。他只记得麦秆被压破以后发出的响声，和打枪一样。麦秆破裂以后发出的清香直往他鼻子里钻。他使劲正使在兴头上的时候，身上的什么东西被突然抽走了。一下，一下，又一下，连他的手指头和脚心都感觉到了。然后，他就有了种甜的感受。忘不了又说不清的一种甜。

白云霞坐起来了，摘着头发上的麦叶儿，说：“好么？”

雷工作回味了一会儿，说：“嗯。”

白云霞伸过手来，摘着雷工作头发上的麦叶儿，说：“咋样的好？”雷工作又回味了一会儿，说：“和革命一样好。”

他说得很诚恳。

他们坐着，听了一会儿风摇麦穗的响声，走完了剩余的一段路，到了符驮村。

他们住在村上的佛堂里。

说是佛堂，其实是有堂无佛，也没有看管佛堂和焚香敬佛的专职人员，只是在几个月不见一星点雨的时候，才有人来这里打扫灰尘，开染坊的马四老汉才组织村上的妇女来这里敲鼓念经。念上一个时辰，马四就戴上柳条编成的帽子，背上背篓，领着女人们步行上百里路程，到北山里去“取雨”，回来后再到佛堂，把头上的柳条帽摘下来抖索一阵，把背篓倒过来也抖索一阵，算是把取回来的雨抖在了村子里。然后，马四就会给女人们说，都回去吧回去告诉你们家里人，就说雨已经取回来了在家里等着去吧。女人们就各回各家，和她们的家人一起坐在炕上，从窗户往天上看。也许真就下雨了。也许几十天以后才下雨。也许几个月还不下雨，他们就再去打扫佛堂，把取雨仪式整个再做一次。

风调雨顺的时候，符驮村人是不用佛堂的。

有几个晚上，白云霞去雷工作的屋里找过雷工作。雷工作比在小麦地里熟练了许多。好还是好，但雷工作再也没有感受到小麦地里那种忘不掉却说不清的甜。白云霞问他好不好，他没有说谎，他说不如在小麦地里。说得白云霞很失望。

可惜地里已经没有麦子了。只有收割过的麦茬儿了。村里的贫雇农要在麦茬儿地里划线砸木橛子了。

区长刘昆来村上检查工作，要雷工作和白云霞从佛堂里搬出去。刘昆指责农会主席杨富民敌情观点不强，不关心工作组的安全。地主分子想不开咋办？要报复去佛堂下黑手咋办？白云霞和雷工作虽然有些遗憾，但还是搬出了佛堂，分开住了。

白云霞搬到了新发现的土改积极分子赵北存家，和北存的寡母赵王氏住一个土炕。白天，她走门串户发动妇女，晚上就给赵王氏宣传苦尽甜来的道理。她先在赵王氏伸开的手心里写一个“舌”字，说：“这是舌头。”然后，再添写一个“甘”字，说：“这是甘蔗。”她启发赵王氏说：“舌头舔到甘蔗上以后，就会尝到一种味道，你想想是啥味道？”赵王氏说：“噢噢我明白了那不就是甜么？”就这么，白云霞在工作中找到了新的快乐，不再想雷工作了。

雷工作也在工作中找到了新的快乐，他的房东是农会主席杨富民。

为了使符驮村的土改工作有一个好开端，他把工作重点放在了地主杨柏寿的长工头杨乐善身上。每天都要找杨乐善谈话。杨乐善不但不愿意在斗争会上控诉杨柏寿，反而说杨柏寿对他好。他说杨柏寿的婆娘每天早上在他出工的时候都要给他烤一个馍，烤得又黄又脆。

雷工作硬是从烤馍上找到了缺口。他给杨乐善是这么说的：

“地主的婆娘为啥要在你出工的时候给你烤馍？我要是地主杨柏寿的婆娘我也会这么给你烤馍的，为啥？你吃了馍心情好，干活有劲。你要是给你自己干活呢？她会给你烤馍么？烤馍里有名堂哩，你自个儿想想。”

杨乐善从来没有像雷工作这样想过烤馍的事，雷工作一点拨，他似乎有些开窍了。

他说：“我想给自己干活，可我没地。”

雷工作说：“分嘛，分他的地嘛。土改就是要分地主的地嘛。”

杨乐善说：“这合适吗？”

雷工作说：“你看你看，革命就是要把所有的不合适变成合适嘛。这些天我给你讲了这么多，归结起来就是这一条嘛，你明白了吧？你知道了烤馍的名堂了吧？你该上斗争会了吧？以后你就有自己的地了，自己给自己干活，不会吃任何人给你烤的馍了，想吃了自己给自己烤，吃起来总是气壮。”

杨乐善到底还是想通了，在膝盖上砸了一拳头，说：“上台，就说这狗日的烤馍！”

然后，就召开了斗争地主杨柏寿的村民大会。

然后，就划线砸木橛子，分了地主杨柏寿家的地。

然后，地主杨柏寿的儿子杨天泰就揭发了雷工作雷震春的事情。

九岁的杨天泰脑顶上扎着撮头发，远看像长出来的一根大葱。他看着贫雇农们嬉皮笑脸地在他家地里砸木橛子，实在想不出表达愤怒的办法，就从裤裆里拨弄出他的小牛牛，冲着贫雇农们撒了一泡尿水，说：

“尿给你们去！尿给你们去！”

贫雇农们立刻涨红了脸，手上没了力气，木橛子死活砸不进地里去了。他们还没有习惯土改。凭着政府的一句话，就把别人的地变成自己的，他们总觉得不硬气，心里犯虚。

在场的雷工作当然不能让地主的儿子干扰土改工作，要天泰把他的小牛牛收回去，并威胁说，再这么撒尿就让你爸坐土飞机。天泰见过土改工作队给邻村的地主坐土飞机，一听也要给他爸坐，急了，转过身冲着雷工作喊了一声："你吃过我家的糖！"

雷工作正想做出一个要揪天泰小牛牛的动作，听天泰这么一喊，就愣住了，动作只做了一半。

天泰一手抓着小牛牛，一手指着雷工作，继续喊着："你还！你赔！"

雷工作确实吃过地主杨柏寿家的糖。

土改不但要分地主的地，也要分浮财。雷工作和杨富民去杨柏寿家清查浮财的时候，看见柜盖上有一包东西，问杨柏寿的婆娘：那是啥东西？杨柏寿的婆娘说是红糖，并解释说，她经常肚子疼，要喝红糖水。

雷工作突然产生了一种冲动：噢，糖？噢，糖！

那些天，他一直想找一口糖尝尝，不是因为嘴馋，而是想感受一下糖的甜味。他忘不了双家湾的麦子地，忘不了和白云霞弄完事以后留在他心里的那种甜。他想确切地知道那种甜和吃糖的甜会不会一样。

是人都会有三昏九迷七十二糊涂，都会有掂不住自己的时候。一十八岁的雷工作一时没掂住自己，犯了糊涂，向地主杨柏寿的婆娘伸手要了一疙瘩红糖。

后来，杨柏寿的婆娘又给过他一块冰糖，还给他喝过一口蜂蜜。

经过仔细品味，雷工作的结论是，吃糖的甜和他在麦子地感受到的那种甜是不一样的，而且，糖和糖的甜也各不相同。红糖的甜好像是从棉花套子里挤出来的。冰糖比红糖甜，但后味儿有些发苦。蜂蜜太腻，腻得喉咙发烧，在胃里也发烧。

如果有甘蔗就好了，可是，那时候符驮村是找不到甘蔗的。

区长刘昆亲自来符驮村调查了这起"吃糖事件"，并审问了雷工作。审问是在杨富民家里进行的。刘昆用盒子枪在桌子上连敲了几下：

"说！你为啥要吃地主婆娘的糖？而且不止一个品种！"

雷工作没有编谎，如实向刘昆交代了双冢湾麦子地里发生的事情，以及甜和吃糖的因果关系。刘昆圆瞪着眼睛，说：“完了？”

雷工作说：“完了。”

在刘昆听来，雷工作的交代比编造的谎言还荒唐，他说：“你你你编造得也太离谱了吧？”

又说：“你你你把阶级阵线问题说成了男女关系问题？”

雷工作说：“要是没有和白云霞白工作在麦地里的事，我决不会想到吃糖的。不信你问白工作去。”

刘昆找白云霞谈话的时候，白云霞是这么说的：

“双冢湾麦地里的事确实发生过，但吃糖的事与我无关。”

刘昆觉得问题复杂，就把他们两个一起带到区上去了。

以后，符驮村的人再没见过雷工作。

他们偶尔会见到白云霞，因为她成了区长刘昆的婆娘，留在区上工作了。

按符驮村人的说法，雷工作是“栽在屎头子上了”，或者是“栽在槌子上了”。

他们把屎也叫“槌子”。在日常言语中，他们不忌讳使用屎啊屄啊一类的字眼。在他们看来，人生在世，有两样事是经常的，也很重要的。一个是“吃吃喝喝”，一个是“日日戳戳”。后者指的是男女性事。既然是经常的，也是重要的，屄就是屄，屎就是屎，没有必要拐弯抹角。他们不觉得使用这些字眼是淫秽的，经常随意使用。比如，他们把胡说八道叫“屄胡翻”；把爱说闲话叫做“屄干”。这里的屄实际上指的是嘴。他们这么骂人，也这么骂自己的儿女：“屄甭胡翻”，这是告诫；“再胡说把你的屄撕烂”，这是威胁。“说话不详话，详话是王八”，在他们看来，“详话”的人才是淫秽的。

对雷工作和白工作的事，他们有自己的看法。他们是这样说的：“日屄的受了处理，挨屎的同样享受了舒服，却啥事也没有。”道德情感明显偏向雷工作。

这不奇怪，事实上，面对所有的男女性事，他们的道德情感都是偏向着男人的。把男女共同参与的性事活动分为“日屄”和“挨尿”两种说法，就是一个证据。在男人，叫“日屄”，是主动的，进攻性的，暗含着一种自豪。在女人，则叫“挨尿”，是被动的，接受性的，隐藏着一种歧视。

当然，对于符驮村人来说，雷工作只是一个匆匆的过客，和吹糖人的，弹棉花的，补锅的，收破烂的外乡人似乎没多大区别。

至于他和白工作发生的那点事情只是给符驮村人留下了一段饭后闲话时的谈资而已，说一说也就过去了。

但雷工作毕竟和吹糖人弹棉花补锅收破烂的外乡人是不一样的。越往后，他们就越感到雷工作对他们的生活带来的影响是很复杂的，多样的，久远的。

至少，村上住工作队是从雷工作开始的。

还有，土地被重新分配了。

还有，符驮村有了地主、中农和贫雇农，符驮村人开始有了阶级观念。

许多年以后，村里开了一间醋房，由跛腿康正管理。他编了几句顺口溜，见人来了就念：

我为村里管醋房
阶级路线记心上
贫下中农来灌醋
高高兴兴秤赀旺
地主富农来灌醋
给他够了就行了

贫下中农当然爱听，但天泰就不同了，一听康正念顺口溜，他就想往康正脸上吐。虽然天泰灌的醋并没缺斤少两，但康正言语中的歧视很让天泰气短。

总之，以雷工作进村为标志，符驮村的人就开始按照他们从来没有过的方式经营他们的日子了，包括种地、处理人事、生儿育女等等等等。笼而统之地说，他们走进了新社会、新生活。

二　符驮村的这个那个

符驮村有正后两条街，中腰是一条马道，把两条街连为一体，像一个“工”字。正街东门上有一座城门楼，青砖瓷瓦，雕花镂草，不仅造型雅致，做工也是极细致讲究的。城楼两边的青砖上有一副阳刻的七字楷体对联：

门临北水生佳气
楼对东岭起瑞云

对联上方也是阳刻的三个楷体字：祥符村

这是符驮村的大名。按读书人的讲究，符驮该是村庄的名，祥符则是村庄的字。这样有名又有字的村子，方圆几十里是找不出第二个的，可见，村庄的名字和它的城门楼一样，也是颇费过一番心思的。村庄在起名的时候，一定有识文断字的高人在场。

也许符驮村以前曾经出过知书通文的高人或者大学问家，但在雷工作进村的时候，村里没有。给地主杨柏寿的儿子杨天泰教私塾的段文锦先生，也只是教教《三字经》《百家姓》，还有从县城买来的两册国语课本，和大学问家相去甚远。

没有人知道城门楼是何时修造的，只知道村名和一个远游路过的道人有关。道人指点说，村子底下埋有一张符，这张“符”驮着村子，主宰和决定着村子的过去、现在和将来。这应该是“符驮”的由来。符可以主福，也可以主祸，可以主吉祥，也可以主凶灾。村人当然希望他们的这张符是一块主福主吉祥的符，能给他们带来好运和安康幸福的日子，于是，符驮就成了“祥符”，加入了他们的一厢情愿。

其实，符驮村的人对这种咬文嚼字的一厢情愿未必认真，祥符村一直是刻在城门楼上的一个标签，他们经常使用的还是“符驮村”。出门在外自我介绍时，他们不说“是祥符村的”，只说“是符驮村的”。即使到了人民公社化以后，“祥符村”也只在正式的场合和报表账表上使用。写作文字的时候是“祥符村”，嘴上叫的还是“符驮”，就如同地主的儿子杨天泰，记工本上写的杨步云，叫的时候还是天泰一样。大名虽然正规，但生硬，不如小名叫起来顺口，吉祥不吉祥，正规不正规倒显得不那么重要。天泰就一定能平步青云么？生死由命，富贵在天，不是你想就能想成的。

改革开放以后，满世界的人都在想各种办法弄钱。省城东边挖出了“兵马俑”，接着，西边又挖出佛塔地宫，每天人来人往，走马灯一样，收的门票钱用麻袋装不及。符驮村的人受此启发，就怂恿他们的第二代领导人赵互助刨城门楼，希望能刨出几样宝贝，没准也能刨出一个地宫。九十年代初，赵互助以村庄规划的名义派劳力刨了城门楼，结果一无所获。全村人围着刨下的几块木板和一堆青砖瞪了好长时间眼睛，恨不得变成齐天大圣孙悟空，朝着木板和青砖吹一口气，让它们变成他们希望里的东西。当然，他们不是孙大圣，吹不出那一口仙气。他们只能用叹气和摇头表示他们的失望和痛惜。赵互助舍不得雕刻在青砖上的那副对联和村名，又花了几个工，砌了一面照壁，把它们嵌在了照壁上。

因为城门楼，村庄显得头重脚轻，于是，村庄的西北角就有了一个土塔，高两丈有余，站上去可以望远。事实上，除了平衡轻重之外，土塔也确实是符驮村的孩子和女人们登高望“归”的地方。年关将近的时候，也是出门在外扛长工做短工的男人们陆续回家的时候，急切的女人和孩子们就会爬上土塔瞭望。即使瞭不见亲人，把目光放在远处，也能让焦灼的心得到一些松解。

雷工作进村的时候，土塔还在。人民公社化以后，私人的牲口彻底归了生产队，被拴在了一起。饲养员从土塔上取土垫圈，几年工夫，土塔就变成了一车又一车黄土，从饲养室运出去，作为肥料，施在了庄稼地里。那时期，村里人并没觉得把土塔变成黄土有什么不好，到了三年困难时期，村里的男人们背着他们的女人织的粗布去北山区换粮的时候，等米下锅的女人们想瞭远望“归”，才想起土塔没了，情急的女人们把罪责囫囵推在了饲养员杨乐善身上，骂已经做了鬼的杨乐善是

"驴日下的"。

在塔上瞭远也会瞭出意想不到的事情来的。就在雷工作所在的那支队伍解放奉天县城期间，和马回回的马队打拉锯战，符驮村的人日夜都能听见北边官路上过队伍的响动，还有噼噼啪啪的枪炮声。符驮村附近的庄稼地里也挖了战壕，村里的男孩子不分贫富贵贱，都去战壕里捡子弹壳。天泰和茂升家的头窝儿子发祥就一起捡过。女孩子不敢去战壕，就踩着脚窝爬上土塔看热闹。"嗖——"一颗子弹飞在了北存他妹彩凤的胸膛上。彩凤好像被谁猛推了一把，从两丈多高的土塔上鸟一样飞了下来，除了胸膛里流出的血，还有好多血从鼻子和口里被摔了出来，死了，也算做了一回符驮村的人。

白云霞从佛堂的偏房搬到北存家以后，北存他妈赵王氏给白云霞说，她一直想问问雷工作，打死她娃的枪子是从谁家的队伍里飞出来的？

符驮村的人把子弹叫枪子。子弹是从枪洞里出来的，和畜生下崽女人生娃相像，所以叫枪子。

白云霞说你不用问，肯定是马回回的队伍。共产党的队伍纪律很严，枪子决不会乱飞，要不，怎么会打败了马回回呢？

赵王氏相信白云霞的话，提起彩凤，她就说：我娃是让狗日的国民党马回回打死的。

那条官路在符驮村的正北，从东边的省城一直通到了兰州，后来，又通到了新疆一个叫乌鲁木齐的地方。

依照城门楼上对联的意思，符驮村的北边应该有一条河，但是没有，至少，在雷工作进村的时候没有，如果有，也是在很遥远很遥远的时候以前。北边只有那条很长很长的官路。

村南边紧贴城墙各有一道壕堑，里边长满芦苇。时常能听见呱呱鸟从密集的芦苇丛里传出的叫声，不噪人，反而给人一种亲和安详的感觉，尤其是在夜深人静的时候。

有一个涝池，和南城壕隔着一条路。女人们在涝池边上用枣木棒槌洗衣服的时候，就有光屁股的男孩子在里边耍水。挽着袖子和裤管，露出白生生的胳膊白生生的腿的女人在涝池里围成一圈，是符驮村曾经有过的一道风景。

久旱不见雨水的时候，涝池就会干涸，那里就成了扔死猫死老鼠破鞋底臭烂袜子的地方。一般都是女人或者孩子去扔，手一扬，死猫死老鼠破鞋底臭烂袜子就会在空中划出一道流畅的弧线。死猫落地时的声音最大，死老鼠次之，破鞋底又次之。

如果是女人穿过的那种粉红色的袜子，脱手以后划弧的样子就显得很兴奋，落地时却几乎无声，和飞扬时的兴奋形成了一种反差。兴奋，表示它曾经装饰过女人的美丽；无声，则表示它已经是没有用的东西了，只能去干涸的涝池。符驮村的女人曾经流行过穿那种粉红色的洋袜子。

还有一棵年龄不详的皂荚树，在村庄的东北角，从后街出小东门左拐，走几步就能站在它的树阴下边。树身已经空洞，却从上边伸出去一圈枝杈，撑出一个巨大的树冠，像一把打开的伞盖，远在北边的官路上也能看见。

符驮村每家每户的女人都用树上的皂荚洗过衣服。害哮喘的也用皂荚核儿熬草药祛痰治病。

皂荚嫩绿的时候，在风里发出那种啪啦啪啦的响声，老了，变成枣红色了，风轻轻一摇，里边的核儿就滚动着，使满树的皂荚如风铃一般响成一团，脆灵灵地在空气里滚来滚去，细听一会儿，能听出它们的数目来。

斗争地方杨柏寿连同分杨柏寿家的浮财，都是在皂荚树底下进行的。斗争杨柏寿那天，杨柏寿的儿子杨天泰不知什么时候钻在了树冠里，一口一口朝下吐唾沫。雷工作爬上去要捉天泰下来，天泰爬得更高了，从更高处往下吐。雷工作抹了几下脸上的唾沫星子，不敢再捉了，再捉，天泰还会往上爬的，没准儿会从树枝上跌下来。斗争地主的政策里没有要消灭地主儿子的条文，雷工作只能任由天泰在树梢上往下吐。后来分浮财，雷工作就多了一个心眼儿，让村上的娃娃们抢先占了树杈，不给天泰上树的机会。农会主席杨富民让土改积极分子赵北存给树上挂了一条麻绳，杨柏寿要来闹事的话，就用麻绳把他吊起来。杨柏寿不想挨麻绳，没来。贫雇农们顺利地分走了杨柏寿的犁耙镢头铁锨桌子椅子和棉被褥子枕头，还有杨柏寿两个婆娘的几件绸布衫和五双绣花鞋。

后来的几十年里，符驮村的许多次村民大会都是在皂荚树底下召开的。皂荚树不但有巨大的树阴给他们遮挡灼人的太阳光，还有众多的枝杈让年轻人享受远来的风。他们不想坐在树阴下的地上。他们更愿意躺在树杈上发表他们赞成或反对某一件事情的理由，不想发表意见，就在树杈上睡觉打呼噜，给严肃的会议搅进去一些戏谑。想制止他们的呼噜声，就得跳着跳着往上甩土块和瓦片。还得小心些，因为不能甩在他们的头上。

“文化大革命”期间的一天晚上，巡逻的民兵把建基的儿子平生和上官八的三女儿微微从树洞里吼了出来，问他们躲在树洞里干啥？他们说对戏词。那些天，他们确实在宣传队里排节目，一个演李玉和，一个演李铁梅。他们手里也确实拿着《红灯记》戏本。民兵用手电筒在树洞里照了一阵，没照出什么可疑的蛛丝马迹，就放了他们。第二天，民兵把这件事说给村里人听，有人笑他们，说：“你们让人哄了。他们手里有剧本，他们有手电么？没光亮咋看剧本？亲嘴嘴捏奶奶能留下蛛丝马迹么？哄了哄了，你们被他们哄了。”笑得民兵直后悔。

皂荚树遭雷击是九十年代以后的事，距离雷工作进村已经过去了近五十年的时间。它垮掉了半个身子，但另一半仍然顽强的生着叶子，只是结的皂荚远不如以前那么繁多，也不如从前的饱满。符驮村的人很早就不用皂荚洗衣服了，改用了“山丹丹”或别的洗衣粉。哮喘病人也不再用皂荚核儿入药，药店里已经有了专治哮喘的“喷雾器”。活人不能让尿憋死，村民大会也是可以另挪地方的。

所以，很少有人对遭了雷击的皂荚树怀有惋惜。它只是一棵树。

三　地主

七人农会和雷工作白工作在杨富民家商量过也做了决定，如果杨柏寿像邻村的地主车三那样，喊着叫着吐唾沫翻白眼要死狗，或者跌撞着给农会甩人命，就给他坐土飞机。四十八岁的杨柏寿是有些力气的，得几个人一齐上手，所以，他们也分了工，谁准备麻绳和板凳，谁准备砖头，谁扭胳膊谁压腿。地点也确定了，就在皂荚树底下。风声很快传了出去。杨富民和农会的人领着雷工作白工作去杨柏寿家宣布政策的时候，村上许多人都等着去皂荚树底下看热闹。

杨柏寿没吐唾沫翻白眼，也没跌没撞。杨柏寿很礼貌地把农会的人和雷工作白工作让进厅堂，唤他的两个婆娘给每人倒了一杯茶水，还说要是嫌热就给他们取扇子来。

“不热不热，我们来给你说说政策。”

“是的是的，你们一来我就知道你们带政策来了。”

“你和两个婆娘加上灵娃和天泰两个娃，没一个劳动力，种地全靠长工和短工，是铁板钉钉的地主。”

“是的是的。要说我该算一个劳动力，当然我很少去地里，就是去也是给长工们指点指点，不算劳动力也对。”

“现在是新社会了——”

“知道知道，雷工作白工作一进村我就明白了咱符驮村已经到了新社会。从那一天起我就把脖子伸长了。”

“新社会不要你的脖子，要的是你的地。”

“当然当然，我说伸长脖子的意思也就是这个意思。”

“牲口和大车要分，犁耙耱镢头锨也要分。贫雇农有了地也得有劳动工具，得有犁耙耱镢头锨，天下没有用手指头在地里抠着种庄稼的，是不是?”

“当然当然。我没地了要这些东西也是多余。”

“浮财也要分，比如粮食，比如桌椅板凳和棉被。还有吃饭的碗。你家有多少碗？细瓷碗，粗瓷老碗……”

“这得问我姐和我妹子。”

杨柏寿说的他姐和他妹子就是他的两个婆娘。大婆娘大他两岁，小婆娘小他八岁。大婆娘多年没给他生养，他就娶了小婆娘。灵娃和天泰是小婆娘生养的。娶小婆娘是大婆娘愿意的，所以相处得很好。杨柏寿有时候住大婆娘屋，有时候住小婆娘屋。不管在哪一个屋里多住几个晚上，另一个决不闹脾气。两个婆娘经常坐在院子里一人一架纺车纺线聊家常话。天快黑了，杨柏寿从地里或马房回来，站在旁边看她们纺线，直到想睡的时候，才用脚拨小婆娘。小婆娘会红一下脸，说：去，今晚跟我姐去。这时，大婆娘会说：我这几日腰疼，跟妹子去。娶小婆娘是为了生养，杨柏寿自然和小婆娘在一起的时候多。后来有了灵娃，再后来又有了天泰，杨柏寿就另盖了一院新宅，和小婆娘搬了过去。大婆娘留在老宅院里，照管灵娃和天泰还有十几个长工。杨柏寿时不时也去老宅里和大婆娘扯谈，晚了，也在大婆娘那里过夜。这在符驮村里是尽人皆知的，也让许多人羡慕。

两个婆娘温和地回答了碗的问题，并领着白工作白云霞去厨房和贮藏室清点了一遍，然后，又清点了两个宅院的所有家当，包括炕上的被子，柜里的衣服和布，造了册子。杨柏寿带着其他人去车房马房磨房柴房，清点了牲口大车和农具，还有积存的粮食，也造了册子。

杨富民说："旧宅院你得腾出来。"

临走的时候，杨富民指着新加入农会的积极分子北存，又给杨柏寿宣布了一项政策："北存是咱农会的人，他每天都会来你家转几趟，当然不是不相信你，是怕你万一想不开，做出犯政策的事。"

"欢迎欢迎。"杨柏寿给他从来没搭理过甚至没正眼瞧过的北存点了好几下头。

"还有话么？"

"没有了。"

对一个早已准备好伸长了脖子等着挨宰的人，也只能到此为止。你没法给他坐土飞机。他太识时务了。难怪不到五十岁就秃了顶，他满肚子的聪明已经绝顶了。他使符驮村的土改一开始就失去了应有的声色。

农会的人从杨柏寿新宅院的大门里走出来了。他们都感到了一种莫名的失落。他们的脸色很寡淡，脚步是零乱的，显得没滋没味。

一只公鸡在粪堆背后给母鸡踏蛋，北存抓起一块土坷垃扔过去，把它们打散了。

在北存"每天都去转几趟"的那些天里，杨柏寿家平静得像一口水缸。小婆娘很快就给大婆娘和灵娃天泰在新宅院里收拾好了房，让他们搬了过来。杨柏寿除了去皂荚树底下接受过一次斗争，再没出过他家大门一步。他没有破坏农具，也没有转移粮食。他甚至很爱惜他家里的所有的家当，每天都让两个婆娘和灵娃把桌子椅子擦得一尘不染，包括前院椿树底下的那块槌布的石头，尽管他知道这些家当大部分很快要分给贫雇农。他还给吃饭用的八仙桌楔进去几片薄木楔子，加固了一条有些活动的桌腿——后来这张八仙桌真分给了人口众多的贫农。天泰爱出去乱跑，杨柏寿给水瓮里挑满水以后，就会让灵娃叫天泰回来，他坐在一把椅子里听天泰念《三字经》和《百家姓》。时间长了，北存灌下了耳音，也能“人之初性本善”“赵钱孙李周吴郑王”地背出几句了。

在那段时间里，两个婆娘都没回过娘家，找不出她们转移过浮财的把柄。她们扫院做饭，抹洗桌椅，没事可干的时候，就拉一张席，坐在椿树下的阴凉里，平心静气地教灵娃做女红。

这不是正在接受土改的地主家！这是修身养性的道观！

白转了许多天的北存心里很不平衡，要求农会开会。雷工作和杨富民以为北存发现了情况，立刻把农会的人召到一起。

“有情况？”

“没有。”

“没情况你瞎咋呼啥？”

“没情况就是大情况。”

“噢？噢噢，说说看说说看。”

“全符驮村人都是一人一个婆娘是不是？有的人还没有婆娘是不是？可地主杨柏寿一人占了两个，这是不是情况？”北存把脖子上的头扭了一圈，挨个儿看着农会的干部和雷工作白工作，目光有些咄咄逼人。

“你们说，这是不是情况？”

没人想过这个情况。仔细一想也确实是个情况。

北存说：“土地能分，生产资料能分，浮财也能分，能不能分一个婆娘给贫雇农？”

没有人能回答北存的问题。雷工作和白工作也不能回答，只有问区长刘昆了。

刘昆用手指头在头发里抠了一阵，说：“谁他娘的提了这么个问题？”刘昆又说：“这虽然是个问题也有一定的普遍性，可土改政策里没有给贫雇农分老婆的规定，所以，这个问题暂不考虑，等国家有了规定以后再说。”

对区长刘昆的回答，北存一直不服气，土改结束后好长时间还耿耿于怀。他感到刘昆太没胆气。符驮村的土改一点也不轰轰烈烈，远不如马四戴着柳条帽领着女人去北山取雨热闹，惹人兴奋，差远了差远了。

几年后宣传《婚姻法》，村上又来了工作队。《婚姻法》规定一夫一妻，杨柏寿有两个婆娘的问题又一次被提了出来。工作队给杨柏寿的婆娘多次做工作，竟没有一个愿意离开杨柏寿。最后，工作队给杨柏寿规定只能和一个婆娘睡觉，算是具体问题具体对待，其他的就管不了也没法管了。两个婆娘和杨柏寿住一个院子，关系又很好，晚上大门一关，谁知道杨柏寿会不会和过去一样和两个婆娘乱睡呢？

杨柏寿到死都有两个女人。

九十年代以后，天泰把两个娘的坟和父亲杨柏寿的坟迁在了一起，并立了碑。立碑的那天，天泰把他姐灵娃也叫来了。灵娃领着儿子女儿里孙外孙一伙伙，跪在碑子跟前烧了一大堆纸。杨柏寿有两个婆娘又一次成了符驮村的一个话题。后生们原先不知道，现在知道了。在咸阳做过包工头的建民晚上睡觉的时候在他媳妇翠歌的大腿上狠狠地捏了一把，说：“看看杨柏寿的两个女人，那就叫大家闺秀，哪像你个嫖客日下的，天天像防贼一样盯着我，狗一样用鼻子挨在我身上闻来闻去，检查我的裤头，有的没的都和我闹，还喝老鼠药。”

杨柏寿的跑操症是在埝地里点完玉米种子以后突然发作的。他是符驮村最后一个点玉米种子的人。他拒绝了他过去的长工头光棍汉杨乐善的好意。杨乐善要帮他送粪点玉米。杨乐善说他只是帮忙不要工钱，还说他分了东家的三亩半地一直不好意思，又说：“皂荚树底下斗争你的那些话你千万别往心里去，烤馍的话是工作队的雷工作启发出来的。”

杨柏寿一边听一边摇头。最后，杨柏寿打断了杨乐善的话，说：“劳动光荣，剥削可耻，你不能让我再做可耻的人吧？”

“那是那是。我是说，全村的人都在点种子，再不点就过节气了。”

“我会点的。”

“好的，好的。那我走啊。”

第二天，杨柏寿就和他的两个婆娘两个娃开始往埝地送粪了，几天后，又给铺过粪土的埝地里点了种子。他们一家五口坐在地头歇息了一会儿，享受了一会儿傍晚时从东边吹过来的凉风，让凉风在他们的脸上、脖子上、手背上抚弄着。

路边有几块遗落的粪土。杨柏寿走过去，把它们踢进了地里。

这太平常了。长工们用大车往地里送粪的时候，常有粪块从车上摇落在路上，只要看见，他就会抬脚把它们踢进地里去的，然后，他会背着手，抬起头，用他那居高自傲的目光看着前边继续走路，去地里或者回家。要是恰好碰上村里的人，他还会和他们打招呼，随便说几句什么话的。可这会儿，他虽然也背着手，却没有抬头。就在他要抬头的时候，他突然感到他浑身有些乏力。是因为这几天送粪点种子太劳累了？不，不是，送几天粪点十几亩种子决不会使一个四十八岁的男人在踢几块粪土的时候感到乏力的。

他很快想起了他过去踢粪块的情景。那是一个富贵的男人在踢，他的脚是饱满的，有力的，实惠的，也是轻松的，自在的，优越的。同样是踢粪块，符驮村任何一个男人都不会给人这种印象，也不会有这么好的自我感觉。不只是脚尖，连周围的空气里都充满着一种气和势。

现在，他没有了这种气和势。是那几块粪土通过他的脚让他感受到的。

浑身乏力的杨柏寿软了下去，坐在地头上“哇”一声哭了。

他终于接受了现实。他一直挺着，到底没能挺住。

两个婆娘吓坏了，问他怎么了怎么了？他说他渴，想喝水。

他足足喝了两马勺凉水。他咬着喝干的马勺不松口。两个婆娘硬从他的嘴里把马勺掰了下来。

他说：

“我心里发急，想咬马勺，想抠墙，想跑圈圈。”

大婆娘说：“马勺咬不得，墙也抠不得。”

小婆娘说：“实在不行你就跑圈圈吧。”

杨柏寿就在屋里跑起了圈圈。

两个婆娘以为他们的男人跑一会儿就会停下来，没想到他会跑个没完没了，什么时候心里发急就什么时候跑。半夜从睡梦里醒来，尿一泡尿就不再上炕，要跑到天亮。正吃饭的时候也会放下饭碗，跑许多圈以后，再端起碗继续吃。两个婆娘偷偷问过郎中，郎中说这是一种病，叫“跑操症”，吃药不管用，只能让他由着心跑去。

杨柏寿跑了一个秋天又一个冬天，给屋里跑出了一道深凹的圆圈，像磨道一样。到冬至的那天，他停了下来，不跑了，说他跑累了，想睡。他捂着被子沉沉地睡了一觉，出了几身汗，醒来后像变了个人一样。他给一直守护他的两个婆娘笑了一下，说他以后再也不会发急了，身子里的毒气已经让他跑出去了。他也不会再为地呀房呀牲口呀大车呀操心了，都是些惹是生非的东西，会有不尽的麻烦，分给谁就让谁受去。说完这些话，他就找天泰，要给天泰剃头。他说天泰大了，不能再留茶壶盖一样的头发了，太扎眼。

他一边给天泰剃头，一边念口诀一样念了几句话：

茅屋是吾居，高楼的，大厦的，但愿求个遮风挡雨的；
粗米是吾食，山珍的，海味的，但愿求个充饥的；
丑妇是吾妻，美貌的，俊俏的，但愿求个贤惠的。

他让天泰记着。他说他以后不会再给天泰说什么了。他要晒太阳。

他果然就成了一个晒太阳的人。他坐在他家院子里的磨盘上晒了半辈子太阳。“文化大革命”时期批斗地富反坏右，天泰用架子车拉着他去参加各种名目的批斗会，他也是一副晒太阳的样子。

他死于一九七八年，正是人民公社开始解体的时候。天泰开会回来告诉他：“村上要把地分给各家各户了。”他歪过头睁开眼看了天泰一会儿，又把眼闭上了。天泰听见他爸喉咙里响过一阵痰声。他以为他爸没听清，想摇摇他爸，把分地的话再说一遍给他爸听，手刚挨着他爸的肩膀，他爸就倒在了磨盘上。

几年以后，天泰买了一头奶牛，用磨盘堵牛屋的时候，他发现磨盘上有一块凹了下去，仔细一看，和他爸的屁股一样大小，形状也一样。

这些事情，都是天泰给他爸迁坟立碑以后零零碎碎说给符驮村人的。

天泰说他一辈子过得平平常常，在符驮村没发过一次光闪过一次亮，是因为在他十三岁那年他爸剃了他的头发，折了他的性，要不然，凭他十二岁的年纪就敢冲着分他家地的贫雇农和工作队撒尿，敢在皂荚树上给斗争他爸的人吐唾沫，长大后多少也能闹出点事情来的，断不会这么平淡像一碗白开水。

天泰的媳妇确实不漂亮，甚至有些邋遢，经常在人面前捏着鼻子擤鼻涕，也在树上或墙上或自己的裤腿上抹她擤过鼻涕的手指头。但她从不给天泰找事。他们过得很安稳。

天泰娶这样的媳妇，大概与他爸给他念过的口诀有关。他们早已有了孙子孙女，也早随大儿子住了新屋，原来的宅院小儿子一家住着。

有一个传言是这样说的：

土改后的第三年，晒太阳的杨柏寿觉得刘福娃要从他家门口过，就睁开眼睛，果然看见了刘福娃。福娃和杨柏寿差不多年纪，给杨柏寿拉过长工，是贫雇农，分了杨柏寿十亩半地。杨柏寿给他招招手，让他进来。福娃就进来了。

杨柏寿说："你从你家坡头那块地中间由南向北走五十步，然后用镢头刨去。"

福娃有些莫名其妙。

杨柏寿说："你刨去，别给人说，也别让谁看见，你耐心些刨。"

福娃就真去了那块地，用镢头刨出了一个瓦罐，里边装着几十块银元。

福娃认为是过去的东家送他的人情，就对着瓦罐磕了几个头，把瓦罐包在衣服里提着瓦罐回家去了，没和任何人提起过这件事，包括他儿子来来和来来媳妇米雀。过了些日子，晒太阳的杨柏寿觉得福娃的儿子来来要从他家门口过，就睁开眼睛，果然看见了来来。他招手把来来叫进去，说："你爸在你家地里挖出了一瓦罐东西没给你说?"

来来说："没有么。"

杨柏寿说："你回去问他去。"

来来回去问他爸，他爸说放屁，没有事。

来来给他媳妇米雀说："难怪这些天咱爸总鬼鬼祟祟的，他在咱家地里刨出了一瓦罐东西，肯定是银元。问他死活不承认。他肯定想给他办人了。"

福娃土改前死了婆娘。来来的猜测是有道理的。

米雀说："不成不成不能让他办人，让他把瓦罐里的东西交出来。"

来来说："他不承认我没办法。"

米雀说："你去我娘家待几天，我想办法让咱爸坦白。"

来来就去了米雀的娘家。

米雀的办法并不复杂，她先当着福娃的面洗头洗脖子，让福娃给她的瓦盆里添热水。福娃添水的时候，米雀就把毛巾从衣领口那里伸进去擦身子，看得福娃眼睛发呆。

晚上，米雀在她屋里叫福娃："爸哎，你过来我有话要说。"

福娃站在屋门外想进去不敢进。

米雀说："爸哎门没插。"

又说："爸哎你把瓦罐里的东西拿一块你进来。"

福娃晕晕乎乎地取了一块银元，晕晕乎乎地进了米雀的屋。

来来回到家的时候，一瓦罐银元有一半已压在了米雀的炕席底下。

来来问米雀：“咋弄过来的？”

米雀说：“你爸不要脸，我叫他来屋里说话他就要上我的炕。”

“真上炕了？”

“没上炕席底下哪来这么多货？”

来来一巴掌就把米雀扇在了木柜腿底下。然后，来来把他爸堵在屋里，在他爸腰上砸了一镢头，逼他爸交出了瓦罐。许多天以后，一脸灰色的福娃挟着被砸坏的腰扭着拧着去找杨柏寿，想给杨柏寿说点什么。晒太阳的杨柏寿连眼也没睁一下，没有理他。他又扭着拧着走了。

如果传言属实，晒太阳的杨柏寿也够阴毒的。

当然，这只是个传言。但来来的媳妇确实是符驮村翻身的贫雇农家最早穿洋布新裤子的女人之一，不能排除她得了外来之财。

福娃的腰以前似乎是好的，也确实有过办女人的心思，没想到腰出了严重问题，女人自然没办成。他走路一直很艰苦，走两步就要闪着肚子往前展一下，如果对面有个女人，不知情还以为他在对女人做流氓动作。

四　脱“颖”而出

北存有过偷西瓜的不良经历，还在他叔伯嫂子莲花跟前要过流氓。这两样事情险些成了他进农会的障碍。为了把事情弄清楚，当着雷工作的面，杨富民和北存有过一次严肃的谈话。

北存只承认偷西瓜，不承认要流氓。

“我确实偷过西瓜”北存说，“开始的时候是因为嘴馋，想吃瓜没钱买，后来就不是了。一来，我只偷邻村地主车三家的西瓜，二来，给车三看瓜的那个山东客不是个东西，是个地地道道的顽固派。头一回，我刚进地就让他逮住了。他好像知道我要偷瓜。他一手提着切瓜刀，一手揪着我的耳朵，把我揪到瓜庵子旁边的石碾子跟前。他说脱鞋，我就脱鞋。他说站到碾子上去，我就往碾子上站，脚一挨着碾子，我就叫了一声爷，从碾子上蹦了下来。太阳正毒的时候，狗日的石碾子烙铁一样。我看着碾子直往后退。山东客晃着切瓜刀说别退别退，麻利点站上去。我说求你了太烫我的脚受不了。他又晃了一下切瓜刀说，上去！我怕石碾子，更怕他手里的切瓜刀。日他妈上吧，我就上了石碾子。我的脚心像猫爪子在抠，直往心里头钻，脚趾头像拧绳一样。头顶上是毒太阳，脚底子是石碾子，我快昏过去了。我说瓜客爷你让我下来我再不偷瓜了。瓜客不吭声，坐在瓜庵子旁边的阴凉里捉裤腰上的虱子。我在石碾子上站了足有半个时辰。我说太阳把我晒死你就养活我妈和我妹去。我这么一说，山东客好像灵醒了，歪着头看了我一会儿，放我走了。我的脚心让石碾子烙出几个泡，烂了，流了几天血水。我恨死他狗日的了，他用石碾子折磨我。我心里憋上了气。”

“所以还要偷？”

“当然。我就不信我从瓜地里抱不出两个瓜来。脚没好彻底，我又去了。”

“成了？”

“又让他狗日的逮住了。他眼睛太尖，我刚摘了两个瓜，他就到了我跟前。我觉得很丢人，一直在地上爬着。他说起来起来，他用手指头在我摘的那两个瓜上敲了几下，然后讽刺我，说我不会偷瓜，偷了两个生瓜。我说你是不是还要我站石碾子？他说今天太阳不争气石碾子没晒好不让你站我让你吃瓜。他让我吃那两个生瓜。我说好吧我吃。我没想到他要我连瓜皮一块吃，还要我吃瓜蔓。他说瓜一摘瓜蔓就没用了你也得吃到肚子里去。我说两个生瓜已经撑得我反胃了要吐，再吃瓜蔓就……没说完我就真吐了。他说吐出来一些肚子里就有地方了吃吧。还要我吃瓜蔓，我不吃。他说不吃就剁你的手。好吧那就吃，吃得我满嘴流绿水。我又让他折磨了一次。”

“第三次呢？”

“我想我不能再这么干了，我得用点心思。再伶俐的猫也有打盹的时候。我发现他每天晌午吃完饭都要在瓜庵子里迷糊一会儿。他太会舒服了，他迷糊的时候，总要脱光衣服精着尻子。我有了主意。我在塄坎砍了两捆野枣刺，等他发现的时候，我已经把他堵在了瓜庵里。我当然不能摘生瓜。我有的是时间。我很放心地用手指头在瓜地挨个儿敲了一阵，选了五个瓜。我脱掉我的长裤，扎住裤腿，一个裤腿里装两个，然后搭在我的肩膀上，把剩下的那一个抱在怀里，大大方方地从瓜地里走了出来。我摘瓜的时候，他一直光着尻子在瓜庵子里跳着骂我。要把两大捆纠缠不清的野枣刺一根一根抽掉，是谁都得出几身汗水。你不是顽固么？我就用更顽固的办法治你。当然，野枣刺只能用一次。我常用的办法是在泥水里滚一身泥水，让身子和土地一个颜色，然后往瓜地里爬……”

“偷西瓜的事就算说清楚了，再说说你和莲花的事。”

“莲花是我叔伯嫂子啊……”

“听人说你在她跟前要过流氓。”

“没有。我只是捏揣过她的奶子。其实一开始我并没这么想，事情和狗撵兔一样撵到那儿了。我听人说把沾了蛤蟆尿的枸树叶子当茶叶子给女人喝，女人就会不停地想上茅房尿尿。我就摘了几片枸树叶子，让蛤蟆站上边尿了几滴尿水，然后我把枸树叶子用火烤干，捏成碎末儿，然后我就想到了我叔伯嫂子莲花。雷工作可能不知道，莲花是我三伯赵满堂的大儿媳妇，他家过得好，要评成分可能会评个富裕中农。我常去三伯家串门。这回去的时候，莲花正坐在门槛上纳鞋底。她不但人长得俊样，手也灵巧，能给鞋底子上纳出许多花样。她纳过一针，就把针在头发里篦一下，然后再纳下一针。我说嫂子给你喝点高级茶叶。我怕她不信，就说是杨乐善从杨柏寿的大老婆那里偷出来的。她信了，就喝了我的茶叶水。没一锅烟的工夫，她就上了一趟茅房，很快又上了一趟。我知道我的茶叶起作用了。我抬脚在地上跺了一下，就看见她的腰往下缩了一截。她说兄弟你看我还得出去一下。从茅房回来没坐稳，我又跺了一下脚，她又想尿了。她不让我跺脚。我说咋啦？她说让你别跺就别跺。我还是跺了。她两腿一夹又去了一趟茅房。她说怪了怪了，问我给她喝的啥东西？我说茶叶啊。她说喝了你的茶叶水我管不住自己了，你一跺脚我就想上茅房。我说以后你别出门别到大路上去，马车一过来你就会尿得拉不住闸的。她知道我捣鬼了，要我给她调理。她说没人还罢了要是来个生人我这么不停地上茅房还不把人羞死了。我说我不能白调理。她说下回烙油饼我叫你来吃。我说油饼我不吃你让我捏一下你的奶子。她不让。我说要捏。她说不让。我说我跺脚啊。我把脚抬起来，问她让不让捏？她说让捏让捏你把脚放下来。我说捏几下？她说一下。我说两下。她说两下就两下。你看，就这么狗撵兔子一样撵到这儿了，我捏了她。她嫌我捏的时间长，说行了行了，硬把我的手摘了出来。我说只能算一下，剩下的那一捏留着我以后再捏。当然这只是个话，她不会再让我捏的。这也叫耍流氓？兄弟捏揣一下叔伯嫂子的奶子要叫耍流氓的话，咱符驮村一大半男人都该叫流氓了。”

北存没有说错。在符驮村，兄弟捏嫂子的奶奶，或者孙子辈的媳妇脱爷爷辈的裤子，都属于耍笑，是不算什么事情的。

所以，北存不是耍流氓。

偷西瓜呢？

区长刘昆是这么说的：“偷西瓜的人多了，像北存这么偷的却少见，说明他有毅力，有恒心。只要有恒心，铁棒磨成针。想捏女人奶头的人也很多，咋捏？都是借耍笑抱住硬捏哩。像北存这么捏的有几个？说明他肯动脑子会用心思，四两拨千斤。”

段文锦段先生曾经私下评论过这件事，说：“这就叫脱颖而出。颖就是俗话说的壳儿。在符驮村人的眼里，北存身上裹着一层死狗烂娃二流子的壳儿，刘区长把这层壳儿捏破了，北存就脱颖而出，令人刮目相看了。”

刘昆专门来符驮村见了一回北存。他把北存从头到脚底看了一遍，然后在北存的肩膀上连拍了两下，说：“好，好，没准真是个放电发光的材料。”

北存家分了三亩半地一头牛。杨富民通知北存的时候，看北存吭吭哧哧的好像有话要说，以为北存嫌少，就解释说：“要是你妹彩凤活着的话，你家就能多分三亩地，彩凤死得不是时候，地不能分，就给你家多分了半头牛，算是照顾你家的具体情况。”

北存说：“其实，我没想分地，也没想分牛……算了不说了。”

他硬是把要说的话咽了回去，任杨富民怎么问，死活不再往出吐了。

几年以后，他给他媳妇招娣道出了他当时的心思。他说他想的是地主杨柏寿家的灵娃。他想让农会把灵娃分给他做媳妇。他给招娣说这话的时候灵娃已经嫁给了王乐镇上的一个卖年糕的。北存说他是在监视看守杨柏寿家的那一段时间里起了这心思的。他看过灵娃纺线，也看过灵娃纳鞋底子。灵娃纳鞋底子用针和莲花一样耐看，纳一针，就在头发里篦一下，然后再纳下一针。那时候他就想娶个和莲花一样的女人做媳妇，灵娃就是，甚至比过莲花。

“所以，我给杨富民说我最想的不是分地分牛。杨富民傻不拉叽一个劲问我不想分地分牛到底想分啥？我咋能给他说？杨柏寿多了一个婆娘都不让分，只一个女儿就能分？我心里瞀乱了好长时间，后来一想，算屎了，我就一门心思跟毛主席搞社会主义了。后来，组织上要培养我，让我去县上学习，我就卖了那头牛。娶你花的就是卖牛的钱，还有一些作了我上县的盘缠。没车没犁，要牛没用处，还得给它喂草喂料。”

北存在上县之前娶了招娣，在学习班上入了党。回到村上没多久，就组织了全乡的第一个互助组。那几年符驮村人常说的“电灯电话，楼上楼下”“点灯不用油，耕地不用牛”，就是北存从县城带回来的。

五　落伍的革命者

杨富民和刘昆同在县城大财东上志明的粮行里当过伙计。刘昆是大伙计，杨富民是小伙计。他们都喜欢耍拳脚，在一起练过大红拳和小红拳。那时候，杨富民不知道刘昆是地下党。县城一解放，刘昆的腰里别上了一把盒子炮，成了县东南四十二个村的区长。刘昆问杨富民愿不愿意和他回乡下去革命。杨富民说愿意。刘昆说你上有老母下有妻小只有三间茅草房你当然应该革命。杨富民说革么革么我愿意。刘昆说革命要公而忘私你能不能做到？杨富民说能做到。杨富民就卷起铺盖回到了村上，成了符驮村的第一个革命者。

他组织并实施了符驮村的土地革命。他使符驮村的人对革命逐渐有了切身的感受。比如："革命真厉害。"这是符驮村的人在皂荚树底下斗争地主杨柏寿的时候感受到的。杨柏寿曾经是他们过日子奔幸福的一盏马灯。在革命面前，他不但熄了灯火，连灯油也被踢翻了。这几乎是一夜之间发生的事情，厉害厉害。

再比如："革命是翻脸不认人的"，这是他们看了并听了杨乐善揭发地主婆给他烤馍的罪恶用心，然后举起拳头呼喊"打倒地主阶级！打倒地主分子杨柏寿！"以后感受到的。

革命给他们中的许多人带来了实惠和好处。还给了他们从来没有过的兴奋。他们变成了一群欢乐的麻雀，或者是一群挤热闹的山羊。开斗争会去噢——拉牛分地去噢——先是一伙娃们风一样从村街上跑过，然后，他们就叽叽喳喳三个一群五个一堆去皂荚树下聚拢，就拉牛拉马拉骡子，就往分得的土地里砸木橛子……

当然，这只是革命的开始部分。支部书记兼农会主席杨富民执了这一部分的牛耳。他也是一盏马灯，一盏全新的马灯，比杨柏寿更耀眼。后来，牛耳到了北存的手里。杨富民熄灯了。

有人说这和他妈在街上浪骂有关。

就骂人来说，杨富民他妈是该写进村志的一个人物。

她有一对标准的三寸小脚，走路随时都会跌倒一样，可一旦骂起人来，就立刻像变了一个人，那一对小脚足能蹦出去一尺高，落地时不打趔趄。

她从不在自己家屋里骂，哪怕是骂富民媳妇，也要去门外的街上。她可以从早到晚连骂一整天不损坏嗓子。累了，富民媳妇就得给她端个板凳，让她坐着骂。渴了饿了，富民媳妇自然也得送饭，喝了吃了，放下碗接着骂。

她很少骂重样的话，且极具想象力。地里的庄稼被谁踩倒了几棵，她会骂："你有眼无珠让你妈摘两颗星星塞到你个鳖眼眶里嘛咹咹。"玩耍的娃娃们扔瓦片扔到她家屋顶上了，她会骂："手痒了到你妈炕上数毛去嘛咹咹。"这好像不是骂话，但符驮村的人都清楚，她说的毛绝不是头发或者汗毛，而在另一个部位。有人说了不利于她的闲话，那肯定是嘴痒了，她会骂："你嘴痒了，嘬猪尾巴去嘛你找和尚去嘛咹咹。"从嘴巴一定要滑到大腿之间的，再拉进一个和尚，这才算骂。

不只是和尚。她几乎能把所有的东西作为性交工具送给被骂者的母亲。比如柱子、檩和椽。比如杈把儿扫帚把儿，甚至拐杖。大可以是村庄西北角的两丈多高的土塔，小可以是插在女人头上的簪子。她也会让许多戏剧里的人物出场。比如："你叫秦桧去嘛，叫秦桧和你妈睡去嘛咹咹。""咋不让曹操盖你妈被子弄你妈呢嘛咹咹。""你偷我家东西娄阿鼠上过你妈炕嘛咹咹。"有人玩笑着问她，为啥不让岳飞去，还有吕布薛平贵。她会临时睁开眼，然后撇扭一下瘦而薄的嘴，说："便宜他狗日的妈了。"可见，无论她拉出了多少人物，都是经过精心挑拣的。

她好像剥光了被骂者他妈的衣服，从头到脚的每一个器官都在她的视线里，比如："你咋不让孙猴子拿金箍棒拔你妈的芽芽呢嘛咹咹。"她所说的芽芽，翻译成医学名词就是阴蒂。没有人能像她一样骂得这么仔细的。

每隔一段时间，她就会这么浪骂一次两次，好像王乐镇定时有的集市一样。当然，她的浪骂毕竟不如王乐镇的集市那样固定准时，有时会中断的。如果长时间没听到她的浪骂，符驮村的人就会诧异地互相发问："这几天咋没听见富民他妈的声了？"好像富民他妈不是在浪骂而是在唱戏。这不奇怪，因为踩倒庄稼的不一定就是符驮村的人，也许是一个和谁都不相干的过路人，或者是一头驴驹，房上的瓦片到底是谁扔的，玩耍的娃们自己也弄不清，所以，遭骂的对象大都是虚空的，没有实在的具体的对象。正因了这一点，符驮村没人和她较真，只当看戏一样地看她浪骂听她浪骂。甚至，顺着她骂出的各种花样是可以生出许多联想的，寡淡的精神会在联想中活泛起来。没有富民她妈天才的提示，谁能把木椽簪子拐杖甚至孙悟空大闹天宫的金箍棒和男女性交联系在一起呢？听看一次富民他妈的浪骂，也是符驮村的人在听看中展开想象的一次精神会餐。

也有烦听她骂的人。比如来来他爸福娃。他看一阵听一阵，就会闪着他的坏腰走开，脸上满是鄙夷的神情，说："完全是没男人缺尿戳，身心发痒哩，叫个男人去她炕上，让她那两片瘦肉合适合适，保准就不骂了。”

福娃的话也许是有道理的，富民他妈的浪骂也确实是在富民他爸死后才开始并逐渐成习惯的。

杨富民主持土改的那一年，他妈闭上了嘴，不再浪骂了。农会主席的妈大概知道她的浪骂会损害农会主席的形象。当他儿杨富民拉回来一头分得的骡子，并告诉她还要分十二亩地的时候，老太太的一张瘦脸变成了一枚核桃，脖子歪拧了半圈，看着高大的儿子，一对小脚鸟嘴一样在地上轮番啄着，说：“是不是？是不是？”这当然不是怀疑，而是过度的欢喜。满怀欢喜的富民他妈没有理由再坐在街上浪骂。

“那得给骡子盘个槽吧？”

“是的是的。”

“得弄草料吧？”

“是的是的。”

“得弄肚带吧？得弄缰绳吧？要不它咋给咱犁地？”

“是的。”

“还得有笼嘴。要不它会贪吃草耽误犁地。”

“是的。”

“这好日子说来就来了么。”

她以为她儿杨富民会把心摊在他家的十几亩地和那头骡子身上。她很快就发现她想错了。土改结束后，全符驮村的人都不要命一样在各自的地里刨金刨银，杨富民还和过去一样，三天两头不沾家，区上村上没完没了地开会。她不悦意了，和她儿谈了一次。

“我问你，还有骡子分么？”

“没了。”

“我再问你，还有地分么？”

“没了，土改已经结束了。”

“那你还去开会？”

“我是农会主席，我在党哩。”

“主席就可以不喂骡子？在党就可以不顾庄稼？你可听好了，我已经憋了整整一年没骂人了。我要再骂，不骂千人万人，单骂你这个在党的东西。”

威胁和警告似乎没起作用，在党的农会主席杨富民依然故我。那天，就在那一天吃罢早饭后，有人看见富民他妈颠着一对小脚走了一趟庄稼地，回来时胳肢窝夹着一大把毛草。她没有进家门。她把富民媳妇从屋里叫出来了。

“我渴了，给我端碗水。”

富民媳妇端了一碗水。

“把板凳给我拿出来。”

富民媳妇拿出了板凳。富民她妈不慌不忙地喝了那碗水，然后，坐在了板凳上。

“都来看都看，”她招呼来村街上的男男女女，指着放在她小脚跟前的毛草让他们看。“这是从我家地里拔的。哎嘘——”她长出了一口气，“是我家地里的毛草哟。”她把手分放在两个膝盖上，闭上了眼睛，仰起了脸，拉着腔开骂了：

“富民哎，我把你个猪日下的哎哎……”

吃午饭的时候，富民回来了，把他妈抱了回去。晚上他不但给他妈说了许多好话，还给骡子拌了一槽草料。他妈躺在炕上闭着眼一声没吭，他以为他妈睡着了，才吹了灯，放心地回到了自己的屋里。

第二天清早，杨富民和媳妇孩子还在睡觉，他妈就坐在了大门外。

“富民哎，我把你个嫖客日下的咹咹……”

这是一次持久而又结实的浪骂，没骂花样，也不嫌重复。她分明把自己捎带了进去。富民要是猪的儿子，她必和猪睡过觉了，富民要是嫖客的后代，她就该卖过淫。但小脚老太太不管这一层，只是浪骂。

“你是你爸的孱日下的还是全符驮村的孱日下的嘛咹咹……”

“难道你是农会的孱日下的嘛咹咹……”

“你不开会哪个乌龟王八要你驴孱日下的命不成嘛咹咹……”

“你到区上开会你咋不到你妈的大腿洼里开会去嘛咹咹……”

她整整骂了半个多月，直到惊动了区长刘昆。

刘昆沉重地踱了一阵步子，说："这样影响不好啊，富民同志。"

杨富民一脸愁苦，说："我拿她一点办法也没有。早上抱回去，她下午接着骂，今天抱回去，她第二天照旧还骂。我恨不得……不瞒你说，我天天晚上给她下跪磕头哩。"

"已经骂到农会了，再骂就会把党捎带进去的。"

这是杨富民没法把握的，也许她妈真的会把党捎带进去。从区上回来，杨富民又给他妈下了一次跪。杨富民流着眼泪给他妈说他以后不开会了，他喂骡子呀，他去地里拔草呀。他妈瞥了杨富民一眼没说话。她啃嚼着手里的半截红萝卜。

半年后，杨富民又一次被叫到了区上，受到了区长刘昆的严厉批评，说他是地地道道的"三十亩地一头牛，老婆孩子热炕头"。杨富民低着头一声不吭。

很快，北存就成了符驮村党支部书记。

虽然不当村干部了，但杨富民还在党，全区的党员干部大会还是参加的，所以，他偶尔还能见到区长刘昆。刘昆请他去屋里喝过一回茶。那时候，刘昆已经和土改时在符驮村工作过的白云霞白工作结了婚，那杯茶就是白云霞倒给杨富民的。杨富民喝得很不是滋味。他在区政府的大门外蹴了好长时间，满脑子都是刘昆的模样。

"刘昆啊刘昆，是你让我革命的，也是你不让我革命的。你说革命要公而忘私，我没做到，可你呢？你为雷工作弄过的一个破货蹬了过去的老婆，还让她当妇女委员，这也叫公而忘私？"

一股恶心气憋在了杨富民的肚子里。

"我日你刘昆个妈哟！"

"我日你的老婆白云霞哟！"

他站起来，朝着区政府的大门口吐了一口痰，走了。从此，他成了符驮村最最普通的村民，除了召开支部会通知他以外，很少有人再提说他。

他给村上的小娃们教过几年大红拳和小红拳。

"文化大革命"时期，土改时的分得户高选因骂毛主席被定为现行反革命。批斗会上，久不问村政事务的杨富民走上去扇了高选一个耳光。

“你驴日下的是得了毛主席的好处的，是我派人把你和你妈从讨饭的路上找回来，给你驴日下的分了房分了地！”

他满脸涨红，脖子突然粗了许多，眼珠子要蹦出眼眶了。

上世纪九十年代初，杨富民患了偏瘫症，半个身子不能自主。他生有三个儿子，老大老二已分了门另过，他和小儿子跃进一家住在一起。跃进除了种地，另有一头公猪，时常有配种的生意找上门来，可以收点零用钱。跃进夫妻去地里的时候，也是孙子上学的时候，家里就剩下偏瘫的杨富民和那头公猪。精力充沛的公猪一刻也不安宁，不是拱圈墙就是乱叫唤，听得杨富民心烦。他想制止它，就移到圈门口用双拐敲公猪头。被敲怒的公猪吼叫着竟从圈门里冲了出来，不但冲倒了杨富民，还咬了他一口，给他溅了一身粪尿。他咬牙切齿一寸又一寸地挪动着身躯，和公猪展开了一场持久地追逐。从后院到前院，从前院到后院，地上印满了他艰难爬行的痕迹。他再没能打到那头公猪。

当跃进夫妇把满身混杂着泥土和猪粪尿的杨富民抱回炕上时，杨富民已全瘫了，到死再没离开过屋里的土炕。

瘫痪的杨富民想过很多事情，有些想通了，有些想不通。比如，城里的老干部退休了可以拿退休金，而农村的就不可以。他让跃进替他写了一份材料，去县上找过民政局，答复说国家没有这个规定。他唏嘘感叹了好些日子。他给跃进说：“我解放时就参加了革命哎。”跃进看着他只笑不说话。

“日他妈还是农民可怜哎！”他摇摇头闭上了眼睛，似乎懒得再说了。

他是在看电视节目的时候死的。电视里正在转播香港回归的实况。他和跃进发生了一点小争执。他非说他看的不是电视是皮影戏。跃进说你老糊涂了你看了多少年电视咋说是皮影？他说“噢噢”，然后脖子也瘫了，硕大的头不由自主地从瘫了的脖子上耷拉下来，眼睛却睁着。两个孙子一声尖叫，死死地抱住了他妈的胳膊。

（选自《杨争光文集卷·壹　从两个蛋开始》，海天出版社2013年版）

热爱命运（节选）

程　海

五十六

听当地的山民说，前面十里处就是华山。

两边俱是高山，中间是一道溪流。水清澈极了，水底的鹅卵石软得打战。山谷里弥漫了原始的空旷的清新。阳光在这里似乎也格外清澈，金黄。一切都是那么爽目。也许由于地震或者山崩，河边上落着许多从山顶上滚下来的房子般大的石头，虽然它不再飞奔不再惊天动地地怒吼呼啸，但它仍威风凛凛。它是一个证明，证明地壳运动和山崩地裂是何等地强悍和可怕。

迎面又是悬崖绝壁。颜色不一的岩石，像书页一样，一层压着一层。都压着别的同类或被别的同类压着，谁也不轻松。巨大的呻吟响彻了山谷，但谁也无法从中解脱。于是，痛苦渐渐凝固成纹丝不动的宁静庄严，一切都沉默了……我们走近悬崖，用手去抠渐渐风化的岩层，竟抠出许多小蜗牛。从这些小蜗牛我们推断这个岩层一定在某个世纪某时某分轰隆一声埋没了一个生龙活虎的世界。

巨大的毁灭其实并不意味着悲惨。在历史洞察一切的眼睛里，生和死，毁灭和再生不过都是极平淡的循环。

痛苦的只是人过分丰富、过于敏锐的感觉，而历史从不痛苦。

小昙将一只小蜗牛放进手提包。

“女人总爱收拾小东西。”我说。

“它很好玩。”她说，“看着它，就会把一切都看淡了。”

道路旁边，横卧着一块瓦蓝色的花岗岩，大得像一个星球。上面镌刻着两个字：“脱俗”。走过这块石头，似乎真的脱掉了过去的臭皮囊，变成了一个新我。

我拉着小昙，越过了那个神秘的分界线。

山愈走愈深。到处都是鲜黄鲜黄的山藤子花。小花朵们含着淡淡的忧愁，平静安分地望着一片空旷，望着野鸽子和小山雀，望着寂寞的河水和黑亮亮的鹅卵石。长久的孤独和静寂使小黄花有了某种苦味。一棵高大精瘦的乔木，像笔直的船桅一样，伸向深蓝深蓝的天空，像在企盼着什么。枝头有一片去年弥留的枯叶，如小孩手中玩耍的风车，在风中滴溜溜地旋转。空气清冽得发甜，胸腔里有了一种幽寒，有了一种洗涤感。无边无际的寥廓，寥廓得让人惆怅。在白云和蓝天的大怀抱里，耸立着一座又一座深蓝色的远山。山两两相望，默默无语，似乎都是慧心无伦的禅者，没有激情和冲动，唯有淡漠和庄严。

突然很深刻地感觉到它的庞大。

陌生便是自由。

我们的周围，只有这个山沟，只有山沟里的河水、石头、悬崖峭壁。没有别的人，只有我们俩。即使后面来了别的人，也都是些陌生人。萍水相逢，命运互不相干。只是在此时此刻，我们才彻底割断了过去，割断了一切烦恼和错综复杂的因果关系。谁也不会痛恨我们，咒骂我们，责备我们；谁也不会关心我们，劝导我们，烦扰我们。我们再生了！

山沟里有许多沟岔，如果我们离开脚下这条路，从某个沟岔走进去，我们就会走进另一处陌生的荒山野壑。

我想象我们在那里可以隐居。

最好找一个天然山洞，将里面打扫干净，再拾一些粗壮的干树枝做成篱笆门，再从山外的小镇上买一口锅一袋面粉……还要购置一把猎枪，然后就像两个野人一样住下来。

再没有胆战心惊，忐忑不安，过分的小心，多余的警惕，无法松弛的紧张，惊恐万分的噩梦……

万岁——安全感！

可以最自由地拥抱！最自由地接吻！最自由地做爱！自由万岁！安全感万岁！

再在周围种满桃树。待到桃花盛开，便是一个现代化的桃花源了。

再生儿育女，繁衍一个庞大的桃花源家族。

小昙听完了我美妙的设想，勇敢地说："走，去试试看。"

我们立刻顺着一处沟岔走了进去。

沟道很窄，长满了乔木。头顶是今年的绿叶，脚下是去年的落叶。落叶很厚，踩上去，有一种松弛感。脚窝里，升上来一股股霉味儿。树干上，站满了半透明的金黄色的蝉蜕。一棵杨树梢头，飞来了一只长嘴鸟，羽毛五彩斑斓，鲜艳得有点儿怪异。它低着头，神秘地嘲弄似的盯着我们，忽然"嘎、嘎"怪叫了两声，那叫声很像笑声。

小昙忽然有点儿胆怯，拉紧了我的手。

"不要怕。"我安慰她，继续向前走。

"万一碰见什么……"她嗫嚅地说。

"无非是狗熊、豹子之类。佛经里有一个舍身饲虎的故事，假如碰上了便成全了咱们……"

"别说了！"小昙拉着我的那只手颤得像指南针尖。

"想一想兜里那只小蜗牛，别把死亡看得太了不起！"我鼓励她。

正说着，一只褐黄色的野兔从脚下的一个草窝里炮弹似的射了出去。小昙一声惊叫，跌倒在我的怀里，脸色惨白，布兜掉在地上，小蜗牛滚了出来。

"再别捡那只蜗牛了！"她神经质地说。

走过了那片树林，眼前豁然开朗。天上蓝光照耀。白云气势磅礴地从山脊后涌流出来，在天空画出许多奇妙异常的形状。白云明亮极了。

我多愿意做一个牧人，去放牧那些白云。

狼尾巴草长得齐腰高，一大片一大片，像密密匝匝的新生林。野芦苇仿佛从远处投掷过来的一排标枪，横七竖八插在沼泽里。紫红紫红的小酸枣挂满了悬崖，望得人口酸。莎草细叶纷披，摆出懒懒的、弱不禁风的样儿。癞蛤蟆是荒沟里的丑角，故意在你的眼皮底下，耸起龌龊无比的脊背，慢慢吞吞，不慌不忙，十分斯文地匍匐前行。旋复花开得到处都是，醉黄醉黄，惹得人残酷起来，一把一把拔下来放在鼻端狠狠地嗅。

山坡上升起几缕青烟。仔细看青烟下面，原来有庄户人家。我们走近一排瓦房，见门上挂着“村民委员会”的长木牌。一只牛犊似的大狗从门里扑出，用洪亮的共鸣音汪汪狂吠。小昙吓得躲在我的身后。我捡起一块大石头端在手里以防万一。这时，门里走出一位四十多岁的壮年汉子，八面威风地吆喝了一声：“回去！”大狗顿时变得软弱，灰溜溜地掉头走了。

“有身份证吗？”壮年汉子转过头，像吆喝那条狗一样吆喝我们。我估计他一定是村长，不然不会有这么大的派头。

“有。”我和小昙掏出身份证让他验看。

验看无误，摆了摆大手，让我们走开。但两只眼睛仍警惕地盯着我们。

我唉了一声，说：“中国人太多，什么地方都有人。”

小昙笑了：“而且还有村委会。”

“真是‘无处不有处处有’。”我沮丧地说。

“唯独没有你幻想中的桃花源！”小昙笑得更响了。

又走回那片狼尾巴草。狼尾巴草下面，是一年又一年枯死的茅草和莎草，积得很厚。由于这几天太阳好，那一层枯草晒得十分干燥。我们躺在上面，互相爱抚。头顶的太阳火红。晚上草里有露水，不能睡，那就只有白天了。但白天总是可怕的辉煌……肌肤粉嫩粉嫩，看得见每一根毛细血管。绒绒的汗毛被太阳照成了金红色，像肉刺……

总有些事情需要掩饰。

我们为不能掩饰而羞愧。因为无法掩饰，即使是在那刹那间的甜蜜里，也浸进了忧郁和耻辱。

“不要看我！”她忽然缩紧身子说。

我抖开一条被单，盖住我和她的胴体。她背过身，小声哭泣起来，大概因为刚才太裸露，太不知廉耻……

至高的，无所不能的女娲氏啊！我终于看见了你，看见你就在我的上方，和蓝天融在一起。你没有形状，因为一切都是你。

我们可怜的人类不过是你随手捏就的小泥人！

你的最高智慧是将你的指令化为我们的本能，将繁重的劳役化为至高的乐趣，将你的目的化为我们自觉的追求。

你为了让我们获得生存的热能，便给我们以美妙的味觉。我们天天从太阳出山忙到太阳落山，用各种手段为自己觅食，还傻乎乎地以为这是为了自己的口腹之福呢！

你为了让我们克服懒惰，努力劳作，便又给了我们竞争欲和荣誉欲。于是我们为了人类的事业呕心沥血，苦苦奋斗，还傻乎乎地以为这是为了一世的功名呢！

你又为了让我们繁衍后代，生生不息，便又赋予我们如火如荼的性机能。于是我们去追逐女人，纡尊降贵，不顾廉耻地向她们苦苦求爱，还傻乎乎地以为这是为了神圣的爱情呢！

每一次性爱其实都是沉重的交付，有些动物甚至为此要交付生命。这原是你分派的繁重的劳役，而我们还傻乎乎地以为这是妙不可言的占有呢！

你又为了后世的进化和优生，又给予人类以审美思维，于是我们都争先恐后地去追求漂亮聪颖的配偶，历尽抑郁烦恼，遍尝相思的苦楚，还称誉自己的行为是倜傥风流呢！

万能的女娲氏，卑鄙的女娲氏啊！你玩尽了花招，玩尽了巧计，让我们可怜的人类成为你手中随意摆弄的小木偶！我们的一切最精彩最愚蠢最善良最邪恶最雄壮最渺小的表演，都逃不脱你的部署和规范！

你不是神话和迷信，哪里有欲望，哪里就有你的存在！

我是什么？我不过是你所有小泥人中的一个。

灵魂又是什么？灵魂不过是欲念的深渊。这深渊里只有你的狞笑和你的狡猾，哪里还有什么独立的“自我”呢！

我没有我，我只有你！

我不过是你的一个渺小的仆役，一个体现你意志的高级机器人。虽然你从不命令我们，强迫我们，催促我们，但我们自身的欲望又何以不是你手中的鞭子呢？你用我们自己抽打我们自己，还要作出一副与邪恶无关的面孔，在一旁漠然旁观，你真是宇宙中最大的伪善者啊！

女娲氏说：

不要牢骚过盛。

我并不存在。若说我存在，那我也只存在于你们之中，就像一个丑陋的寄生蟹。

你其实就是我。连你刚才对我的责问对我的愤怒也是我。没有你，我又何以存在何以体现呢？

你所说的我的智慧（说成是狡猾和伪善也可以），其实是一种自然力，但自然力与智慧无关。

我并没有智慧，也没有意志，没有目的，没有我的任何要求。我茫然无知，我只是你和你们。

一切人的痛苦都是神的痛苦。

一切人的困惑都是神的困惑。

神就是你们内心，每一颗心都是神的殿堂。你们的质问应该向你们自己提出。

我们登上华山西峰。

山孤高得像上帝的肩头，这里已非人间。

白云在脚下海潮般地涌动，将我们和尘寰隔为两个世界。已经这么高，然而天穹依然十分遥远。

太阳无依无傍地向西飘动，显得孤零零的。四面八方都是一片深蓝。蓝得浩浩荡荡无际无涯，蓝得让人有点儿伤心。脚下的山峰，仿佛蓝色汪洋中的一个可怜的小孤岛。我们和小孤岛一起被蓝色围困。

孤绝！据说这是禅的最高境界。

七情六欲茫然若失。心里充满了天的感觉。灵魂渐渐大了起来，我们似乎也变成了天。

回望尘世，若一块淡绿色的小棋盘。河流如带。村庄像围棋子。行人似黑色的小蚂蚁，蠕蠕爬动。原先觉得极大极了不起的东西全变得可笑的渺小。看不见蓝桂桂，看不见田大光，也看不见俱乐部王主任和那个时刻准备割掉我阳具的人……距离将他们从我的视野里省略了，亦省略了他们和我之间复杂的因果关系。山下面的世界此刻只呈现广大永恒的和谐、美丽和平静。

在山之巅，我尽力去寻找“大”。

我的心境为什么不能如山之大呢？

我想：我爱了叶小昙，为什么大光就不能再爱她了呢？两个男人爱一个女人为什么不可以呢？若说不可以，究竟是犯了什么禁忌？若是我爱了小昙别的男人就不能再爱她了，那爱岂不是太褊狭了吗？

我爱了叶小昙，还有没有再爱那个挑水女子的权利？第二次爱情难道一定就是对第一次爱情的亵渎？

前些日子，我为什么要那么怕大光占有叶小昙？将女人看作是为自己守贞的囚徒，这算是爱她还算是奴役她呢？

黑夜降临。我抱着她，坐在一块岩石上，周围是深不可测的星空，脚底下的万丈深渊里也有许多闪闪烁烁的小星星。那些星星是人间灯光。

她看着那些灯，说她想起了一件往事。

我问是什么往事。

她说：“其实不值一提。”

我说：“说一说，权当解闷。”

她说：“那是我小的时候，去村外涝池边玩，回来后突然发起了高烧。烧得心里恍恍惚惚，觉得房子全成了红的，红得像一块大烙铁。我无意中将大拇指握在手心，觉得大拇指越来越粗，后来粗得像柱子一样。隐隐约约听见周围有人说着什么：‘这孩子准是把魂掉了！’好像是隔壁那个烂眼三婆的声音。‘那得去叫魂！’母亲焦急地说。”

“她们果然抱着我，去村外涝池边叫魂。夜漆黑一片，有人敲着小锣在前面走，当、当、当……锣声十分清脆悦耳。母亲拖长声音喊：‘小——昙耶，回——来！小——昙耶，回来！’像巫婆的声音，在黑夜里听起来怪神秘的。我心里凉森森，觉得自己就是那个被呼唤的鬼魂，便小声答道：‘我回来了。’”

"'回来就好！回来就好！'母亲和外婆惊喜万分。"

"后来病好了么？"

"不好怎么还能活到今天！"她笑道。

她忽然将头一垂，软弱无力地靠在我的胸脯上。

"我又听见了那个声音。"她说。

"谁的声音？"

"妈的声音。"

我惊怵地望着茫茫夜空，从深厚无比的黑暗之中，似乎真的响起了一个老妇人悲怆的呼声：

"小——昙耶，回来！"

"你想家了！"我说。

"什么也不要想。"我说。

"人总要想点什么。"她说。

"要想你就想想我吧。"

"你不能代替母亲。"

"难道有了我你还不满足吗？"

"不！我需要你，也需要父母亲，需要兄弟姐妹，亲戚朋友。没有他们，无论如何幸福，也觉得孤单。"

"又想起一件有趣的事。"她说。

"什么事？"

"那时我大约五岁。有一天，村里一家人娶媳妇，穿红挂绿吃酒席，热闹极了。第二天，有一个和我一般大小的男孩，对我说，'你当新媳妇，我当新女婿。'我高兴地说：'行！'于是我们一起模仿大人结婚的整个过程。最后，他还亲了我的小脸蛋，说是昨天晚上他站在凳子上，从窗户眼里看见新女婿就是这样亲新媳妇的。他让我照他的样儿亲他，我立刻毫不犹豫地亲了他一下。

"长大后，我和他都懂得害羞了，不敢再轻易接近了。但见了面总想起那件事，心里甜丝丝的，脸上火热火热。互相渐渐畏惧起来，连一句话都不敢说了，可是又总想起他亲我的情景。在心理上，觉得他和村里任何一个男人都不同。别的男人在我心里冷冰冰的，只有他在我心里是热乎乎的。其实我一点儿也不爱他，只是因为他小时吻了我，就永远觉得他热乎乎的。”

“现在还有这样感觉吗？”我笑问。

“那感觉大概会至死不变。”她说。

黑暗中，有两个陌生游客走过我们身边。听声音是一男一女。

男的说：“昨天，有一对恋人从舍身岩跳下去了。”

女的说：“听说那女的刚刚二十一岁！”

男的说：“他们跳崖时大家都围在那里观看，没有人去阻拦。他们互相紧紧抱在一起，碰了碰额颅，亲了亲嘴，然后就跳了下去。有好多人趴在悬崖上，看他们怎样下落。有人说快落地时他和她互相松开了。”

女的说：“大概那时候他们才想到了死亡，想到了自己，于是就各顾各了。”

男的说：“有人用望远镜看见他们摔在谷底后相距甚远。大家觉得他们应该摔在一起，便都很不满意。那个拿望远镜的人接着报告说：他们的头颅和内脏都摔碎了，鲜血互相对流，慢慢流在了一起，像一条互相扭结的红布带。于是大家都释然了，站起来，很满意地散开了。”

我们俩默默地听着，互相都不说话。

眼前有两股鲜红的血线仍在互相对流。忽然省悟到那死去的情人大概是我们。是我们搂抱着从西峰跳下去了？耳边风声呼呼……多么痛快淋漓的飞翔……上下四方什么障碍也没有了……但我们互相搂抱得很紧，并没有半途松开……我清楚地听见我们咕咚一声摔倒在谷底的声音。顷刻，绿谷变成了红谷。但我们仍搂得紧紧。太阳辉煌极了，辉煌得像一个节日。我们脸上没有丝毫苦相。血流得像一片火焰，照亮了崖顶上那些默默观望的人们……

有一对饥饿的金钱豹走了过来，毛色光滑极了也美丽极了。它们默哀似地围着我们转了三圈，然后就贪婪地吞食我们的尸骸。我们的尸骸由于充满了爱的激情而芳香四溢，两个野物吃得香甜极了。

它们吞食了我们的肉体，自然也就吞食了包裹在肉体里的火箭弹一样炽热的爱心，于是它们也爱欲发动，吼声响彻了山谷。到后来，由于我们灵魂的感召，豹子穷凶极恶的吼声渐渐变得温柔，温柔得像一支最缠绵最动听的情歌……

“我们也跳下去吧！”她说。

“别太性急。”

“反正回不去了！”

“还有些钱和粮票，够四五天用。要有耐心。既然到了最后，不妨从容洒脱一点。”我说。

“一定要那样吗？”

“也可以不那样。反正由着我们，我们要怎样就怎样。”

月亮升起来了。周围万丈深壑一片空蒙。忽然有了冷寂感。雾气好像乳白色的海水，深不可测。

“我也想起一件小时候的事情。”我说。

“什么事？”

“那是母亲说的，其实我并没有记忆。母亲说我在两三岁的时候，长得胖极了，胖得手背上有了五个窝儿，人见人爱。有一天，对门一个刚结婚三天的新媳妇，见了我，忽然动了恋子情结，一把从母亲怀里抢过我，在我的脸蛋上使劲地亲，亲得没完没了，贪婪得像个情人。我摇着头胡乱躲她，躲得急了，竟急出一泡尿，洒在她五彩斑斓的新衣服上。新媳妇不但不生气，反而爽朗地笑了起来，说‘不要紧，娃娃尿还是一样药哩。’自从母亲说了这个故事，我就对那女人有了一种特殊的感觉，觉得她和我像有前世缘分似的。其实这时候她已变老了，变脏了，变丑陋了。但在我的眼里，她永远年轻，永远都穿着鲜艳的花衣服，永远都是刚结婚三天那个样子。”

“你也想家了。”小昙说。

五十七

半夜时分，我们由西峰踱到南峰，在一片松树林子里找了一块比较开阔的地方。地面上松针落了厚厚一层。我们铺开风衣，面对面跪在上面，紧紧地搂抱。悲怆的激情又一次燃烧。我腾出一只手掌，抚摸着她冰冷的面颊，细腻的项颈。我的指端染满了类似凤仙花味的女人的气息，清凉、柔腻、芬芳却又变幻不定。时浓时淡，时有时无。然后我就去亲她。无处不是开放的鲜花……我有一种微醉感。

她颤颤索索解开衣扣，用一种女人的谨慎和斯文，一件一件脱着衣服，脱得什么都不留。她怜悯地看着我的饥饿和我的陶醉。为了显示她的富有和她的骄矜，她故意一动不动，只用两根指头扯着我的几丝头发嬉戏。

那纤腰在我手臂的环抱中细得像要折断似的。我心里怦然一动，取出一方小手帕，慢慢系在那腰的细处。手帕的另两角像三角巾一样遮着她玲珑细腻的小腹。然后我就去吻那两座雄奇无比的山峰。我猛省到那里才有真正的高度。她仍旧漠然，低下头，困惑地看着我含着她的山峰，好像不明白男人为什么总爱攀援……她慢慢伸出手掌，似乎动了爱怜之心，像母亲般慈祥地摩挲着我的颅顶，然后施舍似地吻了吻我的额头。

渐渐地，有爝火在她的肌肤下流窜。也许为了证明她并非木石，她变成了一座烫人的活火山。她呻吟了一声，似乎在哀叹自己迟迟来临的激情。她痉挛般地撕扯我的脊梁，狠劲地啃啮我的肩头，也许为了遮掩羞愧，也许为了表示对爱的愤恨。

被动是女人的美德，但她们也有难以被动的时候。虽然是因为情不自禁，而她们总是为此羞愧。

她对自己无可奈何，于是抱定了牺牲的决心，向后平展展地倒了下去……

一觉醒来，我感觉到了冰凉。

月亮亮晃晃的。她仍在熟睡，额头也是亮晃晃的。我用手去摸，竟摸下满手的露水。

她的头发像泡在河水里的一堆莎草。

她醒了，也用手抚摸我的头发，也摸得两手湿淋淋的。她同情地望着我。

为了保持温暖，我更紧地搂抱着她。她像一只光滑的水獭，偎在我的颌下。

猛烈的潮气从风衣下的泥土里升起，皮肤变得水腻腻的。甚至它还侵蚀着我们用身体保卫的那一点干燥和温暖。彻骨的冰凉，一切仿佛泡在水中。

“真不如去死！”她哭着说。

五十八

我不知怎么又回到村子，照习惯又在村外转了三圈。

“月明星稀，乌鹊南飞。绕树三匝，何枝可依？”

小路上仍长满淡蓝色的狗娃花。一堆堆干裂的牛粪黑得像煤饼子。土崖上仍长满菅草，拔下根茎在口里嚼，仍甜得像奶。小时候将小枣刺蓬子叫“狗”，如今它仍然是狗，咬我的腿，咬我的脚，咬我的衣服。

一切都没有变化。正因为没有变化，一切才显得十分亲切，十分熟悉，熟悉得让人伤心。

太阳突然之间落了下去，落得那么快，快得使人吃惊。一片漆黑。忽然听到小马锣当当当地响，随后一位妇人悲哀地呼唤：“南彧——耶，回——来！南彧——耶，回——来！”

我寻声走去，却看不到一个人。我继续向前走，最后走到了家门口。大门关着，但我不知怎么就轻轻易易走进去了。接着，我又轻轻易易走进母亲的房子。

好像还是二十年前的情景，炕墙上，只放着一盏菜油灯。母亲孤零零地躺在炕上，眼皮半拢，呼吸微弱。她没有看见我，仍在微弱地不间断地呼唤：“南彧耶，回来……”

我跪在炕沿上，上半截身子伏在她老人家的胸口，一边呜咽一边说：“妈，我回来了……”

但她仿佛聋了，一点儿也听不见我的声音，继续自言自语：

回来！你怎么还不回来？妈要死了，妈想见见你。妈好歹养育了你二十多年！你一定记得咱们家的那罐铜钱，你看哪一个钱没有磨得像纸一样薄呢？你如果不是故意粗心大意，你自然就会知道妈这些年的艰辛。妈不要求你报答，妈只是想见见你。妈不见你死不瞑目，你可怜可怜妈吧！

妈不行了。妈已经看见阎王爷了。这阎王爷长相真像你父亲，他不停地向妈招手，让妈到他跟前去：“快点儿，别磨磨蹭蹭的！还是那个老样子，死都死不利索！”妈任他抱怨，仍不断向后回头，看你回来了没有？

阎王爷有点不耐烦了，派了两个小鬼来催促妈。这两个小鬼长得俊极了，脸白得像粉疙瘩，嘴唇红得像红枸桃。他们不呵斥我也不催我，反倒搀着我扶着我怕我跌倒。他们笑呵呵的，模样很善良。我怕阎王爷惩罚他们的怠慢，便向前很快地走。

阎王爷的殿门口有一道大门槛，向外的一面刷着红漆，向内的一面刷着黑漆。外面红彤彤，里面黑冬冬。我怕黑，不敢进去。两个小鬼便抬起门槛翻转过来，立刻阴阳互换，里面红彤彤，外面黑洞洞。门楣很高，上面写着八个斗大的字。我问小鬼怎么念？小鬼念道：“阴阳无定，生死流转。”我听不懂，问这八个字是什么意思？小鬼道：“前四个字是说：阳间如果恶贯满盈就会变成阴间，阴间如果正气充沛就会变成阳间。所以有时候阳也就无所谓阳，阴也就无所谓阴。后四个字是说：饱受痛苦地活，其实和死差不离儿；安泰平和地死，其实和生差不离儿。所以有时候生其实就是死，而死又何尝不是另一种形式的生呢？”

妈仍旧听不懂，心想生总比死好一点，就说：“我不想活了，我会高高兴兴地去死，但你们要让我的儿子活着，活得越长久越好。”

小鬼说：“其实死活是自己决定的，谁也不会强迫谁。死得厌腻了，于是从无求有，求得一个生；同样生得厌腻了，便又从有求无，求得一个死。只是有了这道大门槛，生便和死互相有了隔阂。生总是误解死，畏惧死；死照样也误解生，畏惧生。其实生未必就是快乐，死未必就是痛苦。生死流转，每一次流转都是一次彻悟，一次胜利。至于你的儿子，他究竟要死要活，那是他自己的事情。他要生，就去勇敢地生；如果他活得烦恼了要去死，那也是没有法子的事情。”

妈听了这些话，心里很不高兴（因为妈希望你永远地活着），心想怪不得他们是小鬼，说的全是让人迷糊的鬼话。妈停留在门槛外面，不肯跨进去，因为妈等着要见你最后一面。

妈什么也不抱怨了，临死的人将一切是非都看轻了。妈心里最后只有你。妈已顾不得那个蓝桂桂和那个叶小昙了。你愿意爱谁就去爱谁吧，愿意和谁闹翻就和谁闹翻吧。只要你回来，回到妈的身边，让妈能看见你，摸见你，妈就心满意足了，妈就什么都宽恕了。

你看，妈现在变得多么自私，多么小心眼儿。因为你是我的儿子，我的一切都是为了你，甚至我临闭眼时最后一次的爱也要向你献出。

“妈，我现在就在你的身边！”我大声说。

但妈什么也听不见，头一侧，昏昏沉沉地睡着了。那盏小菜油灯，噗的一声熄掉了。

菜油灯又慢慢亮了起来。

妈仿佛不是躺在炕上，而是躺在灵柩里。面容松弛、慈祥，有一层淡黄色的天国的光辉。

远亲近亲都来了，都穿着一色的白孝服，一个个像雪疙瘩似地跪倒在灵柩旁，哀哀啼哭。舅和妗子哭得最伤心，不像哭，像是嚎叫。蓝桂桂一边哭，一边向亡者诉苦：“哎——妈喔——你咋丢得下你可怜的媳妇、孙孙呀啊——你走了，让我们娘儿俩怎么活呀啊——”

蓝桂桂的诉苦，诱发了其他命运相类似的人们的悲哀，于是哭声大作，声震屋瓦。

我没有哭。我怀疑妈是假死，因为刚才我还看见她好好地活着。

还有两个人没有哭。一个是程海先生，一个是我的小儿子。

程海先生坐在那盏菜油灯下，若无其事地在手里翻弄那些古币。后来又将其中一枚高高地扔在空中。古币在空中翻滚，像一枚紫星星。小儿子猛一跃，将古币接在手里。

“小心烫手！”程海先生说。

孩子说：“我不怕烫！”说罢将铜钱举在眼前，从中间小方孔看我和程海先生，并唱起一支儿歌：

钱钱钱，
有方圆。
圆笑方，方笑圆，
方圆都在一个钱。
扯他妈的蛋。

刚唱完，猛的手一抖，将钱扔在地上，叫道：“果然烫手！为什么？”

古币落在地上，红得像烙铁，从方孔里吱吱地冒起一缕青烟。

“这就是古币的激情。”程海先生说，“你奶奶和你爸爸都摸过它，它已经人化了，至少是有了人情味了。如今，你奶奶和你爸爸都死了，两个人未尽的激情全留给了它。它承受不了，自然就燃烧起来。”

我嘿嘿地笑了，说：“我在这儿，我并没有死。”

“活着也是死。”程海先生说。

“活着就是活着，怎么活着也是死？”我辩解道。

“活着是对死的死！”这位怪人越说越玄，“活在世上，焉知不是另一种形态的死？魂归阴曹，焉知不是又一种形态的生？死不知生，生不知死。甚至生不知生，死不知死。死死生生，就像方方圆圆，还不都是‘扯他妈的蛋’的一个东西！”

“哎——呀！”灵柩前的孝子们哭得惊天动地。

这时候，我看见妈从灵柩里坐起来，捂着耳朵，烦恼地说：“吵死我了！真都是些糊涂蛋！”她跨出灵柩，走到我们这一边，扔下那些人在那里继续号哭。

灵柩里仰躺着妈的躯体。我迷惑不解地指着那躯体问：

“妈，那是谁？”

“那才是妈的灵柩，妈在里面躺了六十多年，现在妈要离开那灵柩复活了。”

程海先生拍手大笑：“躯体成了灵柩，灵柩成了产床，怪哉！”

“扯他妈的蛋！”小儿子嘟哝着说。

我怕程海先生生气，就扯住儿子的耳朵，要他认错。他哇的一声哭了，一边抹眼泪一边朝我吼道：“全是胡折腾！”

身上的衣服黑脏黑脏，油一块汗一块。我们没有一件替换的衣服，只好让它脏着（出行太仓促，只带了很少一点钱，很多东西都忘了带。这足以证明我和她是不切实际的幻想家）。我们怕碰见任何一个人。我们都天生的好洁，二十多年来，洁净已成了我们的标志和习惯，甚至成了我们的尊严。但现在什么也不能了。我们为肮脏而害羞。

出门已二十余天，衣兜里的钱昨天就已经花光了。路过一个小茶棚，小昙说想喝一杯开水。我问了问价钱：每杯水四分。我怀着很侥幸的心理，在衣兜里掏摸着。兜缝里果然藏着一个圆圆的东西。我陡然兴奋起来，祝愿这东西是一枚五分镍币，待摸出来，却是个一分！

一分不多，一分不少！

我哈哈笑了，将这一分闪亮的镍币高高抛在空中，然后让它像一个漂亮的小水滴一样落在干渴的土地上。

就这渺小的一分钱，也让那个卖茶水的老婆看见了。她敏捷异常地走过来，将钱捡走了。

小昙说：“我渴！”

我说：“忍一忍！”

“我已忍了二十几里路，你叫我怎么忍！”她嘴唇干裂，干得冒火了。

“再忍一忍！”

“我没法忍！”她朝我咆哮道，变得像个泼妇，一点儿也不可爱了。

“不忍又怎么办？反正没有一分钱了。总不能像叫花子一样向人家乞讨！”我说。

“乞讨就乞讨！”

“不行，人总不能丢掉尊严！”我说。

但说归说，后来我还是替她去讨水喝。因为她的嘴唇已干得流血了。

“来杯水！”我装出很阔绰，很有风度的样子。

“自己端。”老太婆说。

小昙一连喝了三杯。我也喝了两杯。干渴解除了，全身重新有了活力。我拉了拉小昙的手，悄声说：“快走！”

“钱！钱呢！”老婆子在背后喊。

“你刚才不是拾走了么？”我不得不要赖皮。

“那是一分钱！”

“明明是五分！”我又一次要赖，什么尊严也不顾了。

“五分也不够，你们喝了五杯水！”

我们装作没听见，箭步逃走。

“赖皮，骗子，流氓！吃白食喝白水的东西，骗我一个穷老婆，你们不怕损阴德……”

渴解除了，饥又来了，肚子饿得咕咕叫。

小昙只低头向前走，一声也不吭，大约饥比渴好忍受一些。

她脚底下老打趔趄，仿佛得了软骨病。

“你饿吗？”

“不……不饿。”她欺骗我。她可能担心我若再去乞讨要无赖会再一次挨骂受辱。

“我也不饿。”我笑着充硬汉子，说，“不饿归不饿，但总还可以吃一点滋补品，譬如说人参。”

“又想学曹操了，望参止饥。”她说。

“不，说人参就有人参。”

我让她在田坎上歇着。拿出一把小刀，在草坡上挖了许多粗粗壮壮的马毫儿根，用手帕擦净，递给她吃。“这种东西，乡下人叫土人参。”

她很响地嚼着这些“土人参”，娇嫩如花的嘴巴顷刻沾满了一圈儿泥水。

我也嚼着，边嚼边说：“走吧！”

“往哪儿走？”她问。

“上神农架。”

“当野人？”

“野人是最自由的人类，而且还是科学家梦寐以求的考察对象。”

“不，还是回老家吧。”她说。

“重新回到原来的生活中去？”

“那里总有水喝，总有一口饭吃，总还有不向别人乞食的那么一点尊严。”

“但那里没有爱情。”

“别再谈爱情，我已经对爱情厌倦了。”她摇着头说。

天边的夕阳忽然变得很大很鲜，有一股葱花大饼的味道。黄昏虽然越来越暗淡了，但仍充满了诱惑。小昙唱道：

我的家，在东北松花江上，
那里有，我的同胞，
还有那，衰老的爹娘……

小昙唱得热泪盈眶。

好，回老家去！

真的该回老家了。很老很老的家。

拂晓时分，我们走到了漠谷河。鞋底磨了一个大洞，鞋壳里钻满了泥土。月亮落了下去。星星亮极了，大极了，低极了，仿佛一伸手，就能捋下一握青光。河水幽暗，呈淡灰色，流动时由于要冲击那些鹅卵石，便发出鸽子鸣叫似的咕咕的响声。和平之音！家乡，让我们和好吧！忘记过去的悲伤和烦恼，忘记那些数不清的恩恩怨怨，让我们重新开始吧！你看，我们鹑衣百结，头发散乱，面黄肌瘦，精神萎靡。我们是你的两个野孩子，我们不听话，自然也不受你的宠爱，但二十多年来，我们的任何经历都是关于你的经历，任何记忆都是关于你的记忆。

没有你，我们的生命就是一片空白，就像没有来过人世一样。现在我们回来了，因为我们抵挡不了你的诱惑和你巨大的默默无语的温情。不过，这也许是最后一次。我们斗胆回来，用绝望的激情紧紧拥抱你也让你拥抱我们。不过，大家都不许流泪。

好高的野草！大概是一片艾蒿吧？因为我们嗅见了它的苦味。小昙，我的好妻子，我的生死不离的永恒的伴侣！让艾蒿和它的苦味掩护我们。我们是两个爱情的游击队员，我们是在最后一次完成对乡情乡音的偷袭……艾蒿茂密如林，即使在大白天，也不会有人发现我们……我们的背后，是几十丈深的深谷。我有点糊涂了，说不清这是漠谷河还是华山西峰？可有一点是绝对真实的，那就是，只要我们后退一步，就会掉下悬崖峭壁摔得粉身碎骨……我们也许不会后退……艾蒿浓郁如药，多苦的艾蒿！

浓夜渐渐变得透明。周围的杨树、柳树、榆树有了轮廓。地平线青青的，像眼白一样。有一株没有叶子的枯树，印在苍白的天幕上，黑炭条般的枝杈错落有致，如一张抛向天空的网。它要打捞什么？

“希望。”树回答我。

“还有希望吗？”

“有，什么时候都有。”

“但我看你的网仍是空空的呀！”

“那是你看不见。只有希望的眼睛才能看见希望。”

“多么抽象呀！”我叹道。

县城里的雄鸡高亢地啼叫起来。雄鸡的叫声激情充沛，充满自信。唉，漂亮愚蠢、永不气馁的号手呵！小县城像撤去纱幕的舞台，城墙、高楼、平房……冷凝清晰地呈现在眼前，就像一堆吸引我们重新去表演的旧道具。很好很好。很熟悉很亲切，也很滑稽。这就够了！

第一批麻雀像一片尘土一样飞上各种各样的树杈，叽叽喳喳，奶白色的肚皮渐渐染上了嫩红的朝暾，像一枚枚红果子。麻雀永远是幸福的，欢乐的，我从来没有见过一只悲伤的麻雀。头脑简单有头脑简单的好处！一只早起的狐狸，在前面几丈远的地方，呆呆地望着麻雀，伸出舌头，舔着粉白色的嘴唇，眼睑下泪渍斑斑。它的痛苦产生于它的智慧。后来，它做出达观、幽默的样子，扭了扭蓬松的毛尖发红的大尾巴，小心翼翼地走向车轮般的太阳。太阳很新鲜很柔和很好玩。狐狸有些迷茫，对着太阳发窘。后来窜到草丛中去了。

小昙取出一个小瓶子，碰碰我的手。我打开瓶塞嗅了嗅，农药味直刺鼻子。

“也许用不着。”我说。

县城就在眼前。

是死是生？是投入还是退出？

一切突然变得十分迫切十分尖锐。

县城里有蓝桂桂，叶凯，挑水女子和那位舅母，也有王主任，田大光，俱乐部和木器社……数不清的熟人，数不清的旧人旧事……太阳穴一阵灼痛，各种因果关系全复活了，在心里像纷乱的马蹄一样践踏……不敢再想下去了，不是怯懦而是记忆犹新……昨天的距离太近了！

那么就退出。用死亡退出！

死有死的好处。死可以消除一切，战胜一切在生活中无法战胜的东西，战胜了别人也战胜了自己。唯有死能实现对困窘的超越。死能够洗刷一切，重新创造空白……空白多好啊！这场爱需要一个完美的尾声……总要画一个句号，不然就太麻烦了。这不算什么，只是由一种形式进入另一种形式……

我和她后退了几步，背向悬崖，像仰泳似地倒了下去。我像大鸟一样飞向绝对的自由。我强烈地感觉到风的坚硬的质量和雾气的湿度。人生无非沉浮二字，浮总需要努力，而沉却是极省力的事。高速度，像陨石陨落一样的高速度。我们全身装满了红色液态炸药。我们要把漠谷河炸得鲜红，最后一次表现爱和激情是何等的壮观，何等的轰轰烈烈！

“不能死！你不能死！”有两个人在半空中托住我喊道。

“为什么？”我愤怒地质问。

“你以为死就那么好求么？其实死和生，甚至和爱情一样，是极珍贵的东西，不可以轻易求之的东西！”那两个人说。

说完，将我们像抛死狗一样抛向沟顶。

随后，他们也像两片羽毛一样，飘了上来。他们竟长得像孪生兄弟，一模一样，脸白得像粉疙瘩，嘴红得像红枸桃。我明白了他们就是母亲曾看见过的两个小鬼。

“死不就是求个完蛋吗？有什么可珍贵的？”

“死是休栖地，是极乐世界。人若不能完成生命的劳役和职责，便不能进入休栖地享受极乐之福。当然你也可以成为孤魂野鬼，被关在休栖地之外，凄凄惨惨地流浪于离恨天，永世不能超脱。但我们见你虽然对生活有过分激烈过分苛求的毛病，总还算是一个痴心真情的男子汉，所以决定给你求死的愿望吃一顿闭门羹。”

“难道死也这么难？”

“死比生更难！”小鬼声色俱厉地说。

我忽然明白了什么，急忙脱下腕子上的手表，口袋里的自来水笔，还有藏在衬衣口袋里的一枚值好多钱的古币“大泉五千”，双手递给小鬼，用哀求的声音说：“快死的人没有积蓄，就这一点，求你们放我去死！”

“简直是胡扯蛋！”小鬼的脸气得更白，红嘴唇气得更红：“你把我们当成什么鬼了？难道我们是阳世的贪官污吏不成！”

“大家都是这样……没关系！”我赖着脸皮说。

“胡说。你以为是我们不让你死，其实是你的职责不让你死。你不要用那些臭钱污辱我们的鬼格了！你面前现在有五道‘鬼门合格检验关’，你若走得过去，你就去死吧！”

说罢，两个小鬼倏忽消失了。

眼前兀地耸起五道大关，上面用金字书写着：“鬼门合格检验关”七个大字。

我装出一副天不怕地不怕的样子，雄赳赳地走了进去，看究竟有什么牛头马面之类来阻拦我。

来到第一关，却没有什么奇诡的物象，只有我家那间小瓦房。奇怪的是周围没有村子，也没有一家邻居。瓦房门口站着我的母亲，白发苍苍，神态悲惨凄凉，口里不住地喊道：“彧——彧！”

我忽然动了怜母之心，扑通一声跪倒在妈面前，哽咽着说：“妈，我回来了……”

但妈不知怎么了，既看不见我也听不见我的声音，只管朝一片虚空絮絮叨叨地说：“彧，你究竟去哪儿了？你去得那么远，好多天也不回来看妈，你丢下妈寻你的快乐，你好忍心啊！妈天天想你，盼你，盼得急了就哭，整夜地哭，眼睛都哭瞎了。这几天，连耳朵都聋了。妈又开始数铜钱了，过去只是晚上数，现在白天晚上都在数，数你哪一天回来。妈老了，什么活都不能干了，要靠你担水磨面养活妈了。可你只管你，根本不管妈的死活。乌鸦也知反哺报恩，难道你连一只乌鸦都不如么？”

我哭了。觉得自己真的连一只乌鸦都不如，于是就变作一只小相思鸟，飞向第二关。第二关只有一棵叶子像孔雀尾巴似的合欢树，树下站着我的那个小男孩。我飞得很累，便落在合欢树上歇息。小儿子忽然举起弹弓，一下子击中了我。我鲜血淋漓地倒在他的脚前，但他并不怜悯，说：“我认得你，你就是南彧，就是我的那位不要脸的父亲！你扔下母亲和我，和那个野女人一同私奔了。但我怎么办？既然你当初那么狂热地生下我，为什么现在又用那么残酷的心肠抛弃我！刚才来了两位小鬼，说你要求死。我更生气了，因为这证明你不但是一个第三者，而且还是一个真正的懦夫。你想用死逃避养育我的责任，逃避你应给我的那一份父爱，逃避你怠惰的名声！不，我不能让你去死，不能让你在死里找到偷懒的休栖地！”

我无法回答，于是我又变作一条银灰色的无毒蛇，在草丛中蜿蜒而去。

“呸！没有腿和脊梁骨的东西！”儿子在后面顿足骂道。

“这就是第三关。”那个挑水女子嘻嘻笑道。我无心理她，想绕过她爬到第四关去。

“你不是欲望之蛇么？你那么爱缠漂亮的女人，为什么不来缠我？难道是我长得太漂亮反倒使你产生了逆反心理？可见你还是一个不彻底的爱者，一位孔孟高徒和传统道德的恪守者。外国大诗人普希金和拜伦，哪一个没有成打的情人，他们慷慨施爱，不辜负每一个爱他们的女人，就像如膏的春雨不辜负小草的渴望一样。而你呢？你只对小昙跨出第一步，却不敢向我跨出第二步，甚至连第一步也不敢跨到底，竟然要求去死了！你以为这样就会解脱你的罪恶感么？这其实是你的自私和残酷！因为你的死辜负了上天赋予你的原欲和女人对你的殷殷深情。你已经变成了真正的伪君子，所以你根本不配去死！”

我面红耳赤，但仍无言以对，于是又变成一只小鹿呦呦地叫着让她觉得我已非我，向第四关跑去。

第四关是一个童话般的五彩缤纷的小屋子，上面用霓虹灯组成四个大字：“诗人之家”。门窗大开，秋叶飞老师坐在里边，用一只长杆毛笔正在书写诗篇。他看见我，立即举起拿笔的那一只手招呼我：

“我知道你要去死。我早就知道。

“但你现在无论怎样的死都是非死。

“真正的死是一种成熟。正如麦子成熟谷子成熟玉米成熟就会自然枯死一样。但你现在成熟了么？你本来有写诗的天赋也写了不少好诗，但你的诗还远远未到鼎盛的时候，你还是诗的芳草地里一株稚嫩的青苗，你还没有结出累累果实，还没有完成大地山川要求你的天职，所以说你的死是非死，或者说是一种放弃奋斗不求进取的可叹可怜的自我夭折！

“我知道你背着道德的十字架。你不堪其累，想在死里找到休息。

“但真正的英雄是敢于背着十字架继续跋涉的人，敢于在身后的道路上洒下汗斑和淋漓鲜血的人。死是苦难和奋斗之后的最高奖赏！”

我惊叹他这一番关于死的奇妙的议论，但我仍觉得无法反驳这一席话，便变成一只雄鸳鸯飞向前去。

第五关有两株绿荫如盖的连理树，树下站着蓝桂桂。我知道她要说什么，赶忙反身逃走。“呸，你这只假鸳鸯、野鸳鸯、淫鸳鸯！你背叛了我又不愿意用正式离婚解脱我！你只想逃脱法律的约束，去干苟且之事寻欢作乐。今天我倒要看你逃到哪里去！”她边骂边扔来一只大木棒，不偏不歪，正打在我的后背。我吐出一口鲜血，知道自己已经负伤，可我仍挣扎着逃走了……

一切仿佛一场噩梦一样。

我猛地睁开眼睛，发现自己仍躺在那片艾蒿里，小昙也仍挨着我酣睡。我摇醒她，想告诉她刚才过五道“鬼门合格检验关”的奇梦，没料想她一边揉着惺忪的眼睛，一边也向我诉说了一个十分相似的梦境，只不过各个关口遇见的人不尽相同罢了。

五十九

太阳升起，世界变得鲜明极了，清晰极了。道路上，拖拉机、大卡车、马车，川流不息。各色衣服的人群熙来攘往。不远处的楼房鳞次栉比。城西头那两间曾供我们多次幽会的瓦房依然在目。一切仍是老样子，既惹人留恋又惹人伤心。唯有青青的树，淡淡的雾，蓝莹莹的天空仍然无比亲切温柔，温柔得让人感动。有一只小牛犊，像红色的小鹿，忽然闯进这片艾蒿，看见了我们，好奇地小心翼翼地走了过来。低下头，瞪着黑环似的温驯的牛眼，猜测这两个人为什么要躺在这么古怪的地方？我从那牛的巨眼里看见了世界最后的善良。我忍不住哭了。我伸出一只手掌，递给它舔，我想它的舌头一定会像佛陀的手指一样温暖柔和。但它吓了一跳，以为我要捉它，猛地转身跑开了。

世界到了最后一刻依然充满误解！

不远处，有一个衣衫褴褛的疯子，跌跌撞撞走了过来。头发肮脏得像老鸦窝，脸像阴阳界，黑一道白一道的。手里抡着一只女式红皮鞋，抡得像红流星。

“是他！”小昙呜咽着说。

确实是他。我不但认出了他，而且也认出了那只红皮鞋——那就是他在很早以前的那天夜里隔窗扔给小昙的红皮鞋。他嘻嘻地笑着，一边抡一边走，很放松很开心的样子。红皮鞋忽然抡脱了手，掉在远处的草丛中。他一下子变得脸色惨白，悲惨地叫了一声：“小昙，你不要离开我！不……不要……”然后扑过去将红皮鞋捡起来抱在怀里，后来又贴在嘴上吻了又吻，吻得满嘴都是泥土……

我猛地捂住眼睛……

他疯了，他用疯狂超越了现实。他进入了另一个世界——一个只有妄想和幻觉的悲惨世界！

从他的疯狂我看到了我对他深深的伤害！

我怎么能说我不是一个罪人？

可我并不是淫棍，并不是纵欲主义者。假若是，我怎么会拒绝舅母炽烈的爱欲？又怎么会逃避那个挑水女子的诱惑呢？

我只爱小昙一个，我的爱在一些人看来，倒是太老实太拘谨太本分了。

但我为什么总觉得愧疚，总觉得对不起谁？

也许只是因为对比，就像蓝桂桂那两只大小不同的手，本来每一只单独看并没有什么缺陷，但若放在一起就会产生对比，产生很可笑很难堪的感觉。

我和大光的对比使我看见了我的丑陋。

这丑陋感像地狱一样，使我每时每刻都会省悟到某种似是而非的罪孽！

我以前说过，我不能再见到他。若是再见到他，我会感到无地自容。

那只狐狸又走近了这片艾蒿。它皱了皱鼻子，因为嗅见了艾蒿的苦味。

太阳快要落山，月亮也过早地升了起来。狐狸看了看月亮又看了看太阳，下眼睑像蜗牛爬过一样，泪珠闪闪。一股浓烈的农药味直刺它的鼻子。不远处，有两个人紧紧抱着一动不动。太阳像一盆血，顺着西山头流了下去。狐狸哀嚎了一声。

月亮升得更高了，很清新，黄莹莹的……

完稿于1991年1月16日晚10点

修改于2010年7月

（选自《热爱命运》，中国戏剧出版社2010年版）

针眼里逃出的生命（节选）

李凤杰

【作者简介】李凤杰，生于1941年2月，祖籍陕西岐山。国家一级作家，享受国务院政府特殊津贴。曾任宝鸡市作家协会主席、陕西省作家协会副主席、中国作家协会儿童文学委员会委员等。1963年发表处女作至今，从事文学创作50多年，发表各类文学作品400余万字，出版儿童文学著作32种。《针眼里逃出的生命》和《水祥和他的三只耳朵》，入选20世纪“百年百部中国儿童文学经典书系”。

他创作的中篇小说《铁道小卫士》，1980年获第二次（1954—1979）全国少儿文艺创作评奖三等奖；中篇小说《针眼里逃出的生命》，1982年获“1980—1981年全国优秀少年儿童读物一等奖”；长篇小说《水祥和他的三只耳朵》，1994年获“首届全国奋发文明进步图书奖”；长篇纪实文学《还你一片蓝天》，1999年获“第四届（1995—1997）全国优秀儿童文学奖”等。

婆婆与神

从我开始懂事，就记得婆婆总是垂着眼皮，盘腿坐在厨房炕上，把我搂在怀里，摇着，拍着，唱着。脸上挂着盲人的慈祥和微笑。声音从喉咙里缓缓流出来，绸子一样柔和：“噢，噢，快睡着，猫儿来了揭被窝……”

她在我出世前就已双目失明了，但从不闲着。纺线、烧火、晒柴、管鸡，拐棍儿咣咣响来响去，演奏穷苦人家勤劳、辛酸的乐曲。其余时间，她盘腿坐在炕上，颤动着嘴唇念佛，仿佛在轻轻召唤遥远的幸福。一百零八颗琉璃蛋儿组成的佛珠，像数不尽的珍珠，在手中叮当叮当响动。

晚上，婆婆洗了手，点根香，双手举着，跪在写了黑字的红帖子那儿，叩头作揖，然后揣摸着插在三条腿的“宣德”铜炉里。香头像顶小红帽，矮着、矮着，一直陪我进入梦乡。

一天，我受了好奇心的驱使，问：“婆婆，你为啥给红纸条磕头？”

“那是封的神位！”婆婆停住佛珠，说，“神位两边的红对联，是你爷在世时写的，‘无物可酬天地德，全凭早晚一炉香’，天地的恩德大得很哩！人都是有罪的，到世上来受苦，给神烧香叩头，就能消灾免难，过好日子，死了上西天！”

我忙问：“上西天能吃上白馍吗？”

婆婆说：“能！能！”

一听能吃上白馍，我有了兴头，继续问：“西天在哪儿呢？”

婆婆说：“在天上！”

我又问：“能住人吗？”

婆婆说：“住神呢！”

我不懂婆婆嘴里的神，照自己能看见的人，问个没完没了：“神为啥看不见？”“神不吃不喝吗？”“神娶媳妇吗？”……

不知是婆婆答不出来，还是我问得跑了调儿，她很不高兴地说：“甭胡说咧！神就是神，不是人。说了神的坏话，害头疼！”

我吐吐舌头，不敢问了。

果然，遇到我头疼脑热，婆婆总要端一碗水，拿三根筷子，站在炕前，庄严地闭着眼睛，蘸了水在我身上摆来摆去，口里像醋发酵，扑哧扑哧念叨：“前身前身轻，后身后身轻；是神了，入庙去；是鬼了，入墓去……”我瞪大眼睛，盯住门口，却一点也不见神鬼的影子。只见她把水泼到院子去。难道神鬼藏在水里吗？

过年的时候，婆婆把木版印的家宅六神，一一告诉我名称：灶君，仓神，天爷，马王，井王，土神……庙会的时候，她又把村上各种泥塑的神像介绍我认识：无量祖师，关帝圣君，观音菩萨，孤魂，火神，城隍……

我在心里把神分为四类：看不见的神，红纸封的神，木版印的神，泥巴塑的神。我以为泥塑的神最为怕人。而泥塑的神里，要数城隍厉害！

婆婆告诉我，城隍是专管人间善恶的，一座县城只有一个。据说很久以前，我们村做过县城，才留下这座城隍庙来。庙里除了粉白脸、五绺胡的城隍神像，右边站着夹生死簿的判官，左边站着手执勾刺棒的小鬼，庙墙上则画满了佛家所说的十殿阎罗，正在审判、处罚各种曾在人间作恶的鬼魂：喝迷魂汤，过奈何桥，扯锯分尸，倒腿研磨，入油锅，变驴马……

一股阴森、凄惨的恐怖气氛，凝聚在这孤庙里。踏进门去，就像进了地狱，连大人们平日也不敢走近它呢！

大概由于这些缘故，村上所有的庙会，数城隍庙会最隆重。有一年，会期到了，我拖着婆婆上庙堂去念佛，看见四乡八里的生人，牵羊的，提匾的，纷纷进庙抽签问卦，禳解灾祸，磕头祈祷、烧香还愿。

我想起病在炕头的娘，跑进家门，偷了婆婆一把香，藏在袖筒，返回庙堂。

庙里的供台比我头还高，里边堆满各种散发油香的食品。食品两旁，点着高高的油灯。供台外边，插满香烛。蜡烛的火焰一伸一跃，轻轻摇摆。淡蓝色和灰白色的烟丝，从每一根香柱上扯起，织成一张雾蒙蒙的大网，弥漫庙堂。纸钱忽明忽灭，灰烬飘上屋顶，像一只只黑鸟在云里飞翔……一切是那么的奇妙和神秘。外号“秦岭头”的老会长，长着白胡子，秃了的头顶像山峰一样巅起，扯着长条条脸，打盹似的眯起眼睛，不紧不慢地敲着比面瓦缸还大的铜磬。铜磬发出低沉而悠扬的嗡声，为那些和婆婆一起念佛的人伴奏。念佛声像哀伤的合唱，时高时低，用悲切的音调感染每一个敬神的人。

我点了香，双膝跪下，望着烟雾缭绕的神像，觉得城隍真的腾云驾雾而降。娘那青黄、痛苦的面容，在眼前晃动。我心里一酸，眼泪咕噜噜直滚，动情地为娘默默祈祷……

把婆婆拖回家中，我觉得自己成了大人。只等城隍显圣，娘病突然痊愈，我再讲出这些作为，那时谁也不会把我当孩子看待了！

可是，过了一天，又过了一天，我暗暗数着娘吃饭的数量，一点也没增加。我悄悄摸了娘的手心，一点也没退烧。她白天仍然呻吟不止，夜里继续咳嗽声声。我终于失望了，去问婆婆。

婆婆正在念佛。她念得入了神，嘴里快速地喃喃着，指头快活地拨动佛珠，身子晃晃悠悠，像坐了小船，眼皮微微闪动，皮肉松弛的脸上，肃穆而安详，仿佛来到了西天门口，就要进去享福似的。

我打断她，问："婆婆，你说烧香念佛消灾免难，抵事不？"

她不停顿地念着佛，说："咋不抵事？"

我不敢说出偷香的事，又问："你一年四季烧香，都抵了啥事？"

婆婆不耐烦地说："那是神灵，凡胎肉眼看不见！"

我肚子里又钻出个问题："婆婆，印的神灵验呢，还是塑的神灵验？"

她生气地把佛珠一摇，嚓啦啦直响："你胡说啥？神就是神，咋敢说'印的'、'塑的'？"

我不屈服，抬杠说："你当我不知道吗？你天天给叩头的神，还是纸写的呢！"

婆婆一边摸笤帚一边骂："崽娃子，你头疼起来，我不管！"

我悄悄抓了笤帚，跳下炕跑了。等了一整天，头一点也没疼，我真高兴！

日子在婆婆的一炉香、一炉香中，飞快地跑着。眨眼春去夏来，收打麦子的繁忙季节来到了。

我家的日子艰难，真是"揭着吃、打着还，跟着碌碡过个年"。虽然夏收天太阳烙得屁股疼，早晨啃锅盔馍，上午吃白面条，却使我心里乐：大概婆婆说的西天里，才这么吃饭吧！有了这好吃的，娘的病一定会好起来！

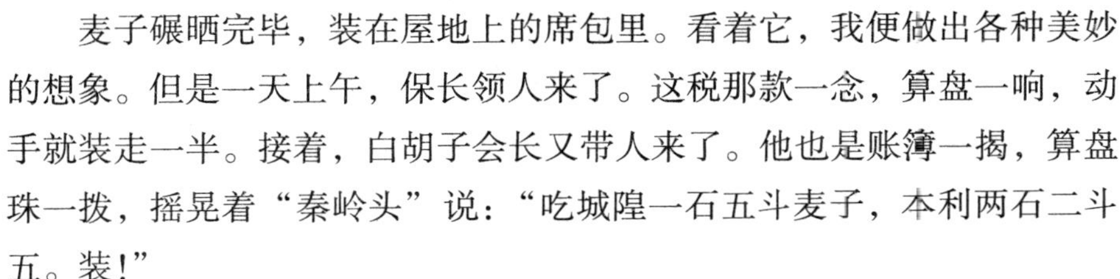

麦子碾晒完毕，装在屋地上的席包里。看着它，我便做出各种美妙的想象。但是一天上午，保长领人来了。这税那款一念，算盘一响，动手就装走一半。接着，白胡子会长又带人来了。他也是账簿一揭，算盘珠一拨，摇晃着“秦岭头”说：“吃城隍一石五斗麦子，本利两石二斗五。装！”

爹怎么说好话也不抵事。直到扫了地皮，白胡子的长条条脸上，才难看地笑着说：“好吧！城隍可怜你，下欠五斗，明年本利七斗五，一定得还清！”

粮食装完了。人也走尽了。院子死一样寂静。婆婆走出厨房，拐杖咣咣响动。这盲人生命的象征，痛苦而单调。娘偶尔呻吟一声，更显得凄凉、哀愁。屋檐下的麻雀，是受了惊动，还是感到失望，扑棱棱飞向墙外。我痴痴地望着“无物可酬天地德”那已由红变黑的对联，怅惘若失，想起婆婆那段敬神可以吃白馍的话，突然感到奇怪：“城隍不种地，哪来的麦子放账呢？穷人一年四季敬他，他为啥和保长一样对待穷人呢？”

自然，我询问了婆婆。一提到神，她立即忘掉了眼前的灾难，闪动着并不睁开的眼皮，轻轻抚摸我的脑袋，充满诚挚的感情，像在追忆一生中最幸福的往事，说：“唉，你可没见过‘开光’哪——城隍刚塑起来，眼睛是蒙着的！要请经师念经，才把眼睛揭开，泥像就有了‘神’，那叫开光！开光的时候，财东家都拿钱呀、麦呀布施庙上。那些麦子，就由管庙的会长给咱穷汉家放账哩！——瓜娃娃，春上城隍的神麦救了咱的命，忙后就该加利还清……”

正说着，街上传来大竹筒的吹鸣，“呜——，呜呜——！”那是一位常来村中的盲叫花子乞讨的呼唤，深沉、悲哀，连空气都跟着颤抖了。

婆婆停止了使我惊异的讲述，又回到苦难的现实中来，走下炕，拄了拐杖，咣咣咣地响到案板跟前，摸摸揣揣地捏出一块馍蛋儿，递给我说：“快送去吧！可怜人，多苦命啊！”我看见，婆婆的眼皮底下，淌出两串泪水来……

从那以后，生活又恢复了喝稀面水、啃涩菜饼的老样子。肚子总是又撑又饥。我对神怎么也没兴头了。

临解放那年，城隍庙会又来到的时候，传出风声，说是兵荒马乱年间，城隍拯救万民百姓，显圣舍药。但我不想去看热闹，只管和一群孩子们在后院仰望南飞的大雁，唱着婆婆教的儿歌：“雁儿雁儿摆溜溜，我是雁儿它舅舅……”

婆婆把我叫到跟前，偷声细气地说：“看你娘病的！快上庙去讨点药来！”

她从烟火熏得黑漆漆的席棚上，摸出一块铜元，放在我的手心，使劲一握，说：“攥牢，讨了药就捐给城隍！”

走了两步，我又返回来问：“城隍真灵吗？”

婆婆神秘地说：“心诚神才灵，千万不敢胡思乱想，快去快回！”

跑出家门，看见大人们都紧张地上庙讨药。我想：“说不定圣药真能治病呢！”于是又恢复了对城隍的希望。

讨药的人多得如蚂蚁搬家。他们一进庙门，就夺金豆儿似的上前哄抢。人挤人，人踏人，连手背都抓破了，纷纷往供桌上的钱匣里投下铜元、纸票。我挤飞了帽子，半粒药也没拾到，却把攥得出了汗的铜板，投进了钱匣。

白胡子会长说：“一日舍药一次，连舍三日！没讨上药的明日再来吧！”

我不愿离去，既怕投了钱没拾到药受婆婆的斥责，又想会长怎么知道城隍啥时舍药呢？要是神一高兴，今晚就舍起药来，我能赶上吗？

天黑了，祈祷、讨药的人渐渐离去。听经念佛的老太婆们拥进了庙堂。我混在当中，不眨眼地盯住神像，只盼城隍挥手舍药，连悠悠扬扬的念佛声也听不进耳朵。我两眼又酸又困了，城隍仍然板着粉白脸，垂着五绺胡，一动不动。不知不觉，我在小鬼脚下的麦草窝里睡着了。

突然，我被一阵嚓啦啦的响动惊醒。睁眼一看，四周空荡荡的，没一个念佛的人。两盏长明灯把四壁照得一片昏暗。判官、小鬼朝我怒目而视，满墙的鬼怪，一齐在灯影里跳动，吓得我起了一身鸡皮疙瘩。要不是白胡子会长和另外两个人站在灯下说话，我真会以为自己已经掉进地狱里了！

一个说："今日舍药，收了那么多钱，咋给我分这么点?"

另一个说："忙后收的麦子，你咋多弄了一石呢！人不能没良心呀!"

白胡子劝道："算啦，算啦！明日收了钱，给你们多分点！——快拿来，多少'大圣丹'?"

"三十包!"

"对，明日人还要多，多撒点!"

说着，他们把空钱匣放回供台，掏出后来叫"仁丹"的"大圣丹"，向神龛四周撒布。城隍仍然板着粉白脸，垂着五绺胡，一动不动。

我轻轻捡颗圣药，嘿，果真是村上常来换破烂的老头担的"大圣丹"，麦粒儿大小，紫红的皮子，放进嘴里一尝，又凉又麻。啊啊，好人祈祷城隍，城隍却赐福给恶人。什么圣药，滚蛋去吧!

害怕从我心中猛然消失，我兔子似的蹦出草窝，向外跑去，吓得那三个人"啊"的一声，跌坐在庙地上。

我一口气跑回家。婆婆正在炕上念佛，几乎听不见的声音，气泡似的从嘴唇上不停冒出，伴着佛珠叮当叮当的响声。我趴在她的耳门上，大声说："婆婆，神都是哄人哩!"

婆婆的佛珠，嚓啦落在炕上："啊？崽娃子，又胡说啥？你头疼我可不管!"

我一点也没怕。因为我知道，头是不会疼的!

不久，家乡解放了，农会成立，宣布凡吃城隍庙的麦子，一律赦免。婆婆却照样在认认真真地念佛烧香，使我感到十分可笑。

又过了几年，农业生产合作社成立了，夺得大丰收，打掉城隍作粮仓。哈，神像剥掉了泥胎画皮，才是一根木桩和一包麦草呀！多么有趣!

追　求

童年时期，我家的生活是十分艰难的。

爹夹条口袋，把粮借贷回来，娘做饭的时候，变着法儿俭省。经常是做好高粱面搅团，也不许盛着吃饱，而是像涂抹红广告颜料似的，在案板上摊薄、凉冷。然后做了稀面水，里面煮上苜蓿菜、荠儿菜、灰苕菜、苦苣菜一类垫物，才把搅团切成小块煎在里边，每碗只许盛一碗底指头蛋大的搅团粒儿，其余便是汤菜。

娘织的粗布衣服，总是冬衣改夏衣，补丁摞补丁，大人穿了孩子穿，哥哥穿了我再穿。我的脚上，鞋几乎都是前边张了口，补起来；后边断了帮，再纳上；一直穿到底上成了洞，还舍不得扔掉。

吃盐是极省的，汤常常淡而无味。食油几乎只在烙菜饼擦锅时才用。点食油的高脚灯，受到了娘极其严格的管制：全家只能用一盏，灯捻只能有一条，天黑只能点一阵。

那盏高脚灯，是外爷给娘的陪嫁“命灯”。圆圆的灯盘里，伸出一根长长的柱子。柱子顶端托着小拳头大的灯碗，通身涂着橘红色的油漆，看上去像一朵美丽的花苞。

一到天黑，花苞便轮流在锅台和炕头上，开出鲜艳的红花，使屋里的一切，带上奇妙的色彩和神秘的影子。影子投在屋顶上、墙壁上，互相交叉变幻。当灯花受到气流摇摆的时候，所有的影子一齐晃动起来，很是有趣。犹如现在的孩子们每夜能看到电视、电影一样，看灯花光影，是我童年最简单的“文化生活”之一。

吃罢晚饭，我和哥哥在炕上翻阵跟头，就像一对猫儿，依偎在婆婆腿旁，恳求她说古今。婆婆便说一个谜语让我们猜：“一个小枣，屋里装不了，开开门儿，就往外跑。”我俩思谋半天，才同声呼喊：“灯花！灯花！”灯火顽皮地轻轻跳跃，把无穷的幻想送上我们幼稚的心灵。我从“小枣”想象出灯花更多的变化来：馒头、烧肉、花衣服、大戏台……

有时候，哥哥和我借灯的光亮，用手在墙上映出狗呀猫呀，让它们张嘴咬仗。有时候，哥哥和我用针扎了拣来的玉米粒儿，放在灯花里爆米花，你一颗我一颗地尝着……美丽的灯花呀，给我贫乏的童年生活，增添了多少乐趣！

但日子越过越难，终于再也买不起食油添进灯碗，去漂起白亮的细

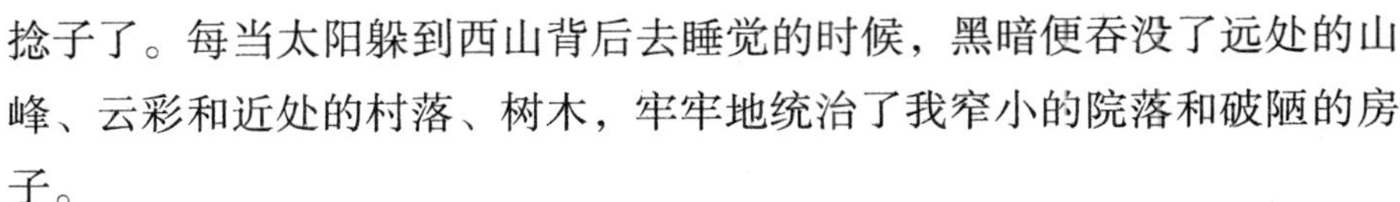

捻子了。每当太阳躲到西山背后去睡觉的时候，黑暗便吞没了远处的山峰、云彩和近处的村落、树木，牢牢地统治了我窄小的院落和破陋的房子。

记得弟弟出世的时候，夜里为他擦屎擦尿，娘只点一根香头照明。婆婆在神堂前喃喃地祈祷，爹娘为日子不时地叹息，代替了猜谜和灯影。我们的生活，也随之失去了光彩和欢乐。

夏天来临了。夜里，大人们坐在院子纳凉。我和哥哥嘀咕一阵，就玩起捉迷藏的游戏。我跑进漆黑的屋子，往墙角蹲去，心里还高兴地想："到处一抹黑，哥哥准捉不住我。"但我身子刚靠近墙壁，屁股蛋就叫蝎子蜇了一下。我像刀扎般尖叫一声，跑出屋子。

问明了原委，一家人不停地往我屁股的肿块上擦大蒜，抹烟油。为转移我对疼痛的注意力，婆婆还讲出谜语让我猜："城背后，一树杏，天明落得光光净。"我一下就猜中了，却不愿说出来。

亮晶晶的星星，为什么要比成酸溜溜的杏子呀？我才不嘴馋呢！它们应该是无数盏美丽的灯光，一颗一颗落进我们穷人家中，陪我们玩耍，该多好！要是有它驱走黑暗，不仅省油，明亮，也不会出今晚的祸事！

于是，广袤的夜空，任我张开幻想的翅膀飞翔：星星能当灯笼挑吗？上面能爆豆儿吗？那灿烂的星空，大概就是婆婆说的天堂吧！一定没错，星光密集的银河，准是天堂里最繁华的大街。咳，天堂多么光明！天一黑，就一盏、两盏……点上那么多灯笼，直到天明才熄，一定连蜇人的蝎子也没有！

我正想着，一颗流星直朝院子飞来。我乐得忽地坐起，仰望这天堂脱落的明灯。然而它仅仅在天上划了一道长长的光弧，就消失在大地的黑暗中去了。唉，星星那么明亮、逗人，那么美丽、神秘，却无法来到人间，就像人无法上到天堂一样呀！当我重新睁开眼睛的时候，知道自己早已被抱在炕上，陷落在浓墨般的夜幕里，屁股蛋仍然火辣辣地作疼！

那时候，我饱尝着饥饿和寒冷的折磨。但饥寒更使我喜欢幻想，把雪想成面，把雨想成油，把云彩想成锦被，把山峰想成麦包。也更加想念会给我幻觉的灯光。

一天傍晚，一只萤火虫不知是迷了路，还是来逗我，从院子里穿过，朝城背后飞去。那忽明忽暗的光点，撩拨得我心里怪痒，也为自己屁股蛋上长不出一盏小明灯惭愧。哥哥叫我说："走，咱去捉一只萤火虫吧，拴在屋里当灯！"我高兴地寻只空火柴盒，就跟着出发了。

这小动物并不好捉。它飞起来拐来弯去，折腾得我俩东奔西扑，栽了几个跟头，浑身像掉进涝池一样，才捉住了一只。这时我们发觉，只顾盯着这只小灯笼追呀追，竟一直跑进了那块碑石林立、荒冢堆堆、野草丛丛的坟地。这坟地常有鬼火游动。婆婆说是冤死的鬼魂在飘荡。往日的夜晚，常见那绿生生的闪光明灭不定，来去无踪，很是阴森。一发觉进入了这块禁地，石碑和蒿草仿佛成了活物，从黑暗中一齐向我们合围，吓得我头皮发麻，拔腿就跑，跑进家门时，脚上的鞋子早没了影，手里除了汗水，哪儿还有装萤火虫的盒子？

第二天，哥哥总算帮我抓到了三只萤火虫。拿到邻家的灯下，原来那虫子头像小半片黄豆皮儿，针尖似的眼睛镶在两边，黄豆皮下伸出两根青丝般的触须，不住忽闪，而那会飞的翅子，则像一片黑缎子贴在背上，盖住了一节节的灰黄肚皮。肚皮的最末两节，朝下弯曲而白莹莹的，便是那美丽的光源了。

我们用一丝细线，把它们拴了，挂在梁上。那闪亮的萤火，在楼板下画出各种形状的光圈，虽不如高脚灯那么明亮，却也给我们这凄凉的屋子带来一点光明和欢乐，连娘那病态的脸上，也有了微笑。

但天明的时候，萤火虫全都死了。这对我们是个很大的打击。我和哥哥寻来一只有简单花饰的火柴盒子，算作棺材。萤火虫身上盖了草叶，算作被子，埋进掘好的墓穴，还用瓦砾泥土堆了高高的坟冢。从此，我们再也不逮萤火虫为自己照亮了。

夏尽秋来。关帝庙会期到了。神龛前那宽宽的供台上，点满了高高低低的蜡烛，像草坪上开满了绚烂的鲜花。红红的烛油，眼泪似的流下来，在供台上凝固。我灵机一动，就往家跑，从破铁筐里找出一个小铁盒，趁会长不注意，刮了满满一盒蜡油，往里压一节线绳。夜里，一盏像样的烛灯，便出现在娘的病床边。使她喝汤药的时候，有了光亮。

爹一向忙碌、焦躁、严肃、沉默。这一天，他看到我能为娘点起灯了，也变得愉快，为我们讲起古老的传说：“唉，说起来，咱这塬上，是有一盏神灯的！”

“神灯？在哪儿？”我感到惊奇，问。

爹在小烛灯上点着烟锅，说：“早先，咱塬上住着一家穷汉，日子苦极了。出外讨饭，年三十才回村。走到半道上，迷了路。他忽然看见前边飘忽着一盏灯笼，就朝灯笼走去。可灯笼老向前飘，他就愣往前追，但怎么也追不上。追呀，追呀，过了几条河，翻了几道沟？他都记不清了。刮风了，他不松气；下雪了，他不停步；直追到东方发白，两腿酥软，他便坐在一块石头上歇息。这时，一声鸡叫，灯笼不见了。他才发觉，就坐在自家门口。推门一看，茅草破屋，变成了前庭后楼。院子里牛羊满圈，屋子里五谷满囤……从此，他就过上了好日子！”

讲到这儿，爹沉思着抽起烟来。我迫不及待地追问：“这盏灯哪儿去了呢？”

爹说：“后来，有一家财主知道了这盏神灯的事，怕穷人富起来，勾引了一个盗宝的法师，把它弄走了。从那以后，咱这塬上的穷汉，就越来越多，越来越穷……”

故事听完了，我却失望了。铁盒里的蜡油很快燃尽。灯光突亮一下，向黑暗作了最后一个冲刺，熄灭了。只有爹那烟锅里的火星，唤起我对神灯十分强烈的向往和无穷无尽的想象。神灯啊，你在哪儿？你在哪儿呢？快回来吧，回到我们穷孩子中间来，回到娘的病床前来，回到穷人苦难的岁月中来吧！

但它能来吗？对，我长大了，就去寻找那可恶的法师，夺回神灯，永远照耀这贫瘠的原野，让每一家都吃稠饭，穿暖衣！让每一个黑夜都灯花齐放。这么想着，我觉得自己似乎已经成了童话中的英雄，浑身充满了力量！

神灯虽然无望，一年一度的元宵节来临时，外爷却送来了一只红红绿绿的“鸡公灯”。这只灯笼，无论是高高翘起的尾巴，血红血红的鸡冠，还是自如滚动的四只小轮子，都唤起我的冲动。我望着它傻想：正月十五是灯节，说不定神灯会自己跑回来的。或者，这盏“鸡公灯”

一点亮，就会变成神灯哩！这使我大白天竟想跃跃欲试地点亮灯笼了。娘自然是不允许的。婆婆说："等天黑了再点吧，照照屋里屋外，也图个大吉大利！"

好容易挨到天黑了，娘坐起身来，小心翼翼地点燃了蜡烛。婆婆还随口说出个灯谜："一个金瓜两头空，城里开花城外红。"逗得我和哥哥争着去挑灯笼。娘正说着"甭慌、甭慌"，竹篾拔脱，灯笼哄地起火，仅有的一支蜡烛眨眼销得净光，只闪亮了一下的屋子，立即变得更加黑暗，哪儿还有什么红花、神灯呢？

哥怕挨打，跑出家门。我只是伤心地愣哭。

突然，街上传来一阵吵闹和哥哥的哭叫。爹急忙奔向屋外。

原来在那个世道里，节日的快乐，只扑在富人的怀抱。元宵之夜，穷人家依然是冰锅冷灶，漆黑一团。财东家却花天酒地，张灯结彩。他们不但门庭、院落，到处挂满了各种各样的彩灯，连死人的坟地也让灯笼照得一片明亮。我们的"鸡公灯"起火以后，哥哥便叫了街上的穷孩子，跑进财东家的坟地去拔灯笼。他拔了一盏"火蛋儿"，想拿回家让我挑，被上坟地换蜡的主人看见了，抓住就是一顿毒打……

爹一手拖着失望的我，一手拖着挨打的哥哥，脚步沉重地穿过满街花灯，对不起我俩似的，低头慢步，默默无语。突然，远处传来"叭勾、叭勾"的枪声，他才停住脚步。我们一齐朝枪声传来的方向望去。远处一片火光，在墨染的苍茫夜色里，在漫漫无边的原野上，在黑的村落后，一股强大的火焰，急速地腾跃，像在冲破黑暗的封锁。淡红色的光圈，不断扩大、扩大。

我想起爹讲的传说来，问："爹，那是神灯的光亮吗？"

爹想了一阵，说："不是，那是北山上的游击队下来啦，砸了乡公所，点炮楼哩！——对，神灯是快回来了！"

一听神灯快回来了，我和哥哥忘记了眼前的痛苦，抹掉眼泪，久久地凝望这橘红的光焰，看着它像一支戳天宝剑，逼着黑暗退却……

啊，我们苦难的祖国，曾有过多少漫长的黑夜哪！但正如一位诗人写的那样：黑夜给了我黑色的眼睛，我却用它追求光明！

母亲的脚板

我八岁那年，娘病重起来。

她穿着自织自染的山蓝布衣，虽然粗糙，却使我感到干净和亲切。每天早晨，她总要挣扎起来，梳理一次浓密漆黑的头发，对着镜子在脑后络好发髻。她常常把我的小手攥在她热烫烫的大手里，说：“啊，凉飕飕的，像槐虫一样！”她还把发烧的面颊、额头，长时间地贴在我冰凉的脸蛋上，亲着，亲着。

我听见来串门的婶子们，和婆婆说起娘的病来，偶尔夹杂着“死”字。幼小的我，还不懂得死亡的全部意义，记着婆婆那句“上西天”的话，竟然问她：“娘，你死了，也上西天吗？”

娘望着天真幼稚的儿子，眼里渐渐涌满了泪水，泣不成声地说：“傻孩子，娘死了，就没人管你、爱你咧！你成了没娘的孩子，就和叫花子一样了！”说着，眼泪“哗”地溢出眼圈，双手把我紧紧抱在怀里。

莫名其妙地害怕，紧紧抓住了我的心。我浑身打着寒战，也哭了。我为娘擦着眼泪，求着：“娘！你不死！你不死！”

我依偎在娘怀里，听她讲述自己没有亲娘的童年。

娘出生在一个有钱有势的财东家里。出生不久，外婆去世，便说她生辰八字不好，送给一个穷苦农民收养。

贫困的日子，给她的只有饥和寒。

她的一双小手，四季不得停闲：冬天拾柴火，春天挖野菜，夏秋两季，拣拾掉在田头路畔的麦穗、谷穗。田野给她微薄的报酬，竹篮是她贴己的伙伴。身上衣不遮体，脚上哪有鞋穿？晴天光着脚丫下地，蒺藜常常扎得她眼泪成行；雨天她像男孩一样着泥蹚水，啪啪地溅着水花儿，却能逗出一点笑颜。天长日久，岁月磨出她一副倔强的性子，大地赐给她一双粗壮的脚板。大人们就叫她“野女子”。

虽然已是民国初年，黑暗落后的乡村，女孩子照样非缠脚不可。

和娘同龄的女孩子，一个个开始缠脚。娘惊恐地注视着外婆。外婆果然从箱子底翻出裹脚布，拉倒她下手了。娘哭着、喊着：“甭缠脚！我要下地！”

外婆毫不动心：“谁家女娃不缠脚？寒碜死咧！”缠完之后，还把裹脚布牢牢缝住，锁上房门。

她毕竟是“野女子”，手拽牙咬，拆掉缠脚布，抽掉一根窗棂儿逃跑了。

几天以后，外爷把娘从亲戚家寻回来，痛打一顿，又开始缠脚。外爷还在一旁劝说：“孩子，好好缠吧！不缠，长大了没人要！”

娘说：“我不要谁要！一辈子拾柴挖菜吧！”

善良的外爷，抹着眼泪，紧紧按住娘，让外婆结结实实地缠了布，扎了绳，并且绑了手。

娘停止哭叫，痴呆呆地躺着，不吃不喝。过了两天，眼看下巴尖了，眼窝深了，外爷心一软，给她解开扎脚绳，说：“唉，就叫她野去吧！”从此，娘的名字又被“大脚”代替了。

娘在这种侮辱性的称呼中长大，照自己的性子生活。出嫁到这个缺吃少穿的家庭以后，她没照那时的乡俗，大门不出、二门不迈地躲在家里。地里活儿紧张的日子，她就甩着大脚板下地，锄禾抡锄头，割麦挥刃子，帮爹担着度日月的重担。

我家有几亩薄地，养不起牛，常常靠人力换畜力耕种。有一年种麦，套了换工牵来的牛犁地。爹一个人忙不过来，扶犁顾不了撒种，撒种顾不了扶犁，娘便扶起犁杖。撒种是技术活路，扶犁也不容易。浅一下、深一下，东一倒、西一歪，累得她满头是汗，心跳气喘。突然，牛主人赶来，夺过鞭子，卸了牛就走：“哼，怎么叫大脚女人拿我的牛学手？”

唉！在那个时代，不要说妇女犁地，就是她们在地头、场边走走，也被认为带来了晦气，何况娘又有一双被人瞧不起的大脚板呢？

牛被牵走了，娘愤愤地拾起牛轭头，架在肩上，赌气似的拉起来。她喘着气、咬着牙，把大大的脚印儿，深深地留在泥土上。

以嘲弄旁人、传播是非为快乐的长舌妇们，把这件事在炕头、井台上嘀咕了好久！但是，她们谁不服了娘的蛮劲呢？

在织布机“咯吱、咯吱”有节奏的响声中，娘飞快地穿梭引线，一天要织一丈白布；还是“三伏”大热天，娘就为全家老小拆洗、缝补好了过冬的棉衣……

在我的记忆里，娘和婆婆一点也不相同。每天，婆婆用她那双小脚，小心地迈着没声息的碎步，拐棍儿传来有节奏的响声。娘却让家务活儿追着，绞水、做饭、磨面、洗衣，前院后院，屋里屋外地腾腾响，什么活儿都干得飞快，仿佛用她一双大脚向世人示威！

但是，娘的脚板却成了我幼小心灵的伤痕。我不敢惹邻居的孩子，怕他们呼喊“大脚”；我不喜欢玩耍，怕伙伴们玩“踢大脚毛”的游戏……

那种游戏，是用脚踢一只粗线和棉花缠的“毛蛋子”。谁逮住它，就在别人身上擦一下，被擦的人，要不断拣回踢远了的“毛蛋子”，直到自己逮住为止。对这种大欺小、强欺弱，又和娘的“名字”连在一起的游戏，我反感透了。但又怎么能挡住别人呢？

有一天，我从舅家往回走，碰见许多孩子玩这种游戏。我低着头，加快步，像小老鼠一样往过溜。一个大孩子却冲上来用“毛蛋子”往我身上擦。要是哥哥，一定会和他们拼起来的。而我，只知道拔腿就逃。孩子们便得胜了似的，在我身后哄笑着、呐喊着：“抓住！抓住！踢大脚毛哩！踢大脚毛哩！”

逃回家，我扑进娘的怀里，就是一场痛哭。那一天，娘的病有些好转，正坐在屋地的小板凳上为我缝褂子。她停住针，安慰我说：“如今，谁不是大脚呢？甭再理他们！”

娘把我哄得不哭了，自己却哭泣似的唱起《绣荷包》的民歌小调。那调子，和儿歌轻快的节奏一点也不相同，十分哀婉、凄凉，每一句都有长长的拖腔，像城隍庙的磬声回荡：

初一到十五，
十五月儿圆。
黑洞洞的苦海，
没呀么没有边……

娘唱着，唱着，歌声像一股寒流从远方袭来。看不见的悲伤，好似从屋子渗出。我看见，娘的双手抖动着，泪珠滚滚。无法抑制的难过，又使我哭起来……

娘的病越来越重。当时的乡村，医疗条件差极了。那些庸医们开的中药单，她照吃了一服又一服，也不抵事。村上偶尔来个摇铃看病的，被称为“上当”。娘上过当，折财不顶用。婆婆张罗着请来巫婆神汉送鬼，更没有什么效力。

不久，家乡解放了，但娘已病入膏肓，第二年，就发热，盗汗，心慌，咳嗽，咯血……越来越重了，我听见婶子们在议论着。有的说娘性烈性躁，把自己气病累病了；有的说娘脚大步急，把寿命早走尽了……一种恐怖的阴云，笼罩在我家屋子里，笼罩在我幼小的心灵上。

有一天，娘的病突然轻了许多。这种叫做回光返照的现象，预示娘仅仅二十九岁的生命之灯就要熄灭。但全家不知是让一时的好转迷惑，还是有意不把它当恶兆来对待，都显得十分高兴，像过节一样。爹腾腾地擀着面条，当当地切着南瓜，婆婆呼呼地烧着火……

娘大概明白这是生命的最后时刻，万分留恋人世，舍不下她赐给大地的儿子，把哥和我叫到身边，让我坐近、坐近、再坐近，伸出瘦骨嶙峋的双臂，紧紧搂住，亲亲哥哥、又亲亲我，亲亲我、又亲亲哥哥，我俩似乎又变成了哺乳的婴孩……她突然盯住自己的脚板，许久、许久、反反复复叮咛说：“往后，谁要是喊‘大脚’，让他喊去，千万甭和人吵架，娘就不操心咧！”……

我和哥哥一点也不知道悲哀就藏在身边，为娘剥着南瓜子。哥哥还把扫帚棍套的蚂蚱笼子提来，让绿褐色的蚂蚱为娘唱歌……

娘又忽然可怜起笼子里的小生命来，哀怨地说：“唉，为啥要逮蚂蚱呢？大天地里的牲灵，关住活不久！”

我说：“放到咱后院的椿树上，让它叫吧！”

娘说：“那会叫鸟儿吃掉的。还是叫你哥哥放回苜蓿地里去吧，让它自由自在些！”

哥哥不愿意，娘突然伤心起来，泪水在眼圈里打转……

这一切，像黄昏的晚霞，很快被黑暗吞没了。当天夜里，娘的病突然恶化。我被叫醒时，她已绝气。为娘穿寿衣的婶子们说："快给娘回话，叫她穿衣服！"

我和哥哥一人拽娘一只手，哭喊着："娘呀，你活来吧！娘呀，你活来吧！我听你的话呀……"

我再醒来的时候，已是第二天早晨。我看见娘平展展地躺在一张耱上，穿着一身新山蓝棉衣，脸上的潮红完全褪尽，纸一般的苍白，显得安静、漠然。头发更加漆黑，眼睛、嘴巴紧紧闭住，既不呻吟，也不咳嗽，像从麦田拉完犁杖回来刚刚睡去……但当我的目光慢慢落在娘的脚上时，心灵像突然碰在刀尖上：她的脚，竟被一条白线绳紧紧系着……

娘长着和普通人一样的一双脚板，在人们早已不缠脚的年代里，却受尽了歧视侮辱，死后也得不到饶恕宽容，这是为什么？为什么呢？

长大以后，我才渐渐明白，在我们的生活里，缠脚的事儿不再复现，但反映封建意识的风俗习惯、传统观念，却远远没有绝迹。和这些束缚人们头脑、阻碍历史前进的精神枷锁斗争的时候，母亲的脚板给了我多少启示和勇气呀！

哥哥的梦

娘去世的时候，我才十岁。

她带走了爱抚，带走了温暖，把寂寞和寒冷留给我和哥哥。安葬了娘以后，本来就非常贫困的日子，变得几乎无法揭锅了。

我是六岁开始上学的，这一年该上四年级。爹让我休学，和哥哥一起，做起了烙锅盔的小买卖。

每天清晨，我再也不是背着书包走向学校，而是把从舅家牵来的小牛犊，套在后院的大石磨上，一边不停呵斥总想停脚的牛犊，一边咣当咣当地扳动罗儿。雪白的面粉，毛毛细雨似的落在竹篾子编的圆蒲篮里，飞在我的眉毛、嘴唇上，把我打扮成小老头。直到半晌午，才结束这难耐的疲劳战斗。我小心地把黑面和白面，分装在两个袋子里。黑面自家吃，白面烙馍卖。

到了半下午，爹把一半发面、一半干面掺在一起，用小碗口粗的木杠在小案板上反复压揉，发出咯吱咯吱的声音，驱赶我对校园歌声的遐想。我木呆呆地看着爹在压好的面团里，仔细地分层施放盐末和香料，把一面儿均匀地贴满黑油油的芝麻粒，另一面儿压成放射状的细花纹，架起麦草细火，慢慢地烙成圆形凹面的锅底状。一个看上去焦黄、闻起来喷香、吃起来酥脆的“岐山锅盔”便诞生了。这是一种艺术品一样的地方风味食物。但买卖人家怕吃掉小本，最忌嘴馋。我只能偷偷地咽口水。

爹安慰我说：“等你哥回来再尝吧！”

我眼光盯着锅盔，却装硬汉说：“我不想吃！”

哥哥的任务，是上街卖锅盔。

每当太阳从东城墙后边升起，瞧望我们小院子的时候，在咕咕鸟的叫声中，爹把四个大锅盔放在两个竹筐里，一头放了小秤，一头放了刀子，反复叮咛一番不要认错秤呀，不要丢掉钱呀，不要割破手呀什么的，挑起担子出门，送哥哥上蔡家坡车站。

那一年，哥哥才十二岁，常常到天黑以后还不回来，闹得婆婆不停地念叨，爹焦虑地出村张望，我也盼得心慌。直到哥哥突然推门进屋，把一对空竹筐放在地上，一家人才放下心来。

哥哥的脸上，一点也没有胆怯的表情，一五一十地把钱数给爹以后，就自豪地用衣袖揩拭着额头的汗水，朝我微笑。然后端起黑面面条，呼噜噜地吃起来，像往喉咙眼里倒。

爹看着他饿虎吞食的样子，心疼地说：“你又没在街上吃饭呀！你吃碗汤面，就不饥渴了么！”

哥哥抹抹嘴，说：“街上饭太贵咧！”

爹就掰下手片大的锅盔馍来，分给我俩尝。还问：“担子重不？肩膀疼吗？”

“不疼！”哥哥回答着，把锅盔馍的硬皮剥掉，弄出点酥软的馍心来，递到脱了牙的婆婆手上，说：“婆，你先尝吧！”

婆婆总推脱不吃，还说：“你两个吃吧，老人吃了长皮胎，娃娃吃了长人才哩！”

这时候，豆大的灯光，欢乐地跳动，屋里温暖起来。我俩也舍不得吃下虽然只有一丁点的锅盔馍，悄悄藏进衣兜。

喝罢汤，爹去喂牛，让我俩早点睡觉。

脱衣服的时候，我看见哥哥的肩膀，又红又肿，吃惊地问："看，你还说不疼！"

哥哥却说："嘿，上车站累是累，可能见上火车哩！"

一听"火车"，我就没瞌睡了。我们村有一家曾在西安住过，那家的孩子讲起坐火车，才神气哩！每当夜深人静，远处传来"呜呜"的声音，爹说那是火车叫。哈，哥哥也见到火车了！

他说："车皮一节一节地连着，可长、可长！前边有个头拉着跑！火车头上有烟囱，跑起来一边冒烟一边叫。"

我问："叫得那么响，嘴巴比驴的还大吧！"

哥哥笑了："没有嘴！头是个圆筒筒，只有一只眼睛，比碗口还大！"

他接下去又说"铁路"。我只见过牛车、土路，怎么也想象不出火车的样子，更弄不明白铁路是个啥东西。哥哥着急地揭了被子，坐起来给我比划："铁路就像平放着的梯子，有这么宽！可比梯子长得多，和渭河一样，没头没尾！火车就在上边爬着。火车也不短，站在坡上看去，像庙里画的飞龙。烟拖得老长老长，像披散了头发……"

我又提出新问题："有马车快吗？"

"套一百匹马也没火车快！它跟风一样哩！"哥哥说得高兴了，亮闪闪的大眼睛里放着光芒，脸上得意得像开了花。

他咬住我的耳朵，神秘地说："告诉你吧！我把爹叫我吃饭的钱，都攒着哩！等攒多了，就买票坐火车！——千万不要告诉爹！连我肩膀压肿的事，也不准说！"

我明白了哥哥上街不吃饭的原因，真佩服他，连说："咱俩一搭坐！"

这时候，我们嚼着那一小片锅盔馍，想象享受坐火车的滋味，忘记了一天的劳累，心里香着、美着！

不久，天下了雨，哥哥不上车站。吃过早饭，和我一起喂牛，他把总是藏着的“万宝盒”取出来，哗啦一倒，里边的铜钱和空火柴盒满炕滚。他说：“今日，给你‘造’个火车看！”

哥哥只念过几天书，手却巧得出奇。他能用高粱秆编出好看的小布机、小纺车；能用扫帚棍儿套成精致的蚂蚱笼子，黄鼠笼子；雨天，在院子里堵条渠，架起“水磨”飞快地转；春天，能编出各种式样的“风车”呜呜地叫。自然，他会造出小火车的！

哥哥让我从厨房取了刀，从院子抽了粗细不同的扫帚棍儿，就干起来。他把粗点的扫帚棍锯成短筒，装在铜钱眼里，穿了细点的做轴，一对对“车轮”便咕噜噜乱滚。他一边往每个火柴盒上扎“车轮”，一边说：“看，这就是一节‘车皮’！”

连好了十多节“车皮”，他又从破铁筐里找来一段小铁筒，往上装只捡来的手电灯泡和四对“车轮”，说：“火车头就是这样，没嘴没鼻子，懂吗？”

他还搔搔后脑勺，劈开一根长长的扫帚棍作“铁轨”，让“车轮”匣在空心槽里……一切便成功了！

我俩乐滋滋地坐在炕两头，推着小火车玩。在嘴巴的“呜呜”叫中，小火车顺着“铁路”跑过来，奔过去，哗啦啦响。他得意地告诉我：“我昨夜又梦见坐火车啦！嘿，坐的是‘绿钢皮’，不是‘黑敞车’。轰隆轰隆，跑得像飞一样，就是老不往前去。醒来一看，哈，才在炕上睡着哩！”

他的梦把我逗笑了。我俩玩得更快活！

爹回来一看，牛槽里空得没一根草。地上扔满了扫帚棍儿。哥哥和我的屁股上，各挨了两料杈。但我们的高兴劲儿，仍然没被打散……

又是一个哥哥不上车站的日子。我俩一起套牛磨面。牛犊架上轭头，戴上眼罩，走动起来。

我忽然出主意说：“把蒲篮放在磨道里，看牛戴着眼罩跷得过去么！”

哥哥也觉得有意思，和我把蒲篮抬到牛腿前。牛站着不动，我拿起鞭子在牛屁股上狠狠抽了一下。牛抬起前腿，扑通踏进蒲篮，踩中罗儿中心，嗤的一声，罗儿的铜丝底子扯成了两半。

卖锅盔的铜丝罗底，又贵又缺。做这个罗儿，借了二斗麦钱，还没还给人家哩！我们只有二斗麦的小本生意，打坏它，不等于砸了锅么？我俩傻了眼，像罪犯似的，不知如何是好。直到爹爹举起鞭子，我们才从呆愣中惊醒，撒腿逃跑了。

一整天，我们不敢回家吃饭。我饿得不行，哥哥领我上“五圣庙”掏麻雀窝。他胆子真大，踩在山神、马王肩上，从神龛顶部的椽缝里，掏了满满两鞋兜麻雀蛋，还抓了几只肥囊囊的麻雀。从铡面匠伯伯那儿讨了火柴、铁勺和盐末，拾了点干柴火，折了抱干树枝，一人炒了一铁勺麻雀蛋吃。又和了一大块泥巴，把几只麻雀一糊，搁在火上烧烤。等泥巴烧干了，掰开一看，嘿，麻雀毛粘得干干净净。红鲜鲜的麻雀肉，香喷喷地冒热气。我俩你撕一片、我扯一条地蘸着盐末吃，比过年才尝一尝的猪肉，都香一百倍！

天黑了，我俩蹑手蹑脚地走进院子，爬在窗子上看动静。我们听见爹正和人说话。他说：“唉，日子过得这么紧，牛也是亲戚家的。兄弟俩又把罗儿打破了，连锅盔也没法卖咧！你给咱打听个买主，把东凹那二亩地卖了吧！”

啊，要卖地？我俩吓得腿都软了。记得为了给娘看病，要卖地，娘流着泪劝住了爹：“卖了地，一家人指望啥活呢？卖地抓药，就是圣药命汤，我也咽不下去！”现在娘殁了，我俩闹得爹要卖掉土地了！唉，都怪我们不懂得世道的艰难，不知道为爹分担忧愁，惹出这场祸来。我又怕又冷，浑身抖动起来。

哥哥把我拉到一边，说：“咱俩不坐火车啦！”

我奇怪地问：“谁还想那事？”

他说：“咱把攒的钱给爹，添了做罗儿！”

哥的主意真好，可我总怕被爹抓住挨打。

哥哥说：“咱俩去下跪吧！保证再不贪玩！要打，就让打我！”

他很快从喂牛的小屋楼上取来一沓纸钱，推门进屋。

爹见我俩回来了，一脸怒气地去摸捅火棒。

哥哥拉我跪倒在地，两手捧钱，望着爹消瘦的背影回话说：“爹，全怪我，你打我一个吧！——这是我上车站不吃面，攒的钱，你拿去买罗儿，我一定好好卖锅盔！我娘不让卖地呀！呜，呜呜呜！”

我也哭着说：“爹，你打我吧！卖锅盔，他肩膀天天肿哩，叫我不告诉你！”

爹转过身，举在空中的捅火棒，叭啦掉在地上。我看见，一串亮晶晶的眼泪，从他腮上滚下来……

屋子里，只听见我俩的哭泣声。过了许久，爹才接住钱，把我俩拉起来，说：“面和馍，都在锅里热着，吃去吧！”说着又忍不住转身去啜泣了。

这天夜里，爹不住地翻身，叹气。我和哥哥也是怎么都难以入睡。我望着青色的窗外，看见星斗在空中慢悠悠地浮动。我便想象，那是娘的眼睛，正在遥远的地方，望着不懂事的我俩，望着愁苦煎熬的爹爹。我耳边似乎又听见了娘临终前的叮咛：“听爹的话，甭惹他生气，长大成人……”我的眼泪忍不住打在枕头上，耳膜里便响起敲钟般的鸣音。

第二天，爹借来一只罗儿，又让我俩磨面了。罩在家里的阴云总算开了缝。我们干得比以往任何一次都认真、细心。哥哥还给我小声说：“昨晚，我又做了好梦哩！”

我问：“梦见娘咧？”

他说：“不是！我梦见坐火车上山哩！嘿，山陡得上不去，火车愣叫、愣叫，才爬上去啦！不知怎的，我又骑在山顶上，怎么也撵不上火车了。嘻嘻！”

说着，他停止扳动罗儿，重眼皮扑闪扑闪，望着远处像朝天放着一张大锯似的秦岭山峰，心往神驰……

后来，互助组组织起来了，我家的日子渐渐好转。我们停止了烙锅盔的买卖，爹和哥上地，我在家学着做饭。哥哥还上了夜校。晚上回来，他不但念什么“泊、婆、摸、佛”，还讲“点灯不用油、犁地不用牛”那种神话般的社会主义生活，讲第一个五年计划的建设项目，还有“宝成”铁路。每当讲起这些，他的心仿佛被磁石吸引着。

又过了两年，震动中外的“宝成”铁路开工了。铁路局来我们县招收民工。刚刚和童年告别，还不满十六岁的哥哥，偷偷跑去报了名。

爹知道以后，挡他、劝他。但他硬是随招工的同志上秦岭而去，终于把梦变成了现实，当上了铁路工人，去修筑真正的铁路，坐真正的火车了！

过春节的时候，哥哥回来探亲。他已变成敦敦实实的小伙子。四方脸盘、红堂堂的；漆黑的眸子，闪着倔强聪敏的光泽；穿一身蓝色新工作服，胸前戴着亮闪闪的铁路路徽，站在屋地上，像从宣传画里才走下来。

他把一条三面新的被子放在爹的炕头，把一双新球鞋和题有“建设祖国”金字的硬皮笔记本，递到我这个中学生的手上……

奋斗之路

结束了“假女子”的生活，告别做饭、烙锅盔的案板、锅台，考进五里外的“虢王完全小学”读五年级的时候，我整整十二岁了。

开学的日子一到，又当爹又当娘的父亲，从车站的寄卖商店买回一条又薄又小的旧被子，拆洗了一下，又熬夜洗补了我的衣服、鞋袜，打整成了一个小白包袱，踏着晨曦送我上路。

清晨的空气，像用蜜炙过一样香甜。被秋庄稼淹没了的路上，铺盖着绿草。金黄的蒲公英和紫蓝的野菊花，正倔强地开放。草叶上的露珠，在朝霞中像金豆儿滴落。我小心地抬腿动脚，跟爹走去。村庄渐渐远了，远了，终于被秋禾完全遮住。

两年来，和哥哥一起卖锅盔，我没有一天不想学校，但真要离开陪我长大的破屋小院，心里却有股说不出的滋味。八十岁的婆婆，什么也看不见，瘫在炕上，让哥哥一个人经管，谁给他做伴、帮忙呢？爹要下地，谁给他做饭呢？我第一次出门离家，心灵被难割难舍的感情冲击着，老想哭……

爹在前边走着，像五年前第一次送我上一年级一样，只管叮咛个没完没了。还讲着“头悬梁、锥刺股”的故事，不时呼唤我：“走快点！”

爹先领我到一个远亲家去认门，然后才去学校。我进去报名，出来的时候，他把一支红杆子的钢笔递到我手上。那鲜丽的光泽，把我的眼睛照亮了。长这么大，我只在老师的衣兜里才看到过这逗人的东西。羡慕过，仅仅是眼热罢了。连吃饱肚子也要流尽汗水的年月，哪能买得起这玩意儿？买被子也是从信用社贷的款呀！我知道爹兜里没有钱，只带了点麸皮，是想卖了称旱烟的。

我激动地攥住钢笔，问："你称旱烟了没？"

爹说："不称咧，卖了麸皮，我看人家学生娃都买这东西，就给你买了支……"

说完，爹又叮咛了一番，离开我走去。我握着笔，望着他消瘦的背影，一动不动。他顺来时走过的路走着，走着。我看见他几次都想回过身来，但只是稍微一停，就又匆匆迈步了……

直到爹的背影被秋禾遮住，我才被铃声召进了学校。

学校的一切，对我这乡间来的野孩子都是陌生的，新鲜的。教室三座连成一排，又长又宽，两边开满明亮的拱形窗户；办公厅高大富丽，檐下八根廊柱肃穆而庄严；操场宽阔平坦，沙坑、杠架、球场，无处不欢声琅琅；有那么多老师，庄重、亲切而彬彬有礼。

买书了，上课了。除了语文、算术，还有我从未听过的历史、地理、自然，又有饶有趣味的体育、音乐、美术。每一门课程，都给我打开一个奇妙的天地。过渡时期总路线的宣传，第一个五年计划的宏伟目标，有趣的少先队活动，生动的球类、歌咏比赛……无不召唤和激励我为祖国、为人民去艰苦奋斗！

但奋斗之路并不是铺满鲜花的坦途，生活也绝非从此全是蜜糖酿成。当我从校门走出，踏进吃饭的远亲家门时，等待我的，却是冰冷的脸孔、呵斥的声音！

每天放学回"家"，我总是照爹那句"娃娃勤、爱死人"的格言去做，烧锅，绞水，扫院，喂猪，等全家老老小小都端上了碗，才去抓筷子，加上我耳朵有些背，女主人便把我当成了傻瓜。她虽然被我称呼"婆婆"，却从限制我吃馍开始，故意把饭舀稀。后来就命令我不停地干这干那。常常用女高音的嗓门响亮地呵斥道："你吃那么多，饿死鬼掏肠子哩吗？""你嘴抹一把就走，我生米做成熟饭，喂猪哩吗？"……

这样，她的模样在我眼中越来越难看了：大个子、粗身子，走路颠着一双小脚，像大木桶上装了不相称的细撑。头发如火烤过似的焦黄、卷曲，乱糟糟不守秩序。而卷发托出的胖脸，则像刚喝过酒一样发红。加上像锉刀挖成的三角眼，常常使人想到小画片上的狮子。

有一天，他们全家去外村赶庙会，走时在窗台上放了一碗搅团，算作我一天的饭食。我吃的时候，喉咙眼像伸着一把手似的，一阵就全倒了下去。上午放学，我照着吩咐，把放在屋门口的猪食端去喂猪，自己却饿得浑身没劲儿。

我正哭不出泪，呼不出声，肚子饿得如猫抓，多亏男主人赶回来了。

他是个挺善良的老头儿，个子和他在家庭的地位一样矮小。他精瘦、诙谐，没长胡子。一副老婆婆脸，包在黑油油的白羊肚手帕下，温和而平静。他常常因为夺下我手中的大扫帚、猪食盆，而被女主人斥责一通，也只是抿嘴笑笑。

他一进门，把一块小糖瓜塞在我手上，就急急打开厨房门，东抓西凑地给我弄吃的。他小声给我说："你婆吙人，有口没心，你甭记许！老话说，女人穿的三节衣[①]说话没高低！我不言传，不是怕她，是免淘气哩！"说到这儿，他赶快拧身往门外探看了一下，给我取了块白蒸馍，声音压得更低："今日给你买糖瓜、吃白馍的事，你牙缝缝千万甭露气儿！"……

夏天到了，女主人特地在牛槽边支了页木板，让我从炕上搬到那儿去睡，夜里喂牛，早晨垫圈。我老老实实照办了。牛虻、蚊子，叮得我浑身发肿；腐草、牛粪，熏得我头昏恶心，忘了添草、垫圈，就要受气挨骂。我都很快习惯了。

有一件事，却使我发愁。就是每天傍晚从学校回来，必须上地割一捆苜蓿。割少了，不够喂；割多了，背上站不起。我常常是割满一大捆，推着滚到一个土塄上去，再站在塄下背上肩，摸黑回家。到家的时候，连累带怕，浑身像从池塘捞出来一样。

有一回，回到家发现草捆上没了镰刀，女主人把眼一瞪，说："快去，寻回来！"

---

① 俗话：指旧时妇女穿裙子。

男主人嗫嚅着说："天黑，我去吧！"

女主人"汪"的一声："你还要铡草哩！烧汤哩！叫他去，咻瘦样子，狼不吃！"……

冬天来临了，一个大雪纷纷的星期日，女主人命令我到邻家去磨高粱。那只斗有一个巴掌大的豁口，是被火烧了以后留下的。走出门道的时候，斗被放在那儿的高粱秆撑了一下，高粱从豁口颠出去一点。"狮子"便扑上来，左右开弓，"噼啪"两个耳光，打得我满脸起火。她的脚更不安分，还像男人那样朝我屁股上踢来，尖尖脚"压强"特别大，像锥子剜入皮肉。我扔下斗，赶快逃跑了——这是我从小对付打骂的最好办法。

雪正下着，到处白茫茫一片，不见人踪鸟迹。我不敢回家，往学校走去，幸亏碰见六年级一位大同学。他像铡面匠伯伯故事里的义士侠客，气愤地挥着胳膊说："走，找她个刁婆子，算账！"

我说："不不，我想家！"

他又拍着胸膛："行！送你回去！碰上狼，打死吃肉！"

他一直送了好几里远，过了最荒凉的一条大沟，才让我自己朝村庄走去。我在白皑皑的原野上急急地奔跑，放眼望去，天网恢恢，只有一座座坟堆，从雪地上凸起，不由使我想起长眠在地下的娘来。她对我说过："成了没娘的孩子，就和叫花子一样了。"是啊，在学校，我是红领巾，小主人公，可在寄食的远亲家，我不正是一个可怜的叫花子吗？连大自然也会欺侮弱者，尖利的西北风追着我，狂暴的雪浪缠着我，灰蒙蒙的天仿佛就要压碎我……我步履艰难地奔跑、颠扑，放声哭叫："娘啊——！娘啊——！"

不知在雪地上打了多少滚，摔了多少跤，好容易来到家门口。我举手推门的一霎间，又停住了。自娘殁了以后，亲朋们劝爹娶后娘。爹怕我和哥哥受虐待，拒绝了。我这样站到他面前去，他会多么伤心呢？我用僵硬的手指，拍打了满身雪花，擦着唰唰流下的泪水。但眼泪越擦越多，还忍不住抽泣起来，惊动了正在做饭的爹。他出门一看是我，一把拉进屋去，问："咋啦？下雪天咋往回跑？亲戚待你不好？"

一肚子委屈，向口边涌来，但喉咙一哽，眼泪便像冰凌靠近了炉火，哗哗淌落。我咽着眼泪掩饰道：“是，是我心慌咧！路上，把我，冻得受不了！呜——呜呜——！”

婆婆在炕上说：“看把娃冻成啥咧，快坐到热炕上来吧！叫我摸摸，瘦了没有？长高了没有？”

爹大概猜出了几分，搓净面手，从竹篮里取出块牛肉，说：“这是你哥给你留的，暖着脚吃吧，一会儿下面条！”

他一边做饭，一边给我讲旧社会当学徒的规矩和受到的虐待，让我懂得艰难日子，能使人长志气的道理，还说：“端人家的碗，看人家的脸，人受点坎坷，才知道礼义世故哩……”

过了半下午，雪仍然纷纷扬扬，一点不想停歇。爹只好送我上路。走到村口，一个戴塌拉草帽的雪人，像从天上掉下来似的，突然出现在我们面前，啊呀，竟是远亲家的男主人！他被满头满身的雪压得更瘦小了，向爹满脸堆着笑，难为情地说：“嗨，他婆咻人性子不好，有口没心。甭当人！甭当人！叫娃跟上我回，明早还上学哩！”

没想到，他不光有张婆婆嘴，还有颗婆婆心，一路上帮着我，扶着我，又赔情，又鼓励：“小伙子，你是个有前程的人！好好念你的书，长大了娶个‘花不棱登’。甭像爷，娶下咻‘踢腿骡子’，忤逆不顺，连你都带了劈子。读书人心大，甭计较！……”

我见他说话时手老往腰下撑，问：“爷，你腰咋啦？”

他说：“唉，我腰上出了个疮，你婆让我上八家庄贴药，我操心你明早上学念书的事，就偷偷来接你，这阵儿磨得好疼呀！”

这一夜，我听见没顾上贴药的老爷子，被疮折磨得一声声呻唤，心里真难过。我暗下决心，做事小心点，再也不惹爹操心，不惹老爷子受累了！……

就是，家庭的不幸遭遇，父兄的辛苦奔波，像鞭子悬在头顶。老师的谆谆教导，这位老爷子的保护、勉励，对我产生着巨大的力量。社会主义祖国的美好前景，第一个五年计划对人才的需要，为我展示着五彩之路。这都使我把艰苦的环境，当作砥砺意志的磨床。我咬着牙忍耐，拼着命学习，成绩一直在班上名列前茅。两年以后，我顺利地考入了初中。

又一个阳光灿烂的早晨，我背了铺盖，怀揣那支红杆钢笔，独自向我要去读书的周公庙中学出发。

中学离家四十多里，要过两条河，翻三道沟，爬几架坡，每周得靠脚板往返一次，回家背馍、背面。夏秋季节，碰上大雨滂沱，黄土地上变得遍地胶泥，只能扒掉鞋子，挽起裤子，彳亍而行。遇到河水暴涨，满目横流，汹涌咆哮，砵石、小桥不见踪迹，常要冒着生命危险蹚过。

那时的乡村，村村恶狗成群。漫漫四十里坎坷之途上，凶狠的狼狗，远远就狂吠猛扑，使我望而生畏；那些安分的看家狗，则在走近它时才蓦地奏起强烈的合唱，吓得我浑身抖动；还有一些抿嘴狗，垂耳摇尾，一声不响，走过以后才“呜”的一声，向我的脚踝腿肚吞咬，让我避防不及。我总在群狗乱吠中匆匆赶路……啊啊，前进的道路，奋斗的征途，会有多少意想不到的艰难险阻呀！

然而，新的知识在吸引我，崇高的理想在鼓舞我，我像卓别林似的，拿根当手杖的棍子，向前走去，走去！童年便悄悄地留在身后，永远落入了记忆！

1978 年 7 月—1980 年 8 月写于岐山县文化馆

（选自《针眼里逃出的生命》，陕西人民出版社 1981 年版）

最后那个父亲（节选）

蒋金彦

【作者简介】蒋金彦（1937—2009），男，汉族，陕西南郑人。1937 年 2 月出生，1952 年毕业于南郑县高台中学，1955 年毕业于汉中师范学校，1959 年毕业于陕西师范大学中文系。早年从事教育工作，先后任教于宝鸡教师进修学校、陕西凤翔师范学校。1970 年起主要从事戏剧和文学创作，文学编审，国家一级作家。曾任宝鸡市文创室主任，宝鸡市文联副主席。中国作家协会会员，陕西省作协常务理事，宝鸡市作协名誉主席。1988 年被评为宝鸡市管优秀专家；1998 年 5 月被宝鸡市委市政府授予“有突出成绩的文学艺术家”荣誉称号。

早在上世纪五十年代大学求学期间，蒋金彦便开始了文学艺术创作，并有多篇作品在省市报刊发表。新时期伊始，先后在《人民文学》《上海文学》《延河》《陕西日报》《长安》等各级报刊的重要位置发表了《三人行》《雷公山的残雪》《西门虎新传》《谁做结论》《一支过时的歌》等中短篇作品 50 余篇（部），有的被《小说月报》转载。其作品大多以陕南和关中西部的农村生活为背景，塑造出多个栩栩如生的农村干部和农民形象；其作品以深厚的思想和文化内涵，通过对广阔现实生活的展示，对中国农民历史命运的深刻思考，以及强烈的冲击人心的艺术力量，使蒋金彦成为陕西省新时期有重大影响的作家之一。创作出版了小说集《秦中吟》中短篇小说集《断肠人在天涯》和《最后那个父亲》等作品，获得了数十种文学奖项。其中《最后那个父亲》获陕西省作协“优秀长篇小说”奖。2012 年 12 月其三卷本作品集《蒋金彦文集》由三秦出版社出版。

三十九

安葬仪式之后，祭吊活动只剩三个周年了。在这三年中，讲究子孙们得戴孝帕，剃头时耳茬边留一小撮头发，过年对联用白纸写上“日落西山还相见；水流东海不回头”、“只守堂前三年孝；不知门外四时春”之类的语词。早年还有三年内不嫁不娶、不出远门之类的规矩，此时已不大有人遵守了。

葬仪一毕，阴阳先生便告辞，接着是亲朋离开。本家一众帮忙收拾完家什也一一告退。热闹、紧张、忙乱的气氛霎时寂静下来。

半后晌时分，父亲独自去坟园，默望着坟堆。这是一段疲惫不堪的日子，沉重的悲痛使得父亲陷于身心交瘁之中。多半年里，爷爷临终时那幅惨烈情景时时在父亲心头涌现。在父亲的心目中，爷爷是个威严的人、刚强的人，没有见过哪一回爷爷被什么压倒过；尽管父亲已经三十好几，而且早已做了父亲，但是，爷爷对他总像是一棵遮风挡雨的大树，一座顶天立地的大山，举凡大事小事，只要有爷爷在场，甚至心里感到有爷爷在，便有了勇气，有了主意，有了胆量。因而，父亲难以理解爷爷临终前那副令人揪心的神色；分分明明的同一个人，几个月前新房落成谢土那天，在众人面前高抬胳膊在空中挥动时那般刚毅的爷爷竟会在死神面前那般紧张和恐惧！难道因为死亡之神太强大了，它能把任何人从肉体到灵魂彻底制服了？还是因为人在死亡面前陡然间变得胆怯和虚弱……

面对新坟，想到黄土下长眠的爷爷，父亲再次陷入深深的悲痛之中。

这年冬天冷得迟，安葬爷爷的前几天下了一场雨，天气很快转晴，在潮湿的坟地低凹处的坟堆上，铁线草依旧绿绿的，蒲公英、荠荠菜和酸溜溜受点霜，叶边上发暗红色，紫荆和迎春枝条上的叶子开始凋落。一群群麻雀在坟堆间起落，寻觅人们晒稻草撒落下的稻谷颗儿。太阳红红的，停在没有风的坟堆间一点不觉冷。只是蹲得时间长，脚腿有些麻，父亲想起来，却又改变主意，伸伸腿将屁股塌坐在了地上，顺势儿眯上眼，把头倚在柏树干上。

明知道阴阳隔世，父亲却很想见到爷爷。往日里，剃光前半拉脑壳、留剪发头的小眼睛爷爷威严得很。尽管这多年里，爷爷对父亲并没有发过什么大的脾气，从小养成习惯的父亲却一直不敢正面对视爷爷。而当爷爷一旦下世，父亲陡地生出许多后悔：他想见爷爷那张瘪人的脸孔，那对叫他不寒而栗的小眼睛，想听到爷爷大声吆喝他、骂他、唾他，甚至情愿爷爷扇他耳光……

爷爷真的走来了。爷爷穿一件蓝布料做的老羊皮对襟马褂、皂布棉裤、裹边衲底的黑棉窝窝鞋，头上戴的火车头护耳帽，帽边下露出稀疏的头发。爷爷向他走来，站在他面前，一对熟悉的眼睛盯住他。他本想好好正面看着爷爷，不知为何，刚叫声“爸爸”，便把眼皮儿放下，怎么也难抬起眼皮来。这一刻里，父亲为自己这样子生气，心里数骂自己：你不是朝思暮想地盼见老人家的么？为何见了面，眼反上像坠着秤砣一样抬不起来呢？

父亲突然听见爷爷叫他，爷爷喊他的名字。

父亲这才鼓劲抬起头，望着爷爷那对小眼睛，亲亲热热地叫了声：“爸爸！”

“全福。”爷爷说话了，“我要走了。到远处去。娘老子再好，也难陪儿女一辈子。我走后，这个家，你妈，还有你的兄弟们，全都托付给你了。”

爷爷的话，父亲听得十分真切，他急不可待地说：“不，爸爸。你，你别走。别走啊，我们全都离不开你——”

父亲正说着，准备近前一步去拉爷爷的胳膊，却分分明明地看见爷爷脸色一沉，使劲把胳膊朝旁边一摆，跟着转过身子。父亲觉察到爷爷似乎要走，赶忙上前，双手扯住爷爷的衣服后摆。

“爸爸！你——”

爷爷猛地转回脸来，父亲立即惊愣住了。他发觉爷爷全然变成另一个模样，全然地成了一个陌生的人。稍停，父亲像是明白过来似的，使劲揪住爷爷衣服，想把他拉回来。谁料，爷爷竟像施有法术似的，轻轻地从父亲手中滑脱，抬腿出了家门，下了院子，出了大门，踏上村前大路，下了草园，朝着拱桥方向去了。

不！父亲觉着有许多话还没有说，有许多事还没有问，他得赶紧去追上爷爷。但是，父亲追了半天，通身冒汗，结果，爷爷还是没追上。爷爷走进了茫茫大雾之中；父亲的喉咙也像被什么堵上，喊了好几次才喊出声，接着又是一阵紧人脖颈的咳嗽，再没法子说别的话。

父亲没留住爷爷，倒把自己急醒过来。

父亲明白自己丢了个盹。看看新坟，土块间的隙缝已弥合，坟堆已板结为一整块。斜阳映在坟脊处，显出亮亮的褐黄色团粒土质。坟前化过的纸钱灰，一片片、一叠叠地被小风拨动得散乱地飘抖着。父亲想起去年的这个时候，老人病倒，熬到开春便下世了。眨眼半年多时光过去，明天就是小雪，过一月天气将是冬至，然后再又是立春、雨水、惊蛰、春分，下来便是清明；明年、后年、年年岁岁有清明，而长眠地下的亲人将越走越远。听说人死后要过奈何桥，要喝迷魂汤，会把生前的一切通通忘记掉；到了阴山，登上望乡台，最后再看一眼尘世，便永远跟阳世割舍掉一切联系、一切思念、一切记忆，彻底走到另一个谁不认识谁的世界去了。永远割舍，永生永世——父亲想，那刚刚迷蒙中的情景是不是跟爷爷的最后一次梦缘呢？父亲情不自禁地看看周围的大大小小坟堆。它们刚刚堆起时不也是新土新坟，活着的亲人们不也是朝暮思念着长眠地下的亡人，年年清明都来祭奠的么？然而，几年、几十年过去，然后又百十年、几百年过去，曾经活着的人们一茬又一茬地也成了亡人，那许许多多，一年年老了久了的坟堆变为了荒丘野冢，还有谁知道土堆下埋的何人？没有人知道了不就跟没到这尘世上来过一个样么？父亲记起当年烟客死后，他的儿孙曾把他的坟堆垒得跟早年间村里的那个举人的坟堆一样大小，父亲心里还有点纳闷：别的那么多人不是也留下值得后人忆念的么？现在，父亲怀疑那么计较有没有必要。当然，需得提及的是若干年后，各村的年轻人干脆把所有的坟堆当四旧通通铲平，坟堆大小的话便无从说起了——这当然是后话。

这段日子里，父亲每想到爷爷，心里便好一阵悲凉，爷爷一生真有点像呼雷闪电，有声有色。可是，转眼间却雨过天晴，都过去了！

是一群黄鸭扑打着水面起飞的嘎咕声把父亲的注意力引向后漕七亩田埂方向的。每年落冬，前后漕沟一连片的冬水田里总有大群的黄鸭、青鹳、白鹤、野鸭、石鸭和水葫芦鸟栖息寻食。冬水田里有撒落的稻谷，有田螺、蚌壳，有鱼有虾，它们觅食完毕便停在田埂上，或者歇在露出水面的泥块上。人从田埂上走，脚下尽是白花花的屎摊儿，有时候，人们还能拾到黄鸭蛋，不明白为什么有的黄鸭冬天还下蛋。每当有人从田坎上走过，或者有人故意扔土坷垃时，鸟群便连跑带拍翅膀扑棱棱地飞向另一处水田里。父亲朝七亩漕田看的时候，正有一个老女人朝坟园地走来。父亲注视着她，见她一手拄黑漆弯把拐棍，另一只手提一个小提筐，走到坟园边停下，朝远远近近的坟堆看看，最后，眼光落在爷爷的新坟上。她很快发现了父亲，稍稍迟疑后便从坟堆间绕着走过来，站在爷爷坟前，仔细看了看，侧转身来面向着父亲，试试探探地问："这里埋的谁呀？大兄弟。"

父亲双手一撑，站起来说："埋的我家老人。我的老爸。你——"

那女人挪近一步，看着父亲，紧接着问："哦，你家姓黄？"

"哎，姓黄。"

"你的老人叫黄……虎生？"

"对呀。"父亲迎上一步，"婶子是——你看我这人——嗨，我眼拙得很。你别见怪。"

那老女人说，"哪吔！我有一二十年没来过了。我在詹家店住。你家老人早年给我帮过忙，帮过十多年。那阵子他还没成家哩。"

"噢，噢，我爸时常说起你们家哩。婶子你娘家姓王？"

"对对对，姓王，姓王。你知道？"

"知道，知道。我爸爸说你待人好……我妈也说你厚道。他们经常念叨你。"

老女人很感动，嘴里连着说："实在难为他们了，难为了……几十年了还挂牵。"眼里早已潮湿起来。她侧侧脸，拿袖头儿拈拈眼睛，吸吸鼻子。等得深深松口气以后，才又回过脸来说：“你，你就是老大吧？今年该三十四五岁喽。哎，时光真快。记得你有三岁多时，你爸爸背着你去过我家。我想抱抱你，咋说也不叫抱，哭喊着连我家也不多待。嗨，一眨眼你们兄弟都成人了！你爸爸命真好！唉，真想不到他，他这么早就，就下世……前几天才得知，本想，本想早点来的……我这背时的腿老害走气疼。这两日好些了，我就过来看看。人不在了，烧，烧几张纸也好……”

老女人结结磕磕说着，低下头走到坟堆前放下提筐，取出一大卷火纸和几沓儿纸钱，抖散后点燃，再点燃香蜡也插在地上。当纸钱呼呼喇喇燃起的时候，她又艰难地跪下地去，深深地磕了个头。她没有往起来站，也没有哭，只是呆呆地望着火纸的灰烬，随后，从大襟里掏出一块手帕擦眼睛。

父亲一再向她表示感谢，陪跪下去磕过头后将她扶起。老女人往起站的时候，抓一把土添在坟上，退回一步默默地低头站着，不停地擦她潮红的眼睛。父亲定要她到家去坐坐，她推辞说时候不早了，天黑前她得回去。父亲送了她一程。老女人提到爷爷的许多往事，询问了救治爷爷的许多情况。走过七亩漕田坎，上了漫坡岭岗，临分手时，老女人从大襟下面兜里掏出来个小布包，里面包着一个白铜烟袋锅和一个玉石烟袋嘴。“大侄儿，你爸爸他，他是个硬气人，这辈子活得不易，这副烟袋本该早些给他的……谁想他早早上了山……我也不留了，你不嫌弃收下做个念心儿……”说罢，连布包儿一起交给父亲，转身顺岭岗下去，随之穿过漕沟，又上了对面沙坡岭岗。父亲目送着她，发现她一次也没有回过头。

等老女人消逝在沙坡岭岗背后，父亲又展开布包，玉石烟袋嘴和烟袋锅儿不论质地还是工艺，都是极好的，父亲很少见谁使用过。父亲心里热热的，又沉沉的。脑子里再次呈现那女人清晰的形象：头上包着厚厚的黑丝帕子，鬓间飘出花白了的头发，苍白却显富态的脸面上挂着泪水。暗色的大团芍药花的青缎子夹袄，黑布棉裤裤口裹着织锦带子，小得出奇的黑丝绒鞋面上沾着新坟前的黄土和枯草节儿。脑子里浮现这些形象时候，父亲又想起那年拱桥头上爷爷那些谜一样的话……这期间，父亲忽然想到了鸭娃……

父亲从岭岗上走下来，走过七亩漕田坎，上了村后田坎。拐过弯，看见爷爷的新坟前有许多人。紧走几步后看清楚都是自己家里人，以为出了啥事，忙将布包儿揣在大襟下衣兜里，小跑着赶到坟园地里。婆婆、母亲、姑姑、二佬、二娘、三娘、四佬看见是父亲，一齐招呼他，看着他。

“妈——”父亲问，“有啥事吗？”

四佬嘴快：“妈和大嫂她们看你不在，怕你——”

父亲听后放心了，笑笑说：“没啥事，我想到外头来走走。”他还指指地上刚刚烧过的纸灰说，詹家店来人祭吊过，他留人家到家坐，人家不肯去。不知怎么，他说得很淡，没有提及她是王婶，更没有提烟袋锅的事。

婆婆好像也不愿意仔细打问，只是感叹难为人家了，这么多年里，也没有到詹家店走动走动，随后便到父亲跟前，给他拍了拍身上腿上的土，然后抓住父亲两只胳膊，对着父亲的眼睛说：“全福，你老子走了，我们谁都没法子留住他。由命不由人呀！妈今日就拿你劝妈的那些话劝劝你吧！不要老把这事窝在心里，搁着怄气。不要怄，全福，怄气伤身子呀！当妈的今日当着你兄弟你姐姐面，提醒你哩，你可是老大，这个家的担子重头、大头得你出来挑哇！”

婆婆语重心长的话说得如此恳切又如此结实，父亲感到震惊和愧疚：如此明白的事理，竟要老母亲来提醒？老人下世以来萦绕在心里的沉重悲痛真把自己压垮了么？父亲抓住婆婆的双手，深情地叫了声，“妈——”喉咙里被什么东西一下子给噎住了。

姑姑红肿着眼走过来说：“全福，妈跟你说的话句句实情。今日回来时，在路上你姐夫也说过，这个家要你出来撑持哩！你看看，咱妈上年岁了，又是个女人家。咱爸上了山，兄弟们、弟妹们和侄儿侄女们全靠你出来提调、指拨哩。你看，除了三弟全寿，一家人都在，当着咱爸，你给妈说句宽心话吧！”

婆婆说：“你姐姐说得对，全福。前人强不及后人强。你老子活一世人，好歹留下这么个家底。你的几个兄弟和弟妹也都年轻，他们听你的。全福，你可得承你老子的志气！你承起了老子的志气，妈的心才放得下，你老子也才走得歇心哇！”

父亲早已感到众多的目光在对着自己。那目光里充满信任，饱含热望。爷爷去世后，过分的悲痛和苍凉一直在搅扰着他，说不出的空虚和失落使得他打不起精神。而今，面对爷爷的新坟，注视着自己的全家老少，心里猛地受到巨大的撞击，一种早该意识到的东西骤然叫他冷静。他不该低着头，他应该抬起头来面对一家大小！父亲抬起头，第一眼看见婆婆：她跟爷爷起五更、熬半夜；她跟爷爷体验和熬受过无数的喜悦和愁苦；她给爷爷做饭洗衣服，她给爷爷生养下四男一女；她给爷爷说可心的话，给爷爷解乏；给爷爷享受欢乐；给爷爷发泄闷气；有了她的伴随，爷爷才走完他风雨坎坷的一生；也因为有了她，爷爷才有力量和勇气走完这一生。父亲第二眼看见的是我姑姑：姑姑是爷爷的头生女，她的降生，她的第一声“爸爸”，叫爷爷感受到人伦之乐、天伦之乐；于是，爷爷才接着有了四个儿子。父亲第三眼看到的是我母亲：那是一双把一切都愿奉献的眼睛，从肉体到灵魂，时时事事依伴着父亲，跟婆婆把一切交给爷爷一样，她已经把一切交给了父亲。她为他生了儿子，还可能再生许多儿女。她是为他活着的，是为他活得更好更舒心更痛快。父亲觉得出，真有一天，要她为他去死，她一定会毫不犹豫。第四眼，父亲看见的是二佬：二佬的眼神是迟钝的，却又是亲切的，他的确有些毛病，他也气恨过父亲。可是，他和自己一样，身上流淌着黄虎生家族的血液，他是他一母同胞兄弟，吃同一个娘的奶长大，若有人要欺负到他头上，他会毫不犹豫跟他站在一起。父亲心里十分明白：他依旧爱他。第五眼看见的是二娘：父亲为她伤过神，怄过不少气；可她是黄家媳妇，她跟这个家的人同吃一锅饭，同住一个房顶下；她为黄家养了孩子，她还得跟全禄过一辈子，而全禄是他的亲兄弟，她是家里的人，他气她，却又喜欢她。此刻，当父亲目光跟她相遇的刹那间，同样感到了她对自己的信任和期盼，没有觉出往日撒泼时那种嫉恨和敌意。第六眼遇见的是四佬：四佬眼里热辣辣的，单纯、亲热、赤诚，还有一种幼稚和天真；父亲心里顿然生出一种长辈对晚辈的爱怜之感；他还是个娃娃，是棵没长大的苗苗，他需要更多的照护和关怀。第七眼看见了三娘：她的眼神不同寻常，分明是信任和期待，却又隐含着怨恼和失望。父亲注视她的时间最短，目光一碰便迅速离开，而这目光竟深深驻在脑海，使他感到惶然不安。一时间，父亲摸不准是应该给她些什么呢，还是劝她不该要些什么？父亲在当时，乃至以后好久，每当想到三娘那眼神，就一阵心热、一阵心跳，他觉得那是他最能理解又最不理解，他最明白又最糊涂的眼神。他不能多看它，甚至不敢多去想它。他急急地把眼光调开。第八眼父亲看见了我，看见了英英小妹，看见了姑姑家的茂茂小表哥……父亲望着我们；我看见了父亲的眼睛。父亲的眼睛我看到过无数遍，我最熟悉。它比爷爷的眼睛大不了多少，睫毛比爷爷的长些，眼珠儿更黑些，它没有爷爷的眼神那么厉害和锐利，却比爷爷的眼神更深邃。爷爷的眼神很像高峻的山峰，峥嵘裸露，叫人不敢冒犯，父亲的眼神却似深潭，深不见底，叫人不敢探测。而此刻，我发现父亲的眼神里比往日的亲切、和蔼、温馨、严厉……明显地多一种东西，一种我从没见过的东西。父亲以往亲我脸蛋时没见过；我不小心尿了床，父亲骂我时没见过；我在外面拔了人家萝卜，父亲逼我给人家还回去的时候没见过；我上学后写大字得了满圈后，父亲夸我的时候也没见过……那眼神，有爱有恨有喜有忧有盼望有寄托有希望有担心有宽容有严厉有慈祥有残酷有自得有愧疚有高傲有卑微有幸福有痛苦有勇敢有胆怯有强大有渺小有高尚有低贱有神圣有卑劣有创造有扼杀有一往无前有畏首畏尾有观音菩萨有十殿阎罗……人世间该有的全有，不该有的也有——若干年后，等我也当上父亲，我才明白，那也许就是父亲们的眼神。至少是我父亲当时的眼神！

父亲再一次一个一个把全家的老少女人和孩子注视过，唯独没有再看一眼二佬和四佬。连父亲以后想起来也觉着奇怪和好笑。

四佬和二佬喊叫他“大哥——”，接着是全家男女老少都喊他：

“全福——”

“大哥——”

“爸爸——”

“大佬——”

“大舅——”

父亲好像一下子跳进蒸笼锅里，周身暴热，对着婆婆，叫声“妈！”，咕咚一声跪在地上。

四　十

在爷爷坟前，父亲一个一个仔细注意全家老小的时候，我们心里老是想着爷爷。长久地注视着黄土垒起的新坟，谁都知道家里那个顶天立地的人在里面躺着。爷爷躺下睡觉时常常打鼾，嘴里还扑扑吹气，吹得山羊胡子一倒一歪的。我们想着爷爷太累太乏睡过去了，我们伸手推搡他，叫他快坐起来；我们用猫尾巴草茎儿扫撩他的胡子，拨弄他黄黄的鼻毛，痒痒得他直抽鼻子，想打喷嚏。爷爷醒来，睁开眼，坐直身子，从土里钻出来朝父亲走了过去。当他贴近父亲身子时，一眨眼跟父亲叠合一起，怎么也分辨不出是爷爷还是父亲，直到眼睛转过注视我的时候，我才认清不是爷爷，是父亲。我很奇怪。晚上回家，我对婆婆说我看见爷爷了，婆婆笑了，夸我是爷爷的乖孙孙，爷爷喜欢我，显灵哩。我给母亲说我看见爷爷了，母亲说我想见爷爷把眼想花了。我又说给父亲，说我看见爷爷跟他身子合在一起了，父亲皱皱眉头，摸摸我的额颅，说我又不发烧，哪来的胡话。我又说给二佬、四佬、二娘、三娘，他们听了都觉奇怪，一问再问，问过又大笑，说我中邪了，大白天说梦话。茂茂小表哥和英英也不信，他们直摇头，说我哄他们；茂茂表哥还纠正我说，人死后睡觉做梦才能梦得见，他已经梦见爷爷好几回了。

没有人相信。可我真的在那一刻里见到了爷爷。爷爷坐起来，身子跟父亲真的合在一起。我后来曾多次仔细地注视过父亲，我发现虽然他比爷爷个头高，腰板子挺，可是，他宽而又平的肩背，走路时拖得老长老长的双腿，站在院子里咳嗽时的“吭吭”声，都跟爷爷一模一样。

父亲很快从悲痛中走出来，亲戚族人也罢，全家老少也罢，都在指望他挑起爷爷扔下的担子。而他自己，从感情上说，从理智上讲，承起头来继承爷爷遗愿都是义不容辞的。当他站在爷爷新坟前，面对全家老小时，脑子里曾经闪过一个念头，若干年前，爷爷像他一样年轻，不，应该是比他现在年龄小得多的时候，不也曾面对着太爷爷的新坟，强忍悲痛而挺起身来继承遗愿的么？眼前这几百座坟堆，哪一座不是只埋葬身骨而把精血和遗愿传递给后人呢？应该说，父亲娶妻生子已有多年，人世间的男欢女爱和先为人子又为人父的天伦之乐早已领略，但是，当他站在无数座年代不一的坟堆跟前，看到爷爷坟前恭立的周身流淌着爷爷精血的三佬、四佬和姑姑，看到曾经和爷爷共同孕育过他们五姐弟的婆婆，看到孕育了我，并把黄家的血脉传递给我的母亲，看到已经和二佬生养了英英的二娘，看到将会跟当兵去的三佬在爷爷为他们盖起的屋顶下、咯咯吱吱响的木床上为黄家生儿育女的三娘安安时，他——我那正值英年的父亲陡地被巨大兴奋和欲望所主宰。

爷爷上了山，三佬当了兵，家里人手少了。因三佬当兵，保甲人员一般不再为壮丁来家骚扰，父亲和他的二弟四弟有更多的机会干活，家里稍稍安宁些。听说跟日本人的仗火越来越紧，中心小学高台中学的学生打着小三角旗，给赶集的乡里人做讲演。墙头上贴着“抗战到底”、“还我河山”、“有钱出钱，有力出力”，“誓把日本鬼子赶回东洋去”等标语。汉中城里流亡来的国立七中、西北医学院的学生们到新集来搞义演，搞募捐。他们唱《保卫黄河》，唱“月儿弯弯照四方，流浪的光棍想家乡”“问你家住在哪里？长城外，大道旁，村口正对松花江。莫非就是王家庄？王家庄，是家乡，八年离乱变了样……”他们还不断地领上人们呼口号：“打倒日本鬼！不做亡国奴！”自然，这期间，前方抗战的消息也从各个渠道不断传来。保甲长们传，在街上强抢硬夺的伤兵们传，战场回来的逃兵也传。新集街上好几家茶铺子里每天坐一帮人说东说西，说是全世界的国家都联起手了。俄国人正在反攻打德国人，美国人的飞机和军舰在世界各地到处打击德国人、意国人和日本人。曾经和国军是生死对头的红军早已改名叫八路军，同国军讲和联起手打日本鬼子了。乡公所和保公所派人到各村子里把四十岁以下的男人集中过两次，说是要全国总动员，跟日本鬼子战斗到最后一个人。我父亲和二佬也被召去集训了两天，学唱“三民主义，吾党所遵，以建民国，以进大同……”学走队列步伐。回家来，两人都剃光脑袋，叫人一眼认不出来。尽管如此，仗到底怎么打的，老百姓们只能从不断抓兵和催要捐款中感觉到，从美国飞机和中国飞机在天上飞感觉到。后来听说意国向美国投降了，日本人生气，派飞机又来汉中撂炸弹，把西街上意国传教士办的天主教堂大楼炸裂开一道缝，炸弹响声几十里外都听得见。但是，比起亲身遭受战火灾祸的人来说，这里的百姓还算在福窝里。因此有人说，定是汉中民情好，造化高，老天不想降灾难。

尽管世道乱慌慌，人们无心过日子，也尽管父亲对撑持这个家的心理准备不足，但是，自从爷爷卧病在床到第二年春天谢世，再到秋后安葬，掌管这个家的担子实际上已经落到父亲的肩膀上。而所有担子的重量最主要的表现在一个字上：钱。赎回当出去的田要钱，给爷爷治病调理要钱，安葬爷爷要钱，一家多口要饱肚子暖身子还是要钱……钱、钱、钱，抬手动脚都得花钱，而抬手动脚又实在拿不出钱。庄稼汉都明白，钱的来路有两条，一条靠田里地里出产，一条靠纺线织布。当然，精明会划算的人还能跑点生意、贩点东西倒腾几个钱，只是风险太大。民国三十年的秋天，二佬眼热人家跑生意，弄了几匹土布跟黄志明几个人去甘省想贩点生漆和党参。八月初一那天的半后晌时分，刚刚走到黑鹰窝山梁上，突然间天黑地暗。好端端的晴天大太阳眨眼间满天星斗，吓得他们趴在地上直磕头。后来明白是天狗吃日头，心里便嘀咕此番出门不吉利。还没顾上打转身，山神土地庙背后便闪出一伙强人，把他背的土布全“借”走了，连身上衣服也剥去了。从那以后，二佬再不提跑生意的话。二佬不敢出去，父亲被家里一大摊事缠身又不能出去。所以，父亲也好，家里别的人也好，人人心里明白，要想日子过得像个样子，只能靠手上那十多亩田地，靠那几架纺线车子和那台织布机。

那一日清早，父亲早早儿起床，把院坝打扫干净，在院坝东西两侧钉上“地皮子”，插上前两天浆过的卷线穗筒，将所有线头儿集成一大股，过来过去地往“羊角”上缠。早饭罢后，他又坐在“羊角”前给“绳页”里喂线，然后一上一下地开始挽缯。

黄全星嘴皮上粘了根纸烟，吭吭咔咔地大声咳嗽着走进大门里来。边走边说，“啊呀，全福。这才几天工夫，又浆出一机子布的线，可不敢要钱不要命呀！哈……”

父亲说：“全星哥，别人不知道你还不知道么？靠这个挣钱，你还看不上哩。这是没有别的门道走了，混点油盐钱嘛。”

黄全星见父亲准备从机子上下来，赶忙伸手压住父亲肩膀说：“你坐着别下来。我站一会儿吧。”

父亲问：“你找我有啥事么？”

黄全星说，“有是有。不过，你先别急，等你把缯挽上机子再说吧。”

这时候，母亲已经给黄全星端来凳子，招呼他坐了。黄全星顺手把板凳朝父亲跟前挪了挪，一边给父亲搭手帮忙，一边说起来。

黄全星说：“全福。我想问问你，有桩生意愿不愿做。”

父亲忙问：“啥生意？”

黄全星说：“你先回答我，你想不想发财？”

父亲奇怪地停住手，望着黄全星，回答：“你看老哥说的！眼下有啥生意能发财？你知道我的底细，手头没本钱，也没有啥门路呀！”

黄全星笑了，说：“别的话你先不要说。只要你一句话：想发财，后面的事咱再商量。”

父亲一听这个话，倒是着急了。干脆放下手上活，拧过身子对黄全星说，“全星哥，我打小起就跟你跑东跑西。多少年来，你对我对我们家没有外待过。我们全家都信得过你。自我爸爸下世以来，家里一摊事压得我喘不过气。你比我年长，交往宽，有见识。说真的，我真的想请你好好提携哩！我一生不会忘记你的。”

黄全星说：“看看看，全福兄弟。你跟我说这些不是外气了么？往后不要这么说了。哥今日找你就是想商量个正经事的。这样吧，你先别问是什么事。你把缯挽上机子，咱两个一道去看看。看完再说好不好？”

父亲虽然不知道到底是啥事，但他坚信黄全星是个门道宽、眼儿稠的人，他看准的事八成儿有把握。

父亲匆匆忙忙把缯挽上机子，套上云板，亲自坐上去试织了一阵，觉得一切停当了，便去房后院坝找黄全星。

黄全星可能是有意玩笑，也可能是在吊父亲胃口；父亲几次问他是啥事儿，他依旧坚不吐口。父亲只好尾随着他，一道翻过两个岭岗，来到姚家河坝一处被苇子秆围起的草房边。这座草房搭盖在河边一个陡陡的斜坡上，旁边有一条小渠，渠水是从小河上游一里远的水坝上拦截来的，水流在这里形成一丈多高的落差，中间架起两扇一样直径的水叶轮。早在父亲他们从岭岗上往下走的时候，水轮带动的声响就听得见。父亲先以为是水磨坊，走近时，发现声响不对，而且草棚屋的绸隙里不断飘浮出细细的花沫儿。父亲便断定这是轧花机和弹花机坊了。

往年间，庄稼汉收下棉花后，先到新集街上一家脚踏轧花机上把籽棉的棉籽儿轧掉，再请弹花匠到家来，把去了棉籽的皮棉弹成熟棉，然后才能纺线、织布、垫棉絮使用。这几年，有人从汉中买来水叶轮做动力的机器，村里有人开始把籽棉拿去加工。因为家事一大堆，两年来几次想去看看，一直没有机会。现在，一下子站在新玩意跟前，登时觉得大开眼界。往日里，弹花匠脊背上背一张弹花弓，拿弹花棰捶在弓弦上砰儿——砰儿——地弹半天，皮棉才能弹成熟花；而今，大把大把地生花从两个相咬的长齿轮中间喂进去，机器里面两个长满铁牙的花辊子便把生花撕扯松软，熟花经传送带选出来卷成卷儿，又快又好，实在喜人。

当黄全星挤起眼问父亲这桩生意如何的时候，父亲心里早就热成一团火。父亲已经明白黄全星的用意了。他主动问：“全星哥，你是不是说咱们也安它一台？”黄全星说：“对喽！怎么样？你我两家合伙吧。”父亲说：“好呀。只是买机子得好大一笔钱。再说，买下它往哪儿安呢？”黄全星说：“全福兄弟。只要你心里热火。机子的钱和安的地方，哥心里早想好了。”父亲问他的具体打算。黄全星说：“钱的问题两家合摊，凑不够就想法子借。只要生意好，不出半年，本钱就能捞回来。地方嘛，我早看准了，就在十亩大田退水斜坡上。”父亲一听，高兴地说：“对对对。那里地方挺宽绰，坡度也挺陡，那地方又是你家的田坎。只是水量不够大呀！”黄全星说：“水量没问题。现今十亩大田只接后漕大沟的一股退水。鸭河渠那面陈家河沟的退水不是白白退走了么？咱们花上几十个工拦个土坝，也把它引到十亩大田来，啥问题不都解决了？”父亲听了心里只剩下高兴。

“怎么样？”黄全星问父亲，“一两天里，你给我个回话，好不好？”

父亲说：“好好。我商量后就给你回话。”

回到家，头一个告知的是婆婆。婆婆问父亲："全福，弹花机的事，妈不懂。既是黄全星跟你一起看过了，来来去去也划算过了。你心里是个啥主意呢?"

父亲说："我这不回来跟你商量么?"

婆婆问："跟我商量?"

父亲说："对呀。我想听听你的主意。"

婆婆说："噢，你是想听我的主意，是吧?"

父亲说："哎。"

婆婆说："那好。我要不答应呢? 你别着急。我是说，我要是不答应，这安弹花机的事，你就搁起不干了?"

父亲不明白地望着婆婆："妈……"

婆婆说："全福。你今年三十好几的人喽! 你爸爸上山走了，遇见啥事咋还是这么不敢做主?"

父亲听明白婆婆的用意了，赶忙解释："妈，不是我不敢做主。这么大的家，上头有你，身边还有兄弟，我害怕有啥盘算不周到——"

"害怕啥!"婆婆接过父亲的话茬说，"家有千口，主事一人。你听妈说，全福。这个家你是老大，大事小事你得操心。你觉着咋样办好就咋样拿主意办。人多嘴杂，你是听谁的呢，你记住，从今往后要学你爸爸在世的那个样子，挺起腰杆主事，家里谁要说啥，就叫他找我。"

父亲说；"那，我总得跟宗林哥说说。钱的门路还得靠他出点主意哩。"

婆婆说："商量归商量。主意一定得你拿。妈今日再叮咛你一回。你记住：这个家你说了算。"

父亲望着婆婆，心里热辣辣的半会不知道再说什么好。

弹花机的事很快拍板。第三天早上父亲就跟黄全星去了汉中，第四天晚上机子就拉了回来。接着便是收拾堤坝渠道，请木匠做水叶轮，搭盖苇子和竹箔棚。忙活了一月，大概还不到冬至时候，一台轧花机和一台弹花机就在拱桥下面大路拐弯的十亩大田埂上安装成了。

安机子花的本钱确实大。可机子一开动就是钱。那年月，乡下人谁穿得起洋布？差不多家家都种有棉花。不论是自己穿衣、絮棉被，还是纺卖线、织卖布，棉花从地里拣回来都得上机子轧去花籽、弹成熟花。经过商量，收费办法定得很活便，给现钱行，用棉籽和棉花顶也行。从落冬开始直到第二年夏收之前，两道沟的退水都是闲水，拦进大田后带动水叶轮绰绰有余。因为机子弹出的棉花质量好、速度快、收费便宜，加上十亩大田位于三条去新集街的大路交会处，所以，生意挺不错，常常是白天夜里机子不停，两家人轮流去日夜值班照看。

生意兴旺很快招惹得人们眼睛害馋病。黄三狗的二哥黄庙狗站在拱桥上，望着弹花机草棚大声说怪话："妈的×！财神爷也兴舔肥尻子咬瘦球！"连黄林娃干爹这样多少沾着关系的人也在背后说瞎话："哼，黄家漕沟的脉气好，弹花机上发财靠的咱全村人运气，哪能油水叫他们两家沾走！"

开春不久，弹花机正转得欢实的时候，渠里突然没水了。顺渠道查看，发现后漕沟的七亩漕上边有一截渠埂被挖断了。二佬站在渠边大骂着难听的话，他想把挖渠埂的人"骂"出来。黄全星赶到渠坎边看过，笑了笑，叫二佬不要骂，返回来跟父亲商量一阵，第二天准备了整整四桌水酒，把全村子一家不漏地都请来吃了一嘴。在席间，当众宣布：凡是本村人轧花弹花一律收半价。为这件事，二佬嘟着嘴吊着脸。黄全星见了，连说带笑地对二佬说："二兄弟，别的啥老哥不敢说比你强，这号事嘛，嘿嘿，你真得跟老哥好好学哩。"

也真是的。自那以后，类似的岔子再也没有出过。

应该说，这段日子是全家最振奋的时期。全家大小好像心里都憋足了劲，几乎天天都是天不明就起，夜不深不睡，有时好几天见不上父亲的面。父亲和二佬、四佬忙起来几个月顾不上刮胡子剃头，惹得婆婆骂他们说："哟哟，我的碎先人，再不剃头，野鸡要给你们头上下蛋喽！"黄财生老汉见面就糟践父亲说："哎呀，大侄儿！世上银钱可是挣不完的。小心把钱匣匣涨破了！"

皇天不负有心人。头年秋后安葬爷爷时全家还是一屁股两肋巴的债。这年秋后，不仅还了赎取欧河坝当田的债，而且把买弹花机的借债也还清了。那天晚上，父亲跟二佬、四佬坐在八仙桌旁，望着桌面上清点过的钱堆儿，一个个咧着嘴笑，笑着笑着，父亲的眼睛里笑出了泪水。

四十一

人一生里都要经历不少事，接触不少人，体验许多的感情，因而便有不少的记忆。奇怪的是，越是过去的时光久长，记忆似乎越是明晰。拿我来说，成年后的几十年中，社会的、政治的、经济的、感情的、人际关系的等方面，确确实实有过不少愉快和不愉快的经历，其中有的影响甚至左右过我的命运，按说应该算做铭心刻骨了吧。但是，较之我那永不复还的童年，似乎都不那么耐人回味，不那么令人彻骨透髓。童年的那些往事，哪怕小到鸡毛蒜皮，或者曾叫人痛心疾首发誓不想再提及的东西，而今回味起来，都那么历历在目、那么有滋有味，一概地叫人感到亲切和快慰。

最难忘的是那些夜晚。堂屋里点上一盏桐油灯，母亲坐在机子上织布，婆婆和二娘、三娘每人摇一架纺车坐在草墩上纺线。在田里地里忙累一整天的父亲和二佬、四佬围坐在桐油灯前，或是帮助搓棉条儿，或是把纺在线穗上的线拐在拇线的拐盘上。嘴里自然说许多话，有正经种庄稼过日子的话，也有关于外头打仗或是前朝后代的话，当然也免不了张家长李家短的闲话。时间一长，我发觉只要父亲几兄弟在场，母亲她们织布纺线的劲势就欢，叽叽喳喳的话也显得多，情绪也很好。要是他们不在场，或是提早回到各自屋里睡去了，织布纺线声便明显慢下来，人也蔫得丢盹、打瞌睡。特别是安了弹花机子，该着父亲他们晚上看机子不回家的时候，堂屋里几乎只剩下织布机子和纺线车子的响声。每到这个时刻，我留意坐在织布机上的母亲，两只手轮番地推动绳页将梭子抛过来再抛过去，两只脚替换着一上一下地踩踏云板，在均匀的“咯叽——咯呀，咯叽——咯呀”声响中，母亲的臀胯带动着肩背和大腿十分有节律地摇摆和扭动，那情态、那姿势、那韵味，几十年后每看到人们水蛇般的柔姿舞时，便会清清楚楚地涌现出来。我也在此时刻留意过二娘和三娘。她们盘一只腿坐在草墩上，右手呜儿——呜儿——地一下又一下摇着车把儿，左手捏着棉条儿，从锭签儿嗡嗡嗡地转着抽线线。线线越抽越长，前倾的身子挺直了，后仰了，仰得快要平躺在地了，车把儿"咯叽"一声倒转，高高扬起的左手顺势儿哧溜溜地将线线缠在锭签上。那动作、那姿态、那滋味，真可跟几十年后我所看见过的最大方最舒展也最花哨的舞姿媲美。反反复复的动作，持续不断的声响，看久听久了，弄得人一阵清醒，一阵迷糊。清醒时，会叫人想得很高很远，连身子也飘飘忽忽，不知所竟；迷糊时又叫人满脑子空空旷旷，浑身上下松不弛弛，倦得想做梦。这个时刻，二娘、三娘，甚至连母亲在内，差不多个个都连连打着呵欠。

于是，婆婆便讲故事给大家解乏。婆婆讲二十四孝故事，讲王祥卧冰。讲老莱子慰亲。还讲有人把胳膊上肉割下煮给老娘吃。讲过二十四孝，又讲教人学好的故事。婆婆讲有个小娃偷东西，他妈非但不管教，反而夸奖他。等他长大做贼犯了死罪，临死前他一再要吃他妈一口奶，结果把他妈的奶头咬掉了，他对他妈说：妈呀妈，谁叫你当初不教儿学好哟！婆婆讲故事，开头时，大家都爱听；时间长了，大家听腻了，婆婆的故事也讲完了。大家又觉着乏，又是连着打呵欠。婆婆催动母亲讲故事。母亲没有讲。母亲没有讲故事，我也催动母亲讲。英英也催母亲讲。母亲拗不过，给我们念儿歌。母亲念："搭，搭，搭金板；过，过，过金桥。王母娘娘摘仙桃。摘一千，摘一万，背上娃娃上金殿；金殿有座花花庙，叮、咚，放大炮。你看热闹不热闹？"二娘接口说："不热闹，不热闹。一点也不热闹。"三娘说："二嫂呀，你给来个热闹的吧！再不，你唱一个好不好？"二娘说："唱就唱。我给唱个《瞌睡虫》吧。"

二娘清清嗓子唱，"瞌睡（那个）虫（来）瞌睡虫，瞌睡来了不由人。但愿（那个）公婆早早（哟）死，一觉睡到大天明。"

婆婆一听笑骂二娘说："哟，二屋里的，你这个崽娃子咒老娘哩！"

二娘说："哪吔，妈。我是唱曲儿哩，哪个敢咒你呀！"

三娘说："二嫂子，你应该这么唱；瞌睡（那个）虫（来）瞌睡虫，瞌睡来了不由人。但愿（那个）公婆活百岁（哟），绩麻纺线到天明。"

婆婆听了说："这下唱对了。唱得人心里热。"

二娘把嘴一扁，说："妈，不是她三娘唱得好，是她会活人，会给你点眼药。"

看见婆婆她们挺高兴。我也忍不住想唱。婆婆不信。问："你也会唱?"

我想起茂茂小表哥教我的《老表歌》。我唱道："老表老表，下河洗澡。螃蟹夹鸡巴，爬起来就跑。"

我唱完，惹得大家开心地笑。三娘红了脸，对我说："不好不好。难听哩。下回拣个好听的唱。"

我一下子想不起什么歌好听。伸长脖子使劲想，忽然想起林娃干爹家元发唱的山歌来。我唱了："李子树，开白花，贤妹嫁给铁匠家。白天给人拉风匣，夜里给人暖鸡巴。"没等唱完，母亲从织布机上俯过身子来响响儿给我一巴掌。

尽管说，讲故事唱曲儿能撵瞌睡能解乏，终究有把人讶疲唱疲听疲的时候。只有父亲他们每天从外头带回来的许多新鲜话，甚至是只要有他们在场，哪怕不说一句话，坐在织布机上的母亲，盘在草墩上的婆婆、二娘和三娘便会生生儿长精神，堂屋里便会有活气。

自从在爷爷坟前一个一个注视全家大小的眼睛以后，父亲觉着曾经在他心里模模糊糊存在多年的东西骤然明晰、强烈了，一种远比作为儿子、兄长、丈夫和父亲更为深刻的意识叫他感到了自己的存在。虽然他没办法理解，没办法说清楚那是什么，但它作为责任和义务而压在肩上的重量，他却分分明明感觉到了。小时候，婆婆养了一大群鸡，一大群母鸡和小鸡。其中有一只体格最大的红公鸡，每天领上它们在院子里转悠，到大门外土场上、草坪里寻食。每当大红公鸡发现食物，它就咯咯咯地把所有母鸡、小鸡唤过去，然后站在一旁看着它们吃，高兴得拍拍翅膀，或者勾起脖子长长地打一声鸣。遇到天上飞来老鹰，或是有狗有猫造成威胁，它总是大声地发出警告，甚至奓起脖子上的毛奋力前去抗击。那时候，父亲曾想过：世上事怪哩，连鸡群也有当家的。而今，当父亲坐在桐油灯下，望着婆婆，望着母亲，望着二娘、三娘的时候，突然会情不自禁地想起当年那群鸡，想起那只头顶着血红冠子的大公鸡来。父亲想到鸡的时候，忍不住又偷着笑了。父亲在心里说：真是的！人怎么跟鸡一样呢……一年有四季，季季有节气。

大年初一为岁首。岁首算是神道日。从初一到初五，家家要祭神祭祖宗，要走亲拜年。从初七八开始，好多大村子组织竹马灯、采莲船、踩高跷，新集街上耍火龙、耍狮子，十三开始唱大戏。乡里人都要上街赶会，要穿新衣服，要花零钱，孩子们还得买纸炮，买小洋号，买泥巴烧制的“哇呜”吹。

父亲看到全家大小换上新衣服，二娘穿上卡腰蓝布旗袍衫、三娘穿上阴丹士林大襟衫、二佬穿上蓝布大布衫、四佬穿上四个兜的制服，唯独母亲没有添新衣。母亲说，她早些年的皂布衫子还是新新的。母亲没添新衣裳，父亲也没添。看到全家新崭崭的，父亲心里挺高兴，给每人一份赶会的零花钱。一份零花钱可以吃三大碗温面，大家挺喜欢。背过众人，父亲叫婆婆多给三娘一份。婆婆明白，三佬当兵没在家，要惹三娘高兴些，三娘死活不愿要。父亲打发完别人，独独没有母亲那一份。母亲皱皱眉头，咬咬嘴唇，随后又笑笑。全家人高兴，父亲觉得好快活。心里快活了，唱起《长工苦》：

正月好唱正月中，
背起包袱当长工。
酒菜盘子桌上摆，
不是待承我长工。

二月里有个二月二。二月二是龙抬头日子。天不亮，婆婆和母亲早早起来打灰簸箕。她们各自端上簸箕，里面撮满柴草灰，用烧火棍在底下嘭嘭嘭地拍打，把灰弹在墙根下，一面拍打，一面念叨说：“二月二，灰簸箕，虫虫蚂蚁飞过去。”为了不遭虫，还要打发孩子们在衣服口袋里装上爆苞谷花，顺着田埂地界边走边吃边念叨：“嚼啥哩？嚼虫哩。一口嚼错嚼人哩。”

二月里春气萌动，草木发芽。父亲捞起锄头下田坝去锄草打坷垃。风吹来，暖暖的。看到庄稼起身了，盼望风调雨顺年成好，全家碗里吃得稠。父亲手里抡着马蹬锄，心里熬煎今年不知要缴多少粮，要出多少款子，不由得感到身上一阵寒。父亲心里尽管寒，一想到全家人那许多双眼睛看着他，浑身便又发了热。于是，心里又快活。父亲快活了，唱起《长工苦》：

二月好唱二月中，
思前想后心里空。
家中无有三石谷，
丢下妻儿当长工。

三月里，田里地里活路开始忙起来。备秧田，换谷种，撒秧吆麻雀。这期间，差不多天天要精着双腿收拾泡水田，泡水田里泥巴要翻要耙。因为水深泥巴烂，每次收工上田埂，裤裆湿得一包水，冻得连着打喷嚏、打牙磕。父亲打喷嚏打牙磕的时候想起婆婆和母亲，想起二娘三娘和孩子，身上便不觉着冷。父亲心里热火了，快活了，唱起那个《长工苦》：

三月好唱三月中，
捞起锄头锄草青。
这头锄到那头去，
哪年哪月才满工。

四月初八叫麦黄节。麦黄节原本为的给夏忙做准备，由于节令来得早，夏忙准备提早到三月廿五。三月廿五，新集有个骡马会，人们从四乡八镇赶来进行牲口和农副物资交易活动。这时节，秧田备好了，稻种撒进秧田了。“秧奔小满谷奔秋”，小满一到就该插秧子了，男人们最忙。父亲也最忙。父亲跟他的两个兄弟成天打着精脚，腿杆上沾满泥巴，犁完耙完冬水田又得忙旱田，拔胡豆，割油菜，搭镰收小麦，接着是浆田，再耙田，赶在夏至前全部插完秧，要不然，“夏至插老秧，只够喝米汤。”

四月里的父亲好忙累。清早出门天不见亮，夜里进门满天星星。紧手处，还得撂下锄头拿梿枷，旋筛子，掮簸箕。母亲她们也够忙累的。清早把麦捆打散铺在院场里，晌午太阳正焦火，女人们拿上裢枷互相帮打场。她们头上有的戴草帽，有的顶块布手巾，面对面站两排，这面一下“啪”，那面一下“叭”，麦秆儿乱蹦跳，麦粒儿溅得唰唰响。父亲刁空儿拿起裢枷去帮忙。父亲手里打梿枷，眼里看到母亲和二娘、三娘她们敞开着大襟，胸脯跟着胳膊的动作突突地跳弹，三娘没有怀过娃，不好意思多解开扣子，大襟托起很高的两处汗渍的湿印子。父亲赶忙调开眼，不意间扫见三娘红扑扑的脖颈。父亲再也不敢抬眼睛，盯着麦草使劲地拍打。父亲觉着手上有了劲，心里很快活。他又唱他那个《长工苦》：

四月好唱四月中，
掌柜家秧子发了青。
使牛踏耙日落西，
天黑还得加夜工。

五月里，午端阳。家家门头上插野艾，挂菖蒲。婆婆煮好粽子、鸡蛋和大蒜，一一分给全家吃。大人们得喝盅雄黄酒，还把淀在酒盅底上的雄黄末儿涂在耳朵窟窿上。

五月的父亲依旧忙。清早他得转田埂，害怕稻田漏了水。遇着几天不见雨，赶忙设法去放水；泉水哪能够？只有搭上水车从堰塘里绞水，拿上戽兜从渠塘里往上戽。不管水车绞，还是戽兜戽，父亲不跟二佬搭对对，便跟四佬搭对对，水车绞水时，一人捏一个拐把儿，你上我下地一栽一趴地绞动着拐把儿，车肠子带着挡水板儿轱辘辘、轱辘辘地响，渠塘的水顺着水车筒槽哗哗哗、哗哗哗地从“龙头口”流上来。父亲两条腿杆被水冲得好舒服。腿杆舒服了，父亲心里便快活。由不得唱起《长工苦》：

五月好唱五月中，

杀猪宰羊敬祖宗。
肥的瘦的掌柜吃，
剩下骨头待长工。

六月六叫避暑节。婆婆吆喝母亲几妯娌翻箱倒柜把衣物拿到太阳底下晒。晒了衣服还得晒被窝，晒床草。地里活不少，草要锄，稻田要薅草，薅罢又得拔稗子。村里临时搭起来搪匠班子，父亲、二佬都参加。七八个、十来个人联手合伙薅稻秧。人多热火精神大，手上使锄头，嘴里唱号子。领号子的一个长声喊："哎，太阳（那个）出来四山黄。"众人齐声接着唱："哎，四山（哪）黄。"领号子的又唱："小奴家心里想情郎。"众人再齐唱："哟哝哟嗬嗬，想呀想情郎。"号子声悠远、高亢，惹得女人们在屋里心神不安，坐不是，站不是。

六月热难当。庄稼人年年这时愁天不下雨。几天不落雨，父亲身上便少一圈肉。女人们烧香，男人们抬上龙王爷像到各村耍水龙，向皇天祈雨。父亲曾多次跟上村里人一起耍水龙。他们穿条半截裤子挨村子游，浑身泼成落汤鸡。祈雨耍水龙，干旱庄稼便有了希望，父亲心里慢慢又发热。心里热了便快活。人一快活又唱《长工苦》：

六月好唱六月中，
太阳当顶烧烘烘。
掌柜出门打洋伞，
活活晒煞我长工。

七月七是"七夕会"，说的是牛郎织女在鹊桥上相会哩。学童们要搞"七巧会"，供起九天玄女娘娘的牌位，掐巧祈卜各人日后的命运。一般人家讲究七月半，七月十五也是一次祭祖节，规模不如清明祭坟那么大，只在十字路口烧祭一把纸钱，给死去的亲人们送点盘缠。

七月下旬时，谷粒儿已经灌罢浆，下田早的稻秧到此时谷穗儿已经"扫边黄"了。人怕老来穷，谷怕胎里旱。七月里，父亲依旧难休闲。又怕遭伏旱，又怕遭霖雨。眼看粮食到手了，又高兴又害怕，谁知道田赋粮款再添加多少！父亲知道婆婆、二佬他们跟他一样在犯愁。愁多了心里闷，心里闷了便觉苦。苦极了便唱《长工苦》：

七月好唱七月中，
手捏锄把盼收成。
白日盼得月出山，
夜里盼得到五更。

八月十五中秋节。婆婆用红糖、芝麻烙月饼。月饼献月亮，献过分给全家吃。这之前，稻谷收割已经到洪期，田坝里到处摆有打稻谷的拌桶。拌桶一头挡有遮席，人们站在另一头手拿割下的稻谷把儿使劲在拌桶帮上摔打，四处响起叮咚叮咚打谷声。父亲他们把谷子挑回院坝里，母亲几个人忙着用耙子推散开来晾晒。夜里怕下雨，又用耙子推成堆，苫上席。孩子们围着谷堆捉迷藏，学着大人抓壮丁，扮演孙悟空盗芭蕉扇，扮演猪八戒背媳妇。再不然，躺在稻草上数天上星星。大人们也高兴，头一顿新米蒸饭做熟后，先盛两碗“帽儿头”满碗，一碗供献给老天爷，一碗喂狗吃，人们都说是狗最早把谷种藏在它尾巴毛里从天宫带到人间来的。

八月里父亲忙透了。收完稻谷紧接着种小春，“麦种寒露口，种下一碗收一斗。”不能错过节令啊！白天忙田坝，夜里忙场上。忙虽忙，看到母亲、二娘、三娘她们面带笑，父亲便不觉得累，更不觉着苦。倒是高兴得眼圈儿直泛潮。父亲心里好快活。他唱他的《长工苦》：

八月好唱八月中，
田里谷子黄澄澄。
白天做活腰难展，
夜里熬到鸡叫明。

九月九，九重阳，乡下人不讲究登高，讲究吃糍粑。婆婆用酒米做成干饭，再用石窝捣成黏团儿，炒煳的黄豆面儿撒上，吃起挺馋人。

父亲依旧不能闲。田里坷垃太大要用锄头钎小些，刚起旱没有多长时间，泥巴团儿黏着锄扇儿甩不离。甩不离也得甩，甩得胳膊发酸困，浑身汗直淌。父亲在田坝里钎坷垃，心里想着家里人：婆婆上年岁了，受苦一辈子，该给换床新棉被；二娘、三娘正年轻，该是穿戴的时候，二佬四佬常在人前走，孩子喜欢新，全都需得添置新衣裳。父亲想着街上宽货铺里有洋布，划算着如何开销这笔钱。心里划算着，觉着挺快活。快活得唱起《长工苦》：

九里好唱九月中，
坡头地坎刮凉风。
做活受的牛马苦，
吃饭碗里照影影。

十月初一小阳春。有人也叫寒衣节。说的是孟姜女给修长城的丈夫送寒衣。这时节，母亲早已刁空儿帮婆婆把一家大小的棉衣棉裤拆洗、缝制好了。十月一的晚上，差不多家家户户都到村边或者坟地给祖先烧纸钱，有些讲究的人家还要敬献刀头和祭酒。

十月里天气变冷了。早起下田坝会看到地里有霜。父亲操心小春，缺墒需要汆水，斜坡地还得挑上尿桶用马勺灌，挑担子是个力气活，挑不上几担就热得人要脱棉袄。肩头压疼了拿棉袄垫上挑。地灌完了，父亲坐在田坎上，一边吸旱烟，一边看着麦根下、油菜窝里一团团被水浸过的湿印印。手闲了，心里想得更要多。父亲时常想起过世的爷爷，不知老人家下辈子去了哪里。父亲想起三佬，这么久没音讯了，前几月里日本鬼子投降了，中国不打仗了，为啥还不回来呢？听四佬那个上高台中学的同学朱建西讲，国民党跟共产党在重庆讲和了，中国人过安宁日子有盼头了，三佬再不回来，婆婆会把眼泪流干。年纪轻轻的三娘往后日子又咋熬呢？父亲几乎不敢在她们面前提说这些话，只是一个人在心里想。越想心里越不安，便不再去想。不让自己想了，只好唱起那个《长工苦》：

十月好唱十月中，
撂下锄把又提笼。
一年忙了三百天，
掌柜的还嫌不中用。

冬月里天气寒。地里田里闲了家里不得闲。弹花机子上更忙要照看，瞅着机会还想三天两头跑点小脚力。贩猪娃，贩窑货，多少能换几个油盐钱。婆婆劝他歇一歇。婆婆说，忙累一年了，该叫筋骨歇歇了。母亲也劝他。三娘嘴上没有劝，但她每每见他手上拿家什，总是不动声色地抢过去。人也怪，越是她们劝，父亲心劲越发大，手脚越是不想闲下来。家里打牙祭，婆婆心疼他，母亲心疼他，三娘也绕着弯儿心疼他，总是想着法儿把大块肥肉朝他碗里夹。父亲没奈何，只好把它夹给二佬和四佬。父亲少吃几块肉，心里却是挺快活。他没忘唱《长工苦》：

冬月好唱冬月中，
又下雪来又刮风。
掌柜的烤的红炭火，
活活冻煞我长工。

腊月天又忙又热闹。腊八早上吃腊八稀饭。五谷杂粮肉丁萝卜丁熬成一大锅，人吃了还要给结果子的树吃，橘子、柑子、桃、杏、李、枇杷、石榴、柿子，树干上用菜刀砍许多口子，抹上一箸头腊八稀饭，来年果子结得繁。腊月廿三要祭灶。祭灶吃灶糖，灶王爷要去天宫禀告，给他们老两口吃点又香又黏牙的灶糖，见了玉皇大帝会好话多说，下凡来普降吉祥。这前后，有些人家要杀年猪，要从地里起萝卜，要泡豆芽。衣服要洗，被子要拆。堰塘边、水田坎、小河岸上，到处有女人洗衣服的棒槌响，竹竿上、绳子上、草坪上，到处晾晒着衣物。每到黄昏时，小脚老婆们、大脚媳妇姑娘们，两两相对着拽被子、拽床单，人们叫它“扯老婆”。一拽一闪的十分逗人笑。这时节，吹鼓手们呜哩哇啦上门到各家贺新春。拿春帖子的春倌们捐着木雕春牛到各家“说春”，嘴里念着春歌子：“春倌今日报春来，报得四季财门开。左报三声生贵子，右报三声元宝来。”年三十晚上要给祖宗烧纸钱；所有水缸装满水，大磨、小磨、升子、斗和秤，一概用黄表包裹了，人们叫“封印”；晚上要吃团圆饭，夜里要守岁，要坐夜；孩子给大人磕头挣压岁钱；五更鸡儿叫时，所有房里全点亮灯，再到堂屋去接神祝祭。新年来到了。

这个月里父亲不知该多忙，手脚忙，心里盘算更忙。这期间，婆婆嫌他太累，问他身子是肉长的还是铁打的。母亲心疼他，劝他不下百回千回，叫他多歇息。二佬四佬责怪他，时常从他手里抢活干。只有三娘不言传，而是悄没声地及时打上洗脚水，递上一碗热开水。三娘不说话是她不能用嘴说。她的话都在心里说了，用眼睛说了。父亲好像听见看见了，又像没听见没看见。一年忙到头，父亲身子苦心也苦。身子和心都苦了，却又觉着挺快活。他依旧快快活活接着唱他那个《长工苦》：

腊月好唱腊月中，
年尽月满要辞行。
好酒好菜好言语，
来年还得当长工。

四十二

抗战胜利的那年秋天，甘坝子有个年轻小伙到村里来打听三佬。人是黄三狗领到村里来的，这个年轻人姓甘，挑了一担生姜在新集卖的时候，黄三狗正好想买点生姜。两人闲话之中提到黄家漕沟，随即说到三佬黄全寿。这个姓甘的年轻人当即把生姜发给菜贩子，随黄三狗来到了黄家漕沟。

那天后晌，母亲和三娘去油菜田里间苗了，二娘去了弹花机房，只有婆婆一人看家。父亲挑着一担尿桶给尿坑还水，刚下草园的小坡儿，黄三狗远远地喊叫："全福，全福。有客找你们哩！"

姓甘的年轻人走近来，先开口叫声"大哥"，主动介绍他曾和三佬在一起当兵一年多时间。他是半个月前才回来的，想看看三佬回来没有。

父亲赶忙把他领到家。婆婆高兴得流着眼泪给他做饭吃，挨在身边问长问短。这位姓甘的小伙说他和三佬前年一道送到汉中师管区受训，腊月初被部队接走去了安康，不久转到襄阳，后来又转到河南。在部队上，他跟三佬编在一个连，关系挺不错。日本人挨原子弹不久，他俩听说部队又要开拔去山西，悄悄商量以后，瞅个空子逃出来躲在一片粟谷地里，昼伏夜出地躲闪了三四天。后来，他们害怕两人同路太显眼，决定分头行走；分手时约定，不管谁先回到家就去对方家里通消息。

父亲详细打问过一路上的情况以后，非但没有高兴，反而添许多忧虑。河南离这里两三千里远，一路上盘查森严，人生地不熟的，能不遇到麻烦么？再说，三佬脾性倔犟，不像有的人能随方就圆，真是遇上麻烦，他能转弯抹角周旋得了？按他出逃的日子计算已经快三个月了，要是一路顺当也早该到家了啊！

姓甘的小伙离开的时候，父亲送了他一程。背过婆婆，走在路上的时候，他给父亲提供的一些情况益发增加了父亲的担心。

姓甘的小伙说："大哥，刚才在家里有些话不好多说，我怕婶娘心里不好受。说实话哩，你那个全寿兄弟脾性挺怪的。有好几次逃跑机会，我曾试探过他，他都不打算走。我问他想不想父母，他说他家弟兄多，有人会照顾；我问他媳妇长得咋么样，想不想媳妇，他听了也显得挺淡，不像别的当兵的，只要谁提到娘老子，提到媳妇，当下眼泪兮兮的。说句别多心的话吧，我还以为你们家日子不好，或是父母亲待他有啥不周到，再不就是媳妇不称心哩。今日我亲眼见了，不是我猜想的那回事嘛！要不是我们那个连长欺负他，当众打他耳光，他真是不想出逃哩！"

姓甘的小伙走了，父亲心里的疙瘩一下子大了好多。回到家里安慰婆婆几句，只是说路途太远，哪能像赶集走亲戚那么便当。三佬是个精灵人，不会有啥问题。他还叮咛婆婆不要再跟家里任何人提及这事。婆婆当然知道父亲的用心。她把父亲双手紧紧抓住，一边流泪，一边说：“妈知道，妈不糊涂……妈不对谁说……妈把这事都搁在心里……”

婆婆嘴里不提说，心里却火烧火燎地焦急。白天一有空闲就寻茬儿到草园堆上，拿着件手上活儿，或是纳鞋底，或是朝拐子上倒线，眼睛总是盯着从拱桥方向来的大路，盼望着三佬突然能出现。

日子一天天过去。秋凉了，冬天去了，春天来了。附近村里有几个当兵的，有的回了家，有的有了音讯。三佬依旧没影儿，不见人，不见信。婆婆时常背过人问父亲：“全福。你说全寿他，他到底咋么了呢？人不回来连个信也不打一封么？”父亲安慰婆婆说，“出门在外，由事不由人。三佬兴许没找到合适机会。劝说婆婆不要太操心，三佬不会出啥事。”婆婆听了说：“老天爷多保佑，唯愿没啥事。唉，妈这么日夜牵心他、想他，他耳朵能不发烧吗？”父亲顺着话茬儿劝婆婆说：“你放心吧，妈。人都说，儿是娘身上掉下的一块肉。你这么牵挂他，他一定会有觉察的。他会回来孝敬你老人家的。你千万别难受，你要难受，他三娘定会看得出来。她看出来了更加不好受。你说我这话在理吗？”婆婆说：“妈不会那么不明事理。自从年时那个姓甘的来家以后，妈就照你说的来，心里再怎么不好过，脸上都是挂着笑。唉，也真够难为全寿媳妇喽。搁旁人身上受得了吗……”

乡下人穿鞋差不多全是女人的事。过去，全家穿鞋都靠婆婆。母亲过门以后，父亲和他几个兄弟的鞋子大部分靠母亲。再以后，二娘也帮助做一部分。三娘没有孩子，三佬又不在家，除了给她自己做，别的鞋用不着她来做。

头年冬天，三娘看见母亲和二娘做鞋，她也找来棕叶和破布糊了袼褙，给婆婆和她自己各做了一双。剩下一大块袼褙拿手上看了一阵子，便找李家婶娘把黄全星的鞋样借来拓了一双大鞋。看见三娘做大鞋，婆婆和母亲以为是她思念三佬哩，心里又高兴又不是滋味。

三娘做的这双大鞋很精致。她选了许多片结实的布块，一层又一层地砌好鞋底，针脚纳得又匀又密；黑皂布做的鞋帮子用黑缎子条儿裹了鞋口；鞋帮绱好以后用楦头植得可可棱棱的，鞋底一周还用剪刀刮成毛边儿。要样子有样子，要结实有结实，谁看见谁夸。三娘把鞋拿给母亲看，问鞋做得如何。母亲翻来翻去地一边看一边说着夸奖的话。母亲说，“好。好。做得挑不出一丁点茬儿。嫂子我打死也做不来。”三娘把鞋朝母亲怀里一塞，说：“别夸，别夸了。大嫂真不嫌弃活儿笨了就给你，给大哥穿。”母亲当是随口话，笑笑说：“哟，看你大方的。你舍得?”三娘说：“有啥舍不得的?大哥一年到头辛苦，你又叫家务忙得没工夫。我还害怕拿不出手哩。”母亲一看真是要给父亲穿反而不好接了，一再推说她是说着玩的话。

婆婆站出来圆场说：“算啦算啦。既是三屋里的有心，你就收下。她年轻，手脚又利落，帮你给大家子做双鞋也该。”

二娘在一旁嘴痒痒得不成，接茬儿说：“大嫂，我看你就别推辞喽。为做这双鞋，熬更受夜的，你不收不怕冷了她三娘一片心?”

婆婆听得不顺耳，瞪二娘一眼，说：“去去去。马槽里伸来一张驴嘴！你说哩，你咋不学三屋里的也给你大哥做一双?”

刚听到三娘要把鞋送给他穿，父亲心里一热，感到很不自在。经二娘这么一捣鼓，马上觉得这鞋不好收下了。便推口说：“算啦。我成天脚步不停，又是汗脚，穿上鞋捂得受不住。我爱穿草鞋，这双鞋我不要。”

二佬一向没多少眼色。听见父亲不要，马上伸手拿过鞋来，说：“叫我试试。我不出脚汗，我爱穿布鞋。”说着话把他脚上旧鞋踢掉，精脚往新鞋里伸。

二娘走了过去，伸出两手去把鞋子夺过来：“你试个屁！也不尿泡尿照照，你是穿这鞋的人?”说罢，将鞋塞还给母亲怀里。

一句话弄得好几个人难下台。

鞋子最后由母亲收下了，她却把它压在了箱底。谁也不再提那双鞋的事。

不久，人们发觉三娘的情绪有了变化。她不像往昔那么爱说话了，晚上纺线也没有以往那么大精神。别人提到惹人笑的事，她笑是笑，却不像平日那么开心。最明显的是她饭量减少了，有几回吃夜饭，她一口也没吃。婆婆问她哪儿不舒服，或是她听到啥高言低语了。她总是说没有啥，她好好的。

看着三娘消瘦了，婆婆心里焦急。背过人，婆婆对父亲说了她的担心。婆婆说："全福，三屋里的这一向没病没痛的，咋会变了个人呢？会不会是她知道全寿的事了？"父亲说："这件事只有你跟我知道啊！"婆婆说："就说是啊！再不就是全禄媳妇说啥不好听的了？她那张嘴巴可是有的说没的道啊！"父亲说："她二嫂的脾性是啥，她能不清楚？就算说几句不顺耳的话，她还把它搁心里去？她不像那号爱计较的人。"婆婆点点头，说："你说的也是。三屋里的把啥事都看得开。就是听到难听的话，也不会在心里搁这么久啊。"

其实，婆婆不给父亲提及，父亲也觉察到了，而且，觉察的时间更早。父亲更细心地发现三娘情绪不像是猛地受刺激后所表现出的焦躁和不安。她显得很沉稳，很忧郁，分明是有啥难言的话窝在心里头。到底是些啥，父亲似乎明白，却又不敢去断定，或者说，他害怕去断定。自从三娘跟三佬定亲，父亲就为这个担心，甚至感到害怕。尤其在三佬婚后显得不高兴的时候，父亲觉着他的这种预感被证实了。因而，当三佬当兵走后，三娘不像别的女人对丈夫那样对三佬牵肠挂肚的时候，父亲更加慎言又慎行，几乎是提心吊胆地回避着三娘。他比谁都强烈地盼望三佬早日回家来，早日改变这个难堪的局面。所以，看到三娘情绪不好，他心里比婆婆还焦急。

一是不再打仗，人们做庄稼有了心劲，一是当年天道比较顺，各地种的棉花收成不错。刚一落冬，弹花机子上的活路多了起来。合伙买机子时曾商定，黄全星多出点资金，可以少出点工，他家人手少，三天当中他家只看管一天，另外两天由父亲他们照看。因为活儿太多，白天晚上不歇憩，便由四佬一个人管白天，父亲和二佬轮换着看管夜晚。过了一阵子，发觉白天一个人也还是忙不过来，需得添个帮手。添谁好呢？母亲和二娘家务忙，又要照顾老的小的，只有三娘最合适。第一，她在家担的事少，轻闲些；第二，年轻，来回跑动方便利索。当然，父亲心里还有一层盘算，让她跑动跑动散散心。

分派三娘去照护弹花机子，须得父亲正式打招呼。

那晚上，婆婆、母亲、二娘从纺车和织布机上站起来，准备回屋歇息的时候，父亲叫三娘留一下，他要对她说件事。三娘原已抬起身子了，听到父亲留她，便重新坐在草墩上。

父亲说："我给你说个事。从明日起你到弹花机子上去搭搭手。全喜一个人忙不过来。"

三娘没想到："叫我帮全喜照看？我一点也不懂弹花机呀。"

父亲说："没啥繁难的，你一看就会了。些许有点毛病，有全喜在哩。你主要帮他招呼招呼雇主，过过秤，收一下钱。没啥重活。早上去，天黑前回来。"

三娘发觉父亲眼睛一直没朝她看，声调儿也十分平淡，显然是不想多停留的架势，心里便不好受。果然，父亲说了声："就这吧。你也早点歇息。"

三娘突然叫一声："大哥！"

父亲一愣。父亲停住脚步，却没有坐，也没有朝三娘看。三娘从上到下很快打量了父亲一下，把目光停在父亲脸上，沉默了一小会，这才问父亲："叫我去机子上是你的主意？"

父亲，依旧没看三娘。他回答说："我跟妈商量过。妈也说你合适。妈说你年轻，手脚利索，性子灵；再说，来回活动活动心里开豁。"

三娘轻轻地笑了一声，说："瞎，你是叫我活动活动，心里就开豁些呀。这么说，你是见我心里不畅快了？"

父亲扫了三娘一眼，接着把三娘的话琢磨了，觉着应该借这个时候劝慰几句，对三娘好，他自己心里也才过得去。于是，他改变主意，重新坐下身。刚说了两句"自从全寿当兵走后，一家人都知道你心里焦急"，三娘就再次喊了一声"大哥"，把他的话打断了。

"大哥——"三娘神情激动地说，"你不要提这个话了。别人不知道我的心思，难道你也不知道么？你以为我不知道全寿的事？实话说哩，姓甘的那个小伙来家没几天就有人对我说了！我没有把它当成多么大的一回事。我没有，我把它看得很淡。我说过，我是个死过几回的人了。我能活下来，我为啥嫁到黄家漕沟来，这些你知道。你有难处，我能体谅；我没有对你生过越外的念头，我没有。我到这个家来两三年没有叫你作难吧？我是个女人，只有二十多一点的年岁，也不像你们男人能在外面跑动混心焦。我不能。我只能白天守着锅台、纺线车子转，夜里躺在床上数楼辐条。我活得容易么？大哥，你这么多日子里见我跟见老虎长虫一样，躲躲闪闪，不给我好脸色，不说一句可心的话……连我做的鞋也不愿穿——难道说人不好了，做的鞋也不好了么？……这些天来，日想夜想，实在想不出有啥对不起你，叫你为难的呀……我知道我的命不好，不敢想要你给我些啥。是我心里憋闷得很，想对你说说！你听了别在意。你叫我去机子上帮忙，真忙也罢，想打发我离远些也罢，我去就是了。你放心，我一定去。”

父亲在一旁听着，心里一阵热一阵凉，一阵兴奋一阵惶恐。他很想说话，而且有许多话，但他不愿说，不能说，他怕嘴上说的不是心里想的话。当他扫见三娘双手捂脸、肩膀抖索时，心里连续咯噔好几下，几次想挨近她，低声儿说几句安慰话，却又几次地止住了腿脚、封住了嘴……

第二天早上，三娘去了弹花机子上。早去晚归，除了中午做一顿饭之外，多余时间都是干些收钱、过秤的活儿，有时候回家取送个东西，活不重，却不闲。

四十三

有个叫朱建西的曾在铁峪小学跟四佬同班，两人相处得很好。朱建西上了高台中学附设的简师班以后，时常在回家时绕道来看望四佬，暑假里还到家来住过两天。他每回都带许多新鲜消息来，有国家和世界大事，也有他们学校里的趣事。

阳历年的半后晌时分，朱建西同他的几个同学，两男两女一行四人参加完元旦的文艺演出以后，从新集赶到黄家漕沟，接着又踅脚儿赶到弹花机房来找四佬。三娘见来了同学本想回避，四佬却要她留下来。四佬说，他们都是朱建西的很要好的同学，叫她不要拘束，还把她向他们做了介绍。同学们很开通，向她问好，一口一声地也叫她“安安嫂”；两女生走近她，一边一个拉住她的手，问她年纪，夸她长相；听到她小时候念过书，更是显得亲近，鼓励她有时间能找点书读。

三娘自是高兴，亲自给大家做了一顿晚饭，还把早几天从家里提来的柿子端给他们吃。

人多在一起有说有笑，话题一个接一个。从三皇五帝说到抗战胜利，说到美国人在广岛撂原子弹，盟军在密苏里号军舰上受降，从张学良杨虎城骊山搞兵谏，说到蒋委员长把毛泽东请到重庆搞和谈，当然免不了说说某外地教师口音如何奇怪，生活指导员老师如何拿戒尺打学生，训育主任站在队列前训话时忘记扣好裤扣如何出丑，管伙学生如何搞贪污，开饭时同学们如何抢饭菜。说到夜里外出搞赌博的学生翻窗跳进女生宿舍施暴时，两个女同学争相述说她们精屁股如何同歹徒搏斗，竟然不觉得口羞。三娘觉着又惊讶又好笑。

天黑时候，二佬来机子上想把四佬换换，顺便请同学们一起回家歇息。两个男同学说他们晚上不瞌睡，让三娘领两个女同学回去睡；两个女同学却说她们也不瞌睡，要让三娘也留下。最后，只好让二佬回家，别的全都留下来，说说话话果真熬到天亮。尽管黎明前有阵子困得哈欠连天，大家便唱起歌来；实在撑不住了靠在墙笆上丢个盹儿就没事儿了。

三娘从没有过如此兴奋。整个晚上尽管她没说几句话，可她一直在听每一个人说的每一句话、每一个字；而且是唯一没打过哈欠没丢过盹的人。

早饭后，朱建西一伙走了，三娘便问四佬说：“全喜呀，你同学不是劝你出去考学么，你心里咋想的呢？去还是不去？”

四佬显然还没从一夜兴奋而招致的困乏中恢复，一边打哈欠一边随口说：“我……还没顾上好好想哩。”说着话，一抬眼发现三娘一眼不眨地认真看着他，便笑了笑反问三娘，“你说我去考好，还是不考好呢？”

三娘说：“你要嫂子说，当然是考得好。你上学去多长些学问，多会些本事。像你同学说的，真的不打仗了，用人的差使多哩。等到你出息了，嫂子头一个为你高兴哩！”

四佬看见三娘说话时一双热情的眼睛在闪光，禁不住心里一热。不由他近前一步，说：“安安嫂……你是说我，我去考学好？”

三娘说：“当然好。你这么年轻，人又聪明。窝在这穷乡旮旯里，实在可惜。你不见你同学那股子精神气叫人多眼馋呀！去吧，你不比他们哪个少点啥呀！”

四佬激动了。说：“好，好。安安嫂，你看见那两个女同学了吧？——怎么样？你，你要想上学，我，我跟你都去考吧！”

三娘吃惊地向后一趔，说：“你？你是说叫我也去考？”

四佬的头像鸡啄米一样点着说：“哎哎哎。也去考吧，安安嫂？”

三嫂忍不住笑起来：“嗐呀，全喜。你是喝多了还是想取笑我？你不知道吗？我只念过三四年私塾，连洋码号字都认不得叫我考不是糟蹋人吗？哈……”

四佬想想也笑了。他羞红着脸，低下头，讷讷地说：“其实呀，我也不是胡说。你先考高小，上完再考中学嘛！”

三娘依旧笑着。说：“你是越说越离谱了。你不扳指头算算？等嫂子毕业早成老太婆喽！”

四佬摇头说：“看你说的！你比我大不了几岁。昨晚上那个高个子女同学不是亲口说跟你同岁么？……她的娃都会走路了哩！”

三娘不再言语了。过了一阵子，这才自言自语地说：“唉，人比人，活不成……人家命比我好哟……”正叹息着，看见四佬脸朝着小河方向发呆，便起身走过去，轻轻拍一下四佬肩头，说，“全喜兄弟，说实话哩。你嫂子我真眼红你们当男人的哩。你们男的生就比我们女人路子宽，干啥都不像我们当女人的这么难。好啦，你说真心话也罢，取笑我也罢，嫂子都只能一听一笑是了。还是说你吧。全喜，你听嫂子一句话，如今你可真是时候，千万不敢错过了；错过了后悔一辈子呀！”

四佬回过脸看一眼三娘，随之，又摇摇头说：“嫂子，你说的话我明白。你的好意我也明白。可你看看家里这阵势能供得起我上中学吗？再说，回家来这么长时间，功课撂得一下两下难拿起呀！……算啦，你回家后不要提这件事。不要提，跟妈跟大哥都不要提。”三娘还想说什么，四佬伸手向三娘摆了摆，抬脚出机房门到河边去了。

尽管附近村子新安两台弹花机子，却因当年各地棉花收成不错，生意没减多少，从落冬到开春二三月里，停机子的时候不多。每逢轮到看机子时，三娘差不多都给四佬搭手做伴。环境变了，心情明显地变好了，特别是跟四佬在一起，说话做事没有多少拘束，三娘觉得挺快活。

三娘情绪明显变好，家里的人都能看得出来。见到三娘早早起床，收拾完屋子，对婆婆说一声：“我到机子上去呀，妈。”高高兴兴地带起一阵风快步走出大门的时候，婆婆便笑容满面地给母亲个眼色。婆婆说：“你看三屋里的多疯劲！前几个月在家囚着时那个低眉沉脸的样子真叫人熬煎哩。”母亲说：“那可不！那阵子不说你，我也熬煎得啥似的！这下好了，咱全寿不在家，惹她个高兴好呀，妈。”婆婆说：“谁说不是哩？她这么年轻的，怀里又没个小的混心焦，可是难为她了哩！”

二娘的心眼转腾得多。看到三娘跟四佬接近，早些日子就冷言冷语地在背后嘀咕了。正月初一那天，村里年轻人吃过早饭后一阵一行到新集街去看热闹，英英闹着也要大人领她上街。婆婆便对全家人发话说：“英英要去就带她去吧，英英她妈。你去，你跟你大嫂和全寿媳妇都去。家里事有我哩。今日初一，拜年来的都是本家户族的人，我支应就是了。”这一来，全家的男女老少，除了婆婆没去，全都上了新集。

新集街上十分热闹，我跟父亲站在茶铺子门口听说书人讲《赵子龙大战长坂坡》，二佬挤到人们称作“场伙”的赌场里看押红宝、掷骰子。二娘和三娘领着英英挨一挨二地到五条街去转腾。四佬跟村里几个半截小伙看人家劈甘蔗赌输赢，看了一阵想去找他在铁峪小学时的同学，结果没有找见；转回来的时候，碰见二娘她们领着英英看吹糖人儿。吹糖艺人是从汉中城里赶来的，手艺真够巧的。他用一根竹片儿剜出一小坨稀糖放手心，嘴里噙根小管儿连吹带搓弄，眨眼间便会吹出各式各样玩意儿来，有孙悟空，有猪八戒，有八爪金龙……你要啥他能吹个啥。看得英英怎么也不离开。四佬只好约三娘跟他到别处去转。分手时，二娘要四佬来找她，说是回家时要他帮背英英一程。没想到街上人多，一旦走散一时半晌不易找到，四佬原本也不想帮二娘背英英，便把二娘那个话给撂后颈窝去了。二娘等到天黑，气嗨嗨地回家一看，四佬早已回来了，当即来了个满脸不是颜色。三娘赶忙向她解释，说她们在街上找过，哪儿也找不见。二娘听了不凉不热地给了一句，说：“不说了，她三娘。全喜跟你在一堆，哪还有心思记想起我的话呀！”听得三娘差点没气哭。

兵荒马乱多少年了，好容易碰上个热闹年。好多村子停演多年的高跷、竹马灯、采莲船重新闹腾起来。有的竹马灯初五就“出灯”，最晚的初七八也出了灯。他们先在四乡各村里耍，差不多一个村挨一个村的先给报灯。报灯的报子在白天里扮了身子到各村去先把耍灯的时间敲定。这个村子就做“接灯”的准备，买蜡烛，安排招待，筹集礼钱等等。到晚上，耍灯的扮了身子，敲锣打鼓来到事先清扫好的院坝里。院坝边上安一张“公桌”，专供“灯官”老爷坐。灯官老爷戴着圆扇扇纱帽，鼻眼窝里涂白粉，按小丑扮相装成七品官。公桌两边排有打灯笼的“衙役”。正式开场时，先由灯官老爷说许多四六句，内容都是祝颂风调雨顺、国泰民安、人寿年丰的话。各个节目均由举笏牌的报子上场报。报子也是鼻子中间涂白粉的三花脸扮相，挂抓抓胡子，反穿羊皮袄，肩上斜挂一串拳头大的过山铃。他的词儿挺随便，甚至挺粗俗，只要顺嘴押韵就成。他上场后总是边说边跳，铃铛不断地“哐啷哐啷”响。节目分文武场。文场由一个扮相公和两个扮坤角的上场。主要是唱曲儿，段落之间伴着锣鼓三人钻花轿跑圆场。武场没词儿，由穿短靠或扎长靠的花脸或武生伴着热闹的锣鼓跑阵子，扎姿势，如硬四门、软四门、八卦阵、天门阵等等；中间自然杂以诸如鲤鱼打挺、黄狗钻裆、张飞骑马、打旋子、矮手功、后手翻、空翻一类舞蹈功夫。

初七的那个晚上，张营的竹马灯来黄家漕沟耍头场。天一黑，厅房院坝里便围满了人；除了本村的，不少是从外村赶来看灯的。灯官老爷说完祝词，报子上场报了“十顺大鸿喜”之后，两个骑仙鹤的娃娃，一个拿小马锣，一个拍小钗儿唱了一段秧歌。接下来，一文一武轮换着出场。武场子演了几折，有《金吾子过沙江》《王道灵挨皮鞭》《孙悟空调扇》《青石岭送子》《赵匡胤送京娘》等等。张营的灯文场比武场强，唱家子多，曲牌子多，几乎是你点啥他们唱啥。这晚上，总共上了八九个。其中有《采茶》，内容是讲历史故事的，如：“正月里采茶是新年，十八绣女打秋千，刘全进瓜归地狱，借尸还魂李翠莲……”再就是唱男欢女爱的。它们有的侧重唱情，像《探妹》：“正月里探妹闹元宵，我看小妹妹长得这么俏；打你门前过（嚜），妹子啊，给你把膀子吊，知道不知道？小妹妹一听急忙开言道，叫声才郎哥哥细听奴根苗；知道是知道（吔），爹妈管紧喽，不许往外跑……”有的偏重唱故事，像《女儿十八春》：“村前有个张学生，二人相好到如今，东山梁上踩条路，西山梁上站个坑。偷偷走到姐家去，掏出小刀拨姐门；姐儿听见门闩响，双手开门把郎迎。……忽听门外脚步响，狗咬三声叫开门，小郎吓得变了嗓，姐儿吓得战兢兢……”

三娘和四佬自然是从头看到尾。特别是出演《尼姑闹五更》的时候，唱词和曲调凄婉动情，惹得三娘动了心思。小尼姑因爹娘的狠心肠而被送给庙里，面对着青灯黄卷，耳听着铁马铃铛，不由得引发出一连串的盼春怀春的哀怨之情，深深地触动着三娘窝聚在心的难言之痛。站在一旁看灯的四佬不意间扫了三娘一眼，发现她眼睛里泪光闪闪，禁不住在心里咯噔了好几下，半会不知道说啥好。

从初七开始，接连三四天里又有另外几个村的竹马灯到村里来耍。四佬和三娘跟村里的年轻人和娃娃们一样，不光在村里看，看完后撵到别的村去接着看，一看就是大半夜。初十那晚上，赵家湾的竹马灯在村里耍过，三娘在四佬怂恿下跟上耍灯的连着又看了三场。回村来的时候，鸡已经叫二遍了。不知什么原因，大门闩上了。三娘很着急，后悔地说：“真不该看最后一场。一定是嫌我们回来迟了。”四佬说：“不会不会。村里这么多人都去看哩，哪个不是才回来？”说着抬起胳膊想拍门。三娘一把拉住四佬，说：“不要叫了，免得打扰。”四佬想想说：“那，咱俩到弹花机子上去。今晚上是二哥照看哩。”三娘摇头说：“也不好。二哥见我们这么晚去，反而会生疑哩。”四佬想想说：“那——我先爬墙进去给你开门吧。”三娘抬头看看院墙，说；“还是不行。院墙这么高，翻上翻下万一跌下来咋办？算了。等不了多久天就亮了。天亮以后咱俩到弹花机子上去。谁要问，就说看灯看到天亮的。你看好不好？”四佬点头说：“也好也好。可这阵天还没亮，总不能站在风地里呀！——欸，我们到碾子房里避避风吧。屋里有人垛的稻草，坐在草窝里不冷。”三娘一想再没别的好主意，只好跟四佬到了碾子房。

碾子屋是村里的官房，没有门窗，只在墙上留一个门洞，屋里临时垛点。柴草。俩人一前一后进屋，四佬让三娘靠近草垛坐下；自己扯了一把稻草，铺在门洞旁的墙根下，离三娘坐的地方有两张桌子宽的距离。

三娘问四佬：“你坐得那么远咋啦？怕人说闲话是不是？”

四佬不好意思地笑了一下，支吾着说：“不，不是。”

“那你还坐在风口做啥？不嫌冷？”三娘说着，抬屁股朝一边挪挪，说，“来，过来坐这儿。小心受凉。”

四佬犹豫着站起来，朝前走几步站在三娘一边。三娘笑着说：“看你吓成啥了？我又不是老虎把你屹了？你看跟你同学朱建西一路来的那两个女生，人家多开通。当着那么多人的面，靠肩儿跟男的坐一起，一点也不臊。”

三娘一边说，一边伸手拉着四佬手，吃惊地说：“呀，全喜！你咋啦？手这么冰的，你真的冻下病了？”

四佬打着牙磕，说：“我，我没，没有病。”

三娘说：“那你是——？”

四佬突然捏紧三娘的手，嘴里呜噜着：“我，我，我……我想——”

“你？”三娘发觉四佬不对劲了，赶忙撤手，却不料被四佬捏得更紧；她要朝起来站，刚站起一半，就被四佬门板样的身子压在了草窝里。三娘掀他，推他，吆喝他，却一点不顶事。他气急气粗地伸长脖子用嘴巴啃，用脸蹭。开头，三娘还能抵挡住，过了一阵便没劲反抗了，浑身散了架似的任四佬在她的脸上、嘴上、脖子上随意动作着。不久，四佬突然把手伸到衣服底下，伸到腰上，冰冷的手颤突突地顺着她的腰胯向小肚子滑动，三娘赶紧伸手去挡四佬。三娘惊急地连声说：“不敢不敢，全喜，你，你不敢。……你，你听我说——”

四佬使劲地拨开三娘的手，嘴里连吃带蝎地呜噜着：“不，不。我不……不——”

三娘无奈何，乞求着说：“呀，呀，全喜。你，你先听我说。听我说完了，你，你哪怕……”

四佬的气早已不打一处来了：“你，你想说啥？……”他放慢动作，身子却抵得更紧。

“好，你听我说。”三娘上气不接下气地说：“你，你这么由着性子，你，你会后悔！”

四佬说：“我，我不。我看你好，你真好。”

三娘说：“不，全喜。你正年轻，胡来了要坏你、坏你名声呀！”

四佬说：“不，我不怕。我想要，我，我实在受不了哇……”

“不。”三娘说，“你别急。别急。叫我说完——说完吧！等嫂子说完了，你实在不听，那，那就不用你动手，嫂子给你脱！”

四佬怔了一下：“你……？”

三娘说：“全喜，你念书比嫂子多，明的事理多。这号事得讲个两厢情愿。两厢情愿了才觉着快活。你说是不是？”

四佬说：“我，我说过，你好哩。这么多年，你不是对我也好吗，安安嫂？”

三娘说：“你说对了。嫂子看你是好。人好，心也好……你别着急。我还有话。可你知不知道，嫂子是敬重你，把你当成最亲近的人；要干这号亲热事，还得把心掏给哩。嫂子的心早已经给了人喽。你硬要做这个事，嫂子我，我为难啊……心里不好受啊……”

四佬发现三娘的手陡地松了开来，头也跟着仰向一侧，显出一派任由摆布的架势。

“不，不！”四佬抽出手来，抓住三娘的肩膀搡动着，“不是这样。不是。你，你说吧。你对我好，是不是？说呀，你对我好——”

任四佬怎么摇搡，怎么说，三娘浑身稀软，眯着眼睛，再也不吭一声。

四佬从身子到心骤然间全凉了。他慢慢地站起来，转身走到门洞边。天已经纷纷亮了，东边岭岗方向亮出了鱼肚样的白色。四佬经寒风一吹，脑子里完完全全冷静下来，不久前萦在心上的莫名其妙的愤懑感荡然不见，一种深深的疚愧感生了出来。一想到刚才自己的行为，陡然觉得无地自容了。

三娘早已站起了身，轻轻地站在四佬身后，轻轻地伸出手，轻轻地搭在四佬肩上。

过了好一阵，当三娘说了声“好兄弟，嫂子对不起你”的时候，四佬禁不住“吭”的一声哭出声来，头也不回地朝弹花机子方向跑走了。

（选自《最后那个父亲》，中国文联出版社 1995 年版）

多情最数男人（节选）

邹志安

【作者简介】邹志安（1946—1993）男，汉族，陕西礼泉人。中共党员。农历1946年12月6日出生，1967年毕业于陕西乾县师范学校。历任礼泉县小学教师，县文化馆创作辅导干部，1978年加入中国作协陕西分会，1982年为专职作家，同时兼任中共礼泉县委宣传部副部长，同年加入中国作协，任陕西作协理事、主席团委员，1984年兼任礼泉县县委副书记。1990年随中国作协访苏代表团出访苏联。1972年开始发表作品，平生创作500余万字，作品获全国各种奖项若干，部分作品曾外文出版并获奖。著有长篇小说集《爱情心理探索》四部：《眼角眉梢都是恨》《女性的骚动》《迷人的少妇》《多情最数男人》（台湾再版），短篇小说集《乡情》《哦，小公马》，中篇小说集《心旌，为什么飘摇》，长篇小说《红尘》，长篇小说《关中异事录》两部：《玉录》《神宅》；散文《黄土》被江苏、浙江、广东等多家《语文报》选载，被陕西师大中文系编入教材，又收在上海出版的《优秀散文选》中，并被香港列入中文初级教材。中篇小说《哦，小公马》《支书下台唱大戏》分获全国第七、八届优秀短篇小说奖。《支书下台唱大戏》并被陕西电视台改编为同名电视剧。

被评为国家一级作家，国务院有突出贡献专家，享受“政府特殊津贴”。生前着力于系列长篇小说《关中异事录》，可惜遗稿未竟，不幸病逝于1993年1月17日，享年46岁。

题　记

爱情心理是人类正常心理很重要的一部分。它虽然随时受社会政治、经济、法律、道德、文化等因素的影响，但它其实是一个独立、庄重、有时甚或是危险的存在。无视这个存在，是非科学的态度。君不见人类生生息息，歌哭悲欢，万种风情；恩恩怨怨，悄悄默默或沸沸扬扬，发生了许多应该与不应该发生的事儿；人性时而奋发进取，时而复归倒退，是极不稳定的因素……除了许多已知的原因之外，那神秘的、风诡云谲的、常常被人视为私有的内宇宙的爱情心理秘密，当是更值得探索的原因。

长篇系列小说《爱情心理探索》，将以笔者所掌握的、已经发生的真实事件为依据，严肃认真地探索其爱情心理机制。它将涉及工、农、商、学、兵、干部、知识分子各个层次，不该避讳的就决不避讳，但无意义的刺激也决不去有意追求。它外表上是许多人看见了的真实事件，骨子里其实是许多人不知道的隐秘故事。这是一个博大而又有细微的世界，我只怕我的揣摩不够透彻，但我将对读者真诚并竭尽全力。如果这些篇章对于人类的文明进步多少有所裨益，我也就感到无限欣慰了！

会写多少卷？我不知道。但各卷将独立成书。

一

像刘八老汉这样一个苍老无用的人，这个缺了牙齿，凸着黄眼睛，脸上瘦得只有骨头，满脖子都是粗黑的褶皱的老农民，这个在冬季吭吭哧哧地走过铺霜的地畔和街道的人，居然也曾有过辉煌的情爱史！爱情对于他们这一辈人来说是什么？难道只是两性简单的结合？——刘八永远都不会去探讨这些东西。他走过了将近七十年的人生历程，在行将就木的时候，自然有关于自身功与过的许多方面的回忆，但他知道，其中关于情爱方面的回忆，是所有回忆中最充满温馨也最迷人的部分。那记忆常常和在冬季里思念蝶飞燕舞、在春日里渴盼初夏蛙鸣、而在金秋竟向往冬日飘雪飞第一片温柔的雪花……和这许多情绪相混合，产生诗意的陶醉。在那断断续续的回忆中，他自己似乎不再存在，只有轻软的醉酒的意识升腾，童心复萌，元气回流。觉得这一生真没有白过。死算什么呢？只不过是无数回忆的消失，尤其是那最温馨的回忆的消失。院子里，那棵风吹霜打、刀砍斧削、栖过寒鸦、做过鸡架的老椿树，树皮粗黑，在冬季里分不清是死是活。但你折下一节来，能看到里边黄与绿的生命意识，能够推测到它青枝绿叶时的迷人风采——它在冬日里也有温馨的回忆。

奇怪的是，从前的爱与恨、哭与笑、壮怀激烈与柔肠百转，现在回忆起来，全没有了那复杂的激动情绪，而只有一抹温馨。什么叫应该？什么叫不应该？简直就说不清楚，也不想再说清楚。那些人都已作古，就留下他一个枯老头子，还有什么必要去苦苦思索是与不是呢？就让那容貌、那姿态、那声音、那气息、那活活的灵魂，在平和的温馨中陪伴和滋润着他吧！这老来的精神财富，没有人夺得去，也没有谁知道。

现在，刘八老汉外边的妻子所生的儿子刘忠，家里的妻子所生的儿子刘义；他弟弟的大儿子刘强，二儿子刘超，都已进入或正在进入婚恋阶段。老一辈男女中就剩下他刘八老汉一个人，他相当于他们的公共父亲。他时常感觉到这四个青年男子的爱恋的热流。他冷静地站立在这热流的圈外，深深地理解并尊重这年轻人的活动——这是必然的，也是必要的，那哭哭笑笑、颠三倒四，正是青春生命力的最正常的表现。

刘八老汉，在感知青年人爱恋气氛的同时，更紧地抱守着他那份独有的温馨。同时他知道，当他们到了他这样的年纪时，也不再看重从前所发生的那些婚恋事件的本身形态，而只会重视那温馨的回忆的情绪。——在冬季长长的夜里，在梦中，在夜半突然醒来，在黎明的鸟叫声中，在露水的闪光中，在秋野一穗红高粱的梢头，在正午墙头雄鸡的一声啼鸣中，在薄暮铺地的烟霭中……那温馨，会同幽远的虚无消融在一起。人类坟头的青草和迎春花，肯定是因为吸吮了那温馨之气，才蓬蓬勃勃地生长和开放……

二

和刘八老汉在外边的妻子所生的孩子刘忠谈恋爱的女子，叫田歌。田歌是那样漂亮的女子，她的漂亮连她自己都赞叹不已。其实她长得很矮小，几乎是中等偏低的个头，但她身体的所有零部件都和这种矮小配合得恰到好处，以至于你觉得她必须矮小才是最漂亮的。她自己知道她是极其迷人的，无论穿怎样的衣服，只要勾勒出细腰细腿和紧凑的屁股；无论是把头发剪短、挽高、披散或在脑后束成翘起的一束，只要把那小而圆的脑袋突现出来，只要不掩藏那细长白皙的脖颈，不遮住眼睛迷人的秋波和嘴唇那迷人的微笑；她任何时候就都是引人注目的。她丝毫不掩饰自己的矮小，反倒喜欢到高大的女人或男人跟前去，那时她的感觉不是她的矮小衬托了别人高大，而是别人的傻高马大映衬了她的娇小玲珑。

"是的，但凡矮小的人都是聪明的，"她常对人说。"因为心脏距离脑袋近，供血充足。"

自我感觉是聪明的，觉得具有别的女子所没有的禀赋。但高中毕业后连续三年考不上大学，差点让她在乡亲们面前羞死。——主要是数理化的成绩太差劲；她把这归结于缺乏数学细胞。她觉得她所有的只是文学细胞，对事物特别敏感，想象力丰富，表达什么东西也毫不吃力——因而她就只具有文学细胞，她下决心要成为一个女作家。考不上大学有什么了不起呢？在农村又有什么低贱的呢？大学生现在比驴还多，可以拿鞭子成批成批地赶……但我要是成为一个女作家，给十个大学生外加一个县长，我也不换！

想成为作家的那样一个梦想，像魔鬼一样缠住了田歌。她读书、练笔、向外投稿，写小说写散文写诗歌，劳动和别的一切必需的生活程序对于她都成了多余的负担。从报刊上、电视上看到了那些作家们特别是女作家们抛头露面、出尽风头，她妒羡得只想要骂她们："狗东西！这些狗东西！她妈是怎么生她们的……"她不服气。她猜想那些人取得成功，必定有不可告人的邪门歪道。

在平时，田歌不愿意跟那些没有思想、没有追求的农村姐妹们交往，她觉得她们跟她没有共同语言，跟她们说一席话会立刻消磨她的斗志。在家里，她是任性的，她的任性彻底制服了父母。可在创作上一点儿成就还没有，在深感孤独和痛苦的时候，她四处觅求知音。向作家们，或向刚发表作品的作者们写信求教，——这些狗东西，这些幸运儿，居然没有一个人向她回信！

三

八里路外有一个黑胖乐观的女同学杨惠，也是文学爱好者。田歌觉得她粗放大意，缺乏搞文学的素质，但她为人热诚，并且有些共同语言，所以就常骑上自行车到她那里去，有时晚上不回来。田歌只是想从她那里接受一些文化信息和抚慰，而她决不轻易向杨惠提供什么信息，更不用说抚慰了。——竞争是激烈的，一开始就要有竞争的意识。何况，大大咧咧的杨惠，原本就只把文学创作看成可有可无，只是一种兴趣。

奇妙是在那天夜里发生的。

两个女友天空海阔地吹了半天，一会儿是学校，一会儿是农村，一会儿是文坛，一会儿是政局，一会儿笑闹一会儿叹息。后来都倦了。当杨惠躺下来伸开粗壮的胳膊打呵欠时，田歌整理枕头，发现枕头底下一本地区创办的内部文学刊物《希望》。她原本就看不上这种不起眼的东西，现在顺手翻翻。头条小说的标题吸引了她，——《弯弯柳》。她最近在构思的那个关于农村知识青年苦闷的小说，正想找一个既有农村色彩又有象征意义的题目，《弯弯柳》正适合，——却让别人抢先了！“他娘的！”她心里骂一了句，忙看内容。她简直要气坏了，——这个混账小子也写的是农村有知识有思想的青年人，也有苦闷的意味。用第一人称。大致是写一个高中毕业生，回到农村，曾经感觉到理想的破灭。但他接触了老人，接触到同龄人和小孩，接触了田野，也接触了历史。他常常独自在村外池塘边的弯弯柳下徘徊思考，他觉得他应该在这里实实在在地生活与做人，认真触摸生活脉搏的跳动，并用自己的笔去反映这一切。于是他觉得自己找到了最实在也最富于理想意义的人生道路……文笔居然那样朴素，行云流水般自然通畅；而全篇又显得那样和谐，那样有韵味，——比他刘忠要写得漂亮十倍。她简直恨死这小子了！而最叫人恨得牙痒痒的是：她当初就只想到大写苦闷，根本就没想到关于这苦闷的出路，根本就没有这个人想得这么多看得这么远。这个人才是一池平静而又深沉的水，而她不过是路边小坑里乱溅的尿水子！“他娘的不光抢了我的题材，还比我要高明许多……”这才看作者，——天爷爷！竟是本县人……

杨惠早已发出鼾声，她拿脚把杨惠蹬醒。

“你认识不认识这个刘忠?”

“就是我们附近刘村的人，连畔种地，这村又是她舅爷家，常到我们村来，挺熟的……”杨惠说，睡意缠绵。“怎么？对他感兴趣？过几天我把他介绍给你，他正没有对象呢！聋三巴四的一块大木头，只要你愿意……唉哟，我可睏得嘴唇都不能动了……”没说完呼呼大睡，任田歌怎么蹬再也不动。

田歌现在连一丝睡意都没有了。

没想到在她的身边，在十里路外，居然有这么一个人，居然就发表了小说！虽然是地区不公开的文艺刊物，但毕竟是发表了，毕竟是把钢笔或油笔写的字变成了铅字。而她的小说，至今却连蜡版刻印的还都没有。这小说，起码在全地区扬了名，随着刊物的赠送也一定在别的许多地方出了名，而且也必定拿了稿费。人只瞅着全国有数的几个大刊物显然是一种失策。人的出名，也可以由小到大，一步步来，——先慢慢享用一点，然后再享用大的，这合乎规律，也比较实惠。这是刘忠的《弯弯柳》所给予她的一个重要启发。

由嫉恨与不平中，田歌蒙眬入睡。想不到梦境所等待她的，竟是一派醉心的柔和。显然是初春。麦子刚一丛丛起身，杏花也刚开放，柳树也刚发芽。但暖融融的东风拂面。不是杨惠，而像是初中时代一个半路休学的女同学，告诉她说刘忠想见她。她心里发热，按照那指定的地点去了。那杏花竟开放得如一片烟霞。一个结实的、黑胖的男子，微笑着在花丛中等她。那微笑是她所熟悉的，是亲切而又迷人的。弄不清楚是她先张开了手臂还是他先张开，总之她投入了他的怀抱。他的双臂那么有力，把她抱得那么紧。但不明白为什么他没有吻她。那时她什么意念都没有，是一个纯洁的天真烂漫的少女……但突然他不在了，她找了很久，却面临一片在她姐家曾见过的沟壑。她急坏了。那种怅惘，是她从来所没有……就怕这是梦，醒来了，才知道这真的是梦。

杨惠鼾声齁齁。暮春后半夜的月光从窗子照进来，房子里的所有物件历历在目。她的双臂，交叉搂抱着她自己的胸部，心房扑扑乱跳。她细看那双臂，怀疑那不是自己的，而是梦中的那个人的。但这双臂丰腴光滑，梦中的人，哪会有这样的胳膊……

直到天亮她都不能从梦意中释然。

四

“你身边有这样一个能人，为什么还向我保密？”一大早，田歌就向杨惠发难。

“这有什么好保密的呀！”杨惠说，“你的眼睛在头顶上长着，净瞅着大作家，小小刘忠你能感兴趣吗？”

“感兴趣又怎么样？”田歌说。虽然她还是往常和杨惠说话时的那种任性的口气，但她知道，她已经不是往常那种温柔不经心的样子了，她已经不能控制自己的情怀了。这对她，是有生以来的第一次。

“那好，”杨惠说。“本人很愿意充当红娘，给你们拉拉线。”

杨惠在戏耍她，但这种戏耍的态度，正是她现在所需要的。

“呵——，不是说过不成名誓不成家吗？”

“现在变了，着急了，受不了了……怎么样，还要我说什么？”

在半开玩笑的态度中，她们约定了一个日子。

五

在此后，当田歌冷静回想她的行为时，她惊异自己的厚颜无耻。知道自己心里确实在这么想，就知道这确实是属于厚颜无耻的范围。同时知道，她再也由不了她自己。“这是怎样发生的呢？”她想不清楚。“可是为什么又要想清楚呢？世间有许多事情根本就不应该想清楚。”这是极其自然的——恋爱已经降临到她身上了，“而这又是多么愉快的事啊！——早知如此，我本该天天谈恋爱……”她想。还有一个弄不明白的问题是：这件事的发生，和她那对于文学的野心勃勃，究竟是怎样的关系？——而这个关系也同样不需要想明白。也许有关系也许没关系。总之，她现在要一门心思地谈恋爱了！假如这个刘忠真地合适，她就要他，“顺手的鹌鹑先捉了再说！”

她在昂奋中等待见面的日子。

六

见了刘忠，田歌真是惊讶得很。不是刘忠本身让她惊讶，而是她自己让自己惊讶——她要是现在不承认自己有灵气、有悟性的话，那她准不信她自己了！她不就梦见过一次刘忠吗？可怎么这个人和她梦见的那个人一模一样呢？黑黑胖胖，身体结实，头发短短的，圆脸，浓眉大眼，一脸的忠厚、和善与聪慧。胳膊是强壮有力的，正是梦中那种样子。衣着朴素，和悦地静静地看着她，微笑着点头接过杨惠递来的茶杯。一旦坐下，就像来参加高级茶话会，不惊不诧，安详稳重——具有见识过大场面的作家们的气质。相形之下，她田歌简直是浮躁的，稚嫩的。她忽然发觉自己缺乏精神准备，有点慌了。

“哎呀，你这算是什么茶叶呀？简直就是棉花叶子！”她朝杨惠喊，“能不能换成糖茶呢？”

“天！”杨惠说，“我今天可倒大霉了！——你等着。”她跑出去找糖。

田歌，朝着刘忠送去一个妩媚的微笑。当她一个人面对刘忠，她觉得她自由了。“我爱你！”她心里说，“这是真的，我不能欺骗我自己。我觉得你的才学跟我般配。我带你到人面前去，你的容貌也不会辱没我，不会影响市容。”这样想有点妄自尊大，当然是开玩笑的念头，但她确实爱上了他。爱是感觉，是欲念和向往，——她现在就向往着投入到他的怀抱里去；梦中被他紧紧搂抱的感觉还记忆犹新。“我可真要嫁给你了！”她做了决定，但同时还有狡猾的思绪在脑子里旋转：看这人温厚的样子，将来成了大气候，也必定不会抛弃我；——其实你将来想要抛弃我也没有那么容易！我会死死地缠住你……又送去了一个恨恨的媚眼，说：

“你的小说写得不错。”

用的是大评论家的口气，却知道自己脸红了。最糟糕的是，他平静地看她，或者说是凝视她，神色中却没有迎合她的话语的礼貌的意思。“他是不是讨厌我这种口气？”心里紧张地猜测，有点吃不住劲。

“我这人有点狂，但心直口快。”这回她说的是实话。

但刘忠，仍然无动于衷地看她，好像她是一个根本不值得交谈的人，显然只为了证明他尊重她的存在，才勉强朝她笑了一下。

“他根本看不起！”田歌突然悲哀地想。这是她最不能接受的事实，这是一种侮辱。心里立刻有了怒气：“你不就是比我早发表一篇小说吗？而且是地区性的刊物。这有什么值得牛气的？单是我的容貌，凡见了我的男人没有不动心的，你也敢小看？你究竟有多了不起！”她想把这些喊出来，狠狠地刺激一下他，然后愤然离开给他一个对不起……但她既不能喊出来，也不能离开，只气得要流眼泪。因为第一次面对一个她没有办法擒拿的人，她忽然不知道怎么办了。以前想得太简单，现在因为不成功，她觉得满身的焦躁。而看那刘忠，居然巍巍不动，那神情好像在说：你奈我何！

田歌真想扑上去咬这个家伙一口。

杨惠拿来了糖，很惊讶地看了她一下，吐了下舌头。田歌明白那意思：杨惠显然把这当作一场游戏，没料到她真的陷入情网。杨惠笑着，朝她瞪眼。当刘忠扭头看杨惠时，杨惠正颜正色，在手心里向刘忠画字，——那字形分明是：她爱你！

刘忠一下子红了脸，低下头。

“她不愿意正视。”田歌想，“就是说根本看不起我……”她愤怒了：“话既然挑明了，死活我都要把你拽住，你跑不了了！”她想，“一个女子一生只能向一个男子说我爱你，难道还可以向第二个人说？我要叫你知道我的脾气……”

但她却向杨惠发火：

“他理都不理人，谁爱他！”

“他是聋子。”杨惠笑道。

“装聋卖哑！”田歌说。

七

事实证明，她在那里咆哮，只引起他迷惑不解地看她，——不是聋子又是什么？

当确实知道了这一点，田歌有点后悔她的急躁了，——她错看了别人。可她从来也没有向被她弄错了的人道歉的习惯。尤其是，她直到此刻才知道她所倾心的人竟是一个聋子，——这个不好的事实给了她一击，她需要冷静一下，需要重新考虑一下这场恋爱了。忽然间，她的那些自卑的感觉都没有了，她开始翻着白眼睛，瞥视和乜斜刘忠了。

“你为什么不早点告诉我他是聋子？”她问杨惠。

“咦？那天晚上我不是就给你说了吗？”

“我当时没有注意。”她颓然无力地说。

“何必这么认真！”杨惠说，“认识一下不就完了？你难道真的要嫁给他？”

“是的，不能太认真，——我可真傻！”她悻悻然地说。斜视刘忠，他微笑着在那里坐着看她们谈话，浑然不觉……

“呀，小田歌这回是真的认真了！”杨惠嘲笑。

“我才不认真呢！”她说。

但她真的是不认真么？她无论多么无赖，都不能不承认，她曾经是多么地动心动情，多么的认真……“他娘的上当了！”后来她这样想。现在她需要迅速地把感情调整过来，只把刘忠当作一个刚结识的文友，从他那里把“宝”盗净，以使她自己长高一节。至于恋爱什么的，滚他娘的蛋吧！她的失误只不过是给女友杨惠留下了一个笑柄而已，——但她要警告杨惠以后不许提这件事。

可事情真的就这么简单吗？

在此后的日子里，田歌无论怎么管束自己，都不能够使自己不考虑这件事。

——这个人既然是聋子，可他在《弯弯柳》中，对音响，对人物的言谈笑语，包括柳丝的絮语，水波的浅笑，百鸟的鸣啭，都写得那么准确，恰到好处……他是凭什么感知的呢？莫非他具有超人的智慧？……不打算想他，他倒对于她，有了一丝神秘的色彩。

不久就知道，他的耳聋，原来是为了保护他的母亲……据说那时有一伙人，把他的母亲关在一个窑洞里，饿她、打她、凌辱她……他拿砖头砸开了窗子，翻身进去，护住他的母亲并向那伙人反击。那伙人狠狠地打了他，又把他从窗子塞出来。后来，他的耳朵就聋了……须知，他当时只有八岁！

——八岁时候的他，该是怎样的模样？

田歌，现在决定把这些扯不断的思绪先扔在一边，先跟刘忠保持文学爱好者之间的普通的联系。他毕竟是成功者，哪怕只是一次小小的成功，也有值得她借鉴的经验。她就把他的这些经验先弄过来。这对于她，其实是比恋爱之类的事情更重要的。因为有了那天的尴尬事情，她不便去当面找他谈。就写信吧！虽然这信要经过县上邮局才能到达，比人走还要慢，但通信毕竟是一件自由而又愉快的事。自然，信中绝不涉及那天的事，好像从来没有发生过。但那口气，却分明像是相识几十年的老熟人。

——来信不为别人，只问你：你那《弯弯柳》究竟是怎么发表的？有后门吗？望实实交代！

——我练习写小说，只是觉得心里有许多话要说才写的，当然希望发表，但还没有勇气投寄出去。《希望》编辑部有一个叫白云的人，也是诗人，常到我们这一带来采访。一个偶然的机会我认识了他，他在我家里住了一夜；知道我写小说，他要着翻看了一些，临行带走了《弯弯柳》。就这样发表了。

——当你的文章变成铅字，你感觉如何？是否想蹦起来，向着青天白云呐喊？亲戚朋友都是怎么说的？拿了多少稿费？你那小说，是否取材于生活中的真实事件？你是如何编织故事、塑造人物、提炼主题的？写作时你是否觉得轻松愉快？

——文章发表了，我当然高兴，但我觉得这只是一个小小的成功，怎敢去张狂呢！亲戚朋友当然有许多夸奖的话，多年不通音讯的老同学也来信鼓励我。五千字给了三十元钱，我把它买了书。我那小说，取材于生活中的真实事件。我没有着意地去编织故事、塑造人物和提炼主题。我经常思考生活中发生的事，我的心不能平静。我想表达我的这些感情和想法，不由得就动笔写了。写的时候，很慢，很吃力。我老觉得自己写不好……

——有何宏伟设想？

——没有。

——想当大作家吗？

——当然想，但信心不足。说老实话，也没有把这件事看得特别重要。

……这样的信，几乎连续不断。他回信中的大部分话是明确的，好理解的。但像“我想表达这些感情和想法，不由得就动笔写了”这样的话，几乎就属于玄学的范畴。使人不独不敢轻看他，反而觉得他一定具有特殊的禀赋。——那温乎乎的一个人，长的膀圆腰粗，可绝不是一副笨相。那黑白分明的眼睛里孩子那样的清亮稚气的光彩，正透露出内心的天分才气……有一天控制不住冲动，就写了这样的信：

——一定有许多女孩子向你求爱吧？其中有没有女作者？你有没有喜欢上她们其中的一个呢？你喜欢怎样的女孩子？

回复是：

——有，但不是许多。也有一个外省的女作者，看了我那篇小说，也给我写过有那种意思的信；——我回信拒绝了。对我来说，不存在喜欢谁不喜欢谁的问题，只存在别人嫌弃不嫌弃我的问题。

——现在的问题其实很简单：只要她田歌愿意，这件事就准能成功。令田歌惊讶的是，她下决心先不涉及这样的问题，转了一大圈，却又回到老问题上来。从感情上讲，她可真喜爱这样的男子，——要是没有耳聋这一点瑕疵，她就一定更喜爱。理智地分析，她很难再找到更好的人了——比如一个真正的作家；即使找一个干部，要没有共同语言，在一起生活有什么意思！说不定会深恶痛绝她的创作活动，像对待囚犯那样地限制她。而刘忠则不会，反而会互帮互助……全部的要点，就只集中在耳聋这个问题上了。当田歌带着情感上的倾向性考虑这一点时，这竟不成其为问题了：耳聋算什么？最好的耳朵，隔山能听到兔子出气吗？有人的鼻子长得像蒜头，有人是平板脚，有人屁股有一大片青印，有人头发里藏着一撮白毛，有人指头短，漂亮的电影演员说一句话后却很难听地喘一口粗气，总统也有人说一句话眨八次眼睛……细细考究，人人都有缺点。可爱的刘忠不就是耳朵聋吗？但他心里能听到蝴蝶的私房话；何况，那耳聋还是崇高的英雄行动的产物……

——我可要嫁给你了！

突然就写了这样一封信。

——不！不行。

——为什么？

——我不配。

——我什么也不嫌，我还唯恐配不上你。

——请你三思！

——我再四再五都想过了。

——请你一定慎重思之，这可是一生的事！

——我从来都没有像今天这样慎重思考过……关于这是一生的大事，更无须你教导。这事定了！本人向来说一不二……

八

那时候，她所想的和所感觉的，全是甜蜜的东西，她向来相信自己感觉的正确。这种甜蜜感，使她陷入任性与狂热之中。当刘忠的反响并不是很积极时，狂热便有增无减，甚至已经开始设想婚后的生活：——基于梦境中的那个向往，无限延伸，两性甜蜜的生活便是想象的主要内容；然后是事业上的相辅相成、随心可欲与昂扬奔腾；甚至还有驾驭和逗弄他的快乐的预测……

她让杨惠吃惊不小。这个高个子、黑黑胖胖、漂亮而纯真的姑娘，显然因为惊异，而不能不认真严肃地跟她商议这件事。

“田歌你真的动情了?”

“真的。”

“你比我还小一点，怎么就急成这样?”

“我也不知道。可能你在这方面开化较晚……等你跟我一样时，会比我更急。”

“你得了吧，简直不知羞！你跟一个聋子将来怎么生活?”

“互相比划吧!”

“那有什么意思!”

“意思可多了！——你听妹子教导你：聋子，你怎么骂他他都听不见，还会对你笑。你骂他说‘你这个笨蛋’，他笑着说‘好，我马上去做饭’……”

“不好不好，绝对不好!”杨惠说。

“莫非你爱上他了，想要抢夺?”

“白送我我也不要呢!”

“好吧，只要你没这心，你就少作怪，——可也不要看着眼热呀……”

“咦——”杨惠羞她。

九

这种消息传得最快，虽然还没有举行订婚仪式，但村上的很多人都知道了。刘八老汉自然也知道了。

刘八一点儿也不觉得惊异，这是应该发生的，甚至是他期盼发生的事。他倒不需要有一个女子来给他做饭……他自己的饭就做得极好。他只是觉得，他有关心晚辈人的责任。他问了刘忠，刘忠如实相告，并给他看田歌写来的许多信。他没有兴趣看这些信，况且那女子的字写得针尖样大，久看岂不伤眼。他一言未发，平静地离开儿子。他最关心的，是这一件事的可行性。

装作四处闲逛，他打听了这女子的身世。父母都是本分的庄稼人，上边又有两个哥哥，家境不错，很可能娇惯，因而任性。而刘忠，不可以有一个任性的妻子，因为他需要温暖与照顾。应该看一眼本人，他的有经验的目光只需看一眼就大致可以断定一个人……这也是很容易做到的事。弄清楚她最近肯去谁家，他只需要在那家里坐等，——而附近的村民几乎没有不认识他和不接待他的。于是，在那个中午，他跟田家一个同辈的老头子抽烟闲聊，就歪在那家头门道的炕上，从敞开的窗户，把在院子里的那女子看了个仔细。自然向主人说明来意了。主人的刚结婚的儿媳，是一个爽朗的女子，在娘家当过共青团干部；田歌不断找她分明是要抓写什么材料的。

是初夏，院子里阳光灼目。主人的儿子在树荫下收拾农忙家具，媳妇在拣玉米种子。田歌帮着她拣，两人头挨头低声说话，田歌飞一眼树荫下的男子，仰头笑什么。刘八断定，这女子是聪明的、任性的，——这符合他的猜想。但他绝没有想到这女子竟这般矮小娇艳。阳光下这小巧的、活泼的、丰满的女子，使主人家那原本也长得好看的儿媳妇显得成了一个俗人。满院子里，使人觉得就只剩下这样一个美丽活泼的小兽——是小兽！刘八老汉想起端午节，正午，在嫩苜蓿地里，突然站起一个毛色迷人的小黄鼠，吱吱地叫……他家刘忠一定会喜欢这个小东西。这女子如果也倾心于刘忠，终生不改，这当然是极好的一对。但他现在看了这女子，拿她和刘忠一比较，怎么总有她的忠诚度不够高，总让人不放心那样的感觉呢？这事要真成了，中途发生婚变怎么办？——他自己就是从婚变中走过的人，深知其中的厉害。

刘八鼓起眼珠，陷入为难的境地。主人——那同辈老头子，显然只知道“遇婚姻说成，遇官司说散”的老教条，不断地夸奖这女子的聪明能干、眼头有多高、轻易看不上谁、家里不缺钱肯定不讲财礼等等。而刘八考虑的全不是这些。他在婚姻之初，吃力地想要把握它的稳固性。他既怕因为他的瞎猜测而破坏了一对美满婚姻，又怕因为他的犹豫而促成了一件坏事。他的自信心，在这个重大的事件面前发生了动摇。

“我可不能干出错事。”他想，“可我要是自以为没干错事却正好干了错事怎么办?”他觉得他的脑子不够用了。同时知道，这种事情是一下子很难搞清楚的，——难道与自己相互信赖的儿子刘忠经过一番讨论就能得出个清楚的结论吗？他很想无为而治，超脱此事当一个旁观者，但刘忠又分明是他最钟爱的儿子。

犹豫再三，他后来决定跟这个女子说几句话。这在农村，本来是犯忌的事，但他坚持着向主人提出了要求。

先由主人告诉老伴，由老伴把儿媳叫到一边作了传递，然后那媳妇再低声笑着告诉了那女子。眼见得那女子涨红了脸，笑着、扭拉着似乎不愿意。原来她站直了，把披散的头发朝后梳理了一下，把红色夹克衫往下抻了抻，扭头瞅瞅裤子后边，朝那女伴一笑，就挺胸响着高跟鞋，朝门道里走来。

刘八只看了一眼那探究式的、朝他注视的、大胆明亮的目光，嗅到了女孩子的扑鼻的香气，就把头迈到一边去。

“田歌!”他说，觉得自己的声音平静得缺乏感情，像自言自语。“你跟刘忠的事，我听说了。做老人的，只盼望年轻人幸福，没有任何坏心眼。”他停了一下，以便说出下边的最要紧的话：“现在这社会，由得了你们自己，没有谁敢强迫你们其实强迫不了。我只要你注意一点：刘忠从小受过苦，心里又诚实，又老大不小，他可是再经受不起什么打击了……”后边的话，他觉得他带了足够的感情；认为，听这话的人，也应该有相应的态度——沉思、动心，然后郑重作答。但分明看见那女子笑了一下，眼波一闪。等他回头看她时，她收敛了笑容和流动的眼波，定定地、有意思地瞅他，显然把他当作一个奇特的、值得研究的人……

刘八愕然了。

十

田歌，已经知道刘忠有一个经历不同于普通人的父亲，曾经有过了解一下这个人把它写成小说的念头。她今天进这家门时没想到这怪老汉在头门道的房子里观察她。见见他，对她来说是并不紧张的事，见了后又觉得新鲜有趣。——这老汉可真老得可以！看东西太吃力，因而发黄的眼珠就突出来；没有牙了，嘴巴就抿得很紧显出相当的严肃。脖子上的黑皱折，弯着腰，使人想起拉过大套的牛。他所说的那些话，是老年人总想教导青年人的普通的毛病的反映，她并没有认真听。她只想：你们当初都是怎么干的？若有可能，她就要走出来，她才不管礼貌不礼貌的事。

这谈话对她唯一的影响的是：这老头子骨子里有点自以为不凡，自以为饱经风霜有资本，先哲一样地显透出居高临下的气质。她的秀美，她的聪明，在这样的人眼里是一钱不值的，说不定反而为此轻看她。——他刚看她一眼就扭过头去，形同蔑视。——这是唯一需要重视的事：他很可能拿他的经验模式一框，认为她不是合适的儿媳妇人选……

“糟老头子！由得了你吗？”她心里说。“你倒时说了句实话，——现在这社会谁也强迫不了谁……”

逆反的心理，使得原来的情感热浪又涨了一尺。当天晚上她就作了一个决定：让这件事情升级！让老头子大吃一惊……

第二天一大早，她精心打扮了一番：首先把头发在脑后朝右斜着束成了一束，这样左鬓就剩下一绺头发几乎遮了左眼；在两颊和嘴唇上淡淡地、很难为人觉察地涂了点红，使那小脸儿桃花一样的娇艳；穿上无领无襟像唱戏的穿的小衣那样的红衫子，选了那副最挺括的胸罩，又穿了鸡腿一样的黑色细裤；特地不穿袜子白嫩的赤脚蹬一双高跟凉鞋；然后洒了香水……非常满意地巡视了一下自己的全身，特别满意自己饱满的情绪。推着自行车出了门。

她在初夏的田野上骑着自行车，缓缓地，纯粹为消磨时间。后来就骑到刘忠的村外，绕着村子骑，这村子挺大，但盖新房的人似乎不多。渠道纵横，水利条件不错，土地也极为平整，刚吐穗杨花的小麦是一派厚重的碧绿色；——看来只要稍稍付出点体力劳动，粮食问题就不愁。但似乎没有什么特殊的景致。渠道上的大树都不见，只有小树，大概需要好长时间才能林荫夹道。村东，竟有一个气势汪洋的大水库，水波潋滟，水气蒙蒙，周围全是垂柳。紧挨水库的，竟有一个长满了芦苇的大壕，芦苇丛中有鸟的鸣啭，幽静极了！——唯有这儿是好地方！在正午，在傍晚，可以在这儿散步、独坐、遐思或写作。——这个村子的脉气大概全在这里！她突然想起了那《弯弯柳》，便绕着水库岸寻找。奇怪的是，居然没有一棵像刘忠作品中写的那样粗大老迈……“这家伙是想象的?”她想。

直到吃早饭时候，她才骑车进村。到了村口，她推着车子走。土路质量极糟，不断地崴脚。她发现所有人都在注视她，——她就要这个劲儿。但真地面对许多生疏的目光，脚下不平，走进这个陌生神秘的大村庄时，她不由得有点紧张了。可紧张也是一种刺激，她在刺激中鼓足了勇气，目不斜视，直奔刘忠家——她早已打听好了：三街北排从东数第十五家，门口有一棵两丈高的榆树，院子里有一棵老远就能看见的大椿树；而第十四家刘忠的堂弟家的门是永远锁着的……及至到了门口，在村子里为迎接刺激而绷紧了的神经松弛了一下，那被压抑着的感情的潮水带着恣意任性的气势呼地一下涌起；她突然觉得自己浑身烧灼得像是一块火炭，好像要去杀人。她在门口放了车子，快步进门，看了一眼正在磨镰刀的惊讶的刘八老汉，就朝着正在厨房忙活什么的刘忠奔去。

她在厨房门口站定，仇视般地瞅住了刘忠。刘忠正弯腰用一根木棍搅猪食，系着蓝布围裙；见了她，瞪大了眼睛，厚嘴唇动了一下，脸色黑红，呆了一样地不动。田歌在眼里带了讥笑的意味，盯了一阵，走上去，把他手里的木棍夺下来扔在地上，又冷笑着盯他。——正是她想象中的样子：这个傻男人完全不知道发生了什么事，眉头拧成了疙瘩，却朝她傻傻地笑。她面对他的面站了会儿，忽然一把扯下他的围裙，扑到他的怀里去。他吓得朝后退了一下，她贴上去，把脸偎在他的胸前，她的短手臂无法揽紧这宽厚的身子。那人显然还处在犹豫惊慌的梦境中。她感到了他胸部的温热，听到了那打鼓似的心跳。一生气，拿脸顶了他一下，把他的两只手拉到自己的背后去……她感到他浑身颤抖。天知道过了多久，他的手臂才慢慢用力箍住了他。但似乎又怕弄断了她的腰，始终不敢用大力气。她跺脚，又把身子吊起来生气，他才猛然抱紧了她。

正是梦中感觉那样子，比梦中更有力量，更温厚舒畅，但也更不满意。她翘起脚跟，仰脸等待他，竟发现他面部的肌肉都在颤抖，那厚重的、又黑又大又好看的眼里噙满了泪水。她把嘴唇凑上去，他居然不敢用力吻她，轻轻地、轻轻地挨着。那满脸的湿泪，也濡湿了她的脸。当她用力的时候，他的牙齿弄疼了她的嘴唇……

她只好主动地去寻求。

对方激动的力量连同温柔的情分，使田歌没有料到的……她大体上满意。去吻对方还在涌流的泪水，并偷眼扫视了一下头门道，——那老头子早已不知去向，头门闭着。

“你吃过饭了吗?”

“哎呀，你现在才想起来问我?”

刘忠笑了一下，又去系围裙。

“想吃什么呢?”

“随便!”

刘忠慌忙到隔壁房子里去鸡蛋。

田歌观察了这个小院。头门道的那间房，显然是老头子住的，面朝东紧挨厨房有一溜厢房子，一间是家具房，另有两间住房，其中一间上锁。院子十分干净，有几丛月季花，状元红和几窝扯了蔓的笋瓜、西葫芦、南瓜。东墙有一道小门，通东边的院子——那是刘忠的两个堂弟的家，人不在，托刘忠他们照管。刘忠这边锁着的房子，是刘忠的弟弟刘义的，也不在家……这环境简直太好了，太适合写东西了！田歌以主人的身份深感满意。“这两家其实都是我一人的，我简直可以在这院子里翻跟斗呢!”她想。

后来进了刘忠的房子。叫她吃惊的是，刘忠的房子简直比她这个女孩子的房子都要整洁！一方大炕，单子虽说旧了，但十分洁净，被子叠成方块，还像在学生宿舍里那样。炕头有两只深褐色木箱，一只装衣物，一只装着书稿。靠近窗户的地方有一个三屉桌，台灯，一本打开的书，笔记本和钢笔。角落里还有一台缝纫机，——这家伙莫非还会做衣服呢？田歌跳上炕，枕着刘忠的被子仰面躺下休息。她感到醉意，又像很累很想睡一觉。“将来需要两张桌子。”她想。“真想睡在这里就不走了！……”又觉得自己这想法真够不要脸的，笑了一下。“他不敢……”她想，“将来还需要多多培养……”

十一

那时，刘八老汉佝偻着腰，独独一个人站在野外的麦地里。能够感觉得到太阳逐渐增强的威力，手抚着柔柔的嫩麦穗儿。但眼前一望无际的碧绿的麦子的海洋，在他的眼睛里是一片茫茫的烟雾。这烟雾，和遥远的南北二山那烟霭混成一片，使人像是在梦境里。但他的眼睛，却固执地看见了麦子中间，那细长的、一节连着一节的、顶节有一个细巧的古瓶状的、瓶口顶着一簇小红花的麦花瓶……记忆似乎回到了童稚时代。

“妈妈——”小忠在喊。

这是一个多少聪明、可爱的孩子！说不清楚他都继承了父母的哪些优点、自己又做了怎样的发挥……虎头虎脑，浓眉，眼睛挺大，又小又结实又可爱……还没上学，就跟母亲认识了几百字，会写诗会画画会算算术……

祸根正是那个农工部的副部长！别看他平时笑眯眯，温良恭俭，对他这个正部长特别尊重。但他总觉得那人心术不正，他没办法跟那人心碰心，那人刚向他笑毕，说了许多甜话，一转身就钻到主管组织工作的县委副书记的房子里去。他有一次有意跟进去，发觉他们都很尴尬，——他们背着他都在说什么呢？他总觉得，那人想要对他取而代之。

忽然就发生了揪斗的事件。那天傍晚，她村上的人来把她叫回去了。

他因为她而背着严重警告的处分，当时并不敢说什么。可她一去三天不回来，让他心焦。副部长愈是安慰他，他愈是坐立不安，愈是坚信副部长在捣他的鬼。他向她村里的人打听过，原来村里的人忽然怀疑她在伪连长多年无音讯时还守节不嫁人，一定是等着伪连长反攻回来，且一定有随时将秘密情报传递到台湾去的犯罪活动……他深知她也是一个受苦的人，按她那温良的秉性，是绝不会有传递情报一类的事。但他不能说。他为堂堂男子汉兼县委农工部长不能保护这个受苦的妻子而五内俱焚。那些天他不想吃也不想睡，回去后只把孩子拉到怀里，默默地流泪。那八岁的小人儿，低垂着眼皮，没有问他什么，只任他抚爱：好像发生的事情他全知道。忽然在第二天吃早饭时分，不见了那小人儿。

把县城找遍，不见踪影。他一夜不眠，忽然猜想到一定是跑回家去了。天未亮，他什么也不顾了，独自赶回去。家里原门锁着——那个家，她原来的那个家，其实很少住人，只在节假日他们才住回去……问村里人，大家都吞吞吐吐，不说实话。后来弄清楚她被关在村北一九五八年办的养猪场的崖窑里，他就去寻。是初春的正午。他在一孔窑洞外边，发现了浑身是土、满脸是血、昏睡不醒的那小人儿……他掐着“人中”把那小人儿弄醒，那小人儿什么也不说，只偎在他的怀里流泪。

“孩子，谁打了你？”

那小人儿呆瞪着眼看他。

“你妈妈呢？”

仍然呆瞪着眼。

那窑门锁着，门格子的纸被撕破。而被钉死的窑窗有一扇格子被谁撞坏，破纸吊着，显然有什么东西进出过。他趴在窗口看了一下，里边有一个大土坑，一只破水缸，“就地虎”土火炉子，几根新鲜的树棍和树条，还有满屋子没有散尽的烟雾……他知道这里发生过什么事，……

而现在他们把她转移了。

“小忠!”他摇着孩子喊。

孩子只有瞪着泪眼。

他忽然发觉孩子的听力有了问题；细看，才发觉他双耳有血……他愤怒了，但空旷的养猪场找不到他发泄的对象。他抱着孩子又满世界寻找，连工作组的人也找不见一个……那时他在这些村民面前所表现的行状一定是失常的、疯狂的，因为只记得所有的人见了他都躲避。事后好多年，他才知道了当时发生的事：

小忠在村子里到处寻找他的母亲。他谁也不问，就只是寻找。连大口井、墓窟窿里都看了。夜里哪儿有灯光人语就到哪儿去看。他终于在那天早饭后找到了那窑洞。他打门，门不开，听到了里边人的笑骂声和母亲的哭声。捅破门格子纸，看见母亲在地上跪着，几个人围着她呵斥，炕上还坐着和躺着几个人。烟雾从门格子里扑出来迷了他的眼。他急了，摸了块砖头，两下就砸开了那不结实的窗扇，爬了进去。满窑的人都呆了一下。母亲披头散发跪在地上，脸上有抽打的伤痕，平时那美丽的大眼睛像瞎了一样紧闭，只有泪水涌出。上衣被撕破，有一只乳房露了出来。小忠哭叫着背对妈妈站住，护住了妈妈，怒视那些人。

“滚开!”有一个他不认识的胳膊挺长的干部模样的人喊，小忠不动，就盯住了他。“你究竟是谁的种?”那人问。一屋子的人都笑。“你也想保护女特务?”那人拧住小忠的耳朵，要把他扯开，小忠去撕扯那手，撕扯不开，就猛地抓住那人的另一只手咬了一口；咬在手帮上，咬烂了。那人叫了一声，先给了小忠一个嘴巴，然后疯狂地打他，周围也是一片叫打声。有几下打击落在左右耳轮上……后来，那人抱起小忠从他进来的地方又塞出去，只听到外边“嗵”的一声响……

刘八始终不知道打小忠的人是谁。可是，那难道仅仅只是某一个人?后来他认定了那假惺惺的副部长，指着鼻子把那人臭骂了一顿；那人笑着辩解着，立刻就报告了副书记……于是，谈话、帮助、批判，有了一系列的会……

在以后的许多年里，刘八常常看着失聪的刘忠，在心里流泪，——他觉得他的罪孽实在是太深重。他干了多少错事呀！……

十 二

他的二儿子刘义，比刘忠小八岁。不是一母所生，但和刘忠一样，同样有一个虎背熊腰的结实的身体，——区别在脸上：刘忠的脸是圆胖的、黝黑的（看着这脸倒使人想起一点刘义母亲的脸，当然眼睛不像）；而刘义的脸则是较为瘦削的和白净的（这脸的白净反而有点像刘忠的母亲的脸色）……天地造人，弄不清楚是怎样挑挑拣拣，把似乎毫无关系的人的特色都混扯进去。

刘义戴着眼镜，潇洒活跃，一副风流才子的模样。他是艺术学院导演系的高材生，将来要去电影制片厂当一名导演，下决心搞一系列尖锐深刻的影片，对国内外任何一个还活着的导演和他们导的片子都不服气，都能择出一大堆毛病。

十 三

他的恋爱，几乎是从幼年就开始的。当然那不是他自己导演的，完全是一种不自觉的状态。好友中有人曾给他算过一卦，说他早恋，并且有悠悠的青春。

可是那时候，怎么能算作是恋爱呢？

他的母亲因为跟北街尚荣的母亲相好，他自然小时候也常跟尚荣在一起玩耍。那全是农村孩子们的玩耍法，——一个人躲起来，另一个人去寻找，寻不见的时候就赌气不再寻，这一个就突然钻出来把对方逗乐，这是“藏猫猫”。一对赤溜溜的精猴儿，脚蹬脚坐在车路渠里，把滚热的尘土撮成堆，一会儿作山，一会儿作坟，插上几根柴棍儿当纸棍，共同决定里边埋的是他们所气恨的某个孩子他爹，还要作假嚎哭几声，这叫“打土堆堆”。两人满世界地串游，钻芦苇壕，溜瓜地、偷嚼嫩棉花疙瘩玉米秆儿，偷摘生涩的石榴。还玩过“娶媳妇”的游戏，那当然还要有别的孩子帮助。先是两个小媒人说合，双方表示同意，然后见面问有没有意见，说没有意见后就交换脏纸充作的手帕。然后几个人便抬起尚荣，尚荣就给眼上抹上点唾沫哀哀哭啼。新郎刘义胸部上插一朵狗尾巴草权充红花，等着新娘。娶回来了就入洞房，就搂抱着在麦草垛上睡下。然后一个人学着婴儿哭啼，把一块砖头弄来说居然生了个大胖小子。然后还要给孩子过满月，夫妻还要吵架闹离婚……尽管那时尽力地模仿成人世界，但心里绝无一丝邪念，只是觉得有趣，玩完后睡着了连梦也不做。倒非常奇怪大人们何以要常说——不要和女孩子玩，和女孩子玩裤带要断的……而他的裤带却从来没有断过。

那童稚的欢乐，其实只是对成人世界的一种图解般的认识。这种自由的认识是否会种下什么种子呢？不知道。但当时就只愿意跟她玩耍，这却是事实。

有一次他跟她去偷枣。是炎热的七月的午饭后。大人们都在睡午觉，满世界就只有蝉的鸣声在热风中悠扬地荡漾。他们一人提一只打猪草的笼子，溜到北城壕边。那一摆住户的残缺苍老的后墙里外，长满了枣树。那小枣子才像麦颗，大枣子还未发白……但在童年的眼睛里是极富诱惑力的。尚荣放哨，刘义赤着脚猴子一样地上了后墙。他拣大的摘，把枣放在草帽里，边摘边尝。忽然听到尚荣的咳嗽声……那是暗号，他慌忙溜下来，枣刺划破了胳膊腿，粗糙的枣树皮在光肚子上擦了一道白印。猫腰溜回来，拉着尚荣钻进玉米地，才知并没有情况，而是尚荣鼻子发痒打了个喷嚏。刘义好不生气，为示惩罚，不分给尚荣枣子；一手捂住草帽，一手往自己口里扔枣，连枣核一起嘎嘣嘣嚼响。尚荣先是闭起眼睛不看，捂住耳朵不听，后来就禁不住馋，一边看一边抹眼泪。他把一颗枣儿朝她扔过去，她拾起来就撇到一边去。他连扔了三颗，她连撇了三颗。第四颗他扔过去的是一只缩成球状的毛毛虫，她去拾，一缩手，“哇”的一声哭了。他才慌忙去哄她。

“你不哭，我就把枣全给你！”他说。

等她不哭的时候，他没有全给她，她也没有全要。那时他闭起眼睛，在草帽窟窿里一个个往外摸，把枣分成两堆，然后两人“鸡虫棍”划手吆喝，胜者优先挑一堆。然后就把那生枣子大嚼一气。她后来摸他被划破的地方，往上边撒土末揉刺筋草汁；他像被毛虫痒着了似地又笑又扭身子。后来他们在玉米地里睡着了，直到天快黑时才醒来。这天打猪草的成绩极差，被双方的母亲都骂了一顿。刘义还挨了母亲的巴掌。

“跑哪儿野去了！……”

大人们无心去细细究查他们究竟到哪儿去野了，他们自己过后也都忘记了。童年的事要是全记住了人可怎么长得大！

十 四

上小学和上初中都在一起，从来都是学习最出色的一对学生；尚荣是靠自己的踏实学习而出色的，而刘义几乎就很少见认真学习但同样出色。少年学生对于恋爱问题特别敏感，某个男生和某个女生在一块待了会儿，马上就会被大家议论认定可能在谈恋爱。有时上课铃声响了后大家看着一个漂亮的女生从后门进了教室，男生们就嗷嗷怪叫着从前门蜂拥而入；后门成了禁区，要是这时有一个男生不知道而尾随了那漂亮女生也从后门进教室，大家就怪叫着发出欢呼，宣判了这一男一女的不正当关系；尤其在那男生特别不配时大家就更兴高采烈。但是，刘义跟尚容那么密切，有时交头接耳喁喁私语，有时眉来眼去窃窃作笑，有时相互送吃的，有时一块出游一块儿迟到，却从来没有人说他俩的闲话。原因是，他们从小就这样，大家都看惯了；更重要的是他们忽好忽坏毫无定规，正好着突然就吵闹起来，刘义竟敢打尚荣一巴掌，尚荣哭了后吊着脸一星期不理刘义，有时竟闹得班主任老师出面处理；所以谁也不认为他们有恋爱关系，倒觉得他们不好反而是不正常的。同时，他们学习好，有威信；尚荣又爱生气，刘义又爱翻脸，也没人敢胡说，胡说了尚荣会纠缠不休，刘义说不定会把硫酸泼到你的身上。

他们自己，也丝毫没有这方面的想法，太熟悉了反而没有陌生人之间那神秘的吸引力。他们只在学习上下功夫。和所有学生竞争，相互也在心里竞争。所以算卦的说刘义早恋实在并没有道理。上了高中，心里拿的劲儿就更大，更要强。高中的课本来就挤压得人心里毫无空地，学得好的人就更没有了日常生活的兴趣，没有了自己。有时在一起，还是讨论习题，在意识深处连对方是谁、是男是女、穿什么衣服都不一定清楚。当然没有欢乐也没有吵闹，迎接高考像迎接天堂或地狱的重大抉择那样。连填报第一志愿都没有认真商量过，——刘义填了艺术学院导演系，尚荣填了中医学院内科专业。同时都考中了，双方家旦都庆祝，都为远行作准备并且在送行时都落了泪。而他们自己则欢乐元比，一点儿也没有想到需要认真地回顾一下儿时那些友谊，双方家长乜都忘记了这一点，没有任何人想到关于他们之间联婚的可能性。他们乜只急于逃离家乡，到那个求知的陌生的外部世界里去。两人的学校在相距千里的两个省城。在火车站分手时，迟走的送先走的，火车开动后挥手告别，刘义看见了尚荣特别的一种目光，心动了一下。但也许对对方原本就不是特别的目光，因为他自己的目光特别而误认为对方是特别的目光。总之，过后就忘了。

但是，大学生活的新鲜感最多保留一个月。一个月过后，生出要在学业上压倒人的雄心，并滋生将来要当一个世界扬名的导演的野心；雄心和野心使刘义无暇他顾，并瞧不起全系的芸芸众生，尤其是对那些一进校门就谈恋爱的嗤之以鼻。“人渣！”他在心里那么称谓这些人，而把自己则称作“人精”，有杰出的见识和进取的锐意……但有时候，脑细胞老是处于这样一种亢奋状态中也觉得无味。于是搜求游戏与别样的休息。很快就想到了给尚荣写信。

十　五

“尚荣，进校一个月，我就开始厌烦了！这学院到处都是垂柳，叫人觉得这儿本应该是一片大湖，——充满了抒情意味和迷幻色彩的艺术大湖，蔚蓝色的湖！可谁知道，到处都是庸俗气氛：新生刚进校门就急急忙忙选择对象谈恋爱，高年级情场不如意的学生也虎视眈眈觊觎刚进校门的羔羊；为将来的分配早早开始‘渗渠’拉关系送礼拜门子寻庇护一如社会上那样……我真想在学院的钟楼上写上新的《国歌》：起来！不愿做人们的奴隶。把你们的人性，筑成新的希望……我开始给班学里的学生分派新编《人间喜剧》的角色，给他们起上动物代号；马面猴，小骚羊，母公鸡，眯眼兔……你那里情况如何？希望能告诉我点有意思的事……”

“刘义：我怎么就没有一点烦闷的感觉呢？我觉得同学们都是亲切友善的，充满了美好的希望和人性。这里从早到晚都是静悄悄的，大家都小声说话低声走路……那静穆，使人觉得神秘的生命正在暗处徘徊，等待着我们去把握她的脉搏——我太喜欢这种气氛了！特别有意思的事情好像没有。我倒劝劝你改改你自己的猴脾气，不可把人看得太坏，不要抱怨这难得的环境。即使环境真的如你所说的那样，随遇而安，我行我素，也完全可以不去管它。将来还不是各进各的门，各做各的人？谁和谁能相处一辈子呢？——和大家都相处得好好的吧，这可能是难得的遇合呢！……另外我挺喜欢流行歌曲那种柔曼抒情的调子，想学唱一点，你能不能找一点寄我？……”

“尚荣：流行歌曲多得是！你爱抒情柔和的，我已抄录了一些随信寄你了。其实流行歌曲中还有许多昂扬激越或质朴深刻的，更有尖锐俏皮的，我通统都搜集陆续寄你吧。我想医术本身也是一门艺术，你多一点艺术细胞说不定将来有利于你的医术。我呢，倒突然想研究一下中医的理论，我觉得中医通过望、闻、问、切，其实是在研究人体的无穷奥妙；这将对我研究人的艺术有启发和裨益。你随手给我寄点让我看看吧，不管新奇古怪浅显深奥，我都想看看。咱们说定了：我寄一次流行歌曲，你寄一次中医理论书，谁收到就永远归谁，再不寄还！——告诉你点有意思的事：我的同桌是一个漂亮的娇小姐，我总觉得她是一个花蝴蝶而不是一个人类，她将来至多只能导梁祝合葬变蝴蝶的戏，别的什么都导不了！她突然朝我飞媚眼，一生气一噘嘴还拿手在我肩上拍一下，面对作业又经常作痛苦状，一考试就拿胳膊拐捅我。又给我饭票糖果什么的想糊我甜我……飞你个花蝴蝶去吧！给我饭票我就要，给我糖果我就吃，拿胳膊拐捅我我就专门说错答案哄她一下。别看老子来自穷乡僻壤，花蝴蝶可是见得多了，小时候常捉常放，有时掐短翅膀叫她飞不起来呢！有一天我专门在日记本上写了这样的话叫她看：啊，我多么羡慕和尚！终身不娶，精力充沛，思路博大敏锐，唯这样才可望有辉煌的成就……气得她十多天都拿眼睛翻我。——我其实说的是真话。我这辈子真的不想结婚。结婚是一种束缚，把人绑住做奴隶。人为什么要做奴隶呢？自由自在无牵无挂去干自己喜欢的事业该有多好！……”

“刘义：我不同意你的观点更不赞成你的做法。为什么要陷入色空观念呢？婚姻是人类生存的必要形式，都不结婚人类可怎么繁衍？现在试管婴儿还不普遍，机器人也最终代替不了人类。问题是如何对待。我在这问题上态度很明确：现在专心求学，坚决不谈，工作以后再考虑。班上有个男生也对我有意思，我看得出来，但我不伤害他，我只在班会上公开宣讲了我的观点，那男生自然就望而却步。我不是造作。说的也是心里话。当然，我不把我的观点强加于你，你什么时候谈恋爱有你自己的自由。但你搞独身主义，恐怕太有点标新立异了！这其实是落后的禁欲主义的产物，社会人情都难容忍，——违反人的天性和人之常情人就会视为怪物了。同时，我严正告诫你：不许再欺负那个女同胞。她也有她生存和爱的自由。你可以不喜欢她，但必须态度明朗，耍弄她就太不人道了。——立即停止你的恶作剧！否则，我就要教那女孩子如何来对付你。你再想想，把心思和力气用在耍弄人上，是多么大的浪费！……”

“尚荣：承蒙教导，不胜感激荣幸之至……其实我有时候是闹着玩的，根本就不像你那么认真，你大可不必惊慌不安、杞人忧天。现在要向你报告一个振奋人心的消息：我独自导演的第一个电视小品，获得了意外的成功。这是一次考试，和表演系的学生合作。我选择了具有幽默讽刺色彩的小品《你怎么不认识我?》借鉴了流行的手法，又有我自己的创造；我把那短短的二十分钟舞台表演搞得妙趣横生又引人深思，我把那些哥儿们姐儿们全都给比下去了！那掌声，那嫉妒的或仇视的目光啊……我简直太自豪了！可我偏表现出一种卑谦，向观众连连致谢，好像我犯了大罪似的。成功与卑谦这种强烈的反差本身也是一种艺术。只可惜那二十分钟太短，我只觉得没有尽兴……我从来都没有像现在这样充分认识到我的才能。做世界第一流的导演，甚至搞一个刘义斯基体系，我充满了信心。我一定要让我的体系、我的艺术长留人间，造福人类。为了这个战略目标，我现在尽量吃好、睡好和玩好，以保证有一个可以陪几代人的好身体。我敢说，全系的学生都盼我马上死掉他们好开庆祝会，可我偏要活得活蹦乱跳且体壮如牛……怎么样？为我庆祝吧！”

“刘义：真为你高兴！但不要被胜利冲昏了头脑。满招损，谦受益，还是应该记取的……本人也有一点小小的高兴想要让你分享……我们的第一次实习测验是出诊，而且我瞎雀碰上了个好谷穗——居然诊断出了一桩疑难病症。那天我穿上了白大褂，俨然一个大医生，坐半个小时的中医内科门诊；当然有指导老师和评分人在旁。我接诊的是一个小伙子，脸色发灰发白，舌苔厚黄，气味难闻；捂着肚子，被人搀扶着坐下，简直就气息奄奄。外院诊断是“恶性组织细胞病”，即血癌。但骨穿化验表明，其细胞与白血病细胞不同。我诊了他的脉，断定是伤寒症候，并怀疑肠穿孔。我给他开了中药，建议去西医院剖肠探察。只有指导老师一个人赞同我，别的人全持反对意见——因为我考的是中医内科诊治，我却似乎要推给西医外科。决断不下，连分都没法打。分算什么呢！我当时很为这个病人担忧，他的可怜的农民父母一听剖肠探察简直把我看成了女刽子手。我当时不知道哪来的勇气，追上他们，反复劝说。他们战战兢兢去了西医院，实践证明我的诊断完全正确。学院为此给了我一个“特优”，并在院刊上作了报道（院刊随信寄你）……你可以猜想学校当时的赞誉声浪……可我想的是：我的学识还太浅薄，还不敢肯定和相信自己；我一定要下大功夫把祖国的中医宝库搬到我的胸中来，并在中医为主西医为辅上创出一条路子——我不惜用我毕生的精力……不久那病人的母亲带着他的未婚妻来看我，婆媳俩一见我突然跪下……我可臊坏了！忙把她们扶起来……我想我们的群众实在是太可怜太需要好医生了！单冲着这份厚望，我不下功夫钻研学业简直就对不住良心……我怀疑我是不是有点太温情了。但我高兴我的路走对了。我也高兴得想笑，却没有你的本事作出那卑谦的假样子；我就捂着被子偷偷笑了一次，又对着镜子咧咧笑了一次……你可别光高兴你的，也为老乡自豪一点吧！——另外，你那电视小品我有幸欣赏了，我可只想给你泼点冷水：好则好矣，但如果少一点浮躁之气，似乎会更好——你太急于表现自己了！……"

……此类通信，持续了整整三年。刘义只记得他把他的零用钱差不多都买了邮票了。

十　六

但让刘义自己都大惑不解的是：他和她本来是多么好的一对啊，为什么却在那么多的通信中忘记了谈一句半句恋爱呢？简直就像两个同性在通讯，真是纯洁得可以！还说他刘义早恋呢！——这当然是在他和尚荣确定了关系之后的想法。

他们毕业在七月里，相会在八月里。那时刘义已经分配在本省电影制片厂的编导室，尚荣分配在中医医院，单位相距仅二华里路。

刘义报到之后回到了老家。他觉得这三年里家乡没有太多的变化，只是父亲显得更苍老、神色更默然，哥哥在眉宇间多涂了一些温柔之气、有了一些暗藏的喜色；而变化最大的倒是他自己——他自觉长壮了、长高了，短袖外裸露的胳膊结实有力，但分明又不是乡间的黑胳膊；眼镜给他平添了许多文化色彩；但他觉得他的基本气质还并没有脱俗，寻访熟人与伙伴，觉得他对他们更多了一些亲切感。那天晚上听到尚荣回家的消息，他还很平静，决定第二天再去见她，见她只是好好聊聊而已。并且想到：以后工作单位相距很近，用不着再通信了——这是唯一的一点缺憾。

第二天早饭后去看尚荣。

（选自《多情最数男人》，工人出版社 1988 年版）

爱情与饥荒（节选）

王宝成

第十章

雪后的乡路是那样潮湿、松软，踩上去绵酥酥的，非常舒坦。小路的北边，田野一片褐黄，只露出刚刚消雪后的一片片湿地，南边，远远近近有很多洁白的雪条镶嵌在那阳光照射不到的阴冷的田埂下、墓堆后、树身旁。暖烘烘的太阳把那本来有点刺骨的哨哨风变得温和了许多。

自从七八年前上高小起，蒲冬林和赵忠元一直相跟着行走在这条乡路。这条路上的很大一部分塘土是他们踩起来的，别说路面的宽窄弯直，就连哪里埋着一块界石，哪里有棵小树，甚至哪里有个小土堆、小水坑、马兰草、枸棘丛，他们都记得清清楚楚。他们一路上说着，笑着，不知不觉就到了家，到了学校。忠元是一个喜欢嬉闹和出洋相的人，看见田野里有黄鼠或野兔，他扔下馍袋撒腿就追。夏天，庄稼长得很高，他千方百计串通蒲冬林一块偷瓜吃。上高小那年，他们就干过一次。他让冬林上前和凉棚底下的主人说话，自己从旁边的玉米地钻进去，溜到瓜地边，结果被抓住了，狠狠揍了几下，还要到学校去告，赵忠元哭着求饶，声泪俱下，连蒲冬林都感到惊奇。事后他才告诉蒲冬林，他是趁机把手指在馍袋里的辣子罐里摸了一下，才产生那种效果的。唉，那是一些多么有趣的生活往事呀。现在，这一切都只能成为美好的回忆了。自从村上开展四清运动，赵忠元食宿一直在县城舅父家里，不再和冬林相跟着回蒲家村了。于是，这条乡路上就剩下冬林一个人了。

冬林有气无力地往学校走着，头脑完全陷入了麻木状态，自从上次拒绝了父亲让他马上结婚，他一直处于焦躁不安中。他总觉得自己在这个问题上心怀鬼胎，将要做下什么亏心的事，但确实又别无选择。玲儿那颗真诚的心被他欺骗了，这肯定是不道德的。但是话说回来，除了家庭强加到他们身上的这层关系以外，他个人没有对玲儿作过任何许诺，更没有过去对她很好后来又变了心的事，难道因要像聂赫留朵夫那样去完成道德的自我完善，就可以和一个自己丝毫没有爱情的姑娘去组成一个家庭、去一辈子耳鬓厮磨地过日子？他还用那样搪塞的话来欺瞒父亲，什么毕业后再提这事，难道毕业后他就会同意和玲儿结婚吗？他觉得自己已经陷入了进退维谷的境地。

他的两条腿机械地向前迈动着，后边有了脚步声一点也没听出来。

“你咋走这么慢?”一个姑娘的声音。

他扭头一看，原来是同班女同学孙惠英。她个头不高，脸上缺少少女应有的那种红晕，眼鼻之间还散布着一些星星点点的雀斑，使她基本上缺乏女性的魅力。但她很随和，待人也比一般姑娘热情，所以并不让人讨厌。

“你每次都背一星期的馍吗?”蒲冬林望着她那装得鼓鼓囊囊的馍袋，用兄长般的口气问，算是对她的回答。

“嗯。我比你路远，跑一回不容易。”她和和气气地回答，“不过夏天不行，时间长了馍长毛，所以星期三家里人送一次。”

蒲冬林觉着他们谈话的气氛不错，至少可以冲淡一下他那抑郁的心情。正寻思着再找个什么话题，孙惠英却望着他嘻嘻地笑了一下。她笑起来柳叶一样细长的眼睛眯成一条线，而且喜欢仰起头来将脖子一缩，上身往前倾一下，给她那活泼、开朗的性格里，夹带上了一点诡谲的色彩。

“女同学都说你这个人，有点怪。”她说着向上看了他一眼，又是那样一笑。

“谁说？我的同桌吗？”

“不是。其他人。”

“怎么个怪法呢？”

“她们说，你有点像屈原，成天愁眉苦脸的，跟凡人不搭话，可惜咱们这儿没有汨罗江。嘻嘻……”她说着又笑了。

“你们当然活得轻松。”蒲冬林感慨地说。

“你别介意，大家不过是说说玩的。其实，大家对你还是挺敬重的。”她说这些话时不笑了，而且变得格外严肃，动情。“她们不太了解你家里的情况……”

他们都不说什么了，默默地往前走着，不知不觉已经到了县城附近。像往常一样，路北又出现了那一片乱葬坟，前面竖着一块高大的石碑。

“你先走吧，我坐这里歇会儿，头有点晕。”

“我也累啦，需要歇会儿。”孙惠英跟着他往石碑那儿走。

“你还是前边先走吧。”蒲冬林说，“你看这里，一片蒿草，别人看着不好。”

孙惠英这才悟出自己的举动有点过分了，脸上很快飞过了一道红晕。她用一种难以捉摸的眼光看了蒲冬林一眼，然后转回身去，慢慢地走了。孙惠英那道眼光给他留下了很深的印象，很多年以后，他才理解了那眼光。

他一个人走到了石碑前。因为年代久远，碑石已很灰旧，上面长满了一层暗褐色的菌藻，将那“抗日阵亡将士公墓”几个竖刻的隶书大字已经隐埋得模糊不清了。他像过去那样，在那驮碑的石龟的脖子上坐了下来。往日，他总是面朝南，望着远处公路上行驶的汽车和眼前小路上来往的行人，从来没有留神过身后这一大片坟茔，今天不知怎么的，他却扭过头去，一个劲儿瞧着碑后那一大片墓堆发愣。“抗日阵亡将士公墓”，不就是打日本死了的战士都埋在这里吗？他好像头一次将这石碑和这一片坟地联系了起来。据历史课本介绍，日本兵似乎并没有打过黄河，怎么就埋了这么多阵亡的将士？而且国民党的军队根本就不打日本，怎么会死这么多人？他伸长脖子，勾回头朝壁后看了一眼，才发现后边的碑石上还刻着一片密密麻麻的文字。这使他大为惊奇，自上高小以来，快八年了，他不知从这乱葬坟前走过去多少遍，也不知在这石碑前歇息过多少次，从来没有向这碑后看过一眼，直到今天，他才发现碑后还有这样一片文字，他不由得细细地读了起来：

县城西关外有宋张兴国先生讲学故址，废为闲田久矣。民国二十有七年，驻奉军政部第一五一后方医院院长朱文晋及其监理员黄祖金，以抗战将士之伤重不治者无归骨所，遂商之县吏，辟为墓地，先后葬于此者六百余人，号曰“公墓”。既又伐石竖碑，命余为文以志之。

余观此六百将士，皆为民族而抗战而死亡者矣，设不择地以葬，使骸骨埋没于荒烟蔓草中，非为不足以妥忠魂，亦非所以历来兹今以此地为公墓，使牛羊不得而践履，樵采不得而凭凌，行见清风窣木，式照烈士之英灵，丰碑桓楹，常留国殇之纪念，则此垒垒之丘陇不可与七十二先烈之黄花岗并峙千古乎？爰，志其事于石端，俾后之吊忠访古迹者有所考焉。

蒲冬林反复读了三遍，越读越觉得有味，禁不住感慨起来：这么多年了，他居然没有发现有这样一篇好文章藏在乱坟杂草之中。可以断定，所有过路的人都和他一样，没有谁会跑到这座石碑的背面来发现这篇佚文，更不会有谁仔细阅读过这篇勒于石端的文章。即使那些真的到这里来放羊、伐薪的牧童樵夫，也不会有谁对这篇碑文感兴趣；即使感兴趣，又怎么能读懂这种没有句读的文言文呢？现在，只有他一个人做到了，他无形中竟然成了碑文末尾所说的“后之吊忠访古迹者”。这一发现加上刚才和孙惠英同学有趣的闲聊，大大减轻了淤积在他心头的抑郁，而且使他突然悟到了许多人生人世的道理。他想，每个从这里路过的人都只顾迈自己的脚步，都有自己正在奔放的生活目标，有谁会留神这一历史的陈迹呢？这六百名将士 20 年前可都是铁铮铮的军人，是驰骋拼搏在抗日战场上的英雄，他们哪个人没有一部曲折动人的传记？然而他们现在全都静静地躺在这一大片坟墓里，当年的血肉之躯早已化成了黄土，谁也不会再记起他们。历史学家在提到这一段历史的时候，最多只将他们的行为连同全国其他阵亡的千百万将士的业绩一起，熔铸在几句经过精心提炼、高度概括的语句里。何况现在还没有这样写，至少他们的历史教科书里就只字不提。他由此感受到了一种悲壮的历史氛围和苍凉的生死演变。

他打起精神，重新踏上了通向县城的小路。行至西关，他忽然想起从前这里大路两边那长长的两排石碑；那时他年龄小，从来没有留心过那些石碑上的文字。可惜 1958 年大炼钢铁时，那些石碑全部被砸碎，和矿石、煤炭搅在一起，填进炼钢火炉里去烧成灰了，连一片石渣儿也没留下。也许历史本身就是一部天然的炼钢炉，它总要不断地清除自身的污垢和负担，但曾几何时，多少有价值的东西也都随之被吞噬了，湮没了。

他不知不觉过了西街拐向学校的那条狭窄的巷道。看看天色尚早，他也无意早进校门，就打算在街道里绕个圈儿再折回学校去，当他走到那座石碑坊附近，看见街道旁边有个戴黑色瓜皮帽的老头在那里摆了个书摊儿，一色的线装旧书，他便信步走过去，拉起一本随便翻阅起来。那是一本非常破旧的诗书，他无意中翻出了一首诗："油壁香车不再逢，峡云无迹任西东。梨花院落溶溶月，柳絮池塘淡淡风；几日寂寥伤酒后，一片萧条禁烟中。鱼书欲寄何由达，水远山长处处司。"他朦胧地感到这是一首爱情诗，意境和他前些日子萦绕于心的情境竟默契相投，他马上联想起在水蒸气中看到的那个人；他再也没有见到过她，愈是如此，他便越发思念那个令他魂牵梦绕的仙姿仙态了。原来古人也有和他类似的经历，并且用一首诗淋漓尽致地表达了自己的情绪，这个晏殊是谁呢？名字这么生的。他决定买下这本书。

在他翻阅这本软绵绵的线装书时，那老头的眼睛一直从铜腿子眼镜的上边缘望着他，好像看透了这个小伙子的心思，就又主动向他推荐说："同学，把这一套书也买下吧。这书，好得很。"蒲冬林一看，那是一整套线装书，共有八九册，书名叫《类林新咏》。他放下馍袋，将那部书的蓝色包皮旁侧的骨竿摘开，准备翻阅一下目录。这时，老头又用一双奇怪的眼光盯住他，说："这里面有一大部分专门说的是古往今来的美人，你瞅，在这里。”他说着，就伸出枯竹一般的手指，用手指头上那酷似骨竿的长长的指甲帮他翻寻起来。蒲冬林本来只想随便翻翻，听老头这么说，明显地觉得是在引他上钩，好像他是个好色之徒，心里暗暗有点羞恼，同时也觉得有点奇怪，这老头怎么就知道他在想着美人呢？他不由得望了老头一眼，老头也正望着他，那目光立刻使他意识到一种老谋深算的蓄意的引诱。是的，老头经见得多了，自然深谙人情世态；他心里肯定这么想：大凡青年男子，到了面前这个小伙子这种年龄，哪个心里不想着美人呢？他活的岁数太大了，凭着他那一双鹰一样锐利的眼睛，马上可以看透别人心里在想着什么。蒲冬林翻阅这本书时本来还没有这种意思，经老头这么一说，反倒不好意思起来，好像他到了这个书摊来专是为了欣赏美人似的，一种羞辱感马上袭上他的心头。他想立即走开，以此来惩罚一下这个不怀好意的老家伙。但他并没有马上站起来。难道老头有什么不对吗？难道他心里不是正在想的美人吗？难道他身上那个小本子里不正夹着一张美人照吗？有什么必要回避这一事实呢？因此，他又继续耐心地翻阅起来。这时他才发现，这是一部涉猎面相当广泛的书，共有三四十项内容，包含着极其丰富的知识。他从心里确实喜欢上这部书了。

“这套书要多少钱？”他终于鼓起勇气问。

老头先不说价，趁机向他宣传鼓动，说这是一本奇书，不但现在的新华书店里压根儿没有，就是全县任何地方也难找出第二部，然后他才甩了甩袖子，向蒲冬林伸过手来：“你真心要的话，咱好商量。”

蒲冬林不知道老头要他干啥，迟疑了会儿，才明白是要和他捏指头暗里搞价。他哪里经过这个，连忙不好意思地说：“我不会，不会。”慌得站了起来。

“看这同学，”老头也急了，“不会了咱悄悄说嘛。我是怕半路插个买主进来，耽搁了你的事情嘛。”

蒲冬林站着问：“你要多少钱，加上那一小本？”

老头又不马上给价，再只是要他先蹲下，慢慢商量。最后，老头像怕惊飞了快上圈套的小鸟儿一样，悄悄地试探着说：“七元，你看咋样？”

蒲冬林无可奈何地站了起来。他身上总共只有五块钱。

“你甭急嘛，”老头急忙扯住他的袖子，“还个价吧。”

“我钱不够，没办法，以后有钱再来吧。”

“你有多少钱?”

“五块。”蒲冬林说。

为了证明他说的是实话，他掏出了身上仅有的五块钱给老头看。这是学校才发给他的助学金。

老头让他先蹲下，露出一种凄婉的神情说：“五块钱太少了，现在钱又不值钱。我家里有事等着用钱，这样好不好？你给五块钱，另外再给我加上，几个馍，成不成?”老头说着，又用他那锋利的目光瞅了瞅放在书摊旁边的他那馍袋子。

蒲冬林根本没有想到，这老头居然把主意打到他的馍袋子上来了。当然，这也不失是个办法。但是把馍换了书，吃饭怎么办呢？光看书可是顶不了肚子饿的。不过，他还是没有摆脱这种诱惑。

“你要加几个馍?”他问。

“十个，咋样?”

蒲冬林难过地说：“这是我三天的干粮，一共只有十几个，你都拿去，我饿死不成?”

老头见他已经摆不脱了，就说：“馍完了，你还能回去再背，这书要是错过机会，你到哪里去找?”

蒲冬林明明知道这老头在向他要手腕，但他确实喜欢上这套书了，一副为难的样子。

“读书人，我也敬重。是这，就再给七个馍吧，你看咋样？我这可是让到头了。”老头像亏了血本似的，一副沮丧的样子，“你想想，我要七元，你只给五元，少两块；你两元拿七个馍就顶了，你一个馍图下了多少钱？见你爱书嘛，是不是?”

蒲冬林无可奈何了。他交了五块钱，又狠狠心，从馍袋里掏出了七个馍，终于买下了这套书。

这天晚上，他在宿舍门前的路灯下，一口气把这套书看了好几册。睡觉时，他把这套书放在枕头旁边。他觉得这确实是一套好书，饿肚子也值着。钻被窝时，他也觉得不像往日那般冰冷了。

蒲冬林的馍星期二下午就吃完了。他这样的年龄正是吃饭的时候，却遇上了饥饿的年代。尽管是绿豆面掺搅着苞谷面，吃起来却那么香，一顿饭恨不能吃上七个八个，但这不行，必须勒紧腰带，严格控制自己，每顿饭无论如何不能超过两个馍。手里每掂起一个黑馍，就像幼儿拿到了糖果，馋得要死，却舍不得吃，吃起来有那么疼惜，生怕落掉一点馍花；那不是吃饭，简直是尝饭。

他原定给星期三上午留一个馍的，然而，一件意外的事破坏了他的这个计划。就是星期天的黄昏，他在街上用馍换了那书回来，他把馍袋子挂在宿舍床头的墙上，上了一趟厕所，回来走到宿舍门口时，发现他的床头站着一个人，取下了他的馍袋子，正往自己衣兜里装馍，他的头发往起一竖，脑子里马上蹦出来一个字：贼。这是他有生以来第一次看见贼。过去听到有关贼的故事太多了，一提到贼，总是同月黑风高，阴毒险恶，神出鬼没这样一些可怕的词汇联系在一起的，今日一见，原来贼偷东西是在光天化日之下，竟然这样从容不迫，像从自己的馍袋里取馍一样。他站在宿舍门口没动，他看着，心里惊呆了。那贼似乎感觉到了，也不动了。停了好几秒钟，贼又从衣兜里把偷到的两个馍掏出来，给他往馍袋里装。他走过去一看，原来是低年级一个小同学，他见过的，好像足球踢得挺不错。

“你，怎么能这样？”蒲冬林口舌生硬，不知该怎么说他好。

那小同学眼泪唰唰地流了下来。

蒲冬林的心一下软了，问他：“你为什么要偷别人的东西呢？”

“我饿。”那小同学流着眼泪说：“家里好几天没粮了，中午就没吃上饭，肚里……你饶了我吧。”

蒲冬林见是这样，犹豫了会儿，就从馍袋里取出他刚放进去的两个馍，给了那个小同学：“拿去吃吧，只是以后别再这样了。饿了，就是给同学说一声，也不至于舍不得一个馍给你啊！”

那小同学双手接住馍，把头低得深深的，眼泪又如断线珠子一般落了下来。

“去吧。”蒲冬林和蔼地说。

那小同学慢腾腾地刚走出宿舍门，他就又说：“你放心，我不会对别人说的。”

小同学听了他这句话，站住了。他慢慢地回过头来，用感激的目光把他望了很久，才悄悄地去了。

他查了一下自己的馍袋，只剩下七个馍了。这就是说，除了星期一总共可以吃四个馍外，从星期二开始，每顿饭只有严格控制自己只吃一个馍，才能保证星期三中午还有一个馍。这实在太困难了，一天吃四个黑蛋蛋馍，对一个食欲正旺的小伙子已经够受了，何况一顿只能吃一个馍。星期二午饭后，他终于把留给星期三中午的那个馍吃了。他好不容易才给当天下午留了一个馍。

过去几年，饿一半顿饭对蒲冬林来说已是家常便饭。常年处于半饥半饱状态，肚子里时常饿的烧烘烘的。那年月，任何一个人，只要手里拿着块馒头，都让周围的人馋的咽唾沫；年轻姑娘会因饥饿的折磨丧失自尊，甚至放弃自己的贞操。那种滋味，没有亲身经历的人，无论如何是难以理解的。

星期二下午吃完最后一个馒头，蒲冬林已经心神不定。晚上，肚里像空了膛的石磨在不停地转，很长时间无法入睡。第二天上午，他已饿得发慌，根本无法专心听讲，一直想着下午回家，他不知道世上还有什么比吃饭更令人神往。午饭时，他的馍袋已囊空如洗，只好避开同学，拿了本普希金抒情诗，跑到操场里的器械室背后。他在那里一首接一首的朗诵普希金的诗，实在没有力气了，就默然地读，直到上课铃响了，他才悄悄地走进教室。

“中午你弄啥去了？”冯文轩问他。

“出去了。”

“干啥去了？”

“赵忠元拉我到他舅家吃饭去了。”

真的？

“真的。”他笑着说。

“我说么，宿舍里外都找不见你。我看你馍袋空了。”

粗心的冯文轩居然相信了。他根本就没有留神，蒲冬林的脸色已经发黄，太阳穴已经哏哏地跳动了。

这天下午，蒲冬林几乎是一分钟一分钟地往过挨着，只盼望第二节课下了，就请假回家去。谁知第二节课一下，学校组织高中班义务劳动。他觉得命运总在跟自己作对，什么都跟他过不去，因此产生了强烈的反抗情绪，好像跟自己过不去的是另一个自己。他一点也不示弱，挺直腰杆，坚持和同学们一起抬土。跌倒了，同学们笑话他，他也强笑着继续干下去。

遇到这样劳动的场合，巩连景书记、李云校长和教导主任一般都要亲临指导。其实，学校领导来主要是为陪同巩书记，所为指导，其实就是巩连景一个人的指挥。要知道，高中六个班摆在一起就是三百多人，在紫霞中学，有谁能指挥得了这么多人马呢？自然非他莫属了。六个班一起劳动，无形中就形成了一种竞赛局面，加上学校领导和班主任都在场，学生的情绪也就特别活跃，班干部，团干部要以身作则自不必不说，那些写了入团申请书的同学，家庭成分不好的同学，还有那些力图改变老师对自己不良印象的同学，这时也都格外使劲，你争我夺，争先恐后。

原东潮显得格外吃力，因为他不但要带头干，在书记、校长面前表现自己，而且要眼观六路，耳听八方，把高三甲班每一个同学在劳动中的表现全装在脑子里。他早就留意到了蒲冬林的表现，这个学生平时劳动蛮不错的，今天不知怎么了，老避着重活。他用不满的目光瞪了他好几次，他好像没看见。他终于忍不住了，走过来，夺过他手中的锹，说：“蒲冬林，瞧你拿着锹的那副样子，跟几天没吃饭似的！”他抓过锹去，风风火火地装了两筐土，专门给他看的。这是自上学以来，在劳动方面他头一次当众受到污辱。他没有办法，只能将这一切默默地忍受下来。要是他说出他已经整整一天没吃饭了，不但原东潮老师会感到自愧，全班同学都会向他伸出友谊的手的。但是，他不愿那样做，他觉得那样作是一种软弱的表现。他要不露声色地坚持到最后一刻。他这时忽然产生了一种奇怪的想法：世界上不知有多少人被误会，有多少人身受歧视或污辱而没有辩白的机会。

等到劳动结束，他和几个同学还完工具，准备找班主任请假时，原东潮已经和其他老师一起，急不可耐地走进学生灶南边那个教师食堂去了。

蒲冬林只好在教室顶头等着，好不容易才挨到原东潮从教师食堂出来。像吃饱了的蝗虫一样，懒懒地移动着脚步。

“原老师，我要回家去。”他迎上去对他说。

“做啥?”

“背馍。家里这周没人给我送馍。”

“哎呀，饭后还打算召集团干部、班干部开会，讲评今天的劳动哩。”原东潮用小拇指剔着牙齿，面有难色。“你明天回去好不好?”

蒲冬林被他这个可怕的提议吓晕了，只好实话相告：“我已经一天没吃饭了，怕支持不到……”他说到这里，只觉得喉咙里直发哽。

“啥?”原东潮半天才明白过来，“你怎么不早说？赶快回去吧。”

蒲冬林走出城时，天色已经昏暗下来。他趁着西天那点亮光，迈着困乏的双腿，不知费了多少力气才回到家里，指望的随便有什么现成饭吃。谁知家里什么吃的也没有。他把案板上所有的碟碟碗碗，盆盆罐罐寻遍了，没有任何可以临时充饥的东西。一时怒从心起，只想把这一切全砸个稀巴烂。

“啥在案上胡拾翻哩，老鼠嘛猫？……玲儿……冬林?”祖父在坑上问。屋里黑洞洞的，什么也看不见，但从祖父那声音的位置和音质判断得出来，他是睡在被窝里说这些话的，而且头连抬也没抬。

西边炕上传来了划火柴的声音，接着煤油灯亮了。

“冬儿。”祖母的声音。

蒲冬林没有吭气。

“你爸这两天让派到大队菜园子做活去了，打算明天蒸馍，让上县城的人给你捎去。只说星期天给你多拿了两个馍，能耐到明天的。”祖母从他在案板上的翻寻就知道他一定很饿了，一边这样解释，一边窸窸窣窣地开始下炕。

蒲冬林一听，不好发作了。是啊，父亲早就对他说过了，家里的粮食年前怕就吃的差不多了，他现在已经是全家的重点保证对象，全家人谁敢放开肚皮吃饭？哪一顿饭不是细掐细扣？就这还不够呢，只怕后头挨饿的时候还多着呢。他倒好，不但拿馍换书，还把两个馍送给小偷，这阵子凭什么发脾气呢？他忽然迁怒到那个书摊老头身上，要不是那个可恶的老头变着法儿掠夺了他的七个馍，他能糟这份罪么？

祖母挣扎着走出来，要给他做点饭，他不让，说自己蒸点红苕吧。他端起灯，下到院子西墙根下的红苕窖里，吊上来半小笼红苕，胡乱洗了洗，就放进锅里蒸起来。蒸了个半熟，他就迫不及待地从锅里捞出来，他实在等不及了，狼吞虎咽地一口气吃了好几大块，腮帮里面被烫起了几个肿泡，随后又吃了几张祖母刚烙出来的玉米面死面饼，才算稳住了情绪。这时他才庆幸自己刚才多亏没有大动肝火，反倒想扑在祖母怀里哭一鼻子。

回校时蒲冬林不知道是什么时候了。为了安全点，他走了公路。

天怎么这么黑，伸手不见五指，只能靠云缝里吐露出的一点点星光依稀辨别方向。四野里静悄悄的，静得让人心里发慌。偶尔一阵夜风吹过，地面上的荒草和枯叶发出一种沙沙的响声，像行窃的贼人的脚步。他迈开步子向前走着，心里一阵一阵地发毛，总觉得后边有什么东西跟着他，一会儿树叶响，一会儿荒草摇动，每发出一点响声，他就惊慌失措地向四周望望。他听说过，这条公路上已经发生过几次拦路抢劫案。春里，有个回家背馍的学生回校晚了点，就被路旁闪出的大汉一棍打昏，抢走了他那一袋馍。他虽然只背着点红苕和玉米饼，但抢东西的人哪里看得见，还以为他背着多少吃食，身上装着多少值钱的东西呢！为了给自己壮胆，他胡乱喊唱起来。先是语无伦次地唱秦腔，效果果然不错，惊疑不定的情绪顿时消失了许多。这时向前望去，只见县城方向灯光一片，连那黑蒙蒙的天空也被辉映成一片乳黄。他觉得那灯光和天上的星光连在一起，向他展示出一幅奇特的远景。他忽然想起了苏联电影《山村女教师》里那个男孩站在考场里朗诵的诗句：“抬起头，朝前走，前面是通向人生的道路……”他感到自己就是那个男孩，将来肯定会有灿烂前程。他的心激荡起来，情不自禁地放声歌唱起来。唱完一支接着又唱，根本不管音谐，不管腔调，不管好听不好听，他居然唱得那么痛快淋漓，连他自己也不敢相信，他竟然有这样一副响亮的歌喉。他迈开大步，昂首挺胸地朝着远方那辉煌的灯光走去；他觉得那一片灯光就是他理想的人生目标，只有这漆黑的夜晚才显得那么神奇、美丽，酷似一个动人的神话传说。他的歌声不断地向四野里荡漾，整个渭北高原好像都充盈着他那粗犷的歌声。

第二十五章

他甚至对赵忠元将瓜送到琼丽家去感到羞恼。在他看来，不管韩琼丽往他家跑多少次，怎样情真意切，都无非是一种补情的手段，这样的弥补无异于施舍，只能是对他的自尊心的伤害，他是死也不会接受的。既然人家已经有了男朋友，自己为什么还要夹在中间去充当那种可悲而又可笑的角色呢？不管自己心里怎么想，实际上就是这么回事。什么兄妹，青年男女之间难道真的会有那么回事吗？即使自己真的那么去想，别人也会那么去想吗？所以这中间无疑存在着一种假的东西。当这种情感的浪涛冲击过去以后，理智的礁石终于开始露出水面。他想，人活着，不单是一个追求一己的私欲，他同时还要担负起对社会、对亲人、对朋友的责任和义务。他是不能摆脱这种责任和义务的。既是如此，他为什么还要处心积虑去争取乃至骗取一个少女纯洁的情感呢？一切都只能如此，琼丽尊敬他，同时又有自己的男朋友，这原是合情合理、天经地义的，有什么值得伤感的呢？

这时，在蒲冬林心里，对另一个人的真诚的感情却在逐渐萌生，开始去侵占刚刚腾出来的精神空间。他觉得，除了忠元之外，他唯一可以倾吐自己真实情绪的人只有一人，这就是宋雅君。就好像原来在他的面前有两盏灯，吹灭了一盏，另一盏便显得格外的明亮，而且当他专心注视着这盏灯的时候，才发现这灯光是那么灿烂、辉煌。宋雅君的音容笑貌，开始不时地浮现在他的脑海，但他不允许自己再作任何非分之想；在他的心目中，她是圣洁的，高尚的，对她不能有一丝半毫的不恭和损伤。

按照约定，他给宋雅君写了一封信，详尽地谈了近些日子他在城里听到的种种国际国内新闻和同学们中的一些逸闻趣事，并谈了自己暑假里的劳作和最近的心绪。写这封信时，他的心情特别好，下笔也流畅，不知不觉就写了四五页纸，每页纸写得密密麻麻。信写好后，他仔细阅读了几遍，发现没有任何越出同学友谊的字眼，才寄了出去。

他开始一心一意的出勤下地了。

队长蒲生贵安排他和赵金祥，蒲玉魁一起去犁地。每天早晨，他把牛从饲养室牵出来，将轭头搭在牛背上，然后自己扛起木犁，跟在牛后边，摇晃着鞭杆，到村北的砖瓦窑附近去犁地。牛迈着坚实的蹄步顺犁沟往前走着，他扶着犁把不紧不慢地在后边跟着，不时地哼唱着一些在学校里学的歌曲。他的歌声引逗得赵金祥嗓子眼发痒，在他不唱的时候，就伸长脖子吼唱起秦腔来：

耳听得瞧楼上起了更点，
小舟上难坏了我胡氏凤莲。
……

他一个人唱着《藏舟》，一会儿妆小生，一会儿妆小旦，唱得有滋有味儿的。

“金祥叔，来段胡子生或者大净什么的，别老那么细声细气的，不过瘾。”他一边瞅着犁头和犁沟，一边对跟在他后边的赵金祥说。

“行。”

赵金祥回答着，于是又唱起《走雪》来：

实可怜……

秦腔算得上有其功夫，这一句拖腔，足足唱了有几十步远。这种在漫长的历史嬗变和生存拼搏中，产生和发展起来的古老的戏种凝聚了多少代人的心血和意志，它那磅礴的气势，铿锵的音韵，豪迈的气概，在一吼之间，几乎能把人生所有的忧患、悲愤、哀愁、向往一泄无遗。蒲冬林听得翻肠搅肚，热血沸腾，由不得也跟着赵金祥学唱起来。他们的声音在田野里回荡、扩散着，就像给这广袤、浑厚的黄土高原谱写的乐章。他们一边唱，一边手扶犁把，眼盯犁辕，看着那被太阳晒干了的地皮在犁铧上翻起破碎的土块，发出嚓嚓、嚓嚓的响声，偶尔扬起鞭子，向牛吆喝一两声。牛迈着缓慢而又稳健的蹄步，一步一步地向前曳动着，悠慢地甩打着尾巴驱赶着落在身上的蚊蝇，一面均匀地喘着粗气，任口里的白沫从竹笼嘴里垂落下来，吊得一尺多长，然后断落下去。

如果是在后晌，休息的时候，他们一般都将犁停在西边，这样牛的身影正好投在没犁过的地面上，他们就坐在那里拉闲话，说农桑，自有一种幽散闲适、心旷神怡的情趣。这时候，蒲玉魁便不失时机地向他们宣传信基督教的道理，赵金祥也就一如往常和他抬斜杠，说如果他能祈祷上帝把他家面缸里的白面向上长一寸，他就坚决信教，"耶稣"这时总是满脸通红地指责他胡球抬斜杠，不愿再和他说下去，说向他传教好比对牛弹琴，但心里总不甘休，于是争论一直进行下去。

"甭说咱们这些黑斑头老百姓，就连世界上多少大脑系家，大学问家，有多少都是皈依我主的。""耶稣"又搬出了他那一套百讲不厌的事实根据来说服赵金祥，"咱扳上指头算算，爱迪生给人世发明了电，不灵醒吗？牛顿发现了万有引力定律，不灵醒吗？美国总统约翰逊不厉害吗？你去问问哪个不信教？美国有个生物学家叫达尔文，创造出一套进化论，牛皮的不得了，临死时终于还是向主表示忏悔，信了教。"

蒲玉魁把从礼拜天教堂里听到的那些内容滔滔不绝地向赵金祥和蒲冬林灌输。他还要继续说下去，赵金祥却笑着补充说：

"你忘了一个人，还有咱中国的孙中山哩嘛，都是你们那一杆子的咯！"

"又胡说了。一杆子，啥叫一杆子？"蒲玉魁似笑似怒地纠正着赵金祥的用词不当，然后又继续宣传起来，"你说没上帝，人家这些人就不怀疑？《旧约全书》上说的明白：因为人类作孽太多，所以主将他们发遣到苦海里去，让他脱胎换骨，重新做人……"

蒲冬林偶尔也和"耶稣"争辩几句，不过当他讲到一些知识性的内容时，他还是喜欢听的。但赵金祥毫不妥协，当蒲玉魁如数家珍般地向他们宣讲《圣经》里的有关条文时，他总是脸上露着笑容，不大恭敬地看着"耶稣"，在他宣讲的空隙偶尔加进一两句亵渎神明的话。于是他们又争吵起来，吵得脸红脖子粗，唾星飞溅老远。这时候，牛趁他们不注意，拖着犁套在地里寻青草吃，把绳套拖得乱成一团，他们也不管，由它们满地里吃，而自己仍冒着火辣辣的阳光继续争辩。只是快到干活的时辰，才懒懒地走过去，整好绳套，对牛说几句不疼不痒的责骂的话，然后继续干活。

“叔，不管你说的咋样天花乱坠，我还是那一句话，只要你能叫上帝给我家面瓦瓮里长上一寸面，我就跟上你信耶稣。”赵金祥撒了尿，一边紧裤腰带，一边笑着对“耶稣”说。

“劝不灵醒，劝不灵醒！”蒲玉魁一边笑着说，一边抓住了犁扶手，向牛吆喝着：“驾！”

傍晚下晌时，将卸套后的农具往牛后胯骨上一搭，不用喊。那三头牛就会蹄下生风地跑回村子，挤进饲养室，急不可待地大口大口吞食起麦草拌饲料来。蒲玉魁并不忙着回家，他在堰畔地头给羊寻着割青草，要割满一笼青草才肯回去。赵金祥喊着说：“叔，回呀，上帝早把草割好放在你的羊圈里了！”蒲玉魁不理他，只顾割草；上帝是上帝，自家的日子还得自家过啊。于是赵金祥就和蒲冬林扛起犁把相跟着往回走。太阳像一颗橘红色的宝珠落在西山头上，将他们的身影拉得很长很长，村舍被斜射的阳光照得一片金红。暮霭起来了，劳作一天的人们纷纷回村了，村子里不时地传来牛羊的叫声，孩子们的嬉闹声和农妇们准备烧晚汤的风箱声。蒲冬林默默地行走在回村的小路上，心里有一种说不出的舒展。

他一面盼望着宋雅君的回信，一面盘算着今后的生活；他已经不大相信还有上大学的可能，从现在起必须有意识地训练自己当农民的耐心和信心，准备安安生生地过农家日子。他一再提醒自己，必须要有这种精神准备，不然到时候脑子怕转不过弯来。可是当他进行农家日月的具体设想时，却怎么也想不进去，费好大的劲还是想不出多少眉目；他知道，那一线希望还在作怪，他只好暂时放下这一层心思，等榜发下来，彻底死了那份心再说。

宋雅君很快回信了。信是用很薄很薄的黄竹纸写的，密密麻麻地写了五页，那字体在工整里显露出遒劲。她说，她的暑假是在一种骚动不安的情绪中度过的，她总感到命运对她已经放了长假，不会再收假了。她认为，他肯定能够考上，而她希望不大，她有预感，她历来相信自己的预感。她的高考第一志愿是师范大学，她希望自己将来仍然能成为教师，一名乡村女教师；她喜欢和孩子们在一起，那样除了工作兴趣之外，还会得到许多天然的乐趣。她说，这些日子在家里她主要是劳动、帮母亲做点家务活，两个妹妹总是把家里一切全包揽下来，不让她多沾手，只让她安安静静地等待着发榜。她好像成了家里的“五保”对象了。但她无法得到安宁，家里不断来人，十有八九都是为她提说婚事。她见了这些人就心烦，只要这些人一进门，她马上就扛起农具下地，要是地里没活，她就一个人跑出去，在田野里散步，捉蝴蝶，采集植物标本，有时也到瓜棚地庵里和乡亲们拉闲话。她喜欢干农活，每天早晨，凉风习习的时候，她就戴上草帽，和妇女们到地里去打花尖，锄庄稼，她们说说笑笑，打打闹闹，无忧无虑；她特别喜欢田野里的风和雨。每当阴云密布，雷电交加的时候，妇女们都争先恐后地往村里跑，她却故意走得很慢，让风吹，让雨淋，脸上身上凉飕飕的，麻酥酥的，比什么都舒坦。但是回到家里，父母一开口就是那些事，其中跑得最紧的还是那个外国大使馆秘书的家人，他们向她家许诺了一大堆优越条件，说只要她答应，结婚后马上可以带她出国，父母还把那人的相片拿来让她看，她一看见那身西装革履的模样，就产生了一种陌生感和距离感，她对父母说，她不需要什么权势、地位，现在她心里压根就不想这方面的事。她的态度把父母气坏了，就从四周八园搬请来一大堆亲戚，整整把她围攻了两个夜晚；他们拿出一生的经验，向她讲出一河滩的道理，向她阐明这个对象的难得，说多少城里姑娘想插手还不能呢！她只是不答应，父亲气的说：“贼女子，别以为你念了几天高中，就不知道天高地厚！错过这门亲事，你以后哭都没眼泪！人家抢都抢不到手，你倒大模大样不在乎，你到底打的啥主意！嗯?”她只是笑着说：“我都不急，你们急什么?”说罢就戴上草帽下地去了。她说，家里没有琵琶，她弹不成，只有一只箫，父亲还没收了，怕她一个人大姑娘家吹那玩意惹村里人笑话。唯一使她感到快乐的就是小弟弟，他很淘气，爱和她闹着玩，给了她莫大的安慰，所以她下地时喜欢带上小弟弟，她和妇女们干活时，小弟弟就在田埂上玩，一会儿给她捉来一只蚂蚱，一会儿给她采来一枝小野花，只要喜欢，他就没完没了地在田野里搜寻各种各样的新奇东西拿给她来看。她还谈了自己读过一些书后的感想，希望他能够给予评价。在信的结尾，她用肯定的口气说，他上学去时，有什么针线活需要她帮忙，只管来信说明，她母亲和妹妹都是挺会针线活的，也乐于给人帮忙，说她特别珍惜中学时代同学中间建立起来的友谊，劝他不必介意。又问他假期里读了些什么书，有什么特别的感受，也给她写信说说。

蒲冬林认真仔细地看完了宋雅君的来信，产生了一种无比亲切温暖的感觉，仿佛冰冻的土地被春风吹拂得解冻了一样，他的心也苏醒了许多，一种难以言喻的神圣而又纯洁的感情从他的心里滋生了起来。宋雅君能如此坦诚地向他诉说自己的家事和心绪，这是他根本没有想到的。尽管在她的信里，不像韩琼丽的信那样用了几个省略号，那样令人费解，但她的这坦诚背后却显示出一种静谧的庄重感，另外也许还有许多别的什么东西。他也明显地意识到韩琼丽在信里说的那些话多半是一种客气的语言，这些语言归根到底是缺乏真诚，因为她不可能对他真诚，但宋雅君的信全是真诚的，他不用半点猜疑，就想象得出她信里所说的一切。这使他兴奋不已，但他马上一再提醒自己，一定要尊重宋雅君，要像爱惜自己的生命那样爱惜宋雅君对自己的这种真诚。他甚至设想，宋雅君也许就是他今生唯一的巾帼知己了。他将来要过自己的日子，而她迟早也是要建立起自己的家庭，他根本没有想想宋雅君为什么在信里向他说了那么多关于她的婚事的话，他想也不敢往另外的方面去想，他相信她的婚姻会幸福的，他最大的希望就是她将来能够找到一个通情达理的丈夫，以便在她的交往中能够容得下他这样一个宋雅君的真正的朋友。他自信他的这种想法也是真诚的，没有变半点虚假；他将要用今后的事实来证明这一点。

高考终于发榜了。出乎意料的是，蒲冬林和宋雅君都被录取了，宋雅君如愿以偿，考取了师范学院，蒲冬林虽然没有实现第一志愿，但考取的仍然是全国重点大学金州大学。

蒲冬林最初得到被录取的消息是去赵忠元家里时，赵忠元一再催促他到韩琼丽家里去一下，说琼丽叮咛多次了，让他们一定到她家里去，他拒绝了，无论赵忠元怎样苦口相劝，软硬兼施，他都毫不动摇。他只希望和忠元一起去县文教局打听一下发榜的消息，忠元没法，只好依了。那是一个月光初上的黄昏，上了夜市的小摊贩们聚集在几条十字街口，点亮了蜡烛和石汽灯，使人影疏乱的县城街道显得朦胧而又可爱。他们相跟着刚走到菊花园巷口，就碰见姜民和杨小娟兴冲冲地朝他们走来，告诉他们甲班考上了六个，其中有姜民，蒲冬林和宋雅君，另外三个人还未打问清楚。在此之后的很多年里，蒲冬林的脑子里一直记着那个动人的黄昏；那月光，那街道，那灯光，那人影，还有姜民和杨小娟脸上那兴奋的笑容，都像电影画面里的定格一样永远存留在他的记忆里了。

两天后，他们按规定的时间返校。班主任原东潮老师的房子里挤满了很多同学，大家纷纷向少数几个考上的同学说一些庆贺的话；他们大部分都是落榜的同学，因为人多，大家似乎并不感到怎么难受，反而以班被录取的人数超过了录取比例感到自豪。那些学习成绩一贯突出但没有被录取而又自尊心很强的同学没有来。蒲冬林一直等候着冯文轩的出现，没有等到；他想象得出，文轩现在正躲在家里，忍受着精神上的打击和痛苦的煎熬。此外，他们梅化诗社没有考上的还有赵忠元和邱峰。

宋雅君来了，她还是那一身淡素的夏装，缄默而又端庄的神情，好像生活一如既往，什么事情也没有发生，当蒲冬林的目光和她相遇时，她什么话也没有说，只是浅浅的笑了一下；这浅浅的一笑和她的信形成了强烈的反差，冬林马上感觉到她在信中字里行间流露出来的那种伤感情绪已经消失。显然，她对自己的被录取感到有点意外，她克制着内心的喜悦，但内心深处已经在默默地思考今后人生的打算了。他非常知趣地没敢和宋雅君答话。随着高考录取名单的正式公布，每个人面前都展现出了一个新的前景，每个人都要从这一天起重新考虑安排自己的生活，就像在静止的湖面上突兀升起一座分水岭，每一颗水珠势必要迅速寻找出自己的流向和归宿。对于考中的人来说，要想的事情就更多了，次一等的事情已经来不及想了，也没有功夫再为那些与升学无关的事情消磨时间了。虽然他和宋雅君在信中约好今天要在县文化馆里见面的，但现在，她还会这样做吗？从刚才见面时她的表情看，他估计不可能了。不一会儿，他看见宋雅君和杨小娟相跟着走了，这便彻底打消了他的念头。

他从原老师闹哄哄的房子里走出来，独自向教室方向漫步走去。他在教室南边那棵柳树下停住了脚步。两个多月前，宋雅君和他在这儿谈话的情景立刻展现在他的眼前，那是多么让人怀念的生活啊！可是现在全变了，一切都物是人非了。对他来说，金榜题名固然是大事，但因此又失去了一个人的感情，同样是大事，而且是更伤心的事。老天爷大概从来都是很吝啬的，他给你一点，同时就要剥夺一点，使你永远保持一种残缺的局面。他在教室旁边的檐台上坐下来，静静地抚摸着心灵上的伤口，忘却了空间，也忘却了时间。

“你怎么一个人在这儿？”一个声音把他唤醒了。

他抬头一看，是孙惠英。

“哦，我在这儿坐坐。”他漠然地说。

“考上了，还愁眉苦脸的？”孙惠英笑嘻嘻地坐在他旁边。

“其实，还不如大家一块儿上学的好。”他喃喃着说。

“没想到你还这么重同学的情分。”孙惠英温柔地说，“既然这样，上大学后肯给老同学来封信么？”

蒲冬林没想到孙惠英会向他提出这样的问题。他转过头望她时，发现她像小孩子一样，用那双黑炭一般的小眼睛正望着他，眼神深处隐藏着一种祈求的东西。

“有什么不肯的。”他也温和地说了这么一句。

孙惠英的眼睛笑了，笑着笑着，忽然有了泪光。“难得你能这样对我说，其实我哪儿配呢！我来是给你捎个话，雅君说她要给你还两本书，让你到文化馆去，她在那儿等你呢。”

蒲冬林这才大梦初醒，知道宋雅君仍遵守着他们的约定，她那浅浅的一笑原来是这个意思。他顿时慌了手脚，怀着一颗愧疚的心情，连走带跑的一口气赶到了县文化馆。走近那古柏苍郁的大院时，发现宋雅君正站在阅览室门前的报栏跟前看报。他跑上去，站在她身后，不知道该对她说什么好。其实宋雅君早从报栏的玻璃里看见他来了。她转过身来，望着他，又是浅浅的一笑，但眼神里分明已经有了责备的意味。

“实在对不起，我以为你……”他慌忙解释着。

“我已经等了不小工夫了。”她轻轻地说，“别忘了，这可是第一次。”

蒲冬林心里不知有多少话想对她说，一时又不知该从何说起。他低下头，两眼有点发酸。

“咱们还是回学校去吧。”她说。

他知道，只能按她说的去做了。这是他的错，他可能因此失去一次和她谈话的重要机会。但是也不能排除这样一种可能：她来这里仅仅是为了不失信，随着出乎意外的被录取，她的心也将高起来，变得高不可攀。

他们默默地走出了文化馆，并排在街道上走着，但相互间保持着一定距离。同异性单独相跟在大街上行走，他们俩无论谁来说都是头一回，各自内心由此激发的复杂情绪和庄严感，是今天的青年人难以想象的。蒲冬林向宋雅君望了一眼，发现她的脸色变得有点苍白，这种苍白使他联想到圣母玛利亚的画像。街道两旁的人都用好奇的目光打量着他们，尤其打量的蒲冬林，人们不明白这样一个相貌平平的青年人，怎么会和这样一个俏丽端庄的姑娘走在一起。

走进校门以后，他们的紧张心情才同时松弛下来，就像两个初试锋芒的探险者好不容易脱离了危险区，进入了安全地带一样。

“你不觉得应该去看看语文老师吗?”宋雅君提议说。

“他现在怎么会在学校?”

宋雅君见他没有理解她的用意，只好又说：“看看他的房子也好啊。”

孙振海老师的房子就在宝塔底下，他们一起走到那儿，房门果然锁着；宝塔基座和他的房子之间的那片空地上，和他们去年暑假刚返校时的景况一样，炸起了密密麻麻的地皮，落着小白花花似的鸟粪，生长出一片又一片绿茵茵的小草。他们站在这儿，就像站在一片空旷的荒野，沉湎在对往昔学校生活的回忆中。孙老师是一个性格沉稳而又富有学识的人，他很器重他们俩，尤其器重蒲冬林，对他的未来抱有很大的希望。现在，这一切都成为过去了。他们已经走出了校门，孙老师将接受新的毕业班的语文任课，他将会有新的得意门生，而他们呢？等待他们的大学生活将会是什么样呢？

这儿很寂静，没有往日那熙熙攘攘的声音，没有了来往同学的轻快的脚步和身影，只有塔顶上的飞鸟来回飞动，鸣叫着，保持着过去的繁忙景象。他们站在这儿谈得很诚挚，很融洽，就像眼前的绿树青草那样和谐、纯洁。他们谈了各自的暑假生活，交换了一些读书感想，但对青年男女最敏感的区域，他们都显得格外谨慎，生怕首先触动而引起对方的误会；他们都尽可能地掌握好接近的分寸，同时又无法完全抑制这种年龄的青年男女相互交流的兴奋和喜悦。宋雅君说话时，不时抬头望望宝塔顶端的飞鸟，阳光从天上的云层里透射下来时，她就用手遮在额头上，这时，太阳、蓝天和白云都映进她的眼睛，将她的脸色映衬得那么明媚、鲜丽，宛如动人的霞光。

“我打算明天回去。”她说，“时间不多了，得赶快准备一下。”

“我也想去看一下文轩。”

“你应该去一下，他心情一定不好。”

“我想把家里的书都给他带去。”

“就是你饿着肚子换来的那些书？”

“嗯。”

宋雅君想了想，微笑着说，“你这人还挺讲义气的。”

蒲冬林当天回到家里，把自己的书装了整整一口袋，借了辆自行车带到赵忠元家里。宋雅君和杨小娟歇在杨小娟县城一个亲戚家里。

第二天清早，他们俩就骑着自行车上路了。一路上他们很少说话，是快到分路的地方才停下来，互相望了一眼，都低下了头。

“你走吧。”蒲冬林低声地说，没有抬起头。

宋雅君没吭声，解开拴在车头上的提兜，从里面取出一叠纸来送给他。蒲冬林正准备接住，宋雅君却把手缩了回去。

“怎么，眼看就要分手了，难道非要我先开口向你提出写信的要求吗？”一句话就把蒲冬林一路上的心思戳透了。

“怎么敢！”蒲冬林忽然红了脸，笑着说，“到学校后，请你一定给我写封信。”

宋雅君这才微笑着把手里那叠纸交给他。

“什么东西？”

“你看看吧。”

蒲冬林打开一看，原来是他那份墙报稿：《毕业歌》，他兴奋得差点跳起来：“怎么在你这儿？”

宋雅君笑笑说：“当时听说学校领导要找你麻烦，我就悄悄地抢先把它从墙报上撕了下来。我昨晚连夜给自己誊抄了一份，这份还你。这是你的手稿啊！”

蒲冬林接过稿子，激动得不知该对宋雅君说什么好，而宋雅君已经骑上自行车顺公路去了。

蒲冬林望着她远去的身影，一直到望不见了，才拐上去冯文轩家村子的那条小路。

（选自《爱情与饥荒》，工人出版社 1990 年版）

女儿河（节选）

赵 熙

第二十章

当张利同葡萄赶到秦坪县新修起的秦坪饭店时，只见饭店门里门外和十字口，拥满了来应招的、穿得红红绿绿的山姑们。

这些中学毕业、或者中学还没有上完、甚至小学程度的山姑们，同葡萄和张利一样，忍受不住深山老林的贫苦和老一套生活的压抑，像鸟儿向往蓝天一样，从笼里飞出来了，希望能有机会尽快改变自己的地位，摆脱家庭和婚姻的苦闷，获得自身的解放和自由！

围着各色花格儿围巾的；穿红的、绿的、蓝的各色化纤织品外套的；还有穿着翻毛皮鞋、减价的猪皮鞋和蓝、白网球鞋的；披着复了员的哥哥带来的男式军大衣的；扎长辫、梳短发、甚至烫了发梢儿的；躲在墙角处，试着吹口琴、哼唱着流行歌曲的；还有一位头上包咖啡色的、眼睛不住地瞅着门厅口……种种种种，设法做了力所能及的打扮了的山姑们，都怀揣着热望，投入了这报考文工团的预选竞争中。

在这么多拥拥簇簇的山姑中，最引人注目的是占据楼厅大门口那几个身穿大红羽绒服、头戴米黄色土耳其帽的大姑娘。她们在县剧团一位戴鸭嘴帽的年轻乐师的手风琴的伴奏下，围着一张“流行歌曲”卡片，放声地齐唱着一支歌——

十五的月亮
照在家乡
照在边关
宁静的夜晚……

姑娘们唱得兴奋，风琴手的和音也十分和谐，又不时被他们抑不住的笑声淹没——

你也思念
我也思念……

笑声腾起，歌声高扬。这样一曲十分深情的歌，因得姑娘们抑不住的激动，唱得过于高扬而失去了真情。

穿着米黄色风衣的葡萄进来了。她甩了一下肩后的披肩卷发，不屑一顾地耸耸鼻子，斜睨了门厅处那些高唱十五月亮的红女士，从她们面前飘然而过。

张利紧随着她，低着头儿，赤红着脸，心里好怯，不敢正眼看那些又笑又唱的大姑娘。的确，她还没有经过这场面，虽然她参加高考时，已经经历了那种紧张气氛，可是，唱歌、跳舞却不是她的优势——她也没有想到，这里一下云集了这么多的秦坪县的花儿们！

葡萄的出现，使唱着笑着的红姑娘们不约而同地瞅了她一眼，那歌声中断了。风琴手蹙蹙眉，使劲地又回环了一次，姑娘们又放声高歌了。似乎因得出现了穿风衣的披肩女，她们更加起劲了，以一种挑战者的姿态使歌声回荡在整个客厅。这抑不住的欢腾和隐不住的竞技劲头，使张利震惊。她躲在葡萄身后，好像个怯懦的陪衬人——来时仓促，一点没有准备，怎么敢同她们竞争呢？

似乎葡萄已经感受到她的急促的喘气，捏了一下她的手指，悄声而坚定地："瞧那些鸟样，连音都唱不准，老是跑调儿——不用怕！"

张利悄声问：

"收多少生?"

"听说一二名。"

"呀，有这么多人考!"

张利吃惊地看着拥拥簇簇的这么多山姑们，又只收一二名，她确实心凉了——她有什么特殊能力会击垮这么多的对手而夺魁呢？就是银豹和葡萄教她的几步舞，在郭崖石洞那紧张的日子，早就忘了。而她从前唱过的几支山歌，也有很长时间没有练过了。

唉，她不禁十分后悔跟上葡萄贸然闯来了。如果早知道只收一二名，她怎么也不会来的。她把事情想得太简单了，好年轻的张利呵!

不过，葡萄似乎因了有这么多山姑娘竞争而刺激了她的更为昂扬的斗志。她用手掀掀披肩发，鼻子一耸："哼，我才高兴哩，人越多越好，越能显示出水平哩!"

葡萄让张利脱去那件套在红毛衣上面的旧制服，可完全失望的张利，吊着脸，她不愿动，只是呆呆地靠在墙角里。

葡萄也不勉强。她从风衣口袋里掏出了半把不晓什么时候吃剩的葵花子，给张利的手心倒一点，不在乎地说："那几个疯子，是四方台文化站的油皮，我认得——哼，唱歌我没大把握，舞蹈，我不夺魁不算人!"

她带着一种嫉妒的、鄙弃的口气，把葵花子皮唾得老远。

"你去了郭崖后，银豹又教了我几个绝招儿——不管是维吾尔族舞蹈拧脖子，还是藏族姑娘的甩袖子，朝鲜族的打皮鼓，还是青年舞，交际舞、伦巴、国标——全夺！就是芭蕾舞，都能来那么两下子；要比声乐，我想，你就唱那支《十爱》——拿手，比得过刘丽丽的!"

"你……可我……"张利心怯得厉害，桃子脸憋得赤红，眼睛里全是失望和不安。

"管他哩，拼也要拼个你死我活！哼!"葡萄一咬牙。

客厅里越来越嘈杂了。争论声、嬉笑声、练歌声、风琴声、口琴声，织成了一支临战前的不安而激动的交响曲——同是山里的姑娘，又同是竞争者，她们彼此命运相连，又彼此暗地嫉妒，都希望使出绝招而领先。

听说下午四点才开始招考，所以，葡萄和张利一赶到县城，饭也没吃，水也没喝，就先跑来了。

张利没有带一点钱。从郭崖回来，身上还有五块钱，也给了父亲。现在，要交一元钱的报名费，葡萄给垫上了。

她们挤在墙角的长条椅上。张利紧张地不住瞅着墙上的钟表，但指针却刚刚三点。这样硬等着，却不敢离开。等那每一分钟，都是这么困难，就好像那钟表没有走似的。张利的肚子咕咕地叫了，葡萄摸出了几块奶糖，塞给张利一块。

张利吃了一块奶糖，但心里仍然是慌乱的。她竟一时定不下心来——今日该拿什么来表演呢！

“咋办哩！”她又急促地吁了口气。

“你就唱《十爱》，蛮有味儿么。别再胡思乱想了。”

“哎，那歌儿太老，可新歌儿，我想不来。”

“验的是教授，人家是有眼力的——不管你唱哪支歌。”

“呀，我心口老跳。”张利悄悄地、紧张地眨着眼。

“别怕，教授不吃人！”

她们正悄声商量着的时候，银豹高出众姑娘一头的身子从门外挤进来了。

穿着黑夹克的银豹，满头长发，蒙着黄尘。窄裤上油渍渍地，皮鞋也皱巴巴地。他的满是红酒痔的脸，被山风吹得褐红。他瞪着眼睛，从姑娘丛中寻找着葡萄和张利。

葡萄忽然看见他了，高兴地叫了：“豹！”

银豹举起手里流着油滴的肉夹馍，大声地吼：“葡萄！”

姑娘们惊奇地望着这么个油渍渍的莽大汉，很快给他让开一条道。银豹奔过来，大声吼：“好烫手！吃饱了，考它狗日的！”

他粗暴的声音，引起那位拉手风琴的剧团乐师的一声冷笑。

葡萄一把抓过两个肉夹馍，送给张利一块，一耸鼻子：“啬皮！你咋舍得买了两块！”

银豹嚷嚷着：“不够，我再买——只要能考上，老哥舍得花钱！”

四方台练歌的姑娘们瞅瞅葡萄，嘻嘻地笑了，不知是讥讽还是钦慕。

就在他们三个挤在一起吃肉夹馍的时候，从楼门口起进来一位身穿绿军上衣、脖子上勒条白纱巾、扎着两根小辫的白脸皮姑娘。她尖锐的目光一下子瞅准了银豹，急忙走过来，拉拉他的胳膊，“豹儿，我听说你来了。唔，还有葡萄！”

葡萄一看，是金彩娥。啊，她也来考了？一股醋意从心里泛起。她斜睨着她，淡淡地说，“你刚到文化站，也考。”

“我才没本事考呢！我是为文化站购点书，还想寻王成老师，要点文艺材料。”

她是说给银豹和葡萄的。葡萄轻松了一下，歪过脸儿，好像并不认识她似的，只顾抚着张利头顶扎着的羊角辫儿。

在葡萄的眼里，永远瞧不起她！她认为她到文化站，完全是因了同张乡长的关系。她十八岁入党，还不是因了同张兴民那年住在一个队……她的本事呢，“哼，马戏团小丑！”她一促鼻子，心里说。

金彩娥也注意到了依偎着葡萄的这位好年轻的山姑，她想不起在什么地方见过她。她的脸儿好红，穿的制服好旧，眼睛却像一弯月牙那样柔美——一位单纯、端庄的小姑娘。

她小声问银豹：“她？”

“我们村的，都来考。”

“听说只收一二人。”金彩娥告诉他。

“少就少吧！真金不怕火炼！”葡萄没好气地回傲她。

金彩娥待不住，她偷偷地走了，走到楼门口，又折回身，向银豹招招手，把银豹叫过去，小声说：“我住红光旅社，晚上，来吃毛栗。”

“臭货！”葡萄瞪了银豹一眼。

因了金彩娥，银豹立即表现出一种心神不定的模样。他忙着从皮夹克上衣口袋掏出两张票，对葡萄说：

“晚上七点半，《少林小子》，打得美！”

“你哪？”葡萄狐疑地瞪着他。

“我，要装货。”银豹脸上的酒痔红了。

“你？”

“实在没法。现在我就得去看看，怕人家下班！”

银豹急乎乎地跑走了。

葡萄心中不快，张利担心地问：“咱晚上住哪儿”

葡萄这才喊住已经闪到楼门口的银豹。银豹迟疑一下，慌乱地说：“晚上……干脆都到红光旅社见面！”

他的蒙着黄尘的黑皮夹克的背影在楼门口一闪，消失了。

银豹显然带走了葡萄的心。她的情绪一落千丈，没有刚来秦坪饭店时那么兴高采烈的了。

张利吃了个肉夹馍，情绪稳定了，竞技状态恢复了。她想唱，她把葡萄拉到饭店门外的墙角边：“葡萄姐，我想练练，你听听我的嗓音，我老怕。”

葡萄不耐烦地一挥手：“行了，行了！”

可是，张利还是在喉咙里轻轻地哼——

爱哟姐呀好人才
眉毛那个弯弯（哟）惹人爱……

“不错，有味儿，胆大些，能赢台的！”

葡萄心神不定地老朝饭店正西的街巷里瞅。她总不放心银豹，莫叫那“马戏团”拉走了？

她同银豹的关系已经很深。葡萄也不回避张利，有时向她也津津得意地叙述她同银豹之间的秘密——那是张利还不大了解的秘密。

其实，对葡萄来说，二十一岁的她，在板栗镇也就是“老苗子”了。她有虚荣，她想高攀，她明白自己的姿色和风韵，她想找上一个能有正式工作的干部或工人，以此能改变她早就厌恶的山乡生活。可是，上帝偏偏把她投胎于这贫苦荒凉的小涧村。她即使称得上板栗镇的一朵花儿，但毕竟只是在秦岭山肚无人所知的荒古山镇。即是她再有能耐，也难在爱情上如愿以偿，改变自己的地位。特别是在她受了乡政府那贪得无厌的李文书的多次诱惑之后，她的名誉扫地了，在板栗街上成了丑闻。她委屈，她痛苦，她激愤，她嫉妒……可是，无论怎样，也难以改变世俗对她的侮视和山民的看法。可是，她是什么都不顾及了，一切都无所谓了。在同银豹的来往中，把一切都公开化了。

在她同银豹热恋的日子，她找到了填补自己空虚灵魂的替身。她同他唱，她同他跳。她同他一起进影院，一起进饭馆，在板栗街头飘然而过，笑语逗人。在文化站的小屋中，在录音机的舞曲的击打声中，在红葡萄酒的迷醉中，她同他相依，同他亲热。以她心中泛起的报复的热流，融化了这个开小四轮四处奔波的流荡子。由于这种近乎放荡的生活，使她的性格和心理有点变态。一阵儿是歇斯底里的狂笑曼舞，一阵儿又是焦躁和不安，一阵儿是淡然的冷漠，一阵儿又是极其悲怜的女儿情……她已使整日忙于做生意的供销社经理的父亲无法管束，而耳聋口颤的母亲只有任其自由。她每月的津贴总是花个精光，还要向父亲不断要钱。买时兴的衣物是她最大的嗜好，以求得同银豹的自由和欢悦。

不过，葡萄自有她的可爱这处。也许由于已尝到了社会生活和人情世故的冷暖，她更怜惜她同代的山姑们。对于小涧村的张利和翠芹，她是像亲姐姐那样爱护和关切。只有在她们面前，她才表现出自己的天真和无邪，爽快和纯美！

显然，张利还是这么喜欢她——尽管她也听到过有关葡萄的许多风流事，但她还是理解她，把她看成能够护着她们的、年长而经过世事、充满豪气的姐姐。

现在，银豹显然是被那个从天而降的金彩娥勾走了。葡萄一下子挤进客厅了，她颓然了，眼里全是惆怅和怨恨。至于招考，已经不那么应心了。她对着客厅墙上的电钟表发脾气：

“钟，死了，这么慢！”

电钟表指向三点四十五。

葡萄歪在条椅上，脸上全是烦躁和冷漠。

张利却安定了下来。她悄悄哼唱着，认真得像高考时复习功课一样。

剧团戴鸭嘴帽的手风琴手，得意地自拉自唱。他是特意想在姑娘伙里露一手的——

漂亮的姑娘
十呀十八九
小伙子二十
刚呀刚出头
……

他的边唱边摇边拉的神态，确实招来了不少看客。姑娘们围着手风琴手，又是一阵轰然的哈哈大笑。那几个穿红羽绒服的姑娘们，几乎手舞足蹈地要跳起来——整个秦坪饭店一楼客厅，几乎被四方台拥来的、带着乐师的歌星们主宰了。

第二十一章

电钟的指针总是那么不紧不慢地走着。它几乎使所有应招的山姑们都诅咒起来。

直到五点十分，一男一女——两位像服装店里标致的模特儿似的青年，才出现在客厅。

葡萄立即从颓丧和烦躁中昂起了头，花眼里闪出了异彩。她对张利兴奋地说：

“听说这两位都是音乐学院毕业的高材生！”

可是，张利只是呆呆地盯着。对于大学生，她还有点神秘的感觉。

等得焦急、嘈嘈杂杂的姑娘们，霎时寂静了。一双双眼睛都投向这两位文雅的大学生。

男的瘦高、白净，一副宽边黑框眼镜。他头发蓬松，鬓角却重。银灰色本色条纹西装，露出白衬衫的硬领，系着红蓝相间的条格儿领带。皮鞋油亮，牛仔裤紧紧地束着细腿。他拿着一本蓝皮塑料夹，庄重地扫视了一下满客厅拥挤的姑娘们。

那位女大学生戴一顶灰兔帽，围一条斑马状黑白相间的毛围巾。漂亮的、绯红的脸儿上戴一副茶色多变的蛤蟆镜。上身是一件紧束着腰身的奶油黄羽绒短大衣，蹬一双俄罗斯姑娘穿的那种高腰红色小皮靴。身材修长，微显纤弱。她手里也拿着个蓝皮塑料本和一支红铅笔。

男大学生讲一口标准的普通话。他开始按报到簿点名。姑娘们有的像小学生答“到”，有的小声地答“有”。那个在墙角冻索索地站着，咖啡色头巾里只露出两只惊恐眼睛的山姑，却不敢吭声，低头“哼”了一声。

大学生没有听清，重复点了两次，人们才从她的喉咙里听到了回答声。

她这种窘态，使四方台的红女士们首先发出“嘻嘻”的嘲笑，这却惊住了正在低头不住温习着歌儿的张利。她定睛一瞅，啊，那熟悉的身影——只是那件红绒衣外面罩了件灰大衫儿，竟像个老太婆。那双惊慌的蒙了黑晕的眼睛，说明郭崖的小玲子在逃出之后，所受到的折磨和辛苦。

呀，小玲也来报考文工团了！可她连小学文化程度也没有。

她发现她的两条长辫子不见了，只用咖啡色围巾包着头。

张利刚想向她招手，那男大学生已经点了她的名。

“张利——”

葡萄搡了她一把。

她急忙答了声“到”。她还像在板栗中学，郭老师点名时，那么认真响亮的回答，又逗得姑娘们一阵好奇的嘻嘻笑。

那低头只顾点名的、留着长鬓角的男大学生，把她盯了一眼。她以为自己答错了，不知所措地惊慌地张着眼，大伙又笑了。

葡萄不客气地骂道：“一伙稼娃，鬼！”

显然，应考的山姑们是兴奋的，是心花怒放的。她们并没有过多地考虑只招一二名学员这样残酷的形势，统统对自己充满信心。她们按捺不住内心的激动，于是，这种冲动常常引起一阵又一阵的笑浪——整个一楼客厅内外拥挤着的近百名投考者的心，都是勃勃的；山姑们的脸，都是涨红的。

张利又急忙搜寻人群中的小玲子，却再也找不见了。

片刻，开始按报名编号应考了。

“这么多的人，一个个应试，得考到什么时候呢？”张利小声问。

“管他哩，误了电影不看了。”

葡萄的心还在今晚的电影上。因得银豹不看，她也没大兴趣了。

应考开始。像医院诊病似的，按着那位女大学生叫的号码，每次顺序向里屋时进去两个人。

但是，奇怪的是，在葡萄和张利前面的三十四人，很快地叫了号，又很快从里屋出来了。

隔着玻璃窗，围着不少山姑。大伙把目光尽量投向里屋，于是，看见了一位端坐在条桌后面的老太婆。她就是那位前来招考文工团员的大教授，啊，多么神秘的教授！

考过去的姑娘，大都情绪灰暗地从侧房里出来了。看来每个考生只能在老教授面前站那么几分钟。这使所有挤在客厅、怀揣热望的山姑们都十分震惊！她们立即围上去，打问这老教授考了些什么，怎么没有听见她们的歌唱和演奏。

刚才在楼厅门口专门请了剧团乐师来拉手风琴练唱的四方台文化站的几个红衣女士，从偏房里挤出来了。她们面色苍白，其中一个胖得鼻子塌陷的姑娘，向凑上去的乐师连连摇头“完了，完了！”

那乐师惊恐地：“考问了些啥子？”

“啥子也没考。”

“恼火，这……”

“看了看我的手指头。”

“让我走了几步。”

“看了看我的侧影。”

“看了看我的口形，哎，我的门牙太大了！”

胖姑娘气愤地，“我才亏，刚一站定，她一摆手，过去了……”

“啊……”

听着这几位被刷下来的四方台文化站的姑娘们的讲述，客厅里的山姑们低低地、不安的吵吵了一阵。那心里奔沸的熔岩，一下子冷却了。还没有叫到号的山姑们绯红的脸上，出现了恐惧和阴影，眼睛里流露出不知所措的慌乱——四方台趾高气扬、不可一世的女星们都灰灰地走了，那留给她们的结局将会是什么呢?!

葡萄却有点幸灾乐祸。

“哼，只收一二名，那是容易的？那些鸟样，我早就断定她们没情况！”

“那乐师白费蜡了！”谁这么说。

“活该！”葡萄耸耸鼻子。

紧接着，葡萄和张利被唤起了。

可是，张利已被这样特殊的考试惊呆了，失败已全部慑住了她。

张利就这么抱着应付一下的态度走进了里屋。

条桌后面端坐着一位矮巍巍的、脸上有褐斑的老者，那银丝腿镜片后面的眼睛逼视着张利和葡萄。但不知为什么，她还戴着大口罩，好像是一位冷漠的医生。

葡萄虽然在刚来的时候，不断吹着大牛，但坐在靠墙边的条凳上时，面对着镜片后面那严厉、傲然的目光的审视，她也有点胆怯了。

没有问话，只是静坐着。葡萄终于鼓起了勇气，她脱掉了米色风衣，露出了她的绿色羽绒服。显然，她是准备表演的。

张利却低着头，她害怕碰上那位大教授的目光。

老教授敞着黑色短大衣，露出里面穿着的香色小棉袄。发黄的手指夹着一支复写笔，桌面上铺着一张红格纸，却没有留下一个字。旁边坐着的那位助手——男大学生毕恭毕敬地在一旁恭候。

老教授终于接过男大学生递给她的一支雪茄，抽了。她抽烟抽得很猛，不一会，就把这小屋吐得烟瘴雾罩了。

仍然没有问及什么。教授抽烟，她俩静坐，但一种压抑状的紧张和恐惧，使张利不住哆嗦，连葡萄也紧张得不敢喘粗气。

就在这静默了一刻儿这后，老教授吐出一口烟，向藤椅背后靠了靠，眼角微微一挑，用带着南方口音的普通话，拉家常似的对着穿着绿羽绒服的白皙漂亮的葡萄姑娘。

“多大了？”老教授眼睛威厉，但声音温和柔细，透发着慈爱。

“二十一。”

“文化程度。”

“高……高中毕业。”她按李文书开的证明这么胡编说。

“有工作？”

“乡政府广播站。”

老教授微微一笑。

她又迅速瞟了一眼紧张的满脸绯红的张利姑娘，这样问：

“你哩，多大了？”

“十八。”

“文化程度？”

“今年高中毕业。”

“参加高考了？”

“差五分。”张利的月牙儿眼弯弯的，带有赧愧之色。

“哦……”老教授欠起身，定睛地瞅她。

“专长呢？”

“我想学唱歌。”

“好，好。”

老教授点点头。她又向葡萄示意，“你哩，有哪些专长呢？”

“舞蹈——”葡萄立即站起身，自己要求说：“让我来试跳一个吧！”

“好，你自选吧！”

老教授破格让葡萄试试了。

那男大学生把条桌向后拉了拉，腾出一块空地方。

能允许葡萄在这小屋表演舞蹈，那可是在这近百名姑娘中算是优惠待遇了。

葡萄的心间倏然打过一道闪光，又腾起一阵狂喜，接着便是胜利的把握。她信心百倍地要试一试了。

她迅速地脱掉皮鞋，只穿丝袜，在水泥地板上试着用足尖旋了几圈。显然，这是一个芭蕾舞蹈动作，她旋得轻松而得意。

老教授点点头。让她自选几个别的舞蹈动作。

她本想来一点迪斯科，但怕这在城里已经俗了，她要表演一下维吾尔族姑娘那种拧脖子。于是，她熟练地表演了三次，逗得老教授也笑了。

“好，行了。”

“我还能唱歌。”她一边穿鞋一边说。

“行了。”

老教授对伏在蓝皮夹上记什么的男大学生说：“到底在广播站，有基础。”

他夸奖了她。

尽管没有允许葡萄唱一支歌儿，但葡萄毕竟表演了，她是兴奋的。刚进得这间房子时的那种紧张情松弛了。

葡萄穿好鞋，站起了。她激动得手微微地发颤。四方台那几个桀骜不驯的红衣女士在老教授面前连五分钟都没有站定，就被刷下去了。而她，竟破格允许表演了，这是怎样的优待！刚才见到金彩娥时的晦气和恼恨，完全消散了。她心里说：“去他的，只要我考上文工团，哼，你，你和没出息的烂银豹混去！你给我提鞋带也不要——龟儿子！”

葡萄完全以胜利者的姿态，坐在条凳上了。她的白皙的脸儿泛出红晕，连鼻凹间的雀斑也在跳动，她斜睨那大学生在她的名字下写了那么一片，她心里灼热得按捺不住。

老教授向涨红着脸儿的张利点点头，示意让她站起来。

张利看见葡萄美丽的花眼里流溢出来的鼓励她的光波，她心里愈加紧张了——葡萄是成功的。她已经从老教授难得的赞许的口气里觉察到这一点。而自己可以说是临阵磨枪。她镇静不住自己，刚才脑子里反复叮咛自己，一定要像葡萄那样自如的表演，在这一刻，统统打乱了，脑子里一点印迹也没有了，只是痴呆呆地站起来。

那位老教授靠在藤椅上，又吐出一口烟，毫无表情，似乎对她并没有多少兴趣。葡萄直恨张利没有脱下那件旧制服，这是多么灰暗呢，“唉，晦气！”

老教授示意让她伸出手指。

老教授瞄了瞄，让她背转过去，看了看她还没有发育起来的少女的细瘦的腰身。然后，又让她朝前走走……

张利非常机械地，像经受检阅的学生一样，端正地走过去，甩动手臂，走到墙根，又折转过身。

张利又站在条桌前面了。她非常紧张，非常不安。只走那么几步，额头就沁出汗了——不是热汗，是冷汗。

张利脑子里忽然冒出了一支歌：“嗯，我不唱那《十爱》，那太旧了，我唱个新的——《望星空》。”

她变得神情自然了，要求自选一个歌儿。

可是，老教授没有让她唱，一挥手：“行了。”

她不无遗憾地蹙起了眉尖。

老教授对她进行了口试：

“你高中毕业后都做过什么事？”

“教民办小学两个月。”

“哦，还教过学。”

老教授沉吟一会，“父亲干什么？”

“农民。”

“母亲？”

“去世了。”

“家中还有谁？”

“小妹，上小学。”

“还有什么亲戚？”

“没。”

“订婚了么？”老教授问。

该怎么说呢，她脸红了。她咬了咬嘴唇，吞吞吐吐地，“没，没有。”

“你能唱歌？”

“让我试试。”她又要求了。张着那怯怯的眼睛。

“张开口。”

张利张开了口。老教授像口腔大夫那样让她呼出“啊”字。

老教授黯淡地摆摆手，让她过去了。

葡萄看见，那男士冷漠地在张利的名字下打了个×。

葡萄不明白那“×”到底意味着什么。但她心里凉了，她为利利难过。

她们出了屋。

张利心情沉重。因为，老教授竟没有让她唱一声。不过，她又为葡萄高兴，这一次只要能录取葡萄姐也就好了。她对自己并没有抱什么希望。

“你还表演了！”她喜喜地说。

葡萄笑了：“总算有识货的人。利，你也别难受，我如果考上了，将来有机会就推荐你，你是有才华的，就是要好好练！”

张利心里灰暗，她不说话了。

“利，反正验过了。咱寻银豹去，进饭馆吃顿正经饭。然后，看电影——《少林小子》！”

获得成功的葡萄，完全勾销了对银豹同金彩娥之间的那些愤懑和妒意。她热腾腾地搂着张利的脖子，旁若无人地从姑娘堆里朝外挤。

葡萄实在有点重新解放了的感觉，平日她虽然表现出一个乐天派的样儿，但是，内心却有着不能给人说出的苦恼。谁都知道，尽管她在乡政府从早忙到晚，除了统计、填表格、做广播，还要接电话、值班、开会叫人，来了上级领导，端茶端饭——几乎承包了政府大院的一切杂务活，但至今还是个可以随时辞退的合同工。李学文是有妇之夫，却掌握着她的命运；至于银豹，那只不过是同她逢场作戏而已，虽然交情已深，却从来不提同她正式订婚的事。她十分明白，年龄不饶人——她是比任何人更感到了秋天过早的来临，她是多么急于尽快改变自己的命运和地位呀！

有着更多希望的蔡葡萄，经了老教授的会考，再也控制不住自己了。她敞开风衣，裹着张利的身子，热腾腾地说：“利，先到春宴楼，吃上一顿——鸡丝儿馄饨。你大姐今日请客！”

可是，她俩刚走出饭店，一个浑身破烂的卖柴脚夫，猛地撞进门来，几乎要把葡萄撞倒。葡萄正要发作，从身后又嗖地溜过一个小姑娘。她冲出门厅，向着街头奔去。这莽汉大吼一声：“你跑！”手执扁担，折转身追了过去，弄得楼厅内外的姑娘们一下乱了场。

人们拥出了厅门。只见那汉子几步就赶将上去，将小姑娘的头巾扯住。一声尖利的惨叫，像饿鹰抓小鸡似的，将那小姑娘拖至十字街口。

“你他妈的，你给老子跑，龟儿子，你还想考演员，龟儿子，看我收拾你——”

那莽汉子抡起扁担，一下子打在姑娘的腿肚子上了。

姑娘惨叫一声，扑倒了……

啊，张利看清了，那是史小玲。

那莽汉子撕扯开小玲头上的包巾，扯着拉过了街。众人不明事理，拥簇着看热闹。张利心都要碎了，她紧拉葡萄一把，大声疾呼：“不能打人！放开她——”

可是，她同葡萄追到巷口，那莽汉早将小玲了劫走了。

她的心沉了，愣愣地站在街十字口。

山风掠过，卷起几片黄叶。

第二十二章

十一月底，处在秦岭山口的秦坪县，已是严冬的气氛了，冷风从山口子吹得好猛。两条交叉的街道已冷冷清清，几家店铺已经关门，而十字口中的“春宴饭馆”，也已经打扫卫生，收拾桌凳了。

葡萄携着冻得索索的张利，她兴致很高地同打扫地板的女服务员搭讪，想赖着吃一碗热馄饨儿。可是，炉子封了，鸡丝也卖光了——扫兴！

她们饥肠辘辘地在空畅畅的街头怅望。因得小玲子的事，张利心情沉重——在这样的寒夜，她被那汉子弄到什么地方呢？可怜的小玲子……

不过，葡萄却总想大吃一顿，她身上还有五十来块钱，是可以在秦坪小县进入任何饭馆，请张利吃一顿佳肴的。

从山口子卷来的山风，随着夜幕的浓重吹得更劲了。那带着山野冰寒的、林地特有的气息的风，把葡萄穿的风衣不住掀起，使只穿葡萄那件红毛衣的张利变脸失色，鼻尖生痛。

这真是饥寒交迫！葡萄不死心，她拉张利，跑了两道街，却连什么也没有吃上。葡萄忽然看见西街电影院门口灯火好亮，便拉着张利冰凉的手，跑去了。

电影院门口的路灯下，有那么十几个人儿。她们不住跺着脚，看着电影广告——大多数是今天赶来秦坪招考文工团的山乡姑娘们。

啊，凑兴！电影院门口还有一位卖醪糟的老汉和一位卖葵花子、炸蚕豆的白发老太太。葡萄向张利一笑，露出一口白牙：

“喝醪糟吧，暖暖身子。”

她们坐在条凳上了。老汉十分卖力地拉着小风箱，小炉的火焰好红，使人身上发暖。

葡萄说：“一碗打两颗鸡蛋！”

“一个鸡蛋加三毛。”老汉说。

“算了，咱，喝口汤，暖一暖就行了。”张利说。

“看你，你大姐请得起你！”

卖醪糟老头笑一笑：“鸡蛋醪糟，到底养人。”便向铜瓢打鸡蛋了。

不一会，两碗热气腾腾的醪糟端在面前了。

“好热乎！”

“快喝，身子就暖了。”

“米少。”葡萄挑剔地。

“又不是喝米汤！”卖醪糟老汉插一句。

“嘻，鸡蛋嫩！”葡萄笑了。

张利却没有兴气说闲话。她心里还是翻腾着小玲子的事，可她又有什么办法呢？

醪糟担子旁边卖葵花子的小摊旁，围着几个叽叽喳喳的姑娘。

她们扯着闲话，但这叽叽喳喳的碎语引起了张利的注意。

“明天揭榜，看谁能中红头状元！”

“四方台那几个气色不好。”

“听说，年龄过了——老苗子！”

“我看那塌鼻子，胖麻袋，也有二十二三了。”

“文艺人才，一过二十就完了。”

“我看那个穿风衣的好俏！”

“那是板栗镇的广播员，能唱能跳！这回怕能选中！”

“哼，听说——烂破鞋!”

“嘘——”

“鞋”字刚出口，其中一个瞄见了正喝醪糟的葡萄。她们吃了一惊，便一窝蜂似的跑开了。

“就凭她那么个大白脸，能验上?”

“说不定人家一招手，就把那个大学生挂上了!”

尽管那一伙妒意很重的山姑走远了，但那刺人的话还是被风吹了过来。

这些话，张利是听清了，可葡萄只听见“那个广播员……验上了。”后面的话她没有听到，高兴地不住笑着，向张利耳边说着同银豹一起跳舞的趣事。

“就我这么两下子——”她把脖子拧了拧，学着维吾尔族姑娘那么个样，眯眼笑得咯咯。

张利喝了鸡蛋醪糟，身上暖多了，脸上也泛上了红润，她等着葡萄——因为她不住地说话，还不住地用筷头捞着碗底的几粒米。

张利对这次应考不抱什么希望了。不过，她还是十分钦佩通于世情的葡萄这种天不怕、地不怕的南北闯荡的性格！从她内心讲，她是十分感激葡萄的。她对人诚，心热。试想，在她被高考的命运击碎，一下子缩回无人知晓的小涧村，被扔进那满是柴烟和烦恼的破山屋，要不是有马慧仙和葡萄给她伸出温暖的手，她还不晓得现在变成了什么样!

她心中的寒冰被这一碗热醪糟化开了。她热腾腾地说：“姐，你若到了文工团，给我常来信，不然，我会闷死的。”

葡萄扔下碗，一抹嘴儿，“嘻，真的能到文工团，我会发奋地学，赶。有机会我一定给你寻个位——我不信老君山会把咱压住!”

葡萄的眼里迸出了同命运抗争的火花。

她们在影院门口看了一阵花花哨哨的广告。此时的葡萄早把对银豹的怨恨丢到九霄云外了。

在《少林小子》开演前，加映了戏剧片《红杜鹃》。她们紧紧地相依着，葡萄一刻儿也没有放松她的手。那披肩卷发在张利的脸颊拂来拂去，扫得她痒酥酥的。不过，当坐在这热烘烘的电影院里，看了不到一个钟头，张利就困得上眼皮打下眼皮，她实在困倦极了。在郭崖石洞里的辛苦，心灵所经受的风雪寒，这突然的应试，命运的跌宕，秦坪县的所见所闻，使她已消尽了精力。在这影院里，看到了那银幕上的轻歌曼舞，一切都解除了，完全松瘫。张利挨着葡萄，沉入梦乡。

她睡得好香。她做了一些乱七八糟的梦。一会儿在郭崖石洞，一会儿是金丝猴来访，一会儿又梦见了母亲，一会儿又梦见了父亲——哦，愁苦的破腿父亲呵，不住地、虔诚地向她叙述着王先生为他洗腿的经过，呐呐地："主是万物之灵，主可以解除病苦……"

"爸呀，世上没有上帝……爸呀，你不能交那五块钱，你不能入教……"

她惊醒了，一身虚汗。葡萄推了推她，"利，你，咋睡了？看，少林小子，打得多美！"

可是，张利不语，她还沉在极度的迷惘中。

张利没有耐心看电影了。她想起了爸爸——走时并没有向他说出要报考文工团的事，他一定等急了。她想起了家里的猪仔，她的几只芦花鸡——可不敢再叫野狐叨了。临春她想攒点蛋，孵鸡娃……

只有山屋的一切是现实的。

"快回吧！"她心里说。因为这南柯一梦，把她从令人惬意的影院又拉向那无形的深渊之中了。

自然，葡萄还是兴高采烈地看完了《少林小子》。

"真美气！你，太困了？"葡萄捅捅她。

她们从电影院出来时，已十点多了。山口风刮得更紧了，葡萄用风衣裹着张利，俩人钻进北巷，找见了门口亮着灯的红光旅社。

这是秦坪县一所旧的旅社。多是停车和出进山拉运木料的脚夫的落脚点。自然，因为秦坪饭店床铺太贵，普通旅客也都挤在这个杂院里。

旅社门口敞着。院里停着汽车、拖拉机和架子车；有一间房里爆发出狂呼乱叫的吆喝，打扑克的叫喊，夹杂着女人的嬉笑和尖叫。

没有找见银豹，但在传达室看见了银豹给她们留的条子，为她俩包了后院 13 号房间。

后院实际上是一座二层木板旧楼，13 号在一层楼的偏角处。

她们来到偏角，但紧挨着的却是脏水流着的厕所。

偏房一股潮湿和霉味。没有桌子，两张薄床，土蓝色里面不分的被子，一个竹皮儿温水瓶，放在泥污的脚地。

她们坐了，相对而望。

葡萄苦笑了："便宜没好货！鬼银豹，啬皮！"

正笑骂着，披个黄军大衣的银豹，一身酒气地撞进来。

"等了一下午，不见你来——怕还没吃饭？"

他把网兜里吃剩的几根油条扔到小凳上。

葡萄生气地："你逛美哩，咋定下这房间，恼火，怕是五毛钱的床位！"

"啊呀，你真冤枉人！就这房间，还是托彩娥订的——你没见我住的？哼！"

"你在哪儿？"

"在你的头顶。"银豹指指不住响着脚步又落下灰尘的楼板。

"108 号——梁山一百单八将！嘿，怕你俩不好去——一个人挨一个，睡在楼板上，只这么宽一绺，一晚上小解屙尿，怕能滴到你头上的。"

"你死呀！"葡萄轻轻打他一把，"只剩了这么几根油条，啬皮！"

葡萄还是把三根油条拿出来，递给张利一条，"怕是和彩娥吃剩的！"

"啊呀，你这人——彩娥人家忙公务，跑到文化馆、文教局，想给你俩活动哩，你还小看人！"

"骗人！'小大点'没人话！"

银豹咂上烟，随便问："考的咋样？"

张利说："葡萄姐表演了，很可能！"

"哼，咱是凭的真本事！靠你和彩娥，还不把我撂折了，鬼！"

"反正，考上就好！"银豹吐一口烟，"明日上春宴楼，一顿米面凉皮！"

"啊呀，万元户！凉皮子就打发了？"

"羊肉泡馍！"

“好，一言为定，九点。”

“银豹哥，啥时候能回？”张利急着问。

“耍两天，急着回做啥。”银豹瞟一眼冻索索的张利。

“我得回。”张利脸上全是忧忧之色。

葡萄说：“可能明天十一点宣布结果，咱下午两点回。”

“看情况吧，货还没装起。人不在……”银豹吞吞吐吐地。忽然一拍大腿，“不说了，明日早晨羊肉泡馍！”

银豹披上大衣，一撂门帘，出去了。

葡萄赶紧跟出去，在窗外悄声告诉银豹：“我有希望。”

银豹不语。

她挨近他，手抚他的肩，情意绵绵地：“今晚，就这冷床铺……”

银豹说：“等会儿我叫你。”

“彩娥在哪儿住？”葡萄松开手，忽然问。

“前院，8号——我，包好了，你……”

“你的魂怕叫彩娥勾走了。”

“人家有张乡长哩，还看得上咱这疯狗。”

“你，不说人话……嘻嘻。”她哧哧笑了。

葡萄跑进屋，系上纱巾，对张利一眨眼，“利，你先睡，我……”

她向她做了个鬼脸，用手把披肩发向脑后一掀，跑出去了。

小旅社一直乱嚷嚷地，而楼顶上不住地挪动脚步，把灰尘撒落下来。张利拉开被，潮湿、浸冷，散发出一股难闻的脚臭气。这肮脏而杂乱的旅社，实在使她心里发怵。

她只脱了外面一件制服，和衣睡了。整整折腾了几天，又坐了一天小四轮拖车，当躺在这木板床上，浑身的骨节眼都酸痛了。

也许刚才受了点寒，头痛得厉害。她拉灭了电灯，却睡不着。外面山风呼呼，楼顶咚咚，而脚底的老鼠出窝了，唧唧吱吱地叫着，叫得她害怕。她急忙亮了灯，看见了四五只小老鼠，正争抢着葡萄扔下的一小节油条。一见灯光，都嗖地钻进了墙洞里。

她也懒得动，只是觉得身上好痒，唉，她又气呼呼地拉灭了灯。

不管山风吹，还是老鼠咬，她一动也不动地躺着。潮湿霉味不住地袭击着她，她不住用手关节按着额头，减轻了头痛。可还是睡不着。

窗外的夜空是漆黑的，已悄悄地拢上了重云，大自然正酝酿着更大的风雪。她又愁起了。招考明日就要过去了，她又会回到小涧村去。哦，人生的欢乐时刻总是有限的、暂短的。而日月长河却是难度的。如果这次回到小涧村，她又该怎么办？

她不忍心再让爸爸受苦，决不能再使他失望。还是依了爸，干脆跟了黑熊去，同他一起支撑起这破败了的山屋……

嗯，还是照马慧仙说的，哪儿也不去了，重新复习功课，明年再考……能成吗，张利……

她的发痛的脑子里留下了许多问号，那永远难以解答的问号……

脚地的老鼠又闹起了，有一只竟然从她头顶跳过去——她还是一动不动。

就在这沉沉的风寒的深夜。13号侧旁的女厕所里，突然滑过来一黑影，轻轻推开了张利为葡萄留的门。

“啊——”张利惊叫着爬起，立即拉亮了灯。

唔，站在她床边的，竟然是被那个莽汉拖走了的只小玲！

“姐……我蹲了半晚，我看见了你俩……我……”

没了头巾、满脸披着散发、灰布衫也被撕开了的小玲，颤颤抖抖地，像乞鬼一样站在她的床边。

“小玲，是你，我早看见了你，快，快来——”张利一把把她拉到床边。她看见她的脸上一道道血痕，眼睛却十分惊慌地盯着她。

“姐……唔……”

小玲死死地抓住她的手，泪水夺眶而出了：“姐呀，就让我在你这儿躲一夜……他拉木头，喝醉，我才脱身了……我，我死也要出山！”

张利赶紧熄了灯，拉她躺在被子里，悄声紧张地问：

“你跑出来多长时间了，住在哪儿？”

小玲又哽咽地哭了，“我，那一次先跑到我舅家，又被他发现。冰天雪地，我偷跑到县里，给旅社洗被单，给食堂洗碗……文工团招生，我偷偷报了名——我能唱几句山歌子……可，他，他又把我寻见了，我没考成，我没考成……我死也不跟他——我要出山，我……”

在黑暗中，她的冻索索的身躯里似乎有一块硬硬的东西，她的眼睛闪着泽泽的光亮，她把张利抓得好紧。

“玲，你受冻了，咱挤一挤。”

她们挤在一个被窝里。小玲子忽然问：

“你咋也来到这？”

“学校撤销了，我也是——想报考。”

“你考过了？”

“考了，可，收得严，难……”

“你和谁？”

“葡萄姐——一个村的。她在广播站，她有希望！”

“我，我连考也考不成，这贼，他跟来了。”小玲十分遗憾地。

“哎，看他也怪可怜的。”张利偎紧了她。

“他，他拉木头，也受苦，年龄又大，找不上，他也花了钱……可……他好喝酒，又打，把我脱光打……我受不了……姐，我死也不想和他……”

张利好伤心！她又想起了翠芹，想起了自己……

“我想跑到山外去……我把辫子铰了，我身上还有六块五毛钱，我能搭车到山外的，到平原上去……那里有西乡几个姐妹，她们用核桃换衣物，做生意，我跟她们去……就是再苦，也不跟那石头，反正我退婚了——我妈卖猪把他给的五百块钱都给他退了……”

小玲子抖索索地诉说着她的遭遇和苦处。使张利心里翻腾得好厉害。她没有想到，玲子还是个十六岁的小姑娘，却懂得这么多。她从她坚决的话语中，感受到在她的瘦小的身子里，有一个要冲破这山野阴霾的东西，富于顽强生命力的东西。

“姐呀，我一辈子都忘不了你——”

她把她偎得更紧了。

就是在这寒冷的夜晚，在这阴湿的小旅馆里，她们结下了难分难舍的深情。彼此没有别的什么，只有用相互的体温来暖着。同样的命运相依，使她从她瘦小的身上汲取了一股山姑那种摧不垮的坚韧来。

“不要怕，小玲，我送你去汽车站。”

“姐，你真好。”她俩拥得更紧了。

第二十三章

当张利一觉醒来时，身边葡萄的床还空着。而小玲子像只小猫一样偎着她，睡得好香甜——她在她身边感到了这种安全感。

窗纸已蒙上了曙色。旅社已经骚动起来。拉木料出山的汽车，已经发出了强烈的引擎声；拖拉机达达地碾过了秦坪县城的水泥马路；而楼板上的脚夫们重重的脚步在头顶早就猛烈地响起来。

啊，迟了，说不定那汉子会在汽车站上等着她……

张利急慌地摇醒了小玲子。

小玲坐起了，揉着惺忪的眼——她实在还是小姑娘。

拂晓的秦坪县，冷浸异常。张利用她的头巾包住了小玲的头和脸。她拉上她，悄悄地溜出了小旅社。

她们匆匆地穿过灰暗的小巷。

县城东关的汽车站挤着山民，出山的汽车正在发动。张利没有让小玲去候车室买票，她们从偏门里溜进去了，打问到出山的汽车，便将玲子推上去了。

小玲子一脚站在汽车门口，那发抖的、冷冰的手握住张利不放，小声而急切地：“姐，我会回来的……姐呀……”

她瞅着她那包了头巾的、泪水汪汪的眼，不住挥着手：“快坐下，坐下！”

出山的汽车，带着小玲子的酸泪和希望，向着曙色熹微的山口关开去了。

张利放下悬着的一颗心。她怅怅地站在汽车站外，凌受着黑黝黝的山口关吹来的寒冽清新的冷风，望着拐过山弯的汽车，望了许久，一点不觉得冷，实际上，凛冽的山风已将她的脸颊吹木了，什么感觉也没有了。

史小玲的逃脱，使她稍许感到了一点轻松和安慰。

回到小旅社，她看见房门推开了，葡萄竟钻进了她的被窝。

“那床被，潮死了，冷死了，让我暖暖身子！”

房子里还很暗，葡萄的眼睛像猫眼在黑暗中熠熠地闪光：

“你跑哪儿了？”

张利觉得好冷，挨近她，没有回答。

葡萄抓住她的冰冷的手，怪样地一笑，一把把她拉到被筒里。

张利从葡萄贴身的尼龙内衫里，立即闻到了极浓的酒味和花露水的混合气息。

“嘻，”葡萄笑了。她搂住她，贴着她的耳朵，“我……困死了！”

张利松开她。可是，葡萄半闭着的眼，又睁大了。

“姐，你快睡吧，离天亮不早了。”

“你不知道，”她向张利身边又偎了偎，“在彩娥房里，我们玩得多美！哼，今晚叫他银豹破费了——八块钱的烧鸡，三块八的野葡萄酒……哼，我……”她得意地，“我知道他又沾上了彩娥，我得比她更帅一些——叫她也知道我和银豹……我和豹儿跳了一个又一个，只叫她斟酒切肉当丫鬟……耍美了——气死她！”

葡萄带着一种玩世不恭的残忍的快意，以击垮她的情敌的胜利者的口吻，赤露地对张利说。

对于他们之间的关系，张利尚且不知也不懂。她也不好说什么。在这一点上，她只是觉得葡萄是有点太随便了，对自己也缺乏应有的自重。可是，作为在她眼里的小妹妹，如何劝告她呢！

唉，各人的路各自走。人们对生活所持的态度，是由多种因素形成的，怎么能用简单的几句话来改变她的生活观念呢！

“其实，银豹他认错人了，”葡萄毫无倦意了，她讷讷不住地说下去，“彩娥还不是看上在西安的老头子——权和钱——她也知道张乡长是用过了的，没意思了——我看出了，彩娥可贼，心大着哩！”

这是真话。不过，不住地对金彩娥发出妒意的攻击的葡萄，还是这样痛快地报复了。

“反正，我也快走了——来个最后纪念——玩得好痛快！”她的一只赤臂搭在张利的胸口，她不仅闻到她贴身的尼龙衫里有酒味，似乎还有一股草烟的怪味。张利扭过头，但葡萄还是这么喋喋不休地说：

“利，你还不懂——人的感情，这东西，就是怪哟。别看他骄傲得像个王子，可他给我说了真话——他已存了两万多，他说他心还在我身上——他看我要被文工团录取了，他态度变软了。他说他和金彩娥没有啥，只是她想沾，哼……”

葡萄就是这么灼热的、赤露地把一切都在张利耳边咕叨了。她看张利毫无反应，自己终于打了个呵欠，翻过身睡了。

张利并没有睡，只是对葡萄在个人生活上的所作所为，有点害怕，有点儿担心。她总觉得她燃烧得太厉害了，那样总会烧干的……

天亮了，楼下楼上，“咚咚”地不停点地骚动着，以至到十点左右，才清静下来。

同彩娥和葡萄狂喝乱饮，跳蹦纠缠了一夜的银豹，早就忘记九点请葡萄和张利去“春宴楼”吃羊肉泡馍的许诺了。他一直睡过了十点，这才红着酒醉似的眼，走出了8号房间。

他端了水盆，摇晃着去打水。可是，刚出房门，就被一个浑身破烂、头上缠着脏布帕的脚夫拉住了。

这莽汉似乎喝醉了酒。他逼近银豹，瞪着发红的眼睛：“嗨，你，你不是好东西!”他一拳打翻了银豹端着的水盆。

银豹愣了，莫非昨夜的一切被谁发现了？他害怕地向后倒退。

那莽汉猛地揪住银豹的领口，怒吼道：

“妈的，你，你是骗子，大骗子……你给我交出小玲子……你他妈把她藏到哪儿了……你这龟儿子……不交出玲子……家伙，我拉你进公安局……你他妈的跑……你想当演员……你退婚……我叫你一家活不成……你他妈的跑……你交出来!”

银豹从昏睡中清醒了。他这才发现扯住他领口的家伙的大手开裂的可怕，张着滴血的黑糊糊的裂口；那肩头破烂了，露出结了脓包的赤裸的肉，那是拉木料磨烂了，又感染了的。他打了个趔趄，站定了。

银豹清醒之后，他才明白这家伙是为了他的婚姻的，他还在醉梦之中。

“你他妈的，混蛋!”

银豹被这家伙突如其来的袭击激怒了，他挥起拳头，猛地朝他的歪扭的、脏黑的脸上砸去。那家伙踉跄后退，银豹又冲上去，把脸盆猛地砸在他头上……

那莽汉像一座塔坍塌了，歪倒在污水边。他似乎想爬起，却动不了，嘴里还在骂：“你他妈的，打了老子……老子到公安局告你……你把小玲子给我交出来……老子五百块白花了……你非交出来不可……”

“混蛋！”

银豹的拳头上沾着那莽汉的鼻血，他在红线裤上擦着，迅速地收拾了一下，直奔后院。

银豹来了，葡萄正梳洗。她眼皮发胀，眼睛发红，瞟了一眼满脸怒气的银豹，怪样地一笑。使她十分舒心的是，金彩娥再也没有在他们中间出现，也许是昨夜她气了她的结果。

“他妈的，倒霉的家伙！”银豹骂道。

张利早就收拾好了，她看见银豹那么一副凶相，不知发生了什么事。而葡萄还在惦记着她的羊肉泡馍。

“你说九点请客，现在啥时候了？”

“我八点来了，你还没起身，叫我请鬼？”

“走，马上走，上春宴楼！”

“鬼！这一回你滑不过去了。”

这一次，葡萄拉着张利，让银豹掏钱，在春宴楼上美美吃了一顿。

吃罢了羊肉泡馍，身上热烫了。葡萄把手一挥，笑一笑，“这下，你可解放了——去寻彩娥去！”

银豹抱怨地苦笑了：“啊呀，咱请了客，还要酿人，真是——”

上午十一点钟左右，当那些怀着热切希望的山姑们，鸦雀无声地聚集在秦坪饭店一楼客厅的时候，情况却发生了谁也想不到的变化。

这变化是这么奇特惊人——在报考的九十七名考生中，唯一录取了张利一人。

当那位拿着蓝塑料夹的男士，当众宣唱出了张利的名字时，不少山姑都把目光集中在穿风衣的葡萄身上了——山姑们以为她就叫张利——因为，从葡萄昨日一出现在竞考的姑娘中，她的风度，她的姿色，她的目空一切的嬉笑，对于所有山姑都是一种无形的潜在威慑力。自然，她们对陪她而来的张利，却没有任何印象。

而当那位坐在藤沙发上，戴着大口罩和银丝腿眼镜的老教授，笑微微地、让坐在墙角条凳上的张利站起来向大家亮个相时，谁也没想到就是她——怯生生地站在角落，穿着一件蓝布学生装的山姑娘。

她非常平常。显得那么幼稚、单薄，甚至可以说太“土”。只是脸子红得如桃，眉尖微微挑起，月牙儿眼睛羞怯怯的，看人时还不免一些紧张。总之，没有任何惊人之处。大伙不解的是，她在哪一点上，闪射出特异功能的光辉，竟能击败从秦坪县各个角落前来敢于应考的众多花魁，独占鳌头。这是怎样震慑人心而又令人蹊跷的事！

专门请乐师训练了好几天的四方台文化站的业余歌唱家，被惊住了，又十分不服气地耸耸鼻子。

在所有报考的山姑中，最可悲的自然是葡萄了。一直怀揣希望、充满必胜信心，甚至已经设想好了她的未来，并以她真诚而又戏谑的献身，最后报答一次同银豹的感情，准备远走高飞的她，却没有想到命运之神同她开了多大的玩笑！

坐在条凳上、裹着风衣的葡萄傻眼了，进而深深地勾下了烫成小卷儿的披肩头。她眼前黑了，晕得神志不清了。她只觉得浑身轻飘飘地如一片羽毛，从天上飘落到地上，一切幻想都被摔得粉碎——就是在这一霎间，她感到一切全完了！她完全没有想到，争夺的对手，竟然是她一直看作妹妹的张利！

此刻的张利，也完全像在梦中一样。她这样怯生生地站在角落里，站在众目睽睽之下。她惊惧地望着坐在藤沙发上庄严而神秘的老教授，而她的目光正审视着她。

老教授静默一阵，终于微笑地点头，这使她确认了那应考所宣布结果——啊，是真的，这是真的么?!

当她昨日是仓促来到这么多花枝招展的山姑娘中的时候，她就十分懊悔了，她对这次应考就不抱有任何希望了。在昨夜阴潮的旅社小房间，她独自做过怎样的反思和自责——她本出身贫苦，怎敢出来浪荡呢！怎么能同葡萄来回跑腾呢！人家是怎样的条件，而她又是怎样的情况……

现实呵，现实是个严酷的、不讲情面的法官，会把一切敢于同它较量的狂妄者的迷梦撕得粉碎！

那潮湿的小房间，虽然冰冷极了，它却使她在昏热和奢望中得以反省和清醒；她重思了马慧仙给她的信，她又想起了在鸡冠岭上挖黄连并悄悄搞着移栽试验的黑熊哥——虽然他没有多少文化，但他在山林生活中，却有着自己劳作的乐趣和创造！正像她独自在郭崖石洞里一样！尽管大雪拥柴门，金丝猴来作客，但是，就着石洞竹灯，为着山沟娃伙们的学习，为着山区的未来，她曾经感到过一种从未有过的开拓者的幸福。她曾把这种感受写信寄给马慧仙，慧仙姐给她多大的鼓舞呢！但是，她怎么不假思索地忽而挤进这秦坪县城招考文工团员的竞争者之行列呢！啊，啊，多糊涂而又经不住诱惑的张利呀！

自然，在这种沉痛的反思中，她曾有一点儿安慰——就是葡萄姐有了希望。她曾暗暗为她庆幸。她想，这一次回到小涧村后，再也不出山了，她要让冷酷无情的现实生活的皮鞭，狠狠地抽打她的不安分的灵魂，使她在磨难中坚强、奋发、踏出一条新路！

可是，没有想到的事情，如梦魂般地降临到她头上了。

此刻，众目睽睽。九十多双眼睛都盯着她。好奇的、不解的、疑惑的、吃惊的、嫉妒的、愤恨的、失望的、呆滞的、羡慕的——不过，更多的却是惊异！

坐在她身边的葡萄，颤抖抖地，面如死灰，目光呆滞。忽然，竟低声地抽泣了。她实在憋不住了，用手绢盖着脸，抽抽噎噎地哭起来。这一顿一顿的泣声，像刀子一样，一块一块割着利利身上的肉；这每一次抽泣的颤音，都使张利感到了牵心的痛苦。是啊，她多么同情葡萄呢！她初中毕业后，就一直没有在山里劳动一天。父母娇惯，又加上优裕的生活条件，使她放纵了自己，也使她产生了对山野旧的习俗和生活的完全否定，以至于要进行报复的挑战。她要自由，她坚决反对包办买卖婚姻。她想和谁好就和谁好。她公开地在板栗镇和银豹恋爱，又跳又唱，弄得四邻不安；她穿时髦的衣衫，在板栗镇飘然而过，给姐妹们带头。尽管她被山民们当作邪物而唾骂，但她对山村姐妹们却给予真诚和关心

——无论是谁有了难处，她都敢于挺身而出，甚至付出牺牲。尽管她在板栗镇几乎用尽了浑身解数，但毕竟还是没有什么好结果，至今仍难寻觅真正的知音，像水上浮萍一样地漂流……

啊，亲爱的姐——对于像你这样的热血姑娘，生活给予你的又是那么多难言之处！今天，是因了什么又把这应该归于你的福运降临到爱你的利妹的头上呢!?

身边的葡萄却哭得更厉害了，惹得同病相怜的姑娘们也同时难过和心酸。

葡萄的哭声牵着张利的心，牵着张利的魂。仿佛降临在她头上的，不是喜讯，而是灾难。葡萄姐好心劝她来，她怎能抛下她，而独自去文工团哩？她惊慌地盯着老教授，她想当场表白。老教授点点头，似乎明白了她的意思。于是，让那位男大学生讲讲招考的情况。

那男大学生讲了几句话，这几句话却使在座的山姑们震惊了！

他说——

我们这次来为南方文工团招考，是采用了现代心理学的测试法。当然，这不是一般的招考，因为南方文工团属于南国艺术学院的单位，是应有较高艺术水准的。有时候，好几百人中不一定能录取一个——音乐天赋常常潜于你内心，不常常露于表象。灵性近乎于一种特异功能，仅能由一定的心理分析测定出你对艺术的感觉和发展前途。它主要不是凭着试唱和表演——因为临时应试那多是一种虚假的做作。真正有造诣的潜在的艺术家，却不一定能在这样的场合表现出自己的才华。鉴于以上分析，有的学员做了表演，也有一定功力，但是，最后经了我们王老师的鉴定，仅录取了一名。

这位大学生讲到这里，顿了一下，目光扫过张利。而张利垂下了头，仿佛在听取审判似的。

大学生终于这么强调指出——

张利同学，也不是尽善尽美。但是，她有一种不被常人所发现的天赋和灵感。也就是说，在她的身上，蕴藏着富矿苗——还没有开掘的富矿。如果能够得以进修深造，她的前途是无量的……

这位大学生口齿伶俐，神态端庄。他阐发的一些关于艺术和才智的宏论，使在座的山姑们不一定都能理解，但都为之一震——呵，呵，呵，这么一位站在门角的、不起眼的中学生，没见过多少世面的小妞儿，却是一个具有特殊艺术智能的人才！

刹间，楼厅里那么多姑娘们的目光，由疑惑、惊奇、嫉妒、愤懑、不解，变成了一双双惊羡的光柱。这惊羡的聚光点一下子集中到这位十分平常、幼稚的十八岁的中学生身上了，集中到从贫苦山村走来的张利身上了。

尽管大学生的阐发如此精辟而深奥，但我们的张利竟不明白这位对艺术有独到见地的大教授，到底在她身上发现了什么值得开掘的东西。这番讲话没有使她产生喜悦之感，却使她反而恐惧不安，简直不知所措了。

于是，她还是壮了壮胆，颤抖抖地说：

“王老师，我有一个建议。”

她一开口，众多的目光又集中而来了。

“讲吧，有什么感受都可讲讲。唔，随便一点。”

老教授鼓励她。镜片后面的目光是慈祥的、深邃的。

“王老师，尽管我被录取了，但我还要推荐一个人——就是蔡葡萄——她是我们乡的广播员，她有多方面的才能——练过舞蹈、歌唱，演过戏。她比我强，请能考虑她的情况。”

老教授微微笑了，声音极小而坚定：

“我们也注意到了她。不过，只录一名。”

她急了，“如果只录一名，我愿意放弃这次机会，能录取葡萄为好。”

老教授脸色严肃了：

“不能感情用事。蔡葡萄已经二十一岁了——从艺术发展的前途来看，已经是老化线了。要知，艺术生命是短暂的。当然，从她这次发挥的情况来看，还是不错的。就一个乡镇范围来看，可能是佼佼者……将来呢，年龄可是个绝对法官呀——在座的不少有一定才智的青年都因了这一条……”

坐在门角处的葡萄“哇”的一声嚎了。这简直就等于正式宣判了她今后在艺术天地里的死刑。她再也控制不住，忽然站起身，一手抓起她的尼龙丝花提兜儿，一手搂着敞开的风衣下摆，一扭身，披散着卷发冲了出去。

葡萄的举动，弄得这个宁静的客厅，一下乱了套。

“散会！”男大学生发出逐客令。

“张利留一下。”老教授向她招招手。

山姑们一窝蜂地拥出去了。有的却迟迟不愿去，还想看是否有回旋的余地。而张利，却呆若木鸡……

猛地，热血冲头，她像被沸水烫了似的，她想立即奔出去，拉住葡萄姐。可是，她像被钉在了那里，动弹不得了。

第二十四章

寒风和阴云拢住了老君山。它以铅灰色的冷峻面孔接纳了还在雾中梦中的张利。

张利回到了小涧村。

自然，她很想见到葡萄。可是，当她离开秦坪饭店跑到红光旅社时，那里已经空空荡荡，银豹、葡萄姐、金彩娥都已不知去向。

她在幸运之余，实在有点怅然。总觉得她的入选是参了葡萄姐的行——纯洁、老实的张利，十分忐忑不安了。可是，在她生活的十字路口，陡然间有了新的转机，而且是如今青年学生中特别羡慕的文工团职业，她该又是多么兴奋呢！

她一回到家就把这一切统统告知了老父亲。尽管老教授叮咛她，让她不要告诉任何人，只说是“初选”。

她满以为老父亲会高兴的，但是，老父亲一听是唱歌当演员，脸扯得更长了：“哼，唱歌唱戏——吹手戏子，三教九流……”

似乎张老大受了极大的侮辱，他竟气呼呼地冲她说：“咱张家就是要饭吃，也不跟人要把戏！”

张老大是极不愿意女儿应召文工团的。在他的脑海里，还存留着山民一些旧的、习惯的看法——他总认为，凡是在戏台上唱唱跳跳给众人看的，都是丢人的，叫人瞧不起的。山里人就是受苦，种田，打草鞋、挖黄连、卖猎物——做再脏苦的活，那是正道儿，是关系人们的衣食住行的正事。而唱戏算做什么呢——文明讨饭，男盗女娼……

唉，最使张老大忧虑的还是黑熊和利利的婚事。张利一走，那不就断线了么，叫他如何站在人面前哩，怎么向关家交代呢，他怎能做叫人指脊背的事！

按张老大的打算，张利从郭崖回来后，那心就安下了——山屋也实在离不了人，他一心想让利利从此守在他身边。他曾计划着养蚕、养鸡、挖药材、养天麻、搞竹编、点木耳棒……日子是很快能翻转过来的……稍微缓过气，就让熊和利利成个亲，也就还了自己和在九泉之下的老伴的心愿了……可是，他没有想到，利利全是叫葡萄引坏了……

"爸呀，你……我出去了，我会挣钱给你寄，你别发愁。"利利摇着爸爸的肩。

"你别愁钱！"张老大十分生气，"活人要活脸，走路要走正！张家再穷，也没出过戏子！哼！"张老大十分疼爱女儿，但在关键时刻，他是坚定而固执的。他不能听信充满幼稚和幻想的女儿骗他的话。

热烫烫跑回来的张利，被当头浇了一瓢凉水。

黑熊是当天下午来的。他这些天卖了些药材，又被刘立新雇去收拾桑园。张利考上文工团是刘立新告诉他的，却使他一下子发了愣。自从利利从郭崖回来，无形中给了他满心的希望。嗯，这下就安分了，他们就可以很快搬到一起生活了。要知道，二十四岁的他，在这贫苦的山乡，已经算是"老苗子"了，如果半路有点闪失，那就全完了——而他又是那么喜欢利利。现在，张利考上文工团是千真万确的消息了，这将意味着他的多年来的全部希望和追求彻底破灭。

他再也不能忍受了，他气呼呼地来到这落尽梨树叶的山屋。被树枝划得满是条痕的褐黑的脸，歪扭得难看；高突的眉棱骨下的眼瞪得可怕，呼哧呼哧地像牛一样喘着粗气。

灶房里只有利利在煮猪食。她瞄见了披着破烂棉袄的黑熊，她胆怯地但却是热情地奔出来，扔给他一个榆木墩："熊哥，我、我考上文工团了。"

她留意他的表情。黑熊站在地窝火炕跟前，垂着他的勒着脏帕子的头，一屁股坐在木墩上了。

“熊哥，我怕验不上……你放心，验上验不上，我都回来，你……”

她是真情的。自从经了母亲病逝和郭崖任教，她同黑熊的感情加深了。

可是，几经折腾的黑熊，一听到张利自己证实了那消息后，他的头脑几乎都要爆炸了。他什么也听不进去。他觉得再也忍不住了……

可是，他只是这么软瘫似的坐在树疙瘩上，脸巴抽动着，抓着柴棒的手，微微地抖——这俨然像接受了宣判的囚徒。

“熊哥，”张利惊慌了，一股同情和体贴从她已经懂得知情知暖的女儿心中泛起。她挨近他，轻轻地抚着被树枝划得暴了花的肩头，真情地：“熊哥，我给你说过多回了，你是咋着的？我就是到了哪儿，咱的事——你放心。”

已经忍无可忍的黑熊，再也听不进去她的这些表白——说实在的，他已多次向她让步了。但他没有想到，她刚从郭崖回来，和他在老君山一路上说得多好听，却几乎是一个晚上变了卦，竟这么快地报考了文工团——她从前向他的许诺，不都是一句空话么！他气愤地站起了，拳头握得咯嘣嘣紧，瞪着牛眼逼近张利。

张利也站起来了。她有点慌乱，慢慢地朝后退，小声地，“熊、熊哥，你……”

“我，我不能……不能再忍让……你……你随便不了！”

他像被火烧了尾巴的公牛，猛地扑过来，双手重重地撕抓自己穿着的破烂棉袄，抽动着黑褐色的、被树枝划破了的脸巴，张着大嘴，发出沙哑的吼声：

“你，你骗人！你、你没安好心！你，你总想出山，你看不起我，嫌我是山民……你，你给我，使心眼……你，我……我……我挖药，我、我背柴……我种地……我啥子苦都受了……家伙……你……你看不起咱……我要问……我哪一点对不起你张利？你说……你前些日子还给我说的……你要跟我过日子……可，你变了心……哼——”

他一把按住张利的肩，气恨得仿佛要把她一口吞下肚：“你，你叫我等到啥子时候？你，你是想抛开我——我看透了，全都看透了——我告诉你，你走不了！”

他狂怒地咆哮着，喷火的眼瞪着，使劲地摇着，像要把她撕得粉碎。

黑熊从没有过这样的狂暴。张利浑身发抖，她没有想到黑熊会这么对待她。她的眼睛里不由自主的涌出了泪花。

张老大气得直咬牙，他从山屋冲出来，浑身抖索着，从牙缝里迸出几句话：

“你，你给我打！往死的打！叫她再野去！跟上葡萄再去野！打，把龟儿子打！”

黑熊举起了拳。可是，当他看见了张利那含着泪的、又喷着火苗似的眼，他一抖，拳头抖索着缩回了。

“你，你……我，我，我叫人耍了，骗了好几场了，还怕啥子哩——就是一句话，你不能走，还是不能走！”他恶狠狠地吼。

张利眼里含泪，脸却煞黄了。在这艰难的日子，他俩在一起相处，她对他有了好感。她觉得他为人真诚，说一不二，他是一位信得过的苦汉子。可是，尽管他们已经接近，他仍然对于她的外出和工作抱有那么厉害的偏见。他总想把她投向外部生活的翅膀用一根看不见的、自私狭隘的绳子系着——而正是这一点，引起了她的极大反感。此刻，面对着狂暴的黑熊，在她的心间，同样燃烧起了一股自尊、自强和不容侮视的烈焰来。于是，她一抹泪，冲他说：“弄不成，退婚！我受不了！”她气愤地一扭身，钻进了自己的小屋，哽哽咽咽地哭了。

“你……”黑熊眼如死鱼一样呆滞。他扭身走了。

因得昨日的混闹，张利心里灰了。第二天她起得很迟。她懒懒地躺在炕上，软得再也没有任何热情去秦坪县了。

是的，让她就这样远走他乡，扔下孤单的父亲和小妹，她是痛苦的。但是，如果依了黑熊呢，她的一生只会同父母一样——这是她死也不会应允的。即使有万分之一的可能性，她还是要挣命的。何况，她是在近百人的决斗中，唯一考取的，能那么轻易放弃么!?

当她爬起来之后，暖和的冬日已经照进黑隆隆的堂屋了。静静的，只有村院谁家的公鸡喔喔地啼鸣。

她对于山屋这种异样的寂静。有一种奇怪的感觉。难道昨夜的一切狂躁会消失得这么快?

院子里阳光明媚，完全不同于前些日的灰萧调子。老君山是灰蓝的，鸡冠岭的白雪帽在阳光下闪着银光。只有远山的叠嶂才漫上了透明的薄雾——这一切，都给了她一种淡远怡静的感觉。是啊，尽管昨夜的山屋曾经有过暴风骤雨，但冬日却是柔和的，宁静的，好像人间什么事情也没有发生过一样。

她在冰冷的水泉边洗了脸，恢复了她的青春和活力。走进堂屋时，她似乎听得灶房里有低低悄悄的说话声，还有一股鲜鲜的肉香味。

她听得是关大伯那略带沙哑的低嗓门。哦，她心里一惊，难道昨夜的争吵使年迈的关大伯上了心，来寻父亲算账? 于是，一种内疚回上心头了。她觉得她实在有负于关大伯一家。在她去板栗上学的这几年里，老人和黑熊为她承受了多大的苦，而他现在又是怎样的悲愁呢——她同样是山里人家的女儿，怎能不理解这一切。

可是，刚刚从中学毕业、又经了几重打击的张利，确实还没有这样的同黑熊在一起生活的要求。她只是出于感激，出于对黑熊哥的同情，出于对他的品性的理解。在近一个时期的相处中，她才逐渐打破了那种僵持和冷漠。但是，黑熊昨夜在火塘边的混闹和粗暴，使她完全失望了。

自然，整整一夜，她都在思索着这个严峻的问题。要说她以后真的留在了南方的那个文工团，当上了歌唱演员，她还能回来么，她还能同山民黑熊成婚么? 一起共同生活么? 这，连她自己也不晓如何回答了。

她还能怪他么，多么可怜而忠厚的黑熊。于是，她终于还是原谅了他。昨夜的气愤和气恨，渐次消了。

父亲和关大伯仍然在灶房里说话，吸烟。那气氛是平和的。但是，非常明显，再也不像往日那么总是发出爽快的笑声，而只是窸窣的碎语，偶或有一声叹息。

正午时分，一家人才吃上一顿大米饭。虽然昨夜晚，父亲对她是那么凶狠，甚至用扫帚打了她——一辈子没有打过她的父亲，打了她。可是，这午饭的后气氛却是祥和的。一大盘焖香了的野猪肉和麻羊肉的热气，融化了各自冰冷的心。

彼此都不提及昨日事。关大伯端端地坐在正中的竹椅上，父亲坐在侧旁，她坐在对面了。虽然没有烧酒，关大伯还是眯着他那长眉毛的眼睛，笑眯眯地对张利说：

“利，你考上了，就走吧。我是专门给你送行来的，尝尝麻羊肉——黑熊秋里打的。原说等你们结婚待客的，现在就这么吃了！”

张利低下了头。她慢慢地扒着米饭，心里好酸。关大伯并没抱怨她，但她心里却被刺痛了。

现在，在二位老人面前，她完全是一位温良的女儿了。她默默地承受着一切，她明白两位老人内心的痛苦都是她给带来的。

“不过，利利，你走到哪里，也都不要忘记咱这山里人。总是咱自己知底知情的。”

关大伯那长眉毛下的眼睛，只有在盯着她的这一刻，才闪出犀利的光。

张利只吃了一块箭猪肉，默默地咀嚼着，她的眼睛湿润了。

关大伯从背篓里拿出了用塑料包着的一件橘红色的外套，一双翻毛皮鞋，一条蓝裤，两双尼龙袜——这都是早先他为张利结婚时准备的，现在，都统统背来了，提前交给她了。

关大伯走了，悄默默地走了。

这到底意味着什么呢，是决绝还是谅解？张利真想追上去，拉住他。她真想跟他跑到后山去，寻见黑熊哥，在他面前大哭一场。

可是，她终究还是没有动，浑身一点力气也没有。

她心里是苦的，眼前是迷惘的——实在的，让她真的永远离开这山坳，离开老父亲、关大伯和黑熊，跟上那并不熟悉的老教授，去过那种从来没有接触过的新生活，她心里确是空空的，孤单的，甚至是害怕的。可是，不去呢？她却不能那么想——她像扑灯蛾似的朝着那明灿的火焰上扑。

她心里很乱，懒懒地一直躺到傍晚。这时候，父亲才蹑手蹑脚地来到她小屋。她看见父亲眼睛更红了，神情灰暗。他颤抖抖地把关大伯拿来的几件衣料放在她的小箱盖上，忧郁地坐在床边，坐了一阵，终于吞吞吐吐地说：

“利，爸，爸昨日对你……不起……算了，你就忘了吧——你，你走吧……爸不挡你，你走吧……”

张老大终于从牙缝里挤出了几句话。那声音嘤嘤的，非常低微，说话时一直没有抬起他那缠着青布帕的头。

“这是你关大伯送的——结婚不结婚也就不提了——他心退了。权当你爸对不起人……唔，对不起人……”

父亲再也说不下去了。他双手捂脸。哽哽咽咽地，憋得很厉害，佝偻着背走出去了。

张利鼻子一酸，伏在箱盖上，呜呜地哭了……

暮色沉沉了，老君山野的峡谷和林海笼着灰雾。没有任何声息。在小涧村通向后山的沟道里，踽踽着一个黑憧憧人影，如幽灵一般。他不是别人，正是张老大——经了整整一天一夜的精神煎熬，他几乎脱形了。此刻，在他背的背篓里，放着一炷香，一卷盖了红印圈的黄裱纸——利利娘病逝时留下的。现在，他带着这几样东西，独独地向着上君畔老柏林里的山神庙走去。

他不愿见任何人，更不愿见柳老五。他没有进山庙正殿，却从柏林里钻入庙后的石峡沟，进入那散发着烧纸烟味的峡洞里了。

洞里极黑，阴风嗖嗖，飘着几片灰纸。张老大好容易才看清了正中石台上帖着的那张褪了色的红纸，上面这样写着——

牛马神
药神
三神之神位
虫神
土神

他无比虔诚地盯着这张红纸，然后点燃了三根香，插在石台上的灰碗里。他慢慢地跪下了，跪在石窝里。

张老大磕了三个响头，又点燃了那一叠烧纸。烧纸冒出一股烟，飘飞起来……

他喃喃地祈祷了，“众位山神保佑，保佑我……保佑我利利……我是罪人……我有罪，对不起人……唔……求众神保佑……”

他祈祷了很久，他流了泪，他又磕了三个响头。

当他从石峡洞里爬下来，走在那幽谷荒沟里的时候，一般阴冷的风，把他吹得清醒了。他似乎觉得，憋在他的窄瘦的鸡胸里的那股闷气散开了。他嘴里不住地喃喃着：“走吧，都走吧！我张老大权当没有这个女儿了，走吧……”

他又想起了利利娘，想起她在临咽气时，为着利利和黑熊的婚事，絮絮地说出的那些话，心里不禁又一股酸楚，眼角凝住了一颗泪……

当他走回村里，堂屋已点上了竹灯。他看见利利怅怅地倚在门边，等着他。一天一夜，张利的脸颊似乎凹陷了，出现了两道阴影。她的眼睛好大，是那么失神地、木呆地盯着他。

“利……你，利利……”他不晓口里呢喃了些什么。

利利看见愁苦着脸，但嘴角却勉强地露出一丝惨笑的父亲她再也控制不住，“哇——”地扑过来，伏在他破烂了的肩头上，哭得好伤心：“爸……哇……”

张老大闭上了眼睛，抚着利利头上的发丝。在这一刻，泪水消融了父女之间的隔膜，他低沉地、哽咽地：“利，你，你也大了，你走吧，可……千万要小心……不行，就回来，利利，唔……路上可要小心……”

天黑静之后，黑熊来了。穿了一件干净的青布褂儿，脸膛刮得净光，忧郁而平静。显然，他收拾了一下，他是专程前来送她的。他一改昨日的狂暴的神情，变得恭敬而知理。眼睛里闪出忏悔、羞赧而和善的光。他像个大哥哥似的，静静地坐在张利的小屋。

他在张利的小屋坐了许久，也不说什么，只是不愿离开。

竹灯儿插在窗台上，亮亮的迸着几颗红红的灯花儿；窗外的清泉汩汩流淌着，穿过了竹林，叮叮淙淙地仿佛就敲在她心上。这声响，把她同他带向了那遥远的过去，他们在一起的那些已经淡远的日子。

她盯着他——她又看见了他那满是裂痕的黑皴皴的手。那每一道裂伤都刺痛了她。

黑熊慌忙把手缩了回去。倏然间又在布褂儿的口袋里摸着。他终于摸出了一片塑料纸裹着的东西。

黑熊眼里闪出了泽泽光亮，他的紫厚的嘴唇翕动了："利利，钱，你拿上……在外头花钱……不要难为了你……我就是伐树扛木料，也总能挣上些。"他垂下了头。

他的黑皴风裂的手把那片塑料纸裹的东西递过来。那有一股浓浓的草烟味的塑料纸包里，是他近些日子在鸡冠岭挖药材挣下的二十元钱。

不知道为什么，张利心里反而更酸了。她拧过身，没有接那钱。

"给你，你拿上。外面人生地不熟，有用着的时候。"他声音极小而伤感。

不知为什么，她挨近了他。她的月牙儿眼痴痴地盯着他。她闻见了他身上的散发的浓浓的草烟味。她倏地一把抓住了他的粗糙、风裂的手。

她是第一次这么怀着忏悔的爱恋之情，这么轻轻地、颤抖抖地、抚着黑熊那硬壳壳的手指。用她的绵绵的小手儿，抚着那伤痕……

黑熊在这一刻几乎被爱水浸晕了，他从来没有经受过她这种真情的爱抚。他木呆呆地站她身边，怔怔地不动，浑身被烈火燎拨着。他下意识地挨她而坐了。而她的含着泪光的眼，第一次投给他以如此信任而妩媚的光彩。她的绯红的脸儿，慢慢地挨在了他的肩头……

没有任何声息。彼此能听见各自急促的喘气。黑熊几乎被这突然而来的热浪冲昏了头脑，他全部忘却了对她的恨。却突然是这么坚决地按住了她……

"熊哥，你，你相信我……"

"利，利利……我，我离不开你……"

他把她猛地推倒了。张利第一次这么顺从地陷入迷离和昏热中，心甘情愿地领受着黑熊哥那粗糙而风裂的火烫烫的手的抚摸。他竟不能自制。她觉得她欠了他的债。这样离去实在对不起他。她是一个有良心的女儿。她想报答他一次，以求得他的理解，求得他的安慰——在这多少年的艰辛中，他为她付出的太多了……

他是这样忘情地、热烈地亲昵着她。可是，蓦然间，他觉得她那火烫烫的脸上，却是湿漉漉的。啊，是泪，这泪水，立即浸湿了他的心，立即清醒了他的昏热的头。他猛地一震。他觉得她是这么可爱、痴情又可怜，啊，她就是自己的妹妹，没了母亲的妹妹，她需要他的爱抚，更需要他的爱护……

“利，妹……”

他的泪水也淌下了。他深情地、爱抚地托起她，用他硬壳壳的手指抹去她眼角的泪。在这一刻，他幸福得发昏的头脑冷却了。

他觉得，他对于她——这个要远行的妹妹，不是要用强力占有她，而是要用全力保护她——只要有了这一切，他就终生满足了。

“利，你走吧……”

他深深地垂下了头，慢慢地离开了……

（选自《女儿河》，中国青年出版社 1997 年版）

流浪家族（节选）

子 页

【作者简介】子页，男，汉族，祖籍浙江萧山。1944年生，自小在新疆生活，1967年兰州大学中文系毕业。

先后在石油单位和省市机关工作。文学创作始于中学时代，中国作家协会会员，一级作家。曾任《长安》文学月刊社主编。出版诗集、散文集、长篇小说、专著十多部，计有500多万字。很多作品被介绍到国外。

长篇小说《流浪家族》由作家出版社于1998年1月出版发行。小说描写自己家族在新疆的苦难经历，被评论家认为是一部描写西部的史诗作品。当年被省作协推荐参加茅盾文学奖评选。长篇小说《悲狐》和《女人树》被改变成电影和电视剧。

给中央电视台撰写六集专题片《大唐的太阳》。同人合作创作30集电视连续剧《家比天大》由中央电视台和新天地影视公司合拍。

另有两部长篇小说已经完稿。

引 子

父亲在救过他三次命的女人被押赴刑场时，“轰”地一下眼前全黑了。任十几万人地动山摇般地呼声、口号声像雷一样从头顶碾过，他试着想挤过人群最后看她一眼，可两腿像灌了铅似的无法挪动半步，炽白的光比夜更黑暗。

这是和平解放新疆后第一次声势浩大的公判大会，会场设在刚刚更名的乌鲁木齐人民广场上。那天，红红的日头突然没了踪影，天空一片浑浊，一股股旋风不知从哪钻出来，急不可耐地打着转儿，被卷起的尘土、落叶、纸片在空中乱舞，人们惊恐地躲避着旋风，说它是鬼魂向杀人凶手讨还血债来了。会场上，人头如浪潮向前涌动，上百名死囚被押上台。其中仅有的一名女犯——国民党驻奎屯地区保安团团长野花子最惹人注目。她的发髻上扎着白绸带，脸上擦了胭脂似的，眉目清秀，红是红，白是白。因为被五花大绑着，那女人的身材愈发的令人心动。而她从容不迫更使群情激荡，谁敢相信那是已有四十多岁的女人容貌，在即赴黄泉的一刻竟然焕发出慑人的光彩，这使得靠着她的另一个面如土色的死囚——国民党新疆警察局局长李英奇愈加显得狼狈不堪，他两腿发软，裤裆精湿，身子趔趄着，由两名刑警一左一右架起。

刑场设在西郊的燕儿窝，重要的关口全架起了机枪，死刑布告贴满大街小巷。荒草丛里燕儿惊乍的一刻，密集的枪声宣泄了人民的义愤和仇恨。行刑过后死尸抛在荒野谁也不敢去认领。天近黑时唯独父亲去了，他在脑浆迸流血腥呛人的死尸堆里寻找，偏偏不见她的尸体，他记得她为自己在头上扎了白带的，那其中有着双重含义。父亲少年时头一次见到她，她的头上就扎着白带，是给她母亲扎的。这一次却是给自己扎了。夜风嗖嗖，一群野狗瞪着血红的眼睛围逼过来，惊诧死人堆里怎么跳出个活人来。父亲并没有惧怕，从地上捡起石头抵挡野狗的袭击，他四顾茫然。“你在哪啊?”父亲喁喁而语。

野花子没有死，她陪了法场后被押入监狱。她的被捕在北疆一带引起巨大的震动。上千名百姓从奎屯自发来到乌鲁木齐，齐刷刷地跪在广场上，他们向中国人民解放军军事管制委员会递交了一份又一份请愿书，要求保野花子一命。在他们的“万民折”里列述了野花子在奎屯驻守八年来的业绩，口称她是从不糟蹋百姓一心为民的“清官”，没有野花子就没有奎屯的安宁，没有野花子就没有奎屯的好年景——一个衣衫简陋的老大妈抱着军代表的腿哭着说："那个狗连长糟蹋了我才十三岁的女儿，是她枪毙了那个畜生，替我报了仇，她是活菩萨，要杀就杀我吧，我愿替她去死。"军事管制委员会迟迟没有表态，又有十多人写了血书甘愿替野花子一死。在公判的最后一刻，军事管制委员会的首脑感叹地说："唉！千真万确，严重的问题是教育农民，他们的愚昧蒙住了他们的眼睛，那就缓一缓吧。"他的一句话使野花子免除了一死，却叫父亲和野花子经历了后半生绝无仅有的悲惨的人生历程。

野花子不知去向，父亲决然带着母亲和七个儿女离开了生活多年的城市迁居到乡下。那是东山下一个偏僻的山沟，沟里零零散散住着半农半牧的哈萨克族人和维吾尔族人，还有单身的俄罗斯族人。我家的到来为当地增添了一个民族。荒山坡上一间孤零零的白色小土屋成了我家。第二天光顾我家的是土改工作组组长，他和父亲用维语交谈，父亲把搓碎的一片烟叶用旧书页卷了递给他抽，在一片烟雾中，他们的样子很亲密，当看到屋里仅有的七个破衣烂衫的孩子时，他笑得很开心，自作主张地在我家的成分上写上"贫农"二字，走时在四妹的脏脸上狠狠拧了一把，疼得四妹张嘴大哭。我们当时谁也不懂成分的含义，很为父亲自豪了一阵。他不仅会讲维吾尔语、哈萨克语，而且也能随心所欲地和俄罗斯人交谈。

得到土地的父亲像一个工头似的把母亲和儿女们驱赶着没日没夜地在山坡上耕作。那年风调雨顺，粮食丰收，家里仅剩下一点可怜的口粮，父亲将两担小麦和喂着的两只羊全卖了，揣着钱悄无声息地不知去了哪里？残疾的大哥比我们懂事，每天都站在雪地里往路上瞭望，不见一个人影。我们感到松了一口气，总可以在热炕头上舒舒服服睡个囫囵觉了。两个月后，父亲两手空空带着一脸疲惫和失望回到家里，他对在风雪中等候、冻得瑟瑟发抖的母亲视而不见，我们心里比身上更冷。

几年后，随着农村的合作化、公社化运动，家里的收入越来越少，一个劳力干一天是十个工分，十个工分只值九分钱，全家挣死挣活的得到的工分，年终结算，总是亏欠公家的粮钱，灶火的火苗里少了温馨，跳动着隐隐的不安。父亲的眼睛搜索着小屋，炕上是两只镶有铜扣的皮箱，它在我们的心目中是神圣的，母亲说这是外婆留给她的，里面装着爷爷和外公的遗物，究竟是什么，谁也不知道，似乎比全家的生命都宝贵。我们从母亲的口述中知道，爷爷和外公都是清朝的官兵，战死在疆场上。于是在梦里，爷爷骑着一匹白马奔驰在草原上，外公紧随其后，一阵风似的不见了踪影。显然，母亲从父亲的眼光里已看出了企图，先自扑在皮箱上一副誓死捍卫的样子，父亲叹口气，一跺脚走了。我们问母亲父亲去了哪里，母亲凄楚地说："你爹心里苦，叫他散散心去。"我们开始恨起父亲，他一点也不管家里的死活。大哥才十六岁拖着一条残腿到煤井去背炭，不小心踩空了脚摔死了。当黄土掩埋一条席子卷着的大哥时，母亲哭死过去三次，醒来扒开黄土将手腕上的一只玉镯摘下来戴在大哥的手上说："儿啊！到阴间换口饭吃吧。"

八年在母亲的啜泣和一家人的忍饥挨饿中过去。我们不知道母亲有什么魔法，每每在绝望时，母亲总能弄到吃的东西，让一家人完整的活下去。后来才知道，是我家一条叫花花的狗扮演着神秘的角色。所以，当花花死了时，母亲把它埋在我家小屋依傍的后山顶上，以求花花保佑一家人的平安。

那天傍晚时分，父亲进家后坐卧不定，眉眼里掩藏着激动和昂奋，呛人的粗糙的旱烟弥漫在小屋，父亲一刻不停地抽烟。第二天早上，他从鸡窝里掏出母亲留下孵小鸡的一对母鸡走了。他到哪里去呢？原来他到对面一条叫做大红沟的地方去了。大红沟是产煤的地方，几个大煤井不停地吐出亮晶的煤块，在一个由铁丝网围起来的煤井里，上百名的服刑要犯在百米深的地底下劳作，野花子就在其中。父亲找了她八年，不曾想她就在眼皮底下。就在父亲要见到她的头一晚上，瓦斯爆炸煤井崩塌了，没有人感到意外，也没有人设法抢救。野花子和四十二名政治犯永远被埋在地底下。

从此，父亲冰凉成一块石头。他既不会哭也不会笑，眼看着一天天老下去，于是母亲格外思念在兰州参军和家里多年失去联系的二哥，因为大哥残疾，我们兄弟排行没有他的位置，叫我二哥作大哥，他应该是家庭的顶梁柱，可他杳无音信，传说他战死在朝鲜战场上了。母亲不相信，认为我大哥还活着。

当父亲的第一个孙女出生，抱在他面前时，父亲的脸上也没有丝毫的表情。偏偏他八十二岁高龄唯一的一次对家庭的温情送了他的命。春天，一切都萌动了，满沟流溢着水声和色彩。父亲爬上树去摘榆钱，摘完后，他并没有慢慢爬下来，而是纵身跳在对面的沙滩上，身子一摇，脚底下虚虚的就昏了过去，清醒后，感到腰部剧烈疼痛，下腹猛坠，试着解手，尿出来的是一块块血，他又昏死过去。父亲那么大的年龄为什么要从树上往下跳呢？是梦幻，还是清醒，他不说，别人无法猜想。二哥把他背到医院，诊断是肾脏破裂，立即输血抢救。半夜里，他自个儿拔下输液的针头，大骂儿子不孝不义，将他送到不该来的地方。万般无奈只好将他又背回家。回家后，躺在残疾大哥原来睡过的床板上，一不打针，二不吃药。疼起来时，用牙咬着床板，指头紧紧抠进墙壁里，全身紧缩成一团。在他实在支撑不住又昏死过去后，卫生院的大夫给他打了止疼针，缓过劲来后，他又破口大骂，将我们数落得一钱不值。他说：“疼怕什么？男人岂有忍不住疼的，你们这些娃子不配当我的儿子。”三个月后，父亲死了。无法想象他忍受的疼痛，墙上、床头留下指头抠挖的斑斑血痕。入殓时，抬他如抬一片轻叶。爹啊！你为什么如此折磨自己，难道就是为了那个叫野花子的女人？我们从母亲的嘴里断断续续地知道了自己的家世和父亲的一生。那一对皮箱里藏着半个世纪的秘密。

几十年后，我们兄妹七人，各走各的路，平凡，艰难，孤苦，没有一个是辉煌的。我从大漠里走出来，由新疆到北京，由北京到西安，几乎全忘记了过去的时光，走着一条完全背弃父亲遗愿的路。突然，有一天没了路，我站在驶往海口的货船甲板上面对大海惊恐四顾，我的岸在哪里？戈壁一下浮上心头，猛回头，西天一朵云随我而来……

卷一・国殇

一

世纪末风雨和世纪初晦朔交接的长沙总是绵绵不断地下着雨。整整三个月了，太阳遗忘了这个地方，这地方也忘记了太阳。天好像承载不起自个儿的重量慢慢地坠下来，眼见就要压扁地上的一切，其中的人惊慌、猥琐、绝望、无法逃逸。道路、房屋、家具、粮食、床褥、衣物……都发了霉，长了毛，渐渐腐烂，人心就更毛了。难道天真的漏了、塌了，没法补了？城墙内的六条大街和三十九条小巷泥泞成一片。土屋子泡成了泥汤，茅草屋漂成了草屑，连青砖绿瓦的大宅也变成了落汤鸡似的。家家的屋檐下都挂着滴不完的积水，像老人不堪入目的清鼻涕。一条湿淋淋的狗垂着空皮袋似的奶子惊恐地向天吠叫……

不知从何时起长沙的男人一向以喝茶、清谈为乐事，能进茶馆的人都是有头有面的。一早，南街“逍遥津”茶馆门刚开就涌进一大帮拖着长辫子的男人，辫子油光可鉴，像上面抹了一层猪油。他们都是熟客，坐就后端起茶碗望着阴沉沉的天空长吁短叹，没有了往日说古论今的兴趣，眼珠像死鱼的眼珠，没有一丝活气。一堆大小不一的蛤蟆在门槛上跳进跳出，这是司空见惯了的，雨季繁衍出一个蛤蟆的天地，它们从乡下长驱直入，昼夜不停地进城在城里制造出一派密不透风的鼓噪声，人们的耳朵也被它们的鼓噪磨出了厚厚的茧子，也就见怪不为怪了。对面老照壁茶馆的茶客更是无聊，他们不时地向街面张望，有一种期待和欲望，果然有一对三寸金莲款款移来，男人的眼睛突然放光集中起来从下向上，小脚、大腿、屁股、腰身、奶子、脖颈，最后艰难地爬在一张麻脸上，滞留片刻，扫兴而去，不是他们热切的那种。他们唯一的话题是谈论女人。一个仄脸茶客说，如今的娘儿们实在没味，瘦得像柴棒，要屁股没屁股，要奶子没奶子，男人们趴在她们的肚子上也免不了打瞌睡。还说，这雨就像得了病的女人来了月经哩哩拉拉地没完没了。正说着，一条精湿的母狗从外面撞进茶馆，另一个茶客对仄脸茶客说：“是嘛，女人没味，这母狗有味哩，爬上去生一窝仔就够我们冬天吃狗肉火锅了嗄。”仄脸茶客瞪起眼睛正欲反击，那母狗向他的胯裆下钻去，湿透的毛皮上沾着屎尿，嘴里还咿咿呀呀地哼叫着。他飞起一脚，狗没踢着却踢出一声炸雷似的喊声来：

“鬼吆——你们看，那是啥么？”

所有的茶客都跑到街上循着喊声仰头看过去，陡然，西天小吴门城墙内有一个巨大的圆锥体亮光闪闪地透着紫红矗立着，好像天被它支撑了起来。其实，这东西已存在多日了，只是这一刻好像才被长沙人发现。一个知情的人用竹签剔着牙花，牙疼似的告诉大家，那是外国洋人刚兴修的一座教堂。“教堂?”大家都感到这词儿新鲜，要追究个明白，那人就势卖起关子，把一条葱秧似的小辫子甩在脑后，扳着手指数数，自称自己到过日本，俄国，美国，法兰西，埃及……，大家不耐烦听这些，心里骂他是假洋鬼子，可不改脸上的谄笑。磨蹭了半日，大家才从他嘴里弄明白教堂就是和中国寺庙差不多的玩意，是用来供神烧香祷告的。于是大家开始议论起洋人教堂的模样，你一言，我一语，嘲笑洋人的愚蠢，竟然把庙殿盖成不伦不类的样子。

“像啥?”

“像鸡巴!”

一个人气愤地骂道，的确是越看越像，“是像鸡巴!”几个人附和他说。“他妈的！洋人敢把自己的鸡巴挺在中国的土地上，这像什么话?！这是中国男人的奇耻大辱！难道中国的男人们都死光了吗?”你一言，我一语，个个义愤填膺，怒不可遏。诅咒的、跺脚的、拍桌子的、吐唾沫的，一时间人群如蝗，越聚越多，仿佛是从地缝里钻出来争着赶庙会看热闹的，前呼后拥，潮水一样。吵吵闹闹一阵后，那东西渐渐暗然无光，看不出个究竟来，大家就灰溜溜地散了。

不几天，从长沙人们最关切的品字街传来了一个令人毛骨悚然的消息：一个叫托马思的洋人在揽月楼上一气睡了七个中国女人，而且把三个女人搞得昏死了过去。

相比之下，几个洋人安然无恙，他们在品字街的妓院里出出进进，没日没夜地和妓女搅在一起。教堂的神父提着裤子从“二乔阁”里走出时撞倒了一个中国教徒，他爬起来看着乐不可支的神父的背影恍然大悟，什么狐狸精作怪，分明是洋人作的孽，那洋人的教堂就是对中国男人的符咒，于是，一伙人愤怒地涌向教堂，一把火将它焚烧了。一队胸前贴着“勇”字的清兵灭了火，抓了人。满身是火的神父跳入湘江游出十里没有死，上岸后却让怒不可遏的男人活活用石头砸死。

大街上更冷清了。那天，一大早雾气很重，街面上的铺面也懒得开了。街头走来一个外乡少年，高挑个儿，黑裤白褂，眉宇里透着聪慧，虽不算壮实，走起路来虎虎生风。一个骨瘦如柴的乞丐见人走过来，鼓起腮帮子吹响了唢呐，那唢呐喜气洋洋，少年就像是从唢呐里吹出来似的，上下亮堂堂的十分惹眼。他东张西望地想寻找一个住处，早晨喝了几碗稀粥，此刻尿憋，看看四周无人，就立在墙角撒尿。一边撒尿，一边看墙上贴着的乌七八糟的告示，有官方的，有民间的，说的都是男女之事，看着发笑，竟忘了把东西收入裤裆。对面不远的"怡春园"楼上一个叫香眉的妓女正开窗向外泼水，她目光所及，像触电似的，往后一仰惊叫了一声，连盆子也泼了出去。十多个妓女都伸出头来张望，少年正抖落着，十几双媚眼被磁铁吸住似的没有松动。"好大呀!"妓女们不约而同地说。立在妓女身后的鸨母吴妈见了心里一阵窃喜。自从"缩阳症"传到长沙后，她的生意日渐清淡，男人们一个个像旱地里的病葱立不起来。眼见日子支撑不住了，今日见到此情景，心想这少年怎么没得病呢？莫非他有灵丹妙药不成？若真是如此，她的怡春园就有救了，千万不能放过这个机会。她甩掉木屐，胡乱蹬了不知谁的一双绣花鞋，急急忙忙下得楼，老鸦般扑腾着，呼唤那少年。

少年名叫周怀仁，是个刚刚出师的小铜匠，家居祁东金兰桥镇，半年前一场水灾后又是一场瘟疫，父母在一个月内相继去世。周怀仁孤独一人，在父母的"百日"之后，经师傅指点，孑身来到长沙谋生。周怀仁见一妇人叫他就迎上去问："这位大妈，可是有活叫我做?"吴妈听这口气就知道对方是一个手艺人，顺嘴说："我家有几个铜盆漏了，你可补得?""补得！补得!"周怀仁说。"那好，跟我来吧!"吴妈引着周怀仁上了楼。听到楼响，楼里像炸开了锅似的，妓女们像热锅上的蚂蚁蹿来蹿去，春花和秋花撞了个满怀，一对耳环满地滚，落在冬花的脚下，冬花俯身去捡，屁股顶着了一枝秀的肚子，疼得她像猫一样乱叫。吴妈瞪一眼，虽没吭声，楼上的好像她放牧的一群羊顿时安稳了许多，但禁不住一个个掩嘴嬉笑。周怀仁不敢正视，低头跟吴妈进了屋。坐定后，吴妈满脸堆笑说："小师傅，听你语音是外乡人？刚进城还没找到住处吧？我看你面善，你先在我这里住下，我这里有很多活要你干，你也可以到外面去揽活，我不知你领不领我这份情。"周怀仁不谙世事，也不知这“怡春园”是干什么的，还以为是客店，就满口应允了。到了天黑，周怀仁独在一间小屋里坐立不安，也不见吴妈把要做的活拿过来，外面传出一阵阵丝弦音乐，还有女人的嬉笑声，周怀仁起了疑心，才发现这小屋并非客店住房的模样，一张雕花的红木小桌摆在中央，桌上有女人用的胭脂口红，龙凤木架的床上铺着绣花锦缎被褥，用香薰过了散发出诱人的气味，再看墙上那张画，光线虽暗，一个男人搂着一个赤裸的女人，笔墨做了很大的夸张，女人的屁股又大又圆，看得周怀仁心惊肉跳。他知道这叫“春宫图”，心里纳闷怎么会有这等淫秽的画还敢挂在墙上。“吱扭”的一声闪进一个小女子，端着一笼包子放在桌子上说：“这位小哥哥，妈妈叫我送饭给你喀。”看她模样不过十四五岁，身条很单薄，穿一身双襟绿夹袄，显然不合体，松松垮垮，眉眼里掩藏着慌乱。“你叫什么名字？”周怀仁问。“我叫小红喀。”小红说罢低头不语，手指绞起胸前的衣襟。“你是衡阳人吧？”周怀仁又问。“小哥哥你怎么知道的喀？”周怀仁笑着说：“我听口音听出来的。我在衡阳学手艺，我师傅就是衡阳人，说话总带个‘喀’。”小红不好意思地笑了。言来语去，两人中没有了陌生感。周怀仁的确饿了，抓起笼里的包子狼吞虎咽地吃起来，小红把醋碟拿给他又替他放了辣椒就退了出去。周怀仁吃罢饭擦了油嘴和油手正欲叫小红来收走碗碟，另一个女子走了进来说：“小哥哥，妈妈叫我今晚来伺候你。”说着就将身子蹭过来贴在周怀仁的背上双手在周怀仁的脖子上搓揉，周怀仁毕竟年少又是下苦力的人，吓得大气也不敢出，脖根像触了毛毛虫似的，动动不得，静静不住。那女子是很老到的，知道眼前的周怀仁还不开窍，就将周怀仁的头扳过来眼对眼地说：“你想不想要女人？”说着伸出一点舌尖就去舔周怀仁的鼻尖，周怀仁躲不及鼻尖上粘上了唾液，浑身打起颤来。“妈妈说过了不要你钱的。”那女子的手就毫无顾忌地往下走，周怀仁忙忙地护住自己的裤腰夹紧了两腿央求：“大姐，大姐……摸不得……摸不得……”“我早就见过了，你是一个好男人哩！”说着蚕儿似的从嘴里吐出一丝丝柔情浪语，她身上裹着的小红肚兜也半遮半掩，圆圆的肚脐眼儿令周怀仁血直往上涌……在师傅家当学徒的时候，师母常和自己的师傅吵架，每日，天蒙蒙亮，周怀仁就得爬起来，要做的第一件事就是倒尿盆。他在门外咳嗽一声，门开一个缝，师傅从门缝里递出尿盆，又臭又臊，他接过端着走过侧门倒进后院的茅厕里。回来时，听到师母质问师傅："老实说，你昨天上哪去了?""我去送货呀。"师傅回答说。"鬼才相信你的话哩，是给窑子里送货去了吧?"师傅再也不说什么，闷头点起水烟来抽。师母心烦，她身上有一股邪火非发泄出来不可，趿上鞋冲到师傅跟前说："你要不是睡了婊子为啥一夜抬不起头来?"师傅也放开了嗓门骂："老子挣的钱想和谁睡就和谁睡，你这个淫婆娘，我就是不伺候你，东西长在我身上看你能把它叼了不成。"吵归吵，骂归骂，过一会儿，师母将两个白花花的奶子偎在男人的脸上，浪浪地叫："乖儿子，快来咂呀!"师傅果然就抱起那奶来拼命吮吸，师母就高一声低一声地呻唤起来，最后两人滚在竹床上，竹床被压得嘎嘎颤响。十二岁的周怀仁耳闻目染渐渐懂得了男女之间很多的事情。四年过去了，今天他无意踏进妓院里被女人死缠硬磨岂有不动情的?但他牢牢记住了父母的教训，一个靠手艺吃饭的本分人万万沾不得"吃喝嫖赌"！一种自小家庭熏陶出来的耻辱感叫周怀仁收住了心猿意马。他猛地站起来红着脖根推开身边的女人说："我又不是嫖客，是上门做活的，你去找别人吧。"这时，吴妈走了进来，见眼前的情景，给那女子使了个眼色，那女子抱起衣服怨怨地走了。吴妈坐下来开导周怀仁说："唉，我是心疼你们当男人的哩，知道你爹妈都过世了，家里也没有给你说下媳妇，一个男人在外哪有不寂寞的，既然你不愿意，我也不勉强。从明天起，你就把几个破盆给补了，该是多少钱我就给你多少钱。"第二天，吴妈叫小红抱过来几个破铜盆，周怀仁上街买了工具就干起活来，小红在一旁做帮手。周怀仁问起小红的身世，小红起初不肯讲，自从她来到"怡春园"，没有哪个人关心过她，询问过她，周怀人是第一个。小红自小就不知道自己的父母是谁，一个寡妇收养了她，当了她的义母，待她比亲生女儿还亲。寡妇在长沙一个姓贾的商人家既当佣人又当奶妈，小红长到十二岁了，常到贾家帮助义母干一些力所能及的活儿，也帮义母看管贾家的小少爷。小少爷刚满四岁，上高摸低顽皮至极，那日在院里玩耍一不留神，少爷爬到了假山的石顶上。"当心！不要摔下来呀……"小红的声还未落就见少爷像一片叶子被风揪了下来，脑袋磕在一块石头上抽搐了几下就毙命了。贾家老爷五十岁上借种续得香火，驴打滚地在地上号哭，一口咬定叫小红偿命，义母顶替小红吃了官司，在监狱里咬断舌根自杀了。贾家仍不解气，将小红卖到“怡春园”。听罢小红的哭诉，周怀仁也哭成了一个泪人，半天喘不过气来，手里的活儿也停下来，小红一面用衣襟擦泪一面说：“小哥哥相信我，我的身子是干干净净的。妈妈几次叫我接客我死都不从。”小红挽起袖子露出胳膊上落满香头烧的疤痕。周怀仁说：“你做得对，女儿家宁可玉碎也不能瓦全。”话语间，周怀仁的少年侠肝义胆陡增，声称要找吴妈论理，他说：“不用怕，以后我会保护你的。”小红感激得点头。不到半日的工夫，几个铜盆全补好了，周怀仁嘱咐小红要吴妈来验活。周怀仁的手艺又精又巧，补好的铜盆看不出一点痕迹又擦得亮光闪闪。吴妈“啧啧”地赞不绝口，取出一些散银子给周怀仁，周怀仁不接说：“以后有活尽管叫我干好了，我一分钱也不收，只求大妈再不要为难小红就是了。”周怀仁的话叫吴妈十分难堪，吴妈恶狠狠地瞅了小红一眼，心里骂道：“死丫头，在背地里说三道四，晚上非撕烂你的嘴不可！”脸上却堆出笑来对周怀仁说：“小哥哥，你这么小的年纪难得有一副菩萨一样的心肠。卖啥的吆喝啥，干我们这一行的就得脸上挂笑心里流泪，看着天天当新娘，肚里灌得是辣汤。实说了吧，活人难呐！这两日你也可以看出我的行事为人来，世道艰难，谁愿意干昧良心的事，我这家几十口人都要吃要喝，总不能白养活一个人。”吴妈说得眼圈都红了。周怀仁哑默了一会，看着小红委屈可怜的样子就鼓起勇气说：“吴妈，我相信你的难处，这么办吧，我琢磨自个儿的手艺还能养活得起一个人，以后小红的花销就包在我身上了，就让她干点杂活吧。”听周怀仁这么说吴妈心里寻思，小红死倔死倔的，须慢慢的调教，眼前这小铜匠说的不是大话，也不是气话，他的确是个摇钱树，就是万一成不了那事，也有一副好手艺，凭这手艺在长沙不怕挣不到钱，何不顺水推舟做个人情，白白的赚点钱呢。想到这儿就说：“我家小红真是好福气遇到了你这么一个好人，小红，还不过来拜见你的恩人，今后，你就认他做哥哥吧。”小红听了这话不敢相信自己的耳朵，若不是见到周怀仁那一双真诚的眼睛，她是断然分不清真假的。等吴妈又一次唤她时她才愣过神来，急忙趴在地上要给周怀仁磕头，周怀仁连忙摆手阻挡。顷刻间，那一对盈寸的眸子里流溢出的凄婉、哀怨、惊喜和慌乱，便深深地烙在周怀仁的心上，十六岁的少年的肩头顿时肩起了父兄的重担。拜过后，吴妈说："这就好了，今后就是一家人了，今晚，你就再住一晚上，你们兄妹吃一顿团圆饭，明儿，我叫对面的小店给你腾一间房子你就搬过去住，好好揽活，不要忘了你还有一个妹妹要养活的，小红也可帮你缝缝洗洗的，我也算积了大德了。"晚上，吴妈果然送过一些酒菜来，周怀仁高兴多贪了几杯，又没有酒力，一会儿就醉了。小红的内心对周怀仁又感激又愧疚，女儿家的心思自然比少年多了一层，她思忖倘若周怀仁是一个成年的汉子，她一定会求告吴妈跟了周怀仁的，即是当牛做马也心甘情愿，只可惜周怀仁的一张娃娃脸让人难以开口。小红走过去轻轻摇晃沉醉的周怀仁，真真切切地叫了一声"哥哥——"周怀仁睁开迷离的眼睛说："好……好……妹妹……你，你去歇……息吧……"舌根硬得连话都说不连贯。小红小心翼翼地把周怀仁扶在床上躺下，这一阵她可以无所顾忌地仔细看清周怀仁了，高高的鼻梁，厚厚的嘴唇，口鼻中喷出的热气扑在小红的脸上，连她也醉了似的，微闭眼睛，感受屋里的安宁。听到外面有脚步，才回过神来，放下睡帘，恋恋不舍地虚掩了门出去。半夜的时候，周怀仁醒来发现自己喝酒太多又尿了裤子就脱下湿裤子晾在床架上。

这头，吴妈一夜翻来覆去睡不着，她心里想的和做的成了粘不在一起的两张皮，她把周怀仁请到怡春园来原本出于偶然，自从"缩阳症"蔓延开来，长沙的男人都萎了、没了，没有人再来光顾妓院，生意一天比一天萧条，猛浪惯了的妓女又饥又渴，一个个也像没了水分的干果瘪柑，猛然见到如此奇伟的男人，谁个不要？连洋女人都会找上门来，说要请他去干活，吴妈的眼睛是能把女人看到底的，岂肯轻易放走到嘴边的肥肉？周怀仁的出现一定是天意，他能扫除怡春园经久不散过重的阴气，他也是一个聚宝盆，说不定全怡春园的女人加起来也不顶他一个。男人都没有了，偏偏他有，这其中一定有原因，若弄清了这原因，她就成了拯救男人的活神仙。可这些全都是一厢情愿，周怀仁是年少？还是无能？妓女们再挑逗也不动声色、不上路，叫一个个妓女都怨恨恨的。

而小红是她花了五两银子买来的丫头，身子虽未长开，眉眼却十分清秀，人又机灵，若听话的话，将来也准是一棵摇钱树。南门独臂阔少苟布看中了她，肯花大价开包，可小红死活不依，用嘴啃了人家独胳膊上一块肉。现今又认了周怀仁当哥哥，虽能赚点小钱，可蚀了大本。左想右想自己办了糊涂事，看走了眼，恨自己恨得牙都快磨碎了。

第二天，天刚放亮吴妈就爬起来，外面的潮气扑进窗户，地上湿漉漉的有一股霉气，吴妈走到门前推门推不开，眼睛就挤在门缝里往里瞧，这一瞧让她打一个哆嗦。周怀仁一丝不挂平躺在床上，男人的阳物直挺而上，仿佛从地心的最深处有一股神秘的力量，全部贯入男人的身体，聚集在那上面，像一座山峰兀自突起，擎天柱般托起朗朗的日头，阴云密布的天空霎时被光芒射透，然后瀑布似的倾泻下来，万物就地一拱而起，饥渴难耐地吮吸这久违的光芒，血水在河床里泛溢起滚滚的波涛，在横纹交错的大地上肆无忌惮地宣泄，满山遍野的鸟儿抖掉羽毛上苦涩的水雾振飞起来，朝圣般地飞向那一轮火红的太阳……

外面是谁石破天惊地大叫一声：

“太阳出来了——”

多半年的光景，小红长高了，也丰腴多了，脸色红扑扑的，尤其是那对好看的眸子黑得似棋子，顾盼之中令人更加爱怜。周怀仁心灵手巧干活实在，一天天有了名气，活揽了不少，挣的钱足够他和小红用的。他先给吴妈送过去一些银两，又拿点银子给小红扯了两套衣料，一套是蓝底白花的杭州丝绸；一套是最时兴的天一阁铜钱板厚的锦缎，摸起来光滑、柔软，抓一把不打皱。吴妈见周怀仁肯花银子，对自己也有孝敬的礼物，对小红的出出进进就少了很多的限制。周怀仁的心里舒畅，出手的活件件叫好。他今天一早背上工具到一家官府去干活，官府的主人是一员能征善战的将军，在西域征战多年，战功赫赫。他在江南营造了一个上千斤的大铜鼎，上面要镌刻上千名征战西域捐躯的英名，找过许多铜匠都不敢揽这个活儿，周怀仁初生牛犊不怕虎揽了这活，价钱也开得很足，时间也没有限度，给了周怀仁很大的空间。出了城门向西一路走来，正值春日，放眼出去一片碧绿的菜畦，一只轻捷的叫天子从草丛里飞出来直向云霄。周怀仁的玩心并未泯灭，目光追随那只鸟儿，直看到它和白云融成一片，心想，这小小的鸟儿竟然飞得如此之高，快快活活的，一对翅膀想往哪飞就往哪飞，我应该打一只铜鸟给小红叫她有朝一日同这鸟儿一样从“怡春园”里飞出来……正想着，和一个人撞了个满怀，被撞的人破口大骂起来。“日球鬼！你瞎了眼了。”周怀仁，急忙赔礼，那人翻着一对白眼上下瞅着周怀仁像是认识周怀仁似的，欲问又止。周怀仁急着去干活，匆匆丢下那人离去。

撞周怀仁的人叫单一清，是长沙市街头有名的泼皮，一肚子的坏水，外号“狗皮膏药”，专往人身上贴，贴上去就撕扯不下来。他是认识小铜匠周怀仁的，周怀仁却不认得他。他今天一早起来去到西郊报信，正午时分在白庙坡前处决两名人犯，有人出钱要用人脑做药引子，他和刽子手说好了得了钱一人一半。单一清走到西门口只见一大堆人正围在西北城墙边看贴着的布告，单一清个头矮就踮起脚伸长脖子看，布告上写着：

> 近闻三百余匪在长沙聚集滋事，拆毁洋房，捣毁教堂，洋人住地顷刻变为灰烬，为首姓郝，谎称其妻被洋人奸淫，唆使歹人呼啸于县城内以谣言惑众，预谋造反。城里居民无知欲逃往乡下。陡然间船票大涨，由于风高浪疾，船上载人过多，横祸遂至，溺毙者百人之多，衙府深表痛惜，遂告诫百姓切勿盲从，有传播谣言者一律以匪论处……云云。

单一清心想关咱屁事，这世道乱了才好，越乱越能浑水摸鱼。他报完了信得了银子又惦记着另一件事就急急忙忙往怡春园走来，一打听吴妈到东门寺庙里烧香去了，他谋划着这时辰该回来了就向东迎去，在路上可巧就碰着了。吴妈见他张着嘴都说不出个“一、二”来，两只眼睛瞧着自己的胸，就佯怒道：“砍头的，想在你娘身上打主意，我屙一泡尿能把你活活的淹死。快说啥事，老娘没工夫和你磨蹭。”单一清收住眼说：“好妈妈哩，我给你请了一个大财神爷。”吴妈鼻子哼了一声表示不信，单一清将吴妈拽在路旁问：“小红好着哩?”“小红么的?”

吴妈睃巡着单一清脸上的鬼色，知道有来头就说：“唉，有话你就直说嘎。”单一清说：“洋人想要哩。”吴妈一听“洋人”二字急忙摆手。单一清情急说：“咋个？莫非洋人的银子扎手？人家出这么大的价……”说着伸出五个指头。“五两银子?”“五十两!”单一清梗着脖子几乎是吼出来的。这个天价出乎吴妈意外，钱虽不少，吴妈叹一口气说：“那死妹子的性子比石头都硬，我用香头烫她她都不吭一声，拿两个眼睛瞪我，瞪得我头发根都往上竖。算命的说她八字里有死劫，谁粘了克谁，我寻思着不如卖了算了。”单一清一听就急了说：“你又没有七老八十的怎么这么糊涂，什么死结活结的，听算命的屁话，全都是骗人的。你应该知道，天眼眼，地眼眼，女人靠的是肉眼眼，有了它就是聚宝盆哩。”单一清的话虽然龌龊却触动了吴妈的内心深处。打从买来小红后，凭她多年的职业眼光和经验，小红不但是个美人胚子而且又内秀机灵，是一块没有打磨的上好玉料，若花点功夫教她点儿琴棋书画，准会成为风月场上一流的无价之宝。上海的名妓赛金花见一面都得上百两银子，若有一天小红成了长沙的赛金花，自个儿的银子还不堆成了山。难就难在第一次让她接客。既然洋人肯花钱不如赌一把。单一清见吴妈动了心，顺势坐在路边一个小吃摊上，要了一碟萝卜干炒腊肉，两碗鸡丝汤面，一边“吸溜”地吃着，一边把嘴贴在吴妈的耳朵上嘀咕。吃喝毕，吴妈付了钱，反复叮咛单一清的嘴上要加锁。在巷口分手时，单一清就在吴妈的胸上贪贪地捏了一把。

“我的二两银子可不能反悔吆。”单一清扭头把话甩在污浊的小巷里。

南国最早披露春天的是玉兰花。清晨，小红推开窗户，一股晨风送来玉兰花的香气，由不得深深地呼吸了几口，顿时觉得心神格外清爽。小红取过铜镜坐在窗前梳头，盼望能够见到那个熟悉的人影。好多日了，周怀仁总是早出晚归的，给官府打造铜鼎不知要耗费多少时日。小红顾盼许久，镜子里照出的却是好几株立在周怀仁窗前的玉兰树。小红十分珍视它的早醒，花期可巧又提前了，一夜的工夫，玉兰花全绽放了，晚上又刚刚下过雨，花瓣上滚动着水珠，愈发的晶莹剔透。几只黄蜂儿围着花蕊飞来飞去，织出一片甜美。小红看得发愣，心想自己若是那棵窗前的玉兰多好，可以日夜站在小窗前守候小屋主人的一举一动，继而又想若是一只蜂儿就更好，可以飞到小屋里和主人等在一起，贴在他耳朵上说悄悄话……

正想着听见楼梯上有脚步声，门帘底下是一对尖尖的小脚，锥子似的扎在那里，小红心一缩，又是吴妈来了。吴妈最自豪的是她的这对“三寸金莲”，年轻时倾倒了长沙城的多少男人，是男人怀里的“宠物”，男人把玩她的一双脚，手都磨出了茧子。她最不满的是小红的一对大脚片，已无药可救了，可还是在小红面前甩下一条又长又臭的裹脚布说，用它要么缠脚，要么上吊，强迫小红裹脚，疼得小红走路一瘸一拐的，晚上就自个儿偷偷放了，为这事吴妈大发雷霆过多次。小红急急忙忙把脚掩藏在裙裾下，吴妈没看见似的笑嘻嘻走进来，将一摞小笼屉放在桌子上说：“哟，小红呀，还在窗前瞧呢，看我买了这笼刘家的小酥白和黄焖鸡，听说周家小哥这几天身子骨劳累得很，特意买来，你赶快送过去，表点咱们的心意。咱不能老是白吃白喝人家的，对吧？”小红心存疑虑，吴妈又在卖什么关子？但毕竟是叫她给周怀仁去送吃的，是求之不得的。“你还愣在这里干什么？把东西送过去，他若是人在就趁热吃，若是人不在就留给他当晚饭。这小哥干活舍得出力气，我看人都累的瘦了一圈，你不心疼我还心疼哩。我思谋着你去帮他打扫打扫房间，有脏衣服也该替他洗洗才是。”吴妈的一片话语打动了小红的心，小红接过小笼屉兴冲冲过小店来了。店主见小红进门，都是熟人不必招呼。等小红进了周怀仁的屋子，店主在柜台后向怡春园摆有一盆倒挂金钟花的窗口示意，吴妈就全心领神会了。

周怀仁这当儿不可能在家。小屋十分凌乱，床上的被子都没来得及折叠，桌上的一把茶壶摇一摇也是空的。一本石刻的《水浒传》翻卷开来放在竹椅上，好像主人正在阅读。周怀仁告诉小红他在学徒前曾经读过两年私塾，读的是《大学》《中庸》之类。闲暇时就翻阅各种杂书。他的记忆力很强，仰慕《水浒》里的英雄好汉，将“吴加亮丰四斗五方旗，宋公明排九宫八卦阵”、“武松醉上景阳岗冈”、“林冲夜奔梁山泊”、“鲁智深倒拔杨柳”、“青面兽杨青卖刀”、“李逵大闹忠义堂”——讲得活灵活现的，使小红听得入迷。小红倍增了对书的渴望，就缠着周怀仁教她认字，教了一两次，小红的聪慧叫周怀仁叹服，她好像是天生就会的一样，教了上面的字，下面的就自个儿会念了。桌上还摆着几本当时上海图书集成局印的《明季南略》《北略》和官书局出的《鹿宗诗醇》，还有民间木印的《七侠五义》《游侠传》《行事知录》等。她小心翼翼地拂去上面的尘土，一本一本地整理好。周怀仁不是一般的铜匠仅会补锅修盆，他学的手艺是有来由的。中国最早的文字是刻在龟甲和兽骨上的，称为“殷墟文字”，到了殷周，中国的冶铜技术十分发达，人们把重大的事件铸在青铜器上，称为“钟鼎文”，多是祀典、赐命、征伐、契约等类。后来人们将铜器广泛运用在各个方面，以器皿和装饰品最多，除了铜鼎、铜钟、铜戈、铜环、铜钹、铜铲、铜斧、铜锁、铜铳，还有了艺术作品，宫廷中也开始收藏。到佛教传入中国后，以铜为佛铸金身成为一种普通的事情。周怀仁老家祁东是世代出工艺匠人的地方，“张木李铁周铜”即指木匠最有名的当属张家，铁匠最著名的是李家，铜匠最有名的是周家，而且有一个俗成的规矩，各家的手艺绝活不传外姓人。小红掀开窗帘时，窗台上豁然亮出一件铜器叫她惊奇，忙托在手掌上左看右看爱不释手，以前周怀仁做过鱼、龟、兽、人之类的小铜器都比不上这件好。这是一只鸟儿，造型格外的别致，扇动的翅膀振振欲飞，做工粗中见细，鸟儿的眉是双钩的阴线描出，透出一派灵动，仿佛鸟的渴望同日月、同星辰、同梦幻、同流云、同清风结伴而来，在高高的蓝天上寻找自己的一条路。怪不得小红的思绪叫鸟儿牵了走……

正在看得出神，门口有了动静，脚步急促地停下来。这当儿天还早周怀仁是不可能回来的，小红以为是店主，往门口一看，吓了一跳，门自个开了，一个高大的洋人堵在那里。

小红的眼里，黄头发、高鼻子、蓝眼睛的洋人是怪兽，是野人。她听过许多关于洋人的传说，他们有枪有炮，百步外就能置人于死地，见了女人身上能散发出一种怪味，女人闻到了就会迷失天性由着他们随便摆弄。洋人的手里都有一个黑魔盒，眼睛里有一盏鬼灯能把人的魂摄去。他们喝冰水，吃生肉，专门吸食童男童女身上的精血……想到这里，小红由不得全身打战，张着口却发不出一点声音。洋人开口说话了："你叫小红，对不对？"洋人竟会讲中国话更叫人心惊肉跳。一道亮光从窗缝里射进来照在洋人的脸上，那毛孔也就放大了许多，一种似笑非笑比什么都怪异。必须赶快逃出去，小红的脑际里只有一个念头，可她的手脚像是被洋人的目光结结实实捆住了，挪动不了。

世上的事情往往是这样的，当猎物越恐惧越无能为力的时候，猎取者会感到索然无味。这位洋人叫赫克·理查德，茶商，苏格兰人，身上有日耳曼的血统。在他的眼里东方女人太娇弱，太驯良了，娇弱得像一棵小草，驯良的像一只温鸽。面前这位女孩更是乖巧，他以为可以不用费吹灰之力就可以把她占有，但他不想这样做，他懂得中国女人的贞操比生命都重要，他很自信自己会以雄性的魅力征服女人将贞操抛到九霄云外。可是他错了，因为他以往的每次成功都是在妓院里。由于他的健壮，他的富有，他的那一团金灿灿的胸毛在妓女的身上自然能点燃起熊熊的欲火。他玩疯了，玩腻了，因此现在想换一种方式尝一尝另一种的滋味，他不惜代价花了五十两银子从吴妈处买到这一次权力。

理查德头一次想在中国女人面前礼貌的献殷勤，他从怀里掏出一块方格毛织的头巾上前要给小红披上，小红倒退了几步，理查德的中国话有限，舌头在嘴里乱搅，只好费力地打起手势，希望沟通，希望理解。"你不要过来！"小红情急中抓起了地上的一把榔头。理查德瞧着小红手里的榔头，先是笑了，等明白了小红的意图后又愣着不知该如何解释，固执让他眼睛由蓝变绿，由绿变红，他没有一丝的退却，而是一点一点解开纽扣露出毛茸茸的胸膛，并示意让小红往他心窝上砸。小红退缩了，只觉得灵魂飞出了七窍，头脑里一片空白，她的手脚发软，身子更软，"当啷——"的一声，榔头掉在地上。理查德瞬间张狂起来，他的手脚是如此麻利，几下就剥光了小红的上衣，那尚未发育成熟的胸乳裸露无遗，仿佛是遮掩在绿叶下的两粒红葡萄似的乳头深深嵌在洁白的肌肤上，更勾起占有者的强烈的欲望，理查德变成了野狼，野狼的血在奔突，饥渴和欲望无限的膨胀，扑过来像一块上千斤的巨石沉沉地压在柔弱的小草上……

周怀仁三步并作两步冲上楼来，果然见到最可怕的事情，少年的血一下冲上了脑门，他完全豁出去了。理查德的背部被重重撞击，他转过头来看到的是一个瘦小的少年，理查德脸上露出轻蔑的笑意。若是一个强大的情敌，他会和他决斗，可上帝开了玩笑，他眼睛眨一眨，身体像铁塔一样稍稍移动了一下。

“畜生！”周怀仁从胸腔里迸出两个字来。

理查德不想理会这一切，他以为他给怡春园付了钱，小红天经地义的就该属于他的了。他在她身上愿怎么发泄就怎么发泄，别人是无权来干涉的，走遍世界都是这个理，更何况在光怪陆离孱弱不堪的中国，男人们都贪婪着一根烟枪，女人们只好用肉体养家糊口，酒楼、烟馆、粉巷、画舟、水阁……到处都是肉欲的市场。这单一的思维叫理查德无所顾忌。今天，正是时候，他要在中国男人面前大展外国男人的雄威了。

理查德一件一件甩过来自己的内衣，狞笑、淫荡、扭曲、变形、无遮无盖充斥了小屋。

“周哥哥，快救救我——”小红的头从毛乎乎的臂膀中挣扎出来，拼着性命喊出一声。

周怀仁操起门后的顶门杠砸过去，那硕大的头颅将木杠弹起，将周怀仁的身体也弹出老远。理查德没来得及哼一声就闷闷地倒下来，双臂张开像一只仰面的大鸟，随即那昂奋的丑物也萎缩了。

“杀人了——”一声惊呼从小巷滚出……

小红惊骇万状从地上爬起来，看到怔怔的周怀仁，大叫：“周哥哥，我没事，别管我，你快跑——”周怀仁看着一动不动的理查德方才意识到不妙，拔腿下楼，门口早有四个清兵横刀候在那里。

外面的雨点紧密地敲打着雕花的木格窗户，搅得姚锦棠心情更加烦乱，那只挂在走廊上从新疆带回来的鹦鹉一个劲殷勤地叫着：“早晨好——早晨好——”

昨晚上，姚锦棠从左宗棠侄子左汀琦处得到一个消息，新疆的局势又动荡起来。军机大臣张子贵主张第三次进兵新疆，慈禧太后迟疑不决，朝中有人向她谗言张子贵一直在新疆培植自己的势力拥兵自重，一旦情势突发就有割疆自立的危险。姚锦棠虽是一员战将，但心如发丝，对任何事情都有自己独到的见解。他先后两次进疆，为大清江山屡建奇功，深知新疆局势对大清王朝举足轻重。

坐在书案上，姚锦棠翻开一本花名册，上面全是两次进军新疆阵亡将士的名单，他们应当名垂千古，所以，姚锦棠请来铜匠周怀仁要在铸造千斤的铜鼎上将这些亡灵的名字刻在上面，激励后人精忠报国。

一阵风雨推开窗户扑了进来，掀起了墙上的一条横幅，这是当年左宗棠亲笔书赠给姚锦棠的，上面写着“思闲如蚀”四个字。作为朝廷重臣的左宗棠虽然过世了，可他留下的业绩叫姚锦棠刻骨铭心。这四个字时常如芒刺在姚锦棠的心里，他在长沙已闲置七八年了，如今国家有难，岂能袖手旁观，往事历历在目，大漠的风沙又鼓荡在他的心里……

1876 年，南疆土匪首领阿古柏勾结俄国和英国势力在新疆叛乱，挟持北疆哈密王、吐鲁番王、乌苏王和伊犁王向清王朝施加压力，意在将新疆从中国的疆土上分裂出去，成立独立的东突厥国。当时，朝廷上下一片慌乱，倘若阿古柏的阴谋一旦得逞，蒙古的、西藏的、云南的、宁夏的民族极端分子就会效法新疆，中国的版图将会被肢解。左宗棠坚决主张进军新疆平息叛乱，他透彻地分析了进军新疆的利弊，请命亲征。由于咸丰皇帝体质多病又生性软弱，左宗棠的上奏被搁置着。燃眉之际，左宗棠一刻也等不得了，那日，闯进宫中，恰逢咸丰皇帝的心情特别好，早晨起来，喝了御厨献来的冰糖燕窝粥，吃了一碟豌豆黄小点心，筋骨舒展，心气颇高，决意效法开国先祖努尔哈赤，骑在一匹伊犁马上，由太监牵着在大殿前习武。咸丰张弓搭箭十分困难，臂力不足，试了几次都无法将弓弦拉满。猛然，马儿一颠，险些被掀下马来，怎么那箭就飞了出去不偏不斜射在了靶心上。一群太监齐刷刷地匍匐在地跪成一片黄涛，山呼“万岁！万岁！万万岁！”左宗棠就势跪伏在莫名其妙的皇帝面前说：“万岁一箭中的实乃天意，全仗列祖先皇的荫护，臣闻刘邦斩蟒蛇以定天下，唐高祖梦伏虎而开国，成吉思汗射大雕而威震寰宇……此一箭新疆必收复矣。故臣愿亲率人马进疆替皇上解除朝夕之忧……”说罢老泪纵横连连叩首不起。咸丰被一席话说得情绪昂奋，扶起左宗棠说：“朕也是这么想的，你可去办吧。”一件关系国家生死存亡的大事在一个偶尔的机会就这么定了，又有哪一个百姓知道？1877 年 8 月，左宗棠在河西囤积了足够的军粮，以湘军为主力统率二十万西征军进疆。十九岁的姚锦棠就在其中。

左宗棠坐镇通化，兵分三路，一路从托克逊出发，一路绕过塔克拉玛干大沙漠走南路，一路从吐鲁番的冰达坂翻越，三路形成钳式速战库尔勒、库车、阿克苏、乌什四城，所到之处如秋风扫落叶一般。盘踞在喀什、和田一带的阿古柏凭借地势和英俄的支持顽强抵抗，双方对峙了三年之久，死伤极为惨重，所幸叛匪内部火并，为争夺一个王爷的女人，阿古柏被手下人所杀。消息传出，清军收复了南疆，新疆局势趋于稳定，阿古柏的残部十分狡猾，一路越过昆仑山向克什米尔、印度方向逃去，一路冲破清军的堵截蹿到巴里坤大草原上，利用马上的功夫与清军旷日持久地周旋。

平叛成了一场持久的战争。

左宗棠凯旋，六年后，阿古柏的残余从克什米尔又杀回南疆，北疆的土匪即刻喧嚣起来，形成南北呼应。不能将西征的胜利果实付诸东流，左宗棠立即派自己的爱将姚锦棠第二次西征。一晃二十多年过去了，征战的生涯的确让姚锦棠不能自已了。

书案上的酒空了两瓶，姚锦棠已是酩酊大醉，夫人宜秋走进来时吃惊不小，自己的丈夫平时是不贪酒的，看着丈夫伏案而睡，那一本打开的花名册上滴满了眼泪，不由得心酸起来，忙将丈夫扶入卧室，又亲自下厨为丈夫做了银耳汤醒酒。

下午时分，外面的雨停了，姚锦棠也醒了。守候在一旁的宜秋夫人温存地说："我寻思你是能自持的人，怎么会喝那么多的酒，喝了酒又哀哀切切地呼叫一些亡人的名字，我听得也陪你掉泪。"姚锦棠知道夫人心底的隐痛不愿说出来，就牵了她的手，趿了自己的鞋从满是酒气的屋子里走出来，站在走廊下领略雨后天晴的光景。对面后院的墙根几条牵牛花已爬出墙外，两只蝴蝶在上下翻飞，一会儿飞在墙内，一会儿飞出墙外，看似在嬉戏，又是那么的无限依恋。两人都不知该说什么好，目光热热地碰在一起，宜秋夫人的领会多于抱怨。姚锦棠的心情好了许多说："宜秋，这么多年让你受委屈了。"夫人急忙用纤指止住了丈夫往下说。她感到自己有姚锦棠这么一个丈夫是最幸运的了，唯一遗憾的是结婚十多年了，她没有为丈夫生儿育女，为此，她劝丈夫再娶一房了却这个心愿，可丈夫坚决不依。这次，丈夫又要求第三次率军进疆，做妻子的自然担忧，她是一个知书达理的人，丈夫的使命在疆场上，她不能拖丈夫的后腿，可那一点哀愁时时闪现在眸子里，老是掩饰不住。姚锦棠吁了一口气说：“夫人，实不瞒你，新疆的局势又让人不得不想，不知怎么，我喜欢那里的大漠，喜欢那里的一草一木。在长沙住久了老是惦记着那地方，连骨头都不自在。想来我前世一定是那里的人了。”“照你这么说我也该是那里的人了。”夫人逗笑着说。走廊上的鹦鹉又在学舌：“我也该是那里的人了——我也是该那里的人了——”夫妻二人被惹得开怀大笑。姚锦棠征战多年，和妻子分多聚少，心里很有愧疚，这阵全没了战将的仪态，对妻子说：“夫人啊，再从新疆回来，你想要什么我给你什么。”夫人就娇弱地贴在丈夫的耳朵上说：“我什么也不要，就要你。”“我一定给你一个胖儿子。”丈夫冲口而出。宜秋听得面颊飞红，又猛咳了起来，她心中的唯一隐秘被丈夫言中，两汪秋水润湿了眼眶。太阳已经偏斜，丫环和下人都被这难得的情景所感动，悄悄地立在远处不敢惊扰。

管家急急忙忙地跑来，他说镌刻铜鼎的小师傅多日没来了，看来铜鼎不能如期完成了。在府上的几日，姚锦棠是目睹过周怀仁的手艺的，他小小的年纪竟能把十几个铜匠调动起来，使铜鼎图文并茂，靠的是智慧和创造力，他十分喜欢这个聪明伶俐的小铜匠。他吩咐管家赶快去打听小铜匠的住处，若没有意外的情况，他是不会延误铜鼎制作的。小铜匠曾表示，他仰慕那些为国捐躯的将士，他会尽心尽力将铜鼎刻好的。管家提议再重新找别的铜匠来替代，姚锦棠说：“糊涂！只能是他。”

左宗棠的学生张子贵不忘使命，向兵部尚书庄亲王哈多力呈稳定新疆的利害，庄亲王转奏慈禧太后获准由姚锦棠率军第三次进疆，张子贵带着圣谕正在路上。

军机大臣张子贵身材矮小不足一米五的个头，一张脸也如一个“寸”字，像缺了点什么不堪入目，所以，他绝少在大场合上露脸。他悄悄离开京城，到汉口后又走水路，一路上不准通报官府，也不准侵扰百姓，然而，消息还是走漏了，乘船行至长沙时，两湖的总督，各州的知府，县府，文武大小官员上百人迎候在岸上。张子贵面有难色，既然如此也只好应酬了。在一一见过后，他纳闷自己举荐的统领姚锦棠怎么没有来，他是奉着圣旨召姚锦棠领命西征的。转而一想又嫌自己昏聩了，姚锦棠已闲置在家数年，以官场的势利眼有谁去通知他呢？加上姚锦棠的孤傲，他是断然不知道他来长沙的。总督大学士牟自明已在府内设好了接风洗尘的宴席，张子贵执意要先到姚锦棠的府上去，忙得一行官员上百乘大轿拥着张子贵沿白沙路迤逦而来。

锣声惊动了百姓，他们根据这庞大的阵势猜测又有什么京城重大的官员到长沙来巡视。街上观看的人越来越多，当轿子行至玉环口处，从一条小巷冲出一个小女子拼死拦住了去路。

“青天大人，冤枉呀——”小女子发了疯似的呼喊，人潮从四面八方拥过来，护轿子的侍从上前阻拦，小女子死死抱住轿杠，没有一丝退却和畏惧。这么多年来，百姓见到的大小官吏都是横行无阻的，每每有官轿从街上走过，那锣声先敲得人心打战，又有侍从刀枪护卫，谁能近前半步。今日的阵势又非同往日，一清早街道的两旁就有士兵里三层外三层地把守，全城戒了严，年长的想起戊戌年杀“六君子”同党就是这么个阵势，只是今天没有刽子手，没有囚车。尽管如此，谁吃豹子胆敢拦官轿，更何况是一个弱小的女子？一霎时，整个长沙像开了锅，沸沸扬扬的人群将一条十多里长的大街堵了个水泄不通。

拦轿的小女子正是怡春园里的小红，周怀仁被巡捕捉到长沙府后，按照清廷刚刚颁布的令条，凡是攻击、诋毁、伤害洋人者，焚烧教堂者，在洋人居住地煽动滋事者一律从速从重惩处。周怀仁棒杀洋人，人证物证俱在，毋庸审讯，虽然洋人未死，只酿成重伤，仍把周怀仁判了死罪，立即斩首。奇怪的是洋人理查德跑到衙门替周怀仁说情，竖着大拇指对长沙知府说，周怀仁是中国真正的男人，为了这他甘愿保周怀仁一命。长沙知府丈二和尚摸不着头脑，看着固执的理查德也是无奈，改判周怀仁为斩监候，押入死牢。长沙知府对同僚说，没想到一棒打出个洋花痴来，洋人吃硬不吃软，到底不同于中国人。小红被带回怡春园锁在屋里以防逃跑和寻短见。小红在屋子里不吃不喝肝肠欲断，又听吴妈说要她死了心，周怀仁被判了死罪不日就要杀头，更是五雷轰顶。她恨自己，恨自己害了周怀仁，倘若周怀仁不来救她就不会发生这种事情，算命的说自己命硬，从小克了父母，现在又克了自己的恩人，这样的人活在世上还有什么意思？左思右想，不如同周哥哥一块儿去了，人间不能伺候他，同生共死总是可以了。主意拿定环顾小屋空空如也，猛然灵醒了，周怀仁送她的那把铜鞘的小刀还在。撕开被里的棉絮，抽出来握在手里，对准了自己的咽喉紧闭了双眼，心里说，周哥哥，我先走了……

“咣……咣……”的锣声隐隐从街头传来，小红身上打了个激灵，这锣声仿佛是为她敲响的，那一刻周怀仁讲述的秦香莲拦轿告状的故事浮现在脑际。不能死！理智又复活，只要有一口气也要救出周哥哥来。一下又一下的锣声鼓起了她的勇气，“哎呀……哎呀……”小红在屋里叫起肚子疼来。吴妈开了锁想看个明白，门刚一开，一道白光不及眨眼，在吴妈的惨叫声里，小红冲出了怡春园，冲到了大街上……

小红的身上重重挨了几棒，她仍死死地拖住轿杠，有热血热心肠的人见此情景，发一声“不许打人!”呼啦地一下，大街上乱了阵，人流像洪水决了口似的向官轿扑来，急得侍从们抡起棍棒一阵乱打，真有不要命的就和侍从混打起来。侍从这当儿更显功夫，朝那领头的心窝戳去一棍，领头的捂住心窝踉踉跄跄倒退十多步倒了下去，人群遂作鸟兽散。“包青天，包青天——快救救我们吧——”小红的一声“包青天”将历史和现实重叠在一起，上万名的百姓不知为秦香莲还是为小红跪了下来，他们自愧自己的软弱和低下，只能以此求告权势。张子贵掀开轿帘，两眼怎么就潮湿了，要是在往日，他身负朝纲重任，是无暇顾及这些民间琐事的，百姓和他隔着一层天呢。可是今日却起了恻隐之心，久别乡里，乍回来，他的名声是很重要的，再大的官不压乡里。张子贵见小红决死的神情，心里明白了七八分，示意将小红带回去。小红怎么知道张子贵的意思，仍呼喊起来：“天呀！你快睁开眼吧，我哥哥是被人害的呀……”哭着、喊着，头就往轿杠上撞。几个侍从已明白了张大人的意思，上前好言劝阻，没有了刚才的凶神恶煞气势。小红跪伏着一步步爬到张子贵轿前掀开轿帘说：“包青天，我敢对天起誓，我哥哥是冤枉的，大人若不信……”一双纤弱的手指向苍天，她想滚钉床，想下油锅，想上刀山，想蹚火海——以验证自己的冤屈。眼前的一双手让她感到是如此的软弱无力，只能伸向苍天，求告苍天的开恩，可久呼不应，那厚重如山的乌云靠这双手是无论如何也撕不开的，一点微弱的呼救对它来说也太微不足道了，厚重的乌云没有一丝缝隙，天太高太远。小百姓的渴望和期待让它变得更高深莫测和冷酷无情，它的唯一存在是癫狂地为所欲为和放纵，它维护那噬食人肉的秩序犹如维护春夏秋冬的轮回，毫不怠懈，而对人间悲愤的惊呼充耳不闻。今日又是另一种情景，在极悲的人寰里沉寂淹没挣扎和呼唤，让大自然也呼出一口伤感之气，眨眼的工夫，起风了。小红决心以血铭志打动冷漠无情的苍天。“咔嘣”的一声，小红将自己的指头咬了下来——天地晕眩，血，殷红的血一滴接一滴从断指上溢出转而汇成汹涌澎湃的血河濡染了战栗不已的土地，映红了整个天空，血红血红的太阳无限地放大了这悲惨的世界，江河就此决堤，冲开所有眼睛的堤坝，磅礴的泪水宣泄着千古之屈……

小红昏死在轿前。

张子贵一生未见过这等烈性的女子。

一匹快马由西城外急驰而来，姚锦棠急急跳下马，将小红揽在怀里。今天早上，他才从管家的口里得知小铜匠的事，在急急迎候张子贵时又目睹了小红悲愤的壮举。他声音哽咽着对轿内的张子贵说：“大人恕罪，下官不知来迟了，这小女子的事和下官实有干系，就由我来处置吧，眼下难以细呈，请大人暂回府上歇息吧。”张子贵点头，轿子又启程了。

小红的义举立刻传遍了长沙全城。

长沙衙门顺水推舟，当日释放了周怀仁。为了感激张子贵和姚锦棠的救命之恩，周怀仁决意从军留在姚锦棠部下。小红也留在了宜秋夫人的身边。

二

好大的雪！

一连三年，从西伯利亚扑来的寒流沉沉地压着天山南北，一场接一场的大雪使北疆成了银色的世界。瑞雪兆示着丰年，太多太多就变成了灾害，道路被封锁，河流被冻结，草滩被深埋，帐篷被压塌，游牧到深山的牧民被隔绝在山里，一阵暴风夹着雪崩将他们和羊群永远葬在无人知晓的地方，只有一只鹰逃出来在天空宣示着生命的不绝。荒无人烟的千里戈壁风和雪在不断角斗，又在不断合谋，狂风施虐，横扫四周一切，又蛇一般的昂起头，从天空撕下一块块棉絮般的白雪，不分南北高高低低布起白色的死亡陷阱……

太阳也被埋在冰山之中，气温已降到零下 40 度左右。东疆，风雪搅乱的旗下，一支庞大的清军向西艰难而行，虽然速度缓慢，人和马仍时不时地就陷入了雪窝，队伍不得不停下来将他们一个个往出拖，可手不敢碰到器物，一挨就粘去一层皮，热腾腾的血顷刻就结成冰冷的血块，手脚无法动弹，使更多的人陷进了雪窝。风，无遮无掩把天和地搅作一团，士兵躺在地上像冻僵了的兔子一样哼哼，当官的扯着嗓子怒吼：“起来——起来——会——冻死的！”声音再大也被风雪撕成碎片扬在空中无影无踪。若这样下去，不到天黑，上千具尸体将抛在戈壁雪野上。走在最前面的侍从周怀仁没有跌倒，他死死拽着马鞍，凭借着一匹年壮力盛的黑战马同队伍拉开了一段距离，待他意识到后面发生的事情后连滚带爬地来到副统领杜将军坐骑前。杜将军眉毛、胡子上全是雪团，抬起胳膊蹭掉眼睛上的冰屑欠身听周怀仁耳语，然后点头会意。

所有的鞭绳、皮绳、麻绳一根接一根地连接起来，拴在最精壮的三十匹马身上，它们身上的重负加在了别的马身上，三十匹马儿一旦卸掉了身上的负重，一齐扬脖向天嘶鸣，这叫声无疑是对生命的最大召唤，士兵们应声爬起来拽起绳子如同拽住了生命之舟死也不肯撒手，长长的队伍又开始慢慢向前蠕动。雪和风就更猛了，似乎不甘心认输，把大团大团的雪摞在马身上，摞在人头上，摞在刀戟上，摞在嗥叫着的四处逃窜的野黄羊的皮毛上。雪眨眼的工夫就有了它的重量，压得马儿哧哧地喘着粗气，从鼻腔里喷出一团团的白雾，反而更有了向前的合力，被压倒的士兵很快就被猛拽起来，似乎绳子上隐藏着一种神秘的力量，撞开了死亡的牢门。风雪终于显得无能为力。回头看，风雪虽然搅成了一片混沌，而前面的风雪渐渐小了，地平线上有无数光点在飞舞。

骑在战马上的统领姚锦棠十分赞赏这一招数，他用靴子上的马刺狠狠敲打着坐骑，青鬃马立刻昂起头来，蹄下趟出一路雪烟。一会儿他就来到周怀仁身边，他暗暗赞赏这小侍从的聪颖，想夸他几句，还未开口，周怀仁已从姚锦棠的声色上领略了全部，他十分得意地说："姚大人，小人是从《三国演义》里学来的，周瑜为了火烧曹操的二十万过江大军，让奸人给曹操出谋把战船连在一起，这连环计害了曹操，却帮了我们的大忙呢。"周怀仁说着稚嫩的脸上露出得意的神气，他刚刚过了十八岁的生日，身条细长显得十分单薄。由于姚锦棠的格外宠爱，他在这两万人马的统领面前也毫不畏惧，想说什么就说什么，实在让姚锦棠称奇。两万人马深深浅浅的脚印一瞬间被风雪全抹平了，部队做片刻歇息，士兵又饥又渴，可腰上的水壶早就冻结成了冰疙瘩，士兵蹲在地上抓起一把把雪塞到嘴里，咂巴半天都化不出一滴水来。

风雪骤然停了，气温渐渐升高，太阳突然就露出脸来，地上的雪色比阳光更加刺眼。姚锦棠坐在马上，放眼望出去，天壁拱起来，圆圆的，又打起皱褶，形如佛肚。天和地交汇处仿佛有绿松石般的火焰在燃烧，那火烧得不紧不慢，像等着远征的旅人似的。他盼望着这场大雪早早停下来，部队就可以几天后到达哈密。可叹这一路风雪吞没了一百三十七人，令人唏嘘，可将军依然从容，他一身锦绣外面护着羔皮坎肩，披一件风雪锦袍，他已经是近四十岁的人了，身材修长，目光犀利，表情镇静，显露出一位征战数年的儒将的潇洒和内敛。二十年前战争的细节记忆犹新，这里的春夏秋冬他都经历过，似乎一草一木都那么熟悉，更熟悉的是当地的各族百姓对安居乐业的渴望。

派出的探兵还没有回来，由于雪光的刺射，似乎连方向也错位了，部队行进的速度慢慢缓了下来。

"啊——啊——我的眼睛什么也看不见了。"有人捂着眼睛拼命地喊叫，紧接着更多的人也叫嚷起来。仿佛是有传染似的，队伍慌成一团。姚锦棠是经过这种事情的，雪光最易使人眼盲，他急忙命令部队原地休息。

周怀仁的眼睛也像是针扎一般的疼痛，眼皮坚硬很难往一块合拢，刚开始还以为是眼眶里飞进了什么，眼泪不断地往外流，现在眼睛里一片火光，几乎什么东西也看不清了。

火头兵魏一武在一旁安慰周怀仁：“不要紧的，这是雪盲症，睡一觉就会好的。”只见他在裤裆里摸了许久，然后又在眼睛上蹭起来，诡秘地一笑，贴着周怀仁的耳朵说：“你不可不信，雪是女人的白，要用男人的白才能镇住它，你试试看。”这种说法闻所未闻，恐怕是长久的旅途生涯让老兵太想女人了，周怀仁苦笑着摇头，可士兵们相信老兵的话，一个个伸手摸自己的裤裆。

突然，远处的雪岗上一群灰色的野鸽子飞起，接着一群黄羊在一头公羊的带领下往西逃窜。

“黄羊——黄羊——”

“快捉住它们!”

姚锦棠翻身上马，缰绳一抖，那坐骑就蹿了出去。黄羊是戈壁上的骄子，奔跑起来如飞，可在雪地里却跑得十分吃力，不一会儿，姚锦棠已超过了黄羊群，那头公羊见前面有人堵截，领着黄羊群又折身向回跑。公羊的几次突围几乎都被姚锦棠堵截，部队里的精壮士兵振奋了，他们见统领追杀黄羊，一个个跃起去赶黄羊，忘记了眼睛的病痛。姚锦棠在马背上挺起身子，急忙取过弓箭，十六力的硬弓在他臂上被拉成满月，“嗖”的一声射出一支响箭，那箭正好射中了领头的公羊，公羊并未倒下，带着箭继续往前跑。一阵乱箭射来，一只小黄羊倒下了，又一只倒下了——受伤的黄羊在雪地上痉挛着，呻吟着，星星点点的血和白雪融在了一起，蒸发成一层血雾。那头中箭的公羊左冲右突，它的身上插着三支箭，依然试图用犄角拱起倒在地上的同类。它的努力失败了，十几支箭接着又插在了它的身上，它暴怒地腾起前蹄，抖掉了身上几支箭，对死亡拼出最后的力气和无惧。一对灰色的眼睛和姚锦棠对峙已久，浑身的血照亮了整个雪原。姚锦棠被黄羊的勇气折服了，他止住了弓箭的射击，避免了对黄羊的斩尽杀绝。公羊左顾右盼后，带着所剩无几的同族，仓皇地向北逃去……

晚上，部队到达了深井台。这里原来是丝绸之路上有名的驿站，从甘肃、陕西运来的粮食、布匹、茶叶、食盐、器皿都屯集在这里，然后由骆驼商客转往其他地方。不知什么时候败落了，留下一片废墟，饱经风雨剥蚀的断墙残垣断断续续裸露在雪地里。沙土里随便踢一脚都会踢出陶片、铜钱、瓷器之类的东西，都是上千年的古董，让人感怀不已……无从想象的过去演绎出许多恐惧的故事成为路人的禁忌，只有山坡上的一个古寺庙还完好无损。它建于哪个年代已无法考证，从外形的风格上看是不同于一般的寺院的，说它是一座道观也很像。周怀仁领来了两个和尚，和尚衣衫破烂，左右环顾，显得神情不安。他们从未见过这么多的兵马，又见一些士兵扛着血淋淋的黄羊，急忙合起掌来："阿弥陀佛，善哉！善哉！"姚锦棠安慰和尚，部队在此处歇息一夜，明日就出发，不会过多骚扰。和尚领着姚锦棠一行人，推开庙门，院落荒废，一地的碎石破瓦，几棵手臂粗细的树被积雪压弯了腰，正面是一个不大的殿宇，像遭了火灾似的被烟熏得乌黑，里面供奉着一尊佛像，看了半天也说不出是谁来，供桌前并无香火，被经年的尘土覆盖，上面踩出两个巨大无比的脚印，和尚说这脚印在师傅的师傅前就有。殿宇的右侧有两间小屋，一间是和尚的卧室，一间是和尚的灶房，已破败得再不能破败了，依稀可辨，挂在墙上的苞谷棒串一粒籽都没有了。和尚指着自己的住处说："施主今天就委屈歇息在这里吧。"周怀仁急忙进去打扫，却被屋子里的存物吓了一跳。在墙角的草垛里堆积着几只死野鸡和一只死狗，狗腿已被卸下来，一只狗眼像是被老鼠窃了去，留下一个恐怖的黑洞。那两个和尚慌慌跑过来掩盖，脸上盖满了愧色。周怀仁想，和尚是不杀生吃肉的，刚才见了死黄羊悲悯万分，嘴里不断的善哉，善哉的，怎么会有这些腥秽的东西？

"你们——吃肉？"周怀仁问。

"善哉——善哉——这是施主存放的——"和尚极度掩饰。

看到此情景，姚锦棠心里生出许多怜悯。这深井台虽在地图上标有地名，然而方圆千里内是无尽的大戈壁，这戈壁一直向东伸延，同祁连山下的河西走廊接在一起，满地尽是卵石和刺蓬草，夏日里赤火一片，漠风放荡无忌，常常卷起数十丈的风柱，挟裹起来不及逃走的飞禽走兽滚向天际。一到冬季便成了茫茫雪野，在厚厚的积雪下，戈壁冻成铁板一块，偶然驰过的黄羊群是贪婪深井台以北二十里处干枯的白水河，在河滩的积雪下残留着一些草根，一群群野鸡抖动起五光十色的羽毛紧张地扒开雪堆寻觅唯一可以充饥的草籽。这里几乎找不出一寸能种植的土地，出家的和尚并非不食人间烟火，他们要生存，求温饱，怎顾得了那些佛家的戒律？

姚锦棠示意周怀仁，不要少见多怪为难和尚。周怀仁示意让和尚将破屋的东西尽数搬到了到别处。

此次姚锦棠统领的两万人马是从湘军、甘肃、陕西、河北、河南中抽调出来的，一路上少不了摩擦。各地有各地的习俗，个人有个人的脾气。庙门外有吵闹的声音，河南军将领要部队歇在废弃的残墙内，那里避风挡雪比空旷的雪野自然要暖和一些，可是湘军先占据了，说什么也不肯让出来。

河南千总骂道："你们这些蛮子，不要仗势欺人，好处都叫你们捞足了，都是一样的吃粮当兵打仗，凭啥你们就比我们高贵些？"

湘军千总回敬道："河南侉子，不要出口伤人，老子当年跟随左大人进疆打仗时，你抱妹子睡热炕呢，福由你们享够了！先占的茅坑先拉屎，自古就是这个道理，看你能把老子咋样？"

军中偏将郭莽成是个火爆性子，提着马鞭怒气冲冲地走过来，指着黑洞洞深不可测的天骂道：

"为个驻地吵个球，一个比一个都凶哩，我看你俩谁有本事掏出家伙来能把天日个窟窿，那才算能耐呢！怕冷待在你娘的窟窿里别出来。"

他的粗话惹得士兵个个掩口发笑。

两个千总不服气，依然各说各的理，士兵跟着摩拳擦掌准备动手。

姚锦棠从庙门里走出来，吵闹立刻静止下来。此次率军进疆，两万人马的安危维系于他一身，新疆叛匪们主力被两次进疆的湘军消灭了，现在出没在各地的叛匪不过是一些残部，零零星星的，每股最多不过上千人，他们是不敢直接和清军对抗的。然而，这些叛匪土生土长，对新疆地域十分熟悉，常常化整为零在草原牧区和沙漠边缘作祟，一旦有机会他们又会汇聚在一起，以多击少，凭仗马上的功夫拼死向清军进攻。他还记得上一次驻扎在达坂城的一营清军，因军内不和，三百人马擅自离守，结果在七道沟被叛匪包围，仅一个时辰的工夫，全被马蹄踩成肉泥！惨啊，前车之鉴不可忘记。今日，他率领的清军中湘军自恃平叛的功劳往往露出傲慢的情绪，加上他们又自恃统领是湖南人，自然让陕甘军、河南军和河北军生出许多的不满来。再说湘军两次进疆建立功业，还乡后都有封赏，湘军中的士兵自愿从军的居多，而陕西、河南、河北士兵大多是不情愿被征集来的，冒死开小差的一帮接一帮，只是到了大戈壁上才断了他们还乡后路。他的当务之急就是要整肃军纪，消除内部不和的地方观念，使全军上下一致，这样才能完成进疆稳定局势的使命，不然军队会不战自乱，或被消灭，或沦为草寇。

姚锦棠一脸肃然对湘军千总说：

“尔等口口声声跟随左大人平叛匪徒，听来让人脸红，如今使命在身，军中上下将士都是兄弟手足理应互相谦让，岂有居功傲慢之理，倘若一味地躺在功劳簿上我看吃亏的准会是你自己。再有这种念想我定然不依。去，把那块地方让出来，我看是冻不死人的。”说罢目光锋利如剑。

湘军头领满脸羞愧口中称“是”，而河南头领更是心有愧感急忙说：“是我的罪过，不必动了，不必动了，谁住哪儿都一样啊。”一场纠纷就这样化解了。

晚上，寥廓苍茫的雪原上到处冒起烟火，一缕缕炊烟升起，在天空漫开，远远看着好像乳白色的垂线自天而降，在地平线上垂钓着艰难而又别致的军旅生涯。士兵们捡来石头搭起锅灶，又从雪地里掘出胡杨的枯枝、藤条，还有晒干备用的马粪牛粪点起了火堆。火光照在士兵的脸上、身上，立刻就有了勃勃的生气，渐渐的身上也暖和起来，雪水在铜锅里冒出丝丝的热气，僵硬的嘴巴也变得灵活起来，大家就在火堆旁谈天说地，论长道短，半个月旅途上的艰辛、疲劳就忘得一干二净。此刻，肠胃的感觉是最急迫的。猎来冻硬的黄羊也烤化了，大家七手八脚地开始剥皮、剖肚，割下一块块精肉用刀戟挑起在火堆上烧烤，肉香的气味更使饥肠辘辘的肚皮急不可耐。

周怀仁将姚锦棠的坐骑青鬃马拴在寺院的树上，又将马鞍卸下来，马背上的汗水已结成一层薄冰，他用手一点一点把冰屑揭去，生怕青鬃马冻病，从屋里抱出一条兰州带来的毛毡盖在马身上，然后走进屋，用刚刚融化的雪水去拌马料。马儿和人一样，一天的雪地行军饥渴难忍了，在院里不住地喷出响鼻，蹄子在地上焦急地倒来倒去，等周怀仁将马料端出来后，那马的目光向他深情地一瞥，然后就什么都顾不得了，大口大口地吞食起草料来。周怀仁喂完马，走进屋来，火头军魏一武已煮好米饭，并把一块烤好的黄羊递给他。烤熟的黄羊肉在火焰上滴着油滴，撒上一把盐，周怀仁有滋有味地大啃起来。魏一武笑嘻嘻地说："慢一点，慢一点，莫学猪八戒吃人参果还不知道啥味，果子已吞到肚里。你大概是第一次吃黄羊肉吧，这肉赛过你老家的果子狸，也是大补哩。对了，我这里还有一点酒，你来抿一口，俗话说'冬天里吃狗肉喝烧酒是活神仙哩！'咱们吃黄羊肉喝家乡的'女儿红'更美哩。"周怀仁生来从不沾酒，经他这么一说接过魏一武递过来的酒壶，大大地灌了一口，立刻一股火蹿入胸膛，嗓子眼虽然辣了一点，可周身的血加快了涌动，脸上起了红色，再经火光的照射，五官棱角分明的线条勾勒出了少年的英武。

魏一武十分爱怜地说：

"怀仁啊，像你这个年龄在老家时我已娶媳妇了，唉，只是命不好，她还没来得及给我生养就得痨病死了，给我啥想头都没留下。我想从此再没牵挂的人了，当兵打仗，一年又一年就这么熬过来了，一个人的命好命坏全是天造就的，我这一把骨头不准就扔在戈壁滩上了……"说着说着他的语调苍凉起来。周怀仁知道魏一武的老婆不是痨病死的，他常年征战，老婆肚里怀了叔公的崽，按族法要沉溏，魏一武不忍，给老婆一根绳子让老婆吊死在俩人自小常在一起玩耍的一棵柳树下。从此，魏一武得了一种病，见树就绕圈转，转起来没个醒，所以军中人人都知道他的故事，老兵的命大概都这样，没有人觉得稀奇。周怀仁被他的情绪感染了，心里也勾起了对家乡和亲人的思念，望着火苗半天不语。火苗越蹿越高。"想妹妹小红了吧？她能豁出命来救你，实在是少有的烈女子。也多亏了姚将军替你申冤，不管咋说这都是命。怀仁，我第一次听别人说小红舍指拦轿告状的事咋也不相信，后来听你细说才算服了，你认了这样一个妹妹是你的福气，依我说，只可惜……"魏一武要把说出的话咽了回去。

姚锦棠到军营里巡视还没有回来。周怀仁替他铺好了铺盖，魏一武在墙角的那头开始打盹了。吊在屋梁上的油灯被风吹得摇来晃去，昏暗一片。刚才魏一武的话的确令周怀仁感慨，自从姚锦棠从死牢里把他救出从军以来，他只见过小红一次。因为他是铜匠出身，姚锦棠先是派他在长沙的东香塘营地建造兵器，后来，进疆的命令下达后又把他调到兰州的兵器局。在离开长沙时姚锦棠特意安排让这一对生死患难的兄妹见了一面。突来的惊喜叫周怀仁跑了三趟街，不知该给小红买些啥好？小红比先前高了、胖了，她兴许是太激动了，叫了一声：“哥哥……”泪水就刷刷地流出来，哽咽了半日才说：“哥哥放心，姚夫人待我像亲生女儿一样，我这一辈子就是当牛做马也要好好服侍她，你一人在外要自己多多保重，我就……就你这么一个亲人……”说着又呜咽起来。客厅里没有人，周怀仁用衣袖替小红擦眼泪，小红由不得也月手去抹泪，啊，那半截小指豁然亮在他的眼前，一股热血在全身奔涌，周怀仁双手捧起小红的残手，眼前潮乎乎的一片，是血？还是泪？今生今世，小红就是他的一切。此一去无论生死，他都会魂兮归来，归来故乡和小红在一起……

想到这里，周怀仁步出房门，外面又起风了，头顶上又有黑云遮盖，雪地上的火堆也渐渐微弱，士兵们东倒西歪地在地上早早进入梦乡，飞雪渐紧，纵然浮云擎起天梯，也难以望到归乡之路，少年的胸膛里一片唏嘘……

清晨，天虽放亮，雪花却肆意飞舞起来，四周更是白茫茫的一片。大雪阻挡不住行军的急进，大军又开始向西挺进。临走时，姚锦棠嘱咐周怀仁给和尚留下两袋米。“一粒米度三关”和尚合掌说：“将军一路行好！”走出一里多远，天好像要漏成一个箩筛，把大把大把的雪花撒下来，人人身上都堆积起很厚的雪，刚抖落了又堆积了起来，一个个都像堆积起来的雪人。走在最前面的周怀仁不时将遮住眼睛的雪花揩去，眼睫毛早已结成冰层，他无法看清前方，凭着知觉趟开雪路。魏一武在身后不断鞭打驮着灶具冻伤了左前蹄的马，摇摇晃晃。姚锦棠在队伍的中间，他的青鬃马经过一夜歇息好像浑身有使不完的力气，不时地欲往前面蹿去，姚锦棠不得不兜住马缰，马儿不断地摇头摆尾表示不满，它似乎对大雪表现出更多的敏感和激情。这雪地里的进军并非是火急的军情所致，早一天，晚一天到达目的地哈密对大局丝毫无妨，可姚锦棠的胸中悠悠升起一缕怀古之情，当年汉家使臣苏武多次出入西域，虽身陷绝境仍矢志不移：飞将军李广越过漠野射杀匈奴，留下千古的威名，如今轮到自己“匈奴犹未灭，魏绛复从戎，恨别三河道，言追六郡雄。雁山横代北，孤寨接云中，勿使燕然上，惟留汉将功”这首诗正是自己心境的写照，岂能“醉卧沙场君莫笑”……辽阔的疆域，自古人后，依然荒寂，依然悲切，如今血腥的征战落在了将士的肩上，仿佛是冥冥上苍的有意安排，让他随左宗棠第一次进疆后就对这里有了刻骨铭心的依恋。按理说，两次进疆，他已屡战奇功，从一个十三岁的士兵一直升为兵马统领，已四十多岁的人了，该和自己的夫人安度后半生了，可是南国的幽咽水乡偏偏培植了他忧国忧民的情怀，新疆一草一木的动静都让他牵肠挂肚、坐卧不安，当得知新疆的叛匪又开始啸聚北疆策动各地番王倒戈时，他没有犹豫片刻，请命第三次西征。夫人半开玩笑半认真说他是新疆人托生的。风雪撩开了姚锦棠的战袍，他陡然从胸中升起一股豪情，苍天可鉴，他身为一个将领，一生只有交给战场而义无反顾了，坐下的青鬃马同他一样不安分起来。

又是一处蹊跷之地。

约在西汉末年，一个军旅曾路过这里，适逢一个晴朗的日子，远远地在阳光下可以看到一个城池，城池是用黄土垒起来的，上面竖着一杆大旗，大旗上白底衬着一个“V”字，军旅又饥又渴急急往城池赶去，可是一直走到天黑，城池就在前面，还是那么远的距离，军旅只好在戈壁上歇息下来。半夜里，困乏的士兵无论如何也无法入睡，那城池里不断传来鸡叫狗吠，还有男人的吆喝声和女人的啼哭声，一股酒香也迎面扑来，几个被诱惑的士兵借着月光悄悄赶往城池，等天亮时，他们满头大汗地发现走了一夜还滞留在原地。晨光里依然可见那面白底衬着一个“V”字的旗帜，他们怎么也不甘心又走了一天一夜，那城池始终走不进去，若即若离地仍在他们的前方。突然从平地上旋起一股大风，风是白色的，吹的军旅人仰马翻，风过后，前方的城池荡然无存，军旅到达时从地上捡起一件女人衣衫，衣衫咯咯地笑出女人的声音，骇得急忙撒手，那衫子在空中膨胀起来，如同人形，在人的眼里成为丰满的美艳妇人，摆动着腰肢和手背，留恋不舍地顾盼，比真人更亮丽，有人张弓欲射，她已翩翩随风而去。这并非讹传，在明末大和尚弘智亓著的《通雅》中就有记载。为此，人们自古将这一带称为“邪女坡”。弘智和尚认为，“统观天地，天地一物也”天地统一于气，遂有气、形、光、声的四种变化状态，“气凝为形，蕴发为广，窍激为声。”姚锦棠通晓新疆的地貌，他认为胸中只要有一股浩然正气是足可以压倒天地间一切邪气的。

周怀仁使劲揉揉自己的眼睛，睁大了眼睛观察前方，的确前面有人挡住了去路。在他的前方，几步之间，一个和尚白须白眉盘坐在雪地里，两掌合拢在胸前，微闭双目，纹丝不动。他的上身是赤裸的，奇怪的是那雪花竟没有一片落在他的身上，头顶像是撑着一把伞似的，纷纷扬扬的雪落在他身体周围，堆积起的雪自然比别处丰厚，围成一个圆形雪池。周怀仁不相信自己的眼睛，再看，那和尚的周身浮动着一片光晕，头上是一个光环，光环由小而大，由弱而强，天空似乎也被照亮了许多，周怀仁的耳朵里响起了一种声音，从来没有听到过的声音，从远到近，从上到下，如水如潮，把人的五脏六腑洗得干干净净，转瞬又消失了。绝非是幻觉，是万人眼前存在的事实。实际上，这个和尚在这里坐得很久很久了，他原是五台山里走出来的一个游僧，在西域的山水间苦修了五十多年，如今已是九十九岁的高龄，他法号无劫，练的是诘摩苦功，最后要借圣命大军的吉言遁脱俗胎肉身，皈依佛界。军队渐渐地走近了，周怀仁看得几乎傻了，这么冷的雪天，一个老和尚孤零零地坐在雪地里实在让他不忍，便随口说了一句：“老和尚，这么冷的天气你不穿衣服坐在这会冻死的。”话刚出口，立刻见那和尚脸如土色，嘴唇哆嗦，全身打战，是再也坐不住了的，遂站起身来悲凄地说道：“咿——，贫僧无劫终有劫也，国风起自湘江亦被狐媚所阻，原为解数，实乃痴梦，坏我者非汝小子乃定数也，甲胄之累血光之灾切莫怪一声翅音。罢、罢、罢……岂能死而复还。阿弥陀佛，我去也……”说罢张口喷出一股血气，足有千钧之力，使周围人马各个后仰站立不住。

再看时，雪地上空荡荡的，周怀仁像是在梦中似的，自知失言，懊悔不已。

风更加嘶吼起来，抬眼前方，目光无论如何也凿不开雪花织厚的墙壁……

（选自《流浪家族》，作家出版社 1998 年版）

命运峡谷（节选）

文　兰

【作者简介】文兰，国家一级作家。中国作协会员，陕西省作协顾问，咸阳作协名誉主席。

1976 年开始发表作品。主要有短篇小说《幸存者》等 60 多篇；中篇小说《转弯处发生车祸》等 11 部。出版长篇小说《32 盒录音带》《丝路摇滚》《命运峡谷》《大敦煌》《米脂婆姨》《欲望与生存》等；出版小说集《攀越死亡线》《文兰中短篇小说选》等。发表或拍摄的影视剧有：46 集电视连续剧《大敦煌》（原著）、《啊，妈妈！》《32 盒录音带》《望大陆》等。

第一百一十五章　末日夜话

从“大快人心事”，再到走至那个春天花园门口，期间历时近两度春秋，神州风云变幻，政局动荡不安。在此风云变幻之中，蔡文若的《莽山红旗》也随之数易其稿。初始，依着“批林批孔”和“反击右倾翻案风”的基调先改了一稿。刚辍笔，沈馆长又说，郭沫若同志最近有诗：“大快人心事，粉碎‘四人帮’”。按照新情况，新动态，新精神，得把剧本翻个过儿。就是说，这次改动，不是改头换面，而是脱胎换骨。打个比方，就像黑白照片的反转片，原先黑的地方，现在要改成白的，原先白的地方，现在要改成黑的。再结合剧本具体地说，主题、立意、人物定位等等都要颠倒过来。比如，原先剧本中的“走资派”，现在要改成“革命的中流砥柱”，原先剧本中“革命造反派”出身的主人公，现在要改成政治扒手；原先剧本中，以阶级斗争为纲，批判“唯生产力论”，现在得改成彻底的“抓革命，促生产，轰轰烈烈学大寨”。

蔡文若以此精神，于1977年初，八易其稿，好不容易改定，沈馆长又说：还得改，因为英明领袖有“两个凡是”的新指示，有些剧情，还得恢复原貌。于是他接着又改。这样改来改去，及至拨乱反正，正本清源的1979初春，剧本已是刀痕斧迹，疤痕累累，弃之如一堆废纸。他灰心丧气莫要说起，沈馆长接了上级指示：创作组干脆解散！至于剧本，党的十一届三中全会召开在即，等会完，党中央有了新的精神再说。创作组的其他同志，各自打道回府。他虽留在群艺馆工作，可是近期无事，放他两个月长假，回老家料理家务去吧。

当天蔡文若从地区回到老家县城已是傍晚。他精神恍惚，情绪烦乱，心灰意冷，形同游魂。他不想马上回农村家里去，而想在县城找人聊聊，以解心中烦绪。那么去找谁呢？去找白丽？他不知道白丽那个搞保卫工作的老头子是否从省城回来现在就和白丽正同床共枕？况且近日县城有些风言风语，说近来他和白丽藕断丝连，每从地区回县，必见白丽。他不知这些流言蜚语是否已传到省城那个白丽的老头子耳朵中去了？而且那个老头子是否因此已开始瞅机会要回县“捉奸”？那么去看看梁萍？可是自上次听白丽讲了梁萍的遭遇去看梁萍未曾见面，至今也再无联系，那么晚上突然去找，不是显得太唐突了吗？那么……啊，对了，为什么不去找找方谦？

于是他立即去找方谦，可是没想到竟是他生前和方谦的最后一次谈话。

“谁？”

“我。”

“你是谁？”

“哎呀方谦！你怎么连我的声音都听不出来了呢？我是蔡文若呀！”

“这哪儿像你的声音！完全是一个得了哮喘病的老头子的声音呀！”

“二十年了！谁还有年轻时的声音呢？听听你自己的声音吧，还有当年的那种稚嫩和圆润吗？你倒是开门不？难道真要把老同学拒之门外不成？”

“好，进来吧。”

“刚睡下，还是睡一会儿了？”

“刚睡下。我们又是好几年没见面了。你还是老习惯，只要是到我这儿来，都贼似的，老是深更半夜，好像我一生都是个鬼，永远变不成人了似的。好，坐吧，让我穿上衣服，拉亮灯。”

“我们就黑着灯说说话吧，窗户里的月光要比灯光好得多呢。有时我有种奇妙的感觉，就是明亮的光线，比如红艳艳的阳光，不但会削弱声音的强度，还会削弱声音的纯洁度，为什么盲人对声音的感觉特别好呢？因为他眼前是一片漆黑。”

“说起话来还像个臭诗人。好，先说说今晚为什么这时候才来？我看看几点了，天！都下一点了！早已是鬼出神没的时候了，还像当年一样，怕受我的株连？”

“看你说到哪儿去了！现在只要我不连累你就万幸了。你不知道，如今我活得太背了。你现在是县中学教师，我虽美其名曰是地区创作组的一名编剧，可是，时代风云变幻，扑朔迷离，谁又能最后编成剧呢？”

“你否定八个革命样板戏！”

“八年前是八个，现在仍然不是八个吗？也可能是永远的八个了！所以所谓的编剧，实则是一个连自己老婆都保不住的可怜虫！有好多的心事，在我心里拧成了疙瘩。晚上我是来找你帮我解疙瘩来了。就像十四年前那晚来找你指点爱情一样。”

“为什么不早点来呢？非得等到能和鬼说话的时候才来？”

“实际我在傍晚的时候，就踏着月光到你农村的家里去了。我总有一种感觉，在初夜的时候，在幽静的乡路上，踏着月光走路，心里就特别清爽，特别惬意，仿佛只有在这样的时候，在这样的境态里，才摆脱了红尘的纷扰。”

“我们的老同学葛东红常常说你这是小资产阶级知识分子情调。”

“你怎么知道东红这样说？”

“白丽告诉我的。”

“你最近见过白丽？”

“常常见。特别是在你从部队复员回来之前，几乎比你见得多些。接着你刚才的话茬儿讲，为什么这时候才来我这里？”

我想着今天是礼拜六，你一定回农村家里去了，所以，初夜的时候，就直接到你村口的那间小屋找你去了。还记得十四年前我去你那个小屋找你的情景吗？月光明媚，村口那间孤独的小屋静得像一座坟墓。我怕村人发现，进门进得猛了，把油灯扑灭了，你说把灯吓灭了。然后我们就彻夜畅谈，苦是苦些，情景也尽管凄凉，可那么富有诗意！而今晚我到了你村口的那间小屋门前，月亮还像十几年前一样明媚，可是我看见那小屋门前堆满了柴草，门给堵死了，木窗也叫人挖去了，剩下一口大窟窿，黑得像一孔墓穴！我在那废弃了的小屋门前徘徊许久，满腹惆怅，甚觉悲凉。之后我就去你家里找你。你家人已睡下了，隔着窗说，你在学校，没有回来。于是我才又到县城西郊的这座公社中学来找你。可是到了学校大门口，门已上锁。我又在大门外徘徊良久，想着是叫门房开门？还是回我农村家里？你知道，如今我在县城已无落脚之处，所以一定要见了你。我没有叫门卫开门。我绕着学校围墙走了一圈儿，发现西北角的围墙有豁口，就贼似的越墙而入。所以我不怨你说我每次找你，都贼似的。

“你这样非要找到我，莫非遇到了什么特大的难题？”

“我遇到的难题，几乎都以悲剧的结局结束了。”也正因为这些令人悲观的结局，使我近日以来，常被一种末日的情绪困扰。刚才在学校大门口徘徊时，我还在想，我仿佛已经走到人生的尽头了，对我个人来说，仿佛末日已经来临，所以今晚我来找你，也可能是我最后一次见你，我们今晚的谈话，也可能是最后一次谈话。近日以来，我脑海里常常浮出歌德在《浮士德》中的两句话来：“屈指掐算/善良的人们已先我逝尽/他们在美好的时分/受尽了命运的欺凌。然后再想想和我自己有什么区别？那个天府之国爱欲如火的杨老师因我卧轨而亡；那个苦命的、对我一片痴情的苦叶为我穷困潦倒，贫病交加而死；前年初冬，那个忠厚善良，与你我同窗两年的东红被一场大雪埋殁；剩下梁萍，每日在长途车上为生计疲于奔命；而白丽郁郁寡欢，虽生犹死。这些死了的冤魂夜夜在我耳边悲号，这些不幸的苟延残喘地活着的人的影子时时在我眼前萦绕。我的灵魂天天因之悸颤，我的良知时时令我不安。还有，近来我常常莫名其妙地、鬼使神差地联想到许许多多人的自杀。我常常有一种极不祥的预感。这使我整天悲观失望，神志恍惚，常常想到死亡，死亡，死亡……”

“知道了，这就是你来找我的本意，仿佛我成了你的导师！可是你好好想想我吧。难道我的命运比你好吗？十八年前，我们在学校一起罹难，你留在学校，而我却被开除，送回农村监督劳动！后又因为学医被拉去给被逮捕的所谓黑市游医陪斗；再后又因学拉二胡，收听所谓敌台竟被判处管制劳动！十八年来我受尽了人世间的一切屈辱。至今，如果不是在地委组织部门做事的我那个大哥，就这公社中学的教师，恐怕也与我无缘了！”

“方谦，你这样说，要是放在以前，我的不幸对你来说，倒真是小巫见大巫了！可是近二十年过来，我的感受却是异样。十八年前，你被学校开除，一切公布于世，你公开对着面世的耻辱，然后在布满荆棘的山坡上忍辱负重地攀高，最终却达到了雪耻。而我，想想我这近二十年吧！我一直被蒙在一种虚假的时刻濒临熄灭的荣光里，我在扮演着一个虚伪而屈辱的角色，我的耻辱只能在我灵魂的寓所里悄悄地燃烧！只有你知道我生命历程的内在不幸。我为了那可怜的、为了到达爱情彼岸而构想的前程，我离开小学教堂的讲桌，我去披挂军装，废寝忘食地学习毛主席著作，去学雷锋，去画毛主席像以至从高架上栽下来，跟着葛东红去翻山越岭摸爬滚打……可是时至今日结局呢？是的，我风光过，荣耀过，辉煌过，可是在这风光、荣耀、辉煌的整个过程中，我心中无时无刻不燃烧着虚伪的可耻的卑鄙的烈火，烧得我灵魂欲焚，其结局正如我现在这样，心中堆满了死亡的灰烬！”

“文若，在我看来，你谈的正是问题的症结所在。在这个尘世上，人人都为了一己的目的而追求前程，可是人人都忽略了上天的安排。这即是说，命运安排你去走 A 道，你便不能自选去走 B 道。想想看吧，天府之国的杨老师为了追寻炽热的爱情，那个苦叶为了寻找到一个温馨的生命的窝巢，我们的英雄老同学为了追求一种信仰，还有梁萍不入权位却爱慕权力，你呢，可以说什么都想得到，然而却盲无目的。而且为了得到你所想要得到的，你一生都在检讨自己，用时代的、社会的、他人的标准来纠正自己的人生道路和思想行为，其结果呢？没有一次能摆脱命运的左右。而我，或者加上白丽，屈从了命运，其结果是，生活本来怎样，其结局就落得怎样。当然你刚才说了，我们是‘末日夜话’。这话不鼓励与命运抗争，显然是反动的。可是究竟什么是命运？或许与时代有关，或许与生存情境有关，这留着你这个从前的诗人，现在的剧作家去琢磨吧。而要我给命运这个怪物作一个注释，恐怕还得一些时日。”

第一百一十六章　最后的晚餐

先天夜里蔡文若和方谦一席长谈，并未化解蔡文若精神濒临崩溃的危局，他想到他已年近不惑，作为人的一生，他最宝贵的春华已一去不返，所以一切都既不可挽回，且再也无力奋争。既如此，他倒真成了即将与世诀别的人儿，极想见一见与他相识、特别是与他有过交往的所有人，甚至包括自他上高中之后二十年间曾对他的精神情感有过伤害的人。因为现在想来，这些人其实不是本能地要伤害他，而是上帝就分配这些人到尘世的大舞台上来出演那样一个角色。至于与他有过善意交往的那些人，特别是那些因与他有过情感交往而使他难以忘怀的女人，如白丽、范芝园、杨静玉、赵桂英、苦叶、梁萍，甚至包括那个小女孩黎丹以及部队政治部里那两个一胖一瘦名叫邹芙蓉和王秀梅的丑女人，她们都是好女孩、好女子、好女人、好同学、好同志、好未婚妻、好妻子、好情人、好人儿！但他仔细想来，却发现在这些女人中与他情感过密的竟都是些苦人儿！而这些苦人儿都似结在他命运之藤上的一颗颗苦瓜，是命运之神挥了板斧，将其中有的已斩劈离藤，坠入深渊，现在剩下的，就只有白丽和梁萍了。

于是，他再顾及不了许多。他决定先去看看白丽和梁萍，然后再回家看望母亲，并在家住些日子。根据他近来的情绪状态，就在这些日子里，上帝会把他召走。

第二天下午五点多钟，他等在白丽下班回家必经的县城南十字路口。六点多钟，他见到白丽。白丽问他什么时候回县来了？他说昨天。白丽问他近况，他说一言难尽。白丽说到家里去坐，他尽管已不考虑顾及许多，却还是问到周部长是否回县在家？白丽说，昨天回来，今晨刚走，说是出差，恐怕得一段时间才能回来。他说他还想见见梁萍，只是已久不往来，相见略觉唐突。白丽说，她近日常见，觉得梁萍活得太苦，实在令人同情，很应见上一面。并当即提出由她去叫梁萍，并由她做东，在家里做几个小菜，算是一顿聚会晚餐，三人在一起好好聊聊。白丽如是说，正和他意，一拍即合。

那是初春的一个晴朗的夜晚，月光如水，四野宁静。傍晚九点多钟，白丽和梁萍一起做成了四碟小菜，白丽还打开一瓶白酒，为大家斟了。此时，他面对一个他一生的恋人，一个六年前的妻子，突生出诸多的感慨。他是个不幸的人，而这两个女人比起他来，甚或更为不幸。因为无论怎么说，他曾有几度虚假可悲的辉煌，而这两个女人……好了，今晚既是难得一聚，就应像《三国演义》的卷首诗“……一壶浊酒喜相逢，古今多少事，都付笑谈中”那样，绝不可以显露一丝愁绪。他这样想了，就同白丽、梁萍一起围坐在一张圆形的折叠桌上，同时举起杯来。白丽和梁萍都说三人难得相聚一处，便都提议蔡文若说几句祝酒的话。他看看白丽，又看看梁萍，心里不禁泛起一阵凄楚，觉得一言难表，就想借一首古诗代之。他开始一瞬间想咏李白一首《将进酒》来，但因那首诗里有“人生得意须尽欢，莫使金樽空对月。天生我材必有用，千金散尽还复来。”的句子，这与他近些时候的心情大相径庭。近来他毫无得意之事，《莽山红旗》也证实有才无用。于是转念一想，便吟出李白《月下独酌》中的四句出来：

花间一壶酒，
独酌无相亲。
举杯邀明月，

对影成三人。

吟罢诗蔡文若说："姐妹们，亲人们，这是诗仙李白《月下独酌》中的几句。当时李白对月独饮，举目无亲，把月亮、影子和他比作三人，而我们今夜却是三个活生生真实的人相聚一处，举杯同饮，没有李白的那种寂寞孤单，这也让我们欣欣然了！所以……干吧！"

他本不会喝酒，一杯下嗓，便低头涌出两行泪来。白丽、梁萍两个见他这样，也都相对而视，凄怆无语，于是他原本不露愁绪的想法也都无法应现。而就在这很短暂的沉默中，他们三人便不约而同地用这令人凄楚的一刻，咀嚼命运赐给他们的诸多不幸；他们三人一起驰骋着想象力，追忆着从前的种种幸与不幸；接着又几乎同时想起几个已故的人，便一起为逝者默默洒下几滴哀悼的泪水。而就在这同时洒泪的一刻，各自心中却涌起了不同的感慨。首先是梁萍，她抬起泪眼，看看白丽，又看看蔡文若，她尽管只知道蔡和白原本是中学时的同学，但同时也想象着命运为他俩安排的其他瓜葛；而蔡文若，先看了看梁萍，看了看这位曾经与他同床共枕的女演员，虽然，几年前离异了，但她从前和他生活在一起的时候，她那非凡的妩媚和在舞台上以及在床上的种种表演，毕竟给了他许多令他羞愧同时也令他销魂的感受。而白丽，这位任性的，从前艳若桃李，现在也依然风韵犹存的，含了许多艺术细胞的女人，尽管她与他没有"终成眷属"，但二十年风风雨雨的爱恋，二十年的一往情深，也给过他终生幸福而酸楚的感受；再下来是白丽自己了，她看看梁萍又看看蔡文若，只在心中感受着他俩从前在一起时的情欲交融和离异后的无尽惋惜，特别是在她想象中的情欲交融。尽管她惋惜他们离异了，但她暗暗地羡慕他们毕竟有一段性爱的辉煌，而对她来说，先是一个用信仰做了甲胄的残疾人，而后又是一个在政治上一丝不苟，在身体上却衰弱得像个患者的老头。想到此，她比他和梁萍任何一个都感到伤感自惭。

他看白丽和梁萍都成了这样，赶紧抬起头说："姐妹们，这是怎么了？对，我知道全是我带来的。我们今晚本该是欢聚一堂，可别弄成'最后的晚餐'了！来吧，咱们一边吃着，一边聊着。我建议咱们搞个席间游戏，就是每人讲一个近来所做的梦，谁要讲不出来，或说她没做梦，就罚她喝酒！怎么样？”

“好！”两个女人异口同声道，“那就你先说吧。”

“真是谁先揭锅谁下米。”他说，“好，那我先说。这个梦是我前天晚上做的。前天下午，我创作的剧本《莽山红旗》给枪毙了。沈馆长宣布创作组解散，晚上我就做了这梦。我梦见我有一天早晨起来，忽然发现自己变成了一堆大粪……”

“哎呀，人正吃饭，你说这个。”梁萍说。

“他心里有苦，让他说吧。”白丽说。

他接下来说：“我惊异自己怎么就变成了一堆大粪呢？难道我变形之前是一种食物？可是，是什么食物呢？是一根胡萝卜，还是一棵白菜？我刚一想到胡萝卜，发现自己突然就成了一只胡萝卜。紧接着，就有一把巨大的铁钳把我夹起，填进一个溶洞般大的口腔。在铁钳把我扔进溶洞般大的口腔那一瞬间，我瞥见溶洞洞口上方挂着一个写着‘人类社会’几个大字的木牌子。我被扔进溶洞般的口腔之后，就发现上下无数颗溶洞内钟乳石般巨大的牙齿。接着，溶洞般大的口腔就上下翕动起来，而我就被那钟乳石般大的牙齿咀嚼着。同时，有一股股溶洞中凶险的流水，不断向我冲袭，就像是人们剁肉馅时为防止肉浆粘住菜刀而不断向肉浆上洒水一样。可是我看到向我冲袭而来的水带着血色，而且这血水向我冲袭而来时带着惊涛雷鸣般的轰响。我正怀疑这血水，却发现血水是一只巨大得令人恐怖的带血的舌头。我就这样在血水舌头的搅拌下被咀嚼着，最后被嚼成了肉末，再接着，就见那巨大的舌头将我一卷，巨魔同时张开了鲜红的咽喉，一股洪流就将我裹进腹腔。我看见这腹腔简直是一个红彤彤的魔窟。我到了这个魔窟，就发现像溶洞洞壁一样的胃壁和肠壁向我压挤而来，同时有数不清的、像消防水龙头的皮管一样粗的管子向我伸来。这些红色的活动着的洞壁和管子有磁般的吸力，它们像肠道毛细血管吸收营养一样压榨抽吸，吸尽了我的血液，榨尽了我的骨髓，最后连我的灵魂都吸去了。我就这样成了一堆残渣，然后被推拥到大肠变成粪便，最后被排挤出那个红色的腔体，从肛门里被拉了出来。我被从肛门刚拉出来，就见一只巨大的甲壳虫向我爬来，它还要把我团成屎蛋儿玩弄一番……”

“停停停！”白丽止住蔡文若说，“你这不算梦！倒是像根据一个外国作家的一篇小说标题杜撰出来的！这不能算，罚你喝酒！”

梁萍笑着不说话。

“好好，我喝，”他端起酒杯呷了一口，“不过你说我这不是梦，实际上我最近精神恍惚，常常似梦非梦地想到我刚才讲的这些。我把这些记在一个笔记本上，拟了个标题叫‘咀嚼’。好，现在该你，看你能讲出个什么好梦来。”

“我这个梦不好说，因为太乱七八糟，莫名其妙。”白丽说。

“说吧，”梁萍说，“是梦本来就莫名其妙乱七八糟。”

“好，我来说，”白丽说，“按理这梦应该梁萍来做，因为梁萍过去曾是演员。有一次，我梦见我在电影院看电影。电影演的是《天仙配》。我看见七仙女飘飘游游地下到凡间来找董永，就想，哎呀，我要是七仙女该有多好！我也下凡去找董永。结果我刚这样一想，就惊奇地发现我真的成了七仙女，在真正的蓝天白云里飘浮。我俯瞰下界，寻找董永住的地方，突然有一股强大的红色气流直冲云霄，一下把我又冲回天宫。可是我到了天宫，却不像电影里演的那种天宫。电影里的天宫，明月灿灿，风清云白，清静幽冥，可是我到达的天宫，好像是孙悟空打开了炼丹炉，或是放火烧着了天马棚，整个是一个红彤彤的天界，而且这天宫里的神仙一个个凶神恶煞，看起来法规森严。我正疑惑，天宫怎么是这个样子？这时就见嫦娥飘然而来。嫦娥刚走到天门门口，却见天蓬元帅从门后闪出。天蓬元帅走到嫦娥面前，调戏嫦娥，这时就听见玉帝的声音：‘你这厮真是猪吃桃核，心诡意淫。好吧！那你就下凡去做一头猪吧。’玉帝话刚落音，我就见天蓬元帅变成我们在电影《西游记》看到的猪八戒的样子，接着就被打落到下界凡尘去了。我看到天宫这样法规森严，没有自由，就连忙偷着下凡。我在蓝天白云里向下界飘落，就看到尘世一片灿烂春色。我好像看见了一个百花盛开的花园，并且好像看见那个董永正在向花浇水。我努力向花园飘落，可是风力气流使我身不由已，结果没降到花园，却降到花园门口。令我惊骇的是，我刚落地，突然恶风暴雨，雷电大作，原来是玉皇得知我要脱离天界，下凡寻找自由，就派雷公下凡施威。雷公只摇动了一下手中的一圈儿小鼓，一声霹雳，就将我击死。雷公将我击死，就提走我的魂灵上天。当我的魂灵脱离凡胎升天时，回头看我的尸体，却突然发现那不是我的尸体，而是……”

“谁的尸体?”蔡文若和梁萍同时盯着白丽问。

白丽看着蔡文若说：“你的尸体。”

“胡说!”他笑骂道，“你这是在咒我！而且你的梦主题思想太露骨，容易叫人家抓住把柄。不行！罚你喝酒!”

“罚我喝酒可以，”白丽说，“但不能说我咒你。我为什么要咒你?老实说，自东红死后，一想到你，好像就有这种预感。梦从心起，日有所思，夜有所梦，我真是做了这梦。只是你说思想太露骨，我承认。梦也太乱。好吧，我认罚了。”白丽说着举起酒杯，一饮而尽。

“该最后一个了，”蔡文若说，“梁萍你开始吧。”

“行，说就说，”梁萍皱了下眉头，“不过我没有你二位那么多文采。我的梦很简单，也不奇妙。有一次，我梦见一伙机器人把我强拉硬拽装进一辆闷罐车。这伙机器人全都穿着一身红色的太空服。我被拉到一个陌生的地方给放了出来。这地方很奇怪，像是中国，又像是外国。这地方的人都戴着防毒面具。我刚被放出闷罐车，机器人就要给我戴上面具。我不戴，机器人就说：‘你闻闻，这里的空气可不是大自然界原有的空气，这是个想毁灭人类的恶魔发明制造的一种空气。’这种空气和普通空气一样，看不见，摸不着，只能嗅出一种火药味，他们把这种空气叫杀人空气。在这里，只有魔鬼才适应这种空气，而正常人在这种空气中如果不听从机器人的管教，他们就把你的面具拿掉，人一吸这种空气就会不流血地死去。我发现这是个专门改造人的地方，既像个监狱，又像个学校。我不想戴那个像机器人一样的面具。机器人就说：‘你还不接受改造，好，那你别戴了。’结果我刚一出闷罐车，就被杀人的空气呛死了!”

“好!”蔡文若说，“梁萍这个梦尽管属无稽之谈，但新颖别致，我看酒不罚了。”

“是梦，”白丽说，“就该像梦，梁萍这梦倒像电视里的卡通片。再说，我和文若都喝了罚酒，你一个人不喝也没意思。来！我们三人同时举杯，这是最后一杯。”

于是三人举杯，相碰而饮。

三人讲完梦。已是夜里十一点钟。桌上酒干杯罄，菜光席残。白丽问：

“怎么办？收拾了睡，还是接着聊？”

梁萍说：“聚一块儿不容易，刚才吃饭，尽说了些没影儿的事。我建议咱们收拾了摊子，三人坐床上去接着聊，聊些这些年个人经历的实事儿。”

“文若，我看这建议好，你看呢？”白丽问。

“三打二胜，你们说聊，咱们就再聊会儿吧。”

于是他们一起收拾了饭桌，然后上了床，拉开一条被子盖在六条腿上，就轮番讲起各自的经历。

第一百一十七章　爱情陷阱

梁萍建议再聊些各自亲身经历的真实事儿。可是待他们真正坐在一起要谈些各自的经历时，却又显得十分拘谨。他们面面相觑，对应无语。是啊，说些什么呢？真实的，他们不得不极力回避；可以开口道及的，只是些花季、雨季，青少年时代的故事，不仅遥远，有些是天真烂漫，有些却是不堪回首；而可以如诗如画般读唱的，他们又不知读唱过多少遍了！于是，又只好议论些首都新闻和本县趣事。比如今天中央哪些头头脑脑们下去了，明天哪些头头脑脑们又上来了；又比如地区和县上哪些头儿因为站错队，跟错人，谁明天可能遭到拘捕，谁明天又可能坐上这儿的第一、二把交椅。自然，在各种政治传闻中，免不了也夹杂着些桃色逸事，因为大部分造反派不但是年轻的“早晨八九点钟的太阳”，而且都是些欲望膨胀的人，于是，各种色彩斑斓的传闻，使他们从夜里十一点钟，一直说到半夜一点，蔡文若才意识到，深更半夜，一个男人和人家两个有夫之妇合盖一条被子，趁着月光，谈男道女，甚为不妥。于是他告辞要回农村家里。可是白丽说，正因为夜深，一走人，会惊动邻舍，反倒弄巧成拙。不如暂且安身，在北边那间空房子睡了，等天亮洗漱完了，堂而皇之地离开。梁萍也说有理，于是他就去北边房子睡了。

蔡文若来到北边的房子，脱了衣服上床，但睡下后却心潮起伏，浮想联翩，辗转反侧，难以成眠。他感慨万端：这是多么好的一个夜晚啊！虽然只有几个小时，但却让他仿佛感受到了一生的欢快和愉悦。它让他轻松、超脱，让他在这因了短暂而珍贵的时间里远离了凡世的一切烦扰、忧郁、哀伤、孤独和苦闷，甚至忘记了他几小时前想死的念头；它还让他在愉悦中淡化怨愤，在欢快中激发情欲。尽管他从前曾有许多次在风清月朗的夜晚单独和一个女人在一处幽会，但却从来没有同时和两个与他都有情感瓜葛的女人如此欢畅地在一起聚会。而且这是怎样的两个女人啊！一个曾和他同床共枕，相濡以沫，尽管离异，他知道那是上天的安排，所以并不反目为仇，反而因一方落难，使他更有了一份怜悯和同情；而另一个，则是和他相爱二十年，但却终未能在一起的恋人！可是今晚他们一男二女围坐一起，一同举杯，一同游戏，说些妙趣横生的怪梦，然后又一同上床，在同一片从西窗里投下的月光里合盖一条被子，六条腿勾缠一起，谈天说地，这是多么令人陶醉的情趣！难道梁萍、白丽她们此刻能睡得着吗？他睡不着，就又穿了衣，下了床，开了门，站在门外的走道里，时而赏月，遥想当年；时而走至她们的门口，窥测室内的动静。这样足有两个小时，又回到他睡的房间。他激情澎湃，兴奋不已，想到隔墙躺着两个女人，顿起淫意，想要自慰，但手刚伸下，捉住命根，却又觉无聊，于是又把手拿开，可是拿开手又想，尽管他今天是要见白丽来着，而白丽为什么要如此热情地约他来她家聚会？吃过饭为什么要三人一起上床？在床上时，为什么有一刻要用两只脚紧紧地夹住他的一只？而且一点多钟他提出告辞，而白丽要编出理由让他一个人住在北边房子？对了，他太不解人意了！他想到此，又下了床。他走到门前，轻轻拉开门闩，将门虚掩，然后就回到床上等候。他仿佛等了几十年似地等了几十分钟，没见任何动静。于是又想纯属他自作多情，一阵羞耻烤得他满脸发烧，他想干脆下楼去解趟小便，让夜风把脸吹凉，再回房子老老实实睡觉。他这样想了，就胡乱裹衣下楼，为了不让两个女人耻笑他此时未睡，是否有甚奢望？于是蹑手蹑脚，小心翼翼地连自己都觉得好笑。他就这样走过一段过道，下了楼梯，向院子里的茅厕走去。可是他刚走到厕所十多米远处，却见女厕所里有人出来，尽管此时月落天暗，是黎明前一段最漆黑的时辰，但凭着一种直感，他认准那是白丽！白丽出了厕所，没有言声，只是和他擦肩而过时，滞留了约半秒钟，就回楼上去了。他一边向厕所走，一边想：这是怎么回事？是白丽真上厕所，还是对梁萍打幌子装作去上厕所？……他为什么要想这个？可别又自作多情！

他解完小便回来，摸黑关了房门，把一片本来就黯淡朦胧的光线关在门外，屋里就伸手不见五指。他盲人摸象般来到床前，坐在床边，随便地、心不在焉地脱下衣服，扔在靠床的椅子上，就身子一挺躺进被窝。可他刚往被窝里一躺，却突然被吓了美好的一跳：被窝里像鱼一样躺着一个光溜溜的女人。不用问他就知道那是白丽了。刚才下楼时，他还感到浑身寒意。此刻，他仿佛在一个阴雨连绵的暮秋等盼太阳，突然就云破日出，一阵温暖像柔和的热风一样传遍他的全身。他一躺进被窝，白丽就把他搂在怀里，同时满脸浸泪地用双唇在他的脸上狂吻。这时他回抱了白丽。他一抱住白丽，白丽就几乎哭出声来。他们没有任何言语，仿佛这时一句话都显得多余，只靠疯狂的动作来燃烧激情。二十年里，他和白丽也曾有过许多次的亲吻拥抱，可在那些次里，他们都穿着衣服，而那衣服仿佛被思想意识形态像油漆一样漆成了钢铁般的铠甲。而此刻，他们两个男女的皮肉和灵魂都融在一起燃烧。他们就这样在一起拥抱狂吻了好大一会儿，白丽就仰面躺下来，开始酝酿第二次风暴，酝酿最后的冲刺。白丽拉过他的手在她身上抚摩。初始的风暴已经平息，他的手由上往下在白丽身上抚摩，他体味到那肉体是一片温热的大地，在那片大地上，他由白丽的手做向导摸到了高山、河川、丘陵和森林。从前他和梁萍在一起时，也曾漫游过相似的大地，但对他来说，那是一片陌生的大地，因为是在当时的革命形势下速配成婚；所以他就像乘坐了一架飞机，而飞机坠落了，于是他也就突然坠落到一片陌生的大地上。另外，他还似乎记得由范芝园诱导梦游过魔鬼三角，但那海底更是一片模糊朦胧。而现在，是在他的感知里熟知了二十年的一片大地。白丽就这样引导着他在这片温热的大地上游走。突然，白丽抓着他的手拿到她的唇上一吻，就把他在大地上游走的神思召唤回来。他不再认为那是大地，他真切地感觉到这是一个光滑的、温热的、弹性的、活生生的，从前那个艳若桃李、曾被无数觊觎的目光隔着衣服吻舔过的肉体！而此刻这肉体就赤裸地、活灵活现地靠在他同样赤裸的身上！于是他浑身一阵燥热，灵魂一阵骚动，接着白丽为他褪去内裤，把他拉上他刚才漫游过的大地上。这时，当他俯身贴在这光滑的、柔软的、弹性的、温热的肉体上时，突然感到整整二十年的爱恋、等盼、希冀、焦灼、压抑、误会的失意、爱意的责怨以及彼此间为着命运的担心、祝愿，在瞬间汇成了一种难耐的激动。这激动犹似千条澎湃的江河汇于堤坝脆弱的高湖；犹似万顷汹涌的地下岩浆涌向火山喷口。白丽刚捉住他的命根，高山和深湖刚一接触，就在他眼前碰撞出一道耀眼的闪电。这闪电使他感到他全身的血液、精髓连同整个灵魂都像喷井一样喷射出去了。接下来他像死尸一样软瘫着从崖头上溜落下去。他趴在白丽身边的床上，十指掐住脑袋，压着嗓音哭了起来。

“你怎么了?”白丽侧过身，抓住他的手臂问。

“我不是人。”他沮丧地说。

“别这样，你主要是太激动了，这很正常的。”白丽劝慰说。

“不，过去我和梁萍在一起时，就一直这样。这是病，但我不知道病因。”

“压抑，”白丽说，“或许是吸了梁萍讲的梦里的那种空气得下的病。别哭了。看样子梁萍梦里的那种空气快要变了，而且最近老头子不回来，咱们再有几次，这病或许就会好的。”

突然有人敲门。

蔡文若一惊，白丽按住他的手，向门口侧着脸问：“谁?”

没有人回答。敲门声再起。

他吓得浑身颤抖，白丽却稳住心惊，她以为是梁萍醒来发现她去厕所慢慢不回，猜测是怎么回事，再想着时间也够长了，天已经快亮了，就是有什么爱情的肉搏也早该胜败分明了，于是就过来闹玩笑。白丽这样一想，就冲着门口嚷一声：“梁萍!”

“开门!”门外一声男人的威严愤怒的声音。那声音的音调明白无误地告诉白丽和蔡文若：他是白丽的现任丈夫、那个在省城某大学任保卫部部长的周严政！他们忽而意识到，是他们二十年的命运历程像魔鬼一样把他们驱赶进周部长设置的圈套里来了。周部长先是很容易地了解到他们这一男一女二十年间、特别是白丽离开东红嫁周部长后的这段时间的暧昧关系，就想法设套要捉住他们。于是他早上离开时留下的一句“他要出差”的假话就轻而易举地套住了蔡文若这已走在穷途末路上的沦落人。他当天先回省城，半夜又杀回马枪开车返回。他先把车停在北边的公路上，鬼影似的走上楼，然后就直奔睡人的房子去捉奸。他先掏出钥匙开门，却惊疑地发现门虚掩着。他正在怀疑自己今晚是否扑空，就两步跨到床边喊声：“白丽!”并想问为什么睡觉不关门时，却忽而意外发现从床上惊坐起来的是梁萍！梁萍要喊白丽，被周部长禁住，然后就过来敲这边门。蔡文若听见周部长的声音，还不等得白丽作出反应，已听见梁萍在那边哭了。这哭声和周严政威严的、毫不容情的叫门声合在一起，使蔡文若感到此刻他是一个跪在刑场束手待毙的死刑犯，而那声音是一颗穿过自己头颅，使自己脑袋开花的子弹。蔡文若连说一声“完了!”的瞬间都没有，就看见自己眼前闪耀起一片由飞溅的脑浆闪射出的血光，接着眼前一黑，就一头栽倒下去，结束了悲哀短暂的一生。

白丽拍了一下惊呆了的蔡文若，让他快点穿衣，她也慌慌乱乱地穿了衣就去开门。这时天已经亮了，东窗上的窗帘在应当泛出鱼肚白时泛出了令人奇怪的淡红色，两小时后白丽才知道那是提前露脸的朝霞。白丽回头见蔡文若穿好了衣就开了门，开了门就想从门里出去，同时拉上门。但周部长不容分说，一脚踢开门，就捕人似的走进来。周部长看见蔡文若正下床，又走到门口，命令白丽和梁萍都到这边房子里来。白丽和梁萍不能不来也不敢不来，因为她们还抱有不让事态扩大的希望。白丽和梁萍到这边房子以后，白丽欲作解释，周严政冷冷地瞪了一眼，就像破获了一起内部人作的大案一样开始训话。周部长首先指了下蔡文若说：“这是不是就是那个大作家蔡文若？你这文章做的倒好，做到他人家里的床上来了！这个女人是谁?”周部长看看梁萍问，“是不是过去在剧院演铁梅的那个演员？白丽我问你，你和这位大作家是第一个上床？还是在那个演员和大作家上床之后，你第二个上床，热了剩饭？嗯？我再问大作家，听说你过去也先后在公安、法院干过，你是懂法的，我想请教一下，你公开在他人家里同时和两个有夫之妇鬼混算什么性质？你说说我听。”

蔡文若低着头，无法作任何解释，他感觉到他像一个正被执行的死刑犯跪在地上，头部已被射进一弹，感觉脑袋发胀，正在冒血，身子却还未当即栽倒，如果不是因为还有两个女人同时在屋里，他肯定会一头栽倒在地。

“大作家满腹文章，怎么没有话说？你不说，我可要和你讨教了！你说这个罪名定破坏他人婚姻家庭合适？还是定流氓鬼混合适？或者你还有别的什么能定性的罪名？说吧！”

他无话可说。说什么呢？上天仿佛早已安排好了。先天夜里他来到公社中学和方谦彻夜长谈，他说他可能是最后一次找方谦，他说他和方谦的这次谈话可能是“末日夜话”，现在终于应验了。既然是已料到的，那么还有什么可说的呢？

“看来你是不愿和我讨论了？”周部长以讥讽的口吻威胁道，“那好吧，你不愿和我讨论，我叫些人来，你就和他们来讨论吧！白丽，演员同志，你们两个出来一下。”

白丽和梁萍不知周严政想做什么，就出来了。她两个刚走出门，周部长一反身把门拉上，又挂上锁鼻，接着从口袋里掏出一把手铐当成锁子，“咔”一声锁在锁环上，回头对白丽和梁萍说：

“你两个在这边房子等着，我一会儿就回。”

白丽和梁萍知道周严政要去干什么，同时在部长面前跪下，央求说：“别这样，求求你，这全怨我们。”

“只许老老实实，不许乱说乱动！这样对大家都有利，不然……”

周部长说完，扬长而去。

两分钟后，公路上有车发动，接着有警笛响起，车向城内的公安局开去了。

第一百一十八章　死亡检讨

蔡文若听见门外用手铐锁门“咔”的一声响，感觉里那手铐就卡在了他的手腕上，接着他听见周部长下楼时气势汹汹的脚步声，他知道老头子做什么去了。接下来他想到的情景就是真的来了几个警察，宣布“因流氓犯罪”对他依法刑拘，然后把带来的手铐戴在他的手腕上，然后在新一天初升的太阳光芒照耀下，在众多熟悉和不熟悉的人的目光嘲笑中，穿过县城大街，到他从前工作过的专政机关去接受审讯。然后一条街谈巷议的丑闻立即在全县，甚至在全地区传开：知道吗？那个名叫蔡文若的作家是个流氓！和人家周部长的妻子搞流氓时让公安给逮进监狱去了！

他听到隔壁房子两个女人的哭声。她们在为他哭泣，在为她们的行为导致他遭受如此恶果而哭泣。

可是他毫不责怨她们，一来是因为他要见她们来着，二来因为她们怎能想到命运会作如此残酷的安排啊！她们只知道他爱她们。他爱白丽爱了二十年，而命运却一直没有作出白丽向他敞开怀抱的安排。他也爱过梁萍，并和她结合，但梁萍却因了抵抗不住人类的原欲而中途将他抛弃，尽管她如今后悔了，而正因为这种悔恨，她才觉得对他负下了难以偿还的情债。所以，她们怎么会有意来协助上天做此伤害他的事呢？再说，白丽从厕所回到这个房间的时候是拂晓前夕，谁能想到上天会在这个归迟来早的时辰，姓周的会从省城远道来杀个回马枪呢？就在东窗事发的半小时前，那轮罪恶的月亮已经西沉，那轮新生的红太阳就要喷薄而出……啊！对了对了，或许正是红日将出，他的行为亵渎了红太阳，命运才惩罚他哩！如果周部长提前半小时杀回马枪，也就不可能把他们堵在床上了！这就是说，正是那个红太阳打发周部长回来捕捉亵渎红太阳的罪犯了！他一想起红太阳就想起了东红，东红为什么不犯他这样的错误呢？而他却在距东红被大雪埋葬的地方近百米的房间与他从前的妻子勾搭成奸！相比之下，他是多么渺小！他是多么卑鄙！他想到这儿，觉得无脸活在世上，觉得今儿的下场罪有应得，咎由自取！他不该等周部长去报案，而应该主动去投案自首！

他想象着自己被逮捕，被判刑，被五花大绑了由警察押解着站在游行示众的卡车上，被世人指着说长道短：“这个蔡文若是因为和文化馆那个白丽通奸，破坏他人婚姻家庭而被逮捕的！”“这个蔡文若是因为和文化馆那个白丽以及过去剧团演铁梅的那个女演员梁萍三个人流氓鬼混被判刑的！”这样一来，原本就十分不幸的白丽、梁萍往后还怎么有脸活在人世？还有，当他的亲朋好友，特别是当为他操劳一生，现处风烛残年的七旬老母看见或知道他被绳捆索绑押在车上被示众游行，在这株连九族的年月，母亲和亲朋好友们能不受牵连吗？就连九泉之下的东红、苦叶、杨老师们的亡灵能安息吗？他这样对她们，特别是对他的老母能不是在精神和道义上的犯罪吗？

可是他如何才能不被逮捕，不被判刑，特别是不被押在车上示众，从而不让他人跟着他带灾呢？他终于想到了近些日子以来一直想到的自杀。

是的，自杀！在这两性关系比犯杀人罪还让人丢脸折面子的时代，只有自杀才能逃脱这种名誉上的惩罚！

是的，自杀！把今晚的一切罪责一包袱都揽在自己身上，通过一纸《绝命书》公布于世，这样会取掉或减轻白丽、梁萍名誉上的污秽！

是的，自杀！尽管他知道，像他这样程度的犯罪，即便是“从重从快”，也只是服三年劳役而已。可是他还是选择了自杀。因为他想到自杀不仅是对天下的谢罪，而且可以免除因游街伤害他和他的亲朋好友的面子，还有就是他可以免除活下来之后要在精神上长期遭受的耻辱、自责、折磨、痛苦。而且这种种耻辱的折磨，自责的痛苦不仅是剧烈的，而且是长久的，甚至一直延续到他的自然死亡，所以现在就结束生命，要比持久地忍受痛苦的折磨好一千倍，好一万倍。他想到此，突然想到一个绝妙的托词，一个对自杀决定能作出最好安慰的名言。有个大作家曾说：“自杀的形象实在富有迷人的力量，它是片刻愉快的休息，它像一杯水，赐给在沙漠里将要渴死或热死的可怜人。”

是的，自杀！他的一生是自我检讨的一生。今天该是用死亡作检讨的时候了！他在埋葬杨老师那惨不忍睹的尸体时作过这样的死亡检讨；

他在那个苦命的女孩苦叶墓前哭坟时作过这样的死亡检讨。可是那两次检讨作了，却没有死亡，今天该是付出生命，追寻她们去的时候了！

自杀的决定一旦作出，他便立即向上帝讨要死法：最常见的形式便是上吊。一个名叫海明威的美国大作家说："一个作家智力上最好的训练，是走出去上吊。"于是他四处盯望，看屋里没有绳索，对了，他有裤带，可是他仰起脸，却发现屋里没有能挂裤带这么短的吊死鬼绳的梁柱；其次是剖腹和刎颈，可是这房子里既无长刀也无短剑，连一个划破动脉的刀片都找不到；再次，也是最笨拙的方式是撞头，可是他在公安局和法院工作时，在案卷里看见有些人采取这种办法，结果是没碰死碰晕了，没死成，倒落下畏罪自杀的新罪状。那么……周部长去公安局已足足半个小时了，最多再有半个小时就带着手里提了手铐的警察回来了。他必须在这半小时内结束自己的生命，否则就死不成了。他急了，他"咚"一声面朝那张拂晓前他犯过罪的床铺在当屋跪下来，有如向上帝请求宽恕一样向上帝请求死法："主！让我死吧！快快赐予我死的方法吧！"向上帝祈求真灵验！他向上帝讨要死法，上帝就着了魔鬼来给他送死法。他跪着的前方突然闪现一片白色的死光，他看见那片死光里有一颗两眼如洞的骷髅，那骷髅在一片商标样的纸片上向他发出召唤的黑色目光，那商标样的纸片贴在一只小瓶上，那小瓶就放在那张床下的角落里，那是白丽曾经用来对付他和全国人民在 1958 年"大跃进"时的共同敌人——老鼠、蚊子的化学武器——一瓶敌敌畏。他向上帝磕头，感谢上帝赐予他结束生命的"灵丹妙药"。那"灵丹"既是上帝赐予他的"救命符"，又是上帝派人送来为他饯行的美味佳肴。他几乎是跪着飞爬到放敌敌畏的床下靠床腿儿的角落，一把抓起那只小瓶，打开盖子，就像那个法国作家说的那样：像一个在沙漠里将要渴死的人抓起一个救命的水葫芦一样，仰起脖子，咕嘟嘟地就一饮而尽。

他饮完"救命"的毒汁，痛快淋漓地站起来，感到一阵轻松，感到有种解脱，自然还有那种"片刻愉快的休息"。自杀，自杀，自杀……自杀是多么痛快啊！可是他突然恐惧起来，因在那年月，自杀者前边都有"畏罪"两字。他想到畏罪，突然又想到有一个诺贝尔文学奖得主的德国大作家曾在一本名著里说："如果只把那些真的把自己杀死的人称为自杀者，那是错误的。因为一个人自杀的原因大多情况下，不是他不想活了，而是活不成了。所以很少存在真正意义上的自杀，多数的自杀含有他杀的成因。”

如果葛东红活着，他想，一定又会批评他：“你真是一个资产阶级小知识分子！连死都这么犹犹豫豫！小资产阶级情调！”

可是他不这么想来想去行么？他的自杀不仅带有“畏罪”而且带有他杀的成因！他一走了之，可是这种自杀中“他杀的成因”或者干脆只有为什么自杀这点嫌疑，也会给他人带来说不清道不明的连累。可是他知道他的自杀完全出于自觉自愿，与他人或与社会毫无关系！他不能因他的自杀再连累他人！他必须说清！他必须对他的自杀有个交代，以洗清无辜的人。可是他已喝了上帝赐予的“灵丹妙药”，这屋里没有、他也不想要的解法。于是他想到了他应该立即写一纸《绝命书》。他一想到此，就马上写，因为时间不允许了。文人就有这点方便，随身就带着笔，还有纸，那原本是为写剧本，随时记录灵感闪现时的佳句来着。

他上身趴在床上，下肢跪在地上，飞快地写。他不知写了多长时间，直到药性发作，意识模糊，手中掉下笔来……

这便是他的结局。他以一纸绝命书，以死亡作了最后一次检讨。红色的道德法官站在他的尸体一旁，看着他的绝命书，在他的判决书中加了这样一句常用的词语：认罪态度尚好。可是在他和方谦从中学以来的无数次谈话中有一个共同的话题：他在一种聪明的混浊中，像法国大作家卢梭写《忏悔录》一样，一生都在检讨自己，以至最终为这样的检讨付出了生命的代价。

第一百一十九章　现代卡西莫多

隔壁房间里的两个女人立即住了哭声，因为她们听到了走道上传来一阵紧促的、只有捕捉罪犯时才会有的、杂沓的脚步声。脚步声到了锁蔡文若的房子门口停住了。周部长身后站着几名威震敌胆的警察。周部长十拿九稳地从衣袋里掏出那把打开用来锁门的手铐的钥匙，心里忽而有种战胜阶级敌人，好不容易捕获到一个强奸犯时的快感。周部长刚打开铐住房门的手铐，几名警察就像举着子弹上膛的手枪一样举着手铐冲进房子。隔壁两个女人不敢也不忍来看，吓得地板和墙壁都抖动了。周部长和几个警察冲进房子后，发现蔡文若像子弹刚刚穿过颅脑的死刑犯一样歪倒在床铺跟前。闪进周部长感觉里的初始印象是：这个小资产阶级流氓分子被吓昏了，或者是耍无赖装死狗。可是两个警察在把蔡文若像死猪一样往起提溜时却发现他的鼻、口流血，床边还有几页结尾字迹模糊的绝命书，特别是距绝命书不足一尺的地方，好像死者有意要证明他是自杀似的放着一只敌敌畏的药瓶。现场的迹象非常明确。警察对周部长说："他自杀了。"周部长飞快地瞥了一眼警察刚看过的那几个疑点，心头一震，凭着多年的经验，应该立即保护现场，让法医来验尸，以确证实属自杀，否则，怕落个他杀伪造自杀现场的嫌疑。周部长这样想，就立即行动，对警察说："保护现场。你们几个留在这儿，一个回局里向局长汇报，说这里有人自杀，请求局里会同法院派人前来验尸作出结论。"

一个警察回城内，不仅叫来了实习法医，还叫来了法官和书记员。法医、法官、书记员来后简单作了一下现场记录，拍了现场照片。随后把蔡文若的尸体仰放在地上的一张塑料纸上，然后把战战兢兢地流着眼泪的白丽和梁萍叫过来作尸体检验现场的见证人。白丽和梁萍一见蔡文若死了，两腿一软就瘫在地上。法医和法官问了死者蔡文若的姓名、年龄、籍贯、工作单位、职业、住址之后，把死者脱得精光变成裸尸，然后作了尸体检验。尸表检验结果和各种客观条件已足以证实自杀无疑。可是实习法医说，无论是投毒杀人或服毒自杀者的尸体检验，必须提取胃溶液去做化验。于是就用解剖刀划开了蔡文若的整个腹部。实习法医找到胃。就打开胃，把胃里的一些液体装进一个小瓶。法官以为这就完全可以作结论了，实习法医却想到机会难得，因为这是一个亲属不在场的罪犯，不须征得亲属的意见就可以获得一次很重要的大解剖实践的机会。于是打开解剖箱，像给一个病人做大手术一样拿出了刀、凿、钳、锤、镊等各种形状的解剖器械，然后执刀从他的咽喉到他的阴部拉开一道长口，再用竹弓把长口撑开，然后就像杀猪一样把他开膛了来做大解剖。法官看不惯，就把白丽和梁萍叫到那边房子去作死亡案件调查，等这边法医把蔡文若开膛大解剖完了，才先把白丽叫到尸体检验现场看一遍尸体检验笔录，然后在上边签字并盖上指印。

法医让白丽坐在尸体一边，把尸体检验笔录交给白丽，让白丽看一遍有什么出入。白丽看着笔录，那上边有许多她不懂的专业术语，她无心看那份笔录。她不时把目光恐惧地、不由自主地溜到蔡文若被开膛了的尸体上。她看着蔡文若被大解剖时腹腔内被抖翻烂了的五脏六腑，如同一大堆形状各异大小不等但都浸染了鲜血的花朵。白丽这是第一次看见一个人、一个文人自杀后的真实景况。她从前读过许多书，知道世界许多大作家的自杀和他们在书中描述的主人公的自杀。她记得最有名的如获诺贝尔文学奖的美国大作家海明威，他把双筒猎枪放进嘴里扣动了扳机；另如获诺贝尔文学奖的日本著名作家川端康成，他把煤气管含在口中打开了煤气管开关；又如奥地利最著名的大作家茨威格，他和他的妻子一起在异国服毒；再有美国最著名的作家杰克·伦敦，他给自己注入了过量的吗啡；再还有就是1966年“文革”开始后在红色首都投湖自杀的中国著名作家老舍。这是作家们的自杀了，另外还有她在书中看过的，大作家们在书中描述的各种主人公的自杀：列夫·托尔斯泰笔下的安娜·卡列尼娜卧轨；福楼拜笔下的包法利夫人服毒；歌德笔下的少年维特把手枪对准自己的右眼扣动扳机……，不过那些大作家们和他们笔下主人公的自杀原因都是清楚的。作家们不堪忍受社会因素在他们内心造成的孤独与失望，使他们厌倦人生以至绝望而自杀。而他们笔下的主人公们自杀则大多数情况是与爱情有关。而蔡文若呢？怕逮捕？怕判刑？怕在劳改场里受罪？抑或怕丢人？白丽无法肯定下来，但她能想象到蔡文若自绝前一定作过激烈的思想斗争。至于到底为什么，只有死者知道，而且他把这团谜除了在《绝命书》中说明自杀与他人无关外都带走了。但白丽总想弄个明白。她尽管不忍目睹被弄得烂糟糟的尸体，但她总想从他凝留在现实世界的神情里读解出这个谜底。她注视着他的面孔，发现他此刻有种解脱了的平静。可是从前，这张表情丰富的脸随着他的经历，先是幻想、希冀、激动、兴奋、得意、满足，接着是灰心、失意、忧愁、郁闷、孤寂、无聊、悲伤、愤怒，再返回去是思考、感动、决心、紧张、焦急、不安、犹豫、矛盾，最后以至吃惊、恐惧、窘迫、麻木、茫然、绝望……当然为了适应生存情境，他在这些喜、怒、哀、乐，变幻无常的神态中也有爱、有恨、有悔，有过羡慕、有过羞涩、有过怀念、也有过怨恨。但从前这一切变幻过的神态此刻都不复存在了，消失得在这张脸上只剩下雕刻般凝固不变的平静了，平静得白丽无论如何不能从这张脸上读解出他自杀的真正原委了！于是白丽只好在他的五官和手足上寻找答案了。先是他的那两只与生而来好像永远都眯缝着的小眼睛：从前这两只小眼曾满怀希望地贪婪尘世的浮华，看人眉高眼低，看他人眼色行事，看他终于没有学到手的毛泽东思想，看好看的女人，看他人的悲惨下场，最后看将要戴在自己手上的一副手铐，看那只贴了骷髅图像的药瓶。现在这两只小眼像死鱼眼睛一样瞪着，什么也看不见了；其次是鼻孔，从前嗅过花香，嗅过女人的气息，嗅过梁萍在梦里嗅过的那种看不见、摸不着的杀人空气；再下来是嘴，唱过歌，朗诵过诗，背诵过《毛主席语录》，向党、向毛主席宣过誓，阶级教育中吃过忆苦饭，谈恋爱时往外流淌过甜言蜜语，检讨时向组织、向群众说过许多对自己苛刻的词语，现在什么也不能说了，紧闭着，一边嘴角里流出一丝变色的血液；再下来是耳朵，耳根很软，从前爱听女人攀肩贴耳柔声柔气地说话，能忍辱负重地听他人作红色报告，听忆苦思甜，听指挥，听命令，耐着性子虚心听取批评指正，听以欺骗手段获得的表扬，现在什么也听不见了，和嘴角一样，在七窍流血时也流出了一丝血迹；再下来是手，一辈子握惯了不幸的笔，忙忙匆匆地在纸上爬来爬去，写诗、编剧、写爱情信、写检讨、写保证、写决心书、写入团入党申请、年轻时在黑板上为小学生写算术题、作文题、入伍后为部队领导写讲话稿、捉着剪刀和两个政治部的女兵剪美术字、画毛主席画像、记录学习毛主席著作心得体会，抚摩女人身体、捉住命根手淫，掩埋卧轨自杀者，刨悲惨早逝的苦命女孩的坟，最后举起装了毒汁的药瓶，接着写绝命书……现在什么也做不成了，向上帝半伸着，要上帝拉一把上天堂，凝留着弥留之际痛苦抽搐的样式；最后是脚，始终保持着和那双满怀希望憧憬未来的小眼一致的方向，浸在水里浪淘沙，追赶落荒而逃的鼠、雀，穿着大头鞋摸爬滚打，翻山越岭，踏着月光谈情说爱，由于注满欲望，从前为着理想向前疾行……现在脚趾朝上，脚掌对空，根雕一般搁在那里，不能动了。白丽读透他凝留的神情，读遍他的五官和手足，还是未能找到答案，于是面尸直问：

“你为什么要死？为什么先我而去？你以为我，以为一个女人就比你、比你们男人活得好么？你作为男人，既承受苦难，也享用欢乐，有时有生存环境局限，有时便可以闯荡四方。而我作为一个女人，命运却对我终生阻挠。我们无法鼓起勇气，我们无法坚持主见。女人的天性本就孱弱，还要受道德的控制，还要受意识形态的约束，至于个人的意志，仿佛手里牵着线的风筝，任凭风的摆弄。尽管也有理想，也有欲望，而行为的甲胄要比你们男人身上的坚厚沉重得多呢！况且我们如今已临近春之花园的门口，不消多久，自由的春风就会剥去我们身上的甲胄。想想未来，一时的羞辱又算得了什么！你为何如此没有耐性？就这样追随他们（东红、苦叶）而去？刚才我已用流血的双目读遍了你的五官和手足。二十年了啊！我对着你的那两只耳孔说过多少女人羞于启齿的情话！多少次对着你的那两片嘴唇作过羞涩而甜蜜的亲吻！二十年了啊！和你多少次在一起狂热地拥抱！多么希望哪怕有一次能进入我的身体，可是没有！直到两小时前，我们在那个阴险的恶毒的老东西的圈套里，第一次裸了全身，我们疯狂地抱在一起相亲相爱，可是你仍是没能进入我的身体。我当时说来，我们再有几次，你就可以进入了。可是现在，你竟忍心把你的情感，把你的一切都带走了！你抛给我的，只是一副烂糟糟的尸体和一个再也不能勃起的命根！还有一大堆耻辱！你为什么不想想在你这样离开这个尘世之后，我还怎么甘心，怎么忍辱继续在这个世界上活下去啊！”

白丽就这样向尸而问。问，也就只是问问而已，还能指望一个被开膛的死尸回答什么呢？可是白丽不知道他曾跪在那个苦命的女孩坟头，和一个冤魂有过戏剧般的对话。现在，令白丽惊疑的是，她仿佛听见从眼底的死尸发出了他委屈的声音，这声音如悲诗般凄哀：

丽丽/我的恋人/当我的灵魂离开肉体/向着天国飞翔/我也

曾向你所说的那儿回眸凝望/尽管我看见我已走到春天的花园门口/我却不敢再因有某种奢望/从而留在花园门口徜徉/因为我已看见了/虽然我已好不容易挤出了爱的牢房/可是那亮着血光的狱门狱墙/在我挤出时已擦得我遍体鳞伤/我走了/不忍你长期再看我的这副惨样

“哎！”法医突然喊了一声，“你怎么不认真看尸体检验笔录，眼睛老向尸体胡溜什么！你看他能把他看活来？看活来也进监狱了！一会儿这笔录要你签字盖指印的，有什么不符的地方，责任你负！快看，重看一遍，我去那边房子叫那个女人也过来看一下，签字。”

法医去隔壁的房子叫梁萍去了。那边房子里法官还在和梁萍谈话。

白丽把目光和思绪一起从尸体上收回到尸体检验笔录上来，她实在无心从头看起。她只想应付了事地看看结尾部分。可是她刚把目光投向五页笔录最后一页最后几行的时候，靠近末尾有一行耻辱的文字刺眼地映入了她的眼帘：

……尸体阴部的阴茎、睾丸上布满大量未结痂的精液，并附着有一根女性阴毛，判定死者临死前与女性有性交行为……

尸体检验笔录从白丽手中滑落。白丽双手抖动。白丽的记忆里突然莫名其妙地闪现出一个电影《巴黎圣母院》中的镜头：那个纵火烧了教堂的吉卜赛女郎爱斯梅拉尔德被绞刑处死后，尸体被抛在一个地穴里。那个圣母院中驼背的、奇丑无比的敲钟人卡西莫多寻找到尸体，就静静地在吉卜赛女郎的尸体一边躺下来。他死了，就永远和吉卜赛女郎待在了一起。白丽记忆里闪出这个镜头，就想到她和死者相恋相爱二十多年，终于没有结合一起。而现在笔录和他的阴部将向世人宣告她和他有了性交行为，而这行为是因她在黎明时分由厕所回来钻进他的被窝而造成的。白丽想到这里，就毫不犹豫地一把抓起刚才把死者开膛了的那把解剖刀，猛地扎向自己的心窝，然后就模仿那个敲钟人卡西莫多的动作，俯着身，一手捂着那把不长却很锐利的刀，紧靠着蔡文若的尸体一边，慢慢地倒了下去……

足足有十多秒钟，白丽的意识还没有消失。这时候，在她渐渐模糊了的意识中，忽然看见新一天的新一轮太阳染红了她家东窗窗户上的窗帘。又听到紧靠她家二层楼北边的公路上，有一个老汉苍老的声音冲着她家门前的走道高声地吆喝：

“收破烂儿——来！破烂儿——的买！”

（选自《命运峡谷》，上海文艺出版社 2004 年版）

圣哲老子（节选）

张兴海

【作者简介】张兴海，1946年生于周至县，中国作家协会会员。长篇历史小说《圣哲老子》，陕西作家第五次代表大会礼品书，获第二届柳青文学奖。出版中短篇小说集《丢官》《顺花》，散文集《春采撷》，评论集《飘然思》，长篇纪实文学《死囚车上的采访》，获第五届陕西文学奖。电视连续剧《月儿圆了》（编剧），中央电视台一套播出，获西安市“五个一工程”奖。长篇历史小说《风雅曹门》获陕西省委宣传部重点文艺作品资助。主编丛书刊物数种。获西安市德艺双馨文艺家、西安市百名骨干艺术家称号。

第三章　少年李耳

“狸儿狸儿”

老聃闭目枯坐，除了在屋檐下，还常常在屋子里，坐在那个厚重的四方木杌上，身子纹丝不动，面色呆滞，不喜不忧，形同槁木。

他的心境渐渐静下来，微波不生；水面越来越平，越来越净，如平坦广阔的皑皑雪原，没有一点杂色，无边无际，渺渺森森；渐渐地，现出一面亮闪闪的镜子，镜面忽忽动着，随他的意愿而移动，既可近观，又可远照，近观可察乎其微，远照则照见一切。近观，远照，不断交叉反复，终于清晰地看出一些物体，观出一些景象。

老聃周围了解他的人都明白，他的闭目枯坐其实是在静心思维；老聃自己呢，则把这种方式称作“玄览”。听起来似乎有点玄奥，有点神奇，但它并没有违背认识规律。这只不过是他本人久而久之形成的直觉思维习惯。“不出户，知天下；不窥牖，见天道。其出弥远，其知弥少。是以圣人不行而知，不见而明。”他自信地说过这样的话。他有别人难以企及的广博的学识，别人难以持守的特别的沉静，因而便达到这种异乎寻常的境界。

他的奇异，他的玄奥，他的圣人之言和哲人之思，让人迷惑不解而又仰之弥高。于是，关于他的身世，在种种猜测中被涂上了神秘的色彩。

大约在周灵王即位（前571）前后，老聃降生于陈国相邑（苦县）曲仁里（今河南鹿邑县太清宫镇）。他的出生是一个谜，这个谜被传说得纷纷扬扬。有人说他的母亲在河中浣衣，见水中漂来一颗熟红的李子，捡起吃了，不料有了身孕。母亲怀他八十一年，他一落地，就白发白须白眉，生而皓首，便得名老子；圣人出生，天降祥瑞，曲仁里的房屋和树木全被紫气笼盖，梦一般的朦胧；有人说他降生得太艰难太奇怪了，竟是出自母亲的腋下，母亲也因此丧生；有人说他落生在院子，旁边长着一株葱茂的李树，这个不知其父的孩子便随了李姓；福大之人，双耳垂肩，这个孩子的耳郭特别大，就取名“耳”，字聃（古人以耳长大为聃）；有人说，他生于夏历虎年，民间将老虎称“狸儿”，这孩子大头大耳，虎虎生气，村人便“狸儿”、“狸儿”地叫，后来学堂的先生顺音取名，定为李耳；还有人说，当地“李”、“老”同音，“老”同样可为姓氏，因而常常以此冠名，“老聃”，“老子”，就喊得漫天响了。

苌姬五岁时摸过老聃伯伯的耳朵。这耳朵外轮太大了，她的小手揪着下面的肉垂，软乎乎厚墩墩的，非常有趣。

“伯伯，这么大的耳朵，跟狗舌头一样！上面的轮子，大得像一张弓！”

“这弓也有名堂，它是后羿的！”

“伯伯，那只天狗，是后羿这个人养的吗？后羿有大弓，他会射箭吗？”

“天狗不是哪个人养的，它在天上哩！它很善良，也很凶，见了恶煞就扑着咬，离月亮很近很近，有人还以为它咬月亮呢！后羿也很善良，他的力气很大，箭法高明，当年天上的太阳很多，烤得庄稼树木都枯焦了，后羿用箭射下来九个太阳！”

“月亮、太阳，就这样一样多了吗？”

“是啊，一个太阳，一个月亮，一个在白天，一个在夜晚。”

“为什么一个在白天，一个在夜晚？”

苌弘早就摆好棋盘，看见女儿依偎在老聃怀中问个没完没了，笑着把她拉到一边。“苌姬，弹琴去吧，伯伯要和我战一回呢！”

“咱姑娘兴头多大呀！好了，明天伯伯拿一个好玩的东西——八卦风车，咱一边玩儿，一边说，怎么样？”

八卦风车，老聃当初如苌姬这么大时，对它疯魔似的着了迷。正是这常见的玩物，把他的心扉之门蓦然撞开了。

曲仁里东边有个村子，出了一位有名的算卦先生，姓商，人不称“商卜人”，却称“上卜人”。上卜人以算卦为业，却不是集集摆摊，日日必课，而是兴致来了去外面挣几个钱，没兴致了就四方游玩，是个喜欢逛荡、不贪心过日子的人。他上街摆摊，一只凳子屁股下坐着，手里擎着炫人耳目的八卦风车。这玩物，下飘十二条黄绫长带，上露二十四个头尖，中间四道符，灿灿金色，如一团祥云；两只轮子迎风哗哗吹动，带得敲棒呼呼旋转，雨点般打在小鼓上，咚咚咚噔响个不停。

“风吹轮子转，驱灾保平安！”上卜人口中不断地喊着，手握两根乾坤杆，忽悠忽悠地摆动胳膊，风轮欢快地转动，响声既脆又密。少年李耳和别的孩子一样，挤在大人的腋下，着迷地向里边瞅着。

“上卜人！你这风车轮子，为什么转得这么快？”

“上卜人，你这鼓点，为什么比别人敲得快敲得密？”

“……”

“我不叫上卜人，我叫商卜人！我只能混一口饭吃，没有什么过人本领。问我这风车为什么这个，为什么那个，各位请看：八卦图。这上头有八卦。”

小李耳随着他的手指，看到了黄绫上的黑色八边图案。

上卜人这时候清了清嗓子唱开了——

两个杆子主乾坤，
四道黄符四季分，
十二绫条月份在，
二十四道节气循。
我顺天道造风车，
车轮随着风儿轮。
叮叮咚咚驱六邪，
凶吉祸福带缘分。

唱毕，立即有许多人求卜问卦。上卜人便将风车放在面前的白布单上。李耳挤过去，把这玩意儿拿起，仔细端详，发现打小鼓的棒子竟有三个，插轴特别灵活，稍一遇风就轻灵转动。竹子做的猪蹄子扣，削得有棱有角，它和转轴咬得不紧不松，恰到好处。

李耳回家后自己动手做，接连几天，忙得顾不上吃饭，做出的却全是废品。

转轴太死。

猪蹄子扣太松。

邻居的大娘和李耳的养母正在纺线，看见他泥巴纸屑粘得满脸满身，笑着劝阻：“狸儿，算了吧！那点手艺，是上卜人祖传的，要是人人都会弄，岂不都成了能行人？”

李耳无奈，就去那个村找上卜人了。

李耳带着他在桑园采的一袋紫红色桑葚，作为礼品。“上伯伯，请指点，帮我扎一个八卦风车吧！”

“叫我商伯伯吧！商伯伯考你个问题，你答上了，我就教；答不上，把你的桑葚拿走。”

“好吧，我试试。”

“就说桑葚吧！开始绿生生的，后来变得淡红，最后成了这样，红中带紫，咬到嘴里，黏糊糊的甜。种子种下去，忽儿就是一棵树秧。慢慢地，大了，老了，死了；种，栽，长，死。一茬又一茬，为什么会这样？”

李耳立即想到他的八卦风车，想到他说的话他唱的歌。

“有一个轮子转着。桑葚，桑树，都跟着轮子走。是这个轮子把它弄的！”

上卜人惊喜得厉害，他几乎发呆了！

“好，伯伯现在就教你。走，到涡河边儿选泥去！”

涡河，在村北几里路外。几丈宽的堤岸，清悠悠的流水，在这儿是东西流向，再向东南一拐，注入淮河。它的周遭，全是沃土良田。上卜人在河的东侧，经常漫水的洼地里，选了淤在中间的“黄角泥”，晒干，粉土，筛土，用糯米的汁再和……

“猪蹄子扣，不能贴得太紧……”

按照上卜人的指点，终于做好了。那样的精巧奇妙，那样的炫人耳目！

“可是，商伯伯，为什么上面要画个八卦？八卦是什么意思？”

“哎呀，你这伢子，想抢我的饭碗吗？”

“不……不是的。伯伯，太阳、月亮都是圆的，八卦呢，看起来不圆不扁，却是一个边对着一个边。它跟太阳、月亮有联系吗？”

“问得好，狸儿，这里边有学问呢！这样吧，除了上学，你有空儿就过来，伯伯详细地告诉你。”

这个随和而又古怪的上卜人，就是希的父亲。

隐山星夜

希五岁时，便见到家里这本祖传的秘典了。它的封面是深黄色的缎锦，用朱砂写着篆体“易”。这个书名是上卜人的老祖宗后来添上去的，其实，它的真名为“归藏”，是商代大学问家商容以《三坟》为本，融汇了个人特有的智慧，潜心著述的。商容是天下少有的智者，他能够在杀人如麻的纣王虐政下安然下野，不失其清高气节，就连周武王也对他赞佩有加。这部书虽然也以阴阳演绎六十四卦，但以坤为首，主旨偏阴。商容执意将该书妥善传后，并要亲授玄秘。时值五百多年前，上卜人的老祖宗在商丘以贩铜为业，不知是怎么遇合的，姓商的碰见了姓商的，商容为之动心，把书传给了他，面授机宜。自此，贩铜的年轻人改行行卜，这个家庭代代出卜人，且都遵循“只养人，不存银”的训律，过着清淡安恬的日子。书名也改得普通常见，不再引人注目了。

希随着父亲识得一些字，父亲要求她能够背诵一些段落。

父亲游逛的地方多，他在一个修建土地庙的村子听到一首歌谣，便记在心里，常常一个人躺在院子的树荫下念叨。希听了几遍就记住了，有时候也跟着父亲一起念叨：

坤为方方地象哟，
我把黄土叫娘哟。
砌土垒墙苫棚棚，
生下人人在门庭。
种下田禾穗儿长，
我家囤里有了粮。
黄土供我成人呢，
我把黄土当神哩！

希的母亲按照商家五百多年的传统，为女儿缝制的裙服必为黄色：嫩黄、大黄或深黄。希穿了几年的黄衣黄裙，就喜欢了这颜色。这和七月里刚刚挂在梢头的桑葚，白菜嫩嫩的心子，山岭上的野菊花一样的颜色呢！

希的性情温顺，按照母亲的吩咐，终日在家读书、习女红。她很快就记住了“坤”，还向母亲提了问题：“牝马是什么马？它跟女人有什么关系？”“‘阴疑于阳必战’怎么讲？为什么女孩子要特别地学习这一节？”

母亲总是笑着说："别问了，傻蛋希！长大了你就自然明白了！"

情形正是这样，过了几年，希影影绰绰地明白了。她的父亲为人占卜，总要说阳道阴，免不了天地交合，男婚女嫁；《诗》中那些表现男欢女爱的篇章，歌谣中许多表达强烈情爱的词句，左邻右舍发生的男女之间明勾暗合的故事，都让她少女的心一阵阵波生浪涌。

有一次，村道上群集的孩子齐声咏唱了这么一首歌：

天大大，
地妈妈，
生了个人儿会爬爬。
男娃娃，
女娃娃，
长大就要过家家。
不过家家心里怕，
当心天上雷公抓！

她听了，心里热热的，怯怯的。这天，李耳又来家里跟父亲学卦，她暗暗留心，在他与父亲道别后，她尾随着到村道，抓住他的手说："狸儿哥，我看你虎头虎脑，大脸大耳，模样挺可爱的。你是乾，是天，是公；我是坤，是地，是母；咱俩什么时候过家家呀？"

"嘿，真是个傻蛋希！这么小就想着过家家？"

"提前过嘛！你笑什么，不是总要过吗？"

"那好，明天晚上我去隐山观流星，在那儿过，四周没人，只有咱俩，你敢不敢去？"

希眨巴着眼睛犹豫了一下，点头同意了。

李耳自学八卦以来，对天地万物倍感兴趣，养蛐蛐，扎马车，看烧陶，观星空，爱好越来越广泛了。

近几天，夜幕中的流星引起他的注意。流星，它究竟是什么东西？为什么会突然出现，还划出一条长长的直线？它发端何处？归于何方？

隐山，距离曲仁里不远。征得母亲同意，希就随他去了。二人在天黑前就到了山顶。希最关心的是过家家，她怀里揣了三根香，面朝刚刚露脸的月亮，把香点燃，插在石块下面的沙土中，两个人双腿跪着磕了三个头。李耳暗暗发笑，希却很认真，头磕毕她就蹦了起来："狸儿哥，从今往后，你要干什么，我就跟着你去!"

隐山并不高峻，但起伏的梁峁连成庞大的躯体，夜幕下成为黑黢黢的巨形剪影，沟壑树林全都隐去，变得雄浑而神秘了。暗蓝的夜空群星闪烁，密集的无数小星汇成亮闪闪的银河，几颗灿耀的大星构成一个个星座，彗星拖着暗幽幽的尾巴，不知名的其他星星也都不甘寂寞地眨着眼睛。天穹的所有空间都是星星们炫耀的世界。

"你看，你看，傻蛋希!"

随着李耳的手臂，希抬起头，却只看见流星划过以后留下的短暂的光线。

希决心自己也发现一颗流星。她抬头望着另一面的天空。

"你看，你看——"，李耳又发现了一颗。

希没有动，她的目光依然在那片夜幕逡巡。不久她就如愿以偿，"在这儿，在这儿——"

李耳立即转过身来，他也只看见了短暂的线段。

这种惊喜，既是微妙的，也是强烈的。若不自历其境，怎么也不会生出这种感觉。

"天上有多少星星呢？它们为什么有这么多形状？有的为什么会落下来？它们之间有哪些关联？那个世界跟人间一样吗……"

李耳自言自语，头脑里似有流星忽忽闪过。

"傻蛋希"似乎比他老练。她自信地说，这些问题，也许天皇、地皇、人皇三位神仙知道，只有向他们讨教了。

希还说，她的父亲对这三位神仙很崇敬，家里有一间密室，供着三皇画像。

第二天，她趁父母外出之机，带李耳去了这间位于后院的小房。果然，桌案上的陶炉里，香烟轻袅，正面墙壁挂着三幅绢质彩色绘像。

三皇形象，李耳先前从听到的传说中，大约知道一些，因而立即判断出当中的是天皇，左右两侧分别是地皇和人皇。天皇掌大口大，肩上十二头，左手执规，右手执矩，效法天神，立世济民，化阴阳，续人种，施柔刚，理人世，定方圆，将天下分为十二方；地皇力大于人，智高于人，肩上十一头，传五行生克之理，造石斧石针，以斧捕猎，以针缝皮，人得以饱腹御寒，天下十一方而治；人皇身高九尺，肩生九头，力若九牛，人称“三九”，得火种，熟食物，亡疾大减，天下九方而治。

李耳不敢轻慢，立即燃香插炉，和希跪倒在地，连连叩首。

非常奇妙，他此刻仿佛听到天上传来一阵笑声，这声音具有空谷震荡之势，如天边远雷，似啸海涛声。

李耳一惊，蓦然抬头，恍惚看见三位神仙全都向他凝目启口，舒心畅意地笑着。

李耳急忙叩头，伏地良久。

“《归藏》！《归藏》！这本书，你千万要得到呀！”

冥冥之中，惊雷似的笑声，直捣耳鼓。

“我知道了！我知道了！多谢神灵指点！”

李耳抬头，望着酣笑中的三皇，高声回答。

由商容改编的这本书，一直如宝藏秘籍，在这间小房的墙洞里藏着。希隐约知道这个机密，后来她偷偷翻出，交给了李耳。上卜人发现破绽，问及女儿，希便如实招供，上卜人仔细思忖，忽然悟到了什么，高兴得用拳头直打自己的额头。商家辈辈传书，总有两句令人不解的话：“传老不传少，八十一为妙。”他想起李耳的长相，想起关于他出世的传说，忽然觉得眼前一片明亮。这难道不是上苍有意的安排么？

第七章　孔丘问礼

两个后生

玄览中免不了回忆。

回首往事，有两个人，准确地说是两个乳毛未干的小后生，有时会闯进亮闪闪的镜面。

此二人，一为孙武，一为孔丘。

那时，老聃并不知道孙武何名何姓，而孙武也有意隐瞒自己的姓名。

十七岁的孙武，来自齐国贵族之家，却是短衣粗褐的庶人打扮，只是墨黑茂密的头发梳得精细，高高竖起的绾结上戴着一顶精致的玉冕。他的身材不能算高，也不是精壮的敦实，但却匀称而爽利。

老聃正在库馆翻阅资料，听了侍人禀报，来到前面客厅。孙武早已恭候在那里，待老聃坐下，轻步走到他的对面，双膝跪倒，深深叩首，然后抬起头说："拜见夫子，本该贽礼在先，无奈弟子飘游在外，多日离家，手头不便，只有头上这顶冕还算能拿出手，权当礼物送给夫子吧！"

老聃连忙摆手。同时，他的心中已有一丝不快：这小子有点诡诈！我能要你头上的东西么？

他凝目而视，看这个貌似谦恭的小后生面目端庄，神色凝重，目光大胆，骨子里有股厚重之气，但偏于冷傲阴沉。就在目光交流的这一瞬间，他好似看出了他特有的资质性情，心头微微颤了一下。

孙武不愿落座，站在他的对面，身子直挺挺的，虽然说明来自齐国，却胡诌了姓名，讲了来洛邑游玩的经过。他要请教几个问题：

"'十三'有什么意味？如果一个人生于闰腊月的十三，将有何预示？"

老聃并不在意来者的地址姓名身份，也不在意他是否言语举止得体，在讨教者面前，他只有一片坦诚。

"十三，如果指一年的月数，它与十二基本是一个意思。但十三更有昭示的意义。昼有日，夜有月，日月运行，有序有时，积累下来便有了四季与年月的轮回。我这儿库藏《四分历》，是前些年王室新出的历书，对于年与月的吻合有准确的置闰规定。一年十二个月，十九年设七个闰月。十二是月数，十三也是月数。你知道吗，天地对应，最早的天地分野图，二十八宿对着十三州；后来也有十二州、十二次、十二地支；乐有十二音律；古琴古筝有十二柱、十三柱，用以搭弦。它的形状，上圆似天，下平如地，方有和谐之声，人称仁智之器。至于一个人生于闰腊月的十三，也许是上苍的暗示。他须循天地之道，和时应势，所谓圣者随时而行，贤者应事而变，天地人和融一体，天下方能安宁。”

孙武听得入神：“怎么和时应势？望夫子明示。”

老聃的目光与孙武的目光直直相对。他恳挚地说：“我也正在探求，还没有完全悟出。不过，依我前些年摸索的为人处世之道，当以守柔不争为上策，以谦卑为怀，甘处下位，知白守黑，知雄守雌，知荣守辱。这样做，看起来是柔弱的，下位的，实际却是刚强的，居上的。”

“夫子的意思是伪装？在教我韬晦之计？”

“年轻人，你听着——”老聃不易觉察地笑了一下，他看到面前这后生双目中闪出一束昂奋的光芒。“浅俗的看法是这样，认为这是给人过招儿，教计谋，实质这是一种人生姿态。”

孙武似乎没有完全听懂，但已经信服地频频点头。

“请问夫子，我看过一些兵书，其中有一句箴言：兵者，诡道也。不知夫子怎么看？”

老聃斜睨了他一眼，白眉抖了一下，“我实在不想作答。说到用兵打仗，就有一股阴森森的气息扑来，犯了我的忌讳。你是个正在读书的后生，慕名登门，看在这个分上，我就说几句吧！我参加过战事，我也想在交战中求胜，上了战场没有谁希望吃败仗的。但我不是个合格士兵，我缺乏宁愿战死也要求胜的气概。这并不是说我看出那场战争该不该打，而是看出了为那样无能的指挥者去卖命的不值得。昔日有宋襄公战场上仁义御敌的笑话，又有秦穆公强令军队长途奔袭郑国的蠢事，还有不少违背天理时势人情地理的愚昧将领，他们的故事在今天并没有绝迹！想想看，战争是拿人命作赌注，对方的将领在和你赌命，而你的部下全是你的赌注，你就处在这样一个网络纠葛的中心点。那一回我们替晋国打楚军，十万大军合成一条长龙向人家的营地推进，对方把你的意图看得一清二楚，这不是白白去送死吗？嗨，年轻人，那一仗我知道在劫难逃了，但还想着如何逃命，我实在不想去死。那时候我二十岁了，你现在年岁多少？”

“十七岁了。”

老聃苦笑了一下，又目光炯炯地对着孙武：“眼下到处是战争，弄得人心惶惶，素常讲话离不开打仗，所谓境内皆言兵。你要是出身贵族，就不会有兵戈之虞了！”

孙武却涨红着脸，不好意思地说：“夫子，我家辈辈尚武，祖父和父亲都教我读兵书，习武艺，而且，请看我的手——”

他把双手直直地伸过去。老聃俯身而视，看见了左右两只手掌正中横行穿过的通掌印。他先是一惊，之后又淡然笑了。

“不错，攥刀印！按常人所说，你的心好狠毒哟！有人说，这样的人适宜带兵。过去，常说尧舜文武之道，逢战乱以战止战，求得天下太平。不过，我还是劝你尽量不要染指战事！我反对所有的战争！”

“我也曾这么想过。我生在钟鸣鼎食之家，为什么要在战场上冒险呢？官位要紧还是性命要紧？可是，人生一世，哪个不想立功建业呢？而且，这个时代盛行的就是战争，人们身不离剑，言不离兵，我怎么可以躲避？”

老聃瞥了他一眼，不再言语。

“夫子，这么说下去，又犯了忌讳，惹您不快了！”孙武微微弯腰，酱红色脸膛显出一缕歉意，拘泥地望着老聃，话语又转入“兵者，诡道也”的题旨，询问说是否可行可用。老聃说所谓“诡道”，是指“奇异”，所谓“以正治国，以奇用兵”。二人就“奇”与“诡”、“诈”的异同展开讨论。老聃说到兴头上，向孙武推荐了姜太公的《阴谋》一书。他带他进了库馆，在兵书房间找到了它。孙武翻看了一会儿，就央告说要把它借走抄下来，老聃破例答应了。

孙武借书后再也没有踪影了。

这小子是个窃书贼，阴谋家！

不过，他极有可能成为一个人物哩！

和孙武相反，另一个小后生孔丘却是极诚恳的。

孔丘，这个长身伟干、阔额高颧的后生，初见时还有些腼腆，渐渐地，大脸盘上现出老成的沉稳，跟前跟后，喋喋不休，提出一连串问题，显出求知若渴的急切。记得那是鲁昭公七年，住在鲁国巷党的一位友人去世，其家人邀老聃前去主持丧事。同时邀请助丧的，还有当地这位后生。刚一落脚，孔丘就急急赶到面前，揖礼后连声说“幸遇、幸遇”，两只如河段一般宽宽的眼睛闪动着愉悦的光芒。

“夫子能接收孔丘当弟子吗?”他的声音怯怯的，头抬了一下又低垂下去。

“我没有设庭讲学，从来不收纳弟子。”

“夫子是博学之人，对礼仪精研深修，若不传授后人，岂不可惜?”

老聃被逗笑了。“这有什么！普天之下，周礼风行五百多年，婚庆丧祭礼节哪个不会呢？你在鲁国，这儿是周公旦之子伯禽的封地。周公制礼作乐，以殷商之礼作鉴，完善法典，礼仪兴国，功莫大焉！公室太史那里至今还存《易》和《鲁春秋》，你的夫子就是它们，何必舍近求远呢?”

想不到孔丘却没有被问住，他即刻说：“学以致用，用起来就不那么简单了。何况礼仪之学如海洋般浩瀚，我初习乍学，涉足未深，遇到意外变故就不知所措，自然应该向夫子多多请教。”

次日出殡，送葬的行列白幡招引，满目缟素，吹鼓手奏着撕心裂肺的哀乐，哭丧手唱着鲁地伤感的歌谣，灵车缓缓启动。

忽然，不见丝风的空中，云翳不知何时移到日头周际，又一点一点向那边压过去，天空渐渐昏暗。人们抬头观望，才都惊慌起来。

日食！这可是少见的天象啊！

老聃高声喊道：“停止行进，靠右站立，中止哭泣!”

遵从他的指挥，鸦雀无声的队伍静等了半个时辰。

送葬归来，众人议论纷纷，大多数人称赞老聃的决断。

“夫子，中途止柩，不合大礼，何况死者是公室官员!”孔丘发问，又觉得礼貌欠周，恭敬地补充说：“我是头一遭遇到这种情形，若由我来主持，可能不会这么做的。死者毕竟是官员身份么!”

“这你就不懂了！诸侯朝见天子，日出上路，日落休息。夜间在车上或驿站设位祭奠。大夫出访也是日出而行，日落而息。送葬可以此为参照，不可日出前出殡，不可日落后止宿。若遇日食，暂停下来，日食过后再走。星夜赶路，只有罪犯和奔丧的人才这样。礼仪君子不应把别人刚去世的亲人置于夜间奔走的不祥境地。”

孔丘似乎还不明白，又问：“谁又能知晓日食发生多久？若遮天蔽日的时间太长，亡灵不安，送葬者急成一团，怎么办？”

老聃被他的不厌其烦打动了，而且，这后生问得有根有据。他貌似恭敬，内藏锋芒，有一种咄咄逼人的气势在呀！

孔丘投门

老聃记住了孔丘的姓名，也看出了他心胸隐藏的盛锐之气。留下这个印象。他想，下次要是遇见，就要狠狠打掉他的锋芒！

想不到十多年后，即周景王二十三年，孔丘专程从鲁国赶来拜师问礼了。

既然是专程，他就有所准备。择定吉日，备一份贽礼，见面跪拜，方为入门。孔丘是以贯通礼乐名扬鲁地的，他自然在日常礼仪中身体力行，率先垂范。车子临近守藏室的巷道，就缓行慢进，马铃的叮当声不再那么脆响了。庚桑楚已在门前迎候，他微微笑着对驭手点头。孔丘急忙下车，随行的弟子南宫敬叔也跳下车来。孔丘从南容手中接过一只灰褐色大雁，双手擎着，高高越过头顶，目光直直，步履款款，随庚桑楚走了进去。

“夫子，孔丘尊见到了！”庚桑楚站在客厅门外，向里面通报。

老聃看见孔丘这么恭敬肃然，急忙摆手说：“算了吧，别这么循规蹈矩的，快到里边坐！”

孔丘抬头望了老聃一眼，又赶紧把头低下。他的双手一直高高举起，那只大雁被麻绳绑了双脚，浅白色茸茸细毛罩住了他的双手，也隐蔽了这双手的微微颤抖。他举得太高太直，时间也不短了，大胚子脸已经显出涨红，阔额上几乎有汗珠沁出了。

孔丘本应跪下，但他的身躯高大，双腿又长又直，青色袍子紧紧地在腰身和腿上箍着，要做下跪的动作很不容易。他不愿意双腿试探地活动一下，只想原地不动地跪倒，因而迟迟没有动起来。

南宫敬叔看出来了，夫子此刻不能把一只手放下来去拽袍裾，自己又不能上前帮助——他也是准备跪拜的弟子呀！

南容凝望着旁边的庚桑楚，向他打了手势。

庚桑楚走过去，伸出双手去接那只大雁。

孔丘却没有反应。他仍然高擎大雁，双膝一下一下地向前抖着，纯青袍子布面如被大风吹皱的潭水波纹，一闪一闪地粼粼动着。

他终于跪下去了："夫子，孔丘今日诚心拜见，请收纳为门下正式弟子！"

老聃的鼻孔长长出了一股气息，不知是"哼"还是"唉"，反正是应了一声。在这一刻，他也显得异常庄重，脸盘挺得平平，眼睛一直凝望着对方，侧过身子做了个请进的手势。

庚桑楚接过大雁，对孔丘和南容说："请二位里边坐吧！"

这儿不同于老聃卧室外面的小客厅，它的布局摆设属于守藏室官方应有的规格，红木桌机漆玉屏风尽管都是陈年旧器，却因它们的古雅形色而令人望而生敬。

坐定之后，老聃首先开口："听说你主张有教无类，专设讲坛，广收弟子，已经闹出名声。我这儿门人不过两三个，而且他们还兼职别事。你怎么能投到我的门下？"

孔丘说："三人行则必有我师，我可以尊任何一个高明于我的人为师。何况夫子以博学多识名闻天下，尤其是礼乐之学烂熟于胸，坐拥王室书城，学问器识自然非同一般。孔丘纵然有千万弟子，也不能不对夫子仰之弥高啊！"

"你仍然像过去那样耽于礼仪的各种细密规程吗？"

"礼仪的纷繁细节弟子已经略知一二，但愈是这样，愈会感到这个汪洋大海的深不可测。尤其是我的弟子们常常提出这样那样的问题，我有时不能给以圆满解答，遂萌生了专程投师的愿望。至于弟子设坛讲学广收门人，是为了让年轻人成德达才，改变礼崩乐坏的局面，实现仁政德治天下大同的理想。"

老聃抿了抿嘴，默默冷笑了一下。

孔丘和南宫敬叔在洛邑住了下来。按照老聃提议，他们在王室宫院游览，观看祭祀天地的天坛和地坛，考察赫赫明堂——天子举行朝会发布政令的地方。

庚桑楚在前面领路，他们在庙内游转一圈，看清了庙堂陈设，参拜了庄严的后稷塑像，最后来到庭院右侧的一尊铜像面前。

“这就是金人！夫子让我们在这儿多多留神！”庚桑楚指着铜像说明来意。

孔丘望着铜像，记忆的潮水猛然冲开闸门，眼睛忽然亮了。他读过的文献中，有周武王向姜太公请教的记载。周武王问：三皇五帝给我们留下的最宝贵的教诲是什么？姜太公答：我为天下共君，黎民百姓尊我为上，我心中惴惴不安，常有如临深渊、如履薄冰之感，生怕言有不慎，让万民有所闪失。

黄金般的塑像为的是黄金般的警示：三缄其口，慎言慎言！怪不得这副嘴巴紧紧地闭成一条线呢！

铜像背后刻着铭文，据说这是黄帝亲自撰写的。孔丘让南容一字一句朗声读了——

戒之哉！戒之哉！戒之哉！

无多言，多言必败。无多事，多事多患……

不要说孔丘，就连南宫敬叔也明白老聃的用意了。

“难怪守藏室的三个匾额：不争，不积，不矜，挂得那么显眼，原来跟这有关！”

孔丘点点头。两次接触，亲聆教诲，守雌，处下，素朴，他对这些语汇并不陌生，想不到这也正是黄帝的教诲。

孔丘望了庚桑楚一眼，“夫子肯定推崇黄帝，一定尊他为圣人了！”

庚桑楚说：“正是这样，夫子心目中的圣人就是黄帝！”

临别赠语

入周观礼、考察浏览的日子，孔丘竟然夜夜梦见周公。他生在鲁国，在比较浓厚的礼乐氛围中长大，过去对周公制礼作乐的伟业只是见诸书文和口耳传说，从来没有见到源头故典。这几天在王宫、明堂、祖庙、后稷庙、孟津等场所故地参观凭吊，看了五百多年前绘制的“周公辅佐图”，读了黄帝“三缄其口”铭文，又在守藏室库馆看了夏、商礼制文典及周公亲手刻的一系列文诰竹简，观看了大司乐苌弘指挥的王宫乐舞《大武》，深感周室礼乐之制的浩繁博大，不禁在心里惊叹：“郁郁乎文哉，吾从周！”

梦见周公，对他来说以往隔三岔五地已成常事。那个头戴木笄、身穿布袍、手握文简、留着三撇胡子的清瘦长者，总会在适当的时候光临梦境，为他讲述当年在岐山修订礼乐制度的盛事，讲述那一代始祖安邦定国的艰难历程；有时这位先贤好像很熟悉当今的战乱现实，以他声泪俱下的诉说给他以激励；或者在他干完某件事之后，用他脸上欣悦的笑意表示嘉赏。

梦见周公，在洛邑，他觉得这位先贤的面目装束似乎更真切更清晰了。这些天，周公一直笑吟吟的，清瘦脸上的每一道皱纹都舒展了，三撇胡须中的当中一撇，即下巴的灰棕色长须，总像有风吹着似的往上飘忽。看来他在岐山住久了，说话带着浓重的秦西地方口音，一只手捋住被风吹动的长须，眼睛郑重地一眨之后，定定地望着他说：“李耳是个大学问家，你要不失时机地问礼探道，多多向他请教呀！”

向他请教，当然，孔丘是求之不得的。但是，笃学好敏的他又分明感到了这位长辈的居高临下，他的劈头盖脸的教训和不着边际的斥责，带着一种倔傲的神气。第一天在客厅，他向他询问关于夏朝造车的情形，孰料老聃解释之后这么警告说：“听说你以大夫的身份自居，行走不离车子。告诉你君子得势后就坐车子，不逢时不得势就老老实实地步行，像蓬草一样随风飘零，少摆阔架子为好！”

联想自己设庭办学广收弟子，以教诲人为职业，被众人尊为仁者，孔丘不禁红云自脸上泛到耳根上了。他这人是天生的大雅君子，“不患人之不知己，患不知人也。”这么一想，老聃夫子的旁敲侧击也就不往自己心里去了。

临别前日，他又去找老聃了。

按周公所示，问礼探道，机不可失。

老聃正在库馆阅书，听了通报，让孔丘进来。

孔丘已是二次入库，在这竹简木牍的大海中，他真有一种“郁郁乎，焕焕乎”的感觉。而老聃其人，也好像从里到外地与这里融为一体。他正埋首于一摞青灰色文简中，书人合一，身子纹丝不动。孔丘的目光触及了这个瞬间，忍不住怦然心动。老聃夫子这么沉静，那雪团一般的头发犹如陈木老桩上浮现的一朵蘑菇；那张脸孔是正面下斜的，顶圆孔露的蒜头鼻依然那么显眼，高高突出的眉棱却不再显得异常，两侧平平垂下去的腮肉微微颤动。不知他正在阅读什么，那份专注的神情不容旁人打扰，当然他也没有觉察到孔丘已经来到自己面前。

孔丘没有吭声，悄悄地在附近一方供上架用的木机旁站定，眼睛也不左右环视，只是定定地望着长者。

库馆是半地下室的暗柱多梁广厅式建筑，四周砖墙砌得很厚，两边窗子置得很高，里面冬暖夏凉，光线很弱。好在竹简上的字体较大，老聃在靠南的一方窗户下坐着，目力所及，还能字字清晰。他一边读一边轻轻卷简，待读罢全卷，才抬起头来。

“夫子，孔丘在这儿恭候多时。我来王城多日了，即将返鲁，行前再来请教，望不吝其赐，门人孔丘自当不胜感激。”

老聃微微一笑，身子向前一倾，又沉下脸来。

孔丘有所准备，他的心尽量往下坠，闭气似的让自己冷静下来，等待这位长辈劈头盖脸的训示。

“仲尼——”

“叫我孔丘吧，夫子。”

“呃……如今天下无道，马都成了战马，车都成了战车，人都成了战士。这些书籍文献，不知会变成什么?”

“变得像天子的玉玺、诸侯的封诰一样金贵！天下无道，道就集中在这里!”

老聃的头颅向上一昂，很快合上眼睛，叹息一声：“唉，谁又能看重这些书文呢？谁能像古代圣贤那样，一点一滴地照着它去身体力行呢?”

“孔丘就是一个！而且，孔丘还有那么多门人……”

孔丘说着，忽然紧急地闭了嘴。他发现，老聃对望的眼睛里分明闪出讥诮的神采。

老聃闭了双眼，慢慢摇了摇头。

孔丘瞪大眼睛。为什么他表现出明显的不予信任？

“孔丘，我问你，你要克己复礼，朝这个目标不遗余力地进行下去么？”

“是的！弟子这次入周拜师问礼，考察王室古建遗制，就是为了明瞭礼乐之源。”孔丘虽然看出他在这方面可能持异议，还是坦露心声，并且提出新的问题求教于他，“周公当年制礼作乐，可有亲笔手迹入档？夏商两代是否也有什么资料？夏启召集各方酋长在钧台聚会，算不算礼制之始？羲农黄帝时代有流行的礼乐吗？”

“什么？”老聃诧异了，“上古的情形，你还要刨个一清二楚？”

“依弟子看来，伏羲黄帝，都是亲身为大众受累受苦；尧舜禹时代，王者茅茨土阶，粗衣服，菲饮食，卑宫室，重民生，阶级无多大差别。到了后世，狡黠跋扈的人，窃夺了生民的公权公利，垄断霸持，不但阶级过严，并且鱼肉民众。到了今日，这些欺凌大众的豪强，因分赃不均，驱使庶民奴人，捐命战场。民众苦不堪言，弟子救世心切，慨然想用上古礼乐沐化世风，创造上古那样的大同世界。”

“大同世界能靠礼乐创造吗？”老聃冷冷笑了一声，“我告诉你，黄帝治理天下，使民心淳一，死了人，亲人不哭泣别人也不非议，有什么礼仪？尧治理天下，使民众相亲，有人为了与亲人毫无束缚的相处而减除礼节，别人也不非议。舜治理天下，让人心竞争，运用心智机巧，便有争斗出现。禹治理天下，使人心多变，人们各怀心机而且用兵作战，认为杀盗不算杀人，自以为独尊而奴役天下的人。至夏、商、周，每况愈下，而礼仪愈是周全。因而谈起礼仪，我顿觉索然寡味！你说的这些，事是古老的事，人是烂朽的人。你比我年轻呵，怎么还把心思朝这儿用？”

孔丘准备辩解几句，但老聃的双目直直对住他，一束冷厉的光芒令他几乎打了个寒噤。

“我看你的内心藏着骄矜之气，你有过多的功名欲望，自以为是，喜欢彰显，这是很令人讨厌的！”老聃站起身，蒜头鼻子抽搐了一下，显出一丝温和的神色，“我听说富贵的人送人以钱财，德行高的仁人送人以良言。我没有钱财，就自不量力地当个仁人吧。有人说善于经商的反而隐藏货物，盛德之人谦虚得好似愚人。去掉骄气、多欲与淫志，才于自己的身心有利。唉，也许你日后是个人物哩！”

老聃虽然不赞成他对礼仪的热衷，但还是作了安排。

庚桑楚领着孔丘、南容来到库馆的一间藏室，苌姬已在那里等候。几天来，南宫敬叔和庚桑楚、苌姬常常待在一起，三个年轻弟子敞开胸襟，知无不聊，聊必尽意，似乎有许多共同言语。

这儿全是古代礼仪文档。苌姬说：“伯伯刚到守藏室任职，精力所致，全是礼仪典章，这些都是他收集整理的。后来他的兴趣转移了，不过，我的父亲还常常来这儿查看呢！”

在孔丘埋首典籍的当儿，三个年轻人走到院子草坪旁边又聊了起来。

“你的父亲，苌弘伯伯，他是一位内心火热的长者，是王室的有德之臣。”南宫敬叔感激地望着苌姬，“这回问礼访乐，苌大夫安排得那么周详，让我们大开眼界。孔夫子还要去你家向伯伯告辞呢！”

“你跟着一起去吧！”庚桑楚对苌姬说，“好长时间没有回家了，该去把伯伯、婶娘看看。”

第十八章　门里门外

谷，天下谷

没办法。他一个人都不想见，包括希。

老聃久久没有吭声。希在门外，轻轻地以手指敲着门板，笃，笃，笃，一下又一下，节奏很慢。

没有任何响动。如果他睡着了，往常，也会听见她执着的敲门声。

希很能沉住气。她的从容是一贯的。

但静默以待，这么久，这么了无回应，不免心里发毛。

身子贴住门板，耳朵也贴上去，心澄意纯，谛而听之，捕捉里面的细如针落的声音。

“希，你过来，快，快来看看吧!”

希吃了一惊。“你开了门，我才能过去看呀!”

里面的笑声传来，咯咯呵呵，豪喉巨嗓，似滚滚滔滔的河水在大石间喧腾。

话语继续：“你看，我睡在哪儿了？好！好！好！黄帝大哥也许没找见吧？这地方真舒心，真令人展兮脱兮，畅兮快兮！你看，我能完完全全地展开了……”

“你能展开，我当然很悦意了。”希回应说。

他已经跌落到谷底，这可怜的丈夫。

新婚那夜，就有这情景。

“我的傻蛋希，咱们今后就是一个人了。天地相合，以降甘露。这件事，穆穆皇皇，浩浩昊昊，再没有别的任何事情可以与之相比了。”在红蜡焰火的晕光中，老聃与她额颅相抵，睫毛相挨，可见眼与眼之间何等相近。

“是这样。乾与坤，坎与离，终于可以叠合成卦了。”

“是坤与乾呢!”

“……”她无言。她的眼睛闭了一下，又小缝儿地睁开了。她还那么羞怯。

红烛有芯，光焰无声。溶溶复融融，巨大的欢悦，尽在这一“卦”之中。

“甘露之甘，我体味了。”老聃酣然地在“甚”、“泰”上做文章，“狸儿”之威，虎虎之气，令他此间有过之而无不及。

“你呀！你呀！好一个‘聃’。”希故意说得轻松，手指抚弄着他的大耳肉垂。坚冰打破之后，两岸在滔滔激流的拍打中，无比清爽，还带着一丝被冲刷的触痛。

“聃通心，心系根。却尽在一掌之抚。”她的双手同时用力，猛然紧掐。不知不觉，掐得他双耳生疼。

“哎哟！过甚了！兴，也能尽之极之，唯独此道呀。希呀，你真是一个‘希’呀！”

她无言，只是摸住他的聃，往脸上又一拉。

“天哪！有你在，我才会这么自在地活着！活着！活着！活着！”他竟然狂人般地叫喊起来。

希任他疯魔。在“尽之”、“极之”中，她尽量保持平静。这平静给了她主导的可能。

“于穆不已！”老聃大发感慨，“穆穆仙仙，飘飘邈邈，这‘不已’的愿望就自然产生了。”

希补充：“‘维天之命’，岂能有错？天遂人愿，人循天道。在这个夜晚，乾坤的昭示这么明显。我先前怎么也不能想到啊！”

老聃与希的会心，在世间是无与伦比的。他坚信了这一点，而她此时也似乎感到了。

意已尽，情未了。老聃的双臂松弛下来，忽然异想天开，凝望着她的双眼说：“我的傻蛋希，让我钻到你的眼睛里，永远地睡在这儿！”

“嘿！你用力地钻进来吧！”

“要不，睡在你的腋窝里！”

“行么！”

“睡在这玄妙的谷里吧！”

“嘿……”她放开喉咙大声笑了！

“这谷底，我真想永远地睡在这儿！”

“好么！我把你再怀八十一年！”

“八十一年？那我肯定得道了，肯定成圣人了！”

“你看上这福地么！福地里还不出个大福大贵的圣人？”

“当然是福地么！这是最美妙，最惬意，最舒坦，最能让我展开，也最富有天意的福地哟！”

希被他说得浑身起火，像炉中的炽炭，成团儿蜷缩在他躯体的弯弧里。

“如此如此，还玄吗？”

“似乎更玄。”

“你要沉迷于其中的这个呢？它不过是一道门，一个‘无’，没有什么奥秘。”

“这众妙之门，玄之又玄，谁也无法描述……”

隔了时光的屏障，三十多年前的红烛之夜，如今只留下一缕忆念。

希知道他此时是在梦魇中，在幻觉中，在回忆的波流中。

王子朝这一棍子打得实在太狠，丈夫他被打得神志恍惚了。

他在恍惚中反而特别清醒，也“玄”得更厉害。

一阵脚步声自远而近。回过头，看见了庚儿和苌姬。两个年轻人仿佛严霜打过的菜叶，萎萎蔫蔫，一脸沮丧，正向她这儿慢慢走来。

她望着他们，点点头，又挥挥手。

他们疑惑地望着她，后来，转身走去了。

里面的声音又响起来了。

“《诗》中有的：‘高岸为谷，深谷为陵。’我此时是在深谷里了。是跌进来的？滚进来的？跳进来的？扔进来的？……一概不知。呃，天下空谷，知雄守雌的奥妙，正是在这儿。这浑然的原始真朴之地，包容、护卫了我，也让我在卑下中得到内敛。我再去包容事物，包容眼目中的一切……”

她听着，不禁微微点头。

这是他曾经说过的道理。

“……呃，这儿的景致多好，多么清静，多么安适。古时的圣人，愿自己为天下谷，天下溪。我推崇圣人。我要回到远古的年月，追寻圣人的天下式、天下谷……可是……这天下谷，究竟在哪里？怎么，我又找不见了……”

老聃的声音顿然停住了。沉默了一会儿，似有低低的唏嘘之声，还有他以手掌拍打额颅的叭叭响声。希急了，怕了，慌忙敲门，但里面毫无动静。

第二十七章　紫气东来

关楼夜月

当庚桑楚把水青石、八卦风车及一应杂物装上车子，再把老夫子搀扶上去，低头挥袖抹泪抽泣之际，曾是职业驭人的徐甲一挥鞭子，车轮滚动了。

飘飘白发，淡淡白云，悠悠白鹤。这正是随车西去的老聃的模样。

一路风吹，轮转鼓响，黄带拂拂。八卦风车的征候告示着旅途的作息。缓缓徐徐，车子过沛（今徐州）、至梁（今开封），一团紫气飘飘跟定，车子驶过了中原。

“夫子，函谷关快要到了！”徐甲又打了一鞭。

“且慢！”老夫子闻声坐起，手掀帷帐，探头向外张望。

他记得书上的记载：此关南依秦岭，北濒黄河，东临绝涧，西至潼津。关在谷中，深险如函而得名。

他仰头向北，眺望黄河；再向东瞅，观览弘农涧。

大河的滚滚浊浪和弘农沟的滔滔流水都收在眼底了。

“噢，我想起了洛邑的洛河、瀍河，家乡的涡河了。”他向徐甲说着，不意间惊讶了：怎么车辕里套的是一头大青牛？

白马换青牛，这是徐甲故意所为。昨日赶到伏牛山下，听到当地人讲述的李耳驯服怪兽为耕牛的传说。当初徐甲刚到曲仁里就听过青牛峰因夫子降伏猛兽为青牛而得名的传言，面对形状酷似卧牛的伏牛山，他想，青牛无疑是夫子的爱物了，肯定会带来旅途吉祥，便自作主张以马换牛了。

“夫子，这牛肯定很敬重你，路上它会保护咱们的！”徐甲说着，用手掌摩挲牛脖项的皮毛。

老聃望着青牛和顺乖觉的样子，就像看见了守藏室院子那些粗皮巴拉的银白杨主干，觉得无比亲切。

“骑在它上头，它更高兴哩！”

徐甲很快将轭绳、肚带解掉，把青牛牵出辕位。老聃挤眯了双眼，莞尔一笑：“我成了小牧童了！”

徐甲想让夫子透透气儿提提神，便想了这么一招。老聃的童孩性情兀地唤起，浑身顿然来了精神。徐甲搀着他的胳膊坐上牛背，自己倒扮了青牛，颈上搭轭双臂驾辕拉动了车子。

面对雄关险隘，师徒俩完全是一种嬉笑放浪的姿态。殊不知关令尹喜却犯了急迫。这位恭恭良人辞去朝中大夫请求来这儿为令以后，天天盼着等来李耳夫子。数月前在秦地闻仙里草楼夜观天象，见东面一颗荧荧星斗悄悄移动，一直向西，徐徐款款，气态悠闲，惊呼：“莫非是异人西行？”当然，这也是他的心愿和联想。旁边当助手的秦佚说：庚桑楚早就说过要撺掇李耳夫子来这儿看看，老夫子该动身了吧？

这天上午，楼台瞭望吏卒向他禀报，说奇哉怪哉，远方竟有一老者骑牛而来；老者白发白眉，青牛慢腿慢脚，后面的空车子一个大汉拉着，就连弘农沟的紫气也跟着飘过来了！

“果然是异人来了！”尹喜心想：人家孔丘，任过官职后无车不上路，“以吾从大夫之后，不可徒行也。”而你老夫子偏要弃车骑牛！

“异人不异呀！”尹喜又一想：见素抱朴，返璞归真，不正是老夫子的喜好吗？他就是这种性情，对世俗的浮华一概不屑，因而也不愿留下自己的言论著述……

过关的浑然不觉，守关的严阵以待。

老聃被挡住了，被盘查了。把门的吏卒声称任何人都应出示通关文牒，否则休想出去。

师徒俩面面相觑。

“呃——，这不是老聃夫子吗？”尹喜假装巡视而来，深施一礼之后，请他们暂且到客厅叙话，又盛宴洗尘，上了黄河红鲤。

“夫子若执意出关，只有留下自己论著，弟子以此为据，也许说得过去。”尹喜扶老聃在客房坐定后又拱手恳请，“我知夫子以自隐无名为务，不留片言只语于世间。可这回是规章所定，弟子实不得已，望能见谅。”

说罢，头一扬，拧身去了。

接连几天，在安静的斗室，面对关卒送来的刻刀、竹片、木牍，老聃并没有握刀镌文。他虽然有压力，但无论如何不愿做违心背愿的事情。

尹喜发现老聃只字未刻，每日只是与徐甲游逛于涧边河旁，便又施手法。一日三宴，餐餐更谱；日日请安，夜夜揖礼。九天过后，尹喜在他面前溘然跪倒，稽首不起，恳求说：“难道夫子不是为了明道悟人吗？当今世人多于躁进，迷于荣利，大家攻心斗智，竞相伪饰，世乱之根只有大道可以消除。夫子长期坐拥书城，掌管典籍，知识渊博，悉心体道，特行独立，开创了完备学说。若不成文立著，岂能流布世间？夫子曾言：‘天道无亲，常与善人。’难道夫子不愿施一善举？”

“好！好！你XX起来吧！”老聃闭目颔首，双腮赘肉痉挛似的抖动着。他内心的激情在这一瞬间燃起了滔天大火。

只有巍巍关楼上空的明月为伴。老聃支走了徐甲，独自一人，站在楼顶，茕茕孑立，仰望天宇，让思绪放飞。

从来没有像现在这样思忖有关自身，有关学说，有关道的流布。一轮淡月，在头顶的斜上方粘贴。远处的弘农河畔、桃林原野，已被浑蒙蒙的浓雾般的月晖浸没。

这景象让他想到了天地混沌，想到了盘古，想到了守藏室那两间封闭的最古老的藏品，先祖先民们智慧和创造的见证。那难以计数的沉湎其中的日子，那难以描述的直觉思维的玄览，一步一步生出了“道”。这是悠悠文脉的承续么？这是玄玄一气的绵延么？既然是，苌弘、孔丘、孙武以及儿子宗、王子朝，他们为什么要走另外的路径？

“看来，应该表述，应该立论，应该畅怀，应该倾诉了！”

旋即入室，操刀在手，在通明的烛光中，刀锋疾走，如龙跃凤飞。

道可道，非常道……

开篇第一字，便是这个年月最为流行，也是他一生冥思玄想，苦苦追寻，自以为是天地根基的“道”。

和世界上一切伟大的圣贤一样，老聃的骨肉中含着纯粹的灵魂，这灵魂的热量源自诗人特质的激情。开篇之后，势不可遏，流泻于竹页的是他平日的性情，总是出语惊人的简约而又不乏偏执的厉厉之音。

诗人的天性是真率的，纯情的，极富想象力的。洞见本源的“道”，源于他对母性生殖器的借鉴。贤淑淡定的妻子，自五、六岁就与他山头河边携手攀肩游逛浪腾的“傻蛋希”，正是开启他母体意识的先导。“玄之又玄，众妙之门”。“谷神不死，是谓玄牝。玄牝之门，是谓天地根”。“天下之交牝，常以静胜牡。”毫不隐晦，直描意象，理性让位于直觉，天下最精当最大胆的阐述莫过于此了。

格律有韵的句子把情感凝聚得更有分量。是库馆中大量的来自民间的歌谣的感染呢，还是夫人希的歌唱给了他下意识的影响？没有人知晓。反正他不时地运用韵文的节奏和韵律。说来也巧，那个善唱情歌的崔旦直接给了孙武以借鉴，孙武的笔下才有：“微乎！微乎！至于无形……”“利而诱之，乱而取之……”他也有句式和韵律完全相同的文字：

> 恍兮！惚兮！其中有物；窈兮！冥兮！其中有精。
> 将欲歙之，必固张之；将欲弱之，必固强之……

透过窗棂的月光落在几案的八卦风车上，蜡烛的荧光也照映过来，这玩物上的红鼓、黄绸、黑卦图便格外显眼。他无意中抬头瞥见了它，便想起岳丈商卜人。正是从这位寡欲知足的先辈身上向后观望，沿着《我无歌》的时代继续找寻，联系夫人希的启示，才有了“天下溪”、“天下谷”的胸襟。这种博大的“守雌”和“有无相生”的哲思，都化成精粹简劲、爽利峻洁的语言，在刀下一一现出。

不知流过了多少时光，终于搁下刻刀了。

徐甲照料着他的简单用膳，日间悄悄地来去，蹑手蹑脚，无言无语。午间送饭进来，发现他曲肱伏案酣实地睡着了。

“夫子弄完了？这么多？”轻轻摇醒他，徐甲惊喜地说：“这下可好，夫子可以名扬天下了！连弟子们也脸面有光了！”

老聃一惊，瞪大了眼睛。

“可以交差了，过关了……”

“徐甲，立即动手，把它们捡到外面僻背处，一把火烧了！”老聃猛然抬高了声音，高高眉棱下的眼睛射出一道厉光，“知者不言，言者不知。圣人处无为之事，行不言之教……”

徐甲蒙了。

他却闭上眼睛，痛楚地摇头：“你呀，赶快动手吧！”

临台说经

不用说，李耳西行入秦，能够去终南山北麓闻仙里，完全是尹喜诱导的结果。

“那里是我多年观星望气的地方，山大林密，风光迥异，非常清静。”尹喜脸上笑吟吟的，下巴上稀疏的灰白胡须颤动了几下，“夫子随着我去，适意了，住下来；不适意了，再去别处。”

就这样，老聃开始了有具体目标的旅程。

他没有想到，这是他的归宿之游。

过黄河，经咸阳，越槐里，直直向南，渡过渭水，从乔镇街道穿过，秦岭北麓就展现在眼前了。

老聃不知晓自己走出中原，一路留下了青牛西去、紫气东来的佳话，更不知晓入秦落脚之后，他的著作得以完善和流布。尹喜和他同乘一车，他是熟人熟地，如返故里，指指点点，絮说不休。“到了，徐甲贤弟！”他望见徐甲的车子已至柏树跟前，急忙喊道。

徐甲赶的是牛车，车上装着尹喜的木箱，里面盛着老夫子的书简。徐甲虽是威猛汉子，头脑并不愚蒙，他知道夫子的著述来之不易，怎能付之以炬？暗中向尹喜通报，二人做了手脚。

徐甲很想看看崔旦当年赖以为生的山林，便扬鞭催牛，车子像驾云似的，一直跑在远远的前头。隐约听见尹大夫叫喊，以为到了住处，急忙停车卸牛，将牛缰绳拴在直直耸立的柏树上。

“这株系牛的柏树，就是闻仙里的外沿。”尹喜向老聃挥手讲述。面对齐棱齐坎的兀兀山麓，绵绵横亘不知东西尽头的巨大屏障，老聃非常惊异，感叹说：“吴楚灵秀，齐晋辽阔，秦地雄浑呵！”

尹喜带着老聃、徐甲从柏树林进入橡树林。老聃伛着身子，蒜头鼻微微喘息，脸孔的神情却是恬适的，惬意的。这儿全是碾盘粗的摩天大树，树冠连成一片绿色顶棚，地上是荆棘杂草和厚厚的落叶，目光所及，一片苍郁。

徐甲却在那边大喊："尹大夫，找见了！"他在一个树干上发现了罕见的猴头菇，用树枝拔了下来，自以为是崔旦那次采撷的"雌菇"的对应品，高兴得捧在尹喜面前让他观赏。

尹喜心不在焉地瞥了一眼，就转过身子，面朝南岗，放开嗓子大喊：

动——如——流——水——
静——如——明——镜——

等低啸的回声响罢，老聃说："独特的林地，罕异的回声。这不奇怪。你经常这样自得其乐吗？"

"我还想放情唱一支呢！"

尹喜正想唱那首《考槃》，不料那边却有人粗喉大嗓地唱了起来——

叠合叠合，心生焦火。
犁头跟地叠合，生下田禾；
爹跟娘叠合，生下我我；
犬牛跟乳牛叠合，生下牛犊……

这是那个"怪毛"在肆无忌惮地吼号，故意与尹喜回应。一会儿他就走到这儿了。

老聃看见这个蓬头污面腰系葛条一双赤脚手提镰刀的汉子，先是一惊，继而平静，终于欣然地笑了。

怪毛却无视陌生人的到来，只管和尹喜浪说浪笑。

尹喜对老聃说，这"怪毛"是村里最穷最脏最能吃苦的人，也是最开心的人。

尹喜笑着问："夫子心目中的小国寡民，就是这种人吧？"

老聃若有所思："没有细想。夫物芸芸，人也太多样了。"

搭着草楼的麓岗，就在橡树林旁边。徐甲扶着老聃，跟着尹喜，沿着盘旋的台阶，登上草楼。朗朗日光照耀着南面的群山，北面的原野，东西两面的苍岭翠峰向邈远的天际延伸。除了白云，一切都在他们的脚下了。

老聃曾在隐山和楚国柏举多次观究天象，自然明白这天然高台的优越。他问："这儿是什么方位？"

尹喜说："我读过佚书地经，这儿中分秦甸，南依终南，东眺骊峰，西顾太白，方位最为适中。"

"我看，还有负阴抱阳之相！"老聃缓缓地补充说。

"对了，这儿正好贴着北面的山疙瘩呢！"徐甲指着下面，向外突出的高台非常明显。

"咚——"

"咚——"

秦鼓响了。怪毛回去后告诉了秦佚，秦佚以鼓为号，催他们到里长家用膳。

里长大麻子已经七十多岁。他脸上密密的麻坑和皱巴巴的纹络连成一体，满脸青色，很瘦，但依然目光锐利，耳孔中长出一绺粗壮的黑毛。老聃看出这是长寿之相，二人便有了话题。大麻子并没有把他当作什么贵人、名人，而仅仅当作客人。在他眼里，李耳还没有尹喜重要。只有三十多岁的秦佚知晓李耳的来历。

老聃与陌生人见面、相处，诚惶诚恐，小心翼翼，话语很少，只是频频点头，大盘脸上的笑意似乎带点做作。秦佚很留心他的谈吐。第二天，听说老聃要去看南面的原始森林，他就相跟着，一直陪老夫子游逛了几天。

闻仙里虽然是山野之地，但也有辖区归属。当时的扶风相当于郡，槐里相当于县，闻仙里由神嵬乡管辖。后来扶风、槐里一些士人慕名而来，热诚向老聃求学。其时尹喜已有安排，搭草楼的山冈上有个平台，他请老聃依照八十一章的顺序详细论述，老聃这才知道著作未毁。进入这样的环境，这样的人群，他的心境是一种从未有过的安恬，对于尹喜也产生了大器未识的感觉。他说："不是什么论也不是什么讲，咱们一起随便说说吧！”于是，说经台这一典故就产生了。

另据当地道观资料：李耳来到闻仙里当为周敬王四十一年，即公元前479年。尹喜看出老夫子有归隐之意，请求说：夫子乃高明贤达之圣人，将要隐逸，请为我著书，以惠后世，教化众生。草楼南有一高阜，即山疙瘩，一座天然高台，被感动的老聃就在这儿以随意说说的方式，自癸丑年七月至腊月，共有九百余卷讲述纪录，内容主要有三方面：一、九丹八石（化学、炼丹、养生）；二、驱鬼移神（符咒）；三、修齐治平。尹喜回故居后，总觉得卷帙浩繁，不得要领，请老夫子述其精要。老聃违拗不过，又述说综合概义，遂有五千余言的著作诞生。）

大麻子对人说，老聃说经的日子，山林上空总会响起阵雷般的吼声，仔细分辨，是三个人大笑。他说，梦中见了三皇，三位神仙一个个笑得那么开心，声音跟山林上空的雷声差不多。

指山为陵

老聃这时期已是老暮之年了，他有了明显的自语症。先前在家乡，没有人能看出他的自语是一种异象，那时还不严重。如今，除了激动时滔滔不绝地倾诉，一个人心平气静地吃饭，走路，甚至坐在水青石上玄览，也会自顾自地讲述起来。

随大麻子和秦佚去远山的原始森林看了一天，回来后去了秦佚家，秦佚请老聃观赏他拣回的水青石，这些石头上都有自然形成的星宿图影，色彩形状非常逼真。“水浸之石，天然妙趣！”说罢老聃竟转过身，伛腰背手，踱着慢步，在门前那坨小圆场转起圈子，且侃侃而语：“南山峨峨，林莽榛榛。鸟虫草木，各畅其性，各随其生，各随其死。帝力于我何有哉……”

到了腊月，闻仙里全体村民聚集起来举行一年一度的腊祭。据说这传自黄帝时代的歌舞，在平原地区已很难见到。在秦佚他们奋力击打的锣鼓声中，黄衣黄冠腰系黄藤的男女老幼踩踩踢腾，个个神色肃穆而又癫狂不已。

老聃看毕，回来后躺在炕上，一夜青灯荧荧，絮语叨叨，连徐甲也烦腻了。

“本该台上说的话，全说在炕上了！”徐甲向尹喜报告。

徐甲还报告了他在这个山村的两大发现：一是女人模样秀气，二是媳妇们喜欢做的针线活——布老虎，俗称“狸儿”，竟与老夫子家乡曲仁里的习俗相同。

“是巧合，还是浩浩大化的安排？”尹喜惊诧地笑了。

尹喜已将《老子》制成几套竹刻本和帛抄本，让徐甲带一份帛书去畏垒山送给庚桑楚。

徐甲途径洛邑、曲阜、商丘，回家祭了祖坟，往返五千多里。一年后，他带回了令人关注的消息：

苌弘被周人剖腹刳肠，死得奇惨；硕人被杀后抛尸荒野，一群大雁久久盘旋守护在尸体周围，刁鹰饿狗不能近前吞食。苌姬下落不明。

孔丘也已去世。死前这位累累大贤绝望地叹息：“天丧予！天丧予！”后抚七弦琴而歌：“泰山坏乎，梁柱摧乎，哲人其萎乎！”歌罢闭目。他的门人，那个仗义无谋的子路，此前一年在卫国纠纷中被剁成肉酱而死。

孙武隐退后，伍员一直在吴国任职，吴王夫差拒不采纳他的谏言，伐齐失败后，竟归罪于他，赐一把属镂剑命其自裁。崔旦穿梭于伍员与自己的外甥、楚国的公子胜之间，后来协助公子胜在宫廷政变中夺得王位，几天后二人都被复辟的楚惠王杀死。崔旦临死还是那么俏丽，露珠白的肤色令人艳羡，被油锅炸成肉串儿分给宫女们吃了。楚惠王即楚平王与秦公主孟嬴的孙子，公子胜的母亲崔申即当初孟嬴出嫁时的贴身侍女。孟嬴与崔申当年何等友爱！谁能想到她们及其后代演绎的真实故事，其曲折连环，就连虚构的戏剧小说也黯然失色。

徐甲说他听到崔旦的死情后完全“焉”了，他现在什么都明白了。

没有人向老聃告知这些，整日不是游览散心就是闭目自语的老迈之人也无意探听这些。九月九日这天，秋色正浓，漫山遍野一片碧透了的重彩，激发了老人的逛心。他要徐甲带上八卦风车跟他到西边较远的地方去。

沿着蜿蜒的坡路走了五六里，来到一条周围长满银白杨的河流面前，徐甲手中的八卦风车忽然咚咚咚咚一阵骤响，比平日遇到急风还要声脆。老聃停步，望着河水，问徐甲这是什么河。徐甲向近旁打柴人询问，才知是就水。

“九水？”老聃蓦地瞪大了眼睛。

一架不显峰峦细看形体却如赑屃（一种龟，传说为龙的第九子）的山峦位于就水旁边，老聃抬手朝那儿一指说：“我老死之后就葬在这儿吧！”

“这儿？”徐甲惊愕了。

“它下面那块低处，有负阴抱阳之势。那个洞，一直朝下……”

没几天，即农历二月十日，老聃就在半山腰一道河水的桥畔悄然亡故。他闭目静坐在一块水青石上，犹如玄览。旁边橡树林中，尹喜正在吊嗓子试回声，砍柴的怪毛浪声浪气地唱着《叠合歌》。

老聃死后，众人极为悲痛，唯有秦佚只长号三声就出门而去。邻人不解。秦佚说：“老聃应时而生，顺时而去。生亦不喜，死亦不悲，这才合乎自然之道。”

老聃依嘱而葬。“大陵山”、“吾老洞”以及“就水”、“老子墓”，就此出现在历代文献典籍中，并连同“说经台”、“系牛柏”、“闻仙沟”等一起成为当地千古名胜。闻仙里后来因那座观星的草楼更名为楼观台，现为陕西省周至县楼观镇辖区。

今天，老子声名日显，《道德经》已如西方《圣经》一样风靡人间。老夫子当年很想如溪水那样无声地遁入谷底，却想不到谷底成就了一代圣哲。

青牛，青灯，青石，已化入青山的剪影；
白发，白眉，白鹤，又淡出白云的天幕。
……

1999年3月—2006年12月写就，2007年2月下旬改定

（选自《圣哲老子》，河南文艺出版社2007年版）

水葬（节选）

王 蓬

【作者简介】王蓬，一级作家二级岗位（二级教授）。曾任陕西作协副主席、汉中市文联主席、作协主席。创作40年，结集40余本。曾获国家图书奖、冰心散文奖、柳青文学奖等多项奖励。系国务院特殊津贴专家、陕西省有突出贡献专家。

题 序

这一带大山起伏着连绵不尽，兀立着黛苍钢蓝的石崖，黑压压的老林，谷底喧哗着一河流水，晨暮总飘浮些蛮荒的雾霭，匆匆掠过的昏鸦的啼鸣，愈发使这横断陕甘的秦岭显得神秘莫测……

早先，当然只能随着马帮，抑或坐了滑竿，沿了远古的栈道，踩着被多少世人踩光的麻石小径在山谷间逶迤盘旋。苍鹰，浮云，麻风细雨，晨霜暮雪。辛辣的野艾蒿味里响着轿夫粗犷的号歌。前边报："天上有云星不明。"后边接："地上有石路不平。"

"懒汉坡，"

"慢慢梭！"

"滑滑路，"

"踩干处！"

若迎面来了女人，必定即兴编织进号歌：

"前头一朵野花鲜，"

“老子没得功夫看。”

一路吃喝并不犯愁。岁月悠悠，古栈道沿线十里八里总有烟火人家汇聚。且家家都把接待客旅视为一项生计。每临黄昏，山道上便响彻马帮铃声，骆驼的悠长粗犷的吆喝。各家都去接客，驿镇便喧哗，灯笼火把，吆二喝三。店主忙着炒菜备酒，骡马嘶鸣着打滚，直闹至深夜。又一拨晚客来又一番喧闹。灯火明处彻夜响着划拳声。火塘边围满男女，呷茶，吸烟，摆古。野山野岭呼唤着人的野性，酣畅淋漓地托出些男女风流韵事。不定赶马汉子极精彩地冒出句调笑老板娘子的俚语，硬笑倒一堂男女。陌路人也会受到感染，羡慕起山地人活得自在，活得痛快。发觉这恍若隔世去处也不乏复杂与纷扰、荒唐和生机，原本也是个五彩斑斓的世界。

高耸入云的秦岭偏于此处没有浅山丘岭过渡，刀砍斧削般于平地耸立，又倏地闪出一道豁口，奔腾出一河流水。古人聪慧，沿着山谷，顺着河水，逢山开道，遇水架桥，硬是依山傍水在这秦巴山中开凿出一条沟通中原与川滇西南的古道。以至于生发出“郑人南迁”、“褒姒北嫁”、“明修栈道，暗度陈仓”这些轰轰烈烈，经天纬地的大事。因而古道沿途许多驿镇都能与古人古事联系起来。比如进谷口十里便是“一笑千金”的美女褒姒故里；再行半日路程，又是萧何月下追上韩信的马道驿。朝朝代代，也不知被史书戏曲编演过多少。

这两处显赫地方之间，有个小镇叫将军驿。是否出过将军？没人考证得出。据说只是因镇后山崖颇似立马横刀大将军而得名。本来没甚光彩，三五家茅屋，零乱飘几缕炊烟，尚凑不起镇街。赶骆驼的客人宁摸阵黑也不在这儿歇息，蛮凄凉的。

后来，一个赶脚吆马骡的汉子，先贩山货毛皮，后走私枪支烟土发了横财。看上这块有“将军”守护的风水宝地，筑起座深宅大院。消息不胫而走，许多流浪人赶来碰运气，沿山崖搭些茅屋，攀附那汉子赶脚。岂料，赶脚汉子改弦更张洗手不干，买田产进山场，修祠堂续宗族。送儿子进汉中府就读陕南书院。儿子学成回来后，已没了赶脚人粗俗姿态，金丝眼镜，长袍马褂，一副读书人模样。

其时已到民国年间，川陕公路筑通，过往客商骤增，将军驿居然形成一条麻石铺就的短短街镇，聚拢起百十户人家。县里批文设镇。赶马汉子已经过世，那读过诗文的儿子便出任将军驿首届镇长。

大约，那念书人也依稀知道父亲当初起势时，也干过贩烟走私不甚光彩的事情，总要为先人挽回些脸面；再是读书明理，心里也装了些道德文章；又笃信“天生我材必有用”，上任后居然组织山民修固河堤，维修道路，整顿街容，防匪防盗，很励精图治了一番，把个山区小镇居然也治理的街道齐整，人心思定，路不拾遗，古朴好客，名声也自然沿着古道播扬开去。

于是，一位姓蓝的转山货郎思贤归顺，在街道修建起高檐瓦屋，白色铺板门面，大大书写了蓝记杂货铺，出售日用百杂，收购土特山货，生意颇兴旺。命中却缺子，只生养一女。长大后招个女婿，却是沿河下去的水旱大码头白河人氏，店伙计出身，精明能干，有城府也有手段，渐成小镇锋芒毕露的人物。

又有一满脸麻点的汉子，避仇在山间流浪，凭杀猪、造席、打铁、编篾诸般手艺，在山沟沟里站稳脚步，打开局面。又很干了些风流荒唐事体，末了也投奔将军驿，升起烟火，有声有色活勃勃地过起生涯。

再是一对有羌人基因的母女，高鼻明眸，俏丽不俗，四处乞讨，流落至此，被镇长收留。不知何时又在谁家火塘边上传出些风言风语：那小闺女与镇长儿子要好起来，几成一对冤孽。

后又掺进一位全家皆被日机炸死，只身流浪，当兵复仇，曾参与台儿庄血战的铮铮铁汉。

两代弱女，几条硬汉汇聚于这驿道小镇，恩爱仇怨，风情月债，一波未平，一波又起，纠缠得难分难解，麻系得无法理清，又统被历史洪流卷进土改、镇反、合作化、大跃进、“四清”、“三查”、“史无前例”……

几十年风风雨雨，生离死别。在这秦岭皱褶之中，远古的驿道侧畔酿成多少扣人心弦、哀怨悲壮的活剧、噩梦……

第一章

一

现在的故事不能不追溯到整整五十年前。

一九五三年。初秋，一个空气沉闷，燥热不安的黄昏。太阳还没搭山，就被大团密集的乌云吞没。一阵强劲的下山风扑来，古栈河道腾起云头般的烟尘，草屑败叶刮上天空，公鸡惊鸣着飞上屋顶。群狗翘着尾巴在镇街乱吠。风助云威，云趁风势，气势汹汹铺展开去，转瞬天昏地暗，空气中弥漫着浓浓的雨腥味、血腥味和辛辣的苦艾蒿味。

坡顶山梁，禾场地畔正忙活计的人一阵大乱，纷纷扛锄背篓，牵牛呼羊向临河路边的街镇上跑。谁家女人扯开嗓门呼喊："贼砍脑壳的幺娃子赶紧回哟!"

麻二跟他水灵灵的年轻媳妇肖翠翠在山洼打核桃。扯了几面坡梁的老核桃树都水桶般粗细。早年是镇长何盘山的祖业。年辰久了，一派皮皱枝败，气数已尽模样。岂料分给镇上众人，竟全萌发新枝，返老还童，结起累累果实。单是麻二分得的半坡核桃树去年收得几十背篓核桃。两间瓦屋竹笆楼上堆满。两角一升，卖得好价。麻二也就喝得好酒，有钱往野婆娘怀里塞，也每每得手，皆大欢喜。

今年核桃益发繁茂，四分八杈的枝丫都挂满果实。可惜麻二年过四十，浑身肥壮，鼓着肚皮，上树登高委实不便。好在媳妇翠翠二十挂零，苗条秀气，伶脚俐手，攀上树杈只管用竹竿敲打，核桃雨点般刷刷落下。麻二便粗手笨脚地跪爬在山坡地上到处收捡，不时被核桃击中腰身脑瓜，疼得哎哟直喊，抱着脑瓜躲闪，猪八戒一般拙模憨态，惹得翠翠坐在树杈上"咯咯"直乐。

"笑你爹的球，今黑床上再见功夫!"麻二恼了，朝树上媳妇儿骂。

"你那功夫早经见了，冰球凉，不及个戳火棒，咯咯咯……"翠翠却故意逗着男人。

“我把你贼砍脑壳挨炮子，我把你……”麻二真恼了，捡起地上核桃朝媳妇身上打。不想翠翠举起竹竿一阵猛敲，核桃刷刷落下，麻二脑瓜着实挨了几下，抱起脑瓜逃窜着直骂，“贼日的婆娘黑了良心，敢打老子，迟早要遭天击雷抓……”

一语未了，“轰隆隆——咔嚓！”一声巨雷震得群山打战，树叶直抖。翠翠赶忙抱紧树杈。一看黑云乱飞，天色不好，老夫少妻不再扯皮拌嘴。翠翠溜下树帮着男人收集核桃。哪里还来得及，风刮得尘土四起扫脸迷眼，漫坡的茅草点头哈腰，成堆的核桃乱滚。好容易装满两只背篓，地上还丢着大半，两人胳膊刚伸进背系准备动身。

“咔嚓嚓嚓！”一道雪亮的闪电把乌黑的云团撕裂，四周万物都倏地一亮。

“轰隆隆隆！”一个沉闷的巨雷在山巅炸开，起伏的群山受惊似的一跳。

随即，暴雨如同江河倒悬铺天盖地浇下来，广袤雄浑的秦岭顿时被一片白雾蒙蒙的雨帘笼罩，四周山峦、林木、庄稼、涧沟都不复存在，唯有哗哗的暴雨震动着耳膜，紧揪着心田。

“死鬼，丢下，不要命了！”

翠翠掀掉背篓，扯起麻二就跑。眼睛被狂暴的雨鞭抽打的睁不开。山坡上雨水已卷竹帘般的流淌飞溅，根本看不清路。好在方向熟悉，两人连滚带爬向山下跑。麻二体笨，跌了几跤，多亏翠翠扯得紧才没栽崖。待到跑临街镇，两人都泥母猪一般狼狈。麻二跑丢了鞋，几处擦伤；翠翠披头散发，脸色煞白。摸索着进了镇街自家屋门，都精疲力尽，散架一般靠着墙喘息。

少顷，翠翠摸进卧室。脱掉浑身湿漉漉的紧贴着身子的衣衫，用毛巾擦干赤裸裸的身体，换了衣衫。又给麻二找出干净衣衫，催促他换。

“核桃，那么多核桃……还有背篓，青篾编的，头一回使唤……”

麻二发愣，嘴里嘟囔着。翠翠也不吱声，只管点灯，到灶上烧些热水，两人洗净换好。翠翠又烧些红糖生姜葱根开水，盛两大碗，坐在桌边喝起，心才稍稍安定。

外边却仍是一个风暴雨狂的世界。

巨雷仍不断震炸，瓦屋梁柱瑟瑟发抖，让人直担心将军崖会被震塌，巨石滚流下来，那将把街镇砸得粉身碎骨。闪电也不时闪烁，把窗门映的雪亮，又带一团紫红，仿佛熊熊大火，要把这小小的街镇烧为灰烬。暴雨哗哗，愈下愈有劲。古栈河涨洪水了。远处，隐隐约约传来惊心动魄的吼声。

麻二和翠翠对看一眼，心直发怵。

“卵石上的人血这回要冲干净了”。

翠翠突然神经质地冒了一句。麻二吓得浑身一激灵，直打哆嗦。好半天才定神，白了媳妇一眼，“鬼儿日妈尽说不吉利的话！”

都不再吱声，各自呆坐；间或对看一眼，也绝无表情。唯见飘忽不定的油灯在土墙上投下一胖一瘦忽长忽短的阴影，映出两张苍白惊恐的面孔……

二

“勾嘎——乒叭！……”

“嗒嗒……嗒嗒嗒……”

枪声是天麻麻亮就响起来的。街镇陈跛子事后拄了拐杖，光着脊梁，裤带上插了蒲扇，在陈家碾盘旁吹得唾沫星乱溅：“队伍是人睡定时开过来的，全打着绑腿扛着机关炮，猫着腰悄没声地跑。我夜里拉稀，蹲茅坑。听见响动，抬头一看，还当是王三春的棒客竿子，没吓得险乎栽了茅坑……啧啧，一式的机关炮，妈妈的！”

围着百听不厌的男女老少便全都眼睛鼓的卵大，一副满足神情。其实，听见枪响，女人孩子躲了地窖不敢吱声，胆大的男人可全从墙缝门洞看见了的。

陕川交界秦巴巨匪王三春的三千匪徒让解放军一个埋伏几个追击就打得落花流水。王三春带着残部摸进了蚂蟥沟，打算从将军驿过河往四川逃窜，被解放军发现了踪迹。埋伏在古栈河滩四周。天刚蒙蒙亮，土匪下了河滩。四下静悄悄的，土匪放了心，互相搀扶着，携包背枪的拥挤着过河。待到最后一批出了沟口，三五百剩残匪徒全进了河滩，一颗贼亮信号弹在暗夜划过，四周的枪声骤然响成一片。

“嗒嗒嗒嗒……”

“轰隆，轰隆，轰隆……”

枪声，爆炸声，喊杀声，呼爹叫妈声惊天动地。战斗进行得干净利落。除匪首王三春带着亲信及小老婆半夜就另投荒没人迹的小路溜掉外，其余全部被歼。打扫战场时，镇街胆大的男人们看到了毕生任何时间想起都双手掩面战栗不已的场景。

满河滩都躺着尸体。有的被激流冲出好远，下游军人正在打捞。大多数躺在卵石滩上。一个高个儿脸面被枪子咬成蜂窝，血肉模糊；有个胖子被手榴弹炸开肚皮，肠肝肚肺被河水冲的惨白，河里全是血水；最惨是个妇道，身子和腿连着一线，两坨白生生的奶子却顶在卵石上，高高耸立；河边柳丛枝干到处悬挂着炸飞的肠子、胳臂和耳朵。满河滩都散落着物品包袱，还有各式枪支，却没敢去拾捡。

太阳恶毒地升起，河滩一片腥臭，野狗到处奔窜，天空有乌鸦盘旋。河滩许久没有人敢去，仿佛荒芜了几个世纪。

这次倒没给小镇人留下多少印象。秦岭山地土匪如毛，杀人绑票，祸害百姓，提起就心惊胆战，没几个人敢打交道。追剿的又是解放军，本地人没有参与。让小镇人刻骨铭心的倒是后来的一次。

三

陕南解放较晚，蒋介石曾严令拥兵数十万的胡宗南利用天险秦岭布防。岂料，彭大将军一个扶眉战役就打得胡宗南丢盔弃甲，真正兵败如山倒，树倒猢狲散。将军驿的男女都眼睁睁看蒋胡军队潮水般沿川陕公路朝四川撤退。解放军十八兵团追赶过来，沿途凤县、留坝、褒城、南郑、宁强……全都张灯结彩、扭动秧歌庆祝解放。紧接着反霸减租，土改镇反……鉴于秦巴山区自古多匪，蒋军又布置残兵散勇，潜伏游击。古道沿线已发生数起败军勾结土匪酿成的血案。陕川交界处的一个小镇，地方偏远，土改工作队刚进去就走漏消息，当晚便被大股土匪包围，损失惨重。工作队员全被暗杀在荒僻河滩，有的竟被剜掉双眼，割掉耳朵，一位女工作队员被糟践后又被活活掐死。

事件通报，军民共愤，上级要求坚决打击，不留死角不留后患，三天动员，五天展开，民兵排，儿童团，古栈道沿线都展开了轰轰烈烈的镇反。特殊时期，基层政权都有生杀大权。那些南下而来操着江西湖北山西陕北口音，穿着四个兜灰制服的区长县长们，用握惯了枪杆子的大手挥动了朱砂笔，在密密麻麻的名单上打满了密密麻麻的红钩！

一时间，将军驿上下褒姒铺、马道驿、青桥铺、武关河、铁佛店、八道关每天都有成批成串的反革命被一绳子拴了，牵成一串拉到布满卵石的河滩毙掉。

“将军驿咋还么轮到?”不止一户山民着急。这天，贫农代表麻二脸色严肃而神秘。他常为上次没参加上剿匪，竟让陈跛子到处传播消息懊悔不已。进门便让翠翠做饭，夜里要去警戒。

深知他穷毛病的翠翠不吱声也不问他。末了，他耐不住寂寞，讨好地望着翠翠：“晓得么，明儿杀谁?”

“谁嘛?你不说鬼大哥晓得!”翠翠水汪汪的眸子娇嗔地瞪麻二一眼。

麻二酥了半边，一下扑过去抱着翠翠细嫩的腰肢，流着哈拉子的臭嘴凑了上去。

“看人家干啥，给你一铲子!”

翠翠挣脱麻二急着翻饼，顺手给麻二光头上一下。麻二扫了兴，卷张饼子背好枪气鼓鼓地走了。

管他杀谁，翠翠本没留意。要不是第二天鸣锣传人开大会，她倒忘了。斗争恶霸地主，镇压反革命都是热闹事情。古栈河上下几十里群众都云集在将军驿的河滩，很为全镇男女挽回了脸面，全都早早儿赶去，满眼红旗招展，人山人海。

身穿灰布制服的区长走上河滩中间搭的台子，伸展胳膊向下压了两压，台下登时鸦雀无声。挤在人堆里的翠翠看着麻二凸着肚子背着步枪威严地站着，警戒着四周，心里竟有些得意。

“把反革命分子押上台示众!”

戴红袖章的军管主任一声吼，一伙鲁莽强壮的武装基干民兵，两人一个抓领扭膀，把七八个反革命揪上了台。

“啊呀！”

待看清了人，台下不约而同地一片惊呼！

翠翠急得踮起脚尖，刚看清台上那戴金丝眼镜的面孔，就像给人猛捶了一拳，几乎站立不稳。那不是何盘山，何镇长么！虽说解放前就当镇长，可人家早早把土地、山场、果林、耕畜全献出来了，评上开明士绅，仍然当着镇长。前几天枪毙土匪李六指，他还坐在台上呀！

最初是震惊，随即就掉魂一般。她悬挂着另一个人。四周闹哄哄的一切都不存在了，唯独那镶嵌在脑际的图画却如此鲜明，刻骨铭心！

四

河滩笼罩着乳白色的晨雾，起伏的山峦在雾霭中若隐若现，四下里一片寂静，唯独从丛林深处淌出的一条溪流潺潺作响。

他们紧盯着树林深处的一条曲径。眼都瞅酸了，什么也没有发现。她心跳得“怦怦”，根本不因为要发现什么。他离她这么近，几乎紧挨在一起，她闻到他洁白衬领上散发的肥皂味，还有他那浓密的偏发里散发的青年男子的青春气息。她有些晕眩了，被他紧拉着的手也在微微战栗。

“翠翠，冷么?”他关切地望着她，细长英俊的眼睛流露着爱意。她战栗得更厉害。他把她的手也拉得更紧。

“翠翠，您好。”

他第一次这么叫她。她惊讶地睁大眼睛，看着刚从汉中府里上学回来的少爷不知所措。“死翠翠”、“死丫头”、“贼砍脑壳的”，连母亲都是这么叫她，还有什么好不好呢。

母亲带她在何镇长家打零工。何镇长在汉中府里读过师范。戴金丝眼镜。带回来一个小老婆也能看一砖头厚的书，娇滴滴的。两人经常手拉手转山野，总要搞些野花野朵的捏在手里。不过待人还和气，不大管家务。

他是何镇长大老婆生的。大老婆比何镇长岁数大，黄皮寡瘦病恹，看着像何镇长的妈。他却英俊，像何镇长一样高挑身材，国字脸庞，一边倒的偏发，眉宇间闪着英气。名字都好听：何一鸣。

他在汉中府读中学。假期回来老爱一个人捧着本书在河滩看。书那么厚，老看，不把眼睛看瞎么？有几次，她扯猪菜，用狗尾巴草搔他后脑勺。他跳起来，一见是她就笑了。让她跟他读书。

“我才不读那些牛经马经哩。”她“咯咯”笑着一溜烟儿跑得老远。却又偷偷躲在野艾蒿丛看他。他不看书了，跺脚，四下张望。她偷着直乐。他要走了，她装寻猪菜溜上山梁，偷看着他坐着马车拐过山弯，心里空落落的……

“翠翠，您好！”

前一天，他突然回来站在她跟前。她又惊又喜不知所措。他脸也红红的，像想起什么一样对她说：“明早，咱们逮草鹿子去！”

现在他们就静等在这儿了。他让她去，她就觉得该去。草鹿子该不该捉她不管。那对草鹿她也见过多次，从没想到逮呀。整整一夜她心里发躁，老做梦。直到他把窗格敲得“咚咚”她才惊醒。

“哪个背时挨刀的？”母亲问。

“狗女子约着扯露水草。”

她顺口扯谎，赶紧起身悄悄溜出屋。他正在杏子树下等她。四下没人，他拉了她的手往河滩溜。她先不自然，后来也紧拉他的手。他们找到草鹿子出没的草径，仔细布下套，又细心撒些树叶掩着，然后蹚水过来免得给草鹿子闻着气味。蹚水时，他弯下腰要背她。她“咯咯”笑着先下了水，倒是他白嫩的脚在生着暗绿苔藓的河卵石上站立不稳。她赶紧拉稳他。两人找个地方隐蔽起来，等着草鹿子来喝水。

“来了！”

他扯下她的手，两人都平心静气瞅着，只见对面树叶抖动处，一只美丽的梅花草鹿探出头来，警觉地四面望着。倏地，像发现了什么，纵身一跳，消失在翠绿的丛林中了。

两人对看一眼，正有些沮丧，握紧的手还没有松开，对面又有了响动。抬头看时，天哪！这回是一对，一公一母。刚才是母鹿，这回公鹿也像个傲慢的王子出现了。它头上顶着四分八杈的抵角，不时摆摆，好不威风。

它们不再迟疑，几乎是并排踱到溪边喝水。而网套正布在它们脚下，只要踩进一格便越挣扎越紧。可两只机警的草鹿却总不上钩。它们喝着清澈的溪水，不时仰起脑瓜互相舔着嘴唇，那只公鹿后来又动情地闻起母鹿的尾巴。正快活时，一只蹄子踩进格里拽不起来了。情知上当，性急的公鹿奔跳起来，母鹿不知所措地呆愣着……

“啊，套着了！”

他激动地一声喊，拉起她就跑，跳下塄坎，绕过树桩，踏进河里踩得水花四溅，不顾脚下打滑，直向草鹿扑去。

母鹿惊跑了，公鹿一见他们，急得上下蹦跳。眼看就到跟前了，再跨一步就抓住公鹿尾巴，就在这最后一瞬，公鹿拼足了力量死命一跳，挣脱了网套，再一纵身，白花点点的毛皮一闪，便眼睁睁地消失在丛林中了。

他们呆站着，无比沮丧。直到她突然想起“天哪，我还要扯露水草！”两人才都笑了。

后来，后来呢？她却不愿往下想了，阴差阳错，全是命呀。

五

“勾嘎——乒叭！”

河滩里一阵欢快雄壮的脆响，把麻木恍惚的翠翠惊醒。她跟着疯涌的人潮看枪子打人脑瓜。这一段光阴沿线山镇的男女像赶集似的看枪毙人，毙得多了看花了眼，就跟看年节宰猪一样平添热闹。只是看着平日里和蔼客气的何镇长挨枪子心里有些不忍。

那天一字儿排开十七八个。往上十里关的保长孙麻子往常催粮要款吃人害人，耷拉着脑瓜；再往上青羊驿专贩鸦片吃喝嫖赌的张狗狗印堂发黑，一脸晦气；往下褒姒铺土匪鲁大个子，杀人绑票糟践女人眼都不眨，却吓得如一滩软泥，被几个民兵拖到河滩；相比之下，何镇长还算镇静，长袍马褂，金丝眼镜，只是头发让弄乱了，脸色有些苍白，站立的还算端正稳当。

枪响过后，人又涌过去捡枪子看结果。翠翠没敢去，单听人说孙麻子被打中鼻梁，血肉模糊，正好把麻子坑坑填平。鲁大个子把下身打飞了，叫他驴日的再搞女人。何镇长最惨，炸子，脑瓜盖掀掉半个，脑浆白花花淌了一河滩。那都是念的书啊，书把命要了噻，啧啧！

下午人又潮似的涌，说看何镇长的小老婆收尸。翠翠禁不住脚步动了。下了河滩腥臭无比。野狗乱窜，苍蝇嗡嘤。各家的尸体都拉走了，唯见一浑身素缟的女人在河滩用白布包裹着何镇长的尸体。

浑身素缟的女人便是何镇长娇滴滴的小老婆，秀眉秀眼，细皮嫩肉，平日躲在家看书弄琴。间或穿着旗袍套件短毛衣上街镇走动，“咯咯”的皮鞋敲响着街道麻石。人都跟迎接仙女一般。她对谁家笑笑，男女都鸡啄米似的感恩不尽。男人们自觉不配，女人们自愧不如，没了嫉妒心思。她却心善，常把家中粮米，过时衣衫拿出周济镇上人，给孩子塞些糖果，见人也腼腆一笑，“大娘大爹”地甜甜儿招呼。

如今这善良女子收着凶尸，人都不忍，几个人过去帮忙。翠翠也想插手；猛见着洁白的卵石上一团紫黑的血。再一看，满河滩的卵石都一团团紫黑，恍然之间，天地旋转起来，河滩卵石都成了人头，紫黑的鲜血河水般流淌，何一鸣，何大少爷也分明在其中了……

“啊呀唔！”

翠翠一声怪叫，惊得满河滩人飞跑。

从此，没有人再敢去河滩淘米洗菜，担水饮牛；夏日黄昏，也再没有女人成群搭伙，赶跑男人，在河滩赤裸裸脱得精光，尽情洗涤，尽兴嬉戏。到黄昏，河滩早早就没了人影。大白天也绝少人去。平日一见河滩，翠翠便恍然只觉一团团紫黑的腥血在眼前飞旋。直盼着洪水暴雨把那血腥污迹冲刷得干干净净。而每下雨，翠翠又定然想起那河滩，那血团……

六

屋外风雨渐渐小了，隆隆的雷声渐渐远去。麻二起身开门，一股冷风扑进，两人都打寒噤。油灯也灭了，整个街镇一片寂静，古栈河涛声愈发响了。

"睡吧。"

麻二深叹口气："核桃背篓怕早冲进古栈河了!"不再点灯，趿拉着鞋往睡房摸，接着竹笆床便给肥壮的身体压得吱吱响。

翠翠又坐了会儿，嫌冷，也摸进去脱了睡下。往日，一挨着翠翠苗条细嫩的身子，麻二便触电般跃起，牛手马脚，喘着粗气，按紧翠翠折腾半夜。山间寂寞的长夜啊，又无孩子拖累，翠翠也由着麻二性子。今晚，麻二仅吆喝一声："睡这头来。"便再无话。

倒是翠翠紧挨着麻二那肥壮的身子躺下，寻求保护似的在麻二怀里缩成一团。这对老夫少妻拥抱在一起，却没有丝毫情欲，唯有内心难以掩饰的恐惧和难以排除的噩梦。

屋外，雨停了。凄厉的山风却牛吼似的刮起，仿佛要把屋顶掀掉。山间寂寞难熬的长夜哟!

第二章

一

"笃笃，笃笃笃……"

有人敲门，翠翠猛然惊醒，往麻二怀里靠得更紧，几乎要缩成一团。先以为听麻耳朵，平心静气再听。

"笃笃，笃笃笃……"

固执而有节奏，有人敲门无疑。她赶紧推醒麻二。麻二还正做好梦，流着涎水，打着呼噜。被翠翠推着嘴里还直嚷梦话："翠翠子，我把你个死妮子……"

"有人敲门呢。"翠翠狠拧了麻二一把。麻二猝然惊醒："啥事？啥事嘛?"

"耳朵聋了，你听嘛!"

"笃笃，笃笃笃"。

夫妻俩都不吱声。深更半夜的谁敲门呢？暴风雨带来的恐惧仍凝聚在心头，河滩的死鬼冤魂也在眼前晃动，稍想想就心直收缩，腿直打战。翠翠的身子已是树叶般瑟瑟地抖。

麻二到底是男人，沉得住气，胆也大些，他坐起身来，披着衣衫，"嗞啦"点燃油灯。屋里亮堂了，翠翠心才安定。

"是哪个?"麻二并不起身，先问。

"大哥，是俺哪。开门行个方便。"完全是陌生的外路人口音，更让夫妻俩惊疑。

"你是哪来的？干啥子?"

"过路人哪，遇到风雨，找个宿处。"

两口子互相对看一眼。这类事常有：古栈道筑通川陕公路，这一带成了南下川滇鄂贵，北上秦陇内蒙的交通要道。白日黑夜车马不息，平日商贾摊贩，游医货郎，进山混生计的竹木铁匠、算命先生、割漆匠、伐木汉奔波来往，投宿便成常事。尤其冬春割运柴火季节，沿公路家家都成旅馆。割些山茅草往堂屋或竹笆楼上一铺，赶路人自带被子，每夜两角一毛，也算山镇人一项生计。

土改镇反期间，为防地主反革命逃亡藏匿，治安条例曾严格规定：不准留陌生人住宿。凡留客需向治保委员汇报。夜晚放哨，盘查路人，很紧张过一阵子的。贫农代表麻二便很神气地背过一阵钢枪。

眼下土改结束，镇反完毕。各家忙活着发展生产，鸡啼牛哞，一派升平。治安条例似乎也松懈下来。

"大哥，开开门，俺冷。"

"要不把门开开。"翠翠最禁不住乞求。

麻二起了身，又迟疑了下，朝墙上挂的钢枪瞅了眼，壮壮胆才打开门。

一股冷风呼地吹进，里屋的油灯都在忽闪。翠翠也摸起身，察看屋外的动静。只见一个身材瘦高的汉子用竹扁担扛着被卷，提着挂包站在堂屋中间。灯光昏暗，看不清面孔。

凭经验靠感觉也知是赶路人。翠翠赶紧穿好衣衫出来招呼："快把东西放下嘛，不嫌重!"

赶路人赶紧回头："大嫂，打扰……"话没完停住了。他分明见着无比年轻的姑娘，只怕是粗矮肥壮满脸胡楂的麻二的女儿。客人一脸尴尬的模样。

这类情形翠翠遇见多了，脸一红。看客人满脸泥污，赶紧去灶间打水。麻二无所谓，倒常得意地在人前摇头晃脑："娘的，老牛啃嫩草，这辈子值透"。但一见男人们眼中的妒火又直打圆场："瞎婆娘好婆娘，睡觉养崽都一样。"

陌路人放下行囊，洗净脸面，坐下来歇息。翠翠发现这是个年青小伙儿，板刷样竖着短发，瘦长脸庞，鼻梁高挺，轮廓分明，眉毛浓厚，眼睛有神，身子骨也蛮匀称结实。只是看去面带困倦，神情疲惫，一副饥困交加的模样。

翠翠素来心地善良，赶紧下灶房做饭。一边烧火，一边听着麻二与陌路人拉呱。

"哪个榻榻的人哟?"

"老家河南商丘。"

"难怪说话'俺俺'的，我猜不是山东侉子就是河南蛋嘛。"麻二倒为自个得意。

"屋里还有人吧?"

"爹娘殁了，还有叔伯父母。"

"我问你有婆娘娃儿吧?"

"还没成家。"

"你跑出来是……"

"当兵。"

"当啥子兵?"麻二警惕起来。

"先当国民党的兵，后当解放军。我这有复员证哩。"陌路人说着便要起身掏证件。

"不用不用。"麻二摆摆手，一副见多识广模样。这类情形多了，麻二清楚。查查，解放军怕有一半当过国民党的兵。尤其解放战争期间，除起义过来，一次会战便俘虏几万十万。愿回家发给路费，不愿回家的"诉苦大会"一开，全场都哭得"哇哇"，纷纷撕掉"青天白日"

帽徽，掉转枪口，打仗愣往前冲，成为响当当的解放军。就连最先冲上南京总统府的部队也是解放济南时投诚过来的吴化文的兵。

“复员了，想省几个路费，一路打短工回去，对啵？这街面隔三差五就有你这号角色，对付干几天活计，又赶路。也不容易。来，先吸袋烟。”麻二递上自己烟袋。

陌路人不吱声，接过烟袋吸着。

“唉哟，我倒忘了你贵姓？”

“免贵姓任，叫任义成。”

“好好，这名儿好，人就要有情有义。”

麻二高兴了，喊：“翠翠子，赶紧给客人配制饭。”

“要你说哩！”

翠翠最见不得麻二指手画脚，吆五喝六的派头。她这阵早在灶房锅下一把，案上一把忙活。不大会儿，一大碗热气腾腾韭菜鸡蛋面条端上桌子。再来时翠翠两手抓四个碟儿。盐、醋、酱油、油辣子全有了。不吃，单看一眼也让人口舌生津、馋涎欲滴。

“缺啥，自己调，赶紧吃，趁热。”翠翠叮咛陌路人。

“中中。”

陌路人想必饿极，见着热气腾腾的饭菜，眼睛放出光彩，说声“谢了”，捧碗便忽忽啦啦大嚼大咽起来。

这边翠翠寻思：晚上怎么安顿客人好哩？土改倒是分到临街三间瓦屋。一间做了卧室，一间做灶房，进门一间便是堂屋。庄户人农具杂物多，加之猪菜背篓，竟没个空闲去处。好在山地房都有竹楼，堆放杂物粮食，也可睡人。往日也接待过不少过往行人。这会儿翠翠又抱些干净稻草，把竹楼铺的软软和和。

一切收拾完毕，眼见陌路人爬上竹楼，有鼾声传来。这对忙活半宿的老夫少妻才又安歇。翠翠却再也没合上眼。

二

翌日，天放晴了。天空蓝得透明。太阳还没露脸，就从山巅透出霞光万道，红火太阳无疑。古栈河两岸的山峦青翠欲滴。高耸入云的将军崖青灰钢蓝，愈加威严。洗涤一新的街镇倒显得古朴矮小了。

小镇人都早早起来，察看房舍猪栏，在菜地收拾篱笆，骂骂咧咧地扶着受糟践的庄稼。

麻二操心背篓、核桃，早早儿上坡去了。翠翠起来，听听，客人还在竹楼上酣睡。她便去切猪菜，撒鸡食。怕客人要赶路，便动手做饭。她取出半截煮好的腊肉焖上土豆，米饭里掺些苞谷糁儿。“吃了赶路耐饥，”她想。

早饭罢时，客人正整行囊。忽听街镇上一片鼓噪：“涨荒水了！涨荒水了”。

荒水便是洪水。麻二、翠翠、陌路人一起出门看时，街道上已是人声沸扬，男女争先往河滩奔跑。麻二三人也跟了去。

古栈河源于秦岭，先汇入汉水又流经石泉、安康、白河、丹江口、老河口、襄樊，末了在武汉汇入长江。秦岭南麓千山百岭冰雪雨水皆汇聚而来。昨夜暴雨，河水猛涨，但清晨已降落不少。此时荒水肯定是秦岭深处落了暴雨，山洪才赶下来。古栈河沿途常红火大太阳闹水灾，防不胜防。不过，将军驿一带两岸青山闪开，河滩开阔，镇街地势较高，一般没出过太大麻烦。

河堤上站满了男男女女，伸长脖子张望。混浊的水头已经扑下来。河面开阔许多，波浪起伏，水势汹涌。成团的泡沫和浮渣浮在水面，水浪一层层扑过来拍打着堤岸。水雾弥漫，凉气袭人，惊涛裂岸，颇为壮观。

“水头又下来了！”有谁惊喊。

果真，一阵沉闷的涛声传来，上游远远现出一道城墙高的白线。一大群雀鸟惊慌地从水面掠过。有孩子吓哭了，女人们也直往后躲。有经验的男人却镇静：“球，怕啥，顶多坐在门槛上洗个脚噻！”

说话间，水头已猛扑下来，发出惊天动地的怒吼，脚下的大地都在震颤。第一排浪头过来便吞没了河滩丈把高的柳丛，咆哮的水头凶狠地拍打河堤。浊浪翻滚的水面开始有大树、木料、柜子、木盆、成架的房屋飘下来。

“噢嗬，捞浪财了。”不少人呼喊着跑回去拿家什。“上游人遭殃，下游人发财。”是古栈河沿岸不知哪个牛年马月形成的不成文的规矩。每发荒水，下游街镇人便可捞得许多外财，至少也有一堆树根柴火堆在门前。

小镇人精于此道。人们纷纷扛来绑着铁钩的长竹竿，站在岸边，把能够到的木料柴火拖上岸。会水的小伙常下去捞得木料家什、淹死的家畜，让人啧啧赞叹。麻二最喜干这事。翠翠也来帮忙。在河边嘈嘈杂杂的人群中，占起块地盘，扎起发财架势。客人没走，蹲在河堤看热闹。

太阳升上山头，火辣辣的，热力灼人。汹涌的洪水从深山流出却冰冷刺骨。男男女女们全然不怕，高挽起裤腿站在水没及腰的河滩边，男人奋不顾身地把竹竿能够着的树根、树枝往岸边钩，女人便拖到岸上堆起，发财的欲望使每对夫妻都配合得十分默契。

麻二光着脊梁，穿着裤头，站在齐腰深的水里，不时用手抹掉溅在脸上的水花，古铜色的肌肉在阳光下闪光，无数水珠溅上去又滚落下来。他干得十分卖劲，肥胖的身子居然十分灵巧，收获可观。一根丈把长短、水桶粗细的圆木被钩到岸边，身姿纤瘦的翠翠涨红了脸颊也拖它不动。

“俺来!”话音刚落，一双粗糙有力的大手已掂起木头，“嘿!”一声扛上肩膀往岸上走。

翠翠一看是昨晚的客人。他也脱了衣衫，鼓起的肌腱紧绷着，扛死沉的木头竟没事一样，腰板挺直，步伐矫健，全不似麻二肚皮松弛下垂，褶起的肉褶浸满汗水……再不知想到什么，翠翠脸飞上红晕。

“哎哟哟，啧啧!”

不时有人惋惜。因为眼看飘来的上好木材，竹竿够不着又飘远了。此刻水头虽过，水势却依然汹涌，丈把高的浪峰波谷成排掠过，触目惊心。眼睁睁看着好料，没人敢下水去捞。

“啧啧，好料好料!”河岸上人齐声欢呼。

一根足有四五丈长，脸盆粗细的圆木游龙一般在波浪里飘上浮下，十分醒目，把满河的飘浮物都比成了废物。

“三间房通梁都蛮够哇!”

“三间？啥眼睛！别让五间听着。”

“足做两副好寿材啊”。

岸边男女全停了手脚，心疼得要命。可惜，木头离岸太远。洪波浊流，发出阵阵惊心的涛声。几个愣头青小伙脱掉衣衫，跃跃欲试，终究没敢下水。

站在麻二身边的陌生客人却不声不响地脱着衣衫、长裤。

“你要干什么？”翠翠惊叫着。

“不干什么。”客人对她笑笑，牙齿洁白。随即跃入汹涌的波涛。

“哎哟哟，有人下水捞木头了！”

“是哪个不要命的哟！”谁一喊，满岸眼睛都盯着河里。

水势丝毫没有减弱。突然开阔汹涌的古栈河，使平日狰狞的大山都显得温顺了，眼下竟有人敢向它挑战。洪水像被激怒了，一排排浊浪恶狠狠地砸向河堤，激起丈把高浪花，腾空的水雾。堤岸男女畏惧地向后退着，却又眼睁睁地见那陌生汉子踏浪击水，向河心浮游。黧黑的脊梁在水波中一闪一闪，一排波浪把他掀下深深的水谷，眼见着没了他的踪迹，堤岸上人心都悬吊起来，却又见一只手伸出浊黄的水波，随即黧黑的脊梁又跃然波上。人心刚刚松弛，不知谁又“妈邛”一声，定睛看时，陌生人又被推上高高的浪尖，肯定被摔个粉身碎骨。堤岸有人蒙上了眼睛，紧张的不忍心看，岂料他又跟坐滑梯似地安然无事，双臂如橹，有分水术似的在洪水中劈波奋进。满堤男女看得呆了，全然忘记捞木料的事情。直到那陌生人奋身一跃，竟骑马一般坐在那根长长的圆木上，宛如骑着驯服的骏马，向岸边驰来，才想起事情的原委初衷。

岸上男女像看大戏般欢呼，喊声雷动。待到那陌生人携木至岸边时，所有男人都停了自己手中活计，帮忙把那根巨木抬上堤岸。

人蜂拥过来，看木头，看人。

“啧啧，足跟卧佛寺大梁类比。”

“面生，谁家的歇客？”

“麻二家么，女人水色好，活该人家发财，你干瞪眼去！”

麻二的客人成了一河滩人注目的英雄。接着他又浮水捞起几根均可做梁柱的圆木。临近中午，就更让街镇人目瞪口呆，他竟然捞起一头淹死的犍牛，牙口正青，膘肥肉壮。这种额外的吃喝财喜，历来如同山区吃“泡汤”或狩猎“砍分子”，是见者有份的事情。镇街人奔走相告，欢呼不已。宰猪剥牛本是麻二本业。见拖偌大头犍牛，麻二直如娶翠翠般欢喜。吆二喝三，安排众人把死牛抬回。在禾场毛柳树上缚起架子。麻二赤起双膊，抖擞精神，操尺二牛耳尖刀，挥舞比划，寒光逼人，剥皮剔骨，开肠破肚，竟然也如女人挑花绣朵般痛快利索。将军驿百十户人家，三五斤不等以人口多少论定，全都分到上好牛肉。余下牛头牛尾，骨头心肺，就地垒起毛边汤锅，架起青冈柴火，煮牛骨心肺汤，愿喝者请便。

一时间，小镇家家锅案锵锵，肉香弥漫。俗言“吃水不忘打井人”，山地人浑厚，便宜要讨得明白问得清楚。况那外乡人捞牛的壮举是众目共睹的，“啧啧，那水性，伸手就拽住牛尾！”

“捞木头才绝，长五间正梁绰绰有余。”

“吓，这回褒姒铺水老鸦张柱拜下风了。”

晚间，竟有些血气旺盛的汉子提了苞谷烧来会英雄。

麻二得了木头，又兀自提条牛腿。满腹兴致，拿出造厨本领，只让翠翠淘米架火。让他任家兄弟坐着吸烟喝茶。他自个系上围裙，操起刀勺，赶天黑竟造起满满当当一桌席宴。

麻二正翻箱倒柜找酒，一见有人提酒来，腆起肚子眉眼都笑：“正好正好，碰巧不如赶巧，都坐都坐！”

任家兄弟自然被尊为上首，其余男人围着坐了，菜皆是本地土产。黄花木耳、板栗干笋、茄子豆角、萝卜土豆，配着新鲜牛肉，焖蒸炒炖，皆盛于土疤大碗。酒是自酿苞谷烧，度数不高，皆用碗盛。真正大碗喝酒大块吃肉，盘碗叮当，竹筷交错。麻二不断劝酒，众人一起捧场。那河南客人也豪爽痛快，谁敬都不打愣，端碗就一饮而尽，嘴角流油，面孔涨红，话也一阵多似一阵。

“娘那×，俺老家在黄河边。你这河算个屌毛，你们还叫是男人！”客人踉跄着站起，用手指了麻二鼻子，麻二鸡啄米似的点头。站在一边端酒上菜的翠翠，看着男人们喝酒快活，也嘻嘻笑。这阵听客人话头不对，赶忙制止：“再别喝，人都醉了。”

“醉了！俺任义成还能醉？再喝三斤也醉不了。你当俺说胡话？给你说，俺小时鸡巴还糊尿泥，就一个猛子从黄河这边扎到那边……”

有人信，有人不信。大家权做酒话。岂料，外乡客人又干出件让小镇人瞪目咋舌的事情！

三

荒水退了，河滩恢复平静。河水不再混浊，潺缓清澈地流淌。镇街上人家除了家家门口堆小山也似的浪柴，又一切如常。各样秋庄稼临近收获，守号护秋忙得一塌糊涂，闲杂事情且就扔开。

麻二楼顶木头架满，隔年翻修房屋不用发愁，因此格外感激这外乡客人。两口子一再挽留，任家兄弟也就不再说走。屋里屋外的活计也搭手搭脚跟着麻二干。翠翠一天热菜热饭殷勤招待。河南客人除那晚喝酒说些昏话外，平时惜言惜语也还本分，见了翠翠依然叫：“大嫂。”

翠翠每次都羞得不行，纠正他：“再莫喊我嫂子，就叫翠翠。”

“那哪成，不中不中，你是俺大哥媳妇，俺就该叫你嫂子”。

翠翠只好由他。早先空落落的瓦屋猛添个年轻小伙，心里先觉充实。盼他多住些日子。

这天午后，气候蒸热。小镇人吃过午饭都在歇息。麻二两口和客人也坐着喝茶谝闲，猛听见河对岸有孩子哭喊：“羊叼去了！”

谁都以为野牲口下山了，野猪瞎熊之类。小镇上男人守号护秋，人人都能放几枪，撂倒过个把野牲口。一时，许多男人都背了大枪，带了撵山狗出来。这类事麻二历来踊跃，携枪带狗，客人也自然跟着。七八条撵山狗在前吠叫开路，一伙男人相跟着朝河对岸山峦扑去。

迎面遇着放羊娃儿，猎手们打问：

“大号嘛小号？”大号野牲口指狗熊野猪，小号为獐鹿狐兔。

“不是号子是长虫。”

“多粗？”

“小洗脸盆那么粗，把三娃家羊吸进去了。”

猎手们都不吱声。撵山狗也悄无声息。这事怪。往日狩猎，只要有枪有狗，任是瞎熊豹子猎手都不怯阵。却没人敢碰长虫，其实是蛇。这带山林常有蟒蛇，一般不易见着。间或叼羊伤人。许是形状丑陋，再是神婆巫婆把蛇恭为财神，人都不愿意碰。这时，竟有人要打转身了。

“俺去试火试火！”外乡客人说。

“打长虫可不是捞木头哟！”

“俺不怕，有种的跟俺去瞧瞧。”

有人承头，便都想凑热闹。麻二赶紧把枪递给他任家兄弟。“不中不中，这拨火棍不中。”河南客瞅了一圈，拿过专撵“后掌”的刘牛子砍刀，顺手砍下一根胳膊粗细、丈五长短、笔直端正、顶端分杈的青冈棒，掂在手里丈八蛇矛似的舞了两下：“这家伙中！”

放羊娃儿带路，河南客打头，猎手猎狗蜂拥着，赶到石崖底下。林木茂密，阴风习习，一股腥臭。狗嗅着味儿先怯了胆，匍匐着不敢向前，河南客胆大，平端了青冈蛇矛，猫着腰蹑步向崖下接近。麻二一伙也端着枪跟在后边。突兀的石崖遮住天光，靠下又凹进一片，林木稀少些，仅是些兔儿梢、麦线子一类灌木丛挡住去路。河南客一步步朝崖下接近，猛地站住，也愣住了。

天！那蟒蛇果真小瓦盆粗细，刚吞下只半大羊子，肚子鼓个大包，盘着足有小半间屋大，三角脑袋扁盘子似的，耷拉着闭眼歇息，嘴里的信子却仍然一伸一伸，嗞嗞地响……

别讲打，单看一眼也无端地让人颤抖，紧跟在后边的麻二手心已是两把冷汗。

河南客定定神，又向前移了几步，把平端青冈矛比试了两下，猛地一个箭步，把青冈矛狠命向前一戳。麻二还没弄清怎么回事，只听一阵惊天动地的震响，小瓦盆粗细的蛇身子已在盘旋舞动，把崖壁抽打得山响。麻二一伙急上前看，只见河南客端着的青冈蛇矛，顶端分杈把蛇头紧紧地钉死在石缝。蟒蛇急欲挣脱，拼命抽甩着身子，四周树木被抽得七零八落，几次险乎把河南客抽倒。眼见情急，麻二一声呼哨，七八条撵山狗扑过去撕咬。麻二也协力用青冈棒顶死蛇头。那蟒蛇开始还有劲，渐渐地，身子摆动不起，给群狗撕咬得血肉狼藉，尾巴摆几下，咽了气。

几个小伙扯着尾巴拖到镇前河滩，足有两丈多长。满镇人都轰动了，男女老幼，络绎不绝来看，围的水泄不透。

但凡参与了的猎手这会全都唾沫星儿乱溅，描绘河南客力搏蛇蟒的神功。无论说得如何悬乎，有活物作证，人都深信不疑。看那打蟒英雄时，却又作怪，竟顶来一只大锅，用鹅卵石支了，动手去剥蟒皮，撕得嘶嘶作响，淘洗净了，把白嫩的蛇身盘进锅里，架火煮烧。山镇人亘古没吃过蛇肉，但看稀奇不敢下手。河南客剥些大葱，捣出蒜泥，花椒大香，直弄得满河滩香气扑鼻。众人见他吃嚼得有味，胆大的跟着撕吃，齐声喊香，都跟着吃起。河南客特地捞出些回家。麻二尝尝有味，大嚼起来。翠翠始终迟疑，没敢沾唇。

四

消息传开，古栈河上下，全晓得将军驿来了条好汉，洪浪中捞得木头，徒手缚得巨蟒，越传越神。小镇人出去，每被询问，脸上陡增光彩，必定从头至尾，巨细无漏地炫耀一番，仿佛河南客成了他家至亲密友。

麻二脸上就愈加光彩，每每讲起他任家兄弟，麻子坑坑都放光。在镇街上走动，腆着肚皮昂首挺胸，比土改镇反当贫农代表还自豪神气。动辄：“我任家兄弟……”

愈发不肯放客人走了。河南客倒也随和，在家出入走动，一口一声“大哥，大嫂”，麻二夫妇满心欢喜。河南客和镇街人也相处和睦。不论往谁家门口站站，男女都欢颜笑迎。还有人背后怂恿麻二：“说说看能不能干脆留下……”

一语点醒了麻二。其实麻二心里已隐隐有这层意思，只怕讲出突兀，人家拒绝，自己尴尬。如今见有人提，正好推说是众人心意。

一晚，麻二让翠翠备些酒菜，不请外人单三口围了吃喝，谝些闲谈。两口儿殷勤劝酒，河南客也喝得满脸红光，兴致蛮高。

麻二捏紧拳头，鼓了几次勇气，瞅定客人面孔，说：“兄弟，我有句话不知当说不当说。”

“大哥讲，俺听。”

“兄弟老家到底还有啥人?”

“爹娘殁了，单有叔伯爹娘。”

“没有婆娘娃儿?”

“要有俺出来干啥?”

“那这话我可说了。”

“说，俺听。”

“兄弟干脆留下，在这安个家算了。”

一语完了，麻二眼睛睁牛卵般大，心提到嗓子眼，单等河南客发话。

其实，翠翠比麻二还悬着心。之前她隐约听到这话，心里莫名的喜悦。晚间做菜分外上心。吃时又淡寡无味，直想着事儿结局。这阵听麻二讲出话头，她心倒先跳得“怦怦”，单怕河南英武小伙讲出个“不”字。

两口屏心敛息，盯着河南客。屋子空气凝固了一般安静。只见河南客面色平静，先没吱声，端起面前酒杯，一饮而尽，末了甩出一句:

“大哥的话，俺听!”

“当真?”麻二脸上发光，简直不信。

翠翠提悬的心猛然落下，一阵晕眩，赶紧一手扶了桌子，才没失态，幸喜没人注意。

“俺不说假话。”

“翠翠，赶紧给兄弟倒酒。”

麻二始才放心，顿时来了兴致，把自己酒碗倒满，举起又放下，望着翠翠:

“你也来!”

三人一起端起酒碗。

“干了!”

“干了!”

三人一仰脖子，三只酒碗都空了。

第三章

一

河南客正式在将军驿落户。

他郑重地提出，从今往后要叫他官名：任义成。麻二满口答应，到镇街各家去宣布，直到当家的男女都严肃点头始才放心。

翠翠把窗户用白纸糊了，带来的被褥也拆洗干净，拾掇得有模有样。

“兄弟，你权且住下，日后成家，楼上木料现成，立起来就是。”麻二十分抱歉。

任义成却不在乎：“俺住这，蛮好蛮好！”

二

转眼开始收秋。古栈河沿岸虽山岭高耸，却气候温暖湿润，物产也还丰富。高山多长苞谷、荞麦、豆子、洋芋；河谷平坦处则种水稻、小麦、油菜、豌豆；房前屋后栽桃、杏、梨子、樱桃；野坡荒岭自生核桃板栗、黄花木耳，加之生漆、天麻、杜仲、党参及各种兽类毛皮。手脚勤快的人家，多得各项进益。

这二年偏风调雨顺，各样庄稼竞相疯长。苞谷裂牛角般大棒，荞麦结一层籽籽，洋芋竟汤碗大小，核桃板栗也炸裂落下铺地一层。真个不愁长，只愁收。山区脚道不便，地广人稀各家都忙碌得一塌糊涂。

麻二家却好，平添个强壮劳力。后沟几亩苞谷，往年麻二跟翠翠用喇叭背篓硬盘了半月，完了收荞麦，打豆子。眼看降霜夜晚才打灯笼刨洋芋，累得翠翠走路打瞌睡。麻二亘古就夜猫子，成夜干活不晓得累的，也撕着苞谷壳，一头栽下屁股翘起打鼾，狠挨过翠翠巴掌：“要睡床上展着去，造啥孽哟！”

单拳不抵四手。如今两个男人出坡收苞谷，挖洋芋，翠翠在家剥壳脱粒操持家务，诸般活计都赶在别家前头。山区那些年粮丰畜旺，不愁多张嘴吃伙，单愁少双手干活。麻二少出许多牛力，心情舒畅，活得快活。

三

翠翠心境就更复杂些。这年轻女子，原本单纯热情，伶俐聪慧，为那叙说不清的原因，嫁得个父亲一般年岁的丈夫。只道是“命”，随遇而安，逆来顺受。与麻二间除了夜间纠缠不清的人生功课，再无多少话说，把个年轻女子的血性磨迟钝了，全然不像做姑娘时野牝鹿一般鲜活生动，机敏灵醒，充满朝气。

眼下，瓦屋里突然生活个精壮小伙，一天到晚，身影姿态，举止言谈，男子的青春气息扑面而来，就木头人也撩拨活了；况且，这男人的本事她是见着的，搏击浊浪的矫健身影，闪耀的阳光下隆起胸脯和肌腱，捞牛杀蟒，举杯豪饮，雄赳赳一条男子汉。镇上那么多男女对他敬重。翠翠早就对他钦佩得有些五体投地了。

她又变得轻盈，脚步伶俐，脸色红润，莫名其妙地微笑，莫名其妙地高兴，干起活儿也分外有劲。她变着花样把饭菜做得喷香，屋子收拾得窗明几净，跑出去看到他们出坡归来的身影，赶紧把茶水泡好，桌椅摆正。晚间洗脚水烧得烫烫，床铺弄得软绵舒服，熏蚊虫的艾蒿也备现成。有几次，她给两人洗衣，不由自主把两种汗味凑到鼻前比较，麻二衣衫散发着一股臭烘烘的烟酒汗味；任义成衣衫却分明有一股浓浓的青年男子的体汗味，翠翠捧着那衣衫，一阵呆痴，竟有些晕眩。

自然，这都是翠翠隐在心头的秘密，没有人知道。她尽量不让人看出来。晚间还跟麻二在一张床上睡觉，任凭他粗手笨脚地纠缠。只是翠翠感到，早先麻二快活，她也有种原始本能的冲动，不由自主搂了那粗壮多肉的男人，一觉睡到天亮，如今，她却有些麻木有些厌烦。麻二折腾时，她脑中老是有另一个男人的影子，有次竟害羞地用手捂了脸面。

“咦，还成个黄花闺女了！”麻二嬉笑着惊叹。

对另一个男人，她把自己的心思紧紧裹住，不流露任何蛛丝马迹。有麻二在跟前时，她对两个男人都一般热情，端茶端饭，缝补衣衫，间或还说笑几句。麻二毫不介意，叮咛翠翠不要怠慢了人家。

若两人单独相处，反而拘谨。翠翠心慌没言少语，情绪影响到任义成。男子汉怏怏，翠翠就愈加尴尬，痛恨自己："他又不是凶鬼恶狼，能吃了自己！"

明明该讲话时，却又如拿钱买货般简单明了。

"把衣衫换下来洗洗。"

"中。"

"热水盛好了洗脚。"

"中。"

"帮我提一下猪食。"

"中。"

"中，中，中"地把翠翠惹冒了火，冲着那五尺高的男子鼻子："啥都是中中的，叫你吞猪食你中不中？"

"中，唉，那哪中啊！"任义成一脸尴尬，不知所措。翠翠这才乐了，竟戳了那男人额头一指头："跟个木头人似的！"

任义成何等人物，怎么会是"木头"？

四

初来乍到，不摸情况，脚跟未稳，咋敢造次！但那眼睛却是滴溜溜转，脑瓜也默默地想，没过多少光景，任义成便把这小镇阅读的清楚明白。

两岸皆是连绵逶迤，波涛一般铺展开去的大山。高远的山巅立着黑压压的老林；近处就悬挂些抹布一般的地块，供养着小镇人的生计。一江河水从秦岭深处流出，日夜喧哗着奔淌。涨水就溢平河两岸，跌水就显出偌大的河滩。飘带般灰白的川陕公路依古栈道旧基沿河筑就，往北翻秦岭可达宝鸡、西安；往南百十里到陕南首府汉中，还可再下四川云贵。交南勾北，还算方便。

小镇倚河靠路筑就，百十户人家，高低参差的青灰瓦屋构成短短一条街市。许是镇后突兀立一石崖，花白钢蓝，形状颇似立马挥戈昂首远眺的将军，将军驿由此得名，一如沿途青羊驿，万年驿，武关河，八里关，想必远古设过驿站。这一带也确辉煌过。崖壁凿下的石洞据说是刘邦当年“明修栈道，暗度陈仓”的遗迹；往上数十里马道驿相传是汉丞相萧何月下追韩信的去处；靠下仅数里的褒姒铺，经考证确认是“一笑千金”的褒姒女故里。这里是自古出美女的地方，无怪任义成多少次看见寻常茅屋突然闪出个身形秀气，眉眼妩媚的女子，见着陌路生客，并不回避，问路答话，落落大方。间或有羞怯者，嫣然一笑，愈加勾魂。

陌路人初去一地，最怕无祖宗血缘关系，联不上宗族，进不了祠堂，平日受气挨欺，遇事没人帮衬，招祸人皆躲远，年节被人冷落，可怜见地。

岂料，这将军驿却又与任义成流落过的许多去处不同。“千里栈道，通于蜀汉。”自古南来北往商旅客贾，流落于此不少。兵荒马乱年间，各省人都进山避难，真个五方杂居，回汉交融。小小将军驿，细查竟有十八省人后裔。祖上做官为宦，朝廷命臣，巨商客贾，学士翰林，青楼名妓，匪类逃犯……都能抖搂出来。就连堂堂贫农代表麻二，也风闻是躲丁避仇来的。至于翠翠，他也偶然听人言及，幼时随母从宁强辗转过来。宁强原为宁羌，羌人居住区域。翠翠身上说不定有远古羌人血缘，无怪眼睛黑亮，鼻梁高挺，看人娇嗔着眸子，让男人抵挡不住热情。

这等杂居去处，最少宗族派系束缚。大家谁也不是正宗主家，来此求财谋生，出门和气为贵。就遇事争执起来，也绝少引起户族宗派纠纷。大家地位平等，利益均占。任义成最喜欢的便是这等去处。

眼下，解放不久，土改镇反完毕。老百姓分得房舍、土地、山场、农具诸物，心情舒畅，兴致正高。除了种地，还依环境习俗干些狩猎、伐薪、烧炭、开店、摆摊兼做小本生意一类营生。鸡啼狗吠，一派升平。

任义成来此不久，便与镇人混熟，多年浪迹江湖，谙熟处世为人之道，通晓些接人待物规矩。况且他又是搏水好汉，打蟒英雄。山地人淳朴厚道，敬他服他。任义成渐渐混熟入乡随俗，除去乡音未改，也与镇上男人一样儿卷大筒兰花烟吸，赤着上身裤腰插把蒲扇在麻石街面蹒跚；也端起老粗碗盛起洋芋疙瘩东邻西舍串门；听到些下流俚语玩笑，一样开怀大笑。如鱼得水，乐哉悠哉。

至于他与翠翠之间萌生的说不明，道不清的关系，本应该十分自然，任其发展，酸甜苦辣，自有其果。岂料，这小小的将军驿庙小神大，池浅鳖多，百人百姓，人心难测，偏有这么一户人家，一对夫妇早就仰起警犬般鼻子，瞪着锥子般眼睛，无时无刻不在关注他们。

可惜，他们自己却还浑然不觉，蒙在鼓里。

（选自《水葬》，中国文联出版公司 1991 年版）

正气歌（节选）

马奇昌

【作者简介】马奇昌，曾用笔名炳煌，原籍河北省武安县（今为市），汉族，年逾花甲。曾在工厂当装卸工和烧炉工十年，又在医院工作十年，20世纪80年代开始创作，现为中国作家协会会员、西安市作家协会副主席、西安市作家协会小说委员会主任、西安市文联委员。1994年获西安市第六届文学奖，1999年因创作成绩突出得到西安市委宣传部嘉奖，2000年长篇现代小说《古城岁月》获陕西省作协首届吉元文学奖，2002年长篇历史小说《正气歌》参评第六届茅盾文学奖，2006年《正气歌》获西安市第五届精神文明建设五个一工程奖（以上作品均以笔名炳煌发表）。

2014年出版长篇现代小说《铸剑为犁》。

第六十一章

崖山处在空前的激烈战斗之中。今天是二月初四。自从正月十三张弘范进攻崖山以来，战火几乎没有平息过。二月初二，张世杰派船攻打元军，没有得手。这时，各种不利于宋军的消息接踵而至：李恒率援兵到达，宋军淡水供应已被完全切断，山上储备的淡水早已用尽，士兵们只好喝海水，又咸又腥的海水喝下去后引起呕吐，士兵的战斗力大为降低。

此刻，张世杰和苏刘义站在船头上，遥望着大海。无边无际的海洋看起来是那样的平静，蔚蓝色的海面竖立着雄伟的船舰，像是一座座高楼，又仿佛如庄子笔下的垂天之翼。海风吹过来了，清冷的海波在摇晃，吹起了一望无际的粼波。水涨水落，鸟翔鸟飞。太阳悬挂在半空，从穹苍直落下来的阳光把海水照得金光灿烂。风紧了，滚滚波涛一浪高过一浪，撞击到礁石上，卷起万堆雪花。张世杰遥望着深邃的碧空，心情格外沉重。细小的皱纹爬满了他的眼角，瘦削的下巴上，飘拂着灰黄的胡须。他的面容清癯，只有炯炯的双眼透出一股坚毅的神气。片刻之后，他对苏刘义说："苏老将军，你看敌兵何时会发起进攻?"

苏刘义比张世杰年龄大得多，已然须发皆白。他对于驻扎在崖山一事一直不同意。他的性情急躁，此刻听了张世杰的问话，瓮声瓮气地说："我兵聚集海上，被敌围困，主动权操之敌手，敌何时攻打，均由彼决之，岂由我哉?"

张世杰听出了苏刘义的牢骚，他的脸色更沉重了。他原也不想久驻崖山，只是由于宋军的正规部队加上民兵约有二十余万，在海上漂来荡去，他担心时间长了军心会不稳。要知道，这可是大宋王朝的最后一支力量了。还有一层，皇上年纪幼小，他怕皇上受不了风浪颠簸，景炎帝就是这样死掉的，当今祥兴帝可是宋度宗最后一个儿子了，倘若再有个三长两短，就没有皇上了。这些事情，张世杰不能不考虑，他也有不得已的苦衷。他面色凝重地说："吾料敌将二三日内必大举来犯，当先谋划之。少时我等到皇上驾前与陆丞相共商良策。"

苏刘义刚应了一个"是"字，张世杰的亲兵来报，说是他的外甥韩云求见。

张世杰一听，勃然大怒道："这个狗奴才，已来崖山两次，我告诫他，再来必死，莫非他真不怕死么? 哼哼，不怕死投降做甚?"

亲兵又禀报道："他说是有要事要报知国公大人。"

苏刘义插话道："不妨一见，看他狗嘴里吐什么象牙。"

张世杰略作沉吟，便命亲兵将韩云带上来。

韩云胆战心惊地走进帅船，一见到张世杰，腿肚子便觉发软，"扑通"一声跪倒，口称："外甥韩云叩见舅父大人。"

张世杰冷冷道："怎么你又来了？"

韩云怯懦地说："外甥此番是来……来孝敬舅父大人的。"

张世杰觉得可笑："你孝敬我什么？"

韩云连忙取出一个木匣，打开以后，看着张世杰的脸色，小声地说："舅父大人请看。"

张世杰等人望去，见是一个笔格，一个玉盘和玉杯。他问道："此为何物？"

韩云见张世杰没有愠色，心想："我这舅舅果然酷爱宝物。"于是放大了胆说："禀舅父，此乃米芾所用之笔格，舅父请看。"他双手奉上。

张世杰接过来细看，见是用灵璧石做成的笔格，长仅六寸，高有三寸，玲珑秀润。上面雕刻着山水平沙，栩栩如生。峰之顶巅有一块白玉，温润可爱。石背面刻有："山高月小，水落石出。宣和御笔。"他脱口说道："这是徽宗御笔。"

韩云连忙道："正是、正是。"他又取过玉盘和玉杯，讨好地说："舅父大人，提起这盘杯，还有一段故事。"

张世杰问："有何故事？"

韩云此时胆大了，腿肚子停止了哆嗦，侃侃而谈："宋朝文庄章公一日宴请同僚。公出所藏玉杯侑酒，色如虹，时所罕见，坐客皆夸赏之。大臣宇文挺臣忽微笑道：'异哉。先父曾出使金邦，于途中获玉盘，直径七寸余，莹洁无瑕，识者知此为南渡以前宣和殿古物，遂秘藏不示于人。今观玉杯与盘色泽极为近似，甚为诧异。'坐客闻言，都想一睹，于是催促他去取来。取来之后，发现二者制作无毫发异。原来这是一块玉料做成二物，原是一对。众人惊诧不已。文庄章公举杯以赠挺臣，而挺臣亦举盘赠公，二人相让久之不决。一臣僚在旁说：'以盘盛杯，为顺事，不得辞也。'于是文庄章公谢而藏之，另以他物赠挺臣，此传为一段佳话。以后元兵攻进闽广，获得此物。外甥特来送与舅父大人。"

张世杰摩挲着这几件东西，微笑道："谅你也无法获取此物，可是张弘范派你送来的？"

韩云看着张世杰的脸色，小心地答道："舅父英明，一语说中。确是张元帅派我送来的。"

张世杰眉毛上挑说："恐怕还不止这两件吧？"

韩云忙说："还有张元帅亲笔书信一封，舅父请看。"他从怀中取出，双手奉上。

张世杰点着头道："这就是了。"他打开信，只见上面写道：

大元蒙古汉军都元帅张弘范致越国公张世杰：弘范与公原本世交，今浮槎到此，临风怅望，不胜怀念之至。孰料兵戎相交，殊为痛心。公若能提兵来归，则弘范上奏天子，必富且贵。公归，残宋可平，公之勋位，当在弘范之上。望公三思。余言不尽，嘱令甥代为达之。弘范敬书。

张世杰将书信放下，淡淡地说道："你还有什么话？"

韩云见张世杰不曾动怒，于是将在路上不知想了多少遍的话大胆说出来："舅父，有道是识时务者为俊杰。你为宋朝出力不能算小，平心而论，也对得起越国公这个封赏了。而今天下大势已然明朗，元必兴，宋必亡，此一定之理，无论何人均不可挽回。文天祥不也成了俘虏。舅父啊，像我这种人都当了千户，舅父如归大元，封侯拜相，简直如同囊中取物。吕文焕、范文虎、夏贵哪一个不是勋爵显世？张弘范元帅说了，你若归顺，他保你三个字：'富而贵'。舅父，我真不明白，你为什么还要如此固执。"说到这里，他停顿了一下，偷眼看了看张世杰的脸色。

张世杰面无表情地说："还有什么，你一并讲来。"

韩云又说道："人生几何？舅父已是这把年纪，再不为自己想想，后悔就来不及了。我自小蒙舅父垂爱，所以敢大胆说出心中话来，舅父三思。"

张世杰笑道："你这番言语，也不能说没有一点不对……"

韩云一喜："舅父今番真听外甥的了？"

苏刘义瞪圆了眼："越国公莫非要……"

张世杰打断了他们的话说：“少安勿躁，且待我讲完。吾若降元，不仅可以保全性命，而且诚如张弘范所言，还有一场富贵。此吾深知之也。”说到这里，他的脸色骤然一变，凛然道：“然而义不能移也。韩云：你啰嗦了半天，舅父也来教训教训你。历朝皆有小人，然忠臣君子更多。商有比干，剖心而死；汉有张良，博浪一椎，名扬千古；诸葛亮鞠躬尽瘁，死而后已，足为万世楷模；关云长义薄云天；姜维为汉室江山，心机用尽，虽死不悔；许远、张巡守睢阳，力抗叛兵而就义；颜真卿不屈而死；杨继业百代景仰；本朝之岳飞，更为千古一人；韩世忠、刘琦、吴玠、吴璘，谁人不敬？历代忠良甚多，我也不能一一给你列举，但即便说尽忠良感天动地之事，也休想打动你的富贵心肠。”说到这里，他的面部表情变得更加严峻，“你几番前来鼓噪弄舌，以汉人身份而为敌张目，是可忍孰不可忍？我看在死去的姐姐份上，几次放你，你却执迷不悟，大战前夕又来惑我军心，今番饶你不得了。”张世杰深深地叹了一口气：“你还有何言语，从速留下——劝降的话儿就别说了。”

韩云听罢，虽然天气尚寒，却已浑身大汗淋漓，不由得瘫倒在地，一把鼻涕一把泪地哭喊道：“舅父、舅父，别杀我，别杀我！我也不想来，是张弘范，不，是胡虏逼我来的。”

张世杰痛心地说：“你这卑鄙龌龊的东西，为何不去死？吾张家颜面俱被你丢尽？”

韩云爬到张世杰脚下，面无人色地说：“舅父，人谁不怕死？我也一样啊！”他抱着张世杰的腿，苦苦哀求道：“我母亲曾将你抚育长大，看在她老人家分上，留下我这条狗命吧！”

张世杰凄婉地说：“正是看吾姐之面，我才几番饶你，但今日饶你不得了。我要将你正法，昭示天下，以戒来者。”他流着泪，哽咽地说：“姐姐，你在天之灵，饶恕小弟也罢，不饶恕也罢，小弟都顾不得了。小弟今日要得罪你，养育之恩，小弟来世再报；杀子之恨，小弟来世领责。”说罢，他向空中深深一揖。而后转过身来，暴喝一声：“苏刘义听令！”

苏刘义凛然道：“末将在。”

张世杰切齿道：“将叛贼韩云正法。”

苏刘义一把揪起软成一摊的韩云，就向外拖。

张世杰忽然说道：“且慢。”

韩云以为张世杰回心转意了，连忙鼓起力气，大叫：“舅舅饶我！”

张世杰对苏刘义说：“不可杀在崖山。”

苏刘义不解地望着张世杰，说：“这……”

张世杰愤愤地说：“崖山，吾大宋国土也，不能容彼玷污。”

苏刘义迷惑道：“这却又该如何处置？”

张世杰厉声道：“将其沉于海中。”

苏刘义闻言，立即和几名士兵将韩云拖到岸边，沉于海中。然后，指着韩云带来的礼物说：“这几件东西，是否交给二位夫人收藏？”

原来，张世杰有两个爱姬，人品极为出众，张世杰所爱之物，均由她二人保管。

张世杰摇摇头说：“不必了。来日大战元兵，就赏给有功将士吧。”

说完，他和苏刘义急匆匆地赶到御舟去参加会议。

第六十二章

在祥兴帝的御舟里，小皇帝赵昺端坐在一张赶制的“御案”后面。尽管诸事简略，但他身上穿的仍是一件只有他才能穿的赭黄小龙袍。御座一侧，象征性地挂了一幅珠帘，杨太后坐在里面。以左丞相陆秀夫为首的文武百官——当然现在只有几十名了，已经聚集在这里。大家的心情都很沉重。人人心里都明白，这是关乎宋王朝命运的最后一战了。

张世杰和苏刘义急匆匆登上了御舟，向杨太后和皇帝行过了礼。杨太后首先忧虑地问道：“越国公，闻听李恒援兵已到，我军近日战况如何？”

张世杰俯身奏道：“太后，本月初李恒率大批水军赶赴崖山，敌虏气焰嚣张。太后勿忧，我军士气高涨，老臣拼着这腔热血，也要力保大宋。”

杨太后听了，面上露出一丝欣慰。实际上，她的内心异常忧虑。在宋度宗诸多的妃嫔中，她的性格比较刚强。尤其是在目睹了文天祥、张世杰、陆秀夫等人的作为之后，更增添了她的勇气。她原本不甚受宋度宗的恩宠，只因生了个皇子，才当上了后妃。她做梦也没有想到，今日的局面要她出头维持。虽然实际上她可以不操心，但她心头雪亮，是她和小皇帝在保持着这个名分。在封建社会，皇室的血统、名分是神圣的，杨太后明了自己的职责。她暗自下定决心，坚决不向敌人投降。必要的话，她宁可蹈海而死，追随先帝于地下。

此刻，她缓缓地说："自信国公文天祥被俘，我朝栋梁，仅有卿与诸公耳。卿掌兵权，崖山之战，我朝命运，尽付将军之手，将军之责重矣。"

张世杰激动地说："老臣纵粉身碎骨，也要誓报国恩。"

左丞相陆秀夫心情格外沉重。他今年四十一岁，比张世杰年龄小，但两鬓几乎和张世杰一样，已然变白。连年战争，使得他这个文人对军事也逐渐熟悉了。他看得很清楚，这是一场前所未有的激烈战斗，而且吉凶难卜，甚至可以说凶大于吉。他并不畏死，但他深恐亡国。他尽力压抑着满腹的忧虑，对杨太后和皇帝说："越国公久历戎行，臣料其必有胜算在握，请太后、圣上不必过虑。"

礼部侍郎邓光荐说："元兵已断我淡水之源，三军唯有饮海水，且粮食也将断绝，此不可不虑也。"

他的话倒提醒了小皇帝赵昺。淡水虽然已断，但毕竟还储藏了少许，这是专门供应给杨太后、皇帝和诸大臣的。自然，要节约用水，现在一滴水比一滴油贵重得多了。赵昺早就感到口渴了，只是看到满舟的人都面色异常沉重，他就没敢说什么。开春后，他已经九岁了。陆秀夫给他讲了不少大道理，举了历史上许多名人的事例，什么文景之治、甘罗十二拜相、孔融让梨、司马光砸缸、光武中兴等等，勉励他要做个中兴之主。赵昺虽然年幼，但他目睹了国破家亡，幼小的心里也想按照陆丞相说的去做，故而口渴了半天，仍端坐于御舟之上，坚持不动。可这会儿听邓光荐一提水，他顿时觉得忍受不住了，于是轻声说道："我……朕要饮水。"

杨太后叹了一口气，吩咐人给小皇帝端上一杯茶，同时又命人给每位大臣都送上一杯。当宫女要给她倒茶时，被她摇摇手制止了。

赵昺端起茶杯，本想一饮而尽，可是又想起陆秀夫的教导，为人君者须气度雍容，于是面无表情地小口啜饮。

陆秀夫虽然端茶在手，却一直注视着皇帝。看到皇帝从容不迫的神情时，他心中大为感奋："圣主，真是一代圣主，大宋有望矣。"

喝完了茶，一位大臣忍不住道："越国公，敌虏势大，人皆知之，不知越国公以何策破敌？"

张世杰胸有成竹地答道："此事吾已筹之久矣。太后、皇上，诸位大臣：崖山潮水，一日两涨两退，晨涨午退，午后涨黄昏退。臣于正月十三与元兵鏖战至今日，已二十余天，深知敌皆是清晨即来攻，至午时潮落，敌亦随潮而退。来日决战，老臣当抽调精锐淮兵，俟潮退元兵后撤之时，由老臣亲自率领，顺潮攻击，敌虽欲反扑，亦难矣。当此之时，如有畏缩不前者，臣力斩之。"

张世杰一边说，众人一边点头。等他说完，众人不禁交口称赞："好计，确是好计。"

杨太后喜形于色地说："卿在海上与敌大战二十日，人不卸甲，夜不安眠，真亘古少见之忠臣也。"

张世杰道："此臣子应尽之责也。噢，臣还有一无底船之计，可以诱敌而歼之。"

邓光荐饶有兴致地问："越国公，何为无底船之计？"

张世杰笑而不答。

陆秀夫说："邓大人，此乃军机重事，不必多问了。"

张世杰又说："臣已派心腹之人，潜上岸去，购买粮食，这几日内即可返回。"

众人听了，都觉欢欣鼓舞。陆秀夫心思缜密，他考虑了好一阵，终于说道："越国公之计虽好，然战场之上，瞬息万变，倘万一不遂人愿，又该如何？"

张世杰巡视众人一遍道："陆丞相之言，并非杞人忧天。此一层，吾也反复思之。想我张世杰，原在张弘范之父张柔手下为将，屡次劝张柔回归本朝，张柔不允，我只好一人潜逃回来。中华，吾父母之邦也。

依旧例，来归人不得授以高官，今蒙两宫恩赏，封世杰越国公、太子少保，位极人臣，又掌兵权，此天高地厚之恩，世杰粉身碎骨亦难报也。更有一层，我父母之邦遭敌蹂躏，世杰无日不痛恨于心。诸位恐有不知，世杰夜半醒来，每思此事，辄流涕不能禁也。”说到这里，张世杰的眼中闪动着泪花，声音微微发颤地说：“万一事不济，世杰将力保二宫杀出重围，以求再起。”

陆秀夫紧问一句道：“倘若难出重围，又该当如何？”

张世杰凛然道：“世杰宁做断头将军，决不苟活。”

陆秀夫想了想，又说：“然则两军激战，炮火连天，前方战事如何，两宫如何得知？”

张世杰道：“倘奏捷音，世杰即遣苏老将军前来报捷。”

陆秀夫又道：“倘万一失利呢？”

张世杰道：“倘天不佑我，军前失利，老臣有沉香一炷，重数百斤，燃之其烟直立而不灭。两宫倘见此烟，则可知失利矣，或发援兵，或突围，勿中敌计。”

一直没有说话的苏刘义一捋花白的胡须，奋然说道：“老夫这把骨头，都交与崖山之战了。”

张世杰等人的慷慨陈词，更加激发了大臣们的一腔热忱。这些人都是宋王朝的忠贞之士，现在，他们个个抱定了拼死一战的决心。

杨太后见再无他事，遂传旨退朝。张世杰等人退下，陆秀夫没有走，他拿着书准备继续给皇帝讲课。但九岁的赵昺今天不想听课了，不过他毕竟还是个小孩子，不敢给陆秀夫说，便跳下御座，跑到杨太后跟前撒娇说：“母后，我今天不想听课了，我要玩。”

赵昺乃度宗的嫔妃俞妃所生，长得很像他爷爷，即度宗之父理宗。杨太后把赵昺看成是赵家的最后一块骨肉，非常疼爱他，听了这话，就转向陆秀夫说：“陆丞相，今日可否让皇上稍微闲暇？”

陆秀夫虽然心中不愿意，但见太后已有允意，也只好答应了。然而他不走，他要看皇帝玩些什么，那些不合圣贤之道的玩意儿他是坚决不允许的。

杨太后抚摸着赵昺问：“儿啊，你要玩什么？”

赵昺歪着头想了一会儿说："我要看皮影戏。"

相传皮影产生于汉代。汉武帝之妃李夫人死后，汉武帝很想念她，有人便用皮影做成李夫人形象给他看。到了唐代，皮影戏更流行，但最兴盛的时期还是宋代，连军队中都有皮影艺人。那时是由一人表演。随着战事的扩大，有些艺人留在陕西、四川、河北等地，这些地方的皮影戏就流传了下来。

陆秀夫一听皇上要看皮影戏，灵机一动，觉得教育的机会到了。他立刻说道："启奏皇上，皮影戏中有杨继业、岳飞之故事，此皆我朝忠贞之士，皇上可以御览。"

赵昺不管什么杨继业、岳飞，只要有看的就行。小孩子最喜欢皮影戏。陆秀夫立即命人传皮影艺人前来，给皇帝表演，他则坐在一旁，不厌其烦地给皇上仔细讲解剧情。他想："这个办法倒也不错，寓教于乐。"

第六十三章

二月初六日，一场空前惨烈的战斗开始了。

清晨，空中灰蒙蒙的一片，云层积压得极厚，太阳深深地躲藏在里面。深蓝色的海水摇荡起伏，散发出它特有的腥味。弥天大雾笼罩着整个海面，给人一股苍茫悲凉的感觉。风吹过来了，雾开始消退。宋、元两军的船舰对峙着，先是元军响起了鼓声，鼓声里夹杂着中原人所称的胡音。随之宋军也响起了激昂的鼓声，仿佛在告诉世人：今天，这是一场不平凡的、决定命运的战争……

张弘范从南面进攻，李恒从北面进攻。李恒早已截断了宋军的淡水通道。此刻，他按照预定计划，督促水军向宋兵的楼船城栅驶去。他亲自立在最前面的船头上，迎着强劲的海风，心中异常兴奋，暗自思道："今日一战，定要把官职再升一级。"

宋军的战船连成了一片，四面通行无阻。张世杰为防万一，又派了一百艘小船，在城栅以内游弋，以做报信之用。天还没有亮的时候，有人劝他赶快主动出击。张世杰因为派人秘密携银上岸买粮，还未回来，就拒绝了。他慨然说道：“淡水已断，倘粮食再不继，三军何以能战？我兵若动，买粮之人必难以登舟，弃之而去，以后何以用人？”遂决计不动。所幸买粮的船队在两军开战前终于回来了，张世杰立刻传令出击。

老将苏刘义守北面，当李恒的船舰驶近时，他对身边的将士说：“此必是李恒无疑。久闻此人凶悍异常，今日叫他知道老夫的手段。”遂下令出战。

万顷碧波，滔滔涌动，双方的船舰逐渐接近了。先是万箭齐发，空中似下了一场箭雨，双方都有人负伤、死亡。继而，苏刘义和李恒的战舰接近了。李恒命人大喊：“苏刘义若降，不失封侯之位。”

苏刘义听到后大怒。他的性情急躁，原是出了名的，年纪越大，脾气越躁，和文天祥还争执过几次。当杜浒初到达崖山时，他怀疑杜浒是奸细，主张杀了，所幸被张世杰和陈宜中所阻。此刻他虬髯怒张，手提一杆长枪，待到两船靠近时，一阵拼杀，将几名元兵挑下海去。李恒见状，暗想：“人都说这老头儿十分骁勇，今日一见，果不其然，须要先杀了他。”于是取出弓箭，暗暗瞅准苏刘义，一箭射去，正中苏刘义的左臂。

苏刘义猝不及防中了一箭，宋军将士见了，有些发慌。苏刘义圆睁双目，暴喝道：“谁敢退走，立即诛杀。”他忍着痛拔出了箭，来不及裹扎，趁着两条船靠拢在一起时，一个飞纵跳到李恒船上，抡枪就刺李恒。宋军将士见了，士气登时大振，纷纷抢到李恒船上，双方展开了拼死搏斗。

李恒想不到苏刘义如此骁勇，吃了一惊。但他也是久经战阵的人了，立刻挺刀来战苏刘义，同时口中大喊着：“杀？杀？”元兵见主帅如此，勇气倍增，呐喊着冲上。

宋、元的其余船舰也混战在一起，顷刻之间，海面上杀声震天。滔滔的海水似乎也被这凶险的战斗所吓倒，静静地流淌，不敢发出以往的咆哮声。

宋朝发明了火药，应用到军事上，已经是冷热兵器并用了。特别是到了南宋中、后期，成批生产的火药武器，已在宋军兵器中占有相当的比重。火药兵器不仅应用于陆战，也应用于水战。北宋仁宗时编撰的《武经总要》记载了三种火药配方，以及火箭、火炮、蒺藜火球、毒药烟球等火器的做法和用途等。宋神宗时，边防军已大量配备火药箭。南宋军队配备的火药兵器，数以万或十万计，有火箭、火枪、突火枪、铁火炮、霹雳炮等。张世杰到崖山后，赶制了一批火药武器。当然，元军也装备有火药武器。

此时，宋元两军互相开火，一刹那间，海面上浓烟滚滚，遮天蔽日。呐喊声、呻吟声、兵器的格斗声构成了一曲战争之音。一条船舰沉没了，又一条沉没了，海面上漂浮着一具具尸体。

两军的炮火都没有打到李恒的船上，这是因为双方的主将都在其上，元军只是不断地向李恒的船上派遣援兵。苏刘义虽然在和李恒格斗，但他不时地观察着海上的动静。他发现，元军的攻势已经被有效地遏制住了。但他同时也敏锐地觉察到宋军的炮火有所稀落，这说明火药武器已不多了。眼看着船上的元兵越来越多，他不由得在心里骂了一句："狗娘养的李恒，今日算是便宜了你。"他决定将宋舰驶入寨栅内以作补充。这时，元舰看到取胜无望，已经开始撤退。苏刘义也跳下李恒的船舰，指挥着宋军，目睹元军尽退，才缓缓驶回寨栅。然后，命人飞速将战况报告给杨太后、皇上和张世杰。

第六十四章

这天清晨，陆秀夫、邓光荐早早就登上了御舟。他们很清楚，今日之战，将是决定行朝命运的战斗。杨太后问还要不要给皇上讲课，陆秀夫郑重其事地说："古人云：朝闻夕死，圣人之言，岂可以不遵乎？"他打开自己手书的《大学》，认真地给皇上讲起来。当两军厮杀声远远地传来时，杨太后有些坐不住了，小皇帝也频频东张西望。陆秀夫见状，恳切地说道："道也者，不可须臾离也。天子，万民之楷模，虽泰山崩于前，而无动于衷。今将士战于碧波，皇上宜处变不惊，安居如常。如此，则三军不乱，百代之后，会盛赞陛下英明深沉。"

他这些话，小皇帝似懂非懂，想了一下，还是不懂。倒是杨太后听明白了，叫小皇帝安下心来，听陆丞相讲课。她自己首先以身作则，外表竭力保持平静，尽管她内心非常焦急，想知道战况。

陆秀夫从容地讲完了课，对皇帝说："陛下可以稍息。"

小皇帝一听，非常高兴。看皮影戏的情景还深刻地留在他的记忆中，他脱口而出："我要看皮影戏，岳飞大战朱仙镇。"

不待杨太后答话，陆秀夫立刻摇头，正色道："今日断乎不可。今日何日？三军将士浴血奋战，而陛下尚自嬉戏，非但寒将士之心，且有累圣德。"

小皇帝茫然道："那、那我干什么？"

陆秀夫道："臣早已思之。"他命人将御座搬到前舱，请小皇帝坐上去，又张开黄罗伞，恳切地说："昔日真宗征辽，于澶渊城北树黄罗伞，安坐城头，三军见之大呼万岁，士气高涨，击退强敌，国赖以安。真宗，陛下之祖也。今日陛下宜效法祖先，坐于前舱，将士必大为感奋，破敌必矣。"

其实，宋真宗征辽，是在贤相寇准的促使下不得已而为之，而这位皇帝订的澶渊之盟，是以岁币换取苟安。陆秀夫当然不能讲这些"大逆不道"的话。小皇帝不明就里，但是让他坐到舱头看看风景，他还是非常高兴的，于是他欣然就坐。果然，宋军望见黄罗伞，大呼万岁。杨太后高兴地说："武有张世杰，文有陆秀夫，吾儿无虞矣。"

一阵海风吹过来，小皇帝打了个激灵。陆秀夫赶忙进舱，取出一件赭黄外衣，披在小皇帝身上。小皇帝回过头来，天真地问："陆丞相，你也冷吧？快去披件衣裳。"

一句简单的话，顿时令陆秀夫泪水盈眶。他竭力控制着自己的情绪，哽咽地说："臣不冷。臣愿圣上以怜臣之心，扩至四海，则陛下之仁必令万民感戴。"

当苏刘义和李恒激战时，杜浒有些担心地问张世杰，要不要去增援苏刘义？张世杰断然地摇摇头说："苏老将军退敌必矣。我料张弘范定会率军前来攻我，汝等宜速为之备。"他的话音刚落，元军的鼓声即起，帅舰上竖着一面"张"字大旗，在这面大旗的指引下，元军船舰很快地驶来。张世杰立即对杜浒下令："杜将军速率无底船出迎。"

杜浒奉命，率百余艘船出击。

张弘范和副元帅蒙古人庞钞儿赤立在舰面上。见宋军驶出了百余艘船，庞钞儿赤哈哈大笑道："不堪一击。"他对张弘范说："请元帅下令，歼敌夺船，打张世杰一个下马威。"

张弘范虽然觉得宋军只有百余艘船出击，有些奇怪，但他仔细看了看，发现并无异常之处，于是点点头，下令出战，于是一百多艘巨大的元军战舰驶向宋军。两军靠近之时，只见宋舰中插着旗帜，军士立在两舷，元兵一声令下，皆跳入宋舰中，意欲杀人抢船。奇怪的是，宋军士兵并不反击，任凭他们跳入。更令人惊奇的是，这些元兵跳入之后，一个个再未露面，连喊杀声、刀剑撞击声也没有。此时双方鼓声已停，海面上一片静悄悄，哪里像是在进行一场战争，碧波荡漾之中，倒像是驾船闲游。

张弘范心中诧异，他仔细观察海面，发现有元兵尸体浮上来，越来越多，他心中恍然大悟，气急败坏地叫道："退兵、快退兵。"

庞钞儿赤不解地问他："却是何故？"

张弘范以手指道："宋船必无底，观其军士立于两舷则可知之。船中插旗帜乃诱我耳，我兵跳入，即溺海死。快收兵、快收兵。"

这一战，元军死了数千人。苏刘义张世杰的捷报先后到达御舟，杨太后等人欢喜得了不得，连小皇帝也认为这和他坐镇船头有关系，于是在撒了泡尿之后，继续振作精神，坐在船头，饶有兴致地望着海面。

张弘范望着海面上漂浮的元兵尸体，异常愤怒。他看天色尚早，决心要在潮落之前再发动一次进攻。这次他和庞钞儿赤亲自上阵，几百艘元军舰只紧随其后。到了宋军寨栅前面，张弘范下令开炮，一时间，海面上笼罩着呛人的硝烟味，火炮频频地落入宋军，半空中划过一道又一道耀眼的光芒，张世杰也下令开炮还击。顷刻之间，天被烧成了一片红色，大海似乎也被震撼了，金波闪烁，激起了一个又一个波澜。海浪翻卷，喊杀声、炮火声惊天动地，足足打了一个时辰。等到两军炮火都平息下来时，张世杰一声令下，打开栅门出战。他屹立在帅舰之上，手执长枪，命令士兵径直驶向张弘范的船舰。两船渐渐靠近，人影也变得清晰起来。张世杰大喝道：“逆贼张弘范，吾今日特来杀汝！”

张弘范闻言，也大叫道：“张世伯，你还是降了吧！”

张世杰怒发冲冠，吼道：“叛贼，为虎作伥，引狼入室，还有何面目在此多言。”

张弘范也动了气，破口大骂道：“尔原是我父手下一名将佐，如同家奴耳，岂敢与我说长道短？”

张世杰目眦尽裂，提枪便刺。他二人的船舰高低仿佛，张弘范也抡枪抵挡。两军将佐，一拥而上，展开了一场激烈的混战。

张世杰几次险些刺中张弘范，都被庞钞儿赤在一旁解围，使张弘范化险为夷。张世杰愈加愤怒，把一杆枪抡得像风车一般，东刺西戳，元兵挡者披靡。激战之中，他发现枪尖钝了，于是把枪一丢，厉声喝道：“枪来？”紧紧跟随他的亲兵立即递上一支枪。一个时辰的混战，张世杰竟换了五支枪。他清楚，今日是关乎行朝命运的决定性战役，他要给将士们做个榜样，纵然战死，也要争取胜利。宋兵在他的激励之下，人人奋勇，个个争先，有人负了伤也坚持死战不退，元兵渐渐地有些抵挡不住了。

张弘范一生经历了不少恶战，但像今天这样激烈的战斗还是头一次遇到。他暗暗对张世杰生出几分敬意。眼看中午已到，他估计要退潮了，决定暂且退兵，到午后潮涨时再进兵，遂传令收兵。随着一阵锣声响起，元军开始后撤了。

张世杰虽然在拼死作战，却一直在注意着时辰。此刻眼看中午已到，元兵后撤，他不由得大喜，传令江淮水军立刻出击。宋时江淮水军是精锐之师，张世杰麾下的这支队伍虽然人数不多，却勇猛能战。他为了把这股兵力用在刀刃上，特地让江淮水军一直待在寨栅内，没有参加刚才的战斗。接到他的命令，江淮水军挂满了帆，快速向元军驶去。古时候，中国的帆不同于西方的帆。西方的帆是用布制作的，使用时费时费力。中国的帆是用草席编的，又用竹子加固，需要几道做几道，还可以卷固，有方形、梯形等，又称之为硬帆。这一技术后被葡萄牙人学去。宋元时期的造船术已经相当发达了，当时所造的船下侧如刃，便于破浪。船上设备齐全，可用于抛泊、驾驶、起旋、转帆和测深等方面。至于水密隔舱则早在唐代就发明了，一舱进水流不到二舱。宋代的船上还有平衡舵、关门舵，并使用了称为“转轴”的桅杆，大大增强了战胜逆风恶浪的能力，这种海船在当时的世界上是最先进的。还有一种船叫做车船，用翼轮激水行驶。每一双翼轮贯轴一根，谓之一“车”。轴上设踏板，供人踩踏。当时曾出现三四十车的大船。车船航行快速，但不能用于长期航海。后来又发展了车桨并用且可随时装卸的新技术。宋元两军为了这次作战，都费尽了心机，准备了许多先进的船只。张世杰命令江淮兵出击乘坐的就是“车船”，目的是想利用它的速度阻击敌舰，聚歼元兵。

张弘范突见宋军水寨栅门大开，冲出一队宋军，皆乘小船，乘风破浪，航行极快，他顿时醒悟，不由得顿足道：“快撤、快撤。”此时他把希望寄托在潮水上，想乘着潮落赶快退回去。

眨眼之间，江淮水军已冲到元军的船舰前面，张世杰亲自督促大军在后接应。

说也奇怪，平时潮涨潮落都很准时，唯独今天，没有一点潮落的迹象。庞钞儿赤眼望着碧波无垠，微风习习，不由得向天祷告道：“苍天佑我大元，潮水速退、速退。”

元兵骤遇此生力军，不由得乱成一团，不少人被箭射、枪挑，落到了海里。

庞钞儿赤太息一声道：“今番休矣。”他对张弘范说：“元帅速乘小船上岸，待我在此阻挡宋兵。”

一直铁青着脸的张弘范大喝一声，拔出长剑。他厉声说：“潮水不落，我军虽欲退而不能。若想死里求生，唯有杀退宋兵，舍此再无良策。兵法云：置之死地而后生，安知今日不是天助我也?”说罢，他不顾飞蝗般的箭雨，命令船只加速向宋军冲击。元兵目睹退兵已无可能，又见主帅如此英勇，登时士气高涨，纷纷驶船冲向宋兵，意欲拼命。宋军没料到元军突然猛烈反攻，加之潮水非但不退，反而猛涨，元军船舰又高大，把江淮水军的“车船”撞得七零八落，落水死者不可数计。张弘范身先士卒，不要命地拼杀，宋军抵挡不住，纷纷后退。张世杰虽竭力抵挡，也阻止不住元军的凌厉攻势。他长叹一声，传令收兵。宋军残存的船舰驶回栅寨，来不及撤回的都被元军俘虏。

这一仗，元军大胜。张弘范见士气高涨，决意今日里要尽歼宋军。他命令部下就食，又令岸上的元兵迅速增援。元军欢欣鼓舞，取出干粮、肉干、淡水，大啖起来。

张世杰站立在帅舰上，遥望元兵不断地增援，回头再看看宋军，死伤枕藉。他凝神伫听，北面杀声又起，还夹杂着零星炮火声。他知道，苏刘义和李恒又展开了战斗。杜浒见张世杰神色黯然，遂劝他道："越国公，我兵还可一战，不必太伤感了。"

张世杰一语不发。他明白，形势更危急了。他遥望四面海水，与天连接，海水翻滚撞击，溅起千堆万堆浪花，挟着汹涌澎湃的气势，一泻而去。海面在躁动，似乎要发泄它内心的愤怒；海水在呜咽，仿佛为阵亡的将士而哀悼。敌我双方的桅樯在摇动，约有两千艘之多，桅杆密密麻麻地竖立着。天上的云层仍是那么厚，蒙上了一层凄凉的色彩。几只海鸟远远地徘徊在水面上，渐渐地飞不见了。崖山层峦叠嶂，静谧安详，它似乎一点都没有觉察到身边战争的残酷。张世杰仰望苍茫天地，俯瞰江水奔腾，再听风浪灌耳，目睹自己须发苍苍，不禁悲从中来，长叹道："老夫百战余生，今日要捐躯此处了。"他传令三军速速就食，以备再战。

军士们取出了干粮。可怜崖山淡水断绝已有半月多了，只能喝海水。张世杰虽然还能喝到淡水，但他今天为了表示要与士卒同甘共苦，拒绝了亲兵递上的淡水，吩咐给他也端海水来。亲兵无法，只好给他端来了一碗煮过的海水。张世杰抓起一大块肉，三两下就咽了下去，又吃了半块饼。打了一上午的仗，已使他汗透重铠，此刻又吃了这些东西，喉咙内干燥得发疼，眼前别说是海水，就是毒酒也诱惑得人们要去喝。张世杰端起碗来，刚咽了一口，干燥的口腔、舌头、喉管如同灌满了盐，感觉不到清凉，只是火辣辣地痛。张世杰告诉自己："三军尽饮此物，你为何饮不得？喝喝喝，喝下去。"他憋住气，"咕咚咕咚"一饮而尽，浓烈的咸味刺激得他一阵咳嗽，发散着腥味的海水在他腹内激荡翻滚，直往上冲。他努力沉住气，向下压抑，压了一阵子，腹痛越来越猛烈。终于，他忍不住了，快步走到舷梯旁，俯下身，张开口，“哇”的一声吐出来。腹内吐净了，他才觉着舒畅一些。他抬起头来，望望四周，发觉许多宋兵都和他一样在呕吐。张世杰在心里叹息了一声，他知道，半个多月来，宋兵就是这样度过的。他迈着沉重的步伐，走到舱面上，用嘶哑的声音说道：“将士们、弟兄们……”说到这里，他的鼻头发酸。猛然间，他向士兵们深深鞠了一个躬。宋兵不禁一阵哗然，随即安静下来。因为张世杰平素治军颇严，给士兵们行礼，那是从来没有的事，今天怎么了？

张世杰的声调带有几分悲壮：“本帅无能，致使三军受累。自正月十三至今，连日作战，三军将士吞干粮、饮海水，而始终不散，何也？为救大宋也？想昔日街亭之战，蜀兵不过断水一夜，即溃而投敌。我军战至今日不言降，何其感人也？本帅誓以身许国，决不苟活人世。我军连乡兵在内，尚有二十万，足可与敌一战。世杰在此欲问诸位，可有余勇再战否？”

宋军士兵纷纷呼喊：“越国公不怕死，难道我们就怕吗？”“打他个狗娘养的，大不了二十年后又是一条好汉？”“横竖是一死，老子非拉他几个元兵垫背不可！”

张世杰从不轻易落泪，此刻，他实在忍不住了，泪水扑簌簌地掉下来。他深情地喃喃道：“弟兄们，我的弟兄们，世杰的好弟兄……”

第六十五章

张弘范派人送信给李恒，命他大举进攻，同时又增派了一部分兵力和炮火给李恒。为了麻痹张世杰，张弘范命船上奏起音乐。张世杰不知是计，还以为元军在休息，放松了警惕，从而失去了一次主动出击的机会。

李恒得到援兵后，立即发起猛烈的进攻。苏刘义虽然竭力厮杀，终因元兵势力浩大，宋军连日作战，又无水喝，体力急剧下降，被元兵攻破寨栅。张世杰得知后，急命杜浒率兵增援。苏刘义和杜浒与元兵展开了混战。与此同时，张弘范命元兵从东、西、南三个方向一齐发动进攻。他亲自率主力进攻南面，下令道："宋军东西依附大山，潮水若退必定向南突围，我军定要将其击溃。"

这时，一股黑气从山的西边冒出，其实也就是炮火的烟雾，不过当时人们迷信，庞钞儿赤有些担心地问："这是什么征兆？"

张弘范为了稳定军心，鼓舞士气，看了看，装出一副高兴的模样说："吉兆啊吉兆，苍天保佑，此乃破敌之兆也。"

这时，张世杰的炮火已经用尽，他下令对着张弘范的船只放箭，一霎时，箭矢遮蔽了天空。张弘范急忙命人用厚厚的布障把船舰四面都围起来，挡住了宋军的箭矢。

此时已是下午，元兵终于突破了宋军的西南防线，抢走了宋军一部分船只，张世杰顿时陷入腹背受敌的境地。有几名将领投敌了。张世杰的一名亲兵神色慌张，想乘人不备溜下船舰，被张世杰发觉，他黑着脸，一剑将这名亲兵劈死。他慷慨激昂地说："时势如此，吾唯有死战而已，敢降者以此为戒。"宋兵在他的激励下，作战更加英勇，杀声响彻了海面，炮石、箭矢如雨一般从天空划过。张弘范屡次发动进攻，都冲不进张世杰的寨栅。他深有感慨地说："我朝若有此虎将，何患大事不成。唉，吾父何以会让此人投了宋朝？"

平日，崖山潮水一日两涨两退，可是今天，不知怎么搞的，一整日潮水不退。非但不退，且越涨越高，奔腾呼啸，犹如千军万马，浪头有几层楼高。元兵舰只如鱼得水，如龙入海，直扑宋军。潮水嘶叫，江水汹涌，强风吹过海面，来势凶猛，像是一群疯狂的老虎，要吞噬这些舟船。天空显得异常低，波浪似乎和它撞在了一起。狂风捧起一堆浪，"哗"的一下把它抛向天空，又四散落下。紧接着又捧起百堆、千堆、万堆。风在咆哮，海水在吼叫，乌云在翻卷。突然，一声沉重的雷鸣，天边漾起了层层黑云，天空像一幅灰色的布幔，被撕开了一个口子。滚滚雷声似天崩地裂，强烈闪电灼人双目。大雨像巨大的瀑布，骤然勃发，自天而降，江面上的船只都被打得东摇西晃。无情的雨织成密不透风的帘幕，倾泻在海上，声音奔腾得如同万泉迸流，惊心动魄。

张世杰仍在指挥士兵拼命抵抗。这时，一艘船舰划过来了，一员老将浑身血迹斑斑地上了他的船。张世杰仔细一看，是苏刘义，不禁心中一阵抽搐："莫非北面也被元军突破了？"不待他开口，苏刘义沙哑地说："越……越国公，北面已被敌占领了。"他喘了一口气，还想说什么，却"哇"地吐出一口鲜血来。

张世杰神色黯然。他清楚苏刘义所受的压力有多么重。因为估计元兵将从南边主攻，所以宋军的精锐部队都部署在这里，苏刘义所统率的大部分是乡兵。以这样一支部队能够和强悍的元军抗衡到底，可想而知苏刘义付出了多么大的代价。他望了望苏刘义，只见硝烟炮火将他花白的胡须熏成一片灰黑，双眼布满血丝，大口地喘着气，身上的伤口淌着血。"唉，七十岁的人，真难为他了。"张世杰黯然神伤。

"杜浒将军力尽被俘了。"苏刘义说道。

"啊？"张世杰吃了一惊。

"事已危急，越国公，快点燃沉香吧。少时天色尽黑，御舟上就望不到了。"

张世杰在心中叹息了一声。他一直没有点燃沉香，是因为还存在着一丝幻想：只要北面防线不被攻破，大局就还有希望。现在看来局势危急万分，该是点燃沉香的时候了，于是他命人将沉香抬过来。

沉香质地坚硬，其味芳香，主产于海南岛，又称海南沉香，乃名贵中药。它含有现代医学所谓之挥发油，可以点燃。张世杰这炷重达数百斤的沉香，是世上罕见之物。

士兵点燃了沉香，清烟袅袅上升，一股特有的香味弥散开来。这时，雨势渐弱，众人抬头望去，只见轻烟越聚越多，形成了一大片云彩状，盘旋在上空，郁积不散。

第六十六章

御舟里，因为刚才的电闪雷鸣、狂风暴雨，小皇帝已经躲到舱内去了。陆秀夫接连得到败报，心中异常焦虑，汗水早已浸湿了他的朝服。他时而到船舱里面去看望小皇帝，时而冒着风雨，站到甲板上向远方眺望。邓光荐几次劝他休息一会儿，他都似乎没有听到。此刻，他眼见南方上空升起了一炷轻烟，心中一凉：“莫非越国公点燃了沉香?”他凝神注目，待看清楚后，长长地叹了一口气，对邓光荐说：“事急矣，越国公已点燃沉香。”

邓光荐也焦虑万分，急切地说：“速速禀明太后。”

两个人奔到舟内，陆秀夫道：“太后，前方战事不利，越国公已点燃沉香。”

杨太后惊骇地问：“陆丞相，这该如何是好?”

陆秀夫毅然道：“速派御林军前往增援。”

邓光荐担心地问：“无兵护卫两宫，如何是好?”

陆秀夫叹道：“岂不闻覆巢之下，安有完卵！我兵若败，焉有逃生之理？为今之计，唯有以救援前方为重。”

杨太后愁眉紧锁地说：“那就快发兵吧。”

御林军派出去了。其实，这也无济于事。张世杰为了作战胜利，尽率精锐上阵，连御林军也抽调了一部分，余下来的只有一千多人。

虽然取胜无望，张世杰和苏刘义仍然率兵死战不退。天色黑了，大雾又起。这样的浓雾真是少见，海面上一片白茫茫，把船只全都罩没了。风更猛了，狂烈地卷过来，像是从昆仑山里刮来的，汹涌澎湃，奔腾咆哮，黑浪拍天，惊涛裂岸。终于，宋军抵挡不住了，先是一艘船舰桅杆上的旗帜倒了，它表示人已全部战死，船只也被元军缴获了。不一会儿，又一条桅杆上的旗帜倒了，又是一条、又是一条……

没多大工夫，只剩下张世杰、苏刘义所统率的十余艘船舰了。张世杰泪流满面，仰天长啸：“天乎、天乎？我大宋于今绝矣？苍天哪，你为何不佑我大宋？为何不佑?”

苏刘义手提大砍刀，问：“越国公，两宫该当如何?”

张世杰悲愤地说：“世杰一日不死，为恢复大宋竭忠一日。”他唤来一名亲兵，命他立刻乘小船赶到御舟，请两宫及陆秀夫等人速来。他要力保两宫突围，再图大计。

苏刘义关切地问：“越国公两位夫人如何?”

张世杰涕泪纵横：“国破何以有家?”他又唤过一名亲兵，说：“你去对两位夫人讲，能逃则逃，逃不脱则殉国，我顾不得她们了。”

张世杰的亲兵赶到御舟上，禀明来意，请杨太后、皇上、陆秀夫等人立即乘小船赶赴张世杰的船舰，突围出去。杨太后搂着小皇帝，尽量平静地说："陆丞相、邓侍郎，那就快走吧。"

此时御舟上哭声连天，乱成一片，唯有陆秀夫表现出了罕见的冷静。他对杨太后说："安知传令之人不是假冒，以诱皇上耳？待臣细细察之。"他仔细盘问了那名亲兵一番，相信不是假冒，便禀报了杨太后。杨太后说："既如此，可速乘小舟到越国公舰上。"

陆秀夫悲怆地摇了摇头。他手指着海面说："太后、皇上请看，海面上充塞风雨大雾，天色又黑，咫尺之间人不能辨，元兵四面杀来，我等恐刚乘小船，已为元兵所俘耳。"

小皇帝虽然年龄小，但也明白了形势的严峻性。他放声啼哭，说道："陆丞相，你要想办法、想办法，你一定有办法。呜呜，朕以后听你的话，再也不看皮影戏了。"

陆秀夫此时悲痛欲绝。他非常清醒，国破人亡的时刻已经来临，就是神仙也无法挽救。面对着太后和皇上，他心如刀剜，想说一句安慰的话，嘴巴张了张，却一个字也说不出来。三年多来，为了大宋，他殚精竭虑，耗尽心血，然而今天，摆在他面前的只有"死"这一条路了。死不足惜，但他要死得大义凛然，要死得浩气长存！想到这里，他立刻命人到邻近的船上将他的妻儿唤来。他又凝神望着小皇帝赵昺，这孩子虽说是九岁，其实连八岁两个月都不到。他和小皇帝相处了三年多，尤其是在小皇帝登基以来的半年多，他们俩几乎是朝夕相处，他非常钟爱小皇帝，小皇帝也对他事事依赖，两个人的感情非常深厚。"唉，名为君臣，实则骨肉也。"陆秀夫在心里对自己说。现在该怎么办呢？整个御舟里的人都在望着他，期待着他拿出办法来。

这时，陆秀夫的妻子和一儿一女来了。妻子见到他，惊恐万状地问道："老爷，老爷，你唤妾身何事？"

陆秀夫痛切地说道："夫人，你已经看到了，我兵战败，元军即刻就到，吾今与夫人永诀矣。"

陆夫人惊慌失色地说："然则老爷意欲何……何为？"

陆秀夫仰天叹息道：“吾受大宋厚恩，当此天崩地裂之时，唯有尽臣子本分而已，岂有他哉。”

陆夫人惊愕道：“夫君，你莫非要去死？”

陆秀夫坚定地回答道：“正是。吾若苟生，遗臭万年，且以何面目去见先祖？吾死，则令后人知浩气不可摧也。”他跨前一步，紧紧握着夫人的手，深情地说：“你我结缡以来，甚是恩爱，秀夫今日死，你也不能再活了。嗟呼？嗟呼？摧我心肝矣。”

陆秀夫平素是个性格沉静、不多言语的人。有时府中宴饮，宾客交欢，唯独陆秀夫缄默无语，矜持庄重。此番生离死别之际，他流露出了深深的感情。御舟里的人，都难过地低下了头。

陆夫人毅然说道：“夫君勿言。夫君之意，妾已知之。夫君知大义，莫非妾就不知么？妾义不落夫君之后。”

陆秀夫连声道：“好、好，不辱家门，不愧国恩，壮哉烈哉。”他回过头对一儿一女说道：“你们意下如何？”

他的儿子不想死，畏葸地说道：“父亲，突……突围出去吧。”

女儿也是哆哆嗦嗦：“父……父亲，我、我害怕呀！”

陆秀夫脸上闪过少有的杀气，瞬间又平静了。他叹息着说：“是啊，人谁愿死？况吾儿吾女青春正盛，留恋人生，也是常情。然则今日之死不同于病榻之死。今日死，乃为国死；今日苟活，生不如死。吾儿思之。”

儿子惊惶地说：“还可以突围到越国公船上去。”

陆秀夫叹息着用手指道：“吾儿来看，御舟宽大，难以行驶；且这么多船紧紧联结，脱身绝不可能。天下父母何尝愿儿女去死？况吾儿死后，陆门香火尽矣。虽然如此，今日亦不得不死，不能不死。”

陆夫人抱住儿子、女儿，泣不成声地说道：“我们一家在黄泉团聚吧。”三个人放声痛哭。

陆秀夫深恐元兵突然杀到，乘儿子不备，在他背后死命一推，儿子“扑通”一声，从船上直落海中。不待女儿回过神来，他又奋力一掌，女儿惨呼一声，也跌落海中。

只听儿子和女儿惨呼：“爹爹……娘……”下面的话尚未喊出来，

他们已经被海水卷没了。

陆秀夫泪眼涟涟地望着夫人说：“夫人惧死乎？吾与汝平日相约，以身殉国，此即时也。吾本欲先死，又恐你……”

陆夫人不待他说完，便打断他的话道：“夫君勿复多言。夫君之意妾已深知，夫君恐死之后，我苟且偷生。夫君，你我恩爱永存天地之间，妾身就此拜过了。”她向陆秀夫深深施了一礼，毅然走到船头，揽起长衫，纵身一跃，跳入波涛汹涌的大海之中。

风声传来她最后的呼唤：“夫君，你我生生世世永为夫妻……”

陆秀夫恍无所闻。这一刹那间，他仿佛失去了感觉。半晌，他才喃喃地说道：“夫人、吾儿吾女，啊……”他抑制着肝肠寸断的痛苦，对自己说：“赶快处理大事，迟则不及矣。”他走到杨太后面前，行了个礼。

杨太后已被眼前发生的事惊呆了，她颤声说道：“卿、卿有何事？”

陆秀夫声调平和地说：“臣不敢迫太后，臣要与陛下同死。”

赵昺刚才差点昏过去，现在一听要他死，顿时号啕大哭起来。

杨太后紧紧搂着赵昺，掉着泪说：“陆丞相，再没有办法了吗？”

陆秀夫痛心疾首地说：“太后明鉴：三年前，太皇太后与太后、皇上、诸多妃嫔、臣工受降，多遭污辱。前车之鉴犹在，太后不可重蹈覆辙啊？”

邓光荐在一旁也慷慨激昂地说：“臣亦宁愿葬身鱼腹，而决不屈膝。”

杨太后深深地叹了一口气。她知道谢太后等人的命运。她的性格比较刚强，不像谢太后、全太后那样怯懦。她很害怕遭到胡人的污辱。她忍受了三年多的颠沛流离，目的就是还想恢复大宋，现在这一希望已彻底落空，她又目睹了陆秀夫一家人的悲壮作为，就打定了主意，决心赴死。“可是，皇上怎么办？他才九岁啊？”她在心里想。

陆秀夫仿佛明白她的心思，对她说：“德祐皇帝被俘时仅五岁，敌虏可曾将他放过？太后细思。”

杨太后以手遮面，五内俱焚地说：“都依卿……卿吧。”

陆秀夫上前，先对小皇帝磕了个头，然后再抱起他——陆秀夫还从来没有这样做过。他爱怜地对小皇帝说："陛下，可曾记得臣对陛下讲过的课吗？"

小皇帝一把鼻涕一把泪地说："你……你讲得多了，是哪一课？"

陆秀夫说："孟子曰：鱼与熊掌不可得兼，此何谓也？"

小皇帝看来早就背熟了，不假思索地说："以此比喻生与义二者不可得兼。"

陆秀夫立刻追问道："不可得兼又该当如何？"

小皇帝脱口而出："舍生而取义。"

陆秀夫的胡须在剧烈地抖动："陛下天资英聪，真乃圣主。只是，臣欲奉陛下为中兴之君，而今不可得矣。"他用斩钉截铁的口吻说："圣人教诲，千古明训，今日即陛下身体力行之时也。"

小皇帝赵昺跟随陆秀夫久了，明白"身体力行"是什么意思，当即喊起来："我，朕不死，朕怕死。"

陆秀夫叹口气说："陛下今日欲活，唯有受敌欺凌，陛下愿否？"

赵昺想起众人平日里讲述的元兵如何残暴等等，不禁心中害怕，把头摇得像个拨浪鼓一般，连声说："不愿、不愿。"

陆秀夫欣慰地说："如此，陛下可取义矣。"

赵昺大声啼哭起来，哭得众人都心酸地低下了头。他满面泪水地说道："陆丞相，你快护朕逃走吧，逃到越国公那里，母后也一同去。"

邓光荐跪倒说："陛下，越国公已然兵败，此时无处可逃矣。"

赵昺又伸胳膊又踢腿，哭号着说："那么你为什么不去死？偏要叫朕去死？"

邓光荐凄然说："君死，臣岂可以独活？臣当追随圣上于地下。"

杨太后放声大哭。御舟里的宫女、亲兵和仅有的几个太监一齐啼哭，哭声遮住了风声、雨声和两军的交战声，回荡在茫茫的海面上。

陆秀夫皱起了眉头，他深恐元兵突然杀到。他恳切地对赵昺说："国事如此，陛下乃一国之君，为国而死事属本分。德祐皇帝降元受辱殆尽，陛下不能再受辱了，臣亦断不能令陛下受辱。"

赵昺哪里理会他的话，仍是乱哭乱喊。陆秀夫长叹一声，心中想："皇帝毕竟是个小孩子，看来只能哄了。"他突然问赵道："陛下可知臣乡里何处？”

赵昺对这个问题觉得很容易回答，他呜咽着说：“丞相乃楚州盐城人。”

陆秀夫道：“正是。臣生于南国水乡，三岁时家徙镇江，常于水中嬉戏，颇谙水性。后从乡里二孟先生读书，先生授徒百余人，夏日臣随先生沐春浴水，先生独指臣曰：‘此非凡儿也。’陛下知先生意乎？”

赵昺还从来没有听到过陆秀夫自吹自夸，他虽然仍面带泪痕，但还是止住了哭，天真地问：“你老师的话是什么意思？”

陆秀夫慨然道：“先生夸我水性极好，百余人中，无超我者。”

邓光荐听了，心内发酸。他想：“陆丞相为了令皇上就大义，居然撒谎了。”其实，他是听别人说过此事的。二孟先生确有此语，但那不是指陆秀夫的水性好，而是欣赏他的品行，对他寄予了极高的期望。而今天，陆秀夫毫无惧色，决心慷慨就义，也确实使他老师的预言没有落空。

陆秀夫充满信心地对小皇帝说：“臣能带陛下出没于波涛之间，而到彼岸。”

赵昺有些相信了，瞪着圆圆的小眼睛说：“我们怎样到岸？朕可不会游泳。”

陆秀夫凄然道：“陛下可伏于臣之背，臣背陛下出此波涛。”

赵昺回头问杨太后：“母后，此话当真？”

杨太后已然肝肠寸断，只觉得气噎咽喉，说不出话来，唯有一边点头，一边落泪。

赵昺下了决心，说：“好，陆丞相负朕渡海。”

陆秀夫朗声道：“臣遵旨。”他对小皇帝说：“请陛下拜别太后。”

这句话提醒了小皇帝一个问题。他问道：“母后怎么办？谁背她呢？”

杨太后心中酸痛，如海潮滚过伤口。她潸然泪下，呜咽着说：“难得我儿如此孝顺？你放心随陆丞相去吧，我这里人多着呢。”

赵昺听了此话，欢天喜地，趴在地上向杨太后磕了个头，站起身来。陆秀夫已然撩袍挽袖，蹲下来。赵昺不假思索，一纵身跳上陆秀夫的后背，陆秀夫背着他，一步步走向船头。

众人让开了一条道，肃立两旁，目送他二人走去。

行了几步，陆秀夫忽然停下脚步，弯下腰，把赵昺放到地上。赵昺奇怪地问：“怎么不走了？快走啊？”此时，他倒催着要走了。

陆秀夫严肃地说道：“臣几误大事。”他对杨太后说：“传国玉玺不可落入敌手，请太后容臣带走。”

杨太后点点头。

陆秀夫随即高叫：“奉玺官何在？”

一名官员应声而出，陆秀夫朗声道：“奉懿旨，取传国玉玺。”

那名官员取出玉玺，双手捧给陆秀夫。陆秀夫把玉玺紧紧缚在赵昺身上，郑重叮咛道：“此国宝也，天子不可须臾离之。”

赵昺学着陆秀夫的神情，庄严地点点头。

陆秀夫对邓光荐说：“秀夫有事相托大人。”

邓光荐闻言，拱手道：“陆丞相请讲。”

陆秀夫从怀中掏出一卷用油布包裹的册子，说道：“行朝自到崖山，历事甚多，吾恐后世不能尽知，故详细记载于内，以令千秋万代备知之。今将此托付于公，公善自珍之。”

邓光荐悲凉地说：“公知大义，莫非光荐毫无心肝乎？”

陆秀夫浩叹道：“吾固知君之忠义。唉，此书能否存之，都付于天吧。”他把书塞给邓光荐，再次背起赵昺，步履沉重地向船头走去。

赵昺忽然高叫一声：“放下朕，快放下朕。”

陆秀夫心一惊，道：“皇上莫非变卦了？”

赵昺把脸一扬，稚气地说：“朕要带上皮影戏。”

陆秀夫心内酸楚，立即命人取皮影来。

赵昺大声说：“朕还没看完岳飞大战朱仙镇呢。”

陆秀夫说：“好，好，带上岳武穆的皮影，以壮我君臣之行。”

杨太后走过来，流着泪把皮影放在赵昺的手里。赵昺看了看自己的龙袍，嫌它有些累赘，对陆秀夫说：“这身龙袍太厚了，朕活动不便，脱了罢。”

陆秀夫正色道：“决计不可？陛下乃一国之主，焉有不着御服之理？陛下请看臣，朝服齐整。”

赵昺无话可说，只好让陆秀夫背上。走到船头，陆秀夫四面望去，但见昏雾充塞天地，海啸轰鸣，强劲的海风吹过来，仿佛天地也在为他悲哀，为他送行。他回头望望众人，众人亦都泪眼汪汪地望着他。他狠了狠心，对赵昺说：“臣不能欺君，大海深不可测，安能渡过？”他看到赵昺满脸惊恐，立即用从未用过的严厉声调说：“陛下今日死也得死，不死也得死？陛下死，后世当永尊陛下；陛下不死，贻羞千载。”

赵昺被陆秀夫双手紧紧夹住，动弹不得。陆秀夫继续说道：“臣往昔曾对陛下讲：时有兴亡，唯正气可以永存；君有善恶，唯善者永垂史册。陛下陛下，臣愿陛下为明君，陛下愿乎？”

赵昺一则被陆秀夫夹住，二则陆秀夫的话也深深地触动了他。他原本聪明，半年多来又受了陆秀夫许多大义报国的教育，不知不觉地已在心中形成了一种观念，今天目睹了许多悲壮的事，令他深受震动。陆秀夫平常对他是温言教导，今天一反常态，口气之严厉使他心中感到害怕，同时又激励了他，他居然喊了一声：“朕……朕不怕死。”虽然声调在颤抖。

陆秀夫欣喜之极，眼中滚着泪花，胡须颤动地说：“唉，若苍天假以数年，皇上必为旷代之圣主矣。皇上，抱紧臣了。”

陆秀夫从巍峨的御舟上奋然跳下，赵昺听到耳畔呼呼风响，心中惊恐，拼足力气紧紧抱住陆秀夫的脖子，不敢睁眼。

御舟上死一般的安静，人们的心都凝结了，紧张地谛听着。一时之间，风声、雨声、喊杀声都似乎从人们的耳膜中消退了。仿佛过了许久，众人才听到“扑通”一声，随之而来的是赵昺惊愕的尖叫：“陆丞相……”这声音如炸雷震撼着每一个人的心灵。邓光荐泪流满面，首先跪倒在船上，其余的人痛哭失声，也跪了下去。杨太后倚在船栏上，尽力支撑着自己没有倒下去。

骤然落进水中，赵昺受到海水的强劲冲击，不由得松开了双手，立刻有一股浪潮将他和陆秀夫冲开，他只来得及叫了一声“陆丞相”，便被海水卷没了。

陆秀夫原本会水，但他并不想逃生。实际上，在春寒料峭、奔腾狂啸的海洋里，水性再好也难以逃生。当小皇帝稚嫩的童音传入他的耳内时，他陡地起了一个念头："要和陛下死在一起。"他奋力游过去，寻找着小皇帝。一个浪头卷起来，他似乎瞧见小皇帝了，在水面上大吼一声，如同虎鸣，三两下就游了过去，一看正是赵昺。赵昺的两只小手在乱扑腾，他伸手去拉，但被激流冲开。他努力了几次，终于拉住了赵昺的手。他努力把赵昺托向水面，大声呼唤着："陛下，陛下！"

赵昺微微睁开眼，看到了陆秀夫，欣慰地笑了。他稚气地问道："你……你不会抛下朕吧？有你在，朕不害怕。"

陆秀夫满面是泪水、海水，他想回答，却什么也说不出来，只是更加用力地托住了小皇帝。

赵昺似乎从他的行动中感悟到了什么，脸上浮过和他年龄不相称的苦涩的笑。他艰难地说道："你让朕死，朕就去死吧。朕老了也要死的。"

滚滚波涛卷起连天巨浪，发出震撼灵魂的怒吼，眨眼之间，把陆秀夫和赵昺冲得无影无踪。陆秀夫战斗到最后一刻，背幼主投海，宋朝从此再无年号可以纪年。陆秀夫的皎皎丹心，长依红日高悬，照耀千秋万代。

邓光荐站起身来，向杨太后一揖道："臣随陛下去也。"然后从容不迫地从御舟上一跃而下，落入茫茫的大海中。

杨太后面色苍白，痛彻肺腑，双手捶打着胸口说："国破家亡，我原应当一死。之所以忍死偷生，挣扎辗转来到这里，只是为了赵家的一块骨肉。今无望矣，我也只有一死了。"说罢，她走到船头上，正待跳下，只听背后一片声道："送太后。"她回过头看时，宫女、太监、亲兵全部跪倒在甲板上，哭声震天。杨太后酸楚地说："我与汝等相依三年有余，此刻遽离，着实难舍。唉！你们各自逃命去吧。"正待揽衣跳下，又回头道："舟中之物，你们就分了吧，日后也可安身活命。"说罢，纵身跳下船去，飘飘而落大海。

杨太后后来被张世杰埋葬在海滨，至今陵墓犹存。陆秀夫背负赵昺跳海之处叫奇石。梁启超之子梁思礼曾说："若大力开发出来，可使新会成为第二个西安。”

御舟上的人哭成一片。一个宫女跳下海去，接着又是一个跳了下去。太监、亲兵们也纷纷跳入大海，“扑通”之声不绝。刹那间，偌大的御舟变得空荡荡的，孤零零地飘荡在汪洋大海之上。

不惟御舟上是这种情况，其他船只上的宋朝官员和士兵眼见大势已去，不甘心受辱，纷纷投海而死。这真是中国历史上最悲壮、最惨烈的一幕！在敌军面前，他们以面对死亡毫无畏惧的精神，演奏了一曲人世间罕见的惊天地、泣鬼神的悲歌。

此时，张世杰、苏刘义还在苦苦死战。当得悉杨太后、祥兴帝、陆秀夫等人相继跳海的消息后，秉性刚强的张世杰也不禁泪落如雨。他对苏刘义说：“两宫殉国，世杰亦当追随。然世杰一死，大宋再无望矣；世杰不死，则恐被人目为苟且偷生之辈。唉，如何是好？”

苏刘义刚毅地说：“越国公果有恢复之志，管什么别人议论？”稍停，他又说：“然两宫已自尽海中，国何以复？”

张世杰仰天长啸道：“吾欲再觅赵氏之后为君。”

苏刘义道：“如此，可不必死，当速突围。”

于是张世杰、苏刘义率兵奋力砍断联结船只的大铁索，驾驶小船，争夺港湾，乘着昏雾从南面突围出去。张世杰本想先招集人马，但当地的土豪强迫他回广东，他只好掉转船头到南恩的海陵山靠岸，招集溃散将士。就在这时，海上飓风大作，不少人被淹死。将士劝张世杰速速登岸躲避，张世杰叹息着说：“不必了，没有什么事情可做了。”他登上舵楼，亲自点燃了一炷香，向天祈祷说：“此次大战，世杰碇舟于海，舳舻联结，早有死志。然而复又突围，何也？为求赵氏之后焉。世杰能突围，圣上焉何不能？陆丞相为何负之入海？陆丞相之意，吾知之矣。陆丞相思虑脱身而去，亦终遭俘，故不惜负主蹈海，以成君臣同殉社稷之义。其与世杰之尚求赵氏之后，做法虽有不同，而心迹则可共白耳？呜呼，吾自从临安出走之后，孤军仓皇，无可据守之地，当此时也，已无可图。而世杰奋战三年余，心犹不甘。崖山之战，将士血染碧波，魂归沧海，正古人所谓临大节而不可夺也？我为赵氏，已尽力矣。一君亡，又立一君，今又亡。我未死之因，希望敌兵退，别立赵氏以存社稷耳。今进退失据，飓风大作，莫非天意乎?”张世杰说罢，叹息再三，旁人劝他弃舟登岸，他坚决不允，屹立在甲板之上。风浪越来越大，波涛连天，张世杰终于坠入水中溺死。

这时，除了苏刘义，还剩下一百六十八名将佐。这些人彻底绝望了，准备上岸降元。苏刘义大怒，痛骂道：“越国公正气凛然，磅礴于宇宙无穷之内，尔等卑鄙小人，将以何面目去见越国公?”

这些人冷笑道：“张世杰在日，我等尚惧他三分。而今他已死，谁怕你这个糟老头子?”说罢一拥而上，杀了苏刘义，上岸降元去了。

（选自《正气歌》，太白文艺出版社 2002 年版）

山匪（节选）

孙见喜

第九章　商县城

南门被唐靖儿攻破，孙团长的身子被刀捅成了马蜂窝……

民国十六年，一场倒春寒冻落了染坊后的樱桃花，少见的西风又没黑没明地刮，地气上不来，村边的杏花胀了骨朵却总是绽不开。苦胆湾人终日裹着破棉袄，双手袖着，脖子缩在领口里。孙老者要盖房了，起土的日子是陈八卦定死的。放了一串五百头的炮仗之后，庄基破开，天上就有一气没一气地落下来渣渣子雪。海鱼儿在工地上烧了一堆柏木疙瘩火，做活的就挖一会儿烤一会儿。孙校长过来过去都吊着个脸，一锨土溅在他的袍子上，他就冲着老三发火："有这样子做活的吗？得是染坊里住着暖和？"

州川人叫人做活都是人情工，不管工钱只管饭。天冷不出活，人又吃得多，由不得就少下了米面。孙老者就说："叫人帮活，你先给人把肚子撑饱，瘪着肠子就是腰吊肋子稀，做活没力气。"而他最要紧的事，是经营好葫芦豹，这一窝子要是肠子瘪了就会蜇人惹事，所以一冬一春，他放在墙头檐上的蜜水盘子就没间断过，除过大风大雪天，老椿树上的黑头"粮子"在盘子上来来往往的就没断过线儿。

新庄子是四间，朝向上和老房成八字形的角度，这是陈八卦拿罗盘给定过的。但这个方案不合孙老者的心，他端起白灰簸箕自己改划了庄基，那是六间房，且与上房老屋齐檐相连。孙老者想的是，这六间连同老房共是八间，四个儿媳要分开过了一人两间有厨灶有铺窝，账算上就不用多唠叨。六间房的东山墙也刚好抵着染坊，前院墙老椿树原样儿浑全。

陈八卦对孙老者说："你这样盖，娃们分家方便，院子也方方正正的好看，只怕是损着蛇相。"孙老者梆梆梆地在水火棍上弹着烟哨子，不屑地说："你的土单验方我信，你的鬼八卦我不信，怪力乱神的，孔圣人都发嗝噎哩。"陈八卦就说："你是个犟人，村里的事你拿着，屋里的事也不会叫我拿。但我是你屋里的吃客，这多少年来，我在你这里吃过的蒸馍蘸蒜怕有几背篓了。起屋架梁是人生大事，我给你挖不了土，也给你背不了砖，这么多人做活吃饭，我叫兜夫给你送过来两篓子油，花钱上手里紧了你随时吭声。"孙老者说："钱上你不操心，老连长给应承了三百银元，前日已捎回来两封子叫先花着，这一向买椽棒木石就用的这钱。"陈八卦问："他这钱没说是借的还是赠的？"孙老者说："借，我是不会的，借的钱我还怕扎手哩。十八娃捎回来的话是'助'咱哩，这个'助'字，你没趁当着，该不会有啥碍夹吧？"

陈八卦起身在屋里走动，一手掐着红铜茶壶，时不时地用壶嘴儿挠着鬓角的花发，他说："他碍夹咱的啥哩？人，给他了，地方上又给他维持得安宁，他派的粮秣钱捐，州川人再难场，也没拖欠过，你说咱那一点人情良心没搁住？"

孙老者不言语。咕嘟嘟的水烟声里，一只翻毛母鸡在孙老者练习书法的泥坯台下刨食，刨得门槛里外都是麦草，麦草在这翻毛母鸡的爪子底下唰啦唰啦翻过去，唰啦唰啦翻过来，满屋里弥漫着灰尘的土腥味儿。孙校长披着个夹袍子，抬腿踏进门来，照着鸡尻子就是一脚！翻毛母鸡嘎嘎嘎地飞逃而去，孙老者侧卧的炕上落下几片鸡毛，看二儿子吹胡子瞪眼睛地往老圈椅上一坐，孙老者心绪一堵，就咔咔啦啦地咳嗽起来。

陈八卦问："护校队的气势旺着哩么？"

校长努着粗声说："这房子咱不盖啦！唾沫星子都把人淹死啦！"

陈八卦问："又是咋啦？"

校长说："州川人都传疯啦，说咱是卖了寡妇盖房哩，卖了几百现洋，说得有鼻子有眼的！"

陈八卦问："没查一下风头子是从哪里刮出来的？"

校长说："麻春芳叫骨头皂到上下州川探了一圈子，原来是从金陵寺传出来的，金陵寺就那俩小和尚，怎么会编造如此谣言？"

陈八卦用掐着的红铜茶壶碰一碰孙校长的黑呢礼帽，心平气静着说："你这样一说我就知道是谁使的怪，人家跟我执的是死气，说不定还会有更离奇的风言放出来，你不必为这乱了自家日脚，卖寡妇一说臭的不是你们父子。我现在给你说，年前就有传言说是我掐了你哥承礼的人头，而图谋将你嫂十八娃呈献给老连长哩，这你也信吗？"

校长冷笑一声，脱了礼帽，一手抚着头上的"洋楼"，一手捏着眼镜，说："竟有这事？嘿，这是传'三侠五义'哩，谎言过了头就成了笑话。"

陈八卦说："见怪不怪，其怪自败，我就是这样对待的。对你而言，记住的一条是：天下本无事，庸人自扰之。现如今首要的，是老连长那儿安生着，你高等小学的护校队有了麻春芳，他瞎腠子固士珍也不敢胡张狂，所以我说这房子你照盖，染坊上的生意你照做，天下虽不太平，这州河却一年半载里翻不起大浪。"正说着，高卷引了一个妇人来，进门就爬在陈八卦膝下磕头，陈八卦问："啥事？"高卷就说："她男人尿急尿多，吃不够的喝不够，又日见消瘦浑身乏困，你看这一家人的柱子倒了娃们咋活呀？求你给治治，也没啥给你拿，这是两碗子捡炒出来的蕃麦花。"说着把一个土布袋直往陈八卦怀里塞，那妇人就伏在地上不断地叩头。陈八卦沉着脸说："这不是孙校长么，孙校长住过铺子，读过《本草》，背过《汤头》，求他开一剂方子回去慢慢吃去，你这不是一般的病哩。"高卷扭一扭腰肢，哼声压气做儿童状，说："方子啊？方子的药要到铺子里抓哩，穷人么，啊达来的钱哩！"校长也乞求着朝陈八卦抬抬手，孙老者朝地上说"起来起来"自己也挣扎着坐了起来。陈八卦就铁青了脸，扫一眼地上那两瓣硕圆的屁股，朝妇人说："治这病先要戒了房事呢！房事，知道吗？"高卷抢答："她男人就整天在房里坐着，任事儿不干的只知道吃喝。"陈八卦瞪了一眼高卷，孙校长很温和地对站起身来又躬腰低头的妇人说："房事的意思你回去问问别人，先叫福吉叔给你说个单方，单方能治大病，土方气死名医哩！"陈八卦就快速地说了一句："蕃麦胡子二两水煎服。"妇人仍痴愣着眼不明白，高卷就赶紧拉了她出去。

说中间又到了"九九八十一穷汉娃子顺墙立"的长日荒春，袖手缩颈的穷人都来给孙老者帮工，人手稠得抡不开锨把。新房的庄基已经打起，三尺高的庄底子上垫土正在夯实，河南的曹鲁班在染坊前叮叮咣咣，北山的赖泥匠在砖摞子上咋咋呼呼……

一场春雨捎来了清明，工地上停工一天，学校里停课一天，祭坟在农耕人家是春日里的一件大事。孙老者拄着他的水火棍，有精壮小子打着纸幡，校长端着献盘，老三扛着铁锨，海鱼儿背着金虎，孙老者率了全族丁童，或拿烧纸或抱树苗，在龟兹乐人的吹吹打打之中，一行人踩着泥泞，来到金蟾卧月的风水宝地。这是在珠山的南崖，一块貌似蟾头的青石下，有个半月形的溶洞，溶洞前的下湿地里，毛竹和古柳的苍翠岚烟中，排列着几十座坟头，这是苦胆湾孙姓人家的六代先祖。因为是下湿地，掘了墓穴就是一坑水，所以孙家的坟茔都是平地拱墓，坟堆就显得特别高大，加上那如林的墓志碑楼，这一片古柳幽深的坟地里，冬夏就弥漫着森煞肃穆之气。每年清明祭坟，孙老者都要重复述说先祖嫁女换田的典故，说是大清嘉庆年间，先祖从山外富平县孙家庄迁入州川之初，人穷腿勤，日每早起拾粪，这一日来到此地，透过竹林见白杨店的财东领一南阳蛮子踏坟地，指指画画兴奋不已，这先祖就隐入竹丛窃听。财东认为这下湿烂泥之地无由为吉，而南阳蛮子却倔强着说此地为蟾头龙口绝佳美穴，他随手折一竹枝掐掉叶芽，插入泥中，说明天日头泛红时必有新芽攒出，这就是地气旺的症候，地气旺人气必旺，就后辈人丁繁荣贵者频出。次日大早，这先祖来此察看，果见竹枝新芽丛生，便转眼间心生主张，将这新生叶芽抠除净尽。日头泛红时白杨店财东前来察看，那里有南阳蛮子说的奇迹发生，就拂袖而去。此后，孙家先祖寻情钻眼将自家女儿嫁给这财东的拐腿儿子，攀上了亲，又以开篾行为借口用仅有的一块肥田换得这块竹园下湿地。这里做了孙家坟地之后，第三代就有了叔伯弟兄的九股七坊：染坊里、粉坊里、油坊里、面坊里、烧锅里等等，六代之后繁衍成苦胆湾第一大姓……

老三是一身好苦，每年清明，祭酒烧纸之后，给坟头培土植树都是他的活路。清明一过，天地为之一新。后坡上黄了菜花，绿了蚕豆，紫了苜蓿，河边秧田里倒映着水牛的静影，麦地垄坝上闪动着农夫的锄杖，铲过大烟的田地上也冒出了洋芋的嫩株和菜蔬的鹅黄。三个月里，苦胆湾人没有跑贼，那面大铜锣静置在孙家的板柜上，灰尘的安闲里蕴蓄着田园牧歌，西原上的人春夜撩骚，臭臭花鼓子一唱就是半夜。

端阳节这天，一村的青壮都来给孙老者的新房立木。两撑锅的黄米粽子捞出来，到场的人都放开吃。吃了粽子，喝着麦仁汤就着椿芽子菜，一村的人都心里美实。突然，马皮干一声吆喝，众人呼应，中柱就立起来了，又把脊檩扶正，大梁搁稳，鞭炮就响起来，混合着麻钱的五谷豆从绑着筷子红绸的中檩上撒下来。马皮干一手拎着五谷斗，一手从斗里抓了五谷豆高抛广撒，一边嘶声唱道："一撒亲二撒银，三撒媳妇过了门；四撒四季家和顺，五撒五门福寿人；六撒六合惠子孙，米粮满仓畜成群；七撒金八撒银，九撒屋里聚宝盆；十撒院里摇钱树，黄金万两柜中存！"

这就乐坏了一帮娃娃，争抢着麻钱炒豆和哑炮，气氛就霎时间热闹。唐先生高声念着明柱上的大红对联："栋起祥云连北斗；堂开瑞气焕春光！"牛闲蛋就喊："连晌子就挂椽钉绽板，坐泥排瓦槽，人手不要闲，闹闹闹！"马皮干也上到了高处，他手肢舞扎着喊："铡草的和泥的，担土的打墙的，都动起来动起来！"一时间，人影交错，铁具碰撞，老圈椅上的孙老者心头舒展，大椿树上的葫芦豹遵纪守法，日头红艳艳当头照着，人都说孙家人从此就要福星临门了！

果然，"吱哇"一声，西厦屋传来婴儿啼叫，是琴生了！饶一边跑一边笑说："叫你再忍一天再忍一天，你就是夹不住，真真是紧中夹楔哩！"纷乱中具见高卷腊娥端盆提壶上下跑动，工地上一些人就停工张望，海鱼儿就喊："做活做活！婆娘生娃哩关你的啥事？"

麦梢儿眼见着就黄了，新房盖起，刚赶上麦忙。麦忙是龙口里夺食哩，割晒碾打，又要犁地种秋。琴坐了月子，麦场里少了一个打碌枷的身影，染坊里缺了一个账算出纳的角色，孙老者就亲自吆牛拉碌碡碾场，就亲自下地看墒种蕎麦，一把枯索花白的小辫子纷披散乱，没人顾得上给他梳头，水火棍也受了些许冷落。饶是一根撑天柱，里里外外一把手。高等小学放了忙假，可取仁校长不敢松了一丝神经，瞎腴子固士珍放话说，他吃屎喝尿都要提孙校长的人头哩，就在几天前的一个黄昏，孙校长去地里帮老三赶牛，突然从堰背后的林子里打来一声冷枪，“嗖”的一下子弹从头顶飞过，牛受惊狂奔，缰绳拽着他在地上拖了三丈远。此后，麻春芳就要求他夜不独行、枪不离身。

麦忙已毕，刚赶上给娃做满月，孙老者把牙都笑掉了，给他这第二个孙子取乳名叫跟虎。跟虎哭起来声大，饶说这娃长大了能唱丑角。做满月待了一百二十席客，轰轰烈烈的一河两岸都是炮皮油汤子，为了防止谁来镗搅宴席，孙团长着王双考李念劳带了一个排的精兵穿了百姓褂子混在宾客之中，又有麻春芳的护校队散守着苦胆湾的八路十巷，饶还叫了她娘家的铁绳黑手约了一帮子赌场上的逛山，人手一根等身棍，灶房里帮厨烧火，井台上绞水淘菜，个个都瞪着狼眼虎目。孙老者的脸上被人给抹了红，笑咧咧地坐在老圈椅上，花白的小辫子上也缀着红绸挽的花；孙团长忙得脚后跟都朝前走哩，他给这个拱拱手，给那个敬杯酒，年长的老者喊他杆杖娃，同辈的弟妹叫他老四哥，当兵的弟兄称他孙团座，高小的教员尊他孙文谦先生；陈八卦的帽苔子梳得油光溜滑，他坐在礼桌子上楷书登记礼单，这个报一串铃，那个喊三尺印花布，也有送鞋袜裹兜的，也有呈带链儿银牌的……琴的房子里一帮女眷嘁嘁喳喳，跟虎在一群软臂嫩手间传递，浓重的脂粉气息刺得他直促小鼻子；他脖子上挂着大妈十八娃捎回来的银项圈，银项圈上拴着他团长大大在吉元楼制的长命锁，外婆家因路途隔阻人不得过来，但三丈洋布和钉着八个银爷爷的夹耳子帽给捎过来了；琴乐呵着嘴，扑气赖害地偎在炕上，她头上顶个帕子，海着怀，雪白的大奶子颤晃着，不时地掬到跟虎脸上，跟虎吞一口地拱一下，汗腥的奶汁就一会儿射在脸上一会儿射在头上，跟虎哇哇地叫，人们哄哄地笑，一时间你扶奶座子哩我捏娃嘴哩，一些未过门的大女子就心里痒痒地发疙缭……

晚上，西原的花鼓班子前来唱坐台，尿床王和刘奴奴唱到《十拜》这一折时，按惯例要当场参拜孙老者，且由喜事当家人孙老者给拜者披红，谁家盖房做寿娶媳妇生娃办这类喜事都是这样子的。然而，《十拜》拜了，也不见孙老者的影子，上房厦屋院场里外、村巷野厕祠堂学校，一家人把苦胆湾寻遍，终没找到人影……

孙老者失踪了！

真应了一句老话：乐极生悲。

孙老者是从院墙头儿上被人勒着脖子掳走的。还是交黄昏的时候，人们忙着在老院子布置坐台班子唱戏，想着一天的大场面都安然度过，孙老者就难捺心中的喜悦，他从尚未安门的新房里端个梯子出来，搭在椿树下的院墙头，他要把蜂碟子取下来，第二天再给他的葫芦豹添上蜜水。侍候葫芦豹，谁都替不了他。然而，他在院墙上一露头，一条腰带就套上他的脖子，顺势儿一勒，他就连身子翻了过去。事情做得干净利落，歹人们临走还翻墙过来取了他的水火棍。

绑架他的是毛老道的人。他老四儿子血洗了崂峪庙，毛老道的人马总队长薛长有带了资峪沟坛主陈金玉、小韩峪坛主孙浩祥一直在寻机报仇。孙文谦升了团座之后，人强马壮，毛老道不与他正面冲突，只是化整为零待机行事。今日喜宴周密保安上又风丝不露，偏偏在黄昏之时叫毛老道在墙头上寻得了机会，孙老者被蒙了眼勒了嘴，套上老婆衫子头上又被一条帕子盖了，他被捆在兜子上，神不知鬼不觉地从后沟被抬走了。毛老道要拿孙老者的人血祭旗，后清皇上何根庆的一班子朝臣等着喝他的骨头汤呢！但是，能掐会算的毛老道失算了，他们路过天竺山的时候，被东秦岭保民军探知，一匹快马报与漫川关的司令部，司令唐靖儿下令：“抢过来！毛老道一股子鸡贼，敢在我老舅头上动土！”一时三刻，毛老道的人连兜夫一块儿被捉了过来。唐靖儿没有出面看望他老舅，他要到湖北郧西修桥去，临行对手下人说：“给毛老道的人弄一顿吃喝叫走，就说我唐司令谢谢他们把老舅给我抬过来。”

在天竺山下的土地庙里，孙老者先被吊了梁，又挨了打。打他用的是他的水火棍，孙老者说：“娃呀，你放轻些打，不是我挨不起，而是怕你使坏了我的棍。”打他的人就说：“行呀行呀，你说打轻些就打轻些，进了这土地庙不想挨打可没这规程。”说着就像打梿枷一样圆圆地抡着水火棍。四条汉子把他按在条凳上，他没反抗也没嚎叫，他在衙门里执掌了多年的水火棍，他知道规矩：嚎得越厉害挨得越重！

打够了一个数目，一瓢凉水戳到嘴跟前。孙老者喝了一口，摆一下遮面的披头散发，问："娃呀，打我是为啥哩？还是要啥哩？"执水火棍的壮汉说："我们这儿，打人的只管打人，要啥的只管要啥，到那一关了再说那一关的事，老汉你还是急不得的。"孙老者又问："敢问你家头领是谁？在南北二山当逛山的娃们，我大概都知道他大是谁他爷是谁。"执水火棍的汉子大笑道："你这个老汉子啊，也不想想，他大他爷管得住的，能入了逛山伙吗？"

孙老者被提绺起来，扔在靠墙的一堆干草上。水火棍给他插到怀里，说这是你的东西你拿着。打他的人穿上褂子又弹弹衣袖以示这一道工序结束了。临出门，又回头说："你那棍，本来中间就有伤啊！"

看着打他的人掩门而去，孙老者撑着水火棍欲挪挪身子，可挨过打的屁股如坠磨扇，哪里移挪得动，就抚着棍中的折茬处，不尽伤感。这棍折断过，是他用牛皮胶粘了茬口，两边又各绑了七寸长的竹板，再用热牛筋密实实地缠了，平生挨自己的棍这可是头一回啊！

正思想着，来了三个毛头后生，不由分说把他按到兜子上抬着就走，拐了三道沟岔，来到一处清爽的大院子，他被背进厦房。厦房里有一桌一凳，背他的人把他在凳子上安了，揭开桌上扣着的盆子说："吃去！"原来盆下扣了一老碗糊汤面，是他往常在官路边饭棚里给过路"粮子"预备的那种饭食，他只得吃了。

吃毕，听到院外有报告敬礼之类的声音，接着就进来一个身材伟岸的汉子，汉子身着旧军装，腰束皮带，肩上斜挎着盒子枪。他端直坐到孙老者对面，一眼一眼看孙老者吃完最后一口，又看他一下一下捋着胡须上的饭迹，说："孙老者啊，你这个案子我打算尽快给你办了！"孙老者眼睛一夹，瞅准了面前这个人，问："你是谁？你的首领是谁？"审他的人说："我叫陈月天，我就是首领。"

孙老者一惊，不由得手在桌上一拍，说："啊？陈月天就是你！你不是在冯大人办的讲武堂当教官吗？"陈月天说："那是多年前的事了。"孙老者用手指轻敲着桌面，问："你不当官军也罢，咋可以自己拉杆子当逛山呢？"陈月天说："我就是官军，绑你的毛老道才是逛山呢！我给你说，告你的状子我这儿有一摞子呢！”孙老者问：“告我？嘿！你也能接了状子？蝗虫吃过地界了吧！你说，把我绑来，是为啥呢？还是要啥呢？”陈月天说：“先给你算算账吧，你看你买了四十亩地，对吧？染坊上又有生意，对吧？还卖了一寡妇，盖了六间房是一砖到顶的，对吧——”孙老者颤着手问：“你你你是，要要要——”陈月天不急不躁地说：“你不拿些银子出来是说不过去的，六间大砖房一通龙，这头看那头雾沉沉的，南北二山要枪的不绑你绑谁啊？”

孙老者不说话了。陈月天叫护兵拿来水烟锅。孙老者推开水烟锅，说：“我得知道你到底是哪一路的，是啥军。”陈月天说：“那我就给你说，我这是东秦岭保民军。”孙老者闻言一拍桌子站起，屁股一麻又跌坐下去，他怒指：“把唐靖儿给我叫来！不忠不孝的一窝子贼，还保民军哩！”

陈月天不恼不怒，甚至微微笑着说：“你外甥呢，行军都背着他妈的牌位，你到郧西县访着问去，谁不说他是孝子善人！”

孙老者遏着气，一头的乱发颤抖着：“你把他给我叫来，你把他给我叫来！”陈月天说：“孙老者啊，你把事情闹清楚，绑你的是毛老道，救你的是我——”话没说完，传来密集的枪声，有人进来报告：“老连长的队伍上来叼人，把土地庙围了……”

没有把孙老者叼回来，反伤亡了七八个弟兄，老连长怒不可遏。他给垂头丧气的团长孙文谦说：“不要急，你看是这，不行了就调武关的左撇子、竹林关的右跛子、牧护关的白脸娃，加上你、留下守洛惠沟的，四方会剿，把这个毒瘤给割了，你看南山里啊，剿了南山罩以后，大逛山基本上都叫咱收拾了，可没想到你这个老表，一个挣箩的匠娃子闹来闹去还把事给闹大咧，虽说他把窝子放在湖北郧西，可害人在咱陕西东秦岭，不把这个毒蛋割了，早晚是个事。你叫家里人不要怕，我想他唐靖儿一时还不敢对他亲舅下手哩。”

说是四方会剿，谈何容易？光调兵遣将就得十天半月，还有部署侦察呢，后勤保障呢，矮胖子大参议对焦急的孙团长说：“麻烦得很很呢！”土包子二参议也说：“洛惠沟那边你可不敢麻痹，洛南县的曹鸡眼可不是一般的逛山!”矮胖子又说：“再说了，老连长能把这一期的新兵交你训练，也没拿你当外人啊!”老连长的两个参议、人称土军师的，一人一句说得孙团长头皮发麻，自己是个带兵的，可搭救不了父亲，真真是五内俱焚!

正在孙家人悲痛欲绝的时候，陈八卦接到香会线上传来的一封信，他匆匆阅过，就急急赶到孙家。孙校长和麻春芳正策划组织精悍人员，化妆成割漆的往天竺山去，人手一把篾刀，绑腿带子里又藏着短枪，立马就要出发。陈八卦伸手拦了，说：“别别别，这样越弄越失塌!”说着将信传与孙校长看了，信是父亲的手笔，信中说：“勿动刀兵，否则没命，立送一个营的鞋袜。又：烟土五百两，银元两千一个不能少……”

只得接受。一家人立马采办。进县的，上省的，烟土银元在一河两岸都能筹得，难办的是军鞋洋袜子，这必须上省城，得雇八九个贩挑。麻春芳说置办军需他是内行，这事担在他身上。

孙团长又联络上了老逛山骨头皂，骨头皂这二年在各股武装之间穿梭游走，东走吃牛头西走吃狗肉，吃谁谁就是朋友。骨头皂上了一趟天竺山，回来说，“票”好着哩，香会线上传的信是实情，不要走别的路子了，赶紧筹办钱款军需，时间上还不敢耽搁。

天竺山这边，自孙老者接受了陈月天的条件，并通过土地庙的道士传信之后，生活上得到了些许优待，他一再要求见到他瞎皮子日眼的外甥唐靖儿，陈说：“你不能以这个口气说话，在鄂豫陕三不管的这六个边界县，唐靖儿的身份是司令，已不是从前你门上的外甥了，任啥不恭敬的话你千万免开尊口，当心伤脸搬尻子!”孙老者叹一口气，说：“娃不学好，大人也没办法，世上这事，百姓是瓢水，想喝就喝想泼就泼，可水呛了喉咙眼子也够人受。”陈月天说：“大道理我比你知道得多，你知道国民党是做啥的？共产党是做啥的？我们是做啥的？嗯?!不说啦，把你这水火棍拄上，到土地庙晒暖暖去，那天打你是我关照过的，只把你尻子打麻就行了，你也养了几天了，土地庙的道士也熟了，抽着水烟，在地上摆摆石子棋玩玩狼吃娃，看苦胆湾人送东西上来了就叫我。”

十天后，陈八卦坐兜子率了牛闲蛋马皮干一行，带了八副饱担子的贩挑来到土地庙。陈月天派人接收了烟土银元和军需，安置一行人在庙里吃喝。同时，三道沟那边的大院子里，孙老者也等到了外甥的接见。

孙老者夹着眼上下打量唐靖儿，面前的汉子一身黑制服，腰里的皮带上挂着两颗炸弹一把“十子连”，左肩上斜挎着“母亲大人神主”的牌位，右肩上还搭着那根长杆旱烟锅，他抬腿动脚都刻意做出军人的姿势，孙老者无法把他和当年那个鼻涕拉哈仄楞仰绊的赖小子联系起来。唐靖儿在老舅面前神气着，他不先开口，他等待老舅高声称呼他。

孙老者终于开口了，他侧侧着脸说：“你狗日的总算出来啦！”

唐靖儿一惊，转眼就长吁一口气，说：“老舅啊，在这儿的地面上可不许骂人啊！”

孙老者说：“对，不许骂人，只许打人，你娃子要大咧，六亲不认咧！”

唐靖儿瞟了一眼气歪歪的老舅，肃着脸儿，转身离去。有人就架起孙老者跟上唐靖儿朝大院子走。唐靖儿正步走着，扬着头朝天上说：“我是搭救你哩，你反叫老连长剿我，我不管你了，谁要打你你疼去。”

大院子布上了三道岗哨，只听着“乒乒嘣嘣”立正碰脚跟敬礼甩胳膊的声音。上房的正厅里，孙老者被按在太师椅上，紧挨着是八仙桌，桌那边是唐靖儿。有护兵过来在桌上的茶碗里“冲冲冲”地倒着茶水。唐靖儿说话了：“你看，是这啊老舅，我也犯不着和你生气，你也犯不着跟外甥打别扭。不过我得给你上上课。你看啊，如今这中国，就数蒋介石要地大，他要地大咱也不尿他，山高皇帝远，他的胳膊腿也伸不到咱这儿来，他在上海杀人要威风哩，我在郧西修桥办学念耶稣哩，别看我只有小小的六座县城，可这里要啥有啥，百姓也顺势，照这个样子，三年后呢，五年后呢，八年十年后呢，我东可进中原西可图西安，不说当诸侯啦，他无论‘二虎’还是冯大人我都是瞧不上眼的，到时候他老连长来给我当连长我还谦他老哩！咱远的就不弄说啦，眼下吧，两年里，东秦岭的九大关口都要收入我的囊中——”

孙老者“吱儿吱儿”地饮着茶水，唐靖儿自个儿扳着指头说：“武关、竹林关、漫川关、青铜关、湖北关、鸡头关、双锁关、牧护关、荆紫关，关关都要变成我军的门户！按陈总参谋长月天先生的设计，年底就要把‘八大处’的架子搭起来，明年，我的第一混成旅就要进驻商县城！舅呀你说娃是蝗虫吃过地界了吗？我的陈总参谋长是个战略家，又是个政治家，娃得了这个政治家娃就不是娃咧！听外甥给你说，老河口进献的银子拿篓子给我朝上担呢，为啥哩？月天参谋长说我军就是紧扣了‘保民’二字！所以呀，在这里我给老舅丢上一句话，叫咱老四兄弟孙文谦把他的人马带过来，我给他搭个第二混成旅的架子，青年人要有志气，做事要看着前途呢！”

孙老者把脸埋在茶碗里，唏唏溜溜地喝着，问：“你这一堂课上完啦？”

唐靖儿说：“有啥不懂的你就说。”

孙老者用手抹着胡子，问：“你还记得舅家大椿树上那一窝子葫芦豹吗？”

唐靖儿说：“那当然啦，我小时候叫它蜇过。”

孙老者说：“那野物叫我给喂熟了，它不再蜇人了。

唐靖儿说：“好么！好么！”

孙老者说：“你枪杆子玩得再好，也没你挣箩儿的手艺好。娃你收了这摊子敛了野脾气，回去开个挣箩铺还能发家哩！要枪的人不归正最后都叫枪要了，人常说逛山门里一盆血啊！”

唐靖儿听着听着脸上就变了色，他猛地把“十子连”朝八仙桌上一摔，说：“谁要不顺着我的心，我就叫他门里一盆血门外还是一盆血！”他站起身朝外喊：“送人！”

四方会剿在延迟了二十天之后终于发动。老连长毕竟算得上是冯玉祥冯大人国民联军中的一支“国军”，手下既有骁勇善战的左撇子右跛子，又有足智多谋的矮胖子土包子，还有青年新锐孙文谦白脸娃娃；而唐靖儿这边虽有陈月天这样讲武堂出身的战略家，但毕竟是在书本上打仗，真正打上规模的山地战他还是嫩鸡娃子。所以在天竺山一对阵，唐靖儿只有吃败仗的分儿。还是当挣箩匠练下的腿功帮了他的忙，因为跑得快，老连长的枪子儿才没撵上他。他被迫退出漫川关，蜷回两郧地区。幸好，曾赠送他八百杆长枪的“鄂北剿匪司令”张连山并未落井下石，而是派人在郧阳郧西两县广设粥棚款待他的残兵败将，又亲自从老河口上来面抚唐靖儿，他说：“唐司令是虽败犹荣啊！诸位不要气馁，你们全当是练了一回兵，长虫要长粗都脱几回皮哩，慢说一支武装要壮大？不会吃败仗的将领不是好将领，你们要好好整休一下，开开会，把陈总参谋长的军事理论拆开来学一学，比照比照，该阵地就阵地该游击就游击，我相信鄂豫陕三角区六个县的主儿只能是唐靖儿司令！”

张连山把唐靖儿推向与老连长冲突的前台，自有他的想法。多年以来，汉口作为鸦片制品的散集中心，八百里秦川及东秦岭地区是其重要的货源地之一。张连山把守咽喉之地老河口百厘抽一富得流油，但如果上游烟路阻断或货源短绝，他就没法儿对北伐后驻汉口的第四集团军总司令李宗仁交代。所以他扶持唐靖儿就是要保持山阳县高坝店漫川关黄云铺一线的烟路畅通，而当务之急是破坏掉商县县长胡传路的铲烟运动，并在东秦岭的南山一线各村建立护烟队，每队配长枪两支，见有宣传铲烟的捉住就往死里打。

经过短暂的整休，东秦岭保民军又在两郧地区活跃起来。全军连营以上军官经过集中培训后，回到驻地一律实行三大政策：护烟、扩军、禁贼赌，捉住贼娃子剁指头，逮住要钱的割耳朵，一时间在郧阳郧西逢集与会都有游街示众的，都有招兵贩烟子的；军事训练打靶比赛搞得闹闹哄哄，街镇上见天哨子吹得吱吱吱，正步走得唰唰唰，陈月天规定：集合列队喊番号，齐步行进有歌声！但见一队人马高唱《国父歌》，立时就漫山遍野齐声吼：

昆仑山麓东海之滨，
天生圣哲百代宗师；
唯我国父忠孝并备，
唯我国父智勇兼仁；
四万万众舍公何从，
泱泱大国赖公复兴！

更重要的，是唐司令采纳了陈月天的三条建议：一是吸纳人才，不论军事的政治的文化的都要；二是联合友军，固士珍、曹鸡眼、红枪会、硬肚子、南天罩、毛老道那里，都派了骨头皂带人携了银子前去联络，接受改编也行，空挂番号也行，收受委任也行，战略协同战术配合也行；三是安定两郧扩充武装。此前唐司令已委任骨头皂为交际处长。总之，一致的目标是对准老连长对准胡传路，东秦岭这一块地盘必须变天！

陈月天要吸纳的人才第一个瞄准的是张子刚。张是商县张村人，“共进社”成员，早期《共进》杂志的主要撰稿人之一。民国十五年九月《共进》停刊后，参与创办“中山军事学校”并一度为学生讲授《中国革命史》，与其共同授课的邓希贤讲《政治学》，刘继曾讲《资本论》，许权中讲《步兵操典》，韩威西讲《地形学》，两位苏联顾问乌斯曼诺夫和赛夫林分别讲《射击理论》和《战术课》。该校是国民联军驻陕总司令部为培养军事干部而办，但其重要成员均为共产党人。不久，应县长胡传路之邀张子刚回商县筹建“商山职业学校”。在此之前，他曾指导县城一些中小学教员成立了“共进读书会”。回商县后，他亲临读书会组织活动。音乐和英文教师王修竹，在苦胆湾高等小学被瞎腠子固士珍吓跑之后，回城被聘为中背街小学校长，她接受曾被老连长留居三个月的女学生匡蓓的建议，创办读书会并接受张子刚的指导。张子刚是匡蓓到西北大学听“鲁教授”讲课时结识的。

时序到了八月，西安政治形势突变，邓希贤等教员被“礼送出境”，许权中率部分武装撤出西安南下投奔陕军李虎丞……

一个礼拜天的夜晚，中背街小学，神色肃穆的张子刚紧急召集读书会全体成员开会。这位身穿灰色列宁式粗布校服的汉子郑重宣布：“今天不唱歌不读书，只讲三条，一、《共进》《秦钟》《共产主义 ABC》《陕西国民日报》等书报刊分别保管，不再集中存放；二、中国共产党东秦岭特别支部暂停活动，原拟发动的农民协会按下不提；三、读书会成员利用各种身份进入各种地方武装，相机影响之改造之，比如亮亮，可以接受老连长的委任；高二石，在麻春芳的护校队里要起骨干作用；

雨生，继续和北山里的红枪会保持联系；匡蓓王修竹要更好地把握住教育界的力量和县府的‘铲烟放脚宣传队’；还有狗欠欠，不能离开固士珍，离开了你的危险也就来了……”

狗欠欠急不可耐地说：“那一帮子，连三民主义的毛儿都不沾，是一窝子真正的土匪逛山！我给他当压寨夫人？他给我牵马引镫我都看不上！”

匡蓓说：“咱这样做就等于自我解散，蒋介石在上海杀了那么多同志，冯玉祥又在西安搞政治清理，革命处于低潮期我们怎能趴下？”

张子刚严肃地说：“这种想法十分危险，你不要再说了！”看会上气氛十分压抑，他很苦地笑了一下，继续说：“革命是个很长的过程，第一条是先保护好我们的同志，至于我啊，打算到唐靖儿那边去，唐靖儿才吃了老连长的败仗，急需在政治上找出路，冯玉祥在徐州会议上公开转变政治态度拥护蒋介石，之后，陕西的政治形势急转直下，我们能把住一股子是一股子。小牛郎呢？小牛郎，他和于家大院的人接触是可以的，但一定要——”

小牛郎，石瓮沟坡座子上的小牛郎，那个常年给瞎子外婆拾柴火、小时候和十八娃青梅竹马的小牛郎，如今是中背街小学的茶炉工，他已长得人高马大，伸出去胳膊像椽杖，握住了拳头像铁锤，言短而机敏，胆大而果决。他给读书会成员捎话送信跑腿传机密滴水不漏。

就在这中背街小学，小牛郎见着了他魂牵梦绕的十八娃。那一刻，在火红的煤炉子上，三把黄铜大茶壶一齐呼呼呼地狂喷蒸汽，在烟火的熏烤之中，在气雾的缭绕之中，四只眼睛钩在了一起，就是天塌地陷也不能把他们拆开。小牛郎问：“你咋知道我在这儿哩？”十八娃答：“我过来过去都看着像你，可心里拿不准……哥哥啊，外婆去年过世了！”小牛郎说：“这我知道，我拾的柴她到死都没烧完，我不知道你到小学来是做啥哩？”十八娃说：“你不知道哟好哥哥，我现在是给老连长家淘奴哩，人家二娘生的碎公子在这儿上学哩，接来送去都是我的事哩。”

有了一回就有二回，有了二回就有许多回。十八娃和小牛郎慎慎地保持着他们的机密。处在二娘三娘的夹缝儿里，自重逢了小牛郎之后，十八娃活人的艰难也不再难以承受了。俩人不止一次地重温了小时候那支唱了无数遍的儿歌："星星星星当头照，你给我盖个娘娘庙；日头日头红彤彤，你给我搭个柴棚棚；月亮月亮白光光，你给我盖个小房房；小房房上开撑窗，看见哥哥在坡上，挖葱哩摘豆哩，要给我妈过寿哩……"而老连长这边，他在梦圆了那个久远的向往、尝过了仨月的新鲜之后，十八娃在他眼里就三分不当二厘了；她仅仅是给他挠脊背的工具，那种床第之事上绳锯木头似的折磨和恶意，不止一次地使十八娃想起饶曾教给她的那个恶主意，她不知道自己还能忍受多长时间。可是，自从见到了她的小牛郎哥哥，她仿佛隐隐地听到了旱天里，远山处传来的雷声，盼雨啊，就有了湿漉漉的指望……

终南佳气郁九商，
州河水泱泱。
夙敷司徒教，
世传芝草香，
文明乐土教化早宣扬。
愿吾切磋琢磨各自励，
勤学毋怠荒。
完成小学树国本，
三民主义倡。
看他日中学大学，
深诣远造履阶堂。
同学齐欢唱，
努力去担当，
乾坤朝阳各自强！

王修竹领着他的学生们在齐声高唱，唱的是他们的校歌，也唱的是他们的理想。今日的民众大会，主题仍然是铲烟放脚剿匪，胡传路县长要亲临现场讲话，匡蓓的县府宣传队要演节目，中北街小学、商县中学等多所学校要进行歌咏比赛。地点在县城中心的大十字广场。这里曾是昔日的州署考院，光绪三十一年四月，知州杨宜瀚在此主持了最后一场科举考试，到七月清廷就宣布废除科举。之后，几经政迭兵乱，几经权者换旗，昔日的神圣之地相继变成了房倒屋塌的残垣断壁，变成了荒草场子、市场摊子、民众广场……冯大人主陕之后，政令迭出，县上动辄召开民众大会，州署考院渐被踏平，成了大十字广场。此刻，各学校间的“拉歌”刚一歇息，孙团长的一连新兵就高唱冯大人转向以来明令传唱的《国旗之歌》：

江海滔滔山岳高崇，
中华自古为世之雄；
愿毋自弃誓不自封，
光我民族促进大同；
创业为难先烈建民国，
守成不易后死责任重！
同心同德同一标志，
青天白日满地红！
同心同德同一标志，
青天白日满地红！

胡传路县长一上台，新兵的歌声立止。胡县长头戴蓝呢礼帽，鼻梁上架着新式的文明眼镜，上身穿着黑洋布的中山装，左肘弯挂着文明棍，左手间捏着讲话纸，他右手扶着眼镜举目望了一下，场子上立即鸦雀无声。胡县长就瞅着讲话纸大声念道：

“各位民众、各位士兵、各位青年、各位教师和学生、商界的先生们：今天，天高气爽，太阳明亮，为什么哩，因为我们的剿匪取得了一个的大胜利，我们的威武之师把巨匪唐靖儿给剿灭了！他的残部逃到湖北去了！他再也不能为害我们上下州川和东秦岭地区了！我们今天召开民众大会，就是要庆祝这个胜利！另外，我们的铲烟运动、放脚运动也取得了巨大的成功！现在，在州川河滩地和南北二山的坡面子上已经看不到种大烟的了！在县镇街道和乡下集市已经看不到小脚妇女了！民众们都知道了，谁家女子缠了脚就嫁不出去了！今秋，集市上的板栗很便宜呀，红薯柿子也丰收了呀，山外闹年馑，我们这里却五谷丰登，为什么哩？因为本届县府秉承了国父的遗志，天下为公啊……”

胡县长的讲话每一句都是喊出来的，内容却是些家常话，那些赶集做买卖的、行乞讨饭的、跛腿残疾的、流浪游闲的，都挤挤拥拥而来，争看县长的风采，静听县长的佳音，巴望得到一碗舍饭或一条裤带的救济……胡县长讲话之后，文艺演出在执勤兵士横着枪托对民众的推搡中开始，匡蓓指挥宣传队表演了齐唱《铲烟歌》、快板《烟葫芦子一乍长》、舞蹈《小脚推磨》、新编花鼓剧《妇女打夯》；县府警卫连表演了活报剧《唐靖儿挣箩》，等等；县商会的诸位先生还当场给宣传队捐了钱，匡蓓表示感谢并说宣传队将以此为基金组建县剧团，排演秦腔本戏，争取过年了在大十字广场公演……演出结束又进行了锣鼓巡游，胡传路县长走在队伍前列挥着小旗子喊三民主义万岁，后边的学生队伍、兵士队伍、民众队伍蜂拥而行，街两边的观众有拍手的，也有吐口水的，两条街道走过，天近黄昏，突然，队伍中有人喊出：“联俄联共扶助农工！”“反对四一二大屠杀！”“农会万岁！”

胡县长猛地止住步，拧头朝后，急问：“谁胡喊啥哩？谁谁？抓起来抓起来！”队伍立时大乱，兵士民众学生搅在一起成了一锅粥，砰然有了枪声，有了哭声，夜色朦胧中，胡县长头上挨了一棍……

孙老者从天竺山回来后，气色一日不如一日。被外甥绑票勒索后，家里的积蓄消耗殆尽，盖起的房子也没心思收拾。琴三天两头喊着要住新房，孙老者就叫海鱼儿担土和泥，把东头的一间隔成卧室，盘了炕，泥了墙，裱糊了顶棚，安了开窗，又燃了一堆麦草烟尘雾罩地烘着；琴说她一天也不愿在老屋里住，三哥和海鱼儿俩老男人睡过的炕上老有臭烘烘的脑油味儿，跟虎爱流黄鼻泣就是脑油熏的。所以这间卧室的墙皮一烘干，她马上就携跟虎住了进去。她还动员二嫂饶也在新屋里隔一间小房，饶说我就带金虎住在大嫂十八娃的老厦子里，旧炕上娃睡惯了，闻着他妈渗在炕席上被褥上的气息，娃能安生睡觉。其实，是饶怀孕了，她怕住到新屋里生土潮木石的沁了胎气。老三两口好说话，悄没声息地搬回有脑油味儿的老屋里，这里做过琴和老四的洞房，忍说老四当上团长了回来住在新房里，护兵也好站岗挎娃子也好服侍。海鱼儿把他的铺盖从场房搬到染坊，说我给咱看守新院子，固士珍的人来了我一摇椿树天兵天将就下来了。染坊和琴的卧室相隔有丈把远。

今年的柿子繁得压断了股，孙老者早上起来第一件事就是背上背笼到村沿子外、后沟里的柿树行里去拾柿子。那些风吹落的、虫透了蒂柄的、老鸹鸽过的、落在地上瞎了的烂了的，他统统拾回来，严严地捂到瓮里。琴说大大你拾烂柿子做啥呀，猪都不吃的。大大沉着脸不说话。饶知道烂柿子能做醋，她娘家就常年吃的柿子醋，她就帮大大拾掇罐子拾掇瓮。腊月天里，柿子坯发得满屋里都是酒糟味儿，饶就帮大大把柿子坯握烂，留了“角子”，绊了麦糠，又压实捂严，盖上被子，待发热发酵了，又一天搅三回，直到均匀发酵，再翻出“角子”，放凉，倒入过滤缸，按实；用清早担的新井水慢慢淋入过滤缸，两个时辰之后，抽开过滤缸底上的漏口，流出来的是头茬醋，再把头茬醋回灌过滤缸，流出来的就是上好的柿子醋：“缸头”。待把“缸头”装入专用的“沆子”里用泥封了口，再滤出二茬的“缸桩子”、三茬的“缸底子”。一般醋家，“缸头”进城卖，“缸桩子”转乡卖，“缸底子”留下自家食用。城市里，一“趔子”“缸头”醋能卖到十多个麻钱儿，而转乡卖的“缸桩子”一“趔子”才三五个钱。“趔子”用竹筒做成，胳膊粗、五寸深。

苦胆湾人家，柿子顶一半口粮哩，八月里过了“社”（秋分），柿子变黄，霜降以后，漫坡架岭的柿叶子火一样红起来，秋风吹过，红叶落尽，满树都是一嘟篓一嘟篓的金疙瘩，娃娃们上树摘上树摇，大人们拿竹竿夹，那些最大个儿的品种，窝窝、丰柿、母水花、社里黄、水冒啃，人们摘下来在夜里入锅和谷草一同温了，第二天上山割柴下地耕作学生娃子上学，携了三个五个可以当干粮；更有几个特殊品种：“烧柿”是在火里烧一烧就脱涩变甜，“办柿”是吃时在地上摔几下就立马可食，“半夜尿”是温水锅里暖柿子一般品种到天明才糖化变甜，这种柿子是人半夜起来撒尿的时候就甜了；还有那些中型的品种，重台、板柿、干冒啃、镜面儿，主要用来削柿饼，一家大小围了竹笸篮用柿饼旋子削去表皮，然后扎成串子，挂房檐下凉成半干，又捏成扁平形状，入缸收藏，待春节前潮了“霜”，柿糖析出，柿饼洁白如玉时，担到集上出售，是年节里看望老人和发给拜年孩子的好礼物。而柿子品种中最小的数火晶、笆齿、十样景，人们摘下来掰柿片子，做甜炒面，家势好的人把大麦炒熟用软柿子粘成疙瘩，晒干磨面，食之如饴；穷汉家儿的甜炒面，是柿子绊熟糠，荒春上，出门做活一碗糠炒面一碗稀糊汤手帕里包一笊篱软蛋柿就是一天的口粮……

孙老者的新房里，两大“沆子”的“缸头”和三大“沆子”的“缸桩子”顺后檐墙排了一行，海鱼儿和老三就知道他俩腊月天还要做啥活了。染坊上的生意孙老者抠得紧，海鱼儿和老三赶集摆摊子给染坊上收发了布，同时还要将两桶醋捎代着卖了，家里亏空得厉害，孙老者说攒一个钱是一个钱。三个媳妇贩花织布也大不如往年，十八娃走了，饶拖着笨身子，琴叫跟虎缠着，忍要见天做三顿饭，染坊上的活都是见缝插针着做，拉不开手了，孙校长就叫麻春芳喊几个护校队的学生帮忙。

民国十七年的春节过得冷清，一是老四没回来，二是校长东躲西藏不敢露面，三是饶年前就下身漏血卧床不起。今年过年，老连长把守城护节的任务交给了孙团长，孙团长派李念劳把了东门南门、派王双考守住西门北门，他夜里不放心还亲自提了马灯带人上街巡逻；而孙校长给护校队的学生放了假，说娃们紧张了一年过节了也叫回去给祖宗烧烧香火给二老行行孝心，他特别安排麻春芳领一班枪手住校，说瞎腚子的人来了就往死里打，他说自己入山隐居去呀，省得瞎腚子到处寻他惹得村里不安生。

最不得安生的是掌家媳妇饶，她担惊受怕不说，操心劳累不说，要紧的是元宵灯节刚过完，下身的漏血就越来越多。终于有一天，她圪蹴在茅房里没有起来，待忍发现的时候，她身子底下掉下一个血疙瘩，忍赶紧喊琴，琴赶紧喊高卷，又叫来白顶子、帽根子，不用说，是“小月”了。海鱼儿跑得快，待他从陈八卦处取回“苜蓿子麻油鸡蛋汤”的单方，这边老母鸡加红壳小米已经炖上了。饶蜡黄着脸躺在老厦子的炕上，金虎乖乖地偎在她的怀里，忍要抱他他摇头，琴要哄他他不去。孙老者拄了水火棍在门口巴望，众人扶他去上房歇息。他人歇息了，却心里沉甸甸地疼，就起身洗了手，在“孙氏历代祖宗大人神主”的牌位前上了一炉香，才在老圈椅上默头坐了，水烟锅拿在手里，也无力打着火镰……

孙校长被人找了回来，他问了食补单方，又捉手试了脉象，说好多了不当紧，众人才叹息着分别离去。校长脱去长袍，从怀里抽出两卷老书，慎慎地压在枕下，就囫囵着身子裹了被子睡去。

半夜里，突然一村的狗都叫了起来，孙校长刚翻身坐起，院子里就响了一枪，饶猛地推他一把，他拾起老书揣入腰里就跑，到老三小房外，脚朝窗台上一蹬，就身子跃起双手扣紧椽头，双腿一摆上了院墙……

老厦子里，有人一脚踏开炕头的撑窗，“叭叭”朝炕上开了两枪，一个黑影闪进来，手电的光影在屋里哗哗地扫着，饶合身子一滚，连被子带金虎一疙瘩窝在炕旮旯；一双大脚踩在炕席上，金虎的光脚丫子连踢带蹬，嘴里连哭带骂：“日你妈日你妈日你妈!”手电光扫过来，是一张惨白惨白的妇人脸，踩在炕上的大脚在娃娃的骂声中朝妇人脸上踢了一脚，又步子一跨蹦了出去。

上房门被踢开，几只火把在屋里照着，烟光火影中，孙老者问：“阿一个娃是固士珍？到我跟前来!”执火把的没人理他，翻箱倒柜的也没人理他，有人从阁楼上跳下来，手一挥，一伙人就呼啦啦出门而去。新房那边的院子里，手电光扫着了葫芦豹，胳膊粗一股黑头蜂立马就顺光柱扑了下来，有人“吱哇”一声喊：“跑啊，葫芦豹来啦!”

一瞬间，村里又恢复了平静。孙家的一院子人都起来了，海鱼儿胳膊上流着血，说是一伙人要蹬琴的房门，他伸手拦住说，屋里是人家的婆娘娃，“粮子”你也好意思？话没落地枪就响了。正说着，麻春芳带了一帮子枪手跑来，问了情况，见没逮住校长也没出人命，就说万幸万幸，又当即领人到村沿子上去搜索。

第二天，孙团长知道家里出了事，就骑骡子率领一连兵士连晌子赶了回来。在苦胆湾高等小学，他召开了一个简单的联席会议，下州川六个里十八个乡的里正、里副和麻子巡管，西原上的士绅，陈八卦、牛闲蛋马皮干二校董、麻春芳、孙校长等等，大家讨论苦胆湾的治安问题，麻春芳提出要扩大警戒范围，不能就村护村就校护校，但这要解决人员和装备问题。孙校长说要长治久安就组建民团，古人就有止戈为武的说法，但这就要在各村抽取人头税，至于我自己，倾家荡产也在所不惜，总不能把咱辛辛苦苦办起来的教育毁在瞎膜子手里。陈八卦说以暴易暴冤冤相报这不是根本办法，要紧的是以心换心，他说他可以到古楼峪去面见一次固士珍，痛陈利害，大家罢戈息武，如果要田产，他油坊里的家当可以奉上一半……

讨论的结果，是先礼后兵。陈八卦次日就坐兜子上路，孙团长麻春芳也策划着调兵部署，他们希望陈八卦能有一个好的消息带回来，但他们估计这种可能几乎没有。

要上古楼峪见固士珍，须得爬上十八盘。十八盘是螺旋路转山而上，每一盘都有岗哨持枪把守，要紧处建有碉楼，机枪头子从枪眼里伸出来黑洞洞的吓人。前三盘，岗哨的士兵都是州川娃，一看见兜子，就说："噢，福吉叔，是固司令叫你上来的？"陈八卦用手里的黄铜茶壶朝山上扬扬，也懒得回答。上到中三盘，有认得他的老远就喊："是风水先生啊，你看这山上有龙脉吗？"陈八卦就势大声回答："噢，给固司令他爷踏坟地呀！"最后一盘，是山寨城门，垛墙上站一行端枪的士兵，不管谁来到这里，都要武官下马文官下轿，陈八卦被人扯住袍子揪下兜子，又被浑身上下摸了一遍，才有兵娃子引到席棚里用茶，片刻就有红鼻子警卫官持了笔纸过来询问事由。陈八卦不失风度，他帽苔子一筛袍子一撩罗盘就端在了手上。看此人一派仙风道骨，红鼻子警卫官就先退了一步，远远地说："敢问仙道来自何方洞府？来在鄙地有何贵干？"陈八卦将红铜茶壶一扬，宽袖子在罗盘上拂过，悠然作答："五圣师庙道士登山访贤，特来拜访固司令！"

红鼻子警卫官跑步而去。一个时辰之后，跑出来熟人骨头皂，他拥了陈八卦的道袍嘘寒问暖，引入一处木屋歇息，又发了一通冯大人要通吃陕军的高论，才转弯抹角地询问福吉兄何以不辞辛苦，陈八卦知此乃八面玲珑之人，就说此行是替人踏勘阴宅路过只是顺便拜访，骨头皂就说固士珍正欲择一吉地建造司令部，何不随路踏勘落个顺水人情？陈八卦不置可否地笑了，骨头皂就引了他登高远望。这一处山势，有淙淙清泉流淌，林子里散布着草庵坯房；陈八卦在山崖边攀高溜低，罗盘就不停地转换方位，盘上的磁针在这儿颤抖在那儿也颤抖，终不能静下来。看福吉兄一脸沉重，骨头皂知天意不得勉强，遂见好就收着说大兄今日是累了，另择吉日再踏吧。

下了山崖，再入木屋，红鼻子端来几角子烙馍。骨头皂笑说：“这里没有蒸馍也没有油泼蒜叫你蘸着吃，大兄你走一乡随一帮将就着吃，禁住饥就行了。”陈八卦反眼问他：“你是随了这一帮了？”骨头皂说：“我是腿长走天下嘴大吃四方，广结豪杰为人缝豁锣解疙瘩哩！老兄你有啥事要合辙了我给你串说去。”陈八卦说：“大事倒没有，我是有一份家当想送给固士珍，他是我手里长起来的娃，人都盼娃学好哩嘛！”骨头皂笑了一回，起身说：“这山上的苞谷酒很特别，我去舀一葫芦子来咱哥们品品。”陈八卦冷冷地斜眼笑了，看他趔趄而去，一时间产生了立马下山的想法。正作想着，骨头皂果真提了酒葫芦子一路淋漓而来，陈八卦站起来，用扣着红铜茶壶的手挡住他，冷峻着脸说：“酒我就不喝了——”骨头皂热热切切地说：“不喝了也罢，我给你这茶壶里灌上，一路下去了慢慢品。”陈八卦就随他灌去，一边顺下坡路走一边说：“这固士珍是要大了啊！”骨头皂朝他耳边一拢，悄声说：“你一上山，我就知道你是来做啥呀，我给你说，狗欠欠的事恐怕搁不下，你给腊娥说再不要搬人上山说话了，就全当没养她，这女子疯得很哪！”陈八卦一惊，问他：“你说啥你说啥？！”骨头皂把灌满包谷酒的茶壶递上来，察看着对方脸上的颜色，谄谄地说：“我是说啊，固司令确实抽不出身，他说了，他在你办的高等小学里上过学，虽然你没教过他，但他仍认你做老师。至于那一份家当，他说他从来没有为财之念，对老师的惦念，他说学生没啥谢呈，就送一瓷罐子苞谷酒，已经给你绑在兜子上了，你甭嫌弃，礼轻仁义重嘛。”说罢，脸儿一平，就派红鼻子警卫官送他下山。

出了十八盘，转过一处山崖，山上猛然传来一声女子的尖叫：“——万岁！”接着传来一声枪响，震得山崖上的树杆抖了一下。陈八卦叫兜子停下，他扬头朝山上看去，十八盘的小路在云雾里如死蛇一般断成几截。

陈八卦一扬手，将装酒的瓷罐子扔下山涧……

陈八卦无功而返，孙团长的调兵部署立马执行。王双考营兵分三路，东扎白杨店、西扎石门沟、北扎碾子凹，三个连成三角形罩了苦胆湾。同时，孙校长麻春芳以护校队为底子快速组建了民团，民团一拉起，王营就必须撤离以回防城东笆搂山。老连长说王营在此留守的时间不得超过四十天。而县城的城防，主要由李念劳营和新兵连负责，驻城西四十里麻街川的白脸娃娃营，作为护城西翼受孙团长节制。孙团长是实际上的守城总指挥。老连长特别向他交代，左撇子和右跛子的两团人马日死都不能动，左撇子守卫着陕豫交界的富水关和二道防线武关，河南蛮子陈四美虎视眈眈动不动就向这边打炮，而布兵竹林关漫川关一线的右跛子更不敢掉以轻心，巨匪唐靖儿在鄂北剿总张连山的调教下正日夜练兵。

老连长呢，他的主要精力用在琢磨西安省的时政新局。去冬今春以来，冯大人加快了剿灭和整编陕军的速度，同时陕军中反冯的将领也暗结联盟，双方不时交战，致使一向以投靠为能事的老连长一时不知道该倒向何方；眼皮子底下，胡传路县长又是冯大人的铁杆，所以政治上的研判只能在机密中进行。矮胖子和土包子派出去的暗探和交际官未返回一丝信息，两个土军师仿佛热锅上的蚂蚁不好给老连长交代。孤独中的老连长琢磨来琢磨去脑子成了一锅糨糊，情急中突然想起陈八卦的小外甥亮亮，于是，一骑快骡将这个直领四兜学生装的小青年驮进了司令部。

“我们是老朋友啦!”一进门，老连长说着就热煎煎地搂了亮亮的肩膀，又反身关了门窗。看着这空荡荡的司令部作战室，亮亮有些疑惑，老连长忙说：“今天就咱们两个，你像上次那样给我把西安省的形势好好说说，你看，我也有地图了。”说着就扯开墙上的布幔。亮亮凑过去细看，这是一幅当年印制的十万分之一鄂豫陕晋地形图，纸质皮实，字迹清楚。老连长问：“我这个应该是最新版的。”亮亮指着图下的小字告诉他：“印是新印的，这儿有时间。但这是老版本，你看这儿写着‘据民国二年二十万分一图略’，当然，我那幅是陕西省地质局测绘科制的，你这幅是国民党军事委员会陆地测绘总局制的，也能用也能用。”

正题扯开，亮亮一本正经地用竹教鞭指着地图的这儿那儿，用抑扬顿挫的声调儿说：“陕军中的二虎、卫定一部原来与冯玉祥有旧仇，为了对付镇嵩军才组成国民联军。刘镇华败退后，冯执掌了陕西军政大权，陕军就消极以待，间隙扩大，驻守西安的冯军宋哲元逼陕军的二虎、卫部接受改编，之后，命令其退出西安或出关东征。陕军不愿放弃家乡地盘，成了冯军剿除的口实。适有陇东军伐韩有禄、黄得贵反冯，宋哲元追歼其部至关中，陕军将领田玉洁阻击宋部，并联合韩、黄共六万人攻打冯军。其后，陕军各路将领在三原县召开联席军事会议，拥岳西峰为陕军总司令，冯子明为渭北总指挥，李虎丞为渭南总指挥，联合反冯。冯部宋哲元采取分化瓦解和军事切割相结合的办法将陕军各个击破。陕军将领顾含芳、田玉洁、党玉琨、雷赤诚、曹耀南、杨云栋等相继战死。特别是凤翔一战，冯军甚至将已缴械的三百余陕军官兵用机枪扫了。在此情势之下，二虎之一李虎丞孤注一掷，发兵攻潼关围西安，被冯军马鸿宾、孙连仲击败退走商县黑龙口，其手下两个师长投降被诱杀，参谋长刘季衡被诬为共产党分子杀害。接着，冯玉祥在徐州会议上公开拥蒋，冯作为第二集团军取得了对鲁、豫、陕、甘、青、宁六省的统管之权。如今，陕军七零八落，冯军如日中天，短期来看，投冯可明哲保身，从长计议，或冯或蒋，都非真龙天子，难主中华江山。小子不才，井蛙之见，不揣浅薄，鲁莽直言，或为谬论，聊以备考。”

老连长连连称赞亮亮讲得好。他说：“还是年轻人眼界宽知识广，你给我脑子里铺下了以后过日子的底子。但有一条我还想不明白，这全中国人都在枪子儿底下过活哩，到最后是啥下场啊？像咱这地方武装，今日跟上这个转，明日看着那个的脸色，早晚也得叫人一口吃了！咱应该有自己的出息吧？这方面我还想听听您的高见哩！”

亮亮坐下，周正了腰身，平声直说：“我这里给你准备了几条建议：第一，要尽快组建骑兵部队，让骡子退役，古人说兵贵神速，你又没有能力购置运兵车。第二，整修官路，东秦岭是山地沟壑纵横，你调兵遣将先受制于交通，至少在各县城之间、各要寨关隘之间有大道联结。第三，组建通讯连，购制无线电。民国三年跑白郎，省都督府即令省电报局在商县城安装了发报机，这里一出事，袁世凯那边当即得到报告，战机是瞬间即逝，上通下达靠骡子传鸡毛信是冷兵器时代的通讯方式。你这里要实现远程指挥，各团都要有无线电与司令部保持联系。第四，建立自己的情报部队，做到知己知彼，古人说的细作，现在说的间谍，真正的军事家不能缺了这一翼。第五，对南北二山的小股土匪逛山，用招抚与专剿相结合的办法除之。第六，整肃军纪，讲究精兵。第七，联合各党各派，重树三民主义旗帜，保境的实质是安民，坚行人和之道。第八，完善行政权力机构，县、里、甲要建立廉洁有效的三级地方政权，要天下为公民意为主……”

老连长听着听着头上冒出虚汗，他不由自主地用指甲在桌面上划道道，一二三四留在桌上，道道代表的内容却让他心里发紧，他嘴唇僵硬着说：“好，好，说得实在是好，你这设计是要我坐天下的嘛！骑兵队是当紧要建起来，不过那就得开军马场，或者远上青海宁夏内蒙古去购运，这两条目下还办不成，咱还是先用骡子，骡子能从乡下大户人家征调，骡子又力大饲粗，挽乘兼用；咱先组建骡马连，适量吸收黄牛、水牛和毛驴，选枪法准、胆子大、不怕死的兵士，发给每人一匹，怎么样？你给咱当连长？每月我给你银——”亮亮笑着竖掌止了他，说：“当然，我这些条条是出于长远考虑，是战略性的，你也不必当真，我这是一介书生在纸上谈兵哩！”

之后，老连长盛宴款待了亮亮，说要花啥钱了言传。又留住了几天时间，引着亮亮视察了城防，还要亮亮给兵士演讲，亮亮也随话答话虚与应付。接着，矮胖子和土包子派出去的明暗线人相继返回消息，情况无出亮亮言论。老连长欲留亮亮在军中，亮亮以欲赴西安进修而后投考西北大学攻学地质而婉辞。老连长说学费上的事准我的。

对近在八十里外的李虎丞，老连长有了相宜的主意：不迎不拒。若迎之入商，是否引狼入室不说先是得罪了冯大人，若凭地利坚拒甚而落井下石，则其作为杨虎、李虎的二虎之一，困兽犹斗也不是好惹的。于是，老连长一则密令白脸娃娃严防李虎进犯；再则速令留守苦胆湾的王双考部西潜黑龙口南之牧护关，一旦李虎有异，则白脸娃娃与王双考合而钳之；三则令人暗中资助李虎粮秣钱款，抚其勿扰乱地方。李虎也知理知趣，到夏初收编了共党许权中部后，就取道洛南，北出华阴去了。

一切安排停当，适逢龙驹寨五帮班头派了十六人抬的大轿子来请老连长，端阳节的龙舟赛会上，要老连长亲撒五彩斗，又有花鼓和二黄戏的对台演出，正好他要到寨东视察左撇子部的武关防线，就说说笑笑着乘兴而去。老连长身边只带了一个女人，这就是十八娃。十八娃不仅挠脊背是天下第一，还能帮他品味臭臭花鼓子的妙处。当然还有床第之事，鸨帮班他认过的干女儿就有十几个。每一次到龙驹寨，五帮班头们都要领来一些姑娘给他磕头，他咧嘴一笑就认了，干女儿们或侍候他半天，或陪床他一夜，总要他高兴了才“干大干大”地亲声儿叫着接了银元离去……

虽说老连长老谋深算，但出其不意的事情还是发生了。

古历五月中，下州川一河两岸，人们给旱地里蕃麦苗锄头遍、给水田里稻秧拔了稗草，在夏收秋种之后的空闲里，苦胆湾的面坊人家吊出了头茬挂面。十几副面担子如约给县城东背街的司令部伙房和于家大院送去，可在城东八里地的笆搂山下，被不明来路的一股子武装连人带货掳了去，护校队的人带了枪去解救，结果头破血流地逃了回来。报告的情况要比土匪抢人严重得多：笆搂山下的官路被人横挖了一道壕，这壕直伸到两边的庄稼地里。有一群身穿黑制服的兵端着枪伏在壕沿上。壕前十来丈的地方画了一道灰线，有七八个农民样的人手执马刀在此警戒，说话是漫川关一带的下河口音。州河两岸，支了几十顶军帐，南北二山之间通往县城的州河通道被彻底截断，所有往返县城的人都被挡了回去，稍有违抗就刀枪侍候。

孙校长麻春芳带领新立起的民团二百多人正在后沟里学打枪，得到报告就立即开会商量。孙老者说县城内外消息不透，城里必有灾异，又适逢老连长去了龙驹寨，这不是一般的事情。麻春芳说刚好王双考营西潜牧护关，而守城的却只有李念劳营和咱老四手下的新兵连，城里正值空虚之时出事说明来者是知己知彼，目的恐怕不仅仅在于图谋城里的钱财粮物。孙校长说，听古楼峪下来的人说，固士珍的寨子上这两天出奇地平静，但凭他那点儿人马要进城闹事恐怕还没有这个实力，说那些人是下河口音就叫人猜想是不是咱老表唐靖儿的人马上来了？麻春芳说，唐靖儿陈月天在湖北郧西扎了根，就是要犯州川，他总得走竹林关总得走山阳县吧？那边都是老连长的人，不可能不通消息呀？再说了这一线上来八九百上千里路，又是大部队行动，总要电闪雷鸣，不像咱王双考的一营人每人背了二斤炒蕃麦一天一夜就到了地方——

商量的结果是以护校队骨干为前锋，以民团的二百人为主力，带足弹药，趁天黑扑上去一举打通警戒线直奔县城与守城的孙团长会合，依事态程度决定以后军事。孙老者提醒说，如遇强敌不要硬碰。孙校长说民团毕竟是一些才放下农具的农民。麻春芳说仗是由我去打，进退攻守我心里有数。于是队伍集齐，统一了哨令，连续的短哨音就是进攻，一声长哨音就是撤退，撤退还是卷席筒的阵法，不能乱套。麻春芳把挂在脖子上的铁哨子当场吹响，演示已毕，每人发了二十颗子弹，只等天黑行动。

可是这一仗，出乎了麻春芳的意料。首先，伏在土壕里的兵们不仅有长枪，还有炸弹；更可怕的是，笆搂山的制高点上，有机枪居高临下喷火……所以一交手，麻春芳就咬了铁哨子一口气儿地长声吹。护校队的硬手们爬在地堰上还击，民团的人就趁势滚到蕃麦地里，又依照在后沟里演练的战法，一个排掩护两个排撤退，依次朝后卷。所好对方没有追击又有黑夜遮蔽，幸无人员阵亡。虽有十来个人挂了彩，但两个重伤者还是被人扯着腿抬回来了。

城里的事态可能十分严重。琴抱着跟虎，娘哭了娃哭。孙老者拄着水火棍在大椿树下转了一圈又一圈，饶端着一碗汤药跟在后边，一声高一声低地唤着大大……

为了防止天明后对方追击下来，孙校长麻春芳连夜安排民团，在下州川几个交通要冲和制高点上部署了火力。天蒙蒙亮，孙校长麻春芳就赶紧给龙驹寨的老连长通报消息，一骑快骡疾驰而去，铁蹄叩击官路的声音沉在人们心里。

二尺高的蕃麦苗子，在初夏的燥风中整夜都蔫卷着叶子。陈八卦坐着兜子一手摇着折扇一手扣着红铜茶壶，晃儿晃儿地来到设在金陵寺的民团总部。孙校长迎上前去要说明昨夜的事情，陈八卦亮掌止了他。红铜茶壶的壶嘴儿在帽苔子的鬓角挠着，陈八卦提袍下了兜子，径入大殿落座，才说："没死人吧？没死人就好。香会上传下来的话是：县城叫唐靖儿和固士珍给围了，东西南北四座城门被铁桶一般箍住，目下第一等的要紧事是立马向老连长报告！"孙校长说："送急信的骡子已经去了。"陈八卦说："这就好，但这只是其一。其二，如果县城久攻不破，唐靖儿的人马是长途跋涉而来，要吃要喝就必然顺州河下来抢掠——"孙校长说："已部署了民团在必要处火力防范，护校队也放在了要紧处。"陈八卦扬着茶壶，铁青着脸说："不可仅此而已，一河两岸的老百姓得尽快上山入洞，事情一来，总要保民第一，没了民众百姓，你的民团就是无根之草。"

孙老者拄着水火棍出现在寺门口，陈八卦朝他嚷道："是你外甥啊，在城里做大活哩！"孙老者把水火棍在地上狠劲地捣着说："这狗崽子起了野心咧！"

几只狗蹲在村口，长长的舌头搭在嘴上哈着热气，滴溜溜转的眼睛直朝官路上瞅。三五只母鸡在墙根刨土，金红的大公鸡在不远处巡逻。一家的屋顶上冒起炊烟，一排一巷的屋顶上都冒起炊烟，烟柱与烟柱在村树的枝梢间弥漫，一层薄雾就罩住了苦胆湾。可是，饭还没有做熟，娃娃还在炕上哭着，圈里的猪呀牛呀哼哼着撞门要吃喝，村口上就咣咣咣地响起了急锣！

是孙老者，水火棍九分一地挑在肩上，肩后边十分之九的分量刚好担住前边挂着的大锣；他的脊背明显地驼了，跑过街巷时的脚步也有些蹒跚，可铜锣在他频频敲击的桐木槌下昴昴发响，响声中夹杂着他奋力嘶哑的催促："钻山了钻山了！上洞了上洞了——"

眨眼间，鸡飞人跑，狗叫连片，扶老携幼的，背包挎袋的，一溜带串顺后沟上了王山，眼见着山道上林荫间黑压压的人群一条线似的蜿蜒着。苦胆湾的锣一响，西原上的锣也响了，一河两岸的锣都响了，刹那间下州川的村村镇镇都成了空庄子——

牛闲蛋手持着长把铁锨，引着苦胆湾高等小学的学生在后沟里行进，先生们背着书囊混在学生中，护校队的人扛着枪垫后，马皮干挥舞着双枪一蹦三尺高，"十子连"把子上的红绸絮舞得人眼花缭乱。最可怜的是孙家的三个媳妇两个娃，趺趺撞撞中人哭娃叫唤，老三背着金虎胳膊上挎着包袱手里还牵着一头牛，海鱼儿怀抱着跟虎背笼里是一家人的干粮，忍一手拉着猪绳一手扶着琴，琴哭得身子成了瘫瘫怀里抱只母鸡，饶拄着一根棍拎着装了衣物碗筷的筐子，筐子里踢里哐啷响着，她高一脚低一脚地往前爬，心想大大还在村里，带民团的丈夫还在寺里，染坊的一摞子布还在窖里，两瓮的粮食还埋在院里……

可是，唐靖儿的人马连个狗影儿都没见，固士珍也没来打家劫舍，下州川的村村镇镇荒如死寂。躲入南北二山的人们不敢回家，远远望着州河水默默流淌，眼睛沉得抬不起来。终于，有民团的人去河边洗脸，只撩了一把水就往回跑，没到团部门口就变脸失色地喊：“河水里满是血腥味……”

昨夜晚，县城里血流成河。

还是天刚黑的时候，孙团长就命令李念劳：在重点防守四座城门之外，要分出兵力在城墙上巡逻。全城大小商号里的电筒搜齐了也只有十来把，一圈儿城墙上按守卫距离平均分配了，领头的巡逻班长每人一把手电筒，他要不停地朝城墙外侧照射，发现爬墙的立即用机枪扫。全城的马灯也搜集起来，隔上十丈八丈就在女墙的垛口上放置一盏，可这些灯成了围城者的靶标，一枪一个，还未放稳就盏碎灯灭，不少兵士伤亡。城墙外边，哒哒哒的机枪声不时在这儿那儿响起，望得见的四座城楼上不时有火光冲起，剧烈的爆炸声震得人耳朵发木。县长胡传路带着新兵连挨家挨户搜集洋油和食油，成桶成篓地送上城墙，锅盆碗盏什么的都做成捻子灯，城墙上焰火飘飘灯光照耀；县府的大小官员一齐出动，全城的男人都发动起来，朝城墙上搬运滚木檑石；一会儿是东城墙上的人们嗷嗷嗷地喊，一会儿是西城墙上排枪响如爆豆，满城老幼都出动了，婆娘女子都朝城墙上送吃喝，胡县长的老婆和娃娃也出来参战。新兵连把几个老百姓押上南城楼，孙团长看都没看就命令：“从城墙上推下去!”原来这几个人是趁机入民居盗窃。孙团长头上缠着半片衣襟，发黑的血迹凝在鬓角，敌人把仅有的两门山炮支在州河岸上猛轰南城门，李念劳几次从西城楼赶来增援都被团长骂了回去，他说南城门东城门准我的，西城门北城门准你的，谁失了守谁就拿他的人头谢全城百姓。

可是最终，还是他的南城门被轰开了。枪林弹雨中他和他率领的一百五十名士兵全部阵亡，他是在断了一条腿之后爬在城门洞里射出最后一颗子弹的。在对方的火炮轰击中，城楼上失去了火力压制，敌人就撞开城门号叫着蜂拥而入，他和冲入的敌人绞在一起厮杀格斗；他身上被刀子捅成了马蜂窝，倒在地上还掐着一个人的脖子；铁锤一般的重脚步从他的胸口和头上踩过，临死前他嘴里还咬着谁的半个耳朵。城门洞的血流汩汩地淌出去，在平日妇女洗衣的青石板那里散开来汇入州河。

南街是一片火海，东街是一片火海。北城门被攻破，固士珍的人一入城就先抢商号。西城门的李念劳见城已失守，就带了身边的十三铁腿拼死突围，全凭着跑得快，才顺黄沙渠钻梢林过胭脂关砭直奔麻街川去投白脸娃娃。白脸娃娃是个轻狂人，没事了找事，有事了怕事，老连长叫他防备的是李虎，他见李虎还实诚，一时悠闲了就去挑衅曹鸡眼，没料想叫人家给黏住了。他一攻人家就退，他一撤人家就撵，他攻之怕中埋伏，退之又怕失守，就那么僵持着日夜不敢眨眼。到李念劳带着十三铁腿跌倒在他面前的时候，他才知道惹下大烂子了。在唐、固围城之初，孙团长就密派细作命他回援，他还以为是孙团长趁老连长不在耍权把子哩，这下后院失守，若是敌人乘胜追来处在两方夹击中如何是好?!

却说商县城在黎明时分已全面告破，唐靖儿杀红了眼又见固士珍的人满城疯抢，手下兵将又一哇声地要求犒劳，二十九岁的唐司令就把长杆子的旱烟袋一挥说："放抢俩时辰!"

司令发了话，郧西郧阳的湖北兵率先砸门扭锁，京货铺子里的绫罗绸缎，大户人家的烟土罐子，银匠楼上金银首饰，粮食行里的米面油盐，凡值钱的、大宗的货物商品，全部人搬车运一刮到底。许多被固士珍抢过的商家又被湖北人捋了第二遍，全城鬼哭狼嚎像进了阴曹地府。一个时辰之后，乱兵进入普通民宅，拳打脚踢吊捆索绑中，整条街道哭声连天。有兵士上房破顶，手中的耙子挥舞着像刨红薯一样，砖头瓦片雨点一般砸到街上。多少屋顶被破开，阁楼上的包袱财物一布袋一疙瘩地递了出来。接着就起了火，先是一家两家，再就连成了片，火龙忽悠一下就从巷子东边窜到西边，接着整条街巷就烧红了。火海中不时发出炸响，一团两团的火炭就抛到高空；轰隆一声房倒屋塌了，满城像刮了龙旋风一样乌烟瘴气。

哨子终于响了。有兵士抱怨说两个时辰怎么眨眼就到。有传令兵手持白铁皮话筒站在断墙上大声喊叫："全体保民军注意，马上到大十字广场参加民众大会！"广场周围的灰墙上，白石灰刷写的大字标语十分刺眼："护烟！除霸！杀狗官！"

在全城放抢的两个时辰里，东秦岭保民军司令唐靖儿，正在县府大堂里审胡传路。胡被五花大绑着跪在地上，两个兵士按着他，额角的血流像蚰蜒。唐司令身穿黑色制服，肩上没有挎手枪，腰间没有束皮带，他手持长把儿旱烟锅，"乒儿乒儿"吸着，满大堂浮着一层他嘴里喷出的烟雾。两行持枪士兵僵立不动，偌大的空间里没有一丝声响。唐司令的吸烟声和着大堂嗡嗡的共鸣传得很远。

正堂的大方桌上，中间供着唐司令他妈那块"母亲大人神主"的牌位，牌位前的三脚炉里两炷线香袅袅地升起烟气。牌位旁边，是胡县长的两件东西：红绸包着的县府大印、县长门口挂着的门牌牌。

终于，唐司令开始磕烟灰，硕大的烟锅头在他布鞋的千层底上"梆梆"地弹着，脚下的烟灰落了铜钱厚一层。他说话了，轻腔慢调地，有一句没一句地，他说："这一座城啊，在清朝着叫直隶商州，管东秦岭六个县，到了你们民国改成商县，东秦岭的六个县就各管各了。这商县的老爷啊，在前清民初一直叫知事，到后来了改叫县长，是县长比知事的权大吗？"

跪在地上的胡传路不说话，也不动弹。满大堂里连喘气的声也听不到。唐司令的左臂搁在大方桌上，他用写着"县长"二字的门牌轻轻磕着桌面，依旧轻言慢语地说："你看啊，烟苗子你就不要铲了，老百姓完粮纳税盖房娶媳妇全凭这哩，就算我代表老百姓向你求一回情，你点点头我就放你回西安省。"

大堂里飞进一只蜂，嗡嗡嗡地绕了一圈又飞出去。胡传路没有点头。唐司令把玩着那个白底红字的门牌牌，哗啦啦翻过去哗啦啦翻过来，说："你不愿意了我也不勉强。是这啊，要按我说啊，你跟我到湖北去，二郧都是好地方，你给我把完粮纳税的事管起来，你爱叫县长我就给你放个县长，你同意了给我点个头。”

唐司令又吸了一尺子旱烟。胡传路依旧没有点头。

唐司令把红绸包着的大印在门牌牌上拴了，又把烟锅烟袋朝肩膀前后一搭，给左右说：“胡县长不给面子了，那咱就到大十字开民众大会去。”

兵士们席地而坐，长枪一律抱在怀里。兵阵的后边，围了一圈衣衫褴褛的人，叫花子乞丐流浪汉也挨挨挤挤着朝前咕拥。另有一群衣冠端正的人坐在板凳上，礼遇上显然是不同的等级。在大十字广场土台子的一角，支摊子配钥匙的朱锁匠和给人钉鞋绱鞋的吕鞋匠，被人挤得案歪架斜，可怜巴巴地扶着摊案子不敢吭声。广场上声音嘈杂，但东街西街北街南街的哭嚎声时有耳闻。一些房子还在燃烧，风一刮就落下一层烟灰末子。一些穿白戴孝的人挤在民众里十分显眼。

土台子上一溜安了三张方桌，方桌后坐了一溜威风八面的军官。农民模样的唐靖儿肩搭烟袋坐在正中，“母亲大人神主”的牌位背在身上。讲武堂出身的陈月天一身戎装正步上台，他脚跟一磕立正，戴白手套的右手五指并拢在帽檐上一碰，脖子左右一拧，宣布：“民众大会，现在开始！”兵士们乒乒乓乓拍手。陈月天努着粗声喊：“第一项，将违反军规者正法！”又低头给台下说：“先促出去三个娃样子，立即执行！”

人群中一阵骚动，三个兵被扭着胳膊押出队伍推出人群，接着就听见三声枪响。陈月天对民众说：“在入城之初，本保民军为了弥补粮秣之不足，分派了部分军士在规定之时间内，对本城商家索派钱款，可在哨子响了之后，仍有本军中的害群之马入民宅抢掠，刚才枪毙了的是三个娃样子，后边查出来一个正法一个。”民众有了轻轻的骚动，陈月天喊：“下边进行第二项：杀狗官！”

人群嗡一下朝前拥来，后排的兵士站起来横了枪杆子朝后推。几位衣衫光鲜的人从板凳上跌下来，披麻戴孝的人群朝这边紧缩。

陈月天喊：“把狗官胡传路拉上来！”有人领着台下的兵士挥拳呼喊：“护烟除霸！”“枪毙狗官！”

绳捆索绑的胡传路被牵了上来，他不屈地昂着头。

陈月天说：“大家看清了，就是这位狗官，为了讨好西省的冯大人，不断给全县百姓的完粮课税加码，逼得多少农民弃粮种烟，种了烟他又铲烟，这不是比土匪还土匪吗？他到处宣传铲烟剿匪，我们今天给他反过来，我们先剿了他的匪！我们要告诉民众，今后谁要铲烟，就是胡狗官的下场！”

在兵士的拍手声和呼喊声中，统领六省地盘的国民革命第二集团军总司令冯玉祥，派到商县的一县之长胡传路，被拉出南门在州河滩上被枪毙了。

陈月天十指交叉着脱了白手套，又轻松地撣撣衣袖，宣布：“下边，请，东秦岭保民军唐总司令靖儿先生讲话！”陈月天拍手，兵士们拍手，板凳上的人拍而不响地晃动着双手。唐司令趔脚拉岔地走到台前，他腰间的裤带上别着串在一起的县府大印和县长门牌，“母亲大人神主”的牌位趔趄在他的背上。他将挣箩匠的八字脚立了定，右手拿烟锅在左手心里敲一敲，面无表情地看着台下的民众，不说话。

民众就不敢说话了，大十字广场一片肃静。

唐司令轻言慢语地说：“这么大个商县，没个县长是不行的。今儿开民众大会，最重要的一条就是，公举新县长。大家举手发言，现场公举，递条子举荐也行。”

众沉默。天阴沉得像要塌下来。唐司令朝板凳上的人扬扬旱烟锅，抬高声音说：“商会的先生们举一个来么！”商会的人脸平着，后排人的腰蜷在板凳上窃窃私语。陈月天在一边撩话：“商会的人起价高啊，给个县官都不坐？”

终于有一张字条递上来，陈月天连忙送到唐司令面前。唐司令面色和悦着，用烟锅示意陈月天宣布。陈宣布的声音很大：“黄国卿！”又高举着拍手，兵士们立即和着他拍手。

唐司令用长烟杆一勾一勾地往台上招呼，说：“上来上来，可喜可贺呀！”众人的目光被扯了过去，在板凳一族的后边，有人扯起一个头戴瓜皮小帽脑后拖着辫子的老者，老者屁股直朝后坠，嘴里极不情愿地哎哎着，有两个兵过来架住他，老者慌忙摇手，连说：“不才不才。”

唐司令脸色变得铁青，手中的长烟杆一挥，说：“拉到南门外毙了。”老者被架走了，嘴里一直哎哎着，屁股一直朝后坠着。陈月天拿双手朝天上挥舞，连说：“再举再举！”

南门外传来一声沉闷的枪声，大十字又举出一个人来。这人是个小伙子，虽穿得烂些，可四肢齐整阔面大耳。此人被引导着上了台子，陈月天高兴地伸手与之相握并询问贵庚何府，可这人表情木然，对长官所问概不作答，一时弄得讲武堂出身的人丈二和尚摸不着头脑。一群叫花子乞丐流浪汉发出哧哧的笑声。

还是唐司令看出了名堂，他长烟杆一挥，又一挥，说：“拉南门外去！拉南门外去！是谁把这个又聋又哑的人举上来的？”

陈月天受了作弄，嗖一下掏出手枪，指着板凳上的人问：“谁举荐的谁举荐的？”场外的民众轰轰着，汹涌着，一齐朝板凳这边挤，挤得朱锁匠的锁钥架子哗啦啦乱响。一位披麻戴孝的女人从人群里挤了出来，她从容地走上台，给二位大人鞠了一躬，说：“是我举荐了我的傻儿子给你们当县长的。贵军进城，我家死了三口人，你们口口声声说要保民，也只有傻子才信你们的。”

唐司令伸出烟锅制止了她，又转身面对民众，很悲悯地说：“很不幸的，这一家死了人，我叫勤务上把人厚葬了，再发些抚恤金给她。可是——”陈月天接话说：“这个女人捉弄本军，军法不容，也拉到南门外去。”有兵士喊：“枪毙！”唐司令一字一顿地说：“不，乱棍打死。”

场子上起了骚乱，先是外围的闲散人员有了流动，再就像水一样朝人圈中渗，人圈成了一锅粥，你起来我坐下呼啦啦翻搅，猛然一股浪头压下，前头的人群倒下去压在兵们身上，有谁趁机朝人群里撒灰扬土，风头一转满台子烟尘雾罩。混乱中，陈月天“叭叭”朝天开了两枪，大十字广场立马像被冻住了，跌倒的人蛇起半个身子不敢动弹。

唐司令拿烟锅在掌心里敲着，冷声子说：“举呀举呀，再举呀，没人举荐了我就——现场任命呀！”后圈的人群像一堵墙哗地塌散开来，叫花子乞丐流浪汉也弓了腰缩了头。板凳上的也都双手抱了头，不敢朝台子上瞅。朱锁匠吕鞋匠一边攀住摊案子一边斜过身子朝台上瞅，他们想看看到底是谁来当县长。

唐司令从裤腰带上拿出拴在一起的县府大印和写着“县长”二字的门牌牌，嘀哩当啷地提在手上，走下土台，从兵阵前头走过，脚下挣箩匠的土布鞋踢踏踢踏地响。他右手拿长杆烟锅在人群里点着，鹰一样的目光在搜索。到坐板凳的商会人士跟前，他停住了脚，商会的人像是死了，连气儿也不出。朱锁匠紧紧地扶着他的桌案子，桌案沿的架子上挂满各种各样的锁子和钥匙，稍微一晃就叮当乱响。朱锁匠实指望早点举出县长，他还忙着要配钥匙呢。

唐司令把县长门牌挂在朱锁匠的钥匙架上，目光在别处瞅。突然，他用长杆烟锅直指朱锁匠的鼻子，大声宣布：“你！就是县长咧！”朱锁匠吓得直朝后趔身子，看到台上陈月天的手枪朝他扬了扬，就赶紧硬着笑脸说：“哎哎，是是，县长县长，躬谢躬谢！”又是抱拳哩，又是躬腰哩，惹得叫花子乞丐们发出一片哄笑。最失态的是朱锁匠旁边的吕鞋匠，他伸长脖子两眼放光口中长长地吊下涎水，他忘情地拍着手，仿佛自己也是个官了。

唐司令用烟锅碰碰他挂在钥匙架上东西，说：“这个是县府的大印，这个是县长宅屋的门牌。噢，敢问县长贵姓？猪？胡说！噢，朱，南京有个朱皇帝，好。”说罢转身上了土台，面对民众，他又长烟杆一挥一挥地说：“朱县长人好啊！他是个配钥匙的，谁家的门都能开，做父母官正合适嘛！”

兵士们拍手，叫花子乞丐们一哇声叫好，板凳上的人低头不语。

唐司令又放高声音说：“这么大个城，官得有人坐，权得有人掌，一帮子猪头狗脸的东西，放着酒宴不坐寻屎吃哩，是这啊，板凳上的人都到县府大堂去，一个也不能少！”

县府大堂里，板凳上的人每人摊上了二百块银元的“军款”。

县府大院里，各种战利品堆积如山，一些军官正在打包，骡子队全都驮上了重行李。陈月天陪唐司令视察，分门别类地介绍着这些“包”。突然，有军官领进一串拴着的婆娘和儿童，报告说：“这是胡府和老连长于家大院的眷属，如何处置，请长官指示！”

唐司令瞟了一眼，脚一跺问：“弄一帮婆娘娃做啥呀？养活啊？”说罢又头不抬地去看地上的“包”。陈月天摇摇手说：“放了放了。”又问："他们家的财产清理了吗？"军官说："报告参谋长，固士珍先下手了，他们两家的财物已被搜罗一空！"陈月天朝唐司令摊开手，说："你看你看，真正是土匪，指头蛋儿大的眼界！"

唐司令说："这个固士珍，人呢？"军官答："正在北城楼上喝酒哩！"唐司令"哼儿"一声冷笑，说："叫喝去叫喝去。"

正说着，来了一个贼眉鼠眼的人，他自我介绍说他是和朱县长一块儿支摊子的吕鞋匠，朱县长任命他为警察队长，可他手里没有一件家伙。唐司令就转过身来一眼一眼地盯着他，直看得他哆嗦着朝后退，可又不得不说："这一座城，我们真不知道咋管呀！"

唐司令正声告诉他："官给你们了，印给你们了，咋管是你们的事。"说罢挥一挥长杆烟锅，吕鞋匠赶忙溜走，没几步，又被唐司令叫住："嗨！给你五杆枪，先把毛匪贼娃子镇住。"吕鞋匠鞠了一躬，胆子也大起来，扯长脖子低声问："听说你们要走了？"唐司令眼睛一瞪，陈月天就逼前一步，厉声问："谁说的？妖言惑众是要杀头的！"

吕鞋匠刚走，骨头皂骑驴进来，老远就朝唐司令拱手，又压着嗓子说："我先走呀，你慢慢拾掇。"说罢就拨转驴头慌忙要走。唐司令用长杆烟锅朝下一刨，陈月天就过去一手捉了缰绳一手拍着驴背上的稍马袋，笑问："得了银子就溜呀？"

骨头皂翻身下驴，凑到唐司令跟前，低声说："我得给你收拾烂子去，你知道你在南门上打的是谁吗？谁？你的小表弟！"唐司令眉眼一斜，烟锅敲着手心说："是老四啊，到底是嫩鸡娃子不经敲，他人呢？"骨头皂说："人在南门外河滩里挺着，怕叫狗叼了，我叫人先买张芦席裹住去。"唐司令长出一口气，冷笑着说："都怪枪子儿不认人啊！"沉吟一下，又说："你看是这，你给捎三百银元下去，二百给我老舅，是他的伤心钱，一百给他媳妇，听说膝下添了小的，算是给娃的项圈钱。"

战事结束之后，有人看见，在南门外血污尸横的河滩上，一位身裹袈裟的老和尚独自跪地焚香诵经……

这一次攻占商县城，整个作战部署是鄂北剿总张连山一手策划的。在"保民军"的内部动员中，最让官兵激动的说法是：攻克商县城，放抢一天半！对陕豫鄂三不管的六县民众，他们唱响的口号是：护烟、除霸、杀狗官！这对广大烟农来说，当然是天大的好事，所以沿路里长甲脚对缴纳粮秣几乎不说二话。按张连山画定的路线，唐靖儿率保民军朔汉水而上，绕过漫川关从湖北口端北直上，再绕过山阳县，转黑山，顺南秦河而下，直扑商县南门。固士珍接受了骨头皂的说项，得了银元子弹，则鬼一般从城北带云山直扑商县北城门，整个战役一气呵成，得手后又快速撤离，所以待老连长率了精兵扑上来的时候，唐靖儿的保民军早满载着大包小包撤到了八十里之外。

满城的哭声迎接老连长入城。他先掩埋了二百多具守城将士的遗体，又亲率士卒清理满街的砖块瓦碴。烧了民房的他动员纳钱会互相帮衬着盖房，死了亲人的他亲自上门抚慰吊孝；另外，炸毁的南城门需要修复，破坏了的古城墙得重新浆砌，更重要的是恢复商业人气，振兴农贸市场，他把一部分军队变成运输队，从南北二山的农村集市调剂柴米油盐进城，又派了骡子队上西省运回日用百货；他发动中小学生上街唱歌演剧打扫卫生，原县府宣传队的匡蓓趁机建议成立县剧团；老连长说如今是百废待兴财政困顿，但你匡小姐是在省城听过鲁教授迅先生演讲的，肯定思想高再困难也得支持你；中背街小学校长王修竹也恢复了他的读书会和合唱团；民众的生活秩序和文化活动很快得以恢复。可是，他老连长在冯大人那里却产生了严重的信任危机，他的特别代表在督军府吃了闭门羹。他的代表要向冯大人解释这次屠城之灾的经过和胡传路县长被杀的真相，冯大人硬是不予接见。磨蹭到最后，冯大人传出一句话：“回去好好清党！”

老连长就把“清党”记在了心里。

只是这会儿太忙，他首先要办理的是胡县长和孙团长的殡葬大事。

城北上寺坡的三宝之地，一座大坟拱起来，坟前竖起一座两丈高的碑楼，碑文由矮胖子和土包子合伙撰写，字里行间竭尽恭颂之词。

这一天，胡县长要归阴了，当空是炸红的日头，满城纸钱飘飞，穿白戴孝的人群行走在上寺坡的砭道上一眼望不到头。上寺坡大牌楼前的陡坡上，上百人的唢呐队吹打着悲壮激越的《祭灵》曲，数十人抬着柏木棺材正在上坡，前头是十几个人拖着四条大绳拉着棺材，后头是十几个壮汉用竹竿长棍顶着棺板朝上推，纸幡在空中飘扬，香火在沿途燃烧，胡县长给商县办了多少好事就全在里边了。

大碑楼后边，胡县长的坟前，竹苞松茂的光影里，匡蓓带着新成立的县剧团团员在唱一支歌。这支歌，是胡县长生前亲自给县府宣传队教唱的。今天，宣传“铲烟放脚剿匪”的老队员都来了，他们胸前戴着小白花，在花圈掩映纸絮飘拂之下，匡蓓指挥着合唱。引导棺材的唢呐队在坡前呜咽，坟前合唱的队员声泪俱下：

中华国民志气宏，
披星戴月去务农，
犁尽世界不平地，
协作共享稻粱丰。
平均地权革命成功，
人群进化世界大同。

中华国民志气宏，
顶天立地做劳工，
钢铲铲开平等路，
铁锤锤出自由钟。
阶级消灭革命成功，
人群进化世界大同。

中华国民志气宏，
披坚执锐打前锋，
热血洗清新世界，
民族平等乐无穷。
霸权除尽革命成功，
人群进化世界大同。

中华国民志气宏，
教育普及东方荣，
科学完成其改造，
文化统一天下公。
知识普遍革命成功，
人群进化世界大同。

满城都唱这支歌。歌声中，老连长领着部下在打扫大十字广场。满场的纸钱纸屑都在印记着胡县长的好处。朱锁匠在低头做活，钢锉在铜钥匙上磨出亮光，他挂满各种锁钥的架子上坠着一朵白花。老连长来到他跟前许久了，直到他把配好的一把钥匙插入锁头“咯噔”一拧，才抬起头来。“噢，长官，你你，坐啊！”朱锁匠激动得不知说什么好。老连长笑着说：“你就是咱的朱县长啊？”朱锁匠红着脸说：“啥县长？人家是拿咱耍耍哩，你看你看，还不是个配钥匙的嘛。”他把一串钥匙在手里摇得叮当响，又说：“长官要配钥匙了言传。”老连长轻声问：“听说还给你授了印？挂了牌？”锁匠连连摇手说：“甭提啦甭提啦，我早都扔到茅坑里去了。”老连长说：“这事儿嘛，谁会当真呢！捞出来捞出来，洗净净的挂在你这钥匙架上，还是个好招牌哩！毕竟你给唐靖儿当过一天半的县长，不过你没害人，就不算啥事。”

锁匠兴奋了，连问：“长官你说不算啥事？你说话算数哩？”扫场子的几个军佐都围过来看稀奇，见锁匠猜疑，就都笑着说：“算数哩算数哩，快去捞出来叫大家看看。”锁匠就弯了腰在台案下的杂物中翻找，一边说：“我就知道这是个耍猴子玩的，没舍得扔哩！”

红绸子包着的县府大印还是原样子，白底红字的“县长”门牌上沾了不少污物，锁匠拿袖子擦着，说：“这拾掇拾掇还能用哩。”老连长接过来看着，一边说：“新县长来了要用新大印呢，这老县长的遗物就成古董了。”说着，把这两件什物朝钥匙架上一挂，朝广场上喊：“朱县长配钥匙了！”周围的人哄笑着，锁匠赶紧捂了脸，连说：“羞先人哩羞先人哩！”老连长与朱锁匠耍逗了一回，转眼又问：“听说给你这儿的吕鞋匠也封了个啥长？”

锁匠的脸一下子变得煞白，他结结巴巴地说："吕鞋匠失踪了，有人说他叫人害了，有人说他背了五杆枪上南山了。"

（选自《山匪》，知识出版社2005年版）

喜马拉雅（节选）

爱琴海

【作者简介】爱琴海，男，陕西南郑人，原名王福祥。出版有长篇小说《喜马拉雅》《狼在何处饮水》《虎豹》。中篇小说《沉默的玄武岩》《哑地层》等曾在20世纪80年代末的文坛掀起过爱琴海文学风暴。

一

一股芬芳，略带些醋香，从她的阴部散发出来，弥漫了9平方米的卧室。凌迟学越是深入，那鲜花，愈加蓬勃洋溢，鲜奶、仙女、天鹅、骏马、海洋……一种羞涩的日出，磅礴荡漾：

“上帝，你为什么抛弃我……”

唏嘘，一个杀父娶母的囚犯，在十字架上挣扎呐喊；少女啊，你不知道，也躲避不了，扑通，一只青蛙，会紧跟着命运相同的另一只青蛙，跃出青草百花深梦……扑通……扑通……在凌迟河里，溅起油菜花盛开的芬芳。

“深些……再深些……”

两只青蛙，甜蜜重叠芬芳，微微晃动的水下面，闪耀着银河系美丽而灿烂的繁星。

“深些……再深些……”

那时候，席梦思床听不见春天的蛙语。他只记得，他坐在花枝与花枝互相拥挤争吵的田埂上，她坐在他的腿上：

“这世界多美啊……”

实际上，他没有说话，她也没有说话，一株株盛开的油菜花，不但包围了茅屋、石碾盘、水磨潭，连周围群山，也成了展翅欲飞的彩霞。哀哉，哀哉，粉红的桃花，转眼忘记了杏花；李子树羞对樱桃树；杨花柳絮的满天飞雪，一堆堆流着黑眼泪的猪牛粪，当然也忘记了村东头槐花的雪瀑，村西头梨花的雪崩。

“越日越美丽……”

高潮迭起，向日葵趴在日珥上那些经验的流淌，要到60岁，他把她，从精神救治中心领出来以后，华清池，解语花，黑发的瀑布，不停地倾泻在嘴里、眼里、耳里、心里；在流淌的瀑布里，他的嘴，瀑布下面的鲑鱼，奔腾，跳跃，有时能蹦进雪山与雪山中间的乳沟，刚噼噼啪啪，舔了几下，向前跃进的雪山，不但滑，而且陡，雪瀑想埋葬鲑鱼，鲑鱼跃起，再跃起，那鲜艳的红樱桃星，争抢着，渴望鲑鱼牙齿的签名：

太阳是少女的红乳头嘴儿。

再签：宇宙是少女的乳房。

香汗淋漓，娇喘吁吁，她骑在夕阳无限美妙的马背上，战也不是，退也不是，干脆一低头，把舌尖伸进夕阳灿烂的耳心，搅出如许维纳斯诞生的泡沫。

恍恍惚惚，她坐在河边，把一双赤足，伸进流动的阳光里，还没有打拍子呢，一群桃花鱼，轻轻划破碧蓝苍穹，围着十个被凤尾花染得鲜红的脚指甲吻呀，碰呀，伊甸园的青草，一圈圈向远处荡漾。碧波勾引得一群老虎，从下游，波澜壮阔地游上来。它们要游过真河、善河、美河、神河。到爱的圣殿，去听天主讲课。

“时间还没有睁开眼睛以前，世界上有什么？”

“混沌、空虚、黑暗……”

在众动物异口同声的歌唱里，凌迟学记得他曾摘下一片绿叶，很快盲打出下面一段鸟语：

“天主说：有光！”

谁知马的电脑更超前。她低下头，用蹄子轻叩了一下岩石，哦，古往今来的信息喷泉，立刻自动锁定在鹰最喜欢背诵的一段创世修辞上：“在水与水之间要有苍穹。”猴从树上跳下来，抓耳摸腮，想露一手，却怎么也想不起苍穹上面的水和苍穹下面的水是如何恋恋不舍的？他顺手摘下一朵玫瑰，当话筒敲了敲，一股暗香，吐出一串晶莹剔透的法语：

“天主还创造了什么？”

“天主创造了万物以后，又照自己的肖像，创造了人……”

“以后呢？”

“以后，以后……”

她用两个脚丫子划水。她看那水中的果树，实在好吃好看，蛇还说能开眼、增加智慧，便摘下一个吃了，又给凌迟学摘了一个，凌迟学也吃了。那围在凌迟学和她身边的一群动物，眼馋馋地瞅着，她便摘了果子给眼馋的动物吃，结果吃了果子的 12 种动物，就在阳光灿烂的草地上交配起来。羞得她一趟子，跑进金合欢花树丛，躲藏起来了。她用双手捂住眼睛。但是不行，太阳已经钻进她的瞳孔，强烈的光芒从她手指缝里射出。她生怕她的目光，把森林点燃，赶快钻进小仙女星系水潭，众神每年来这里沐浴。愈洗愈年轻。她撩起一捧水，想洗掉心花怒放的羞郝，谁知那鲜艳欲滴的玫瑰，不但染红了水底的葡萄藤、白杨、槐树、山毛榉、榆树、水曲柳、椴树，碧绿的藤芎环绕的阿波罗巨松……贞洁的水，活泼而美丽的水，争奇斗艳，兴奋得他和她彻夜难以入睡。凌迟学走过去，刚要挨着她坐下。她忽然跳起来，迎着太阳跑去。她那美发鲜亮活泼的金色火炬，吸引得兔子、老鼠、猴、小狗、猴子、牛、马群、虎，还有凌迟学，也跟在她后边欢乐奔跑起来。比百合还漂亮的溪水，恍惚看见天主在荆棘的火焰中直起腰来。凌迟学来不及收速，已扑倒了她身上。血液沸腾，彼此喘着粗气。口涎混着口涎，体气、热浪、皮肤、肌肉、骨髓……热浪飞溅着香汗，总是起伏不定……一切完全模糊，融化，只听见两颗心，咚咚！咚咚咚！牙齿压紧对方的口唇。既然他们不能从那里撕取什么东西，也不能使自己全身都渗入对方的身体……因为他们使劲想做的好像就是这个……几秒钟后，凌迟学被咬的上唇，鲜血流淌，迅速肿胀，甚至上唇翻起，堵住了鼻孔的呼吸。

“她在嗅你的尿呢……”。

“他在找你踩过的冰雪吃呢……”

无言的渴望，在原始森林里疯长。凌迟学渴望她的啮咬，渴望和她紧贴在一起，向她体内再灌注自己体内凶猛溅射的血液。他用胳膊擦擦满头大汗。小心翼翼，但从洞里发出的扑鼻芬芳，弄得他一连打了好几个喷嚏。在喜鹊的喳喳声里，凌迟学分开裂隙周围茂盛修长的仙草，一股拂晓阳光，轻舔着他的膝盖，向洞外流去。洞穴中央有一潭太阳，睡眼惺忪，却充满青春和活力。朦胧闪耀的芬芳水蒸汽，早已掩盖不住鲜花盛开的激情；明眸皓齿，湿漉漉睫毛，一朵欢笑，刚绽开被雄蕊撩拨而逗起的尖叫，手指招架的轻盈，已将纯洁的腰和背藏进羞赧的天鹅之波。相迎的嘴唇，叛逃的欢乐，战栗的碧玉，闪光的戒指……被千层岩压迫了不知多久的百合喷泉，正从黑暗的洞穴里向外汹涌……

凌迟学又渴又饥，伸出双手，想从喷泉里掬一捧日露。

泼剌剌一声，凌迟学被太阳雪白的翅膀，打翻在地。等他追出洞穴，天蓝蓝，水蓝蓝，一片无限的蔚蓝轻舔着凌迟学的脚指头，这么亲近，又那么遥远，凌迟学仔细寻找，才发现她躲躲闪闪，王隐藏在天边的晚霞里……

“凌迟学，你在哪里?”

听见天主呼唤，凌迟学才蓦然一惊。繁星闪烁的星空展翅而逃。赤裸裸的他和她，却还在太阳明亮的金网里紧紧搂抱着，不想分开。朝露女神扑哧一笑，一大群海神、河神、高山神，还有性欲旺盛、爱开玩笑的奥林匹斯众神，一阵哈哈大笑。凌迟学怎么也想不起，是谁用盛开的向日葵花盘铺设了洞房和床……血……那里来的鲜血？流淌在她美丽的大腿内侧，粘红了凌迟学的嘴、脸、手、胸脯……简直要羞死了，她和他，双手掩面，恨不得找个地缝钻进去。

“出来见我?”

他俩害怕的样子，引起了爱神阿佛洛狄德的恻隐之心，为了掩盖她的美丽、芬芳和魅力，她用死神的火苗，给她编织了乳罩。青春朝露之神和鲜花女神，拭去她下肢的血迹。永恒之神知道她口渴，送她一个会自动流出琼浆玉液的圣杯。谋杀和争斗之神，则命令印度眼镜王蛇变为常春藤花环，遮掩了人类光芒四射的秘密。欺骗之神、谎言之神、诱惑之神，捣烂黄金、钻石、毒药、醋酸、玫瑰露和夜晚，为她准备了魅力不可抗拒的语言。现在，美丽的星空来了，她让少女美丽的大眼睛占尽活力四射的蓝天，羞答答地，躲在太阳瞳仁后面。

“你们为什么躲藏起来？”

凌迟学急忙接过暴力和权力之神，递给他的狮皮、狐狸和蛇皮、一把剑，匆匆披挂在身上。回答天主说：“我赤身露体，不好意思见你。”天主说：“谁告诉了你赤身露体，莫非你吃了我禁止你吃的果子？你破坏了天国的秩序。和十二属相，都要关禁闭……难道你们想要的？比天主还多吗？”

“你不再想她了？”

“我哪里能忘了她呢？”凌迟学垂泪说，“现在我脑海里除了她，空空的，什么也没有了……我还不如死了的好！”

“爱情比天主更强。”毒蛇热烈地说，“我有一个办法。可以帮助你俩永远在一起。”

眼见凌迟学恢复了生气，毒蛇把叉形舌伸进凌迟学耳心说：

“我已在上帝和太阳的耳穴里，各滴了一滴唾液。一时半会，天主不会醒来。我和你去偷了太阳系飞船。你来驾驶，我来指路。咱们就可以飞到一个比天国还美丽的星球上，从此崭新的生活，将为你和她而展开……”

从独角兽到滴水嘴到氢弹，奇异神秘的黑洞里，保护着千亿太阳系飞船。凌迟学又惊又喜，跟在蛇的后面，很快进入天主大教堂后面蔚蓝的天空宝藏室，大概有16亿艘太阳系飞船，车辕、车轴和轮子全是金的；辐条是银的；辔头闪射着金刚石和众神梦想的光辉。凌迟迟惊叹不已，蛇已跳上它选中的太阳系九号飞船。

“再见了，天主！”

蛇兴高采烈，飞船已来到天堂门口。凌迟学跑过去，抱住太阳的腰，想把中毒的太阳，拖到路边，以免被驶出的飞船撞伤。太阳实在是太重了。凌迟学刚把这傢伙拖到耶稣雕像的阴影里，百合已敲响了6点钟：

当！当！当……

太阳醒了，他跪在飞船前面，展开双臂，阻挡着不让飞船驶出，不断叹息并警告说：

“孩子们，快下来，出了天国，你们会死的！”

猪喊：“我们就想尝尝死的滋味！”

但蛇狡猾地绕过太阳，九号飞船擦着太阳的金发起飞了。

“停下！停下！……小心，千万要小心哪……别用鞭子，但要紧握缰绳，因为星马群们会自己飞驰，你要做的是，让它们跑得慢些……慢点……”

按蛇的指引，太阳系九号飞船，向深渊下面的深渊飞去。朝霞马嘶鸣着，快速爬上苍穹的峰顶。大气和云彩，因它们的灼热的呼吸而燃烧。宇宙的广阔空间躺在大家的眼底，高兴地乱喊乱叫，但朝霞马们不久就感到它们的负重比往常轻。再加那些喊叫，立刻让星马群感到负责驾驭它们骑手的并不是太阳，而是一伙轻若鸿毛的东西。他们根本不知道自己从哪里来，到哪里去。不知道天主的道路。星马群们感到不对，停在虚空中不走了。蛇便拼命抽打星马群。星马群们忍受不了，便离开天主的道，在野性的急躁中互相冲撞，拉着太阳系九号飞船狂奔乱驰，凌迟学开始战栗。他不知道朝哪一边拉他的缰绳，不知道自己在什么地方，也不能控制狠命奔驰着的星马群。当他从天顶向下观望，看见陆地那么遥远地展开在下面。他的面颊惨白，他的两膝因恐惧而颤抖。呆呆地看着他无法想象的天空，不知如何是好。他的无助的双手，既不敢放松也不敢拉紧缰绳。他要叫唤星马群。但又不知道它们的名字。他看到不断运动的米粒组织、耀斑、色球网状、喷烟、冲浪。星马群离开了太阳轨道，许多萤火虫大小的流星群，立刻飞过来追逐星马群闪光的四蹄。星马群被纠缠，步伐更加慌乱。无穷无尽的旋涡星系散布宇宙，它们奇异的形状如同从来没有人可以描绘的魔鬼，凌迟学的心情，因恐怖而麻木。这时，突然一条宽阔得望不到边的巨癌黑子群出现在前方。当太阳系飞船，妄想要冲过这洪流的时候，突然从洪流下面，扬起了千万恶性癌巨鳄，它们包围了星马群，十几头恶性癌巨鳄攻击一匹昂首阔步的星马群，并从它的胸前撕下血淋淋的肌肉。动物们一个个吓得呆若木鸡。凌迟学在绝望中发冷，缰绳一失落，立刻向死亡旋涡滑去……

“别慌！”

太阳大声呐喊着。凌迟学拼命用脚踩巨鳄的头，从已沉入洪水深处的巨鳄口中拽出缰绳，拉正星马群的方向。流泪的她，立即给了凌迟学一个吻。这时凌迟学才发现，在浩瀚无限的宇宙沧海里，太阳系只是沧海一滴。太阳系九号飞船，虽然冲出了恶癌界，星马群无不伤势严重，流血不止，但它们还在拼命奔跑。云层起火了。飞船的轮子也燃烧起来。蛇指挥大伙灭火。烈火包围了蛇。飞船燃烧着，更低更低地向下飞奔，直到车轮触到地上的高山。飞船翻滚着火焰。她尖叫起来。动物们也着火了，哭喊着纷纷跳出飞船。凌迟学扑过去，抱起吓晕了的她，向飞船舱门口跑去。在火海里，凌迟学忍着不可忍受的窒息。火舌舔着他的足心。从上面落下来一团火，眼看就要落在她脸上。凌迟学一口叼住火。吐掉火。星马群燃烧着，拖着黑烟滚滚的飞船颠簸。最后，他和她的头发也着了火，他抱着她，纵身跳出了太平洋……

感谢天主，他从远方伸出了慈爱的手掌。

天主把凌迟学、她、蛇和没有烧死的动物，轻轻放在地球上。恍恍惚惚，又不知过了多长时间，动物们才醒来。天主说：“因为你们偷吃禁果，选择了堕落，我只好尊重你们的选择。从今以后，你们将变成地球上活动的尘土，随风飘落；你既是由土来的，还要归于尘土。”

凌迟学大哭，说：“主啊！我们何时能回去？”

天主说：“你们使我头疼。孩子，我的头愈来愈疼了……你们将轮回转世，经历九九八十一劫。世界末日来临时，那寻觅天主的，会驾驶新颖号太阳系飞船，回到天国……哎呀，我的头又疼起来了……”

天主离开了，一阵太阳风，把凌迟学、她和蛇及十二属相，吹落进时间的流沙里。天下起雨来。《圣经》载，雨下了40天40夜。凌迟学，耶稣和鼠兔猪牛马猴羊狗龙虎狼，一行14人，又冷又饿，在泛滥的洪水边，寻找渡口。凌迟学记得，找了好几天，也没找见渡口。黑暗翻滚混沌，不断向洪水掷下雷霆闪电。凌迟学抓着她的手，刚刚把她从深过膝盖的泥泞里拉出来，探试洪水深浅的猴，就被洪水卷走了。那些被卷入旋涡的人，头发变得呈波纹状或者卷曲起来；那些被淹没在沼泽的人，头发在洪水里要漂很长时间。

这次大洪水，把逃出天国的人兽种苗，冲得四分五散，七零八落。传说狮子漂到了亚马孙河。晨曦中，幼发拉底河能听到帕伽索斯神马拍打翅膀的声音。这声音促使 1843 年新奥尔良的林肯，策马步入密西西比河，在马背上签署了奴隶解放宣言；鹰漂进了尼罗河，在河畔建造了金字塔；凌迟学抱着她的肩膀，希望她能暖和一点。洪水追赶着他们，他们被迫离开了马群遍地的热带家乡。自春初到夏末，一直向北方移动。他们没有想到，这是在离开温暖的太阳。一直到了 9 月的某一天，才感受到浸入骨髓的寒冷。一天比一天更冷。大家不知道什么缘故，就到处乱走，打算避寒。虎往北走，羊向西逃，至于那些离开凌迟学往别处避难的人，除了一小群外，全都死掉了。

在北风的寒冷和恐怖中，她创造了舞蹈。流浪者整夜地跳舞。兽皮、羽毛、尘土飞扬，手执石矛石斧的男子，围成一圈，站在外围，齐声呐喊着“哟卡哟卡”，轻盈的她，挺拔的她，在乱糟糟的呼天喊地声中飘进舞场。她乳房高耸，腰肢纤细，臀部丰满。她颤动的腰部，挂着一圈崇拜者为争夺她而英勇战死的牙齿；石矛乱舞，齐声怒吼，吓得丛林里的鸟兽，四处逃散。大伙儿跳呀，唱呀，跳得骨头都散架了。随便往地上一躺，呼呼大睡。第二天早晨醒来，许多人都发现自己和身边的人紧紧搂抱在一起。在冰雪的覆盖下，人与兽互相用体温取暖。大家正冻得发抖，东方升起了美丽的太阳……

凌迟学从梦中醒来，揉揉眼睛，早晨的阳光，已从几根虫蛀的木棒中间挤进来，蹦蹦跳跳，叽叽喳喳，雄蕊色的小爪，踩着一只破鞋，从窗台跳到猪草堆上。凌迟学光脚，蹦下床，

厨房门大开着，混合着油菜花、青草、溪水的粼粼闪光，连那根支撑着整个厨房和猪圈的老柱头，也闪耀出太阳灿烂的光辉。光脚，踩着朝阳新铺的玫瑰地毯，凌迟学走进猪圈，冻了一夜的老母猪立刻率领小猪，从金色栅栏后面，挤出一张张嗷嗷待哺的嘴，准备享受热和爱的洗礼；凌迟学摇动着蓄积了一整夜的阳光，猪的长嘴巴，圆鼻孔，小眼睛上，金溅银溅，只听见一堆和谐相处的快乐哼哼。

一望无际的金色油菜花，重重叠叠，金字塔后面是如梦如幻的巴别塔。春风性起，桃花，杏花，李子花，就到处飞舞。那个香啊，会让凌迟学的意识，变成一只只蜜蜂，翅膀上，纤细触觉上，甚至连眼睛和鼻子上，也沾满了花粉的甜蜜。生命被大自然灌醉了。小黑狗躺在青草丛中，傻傻地，一半是太阳，一半就成了眼前这亿万蜜蜂，醉了，趴在南瓜花辉煌的酒缸边沿，醉得一塌糊涂，动不了啦。历史传说，凌迟学的十三世化身，就是那位文帝吧！传说他率领一支10万人的军队，为争帝王宝座，要去和杀过方孝孺全家293人的叔父决战。10万军队，走进油菜花的大海，甜蜜蜜，香喷喷，蓝天不停朝太阳圣杯里斟酒，太阳不停给文帝吃酒，油菜花枝与蜜蜂，在他的皇鞋子、皇袍子上面乱碰，落花的小仙女星系和没有碰落的大仙女星系，吞没了马背、宝剑和盾牌。感时花溅泪，文帝骑在马背上，突然掩面大哭。军师问他大战前夕为什么要这样？文帝说他不明白人类为什么热爱战争，争权夺利？大自然如此美丽富强；不管胜负，总有大批人马伤亡；死了，眼前这一切的美丽和生动就再也看不到了……他擦一把眼泪，太阳给他斟一杯美酒，顿时醍醐灌顶，文帝一个跟头，栽倒在凌迟牛家的6亩菜花田里，人事不省，脑海里只有一望无际的甜蜜辉煌，这时凌迟河裂开，一位比太阳大36倍的花神，抱起烂醉如泥的文帝，钻进油菜花盛开的海洋，再也没有出来，

5岁时，凌迟学突然涌起一条小鱼对迟河那种无限的向往。他扔掉书包，脱下开裆裤，生怕自己害怕淹死，改变想法，就捏住鼻子，闭上眼睛，扑通！结果花神既没来拥抱，吸血鬼也没来阻挡疯狂的狗刨式，一阵胡踢乱打、刨地抓天，他居然扑抓到暖和的泥沙青草，会游啦，会游啦，凌迟学向太阳挥拳撒欢。他再次返回深水，水呵，水里那么多年轻活泼的女性，在等待她的阿波罗王子……

凌迟学兴高采烈，回到家，刚端上碗，刨了一口饭，头忽然裂开似的疼起来。母亲春水，急忙把凌迟学抱上床，盖上被子，凌迟学一脚，把被子蹬了，在床上乱跳乱喊起来：

“我的太阳疼！我的太阳疼！……”

凌迟学边跳边喊，谁也把他按不住。喊了一会，他突然双手按住心

窝，滚滚的汗水，顺着头发滴落，那时雨水，也开始顺着大雨中的草垛子边沿滴落：

“疼死了，我的太阳疼死了……”

狗说是早晨放牛，凌迟学用牛鞭，鞭打了秦始皇和吸血鬼的坟墓；蛇说这孩子，不该对着太阳撒尿。疼呵，一种天地之痛，正在小孩身体上聚集，牛顿要演算他的万有引力之虹。耶稣要背着他的十字架攀登天空，孩子痛得站起来，跪下，突然一个跟头，从床上翻滚到地下，不停重复那一句惊天动地的话：

“救救太阳……救救太阳……”

“快！快给吸血鬼，立筷子、泼水。”

按凌迟村风俗，人得病，是惊动了死者和鬼神，治疗的唯一方法：急匆匆到水缸里舀出一碗水，急匆匆用水滴那立在碗中的三根筷子，边滴边喊：“大鬼小鬼请快来，滴水为你立神牌……”说也神奇，随着春水一遍遍祈祷，那无根无依无靠的三根筷子，居然直立在空碗里，神树牌立，众人便一起叫起好来。春水不敢快步走到门口，将那一碗水，泼洒出去，口里还在喃喃祷告：

“再见了吸血鬼勾魂鬼替死鬼噬魂鬼渴死鬼饿死鬼夜叉鬼活见鬼胡日鬼……”

随着那碗水的泼出，凌迟学头脑腹内的剧痛，果然撤退。

“这不是你的孩子？这孩子是吸血鬼王的儿子。”

春水低下头，没有吭声。

“他得的是太阳病？”

春水睁大了无神的眼睛。挪亚吞吞吐吐，想说什么，又十分恐惧。

“古时候，这种病叫太阳殇，也叫太阳癌，没法看的。”

春水一把捂住自己的嘴，挪亚先生继续引经据典：

“古代勾魂簿记载：活 88 至 64 为上殇，活 64 至 18 为中殇，活 18 至 3 岁为下殇，不满 3 岁以下，皆为下下殇……”春水啜泣起来。双膝跪在地上，瘫软得连叩头的力气，也没有了。她从大襟布怀怀里掏出三个暖热的猴蛋，双手献给挪亚算命先生说：

“能解吗？”

先生摇摇头。春水手里的三个蛋便落在地上。画出满地日出日落的恓惶。可怕的沉默。春水膝行到供桌前，突然，抓起阴阳先生正研读的日者天命书说：

“你不把我娃的命改了，我就把你的书撕了！”

“太阳的行程是可以改的吗？”挪亚恼羞成怒，“你不把书放下，你娃还有更大的灾难……”

这句话果然起作用，母亲撕书的动作失败了。乘阴阳先生急救那虫蛀得千疮百孔的经典，春水拉住凌迟学的手就朝外走。

“太阳还疼吧？”

“不疼了。”

“娃，别怕！你是妈的太阳！妈是你的太阳！”

母亲死了，妻子死了，挚爱的朋友，一个个死了；死亡变得亲切、宁静、广阔，崇高起来；卧听苹果落地的雨声，一根根折断的肋骨，心灵的万有引力之虹，更加迷恋少女那蔚蓝色的星空。

“星星……”

那夜是这样明亮，蔚蓝色的水球上似乎只坐着青春和梦想。那时候，月亮十分纯洁，他也十分纯洁。他坐在田埂上，18 岁的梦，香喷喷地坐在他怀里。夜那么静，万物都在呼吸星空无限甜蜜的蔚蓝，树林、村庄、高高的白杨，随着凌迟学手的提高，星空的蔚蓝化也在美丽中解构万物。

“银河系……像不像凌迟河？”

“像……”

“哪一颗是你呢？”

“牵牛星，那挑着两个碎娃的牛郎星座，应该就是我！”

她扑哧一笑。有一次，为了从众花的香气里挑出百合花的芬芳，他曾把鼻子伸进那最美丽的一朵，跟此刻一样，鲜艳的芬芳，从她耳朵后面的发根里散发出来，直透他的肺腑。

“那我呢…”

“看见了么……那七仙女星星中最亮的星星，就是你……”

“中间隔着那么宽的银河……不，我不要……”

她转过脸来，把他的脖子搂得更紧。什么也没有了，只有漂亮得叫人心跳的蔚蓝，星星，她和他，就坐在上下左右全是行星、恒星、星系闪烁的幻想中心，他的眼睛，她的眼睛，在别的星星看来，才是真主宠爱的恒星。

“什么时候，你才能涉过又宽又深的银河，接我回家呢?”

“很快……很快……”他眼里突然噙满泪水：并不失时机地用两只手，分别按住了那已经高高耸入蔚蓝色星空的清真寺：

“每个相爱者的眼睛里，都有千亿太阳……这太阳就是泪珠……一颗颗把它们拾起来，用心拾，用心砌，慢慢就能砌就一座横跨银河系的隐形桥……”

“不对！小时候老师讲，每年七月七，喜鹊，成千上万的喜鹊，就会架好飞鸟桥，让牛郎和织女在桥上相会?”

“你说的是神话，我说的是心里话……”

“你眼睛里有我么?”

她双手捧着他的脸。经过一阵脸贴脸的凝视：

“有……但不太清楚，看起来……我在你瞳孔里构成了远处的星……和近处的星，闪烁不定的重影……”

“白天看，会更加清楚。”

……

一只萤火虫，从她有些蓬乱的发隙里钻出来，紧挨脸蛋，拖着橘黄色彗尾，坠落到凌迟河里去了。他突然想，停下来，要是时间永远停在这一刻是多么美好；以后的岁月，都可以不要……爱已阐明了永恒：

“再深些……”

9平方米的卧室。唉，一朵残败的黑色大丽花。窗帘低垂，她的遗像带着镜框黑边，津津有味地品尝生日蛋糕，黄油、红樱桃汁、比树枝上的白雪还白的奶油，涂得满脸甜蜜。

“昨晚上她又下来了吗?”

“下来了一次。”

“别怕，有我呢!”

“你爱她比我还深……我怎么办呢?”

“记住……任何时候都要记住：最爱你的人，是我……”

他用嘴封住她的嘴，那被滋润得滑溜溜的沮丧，又坚强起来。

“你干脆死在我身上算了。”

美和爽，芬芳乳海同新鲜天空，吞没了向西倾斜的金犁头。明亮的犁头，一心想扎根于大地，现在倒好，被重金属深耕出来的性高潮，不但吞没了欲望的冲浪板；连犁头、犁身、犁手也水果糖似的开始融化，这种不顾一切的融化，从人类根部迅速电传到腰椎脊椎颈椎直达大脑……众神啊，人类真正的起源就闪耀在这花粉和宇宙大爆炸的迅速扩梦之中吗？微粒子、单子、星星、盛开的太阳花，震颤着星系螺旋形的花序，每一花序群落，也呈螺旋状快速递增，不管蓝天怎样睁大眼睛，它也无法弄清一粒花粉内部的伟大秘密。

“再深些……再深些……”

他把手伸进枕头下面。那把藏刀，是凌迟学和刚刚死去不久的妻子麦尔彦，在拉萨大昭寺用 28 元人民币买的。凌迟学从小就喜欢刀子。挎刀骑马走天下。不能再犹豫了。窗帘半掩。那软如雪崩的后背，芬芳奔放。脊背缝，一把更漂亮的刀子，摆脱了长发金色的溪流，刀尖喷香，直到触上后臀雪白的太阳；此刻，正值午夜，一轮雪白芳香的太阳，被刀子一分为二；要解构宇宙和生命的奥秘，刀子，在女性天体中心，划开了一道裂缝；那裂缝后面就藏着宇宙结构的秘密。那里，也是千亿雌性太阳花粉和千亿雄性太阳花粉互相交流的中心；此刻，黑暗女神，推开了拂晓的大门，从马厩里牵出喂饱了仙草的六翼神马，多少次？多少年？阿波罗驾驭着雪白太阳里的六翼神马，向前，就是太阳升起，再向前，就是太阳落下，他曾深信没有黑夜，黑夜才是光明。

“你怎么啦？”

他再也不能重复那句牛都踏不烂的脏话。他曾用笔，为她写了 26 首情歌。现在却要在欢乐的高潮中，结束一切。尼采说，一只兔子，可以剥七层皮，人啊，剥开 49 层皮，黑洞也无法解析黑洞。一种活泼泼跳动，从肌肉深处，欢快直达刀尖。30 年前，凌迟学说：我们存在的目的，就是消灭自己的真善美。30 年后，这位欲把爱情立为最高宗教的后现代派，决定杀死自己的最爱。

“快动呵……”

凌迟学高举藏刀。杀死了妻子、少女和自己。

二

有一天，凌迟学上网，网上弹出一个艾滋病村。说村里农民卖血，感染上了艾滋病。一个村一个村的死人，正在中原大地上蔓延。刚出版了《珠穆朗玛峰》的诗人，极为震撼。况且，去往艾滋病村的路程，并不遥远。第三天，诗人就怀揣采访介绍信，和妻子麦尔彦，登上了从西安直达郑州的火车。黄河是中华民族的摇篮。位于黄河上游的河套平原，是中华民族的粮仓。郑州下了火车，凌迟学突然想看看世界第二条大河。到中午一点半，妻子麦尔彦，已经主动落后，让丈夫能够独自安静地走上前去，约会他从小就开始崇拜的伟大象征。

冷漠广阔天空下面，黄河同灰黄褐色大地融为一体。地球围绕太阳运动，人和动物几乎毫无觉察；同样，黄河近乎停滞的沉重，在脚下，看起来如同一大片移动沼泽，在腐败中等待沙漠荒原的到来。

“小心！”

半吨重的黄土，悄无声息，滑入黄河，既不发出一声窟嗵，也不愿溅起浪花。那滑坡，正是凌迟学刚刚多走了七八米的泥岸。有一张在黄河壶口下游拍摄的照片。滔滔泥石流，铺天盖地。在岸呻吟的脚下，有几千条豺狼张牙舞爪，想从被狮群吞噬的巨涛里挣脱出去。那惊心动魄的高潮，让雄鹰撕扯秃鹫，而更古老伟大的洪水，当然属于保守着老虎家族条纹的千高原。

“太危险了……”

“没事。”

泥岸颤动着 26 个世纪凝结的羊血。天地平等，一种鳄鱼和龙争夺地狱统治权的循环历史意识，悄悄渗入凌迟学的脊髓。说不怕是假的。脸色霜白的凌迟学，抓住妻子麦尔彦的手，同心合力，踊跃一越，从随时可能沉陷的泥淖回到了堤堨上。那位发出警告的老者，也拄着拐杖过来了，他关切地叮咛：

“看黄河，不能这样看……不能离得太近……”

垂柳依依，鲜花盛开，花园口作为历史景点，在忽而出现忽而隐蔽的太阳下，展现出一段沉积岩纪念碑。凌迟学掏出采访本，赶快把碑文抄写下来。

“一九三三年，日本侵略中国。在南京，三十多万来不及逃亡的中国人被屠杀。为了阻挡日寇东进，蒋介石下令掘开黄河花园口河堤。洪水淹没了十三个省市，造成一千多万人先后死亡。”

“到李斯村怎么走？”

“李斯村嘛……”

被问的人，都面露疑难神色，摇摇头，匆匆走掉。麦尔彦和凌迟学背着行李走了好几条街，人来人往，也没问出道路。天渐渐黑了，夫妻俩挑选了一家便宜旅店住下。向殷勤好客的老板娘打听，老板娘支支吾吾，什么也不肯说。过了一阵，黑胖的店老板回来了。他建议旅客到李斯庙去。艾滋病村嘛，还是不去为好。凌迟学突然有了主意。半个小时后，夫妻俩已坐在画家李山的卧室兼画室。凌迟学热情赞美那些古老山水，扭曲笔墨，指出一点破绽，后面是更高的期望，足不出户的画家受到外省同行夸奖，很快答应：明天早晨 9 点带他们到艾滋病村。

李斯，河南上蔡人。秦始皇的宰相。年轻时在上蔡当小吏，常常看到官衙厕所里的老鼠，偷吃人遗留在厕所的秽物，看见人和狗来了，就惊慌恐惧。后来李斯走进皇粮官仓，发现官仓里的老鼠，吃得肥肥胖胖，藏在有重兵官吏保卫的大屋檐下，无忧无虑，享尽富贵，连人和狗都休想接近。于是李斯便叹息说：

“一个人最悲哀的莫过于穷困，最耻辱的莫过于出身低贱；人的才能和富贵如同老鼠，全看自己处在什么环境了。”

第二天早晨，夫妻俩左等右等，10 点多钟，画家打来电话，说他不能带领他们到艾滋病村去。为什么？电话已经挂断。

“为什么要去凌迟村？不想活了！”

“要采访艾滋病，到处都有……何必去凌迟村呢？”

“100 多万啊！……河南有 100 多万艾滋病呢……”

“别胡说，小心公安找你的麻烦。”

“这是耶稣雪教授公开调查的数字……她说，这只是保守估计……”

“凌迟村三分之二的人都死了。”

“郭村、李村、牛村、羊村……死得更多，没人报道罢了。”

“我姐姐一家都是艾滋病，要调查，跟我走！”

道路平坦，高大的北方白杨，在公共汽车顶部喧哗着绿叶金色的快乐。打开车窗，一片片油绿的麦苗，扑面而来，在阳光下歌唱着白杨少女们的美丽崇高，忽闪而去。北方的白杨，不但崇高，而且美丽勇敢。不知怎么搞的，凌迟学一见白杨，就会想起北方少女的腰、大腿、胳膊、肚脐眼……射进来，射进来，不断有耀眼阳光，从白杨们漂亮的大腿缝里射进来，凌迟学再次想起李斯的感叹：人生在世，简直像从裂开的墙缝中看见白马飞奔而过一样，短暂，实在太短暂了……那白马，就是这阳光；那墙缝，就是白杨树与白杨树的间隙，短暂，太短暂了，那白马要是帕伽索斯飞马就好了……

“听说，吸血鬼王，又要高升了。”

“敢污蔑市长，吃了豹子胆啦？”

“我就是艾滋病。反正活不了几天……不骂这些狗日的，干啥？”

“市委把耶稣雪抓起来了。”

“耶稣雪是他前妻。他能把她怎么样？”

“我听说，耶稣雪原来是上海大资本家的女儿。14 岁爱上吸血鬼王。许多共产党人被杀头后，吸血鬼王为了报仇，一夜杀了耶稣雪一家 29 口人，连 1 岁的遗腹子都没有放过。杀完人后，他写了一行血字在岳父肥满的脑门上：这就是通共匪的下场！”

“耶稣雪知道吗？”

“知道，还会和他结婚？镇压反革命那年，为了自保，吸血鬼王又偷偷给党组织写信，密告妻子保留反动血衣。耶稣雪被发配到西藏劳动改造，和吸血鬼王离了婚。”

“这女人也真够苦的。”

“1960 年，毛主席让吸血鬼王，调查河南饿死 800 万人的灾情。吸血鬼王调查后，把一份真实的调查报告，投进炉子烧了。见了主席说，没事，河南没事。”

跟着女人下了车，才知上凌迟村和下凌迟村紧挨着。女人原名俭秀，和会写小说的丈夫李乐天结婚后，丈夫给她改了一个漂亮的名字：彩霞。彩霞除了额头短一些，年轻那阵儿，确是美人胚子。

“我们这儿艾滋病可多了，几乎家家户户……”

彩霞边笑边说。她轻快的走路姿态，还闪耀着农村少女跳秧歌的活力。一双白球鞋，咕咕，咕咕，在蓝天和绿色平原明亮的视野里，柔和了家鸽子和野鸽子的性格。白墙红瓦，一排排漂亮的新房。

“多漂亮的房子，可惜都是空的。”

“他们，都出去打工了？”

“到阎王那儿打工去了。”

彩霞把凌迟学和麦尔彦，领进一所特别时髦的新建筑。中西合璧，格外显眼。遗憾的是，那院子长满了半人高的青草。主人从四川购回的紫藤、常春藤、爬墙虎，从破碎的窗玻璃爬进屋去，因寂寞恐惧，顶破生锈的铁窗纱，从另一扇窗户上方探出头来，向天空吐射着一尺多长的蛇信子。

“一家 13 口，全死了……你们来看，你们来看，那供桌上还贴着当年吸血鬼王，亲自给颁发的奖状……卖血光荣！……”

凌迟学刚把鼻尖凑到窗纱上，想朝里看，血锈红的窗纱，自动解散，铁锈灰尘纷纷降落，来不及了，眼皮涩滞，痛得他不停想淌眼泪。

“光荣他妈个屄……全家卖血，全家光荣……大妹子呵，我来看你来了……你的房子，妹子给你照看着呢，它可以活活烂掉……但谁想偷一根麦草，没门……除非我也死了！”

参观过十多家新建的死屋后，三个人都感到十分寒冷。在一片略高出平原的坟地上，无遮无挡，晒太阳。

“这么多的坟墓？为什么没有坟头呢？为什么要搬一块泥土，垒在坟墓顶上？”

碧绿的河南平原，平坦，辽阔，它是麦苗撒欢的海洋，无边无际的青春展开去，展开去，它就是大地，心存爱情，渴求爱抚，万般热烈；凌迟学放眼望去，在灰蓝色的地平线远方，恍惚发现大地的情人，也就是美丽无垠的天空，他用一个翅膀遮盖了东方，用另一个翅膀，遮盖了西方；而在这里，他用朝气蓬勃的整个儿天体，覆盖了平原。

“古时传说，李斯在咸阳被腰斩、砍头、凌迟，失去了头脑……为了纪念先祖，凌迟地区的坟墓，不设坟头，千百年来，代代相传，搬一块泥土，垒在坟墓顶上，那泥土……就代表李斯丢失的头颅。”

平原真是平原。除了小麦平静碧绿的海洋，凌迟学只能看见一群群黄羊，它们蜷卧在安谧的阳光下，似乎在梦想苍穹出现云彩。

“那不是黄羊……那都是艾滋病死者的坟墓？”

“那里……那一大片云彩？”

“那也不是云彩，那是西村艾滋病死者的新坟，那是个大村……3000多艾滋病坟墓集中在一起，有些花圈，风吹雨淋，只剩下篾条圈圈，新坟上的花圈，亮晃晃的……别看，还是别看……”

凌迟学听从彩霞的劝告，扭过头去。谁知一个更为崭新的新坟，放射着泥土灿烂辉煌的金光，骤然令诗人联想到初升的太阳，他便对妻子麦尔彦说：

“你看坟墓，像不像刚刚从大海上升起的太阳？”

“像。连死者都渴望每天看见太阳。”

“也可以这样想，每一个死者，都是初升的太阳。”

“那我们都死吧！瞧瞧……瞧你们，多会说话……说的，我都想死了……我们那口子，有时也这样说话。”

“汪汪！汪汪！”

“汪！汪汪！汪汪……”

“汪汪！汪汪！汪汪汪……”

“我也是个艾滋病。”

“还真看不出来。”

“我不识字。丈夫是村里的大秀才，会写书，连吃饭都要捧着书看。我不知怎么就爱上他了。他白天劳动，晚上就在煤油灯下写呀，写呀，一写就是13年，钱没挣到一分，落下一身病，他说他耳朵里有一只催命的蝉，死呀死呀死呀，一天到晚，叫得脑壳都要炸了，我一气之下，把他写在练习本和水泥袋子上的书稿，全烧了。丈夫心疼得在院坝里滚着哭，我搓了一簸箕灶灰倒在他身上说：来，还你的稿子……给他看病，我跟着凌迟牛大叔去卖血，治了三年，他的神经衰弱和胃病治好了，谁知……他妈的艾滋病，爱上老娘了……我对丈夫说，咱们离婚吧！我得了脏病！丈夫急得眼睛珠珠都要迸出来了。半天才结结巴巴地说：脏……脏……你再脏我都……不不……不嫌……我扑哧笑了，不要命的货，过来……”

“汪汪……汪汪……”

彩霞从猪圈里掏出厚厚一大抱还淌着臭水的包裹，缠开七层塑料薄膜说：

“瞧！18年的病根，全在这里……劳烦你们拿回去看看，有用，给找个出路……没用，一把火烧了！”

大概有800页废旧利用的稿纸，上面写满了清正的楷书。书名叫《凌迟村三千年》。凌迟学翻了翻，村史、家史，还有作者和彩霞的爱情史。忙叫妻子麦尔彦装好了。

“我一定认真看。认认真真地看……”

“汪汪……汪汪…”

凄惨的狗叫声，把麦尔彦的心，叫碎了。

“出什么事了？谁家小狗？不要命地叫……”

“叫了快半个月了……那也是个艾滋病家，全家七口人，一个接一个，全死了……只剩下小狗，不愿离开家，就这样没黑没明地叫……听着可怜，邻居们给狗，端点剩菜剩饭过去，狗不吃，只是一个劲儿地叫它的主人……不叫到死，艾滋病家的狗，是不会住口的……许多艾滋病家的狗，叫得最后连头都抬不起来了，还在趴在地上，哀哀地流泪……眼泪淌光了，只剩下苍蝇，一堆苍蝇，代替了狗到处乱飞的眼窝……”

吃过晚饭，麦尔彦和彩霞在看电视。凌迟学见晚霞甚美，就想独自走走。刚走到门口，差点儿和一个背书包的小姑娘碰个满怀。小姑娘跑得满头大汗。“跑啥？鬼把你撵忙了？”凌迟学还在窗外为这小姑娘的美丽发愣。窗里彩霞对麦尔彦说：

“这是俺女儿海仑，刚上六年级。”

“这么美的小姑娘……谁给起的名字？”

“老师……当心狗哟！”

彩霞递过一根柴棒，凌迟学不好谢绝，就拖着被夕阳镀得金灿灿的金箍棒，绕村庄转了一圈。平原上的碧海，色彩愈暗，那镀了金的坟墓群，反而随着夜墓的降临，显得更加突出，宁静而辉煌。零零散散的犬吠，由于渗透了嫩麦甜丝丝的香，拖拉机暮归的碾压，似乎消逝到星星和月亮后面去了。凌迟学拖着金箍棒，离开大路，窜进麦田，径直朝泪光闪闪的艾滋病坟墓群走去。他想走进这些兄弟姐妹们中间。躺一躺。来了，广大的天神群青深蓝来了，心怀热烈的爱情，他展开夜晚繁星闪烁的翅膀，急欲拥抱大地。新月领导着凌迟学，走过一片低凹的麦田。左边三五座艾滋病坟墓，右边七八座艾滋病坟墓，他从坟墓与坟墓中间穿过去。一个闪亮的酒碗。喝吧，月亮。一只饮醉的黑线极鼠，差点儿被凌迟学一脚踩上。它软绵绵的醉态，忘记了疼痛。坟墓的阴影吸引着诗人，诗人的阴影吸引着那只狄俄尼索斯。要不是狄俄尼索斯鼠跟在后面唧唧地怪叫，诗人和小孩都会摔死。这里，永远没有麦田里的守望者。

凌迟学猛然立定。差一点儿，他就跌下悬崖。

悬崖很陡，最少也有 5 米。在那很大很大的伤口里，排列着一排排砖胚、泥胚、几间工棚、陷在泥土里的一台推土机。这是凌迟村的砖厂。在凌迟农民卖血盖新楼的高潮中，它是最热闹赢利的企业。18 岁那年，凌迟学也在砖厂干过。第一次走进数不清的圆拱形窑门，轮窑是迷宫中心，砖胚厂是迷宫左翼，烘干房是迷宫右翼。

一条长长的黑影，一会儿走在凌迟学前面，一会儿，又无声地退到诗人脚后。是一只狼？还是一只艾滋病狗？艾滋病狗真的比狼还可怕吗？狼怕棍棒。看来彩霞给的金箍棒还真起了作用。那狼嗅着拖在身后的金箍棒头，已经跟了凌迟学很久。它的眼睛是绿色的。另一次回头，凌迟学又发现是红色的。在浓碧的麦苗地里，人和狼的影子是很难发现的。亮晃晃的地上，人和狼的影子，比月光显得更清晰。麦田里的守望者，你在哪里？凌迟学后悔走下深坑。怎么办？饥饿的艾滋病狼，经过反复嗅闻、触碰，已不再害怕金箍棒了，它离凌迟学的后背愈来愈近，连那急促喘息的影子长舌，也快舔破凌迟学的脚背了。

怎么办？

他不该忘记黄河老人的忠告。他停下。艾滋病狼也停下。繁星似锦的天空，他与大地大小一样，他覆盖着她，周边衔接。河南平原成了丰收神灵快乐的逗留场所。未经甜蜜恋爱，就生了波涛汹涌、祸福永远不断的九曲黄河。后来大地和太阳热恋，还生了混沌、盘古、补天的女娲、射日的后羿、追日的夸父。也许就在这深深的伤口里，河南平原还同黄河，生下了能够治理万古洪水的英雄大禹。

凌迟学坐下来。他决定以静制动。

艾滋病狼，也盘起后腿。一股极其恶心的腐败气息，从狼的皮毛口腔里喷涌过来，熏得月亮躲进了乌云。凌迟学把双手合在一起，做起了祷告。

艾滋病狼，突然伸长脖颈，把它的头，尽可能崇高地升向苍穹。然后，它把嘴，笔直地伸入繁星灿烂的银河系，长长地，发出一声令空气也毛骨耸然的狼嗥。于是，便有更多的艾滋病狼，从废弃的轮窑里、垮塌的烘干洞、东倒西歪的烂草帘覆盖的砖泥废墟里，一条条走出来，包围了刚刚开始采访的诗人。

三

据说，凌迟诚的父亲凌迟牛，是最早从血液里淘到第一桶金的人。

牛的五间老房，被拆走四间，社里用地主的木头、椽子、瓦，盖公房去了。只给牛留下一间厨房。一天，队里放炮开掘老月桂树的根，爆炸的土块，把床头炸了一个窟窿。这个窟窿，是厨房和睡房唯一的窗户，使过于浓重的臭气，得以散发出去。前两年，一家五口，挤在一张床上，几乎中断了牛的性生活。后来狗越长越大，只好把他赶到堆柴草的旮旯里去住。相互距离，只有三步远。二狗睡在扁桶上，长得太长的两腿，只好耷拉在扁桶外边。二狗爬上扁桶去睡觉，不得不借助尿桶桶梁。二狗踩翻过尿桶，弄得满屋，屎尿纵横。毒打是必要的。凭良心讲，尿桶梁并不等于梯子。一个小孩，梦里糊涂，尿胀忙了，悬吊的脚尖，要在黑暗中准确把握一寸多宽的尿桶梁，谈何容易。无数次的暴打、臭骂甚至流血，二狗练就了杂技演员走钢丝的技巧。鸡叫头遍，牛就迅速起床了。他把一双脚，伸进烂草鞋。有一点光，从窗户里透出来。他会把一泡尿注入离床只有两米远的尿桶里，夏天闷热，尿桶就靠锅台放。原来尿桶靠水缸放着。有人尿涨了，会把尿射进水缸。不卫生嘛。就放在扁桶和锅台之间。有 20 多年，尿桶的位置，是绝对固定的。孩子们睡得死，往往被尿憋醒了，才跳下床，在黑咕隆咚里乱摸，经常能听见头碰在门框上很大的响声，要不就是腿或脚，把什么东西撞翻了，最严重的伤痕，要算撞在门槛和板凳上，第二天看，不是一道乌青，就是流了很多血。就这样，一年又一年的跌打损伤里，一个孩子在梦里也能准确地摸到尿桶。“活该!”“咋不把你腿碰断!”除非万不得已，做父母的才会唠叨着，怒斥着，摸到火柴，因为心疼那一根被擦亮的火柴，咒骂会随着气恼上升：“去看挨千刀的跌死没有?”累了一天的牛，往往睡得很死。有时也会惊醒，太乏了，况且一般不会出什么大事，翻个身，又睡了。春水正要爬起来，黑暗里会传来一声哭腔，“妈，不用了。”“一个门槛你都记不住，将来有啥出息?”“你别骂了，妈，我记住了。”“没有破皮吧?”“没有。”

“没有流血吧?”

如果流血了，春水就会迅速跳下床，假若流的血多，哥哥和姐姐也会被吵起来，找蜘蛛网。有一种人很少能看见的蜘蛛，在土墙上织出大如铜钱的白蜘蛛网，把它轻轻揭下来，按在涌流不止的鲜血上，血立即就止住了。在黑暗里，移动尿桶，就等于制造骚乱。孩子们起床，往往光脚，光着脚，排泄完，又光着脚，爬进百纳被。爱干净的，会把双脚，在铺草上乱擦几下。天寒地冻，窗外雪花飘飞。小光溜溜身子，冻得浑身哆嗦，但是总不能窝在铺上呀。春水就鼓励勇士上前线一样，揭开补丁摞补丁的被子，等那小光溜溜身子尿完，跳上床，就用自己肌肉丰满的肉体棉被，一下将那冻得发抖的小身子抱住，以免他们着凉生病，又得花钱。

“毛主席万岁……我丈夫无罪……”

春水昏迷不醒，噩梦中，还在同游行队伍斗争。春水得了焦虑症，脸色蜡黄，眼圈发黑，用手去摸，过去流奶流蜜的大臂，瘦成两个干瘪骨轮。徐福讲，如果再不治疗，加强营养，活不了一个多月。牛在黑暗中不停擦眼泪，一边装着恼怒的腔调，吆喝妻子：

“嘿！……嘿！……”

他把妻子的手，从心口拿开。从噩梦的深水里，春水终于游了出来：

“很多的鬼呀，他们不但抢了咱家的土地，房子，还要把你拉出去凌迟……我跟在后面追……追着，追着，一脚踩在崖边上……人就，什么也不知道了。”

牛把胳膊从妻子的后颈窝里伸过去，让她湿淋淋地头发，贴在自己胸膛上：

“都过去的事了，你还记在心上……”

“那有啥法？”妻子不高兴了，“又不是我想这样。”

“睡吧，”牛抚摸着妻子的肩胛骨，“睡吧。”

妻子听话，枕在牛胸脯上睡了。牛望着头顶的一颗星星，努力想找出一条活路来。他反复清点自己的财产，看有没有可以变卖的。唉，这破床是没人要的。锅呢，锅底烂了一个米粒大的洞，每次煮饭，都要娃去沟边，抠一蛋黄泥回来，先补锅，再煮饭。还有一把锄头，锄头卖了，总不能用手去挖地吧……家里还有尿桶、水桶。水桶四个洞，用棉球堵塞的漏洞，正在扩大。卖扁桶吧？扁桶卖了，二狗在哪睡觉？死不了，粮食朝哪儿装？不，不，扁桶是不能卖的……他想啊想啊，再也想不出家里，还有什么东西？除了人……人算什么呢……人连什么也算不上嘛，人不值一根稻草！听说河南凌迟灾荒，人们交换着烹食自己的子女。道路上半死的人，都被饿得快死的人，拖回去吃了……吃人，吃人，夜非常寂静，空中突然传来极细微的尖叫，接着，一点纸屑，飘落到牛的眼窝。最后一只，还没饿死的老鼠，爬在屋顶找什么呢？

老鼠，也疯了啊！

后来他突然心中一亮。东西！东西！正是老鼠搜查的屋梁上，还藏着一本祖传的宝藏：《易经》。父亲用它上测天文、下测地理、预算社稷安危、人间祸福；一个龟背，64 根灯草，加上斗争大会上被民兵挖去的双眼，这三件宝贝，让瞎子父亲远近闻名。香烟缭绕，门庭若市，各种各样的人，都跑来请瞎子算命。父亲坐在蒲团上，20 年没有梳洗的道辫，缠定干枯脑壳。虮子成堆，公虱和母虱，在高道盘旋的蛇形法辫里，趋利避祸，自由恋爱，何等逍遥。福兮祸所伏，祸兮福所倚。50年，突然一把打击一贯道的小铁锤，召集万人大会，当着太阳，把父亲和198位儒道佛的牙齿，叮叮咣咣，敲得惊心动魄。那些没有敲掉的牙齿，无一漏网。有位少女道姑，死不张口。王极权便用木工凿子、木工斧头，一砸一捅，少女上牙床18颗玉牙，下牙床18颗美齿，被凿、被砸，连那根被砸断的右门牙，也被王极权手中无所不能的铁钳，一夹，一拉，连血糊糊牙床，也拔了下来。牙齿控告父亲，父亲如夜般深沉。一个漆黑的夜里，凌迟牛从猪圈里挖出中华第一经典。大限已至的父，把凌迟最高经典，抚摸了三遍，喝令17岁的牛，双膝跪下；一炷高香，早已点燃，牛九跪，十八叩，才从亡父手中夺下法律。有了可靠传人，死者喉咙里发出一阵泥石流的滚动，悠悠仙逝。第二天，精神提高的牛，怀揣了法宝，心惊胆战，来到新集后面的黑市。呜呼，昔日繁华热闹的自由市场，除了一个卖救兵粮的妇女，两条寻找食物的野狗外，还有一摊残雪化后留下来的积水。牛从早晨站到下午，虽然饿得几乎要昏倒，他仍然坚持着，不信伟大国宝，无人赏识。他一连站了三天。才发现，象征宇宙的阴阳八卦和人事万物的64法门，连“救兵粮”烙成的一个“水粑子”也不如，甚至，连流浪狗遗落在地上的狗屎也不如。那些黑色狗屎，终有人拾走，而牛怀中的凌迟经典，摆在桥头，人来人往，却无人问津。完了，泱泱大国，完了……牛虽然不识字，但从茶铺说书人，春节戏台上，老人闲聊中，也知道不少帝王将相，才子佳人，英雄武侠，大贾豪绅的风流，它们深深地鼓舞着他……后来他鼓唇摇舌，说服了卖救兵粮的妇女，用卖馍馍的人民币，买下了凌迟的传世之宝典。

牛向新集医院奔去。无论如何，他要给将死的妻子，抓回救命的一服中药。

新集医院，有天井院子。一条板凳上，坐着几个半死不活的病人。还有一个穿白大褂的医生，正在向卷起半截衣袖的几个农民，宣传献血的知识。他身后的墙上贴着一幅标语：

“欢迎献血。”

这个医生是刚毕业分来的大学生。他的口才极好，滔滔不绝地讲着有关血液的知识：

“血，作为生命的能源，神奇地支撑着我们的全部生活。但人类对血液的认识却经历了太多的误区：从中世纪的放血疗法到20世纪的‘打猴血’运动；从用牛血挽救重危者到因血液传染导致的现代瘟疫；血一直困扰着各个民族。然而，也正是在这样一些大胆甚至荒诞的实验中，人类渐渐逼近了血液的真实面目，我们终于知道了血型、血小板、白血球、血友病……

人类早期视为神物的血液，如今已成为世界贸易中心的大商品。17世纪，路易斯·希文用小牛的血液为疯子治病，敞开了人们把血液当作药物的大门；20世纪初，一位维也纳年轻的研究者，分离了血液。随后，一位纽约医生，又发现了防止血液凝结的方法，从而为进一步输血创造了条件；20世纪30年代，一位苏联医生成功地运用死尸的血液，帮助患者，并由此发现血液是可以储存的；二次世界大战期间，研究者将血液进一步分离，并生产大量药品，为血液的全球市场化提供了舞台。在这最近的100年里，血液的研究和利用有如一场波澜壮阔的战争……

牛把徐福开的药单和全部的钱，从窗口递进去。算盘珠响了一阵，钱和药单又被递出来。抓药的医生说：“钱不够。”

“求求你们，求求你们，求求大人，高抬贵手，我家里娃他妈，就要死了……求求好人，求求神仙，求求为人民服务的白求恩……把药给抓了吧？”

牛把药单子和钱抖抖地递进去，一边不停地祷告；抓药的女医生，背靠着窗口，正在和另外一个男医生闲聊。

“钱不够抓什么药！”

她把单子和钱塞出来后，又把背向着窗口，和男医生说话。男医生被女医生说得笑起来。牛立在抓药的窗口发呆。大学生的讲演，继续滔滔不绝地传过来。牛茫然地站着，手中的钱和药单子，哆嗦哆嗦，“吱呀”一声，抓药室的门开了，那男医生走出来，他看见牛还立在窗外，哆嗦着，就顺手抓起他手中的药单子看了一下，说：

“你可以去卖点血，再来买药嘛。”

“卖血，血可以卖？”

牛心一跳。那上天无路，入地无门的绝望，忽然，一扇惊喜之门，从自己身体内部给人推开了。咱一无所有，血，还是有的呀！他正要先道谢，再咨询，医生不耐烦地为他，指了指对面窗口：一个30多岁的农民，正卷起袖子，在那里卖血呢。

谢天谢地！

谢天谢地！

谢天谢地！

牛第一次卖血，卖了200毫升。200毫升鲜血，挣到了10元人民币。他不但为老婆抓了药。而且在食堂里，奢侈地吃了一碗肉丝面。可惜，肉丝面的三分之二，被突然袭击的猴，抓走了。牛大怒，继而哈哈大笑。面烫，但猴漆黑的五爪，无所畏惧。只要有东西可捞可吃，猴的手，可以伸进地狱滚沸的油锅。

天无绝人之路！

谢天谢地！谢天谢地啊！

牛破袄里揣着剩下的钱，可以买三升糠，五斤生红薯了。

斜阳照得路边的青草，金光灿烂。牛一只手拄着竹棍，一只手，晃动着给春水抓回家的中药包包。这年头，谁还买得起药呢？但牛买得起！牛不但买得起药，怀怀里还揣着新崭崭的人民币，就他掌握的情报，现在凌迟村，任何一个人口袋里，也没有牛口袋里这么多钱。谢天！谢地啊！他腰杆硬了，胆子壮了，心也没有早先那么跳得慌了，只隐隐有点儿晕，那是幸福，来得过于突然的晕，晕乎乎，轻飘飘，医生讲过，这是输血后的正常反应。牛恢复了没当地主加右派以前的走路姿势：抬头、挺胸，步子要迈大……大步流星……牛终于找到了活着的金光大道！发财致富的金光大道！趋利避祸的金光大道！天人合一的金光大道！再不用求人了！献血光荣，献血容易，我卖自己身体内的鲜血，难道还会招来什么祸事吗？春水，别哭，别丧气，有你的牛在，天塌不下来！瞧，活命的路，从天而降！致富的路，接通了自己每一条血管！春水，你知道人身上有多少血管吗？据说，大地上有多少条路，人身上就有多少血管！找到了，牛不但要治好老婆的病，把老婆养得像过去一样肥美，人一压上去，鲜水四彪！青春乱射！牛还要修房、造屋，把拆掉的五间大瓦房，重新建起。看！看！看谁比谁，更他妈有能耐、会生活？

牛只顾规划未来的光辉前程，没注意脚下，一脚踩在窑场水沟里，污泥浊水，溅了满脸。天，看我走累了，休息休息。他顺势坐在地上，做出了另外一个非常重要的决定：他认为，天既然把唯一能活命的金光大道，透露给具有皇族血液的牛，天，一定希望他保密；只有傻瓜，才把捡金子的道路，告诉别人呢！骂吧，笑吧，打吧，歧视吧，污辱吧，凌迟吧……牛是永远打不倒的。牛将在他的血液里，背着老婆，孩子，永远前进在社会主义的金光大道上。

四

“这就是他的皮鞋……”

听说凌迟学走失了，艾滋病村的人，半夜都从床上爬起来，分成几路，打着手电、火把、打火机、棍棒……寻找前来采访的外省记者。有一位艾滋病人，是彩霞的姨姨凌迟芳，正在输液，一听说有客人被艾滋病狗包围了，立刻折下一根槐树枝，高举输液品，也加入到救人队伍。凌迟芳捡起一只皮鞋，吹了吹上面的灰，焦急地说：

“糟了！你看，这皮鞋上还有艾滋病狼，刚咬的牙印……”

那确是大记者的皮鞋。眼前一黑，麦尔彦已瘫软在地上。凌迟芳弯腰扛起晕倒的死者家属。掐脸，掐仁中，好一阵，麦尔彦才苏醒过来。大概有七八十条艾滋病狼，在救援队的驱赶下，不得不撤出砖厂。它们本来是人类最忠实的朋友。诚如《圣经》所言：大地上充满了强暴，罪孽重大。人心天天思念的无非是自私、贪欲和邪恶。狗，才一步步变成艾滋病狼？

这么多艾滋病狼，被人驱散，但它们并不打算离开自己的故乡。它们夹着尾巴，饥肠辘辘，很快在砖厂的伤口周围，构成一个更大的包围群。这样庞大的死亡合唱团，不但让麦尔彦心惊胆战，就连艾滋病村的人，也不寒而栗、毛骨悚然。一只艾滋病狼王，究竟怎样组织循环流动的杀戮旋律，直到生者被它们猖狂的舞蹈围困在核心。此刻，月隐星移，艾滋病狼王，会把嘴直直地伸入苍穹，突然发出一声近乎惨绝人寰的哀恸音，哀恸，即刻唤起悲惨的海浪，一旦歌唱开始，死亡和杀戮的潮水，就会逐级升高，直到溺水者的意志，被一圈接一圈的惊涛骇浪彻底击碎，彻底裹挟……双手捧着丈夫死亡的皮鞋，麦尔彦号啕大哭起来。

“你真是命大。”

“13 岁，我在 813 砖厂干过。干的是最脏最累的活：清除烘干洞里的煤渣煤灰……再多的艾滋病狼，只要你钻进烘干洞，只有一只狼，能向你发动攻击……”

“太危险了……艾滋病狼，咬一口，你就完了！”

“它们咬不到我。我用彩霞给的金箍棒，朝外戳……戳瞎了狼王的一只眼睛……”

“从今以后，夜里你千万不要出门……那艾滋病狼是有名的复仇之神。天哪，你也许成了它第二个复仇对象！”

“第一个是谁？”

“王极权！大队民兵连长。”

“人家明明就是县长嘛。”

“不脱产，不算。”

人救出来了。艾滋病村人，别提有多么高兴了。十几个青壮年抬着浑身煤黑的生还者，敲打着各种乐器，兴高采烈。抬着他们盼望的采访记者，在村里游行了一圈，天快亮时，大家才散去。整整两天，麦尔彦不理丈夫。过去，麦尔彦十分欣赏丈夫的各种冒险。现在，她不想再品尝焦虑、恐惧和危险的火焰了。

“写艾滋病村的作品，也不少了。我来，是想挖一挖根源。”

“根源……有很多……根源……”

凌迟诚，彩霞的丈夫。一个地地道道的农民，接触时间长了，凌迟学才发现，他更是一个凌迟知识分子。说话结巴，习惯沉默寡言。他的眼睛，年轻时一定非常明亮。眼龄，已进入冬天了，土屋房顶上的积雪，堆得比蓝天还高。

“有一个人，你要好好去挖掘……把……把他写出来，就写出了艾滋病村的村魂。”

“是不是王极权？”

“对对……吸血……鬼……鬼王的遗腹子……”

“我什么时候能采访他？”

“可复杂了……他……他是中国的俄狄甫斯王……”

“听说河南大地震，他是唯一不愿下楼……喜欢地震和雷电的人。”

“中国防治爱滋病第一人，耶稣雪……五七年办夜校，是教他看图识字的老师；五八年大跃进……六〇年大饥饿……他们成了情人……七二年武斗……清理阶级队伍……患难结合，成了夫妻……打倒‘四人帮’，清查23种人，耶稣雪割腕自杀没死成，用藏刀戳瞎了自己一双眼睛……”

“耶稣雪是他母亲？”

“整整30多年了，这秘密烂在我肚子里……本……本该由我带进坟墓……阿弥陀佛……后来我想，该有人把它写出来，告慰死者的灵魂……”

“谁死了？”

“你不知道……站……站在你面前的是一个死人吗？”

“你……是死人？”

“其实，所有人都是死人……”月光下，凌迟学突然停下散步的双足：

“再过几十年，我和你，不也是死人吗？”

凌迟学松了一口气。凌迟诚突然挥手抹过辽阔无际的河南平原说：

“死去的人，比还活在世界上的人，太多了，太多了……我可以告诉你，我并不是凌迟诚……”

“你不是凌迟诚？这怎么可能……你老婆彩霞，亲口告诉我们她丈夫凌迟诚？”

“她得恐惧症、焦虑症、忧郁症……和每个凌迟人一样，天生就是遗忘症患者……”

新修的艾滋病大道，笔直向前，周围是动植物沧海和浩瀚的星空；穿过巴别塔，金字塔，秦始皇兵马俑，古罗马圆形斗兽场……亮晃晃的艾滋病大道，会不会是新的天梯？

“谁都知道，艾滋病，是美国性解放带来的新型性病。古往今来，爱情是人类最美好的施洗，也是最接近永恒的欢乐。当心呵，百合，自从有了艾滋病，爱欲之神，忽然变成了死神……”

“人类还有什么纯洁美好的东西？”

“的确没有了……过去，快乐就是快乐……现在，生命最快乐最幸福的花蕾，孵育的却是艾滋病毒蛇。”

“问题在这里：凌迟地区的艾滋病，同性呀、性欲和情感没有任何关系。农民穷，献血，卖血……如此纯洁的活动，怎么会染上太平洋彼岸的西方式性病？”

“是啊？美国和中国之间隔着浩瀚的太平洋。美国式的性病，如何跨洋渡海，来到河南省卖血的农民中间？”

“艾滋病只有三种传染途径：性交、遗传、血液感染。谁？是第一个感染了美国艾滋病的人？”

“改革开放以前，没有一个河南农民到过美国……就是……就是截至现在，据我调查的情况，也没有一个农民出过国……”

“这样推算：第一个感染西方艾滋病的艾滋病人，绝不是一个农民？”

“当然也不是工人、学生、机关干部……人民……”

“那他是谁呢？”

“闭关锁国，自力更生……这一直是1949年后的中国独立自主的国策……就连改革开放初期，出国也是受严格审查限制的……不是正团级以上的级别，是没有资格出国的……”

“他是谁呢？”

“谁第一个把美国的艾滋病带回中国？”

“你问我？我问谁呢？”

（选自《喜马拉雅》，人民文学出版社1998年版）

东望长安（节选）

郑　征

【作者简介】郑征，汉族，陕西省西安市人。当过农民、工人、教师、企业干部、行政干部。自20世纪80年代，便开始关注百年前陕甘回民为求生存与清廷官兵、团练浴血抗争的历史。悉心收集史料，千里寻访，写出一部宣扬回汉人民血浓于水的长篇小说《东望长安》。该作品获首届“陕西图书奖”“白鹿文学奖”最佳创作奖，入围“第八届茅盾文学奖”。由于该作品在促进民族进步团结中贡献突出，他被陕西省人民政府授予“陕西省民族团结进步模范”荣誉称号和“陕西省离退休干部先进个人”荣誉称号及哈、吉、塔三国“东干之友”称号。

第四十章

五年之后。

光绪三年，白彦虎由北疆转战到南疆，左宗棠的一百五十大营清军，塞满了整个新疆，刘锦棠率四十营清军，像狗皮膏药一样粘贴在白彦虎身后。双方展开了一场比忍耐、比速度、比智谋的较量。

一方是决意杀绝陕回，一方是为了死里求生。

“奉谕：白彦虎现已西窜，必须设法擒拿，毋任釜底游魂，再行漏网。并乘此军威，将西四城次第攻克，以竟全功。”每次左宗棠宣诏之后，总是由王柏心宣读训示。如今左宗棠身边少了王柏心，他总是不由自主地喊出：“由柏心宣训示！”没人回应，他不无遗憾地淡淡笑道：“我总觉得柏心还在身边。”

肃州战后，身体一天不如一天的王柏心对左宗棠说：“季高兄，看来我是不能陪你走出嘉峪关西去了，我思虑再三，告辞回监利去，此意已决，兄无须劝留了。”

看着王柏心消瘦的身体，金积堡血祭刘松山之后，由于惊恐和寒冷，他一直咳个不停，虽经诊治调养，总是一日不如一日，加之他对左宗棠纵容部将滥杀无辜，已实实看不下去了。这么多年来，事实让他明白了一个道理：任何民族，是杀不绝的……他整日失魂落魄。睁眼是白骨，闭眼是血光，他能不精神恍惚，寝食难安吗？

左宗棠觉得此人日渐消沉，对他有所不恭，进言远不如初，已是心不在焉，留下已难当大任，同意回归故里。记得王柏心临行的前一夜，二人行辕饮酒长谈，感慨万千。只是语非投机，有点南辕北辙。

左宗棠说：“人生苦短，如白驹过隙，想我受诏入陕时，尚五十又五，而今又过十年，我已两鬓全白，六十又五了。”

“戎马倥偬，兄鞍马劳顿，多年来南征北剿，身体已大不如前，望兄保重，好自为之。这多年来，我真正知道了，为什么西事难平。回回民族的刚烈和不屈服，靠剿杀是征服不了他们的。”

左宗棠不以为然地摇头道：“我已是今迥不如前，没有疏误，边城安危更烦朝廷异日之擘画，问心何以自安？但多年积劳成疾，衰态日增，你要回乡，我何不思归故里？只是此时求退，则恐误国，急于求退，不顾后患，于义有难安也。”王柏心坚定地摇摇头，说：“我充其量是位幕宾，而兄是国之栋梁……”“差矣！”左宗棠说，“君不见朝臣相倾，积重难返；栋梁虽好，朝景每况愈下，久而必成朽木。只是圣命难违，只能尽心尽力。”“我回监利，闭门谢客，将我这些年随兄笔录，整理结集成书，使兄的经世之策，用兵之略，忧国之思，治学之想以传后世，这绝不亚于做官为宦。”其实，多年杀戮，与己何干？江山是大清的，功绩是左公的，自己算是什么？帮办？帮凶？也许是良心发现，决意永归山林了。

左宗棠久久望而无言，灯下提笔为王柏心书写韦庄诗一首：

曾因远征向金微，
马出榆关一鸟飞。
万里只携孤剑去，
十年空逐塞鸿归。
手招都护新降虏，
身着文皇旧赐衣。
只待烟尘报天子，
满头霜雪为兵机。

左宗棠以此书赠友，不如说以此明志。他笑道：“军中无常物，只好以此送兄归了！”

王柏心语重心长地说：“大帅，随你多年，此一别，也许今生难以谋面了。有句话早已聚压在胸，不知今日当讲不当讲，反正我要走了，一吐为快，若言出有差，望大帅见谅。阅历朝历代，边陲之地鞭长莫及，就是本朝也封了那么多番邦、土司，求的是相安，若一味剿杀，非长治久安之策，再不能放任部属杀戮不止了！”

左宗棠笑道：“看来仁兄已发善心也！吾肩负国家重任，非尔等可比，西事不平，国之难安，为臣子者当应忠君报国，这也是我赠韦庄诗于你的缘由，你回去慢慢领受吧！”

王柏心走了，带走了左宗棠的遗憾，留下了无限的惆怅。入疆后，事事必躬亲，真是位高权重，必是孤家寡人。王柏心太了解左宗棠的为人了，到弓藏之时，必是走狗烹之日，此时不走，还待何日？大将身边无大将，聪明人旁皆愚人。

这日，左宗棠为追剿白部，行辕召见刘锦棠、张曜、金顺、黄万鹏各部将训示：“现虽窜疆回部只白彦虎一支溃军，但决不可掉以轻心，多年交战，方知贼智长于用伏，官军稍有计划之疏，辄为所陷。贼之以弱示行，须防其羸师诱我。如遇白逆窜近，即行截剿，务令罪人斯得，以竟全功，切切牢记。”左宗棠不放心的是这些行伍出身的武夫，听惯了指挥，叫东决不向西，头痛的是有勇无谋，因而不得不时时告诫。他对刘锦棠最为器重，也最怕他那闯劲一来就忘乎所以。他专示道：“锦棠，你所部兵力不为少，应亲率马步各军并力痛剿，能就阿克苏、乌什了结此支穷寇，则南疆大局已有几分。处处事事应多思多虑。”

刘锦棠恭顺作答，道：“末将知晓，请大帅放心。”心里却想：左帅一生谨慎，而今实在是老朽了，胆也小了，几个蟊贼又有何惧。

降将崔伟，左帅交刘锦棠节制，要他善待，其由是此人在陕甘回中威望极高，稍有差池，是牵一发而动全身的大事。此一时也彼一时也，西事已成定局，切不可操之过急，只有如此，才能以绝后患。刘锦棠对于这位夙敌，实实恨之入骨，早以手刃为快，但他绝不能违左帅将令不尊，要做到除恶务尽，不得不拉开大网，以捕漏网之鱼。要让溃回就范不能不留崔伟，卸磨才能杀驴，刘锦棠牢记左宗棠“以回治回”之策。刘锦棠遣提督汤仁和进驻苏巴什阿哈拉，调董福祥、张俊由阿哈布拉屯兵曲惠，张春发由伊拉湖小道与张俊会兵于草峻泉接程以俟大队。刘锦棠分各营步队由大道进，自率亲兵马队由小道进。调黄万鹏、余虎恩率马队十四营取道乌沙塔拉，傍博斯腾卓尔西行出库尔勒，刘锦棠派崔伟为先锋率队由大路向开都河挺进，看你白彦虎哪里逃？

白彦虎在刘锦棠大军挤压下，并未乱阵，他知道自己率领的是陕甘回军中最后一支誓死不降之师，一旦打起仗来，不是以一当十，而是以一当百。真乃民不畏死，奈何以死惧之。他心里有一条永定之规：无论如何要把这支人马带出个活路来。要不，这十多年的苦斗就冰消雪化了。世上想死是最简单最容易的事，想活才是最难最难的。他不能让这五千被打散又聚拢起来的人们、从血窝里爬起来的人们失望，唯一的办法就是与敌周旋，置之死地而后生，天无绝人之路。他的坚定，成了全军的主心骨，人们从他豪爽的大笑中、洪亮的命令中受到感染，产生矢志不移的力量。

白彦虎人马前行，崔伟紧随其后。这是两支回回人的队伍，两支曾并肩抗清的回军。而今，难道真到了反目成仇的地步？白部朝发，崔军夕进。两队前后相离无非三五十里，虽声息相应，已是老死不相往来了。若真有那么一天，短兵相接，也只好是锋刃相向，那将是一场想都不敢想的同胞之间的厮杀。这是刘锦棠秉承左宗棠以回治回谕意所盼的，但绝不是白、崔违心相残的初衷。

白彦虎有时挖灶造饭，崔伟就隔岸观火；有时白彦虎山顶安营，崔伟就谷地扎寨。两军就如此在大漠、荒山、峡峪中周旋，谁也不会发起进攻。一连几日，白彦虎部已经快断粮了，马玉莲有点儿着急，不是为了自己，为了女兵，而是为了她所收容的那些遗孤和征途拾到的没大没妈的孤儿。给这些娃没吃的，对不住那些死去的朵斯提们。

哈哈娃是铁比布马、白四爷的老伙计，也就是白彦虎的长辈，如今是活着的筛海，他找到白彦虎说："当家的，让我去弄点儿吃食！"

白彦虎不解地望着他："你个小老头，哪儿去弄？"

哈哈娃说："你放我去，找崔三要点儿。"

麻腾吼叫起来："饿死也不向他去讨食！"

哈哈娃笑道："吃饱了再收拾他也不迟。"他不管你准还是不准，背起褡裢向后转身就走。玉莲追上他小声问："那行吗？"

"啥行不行的？他给，说明他还是咱陕西回回，不给就是我殁咧，有啥？世上又少了一个老皮，跟少了只蚂蚁一样，没啥了不起的。我回不来，就是他崔三心瞎瞎了。"

白彦虎觉得让哈哈娃去试一试也好，看看他崔三还是不是个回回。还认不认他这位兄弟？料他崔伟也不会杀了一文不值的糟老头子，他说："那你就去吧！"

玉莲说："可小心点！"

哈哈娃嘻嘻道："割了碗大个疤，照样唱曲子。就是饿了吃馍，一摸嘴没咧，那才气死人哩！"

这活宝唱着曲子进了崔伟大营，谁不认得曲子王，谁不知道哈哈娃，大伙儿一个个忙着打招呼，连站岗的也没拦住他，就这么大摇大摆地进了崔伟大帐。崔伟先是一惊，问："你咋来咧？"

哈哈娃放下褡裢，说："快给口水喝，你这清军大营，我咋就进不得，有馍没？给几个，我差点饿死咧！"

崔伟让亲兵送来一壶酽茶，一盘馍，哈哈娃笑道："先让我咥美再说。"

崔伟急不可耐地问："我兄弟可好？"

哈哈娃用手背擦擦胡子上的馍花花，瞪了崔伟一眼，说："好？好个屁！你们往死里撵，能好？"

崔伟想，难道说彦虎兄弟要降，让哈哈娃来找我？不可能吧！

可他到了这般地步，也许……

哈哈娃看出崔伟在胡思乱想，一摆手，说："老三，甭胡想，我是来借粮的，不是来说降的！"他冲亲兵招手说："我说朵斯提，再给咱包上几个馍，回去给籽娃吃。哎！如今爹死娘嫁人，各人顾各人咧！老三，你这个清官，总不能眼睁睁看着咱陕西回回都死绝吧？"

崔伟听出这哈哈娃话里有话，说："死活我管不了，都是飞的鸟，自己去打食。我这粮也是从焉耆粮台领下的。那里粮台刚建起，兵少粮多，有本事自己去取。我可没那么多粮！"

哈哈娃把亲兵拿来的一筛子馍倒进褡裢，连声谢字都没有，起身出营而去。当夜，张非一军突袭了焉耆粮台，果如崔伟所说，粮台新建，守兵不多，一冲一打，抢了几百驮，一把火点了粮台。哈哈娃对白彦虎说："这崔三心还没瞎，难怪他老跟在尻子后头，对咱不攻不打。"

刘锦棠心里明白，这个崔伟打安集延，灭阿古柏，悍勇异常，立下不少战功，但此次为先锋追剿白彦虎，总是磨磨蹭蹭。他不得不舍弃叶尔羌，率精兵四十大营赴库尔勒，亲临前敌，督剿白彦虎部。

这一日，刘锦棠接左宗棠密谕："白彦虎一股偷袭开都河西岸，一闻官军进逼，自必鼠窜。其鼠窜路凡三：一、西窜库车、阿克苏一带；一逸西而北，窜伊犁；一东南窜罗布卓尔，取道吐鲁番界，东窜敦煌，以就海藏之路。就三路而言，如西窜库车，阿克苏，是官军追贼必出之途，毋庸别筹置。如旁窜罗布卓尔，地僻人稀，逆众盘旋山泽间，难翼免脱，狡谋或不出此。唯翻山而窜伊犁边界，以出昌吉、绥来，则地势平行，道路分歧，非预为堵剿不可。密饬锦棠、张曜就近拦截，遏贼奔冲，免分兵力。如其回窜而南，张曜部及留守备各营当即截击，巴里坤、哈密、安西等处防营，节节布置，尚可无虞。所宜预筹者，北窜一著。请敕北路各大臣，一体严防，以昭周密。并令金顺、英翰、荣全、额勒和布、车林、多尔济、杜嘎尔、保英、英廉、督廉各营，勤探以实力堵剿，毋任窜逸。”其谕示不谓不明，计划不谓不周，左宗棠以为，此着一出，白彦虎将插翅难飞，其命休矣！

光绪三年，八九月间，刘锦棠决意兵发库尔勒，逼白彦虎南行，赶入塔克拉玛干大沙漠，取不战自灭之路。绝不让其北上和东进。

刘锦棠一进库尔勒，立召崔伟进见，崔伟刚刚进入大帐，刘锦棠就给了个下马威，他劈头盖脸一顿怒斥：“崔伟，你可知罪？”

“末将不知。”

“我来问你，旌善五旗人马之众不谓不广，装备不谓不精，其士卒不谓不悍！我令尔等日夜追剿白逆，你为何三十里安营，五十里下寨？且督军报告，你的部卒与贼往往阵前相揖问或暮夜往还。

至是，军中谓白贼不获，全由尔等走泄军机，以使白贼走脱，该当何罪？”

“大帅明鉴。”崔伟面无惧色，从容答对，“缓进急战，乃左帅将令，我等哪敢造次。督军报我部卒与白部相揖往来，有何凭证？”

刘锦棠从来没有见过哪个下级将佐，敢如此大胆顶撞，只有这崔伟桀骜不驯。他心头怒火直上蹿，死死盯着崔伟久久不言。而崔伟并不回避他凶狠威严的目光，生死无非是一脚门里，一脚门外之事，死都不怕，还惧训斥不成。

至于白彦虎与崔伟割袍断交，分道扬镳，刘锦棠虽有耳闻，但他对开都河边之事，总是耿耿于怀。崔伟心想：是的，我是降了，但我若不是为保秦州、平凉数万苦难的陕西回回乡党，七尺男儿的崔伟，决不如此屈辱地活在这个世上，活得自己的爱将麻腾大骂自己是毋纳非可，好兄弟白彦虎阵前割袍绝交……正因为如此，在清军大营里，他把一切置之度外，他从不看刘锦棠眼色行事，更不跪拜，不把那些汉官、满将放在眼里。今日刘锦棠借题发挥，无非是挫挫他崔伟的锐气，杀杀他的威风傲气，叫他在刘大闯面前低下头来，服服帖帖地听命。

可这崔伟不识时务，不受抬举，刘锦棠恨不得杀了这个混蛋，他一拍桌子吼道：“开都河你与白逆隔河相望，完全可以掩袭擒贼，为何引军返回？”

崔伟直言相告：“大帅，若你要杀掉崔某动手好了，何需这等麻烦去找事由！开都河突然涨水，这在营督军有目共睹，且后退是督军之命，非我所为。若你当初派炮营随行，有十个白彦虎，他也休想活命，可惜大帅并不放心我等。至于泄露军机，请问大帅何曾让我知道啥叫军机？自肃州之后，我与白彦虎分道扬镳，他能杀了叶富祥，难道不敢取我的项上人头？”

崔伟一席话，噎得刘锦棠直翻白眼，这个崔伟叫刘锦棠简直觉得是狗咬刺猬，没处下嘴，只好怏怏挥手退下。崔伟出得帐来，一阵恶心，恶心的一口窝心气难于吐出。他抬头望着蓝天上翱翔的苍鹰，感到无限惆怅，人的尊严绝非官爵金钱可以换得。崔伟是铮铮铁骨的汉子，何以当狗受欺？不是为了几万回回乡党，七尺男儿的崔伟，何须在此忍气吞声？

第二天，刘锦棠觉得崔伟这个回子自不在可信之列，令其殿后，自率精锐之师，向开都河进发，对于穷途末路的白彦虎一旦咬定，将按圣旨以竟全功。

开都河源自天山之麓，汇冰川之水成河，一路向南，奔腾涌流。经库尔勒、喀喇沙尔，注入博斯腾卓尔湖。

白彦虎过开都河后，河水突涨，料敌一时难进，他让疲惫之军在此稍做休整，也让家眷乡党喘口气，下令暂驻，抓紧时间埋锅烙干粮造饭。此时哨报，一支清军奔河对岸而来。来得好快！白彦虎上马率小彪子一哨直奔河边。河对岸崔字大旗迎风招展，他知是崔伟的旌善五旗，两军对峙，不见了那面熟悉的风字大旗。

朔风中只有被战火撕裂的虎字大旗，擎在彪子手中猎猎飘扬。开都河隔开了两岸的两支回军，隔不断陕西回回人的姻党之亲。这边呼喊那边的亲兄弟；那边喊叫这边的侄孙。一时间，开都河呼声一片，摇旗招手，都想见到对岸的亲人。一位老人看见了对岸清军中自己的儿子，大伙一起呼喊。儿子看见了亲娘，三下两下脱掉了军衣，不顾一切地跳下波涛翻滚的开都河向母亲游来，人在水上漂，母亲在岸边奔跑着呼唤着自己的儿子。随营督军急了，立命崔伟全军后退十里。

白彦虎料定崔伟身后的清军是刘锦棠大营，他立即招来张非、麻腾几员战将，做了如此这般安排，摆出决战态势。刘锦棠瞭见对岸白彦虎马队来往穿梭，军民忙着挖壕、垒寨，似有准备死战之势，他觉得好笑，和这白逆打了这么多年交道，每每做诈，防不胜防。

他令各营也佯做备战、伐木、造舟，也是一片忙活。真不知谁真谁假，反正兵不厌诈。

夜色降临，寒风乍起，开都河东西两岸篝火点点，人影匆匆，一直闹到三更方休。此前，刘锦棠已密令张曜、黄万鹏率可泅水兵勇五千向开都河下游急行出三二十里，找开阔平坦河面渡河而西，以剿断白彦虎后路，静待张、黄两军上岸，三支火箭升空，隔岸开炮、前后夹击，量他白彦虎也难逃脱。

白彦虎在西岸留下旗帜、帐篷、一哨人马、点点篝火，带领全军顺河而上，派三百水性好的从上游三十里过河，将已破开一半，埋下炸药的东岸河堤同时引爆。一声声山摇地动的轰鸣，一泻千里的洪峰卷起几丈高的浊浪，发出沉重的隆隆声，茫茫无边地怒吼奔腾，浩浩荡荡的洪流，带着不可抵挡的威力，向刘锦棠大营吼啸着，翻滚着，吞噬着一切敢于挡道的沙石土岗，满地奔涌。瞬间，十里，二十里，三十里……百十里，一片汪洋。

刘锦棠在焦急地等待着西岸张曜的信号，难耐的等待中，耳边响起沉重的隆隆声，他出帐观望，洪水滔滔，浊浪排空，远远近近，风声浪声，惨烈的号叫声，几十大营清兵还在梦中，就被暴戾的洪水掀翻卷走。好在刘锦棠大帐扎在一处高高的石岗之上，现在已成孤岛。黎明时分，开都河西岸升起三支火箭，展现在刘锦棠面前的是一片百里水泽，深处没顶，浅及马背。浊水上漂浮着死人死马……气得浑身发抖的刘锦棠站在水中大骂张曜、黄万鹏无能，大骂白彦虎狡诈，大骂崔伟从中作梗，更是骂自己未听左大帅的“贼之以示弱形，须防赢师诱我”的切切教诲，以致酿此大错。这个白逆总是抢先一步，应验了左大帅的“官军计划稍疏，辄为所陷”。刘锦棠白白让败走中的白彦虎又玩儿了一把水淹三军的好戏。

这真是给这一路西奔的回军，出了一口恶气，张非简直高兴得手舞足蹈，大喊大叫：“嫽扎咧！咱白帅就是灵，叫他狗日的刘锦棠哭都没眼泪。”

彪子更是人前人后地跑，把个籽儿架在脖子上喊："杀回去，杀了刘锦棠!"人们脸上的阴云，一扫而光，齐声要求白彦虎杀个回马枪。白彦虎说："啥事都有个再一再二，绝没有再三，回回堡杀过一次回马枪，这回让刘锦棠一定以为咱们会杀他个回马枪，那就让他干等着!"白彦虎将令各营："向库车撤!"

刘锦棠气罢仰天哈哈大笑，他预料水过之后，白彦虎一定前来劫营，他索性不走，也不加固营寨，密令张曜、黄万鹏黑夜渡河而东，设伏以待白彦虎劫营。一连两日，不见一点儿动静，派出探报回禀，言说白彦虎马不停蹄已去库车。刘锦棠长叹一声："此贼棋高一招，非降回诸首可比矣!"

刘锦棠窝着一肚子火，立令三军齐发，向库车追击。这一路上，刘大闯气晕了头，大开杀戒，若遇到三人同行，不管是回是汉还是维人，不管是老是孺还是吃奶的娃，杀，杀个路断无人。沿途当地秋粮已被白彦虎抢收一空，各村堡寨又是空无一人。从泥水中跋涉出来的清兵饿得眼睛发绿，各营纷纷向刘锦棠伸手要粮，刘大闯脖子一梗骂道："妈拉个巴子，辎重粮食叫洪水冲了，你们向我要，我向谁要！去抢，去挖!"

将令一出，官军成了土匪，各部挖地三尺，劫得维族百姓地窖藏粮食十多万石。有了吃食，刘锦棠强令急行军，两天两夜赶到库车。库车已是空无一人。追到夏季收场了，抢了维族百姓一万余只牛羊。当兵的没有吃肉的分儿，只好到地里抢摘半生不熟的西瓜充饥。小小库车叫这伙土匪兵翻了个底朝天，能吃的东西全吃了，就像蝗虫过界一样一扫而光。这日探报，白彦虎并未远去，还在拜城，刘锦棠一口气追到拜城，一打问，白彦虎昨日还在拜城，如今去向不明，刘锦棠追到木杂喇特河，找不见白彦虎大队，只见一些掉队的伤员和老弱回回乡党正在渡河，刘锦棠气冒了，令弓弩手、洋枪队死命射杀，一时尸首漂浮，堵塞了河道。

九月十八日，刘锦棠追到阿克苏，还是扑了个空。听当地人讲，白彦虎去了乌什，再追！直到人困马乏地追到阿他伯什，这里人全跑得不知去向，更不见白彦虎的踪影。刘锦棠本来就是个火药筒子脾气，大太阳下，他迎着飞沙走石的暴风，望着烤焦了似冒着热气的黄沙戈壁，那个烦躁，让手下人望着胆战心惊。今天，这刘大闯一旦炸了脾气，说不准又是哪个倒霉蛋子人头落地。亲兵们一个个尻子都长眼，不敢近身，更不敢远离。太阳再毒，风沙再大，你白彦虎已在围压之下走投无路了。唯一的一条死里求生之路，就是进入大戈壁。白彦虎不是没来过这一手，你认为不敢的，他偏就去做。

这样可怕的天气，刘锦棠不敢轻举妄动。他令黄万鹏派一哨轻骑深入沙海，一探真伪，再做定夺。大约过了两个时辰，这支轻骑返回，言说他们在苍鹰飞旋的沙丘下，发现一匹被杀的战马。一群苍鹰在啄食碎肉残渣，看来马是今日所杀。再行，见沙中困伏着一位奄奄一息的老汉，问他白彦虎去向，他只用手指指戈壁腹地，就断了气。

刘锦棠在华盖伞下静静听完讲述，断定白彦虎已慌不择路进了戈壁，他立即上马，挥师戈壁，我就要撵死累死困死你白彦虎。刘锦棠哪里知道，这老汉已是快殁之人，听到白帅想将刘大闯引进大漠，说："我是将亡之人，让我留下，给他刘大闯指一条死路，我也就对得起我那归真的亲人了！你们快走！"不待回话，老人向戈壁深处爬去，白彦虎率五千兵民悄然转向喀什噶尔。

十月二十一日，刘锦棠领着困饿得实实难耐的大军从戈壁塔里木河折回阿克苏，他不敢越过塔里木河入死亡之地塔克拉玛干大沙漠。但他又不甘心放走一个陕西回回，这使焦躁的他口舌干裂、声音嘶哑。此时，白彦虎已在喀什噶尔城中补充给养。

十一月十三日，刘锦棠望着军用地图沉思：和田、叶城、塔什库尔干已被清军占领，若再封住乌恰和喀什噶尔，他白彦虎只能在塔克拉玛干大沙漠中去喂鹰。他立即兵发喀什噶尔。

喀什噶尔这个塔克拉玛干大漠西边的生命绿洲，这个自古由长安经敦煌后，分北路、南路绕过塔克拉玛干而后会合之地，是丝绸之路的十字路口。东门外的巴扎（贸易大市）更是中亚、南亚各国商人云集的地方。每日里车水马龙，一片繁荣。如今左宗棠来了，刘锦堂来了，如豺狼来了一般，喀什噶尔城里的穆斯林全逃难去了，巴扎里一片萧条，大街小巷空空荡荡。喀什噶尔失却了往日的生机，平添了从未有过的恐怖。

刘锦棠进入空无军防的喀什噶尔城，第一件事，就是从城乡弄来铡刀三百，排摆于喀什噶尔十字街口，清真大寺前，通令各部，若抓住陕西回回，不分兵民，不论老幼，一律送进城里，不审不问，压到铡口便铡。刘锦棠闻崔伟一路上收留了不少回军溃勇，编入旌善五旗，如此藏污纳垢，若此时崔伟反水与白彦虎媾和，大局将一时难于戡定。对于这支回军只是利用，绝无信任可言，刘锦棠觉得战事已到收尾，绝不可再生变故。于是，他严令崔伟留守在疏勒，不许靠近喀什噶尔城。这时，白彦虎并未自投罗网进入戈壁，而是取道喀什噶尔向北退往恰克马克，刘锦棠方知中计上当，急令黄万鹏部向西北追去。

白彦虎派麻腾、张非两员猛将断后，临分手时，三人紧紧握手，谁也不说一句话，但谁也明白此去也许是今世的永远分手。白彦虎扶着二位兄弟上马，他深深躬身，直到马蹄声疾驰远去，他才抬起头来。热泪，不能自已地夺眶而出。

麻腾、张非抱着一死之心，在岌岌槽阻击清军，在双方实力极为悬殊的情况下，恶斗一天一夜，岌岌槽依然在回军手中。战斗间歇，回军所剩只有五人，张非躺在壕沟里包着伤，问重伤在身的麻腾：“我真不明白，自我随白帅以来，还没打过败仗，为啥咱一退再退，这回算是退到天地尽头了。”

麻腾说：“我也弄不明白。”

“去个！”张非说，“留给后人去说吧！”

麻腾说：“兄弟，咱是陕西回回，刚强点！”

“放心，我张非不是包蛋！”

这时，有人喊：“狗日的上来咧！”

清兵黑压压地朝上拥。张非一把脱掉破袄，光着膀子，喊：“麻腾大哥，后世再见了！”一跃冲入敌群，挥动大刀片子如旋风般一下放倒一大片，一阵箭射枪响，张非圆睁豹眼，靠在一块大石上，久久站立着。麻腾已身受重伤，被冲上来的清兵生擒送进喀什噶尔城。

此时的喀什噶尔已是血腥冲天，大十字街口，已铡了陕西回回军民一千六百六十六人。佘小虎、马元、麻木尔、金相印、孙义合、白老虎……这些宁死不屈的各路回军将领，在此昂然就义。喀什噶尔已是血流成河，一片血的汪洋。日日夜夜，铡刀的咔嚓声、怒骂声、惨叫声，让喀什噶尔成了一座恐怖的人间地狱。

刘锦棠大功告成，无所顾忌地屠杀，让他感到有一种莫名的畅快。他得知被活捉的匪首麻腾原是崔伟旧部的悍将，斩杀麻腾那天，他令崔伟一人进喀什噶尔大营，叫他看看这麻腾的下场，叫他崔伟难受说不出。

崔伟刚刚进帐，刘锦棠中军落座，门外一声断喝，将五花大绑的麻腾推进来。麻腾叉开双脚，高昂着头，谁也不看。崔伟只见面前站着一位血人，看不清眉目，看不清脸，污血如浆似漆，黏着长发，黏着破衣烂衫。

刘锦棠问："我再给你最后一次机会，你说白彦虎现在何处？"

麻腾藐视地讥笑，道："羞你刘锦棠的先人！你跟着白彦虎的尻子转悠了十几年，连个屁都没闻着，还有脸来问我，我看你还是拔根毛吊死去！"

刘锦棠忍着心头怒火，再问："我问你，原为谁的贼将？"

麻腾这才睁开血红的眼，看看刘锦棠，瞅瞅立于案旁的崔伟哈哈笑道："这你还不知道？"

"不知。"

麻腾猛地吼了一嗓子："你爷！"

刘锦棠怒火中烧，吼道："你是降也不降？"

麻腾蔑视喊道："刘大闯，把你左爷叫来，爷爷誓死不降！娃子，战场上得不到的，今儿个啥也得不到。"

刘锦棠拍案而起："回贼！你死到临头……"麻腾躁了！他不等刘锦棠骂完，一蹦老高，叫骂起来："刘大闯，你这狗娘养的，杀了我多少回回人？你得手咧！娃子，爷告诉你，回回家是杀不绝的，哪怕留下最后一条根，也是你清家的对子！"

刘锦棠万般无奈，他话锋一转，问道："你可认得这位崔伟将军，只要你回头……"

"呀呀呸！一个毋纳非可，有啥脸活在世上。你给我记住这三百铡刀下的舍牺德（为民族、宗教而牺牲者），他们会向你索命，会送你下多灾海！”麻腾仰天大笑，“来吧！老子怕死就不来这世上！来！送你爷爷进天园。”

刘锦棠听不大懂麻腾骂的吼的是啥，只见崔伟脸色铁青，牙关紧咬，眼里喷射出怒火，双颊突突地颤动着，他心里好笑，这麻腾一定把崔伟骂得怒火中烧，无地自容了。要不，崔伟这位进得清军大营的回回，喜怒从不外露的人，能气成这样。崔伟心里愤恨到了极点：刘锦棠，你好歹毒，你杀我兄弟麻腾，专门召我前来，这不只是给我下马威，叫我难堪，这简直是拿刀子朝我心窝里捅。我崔伟知道，麻腾兄弟至死不会理解我屈辱受抚的良苦之心，我更不会原谅自己。兄弟，等哥到了天园，再细细与你道知。只有安拉为我作证。

刘锦棠把这一切看在眼里，心里有一种难以名状的舒畅。这是一场看猫戏老鼠，这比打一次胜仗还来得痛快。刘锦棠觉得火候到了，一声令下：“推到大十字街口，凌迟处死。”

麻腾吼道：“你把老子铡了！二十年后又是一条好汉，你的对家！”

此刻，刘锦棠冷冷笑道：“铡你？太便宜了吧！我要一刀一刀割你的肉，剜你的心！”他极其得意而傲慢地望望麻腾，再看看崔伟，他的内心生出一种奇怪的仇恨来。是的，西征十余年，左大人率领的大军，吃尽了回逆的苦头，死了那么多将军，就连左帅的得意门尘周开锡，勇冠三军的大将军刘松山———自己的亲人，也毙命回贼枪下。就是运筹帷幄，决胜千里的左大帅，也为陕甘回回难于降服而苦战十五个年头。今日总算从军事上打垮了陕甘回军。他刘大闯杀人如麻，可他最不满足的是在精神上，始终压不垮征服不了白彦虎，叫他服服帖帖地跪倒在自己脚下，像叶富祥那样去舔自己的皮靴。就连投降了的崔伟，也是整日桀骜不驯的样子，进得帐来，从不屈膝跪拜，叫他刘锦棠看着难受，想起愤然。对于这伙回子，不但在军事上打垮，还要从精神上摧毁他们。反正南四城已经收复，喀什噶尔已铡了回子一千六百六十口，白彦虎已是在劫难逃，我就不信你崔伟不服！他想到此，狞笑道：“崔将军，我让这麻腾死个明白！”他望着不动声色的崔伟说，“这凌迟处死嘛，原是明朝的一种刑罚，你知道如何行刑吗？”他见崔伟直立着，一言不发，也不正眼看他，拿他刘大闯的脾气，早就拍案而起了。不，跟了左大帅这么多年，他也学会了预谋在胸，不动声色。他不急不躁地说，“凌迟处死之法，就是用小刀子一刀一刀剜割，总共三千六百刀，一刀不能多，一刀不能少，割而不死，剜而难活。麻腾，这也是对尔等谋反的最高奖赏了！”

麻腾骂道：“刘大闯，你个狗娘养的，休想吓倒我……”

“不，不！”刘锦棠慢条斯理地说：“若你能回头是岸，像崔将军一样拜倒在我的帐下……”

“呸！做你娘的梦去吧！甭说是三千六百刀，就是三万六千刀，你爷爷要哼一声，就不是回回，你个狗日的，来吧！”

崔伟此刻心里猛地一紧，刘锦棠，你这是在杀麻腾吗？不，你这是在杀我崔伟，剜我崔伟的心。崔伟一下子从头到脚，似砭骨般寒冷，冷得血液似乎凝住不再流动，胸口如压下千钧重石，一时透不过气来。如此残酷的刑罚，令人发指，难怪金积堡马化龙凌迟处死行刑从早一直到大雪纷飞的傍晚。刘锦棠传他来到喀什噶尔，就是要杀死他崔伟的心，打垮他的傲骨，让他永远臣服！到此刻，崔伟断然决意脱离清军，哪怕一死，也决不屈服这刘锦棠小儿，但他无论如何也不能看着兄弟那样痛苦地去死，不能，决不能！罢，罢，罢！兄弟，我送你归真，去天园。他把血和泪大口大口地往肚里咽。

对刘锦棠一抱拳，道：“大帅，把他交给我。”他冲麻腾大声喊道：“朵斯提！我送你归真！来日天园里见！”这喊声带着冲天的愤怒，剜心的悲伤和无奈的选择，带着永世难忘的痛苦和诀别。一声痛彻心脾的呼喊，了断了兄弟之情。

未等刘锦棠回话，只听一声枪响，被两名刽子手架着，蹦着跳着、大骂着的麻腾，胸膛喷起一团烈火，一股鲜血从左胸喷涌而出。

吓得两个刽子手撒开手，呆若木鸡。麻腾转过头来，望着手提冒着青烟洋枪的崔伟。在两眼对视的一瞬间，崔伟从麻腾的眼神里，没有看到仇恨和悲伤，更看不到怯懦和失望，那目光是那样犀利，像一柄利剑，直刺他的心窝。麻腾微微一笑，用尽最后一点力气，猛一转身仰天直挺挺地倒了下去。世上失去了一条好汉，天园里多了一位英雄。他把浩然正气，永远留在了人间。

待刘锦棠回过神来，崔伟已大步走出中军大帐，乌云密布的天际间，一只雄鹰在翱翔，那是麻腾，是麻腾的转化，它迎着风暴，箭一样向远方飞去。

崔伟跨上战马，一声长嘶，冲出喀什噶尔，向着雄鹰飞去的方向，风驰电掣般奔去。风，在耳边呼啸，马，在荒原上狂奔，两行热泪从崔伟的眼中涌出，他把满腔悲愤，化做一声撕裂长空，使天地默然、凄惨的长号："兄弟呀！我的兄弟！"这一声悲愤无奈的呼喊，和着翻卷的乌云、怒吼的沙暴，在旷野里响起。

当清廷加封圣旨到达边陲时，被提升为提督、加封建威将军的崔伟，已辞官而去，回到清水县恭门镇家中，做了一位后来被谭嗣同称为"知力田，耕于乡的农人"。

光绪三年十二月。

白雪皑皑的天山山脉西南端的恰克马克隘口。这里是一个寒风刺骨，飓风怒号的山口，是一个"春天一场风，一气刮到冬"的暴风雪世界。每年夏天，大约有二十天没有暴风雪，那时才有人斗胆穿越。在雪深齐腰，暴风怒号的冬天，这里根本没有活物，连岩羊也不会光顾这块冰达坂。

白彦虎从喀什噶尔退到这里，再也没有退路了。前面是冰雪永封的天山，身后是刘锦棠八十大营追兵，山那边是异国他乡，身后是要对陕西回回斩尽杀绝的清军。何去何从，这是摆在白彦虎面前的最后抉择。他听说甘肃回军在大师傅带领下，已越过天山进入俄国。自己五千陕西回回，可战斗的男女勇士也不过两千，军中多是手无寸铁的眷属和乡党。一旦交手，将是恶战，五千军民将无一幸免地葬身天山。当年渭南揭竿而起，是为了生存，难道说到了天山，只能求得一死？白彦虎屹立风雪中，已经好几个时辰。五千陕西乡亲都眼巴巴地望着这位屹立的雪人。直到天色将黑，白彦虎一抖满身白雪，呼喊道："彪子，召集人！"

这一声呼喊，从巨石背后，雪窝子里，站起一个个忍饥忍寒，期盼生路的人们，他们望着从面前走过的熟知的白彦虎、马玉莲、小彪子和不熟悉的马振威、索老三、黑定才、马良会……

他们在一块背风的巨石后面停下来，紧紧地围在一起。白彦虎一个个扫视着，这伙人里没有了张非，没有了麻腾，没有了那么多熟悉的面孔。他瞅来瞅去，咋也找不见铁比布马，他问玉莲：“咱大在哪里？”

玉莲默默无言地低下了头。他问大家：“铁比布马在哪里？”

沉默就是回答，白彦虎心里已明白几分，但他无法控制自己，吼叫着：“说呀！人呢？还有哈哈娃呢？”

哈哈娃从人堆里挤过来，说：“白帅，当家的，我在，在这儿。大帅，这一路上，你大怕你分心，不叫大家告诉你。事到如今，我给你说了！我那老哥哥跟掉队的伤员过木杂喇特河时，中弹落水，叫浪卷走咧！”

一股苦涩之味渗进白彦虎的心头，他忍着失去一个又一个亲人剜心般的悲痛，望着抽泣的妻子，这时他才发现站在玉莲身边已经九岁的籽儿头上戴着孝帽，他到此刻已是欲哭无泪了。十五年来，生生死死，血雨腥风，籽儿他们长大了。十五年来，争争斗斗，死了多少兄弟？几十万陕西回回，把白骨热血，洒在了六万里的征程中，谁能记得清、唤得出他们的名和姓？还有被安置在平凉、秦州、清水画地为牢的父老乡亲……令人牵肠挂肚。那么多英雄豪杰，马振和、杨文治、余彦禄、马生彦、白彦龙、张非、麻腾一个个战死沙场，还有崔伟、禹得彦、毕大才、赫明堂，他们……白彦虎不敢，也不愿再想。他从大伙的眼神里，看到一死的决心。玉莲显得十分坚定，没有哀怨、没有悲伤，没枉和她夫妻一场。可自己，作为人夫，一位顶天立地的男人，没有给她女人应有的一切，她和儿子的家在马背上，在征途中，在荒野的风暴里，在流血的沙场上，在难以言表的苦难日月中，在失去亲人的苦痛中。她无怨无悔地跟定自己，用她那并不坚实的双肩，挑起了千斤重担。为了军眷、乡党们的安危，为了籽儿的成人，她付出了多少心血？这样的妻子是安拉给予的恩赐。我白彦虎今世无法报答，后世做牛做马，一定要还。

沉默，久久的沉默，年轻气盛的彪子一声吼：“拼了！”

白彦虎坚定而冷静地说：“不，只要有一线希望，咱就要生！哪怕能活出一个人来，就是咱赢了！他左宗棠永远也征服不了我们！没有这点儿心气，还算是陕西回回？”

白彦虎一指风雪迷茫中的恰克马克山口，说："听说甘肃回军早过了天山，那就是一条生路，走过去，就有生的希望。"这是他的决断，这是他与别人的不同，他的所思所想都是这最后兄弟的生存而绝不是死亡。这个决断给了人们生的希望，生的勇气。一时间人声鼎沸，白彦虎说："死，没啥可怕的，生才是艰难的事。"

"不知那边情形，过去了站不住脚咋办？"

白彦虎说："我昨天派马壮一哨人，带着重金过山那边去买路，在那边能留则留，不留大不了再向西走，总会有个安身的地方。"

马玉莲说："你们男人先走，女兵留下断后……""那不行！"

马玉莲说："你们放心，决不给咱回回丢人。"

"那也不行，你们留下我们爷们儿羞都羞死了！"

彪子喊道："让我们这伙没家没室的光棍留下！"

"甭争咧！我们这些老杠子土都埋到鼻子上咧！生跟死都没意思，我的留下……"

白彦虎望着这些同生死、共患难的父老兄弟姐妹，说："甭争咧！一户留下一人断后，只要明天一过，活下来的连夜顺着开的路过山，要来不及就四散找活路去。只要留得青山在，不怕来日没柴烧！整顿人马，立刻进隘！"

恰克马克隘口很小，人们只能轻装鱼贯而入，白彦虎站在隘口的巨石上，像一尊铁铸铜雕巨人，如脚下生根一样，在凛冽的寒风中矗立着。他清楚，此刻只要自己站着，这五千人就没有一个会倒下。白彦虎把所有的洋枪弹药交给断后的朵斯提们，他们才是决心以死，救五千生灵的英雄。他深深地弯下腰向这些视死如归的人们行大礼，送他们迎敌，他不希望这是永远的分手。

人们又要上路了，一群群一队队，迎着暴风雪告别了自己的祖国上路了。他们顶着隘口大风掀起的漫天沙尘雪暴，一步一回头地走进恰克马克山口。告别了生养自己的这片热土，告别了为生存将热血、生命抛洒在万里征程的大地。

十五年的路，走到了天尽头。十五年的抗争，留下了悲壮的挽歌。至此，抱定生存的最后一线希望的人们，走上了一条不归路。

白彦虎站立着，望着忍饥挨饿、衣衫褴褛、拖儿带女、扶老携幼的朵斯提们，从面前走过。白龙马不安地抖动着长长的鬃毛，踢踏着冰冻的土地，怅然凝望着巨石上的白袍主人，引颈啸啸长嘶。

彪子高擎着被战火硝烟洞穿撕裂的虎字战旗，在暴风中猎猎作响，它向每一位走过巨石的人们昭示着，这是一支永远不倒的回军，一个永远不会被消灭的不屈民族。

待最后一位老人走过巨石，走进隘口，白彦虎还是一动不动地凝望着茫茫大地，直到远处随风传来阵阵枪炮的轰鸣，他才从巨石上走下来，在冰冷的雪地里抓起一把沙土，装进衣袋，把一腔热泪撒在祖国的土地上。

白彦虎最后望了一眼这千古沉沦的大地，义无反顾地走进风雪！呼啸的通往异国他乡的恰克马克隘口。

又过去了五年。

公元一千八百八十二年七月。

中亚，楚河北岸的老营盘乡庄。

年仅四十一岁的白彦虎，已是不久于人世了。他已经吃不下一口口饭，喝不下一滴滴水了。憔悴得颧骨高突，脸色苍白、发灰、发暗，印堂已经没有了油光。人失了形，瘦得皮包骨。闷在心头深处的抑郁，远离故国家园的悲情，失去亲人的痛楚，世事的迷茫，十五年抗争的惨烈，让他身心憔悴，一病不起。他清楚自己患下的是噎食病，日子不多了。一盏豆油灯，发出淡淡橘红微光，时明时暗地跳动着，照着昏暗的小屋。白彦虎不让整日整夜守在自个儿身边的妻子玉莲吹灭这盏油灯，也不叫再添新油，就这么日夜点着、熬着。他总是十分平静地笑笑，不愿把痛苦挂在脸上，让亲人们揪心。

他那一双曾经是那样坚毅、犀利的眼睛，如今，显得冷峻而忧伤。他一时清醒，一时糊涂。清醒时，他望着一跳一蹿的灯焰火苗，一言不发，好像在想着自己风风雨雨短短的一生。糊涂时，他喃喃地呼唤着："回家，回家，回西省、回泾阳……"他多么想麦浪翻滚的八百里秦川，一片秋黄的泾渭大平原。那里有他牧放牛羊的童年，有他抗清的沙场。他坚信，后世会出现像大唐那样的太平盛世，这些逃难出来的回回一定会回到中国去，哪怕回去看一眼故乡也好。

那是他日夜思念的故土，生他养他的家乡。是那样遥远，那样令他梦牵魂绕。

有时，他不断地呼唤着白四爷、铁比布马这二位让他尊重的老人，呼唤着马振和、杨文治、张非、麻腾……这些战亡沙场的兵斯提们。他想起了汉人大哥杨生华，想起宋景诗、徐仁义，还有郑草滩上码头不知名姓的老汉……一串银铃般的笑声在耳边响起，那是雪儿在天园里的笑声，六位老来了，围在他身旁，欷歔地说："虎娃子，俺们想你呀！"恍惚中，他见到了崔三哥，赫明堂大阿訇，想起大风雪中五千人走进恰克马克山口，活着到达楚河岸边的只有两千。三千多无辜的生灵，永远化做一尊尊不屈的雕像，留在了永不开冻的雪山。突然，白彦虎睁大了眼，神情亢奋地喊："你听！我的白龙马在叫哩！"半晌，他自言自语道，"它也殁咧！"……他望着灯焰火苗，心里的事想得太多太多。他喃喃地自言自语："咱们营盘里，清真寺大门都朝着东方开着，东方，长安是咱老家……"

这一天，白彦虎显得特别清醒，蜡黄的脸上有了一丝红晕，还破天荒地喝了一口玉莲熬的米汤油油。他拉着玉莲的手，久久望着她显得清瘦的脸，伸出枯柴一样的手指，颤抖着去擦玉莲眼角的泪花，问："你还记得西安广大门不？"玉莲点点头，咋能忘哩！那时他们一起踏着夕阳在河里饮战马，在校场上练兵，一起紧紧依偎着坐在月光下，直到天明……那是一段多么美好的日子。

白彦虎说："这世上，我最亏欠的是你呀！我的亲人。"

玉莲哽咽着，昂起头来说："虎子，你说得对，只要咱能活出一个人来，咱就是赢了！虎子，咱这一辈子活得值咧！"

白彦虎淡淡一笑："瓜女子，我的好玉莲，你明事理，知大义，我能有你，知足咧！"

他又望望油灯一蹿一蹿的火苗，让玉莲把籽儿、里儿、希迈儿、杜木儿，他的心肝儿子，还有二哥彦龙的儿子固原都叫到身边来，对他们语重心长地说："今后，我把你们交给你彪子哥，跟着他做个堂堂正正的陕西回回。记住，咱的老家在中国西省，有朝一日大清完咧，单另的衙门成立咧，只要出现了太平盛世，你们还是回去，回西省去！我们在那边语言通、习惯通，我们的祖坟在那边，还有留下的亲戚都在那边……”

在那盏灯油将要熬干的时候，他把营盘乡庄里那些同生死、共患难的朵斯提们召唤到身边来，他对马林洪、沙彪、张文定、海白菜他们说：“从渭南起事起，我就想请下一位识文断字的师爷，咱回回穷，念书人少，让他给咱当军师，教娃们认字。后来，在泾阳遇上彪子的义父徐仁义，那可是汉人中的德行人，可惜叫官府杀了。

而今咱老营盘里没有一个能认中国字的，可你们千万不要忘了老家的陕西话，要一辈一辈往下传，咱是陕西人。”

营盘的人们讨他的口唤，要他给后辈留下遗愿。他断断续续地说：“我，是回不去了！有朝一日，你们，还是你们的后人，回到西省，把西安城上的土掬一把包回来，代我叩响西安城西门上的大铁环，口唤就有了。要不，甭指望虎士奴的（不要指望满意）。”

玉莲默默地守护着这盏油灯，看着灯苗一闪一闪，静静地赶着它的路。她多么盼望这盏灯油永远永远都熬不干，她就这样永远永远用整个生命守护着这盏油灯，守护着她的亲人白彦虎。她多么盼望世上的奇迹出现，白彦虎能像在战场上一样绝地逢生，再活一世。

在白彦虎身边守候着，她没有失望，没有悲伤，她心如平湖，神若止水。她知道天下没有不灭的灯，可她就是期盼着这盏油灯不灭。灯亮着，白彦虎气若游丝，她就这么守着。灯焰一闪一闪，她总不由自主地站起来，去看那盏中的灯油。然而，那最后的一闪是终于要来到的。谁家夫妻不愿长相守？又有谁能长相守哩？总不能看着自己的亲人这样受罪地死去。受了一辈子罪了，她不忍看着白彦虎就这么一声不哼地咬着牙，忍受着痛苦挺到最后。玉莲见亲人实实不行了，望着他没有一点儿血色的脸；只听到弱得不能再弱的一丝丝气，在急促地、时续时断地呼吸着。她伏下身，小声说：“虎子，我的好虎子，我知道，你又在想咱西省老家哩！”

白彦虎点点头，他还有未了的心愿，合不上眼。他十分吃力地对籽儿说："快去，把你哈哈巴巴喊来。"

不一会儿，哈哈娃来了，他怀里抱着一把板胡，街上的，院里的，房里的人们，给他让开一条道儿，他小跑着来到白彦虎的炕边，大声说："当家的，哈哈娃来咧！"

白彦虎吃力地睁开灰蒙蒙的双眼，望着哈哈娃，久久说出一句："你，头发胡子都白了，背也驼了，老咧，老咧！"

"当家的，不咋的，身子骨还硬朗着。我知道，你又想咱西省老家咧！我给咱拉一段陕西秦腔曲牌吧！"

白彦虎点点头，彪子赶紧给搬来一把方凳子，哈哈娃坐下。他的手在发抖，久久平静不下来。良久，他深深吸了一口气，猛抬弓、落指，一曲秦腔曲牌如冰河开裂、万马奔驰，似翻江倒海、风卷残云。时而高亢激扬，时而雄浑悲壮；时而古朴苍凉，时而委婉悠扬；时而如泣如诉，时而凄厉忧伤；时而亢奋激昂……这乡音乡调、幽怨的琴声搅人心肺，催人泪下，不由得让房里屋外的众人思念起家乡，思念起关中平原，思念再也无法返回的八百里秦川，人们在凄怆沉痛中抽泣。

七月二十五日，弥留之际的白彦虎嘴在不停地翕动着，马玉莲附耳从他微弱的喉音中听见他一字一字地喃喃念道："苏——布——哈——"马玉莲知道他想到那艰难岁月，在那荒漠升起篝火的夜晚……立即请来阿訇，众人团团围在炕前，像当年围着御寒的篝火一般，由阿訇领念"泰拉威哈"拜后的赞词："苏布哈——"

众人高声合念："泽勒目勒克，握勒买来库梯（赞主清净！掌握天地主权的主）。""苏布哈———"白彦虎在如歌如诉的宏大、壮阔、高亢的高念后紧接着委婉、肃穆、庄严的低念中，安详地闭上了眼睛。

七月二十六日。黎明。

白彦虎走完了他四十一年的风雨人生，当阿訇再次庄亘地站在他的炕前，吟诵讨拜（忏悔的经文），白彦虎已经枯竭的眼里，淌出两滴泪水，顺着消瘦的面颊，缓缓流下。

最后的一滴灯油熬干了，灯捻上结满了灯花，在不停地跳动着，忽明忽暗，小了，小了，闪动着，昏暗了下来。猛的，灯花炸开，飞起星星点点，飘飘洒洒，慢慢地、轻柔地落下来，落下来……

灯，终于熄灭了。

二〇〇三年七月十七日初稿于秦岭郑家坪

二〇一二年四月二十二日修订于西安广运谭畔怡园

（选自《东望长安》，太白文艺出版社2008年版）

八里情仇（节选）

京　夫

【作者简介】京夫，原名郭景富，（1942—2008），陕西商州人，中国作家协会会员，陕西省作家协会专业作家。出版作品有中短篇小说集《深深的脚印》《京夫小说精选》《天书》，散文集《海贝》，长篇小说《新女》《文化层》《八里情仇》《红娘》。曾获全国优秀短篇小说奖、当代文学奖、“中国潮”报告文学奖、绿叶文学奖等多种全国文学奖项。2007 年出版长篇小说《鹿鸣》，受到了文学界和广大读者的热切关注，这部长篇小说开拓了一个丰富、奇特、博大的文学世界，熔铸着京夫对社会、人生、自然的深刻思考，标志着京夫创作的新高度。

五

八里这座汉江岸边的古镇，现在距新县城已经不是八旦，而是三十里了。那座当年的老县城，由于受到四山阻夹的缘故，没有发展前途，已经降格成了一个镇子，叫做水平镇，镇子在北坡塬上，就一条东西街，南街只有一箭之遥，便到了依斗门。街南的一半儿房舍店铺便建在面江的崖楞上，多系吊脚楼式的建筑。坐船从江上下去，可以看见一根根石林似的檐柱，顶着绿苔斑驳破破烂烂的屋子，在视界旦飘摇。依斗门下有个小码头，可以停靠小驳船、木船。几艘被风雨剥蚀得发黑的木船，抛在码头边，似乎是几世纪以前就在那儿。码头平台上行一段路，有一块宽点的江滩，滩头岩嘴上，有座龙王庙，一半已经坍塌，未倒掉的檐梁上，可看见彩绘木刻仍栩栩如生，说明当年曾有过的兴旺。码头到依斗门，是一级级石级，如同上天梯一样，叫做一百单八台。光滑的石级记录着当年码头搬运夫们的汗水和辛酸。而今码头上静悄悄的，没有忙碌的船工，没有叫卖的小贩，没有杂乱的饮食摊，江上也没有船工的号子和打鱼人的歌声。码头和那座形影相吊的龙王庙一样破败，似一页被遗忘了的历史。只有初春的阳光，在光滑明亮的石级上闪耀着。一江春水，显得慵懒而疲沓，流过峡谷，并未获得多少力量，沉闷地流淌着，江面泛着芒刺一样的光波。

六

五月端阳。是荷花出嫁的日子。

荷花没有像往常那样，一大早便去蹚露水，割青艾。她打扫了场院，整理擦洗了屋里的家具门窗。服侍娘服了中药，把昨日拆洗的被褥床单给娘换上，把几天来给弟弟拆洗缝补的单衣棉衣叠好，压进黑板箱里，然后给一家人擀了一顿长面，晾在簸箕里。她恨不得把一年甚至几年的活儿都给娘家做完，可她做不完啊，也无法做属于未来的活儿。她要离开这个家，离开苦命的娘，离开尚幼小的弟弟。娘虽一再说，她这是奔好处去，但她总有点前路茫茫。娘说过几天，人家会送她回门，可以在娘跟前住一年半载，这是老规矩，她去去就回，用不着伤心。她却总觉得是长久的离别，此去归期难料。娘说去八里四十里地，来回抬脚动步就到了。她却觉得那是一个遥远又遥远的地方。娘说你在八里上过学，熟悉，又是大地方。她却觉得那儿一切都是陌生的，不为人知，莫测深浅。娘说咱这儿有啥恋恋不舍的，罪还没受够，她却觉得草屋暖，连那褐色的屋顶也是柔和的，山洼是温热的，山溪和小路都有生命，都难以割舍。

娘说着说着眼睛湿润了，抚摸着女儿洗过的被、缝过的衣、浆洗的床单。谁会在她跟前怜她、护她、喂药、喂水、扶起、扶坐呢？娘忍也忍不住，珠泪夺眶而出。

荷花抱住娘，哇哇哭了。

“别哭，今天是你的喜日，哭不吉利，可不敢哭，不敢哭！”娘擦泪劝她。

弟弟也来劝姐姐。说他会去接她熬娘家，也会经常去看她，八里不是山外，不是外县，他要在家接替她，经管娘，不叫娘受罪，要她放心去。

荷花又抱着弟弟哭。

“你要听娘的话！”

“黑来回家早一点！”

“把黑狐管好别咬了生人！”

“下雨天把柴放在家里别到时生不着火，锅下煨着火种别到做饭生火时抓瞎，耽搁了上学！”

“晚上把屋门用杠子顶结实！”

“给猪圈的插板压上石头防狼叼！”

……

她有一千种叮咛，一万种嘱托。看着稚气的弟弟，流着清鼻涕的弟弟，单薄得风能刮到空中的弟弟，她放不下心，她的义务未尽完。

大弟从野外割了一抱苦艾抱回来，蹚得裤脚满是露水，像提了两桶水。荷花帮大弟把苦艾在门头和窗头插上了，空气中立即弥漫着苦艾的苦涩与辛辣味。几年来，每插起苦艾来，她便想起在城中五号信箱服刑的父亲，到明年，这个家就要少两个人了。结婚的事还未告诉爹，是她不想让他伤心。但这毕竟是女儿的大事，还是应当让他知道。等到八里一切妥帖之后，给爹去封信，或者方便时，缝几件衣服，做双鞋袜到狱中看看，也尽尽女儿的义务和孝心。

“大营！”她叫着大弟的名字，“姐走后，这个家的担子就落到你肩上了，你要一头操心屋里，一头操心上学。”

“我知道！”

“在学校别和同学闹别扭，要争取入团！”

“我知道！”

“有同学说咱爹长长短短，你听见装没听见，千万莫论忌，和人家争强上劲！”

“我知道！可……”

“咱爹做了丢脸事，咱说不起话，不要和人家犯口舌，善待旁人！”

“姐，你甭说了，我这学不定能上呢！”

“看你说的啥傻话，学下知识是一辈子的事。姐到那里，一定想办法支持你上学！”

“这……这我知道！”

荷花又一次来到场院上，看太阳从东山升起，看白雾向山洼里隐去，看松柏苍翠，看绿草如茵。这山旮旯，苦情得她哭过多少次，骂过多少回。她骂过山高，骂过路陡，骂过山旁山恶山塞，骂过路险路遥，她骂过屋子骂过地，骂屋子漏雨低矮阴暗潮湿寒冷寂寞，骂土地没土不长庄禾。她骂过野狼獾子豺狗狐狸猛禽凶鹰，也骂过人骂过爹娘把她生养在这鬼见愁神仙怕的地方。她还骂过祖宗，骂那个在安庆府上杀过人逃匿到这儿避难的祖祖爷，不该为了活命，把家安在这个鬼地方，既然有能耐下得手杀得人，为什么不敢到汉中府占一块地盘或是到长安城建一座庄院呢，害得儿孙遭此恓惶！

现在要离开这山，这水，这林子，这路，这茅屋，这场院，这鸡这狗，她却难舍难分了。她在这茅屋落草降生，受着山水供养，这儿的一草一木一石一叶，都关联着她，都连着一个儿时和往昔的一个一个亲切的故事，这儿一切都熟悉得像亲人一样，关情关意，还因为她要去一个陌生的茫然难测的地方，一个陌生的家，与陌生的人一块生活。

早饭过后，接亲的一帮人吹吹打打进了场院，一副用竹椅绑成的滑竿停在院子里，滑竿上挽着红绸花，缠着彩纸，一派喜气洋洋。

那个兴启没有来迎接。媒人没鼻子老汉背着大包袱，里边包着新娘的嫁衣。

荷花在接亲人用餐时，被二婶打扮起来。

大队支书代行父亲义务，将荷花抱到滑竿里。

娘被弟弟扶出来，与女儿告别。

荷花看着可怜的娘，垂着泪，又是一番叮咛。

“娘，我放心不下你！”

“好闺女，隔山隔水隔不住路，你去吧，十天就回来！”

“你要按时吃药打针！”

“按时。”娘说。

“洗针的水要烧得多滚几滚！”

“我知道！”娘说。

“中药熬三遍就倒掉，别熬四遍五遍，熬多了遍数有毒！”

“娘知道！”娘说。

“药里有杏仁苦，服了药记着抿一口糖，别胃里受不了又吐了；糖放在你头上窑窝里，用了盖好，别让老鼠遭害了！”

“娘知道！”娘说。

……这些叮咛昨晚已经讲几遍了，她还不放心啊！

没鼻子老汉给荷花蒙上了盖头，遮没了眼前的一切；两个壮汉抬起了滑竿，荷花的双脚离开了生养她的热土，悬空了。唢呐声吹奏起来，那欢快的唢呐声把她抛到了云里雾里，她在一阵眩晕中告别了家乡。她的泪水涌湿了红色的盖头，从那飘动的下摆滴下地，在阳光里，那是一滴滴红泪啊！

人生一旦方向明确，归宿清楚，心也就坦然，行动也就坚定了。荷花从未有如此时此刻这般坚定，似乎刚刚过去的折磨和摧残都未发生过，脚步一下子快捷起来，身心也有种解脱般的轻松。她堂堂正正地从巷中走过，面带轻蔑和讥讽的笑，理着头发，抻着衣襟，似走向光明和希望。这是一条下行的街巷，月辉水似的洒在青石巷道上，她走得像流水一样自然，像是浪涛推着似的。

遗憾的是巷子太短了，这种痛快自由地下行很快就到头了，她还不曾有过这么轻松的下行，她时时都在逆水上行。出了依斗门，看见码头上有几个背背篓的人，正从最高一级台阶上冒出来，像从地狱里冒出来一样，喘息着从她身旁走过，进了依斗门。她似乎要庆幸自己已经与背背篓人的那种地狱般的上行告别了，那历史的沉重背篓再也不会压迫她的灵魂，向下便是解脱。身后的街巷没入了淡烟似的夜雾里，眼前是高高的一级级铺展下去的石级，汉江在狭谷里，像万千匹黑色的兽群奔跑着，涌动着。荷花突然觉得应当数一数这台阶，这台阶的级数至今对她仍是个谜。那年和林生从上往下数过一次，又从下往上数过一次，两次两人得出的是四个不同的数字，而且每次都相去甚远。大约那时便有冥冥之中的神灵预言了他们的不能合一归统。他们不敢肯定是哪一个数字准确，因为四个数都与传统说法一百单八台不相投合，他们约定，到了那一天，带着孩子来数，让孩子来裁判他们。看来这一天永远不会有了。林生还会有，而她除了今夜再没有机会了。

荷花踏上最高一级石级，那是千百年来被船夫搬运夫和拉纤人的光脚丫子磨砺得光溜溜的麻石条。站在石条上，似乎和痛苦艰辛磨难的历史重合了。下面是活的江水，死的靠了码头的船只，有浮动的夜雾。她一级级地下行着，一级级默数着，一、二、三、四、五……

荷花只数了八十三级便完了。她大失所望。这数字比那四个数少了许多，比习惯的一百零八级更少。那一百单八是凑够那个数，梁山有一百单八位好汉啊，这八里码头叫做好汉坡，自然便是一百单八了。她为这个八十三而深深遗憾，这是人生的最后遗憾了，不是为自己，而是为好汉坡的台阶。不，还有另一个遗憾，那是汉江上游昨天下了雨，江水有点浑浊，带着腥气和泥土的呛味，她应当选择清清的江水。然而夏季里，汉江没有几天是清澈的，上游老下雨。遗憾并不能改变命运，命运是走向汉江，去拥抱汉江……

荷花在码头靠上游的一处浅水处蹴下来，沾了点水，把额头的刘海抿了抿。没有镜子，已经差不多半年不用镜子了。自进了兴启家门，她怕看见自己与兴启巨大的反差，便把镜子收藏了，把自己对自己隐蔽起来。回娘家去时照过一次镜子，在冷水泉边抿过头发，照过脸，她被自己的美丽惊呆了，痴了好一会儿，然后潸然泪下。到食堂上班的最初一段日子里，她用过那只小圆镜，她以为那是一次人生转机和新生。万万没有想到那是囚禁她这只金翅鸟的笼子。和那畜生不明不白起来后，她把小圆镜摔了，摔在冷水泉下。她恨自己的身子、自个的脸、自个儿的眉。她捏自个儿，咬自个儿，要毁这天生丽质……现在她需要自个儿美丽了，她要欣赏一下自己。没有镜子，这便是第三个遗憾了。人生为什么有这么多遗憾？这会儿为什么有遗憾？江水里有自己模糊的影子，没有眉眼。她对不起自己。还有那个兴启，她也对不起他。她应当为他做顿好点的饭，陪他说一夜话，给他洗一洗衣服，还有那件拆洗了的棉袄，因为未添棉花还未纳起来。她来不及了，明天，后天，好心而刚正的周爷爷就要出院，左青农明晚还要……来不及了，她要走，要像这浑浊的江水一样，流走了，从这个世界上流失了……

荷花选择了一处高点儿的岩岸。面对大巴山，面对苍茫的天宇，面对那惨淡得如同没有血色的产妇脸似的月亮，向那深山中看不见的娘深深鞠了一躬，高喊一声："我对不起你啊！"便张开双臂，像投入母亲怀抱一样，投向了汉江……

十　七

命运注定荷花要经受更苦难的人生。命运的巨手把她从死神手里拉回人间来。

救出荷花的不是别人，正是荷花当初的恋人林生！

感情之舟把林生这个亡命在外的人，两次载到八里这个是非之地，仿佛是前世已经编排好了的戏剧，让他在这个动乱之初的巴山脚下汉江之滨演出属于他的角色。这幕剧的第一幕已经落下了，他上场演出的是第二幕。

母校受冷遇，使林生对八里产生了深深的失望和畏惧。旧日父亲般关心他的金老师，现在闭门不纳，畏他如畏虎，害怕沾染株连。昔日的恋人荷花呢？他已经为她二返八里，然而却未正面接触。他不知道，他突然出现在她面前，她会怎样。他伤过她的心，是主动退出联盟的弃约者；她是食堂的工作人员，一个据说是英雄的合法妻子。她愿意见一个如同逃犯一样的负心人吗？

正是由于这一切的不确定性，他在遭到冷遇后，没有坚决地离开八里，他急切地想找到第二个题解：她对他的态度。这是他忏悔的前提。她如果拒绝见他，他便无法表白自己的忏悔。第一次来八里，他觉得荷花是如此熟悉，又是如此陌生。熟悉得如同自己的经历，陌生得如同未来。他没能接触她，只是独自在角落里温习旧日的梦，咀嚼他的不幸和她一旦拒绝见他于他的打击有多沉重。当他偷偷到她的家，看到了那无法想象的贫寒，特别是看到了那个虚弱而面目可怕的残废人，他认为怎么估计荷花的苦难也不过分，更可怕的是，这次他竟发现她是在一个野兽的控制下，受着非人的凌辱。

那是他跟踪荷花和左青农去医院以后，他便在医院门口不远的小桥下坐等荷花出来。他想她说不定会下了桥头，走一条通往家里的小路，他便叫住她。然而出来的是两个人。荷花和左青农在桥头的一席话，他全听到了。他惊惧得透不过气来。他几次想冲上桥头揍那个人面兽心的豺狼，去维护荷花的人身自由。他的身份使他不敢妄动。他看见左青农把荷花领走了，他便跟了上去，他的意识和思维全崩溃了。他既为那个可怜的残废人悲哀，又为自己不能保护荷花而愤怒得想狂喊。一朵美丽的花儿正在遭受寒风的摧折，他怎么办呢？他突然来了男子汉的血性，他回铁匠铺趁师傅们熟睡时偷了一把砍柴斧子。那斧子是铁匠师傅高超手艺的体现，是师傅的实物广告，刃儿雪亮，寒光闪闪，看一眼也打寒噤，脊梁上像丢进了冰溜儿。他揣着那把斧子，走向食堂。他要用它惩恶扬善，也好痛快地活一场。食堂的侧门关得很死，里边还加了锁。黑血在心里汹涌。他差不多要对天长嚎。一阵夜风吹过来，带着江水的潮润与清冷，他扬起的斧子在门外垂下来了。结果了那野兽荷花会得救吗？将给荷花带来什么呢？会不会让人说这是一桩预谋的杀人呢？荷花已经够苦了，还能让她再受磨难吗？林生不知怎么办了，手里的斧子沉得像是打胡基的石夯。他突然决定等荷花出来，把荷花引到一个不为人知的地方，两人私奔！

长时间的难耐的等待，荷花终于出来了。他以为荷花又要去屋场前冷水泉下的小水沟，去洗澡。前两天，他曾经在草庵等候她，发现她去那儿洗澡，他曾经站在高处偷看过她洗澡时的朦胧裸体，既是欣赏，何尝就不是保护呢？那时他不知道有个左青农，他以为她在食堂工作，养成了清洁的良好习惯，何况天已转暖了，女人总是在晚上偷偷潜入河沟里洗澡。他决定在巷口拦住她，把她劫持到那个庵子里，甚至他想到荷花如果反抗时制服的手段和进一步行动的步骤。然而荷花没有向北边那巷子走去，而是走向了去码头的巷子。他预感到了一定要发生什么事，便尾随上去。他终于看见了她诀别人生的一幕。

林生在江水中抓住了荷花，没有就近向码头游过来，而是拖着荷花，游向中流，向对岸游去。

江对岸岩嘴上有座小庙，供什么神，已无从知道，庙顶已经坍塌了三分之二，只剩下西南的一角。神龛已被人拆去了，留下个光土台儿。庙里是乱石和荒草。要是白天，那是令人望而生畏的地方，在黑夜里，反而有种安全感。

林生把荷花背进去，放在庙的一隅。然后他把荷花横放在膝盖上，倒起水来。

荷花吐出了许多水，身子软得像面条一样。他把她抱在怀里，一遍遍地呼唤着。

荷花醒过来了。

“你……你是谁?”荷花声音微弱地问，“我这是在哪儿?”

“……”他没有说他是谁，他怕太突然惊吓了她。只把她抱得更紧。他似乎觉得能救出荷花是一种幸运，像创造奇迹一样幸运。

庙内漆黑，荷花无法弄清抱着她的湿淋淋的身子是谁，但她明白这不是她要去的那地方，那儿应该是什么也感觉不到的黑暗和极致的安静，而这里不是。

“你救了我？你为什么把我弄到这里来?”荷花开始挣扎，要从搂抱中挣脱出来。“你放开我！放开我!”力量似乎回到了她身上，她抽出手来，推着林生。“你是谁?”

“我是林生!”他说。他把她扶坐起来，靠着他，他发觉她抖得厉害，“你冷吗?”

“林生?”荷花喊了一声，身子有一刹那变得很僵硬，“你是人是鬼?”

“我是人!”林生说。

“啊……”荷花哭了，身子抖得像风中的弱柳。她抓着林生，牢牢地抓住林生的手，“我以为你死了，你不在世上了，你……”她抓住林生的手，斯打起林生来。

林生制止了她："荷花，这里不是哭的地方，你好点了吗？"他摇动着她，声音很严肃地问。

"我不要好，我要死，我见到你了，我心甘了，我去死！我无牵无挂地去死！"荷花嚎着，挣扎着站起来。

"荷花！"林生又一次厉声制止了她，"听我说，咱们马上走！听见了吗？"

"走？"荷花抓住林生的胳膊，止住了哭，"到哪里去？"

"到很远的地方去！"林生说，"能多远就多远！"

"能多远就多远？对，越远越好，走得远远的，走到没有人认得你我的地方！越远越好！"荷花喃喃地说，像在回忆过去的往事，"能多远就多远，能……不，我不走！我要自己走！"荷花又牢牢地抓住林生，突然把林生推开了。

"为什么？"

"别管我，林生，别带我走！"她说，用空洞的眸子看着黑暗。

"不愿跟我走？"

荷花沉默着。

"说啊！你怎么啦？"林生摇晃着荷花。

林生见荷花沉默不语，便放开了荷花，在庙里兽似的走来走去。荷花不原谅我，不相信我，我们之间有一条鸿沟，她已经不爱我，对我失望以至于恨我了。

"荷花，怪我不好，不该骗你，当时我的处境不允许我答应你，我怕你跟上我受苦受难，我不忍心害了你和你家，才写了那样一封信。我有负你的感情，我太软弱了。我已经来过八里一次了。我一次次见到你，我想找你谈谈，但我没有勇气。我也知道你过得很苦，我看了你的家，与其那样受苦，还不如当初我们在一起。荷花，你相信我吧，我还是那个林生，我是逃跑出来的，像逃犯一样，躲避那非人的劳改，我随时都可能被抓回去，甚至被关起来。你如果怕受连累，那我也不勉强你，但你不能轻生，纵然有再大的不幸也不能去死。我也曾软弱过，也产生过轻生的念头，但我挺过来了。外面的世界虽也一样，但外面的世界大得很。逃难也使我认识了社会，认识了人生，我坚强了。你不能死，你还年轻。你不愿跟我走，我就把你送回去，你慢慢过日子吧，寻短见是最没出息的，路宽得很，只要往前走，有的是路……”

林生抓住荷花冰冷颤抖的双手，摇动着，劝慰着这位亲爱的同学、朋友和恋人。

荷花抽出了手，像是被火烫了一样，退后一步。

“林生哥，别挨我，我脏了，我已经很不干净了，别让我脏了你，我连我的男人也脏了。我已经对不起一切人，我没资格跟你走，也没脸活在这个世界上了，还是让我走吧！我已不是过去的荷花了，比你想的还要脏，还要烂，我只能死，我都嫌我脏了……”荷花说着又哭了起来。

“住口，你真没出息！”林生愤怒地打断她，用脚踢开了一块烂砖头什么的，“你怎能这么自轻自贱呢？亏你还是上过中学的。你真不是过去的荷花！你自己作践自己，你去死吧，你跳江吧，去啊！我眼睛瞎了，我为什么要救你呢！”林生砸着自己的脑袋，恼怒地指着庙台下的江水，“跳啊！跳啊”的气急败坏地斥责。

“林生哥！你骂我吧！你打我吧！”许久，荷花喃喃地说，声音显得平静多了。

“你的确不是那个荷花！你令我失望！严酷的环境应教会你坚强，而你却更脆弱了！”林生叹了一口气，“你快点决定吧，我没有时间了！”

“林生哥，我不能跟你到远处去，虽然我很想去，我也不怕什么，咱们能在一起一天就是让人枪毙也值得，我也愿意！”她走近林生，抓牢了林生的双手，“还有一个人在这里，我不能丢下他。我活着就要照顾他，不能丢下他，我不能丢下他。还有我娘，我弟弟，我也丢心不下他们。你不让我死，就让我回去吧！”荷花又抱着林生抽泣了，“我不死了，可活人多难啊！”

林生无奈，只好把荷花弄过江，偷偷送回那个家，送给了那个可怜的男人兴启。他在冷水泉下与荷花分手后，才想起跳江救荷花时摔了那把斧子，那可是师傅视为珍宝的斧子啊。他又来到码头旁边，找到了那把斧子，悄悄潜回到铁匠铺。

那位可怜的兴启仍在院坝上守候着。他拄着双拐，背靠橘树，像是橘树一根劈下来倒挂拖地的丫杈，和橘树杆形成一个汉字的“人”。这个“人”望眼欲穿时，她回到了身边。

“看你，怎么衣服全湿了？”兴启问。

“我在冷水泉边踏绽脚了，衣服全湿了，拧干了才回来。”荷花说。荷花忍住眼泪，“我有点头晕！”

“快进屋，小心感冒了！”兴启跟她进了屋，“快生火烤烤，你们食堂，怎么总晚上加班，也真是，这样人怎么受得了，也不安全！”

“食堂人手少！”荷花说。她在灶门前生起火，烤着身子。

兴启看着她，给火里添着茅草柴。

荷花不敢看兴启的眼睛，那拉直了的眼睛，透着对她的心疼和善良的光。她恨自己自私，恨自己软弱。为什么就不替兴启想想呢？兴启每天在她离开后，就一整天企盼她回来，到夜幕落下来时，他就与橘树搭成一个“人”字，在场院上候望着，准备给她搭声驱除恐惧，把她迎上场院，问长问短。要是她今晚顺江走了，自己解脱了，兴启会靠着橘树守候到什么时候呢？他会一直等到天明，他会的！她不能死，就是身在火坑里，也要忍着，为了这个好心的男人，为了这个没腿却极善的大哥，她要活着，她有义务活着，没有权利去死！何况还有一个林生。林生原来仍深深地爱着她，由于爱才拒绝。由于拒绝才失去了她，才会来寻找，而且是在逃难中冒着风险寻找，不仅救了她，还要带走她。这就够了，这她就满足了，她没有错爱他，错看他，有了这一切，什么都有了。虽然他刚才在冷水泉边站住了，拒绝到家里，带着一身湿衣，默默地走了，走得她塌了半个心。啊，人生啊！林生他会再来吗？他什么也没得到，却付出了一片爱心，他会留在八里吗？

左青农回到自己的办公室，泡了壶茶，取下好久不拉的二胡，调起弦子，吱吱扭扭地拉起来，拉着拉着竟自己咿咿呀呀五音不全地唱起来。

左青农怎能不高兴呢？“风雷激”造反司令部所属各个造反组织滚雪球一般扩大着，他巩固地稳坐在司令部诸多司令的第一把交椅里，而且新近夺了公社书记的权，成了公社革委会副主任，又有了县地“红造司”常委的头衔，全八里都在他的统管之下，且有一个食堂主任的肥缺，上通下贯，正是春风得意之际。让左青农不快的只有两件事：一是妻子与他不睦，长期住在娘屋，与人私通生了个野种，仿佛中了状元公，把他全不放在眼里，连名义上的夫妻关系也难维系。另一是荷花成了一个刺玫瑰，几乎半年来未让他沾过边，总拗着他行事，他拿她一点办法也没有。没承望这个野玫瑰却怀着自己的孩子，这不仅体现了作为一个男人的能耐，也是对不忠妻子和那个野种的有力报复。你怀着一个野男人的，我就能叫这个野男人的女儿给我怀一个，真是个报应！不管怎么说，有了亲骨肉，在这个世界上，生命便有了延续，有了接力，让妻子骂他绝死鬼的话见鬼去吧！

左青农对食堂主任的职务已经不感兴趣，感兴趣的只是食堂的便利。自己可以有个吃饭的地方，还可以随心所欲，可以满足狐朋狗友的肚肠。他可以在这儿躲清闲，可以吃香喝辣，也可以满足性的欲望。现在又多了一个看不见但感觉得出来的希望，等待一个生命的降生和成长。这也只能靠这个食堂。自他在妻子面前受挫后，他曾对自己的人生立下了三大目标：女人、儿子和官职。现在漂亮女人他可以说已经得到了，荷花是全八里最年轻漂亮的女人，如花似玉，完全可以抵得过那个冷若冰霜的妻子，虽然荷花的心还不属于他，但心有什么用？他要的是服从和占有，他已经实现了。官职嘛，食堂主任显然太小，小到简直算不上品级，只能算做可资利用的机会，老天给了他一把登高的梯子，他要好好利用它，有这个职位，虽是末等的，却可以通过它更多地拥有，这无论如何是不错的。至于“红造司”常委，那太虚，也只能通过它作为扶手，往高里攀，打开通往实权的门径。倒是这个“风雷激”司令的头衔，还有几分实在，几分时髦，说不定是飞黄腾达的关键呢，可得牢牢抓住，千万莫落到旁人手里去。

左青农上学时，同龄的孩子拥有父母，甚至奶奶爷爷，姑姑姨叔伯婶娘兄弟姐妹，他贫乏得一无所有。一无所有到成为孩子们嘲笑的对象，他们拿他开心，骂他是野种、杂种。别的孩子受到欺侮，可以寻求父母哥哥姐姐庇护，他受了屈挨了打，只能躲到一个不见人的角落去咀嚼自己的仇恨和孤独。他自己也怀疑自己来路不明，相信人们用轻蔑嘲笑的口气说出的自己的来历。也许自个真是妓女生的，丢在了码头边，被那个妖人捡到了；或是尼姑养的。那小尼子趁着黑夜，装做一个男人，抱着他，在襁褓中揣了两个钢洋，把他放在也是漆黑的依斗门旁石墩上，匆匆而去，于是妖人来了……他每天都在搜索儿时的记忆，对这一切提出反证，求证自己是被一位地主逼死的贫农的儿子。他甚至编出一个比古今小说还离奇的故事：财主逼债，父亲被吊打而死，娘抱他出逃，被强人凌辱，娘跳江自尽。在跳江之前，曾有过激烈的思想斗争，舍不得儿子，又无法忍受活的痛苦和屈辱，最后把他放在依斗门下……这样反证的结果更证实了假设的荒谬，于是他再一次搜索记忆，想从被淹没了的记忆中打捞出一点印痕来。那记忆模糊得差不多是一团水雾。他记忆里最早的印象是自己在一个匆忙奔跑人的怀抱中，他睁开眼睛，从透过那高耸的领口的阳光里，看见毛茸茸的一团，想来应当是妖人的胸毛。那胸毛以后曾是他的睡榻，他的梦。他在那上面，没有漫漫长夜的恐惧，没有太阳的芒刺，可以安然地熟睡。那胸毛太厚实了，密扎扎、黑乎乎一片，浮面有点黄，闪着金子一样的光。就是那妖人在依斗门上被钉死时，他仍看见那裸露的胸脯上，厚密的胸毛闪着金子一般的光芒。应当说他该对这些温暖的胸毛感恩戴德。但正是这种拥有，却使他打上了耻辱的印记。人们不时提及那段日子，说他是妖人的妖童，且做出用手掌拍击额头的滑稽行状，拿他取乐。为什么第一个发现襁褓中的他的是妖人而不是一个讨饭的老大娘呢？妖人收养他的目的何在？至今尚是一个谜。他甚至庆幸那妖人钉死在依斗门上，要是他活到解放后，他的出身成分会怎样呢？如果那妖人是一个反动会道门的头子，那岂不是更糟？自己也就永无出头之日了。拥有就是幸福，拥有那个妖人却无论怎样说也是不幸。

这种自己受欺侮、受歧视被损害的冷酷现实促成了他的早熟，使他过早地用愤懑和仇视的眼光来看世界，看人生。他不是把世界和人生看成是自己的对应物，去争取和谐和统一，而是看成是自己的对立物，时刻想到防范，出击以消灭之。随着年龄的增长，岁月的推移，他的生存的目的并未改变，改变的只是策略和手段。就是到部队，他仍将战友乃至首长当做对立物，对拿枪的战友每每投去的也是警惕的目光。他把强胜劣汰当做世界最根本的法则，虽然他不能用形而上学的哲学观点去阐释它，但却是按这一法则实践的斗士。一次，当拉练结束，战友们在小河沟洗澡时，别的战士都脱得一丝不挂，他却迟迟不肯脱衣下水。后来下水了，也穿着裤头。有几个爱恶作剧的小子在水中扒了他的裤头。他们发现他没有男性成熟的特有特征，于是开他玩笑。他当时怒从心头起，恶向胆边生，大打出手，竟放倒了几个战友。他如果有枪，说不定会放一梭子。这件事的结果是他从排里弄到连部伙房去打杂。他却在这平凡的岗位上找到了出人头地的捷径，用做好事的办法，轻而易举地改变了形象，入了党，当上了炊事班长以至于调到团后勤处当干事，办机关灶。他悟出了：有力的抗争不一定是拳头甚至是武器，而是另外的并不费力的东西。如果没有妻子的不贞，他也许在部队大有发展，成为一个军官甚至攀上高位也未可知。可嫉妒的天性，使他失去了那个梯级。在地方，他实现了一连串的报复，决心在“文化革命”中，开始人生万里征途的新的跨越。

荷花最怕走夜路。小时候，晚上出门，总要走在大人前头，老怕有野物从背后偷袭。一个人压根就没走过夜路。在八里上班后，能走夜路，可那是在镇街附近的大路上啊！今天她心里吃力，为救亲人，她把恐惧全抛到脑后去了。二十里山路，越涧爬坡，过林穿山，她完全豁出去了。只要亲人有救，她跌死、滚坡，让水淹了，喂了野虫，她完全顾不上了。人一旦有急事，眼里便有神，脚步也如神助，崖里涧里、石里浪里，全扑过来了。白日里还心悸得竖头发，抬脚举步得小心谨慎的地方，这阵儿都成了坦途。有几次她跌得眼看爬不起来了，却神奇地站起来。似乎林生的生命就系在她这次行动上，林生能否得救全在她了。前边是一片黑压压的松林，那次送周老八爷爷的灵柩，她返回时白天经过这片林地，恐惧得差点透不过气来。如今黑松林的夜浓得如同黑色的压缩胶冻，无边的恐惧挤压着她的灵魂。她一只手提着菜刀，另一只手捞着根大棒。她在山石上松树上捣着棒子，捣出很响的声音，来震慑野物为自己壮胆。过了二里路的黑松林，浑身衣服已经汗湿得能拧下水来。

转过一个到处淌山泉的山湾，上了一个石岗，便是后岭沟的朱家寨子。她站在岗下，仰望夜幕笼罩着的寨子，心儿狂跳起来。老朱会去截道救林生吗？老朱有家有业，家里有个盲眼媳妇，两个不成年的娃娃，他如果有个一差二错，那一家不是遭罪了吗？她荷花就负得起这个责任？救不出林生，倒把一个好端端的家给毁了，怎么得了？她甚至为自己的贸然来动员乞求老朱冒风险而后悔。要是兴启是个浑全人，要是自己是个男子汉，自个儿到东岭沟山道上去，去劫道，夺回林生来，像那些绿林女英雄。可她是个身单力怯的女人，女人啊！还是去求这位朱叔叔吧，也许他会有办法的！

荷花觉得自己很衰弱，腿直打晃发虚，心也怯得憋闷。那一级级石级，如同上天梯一样，多么难以攀登啊！

荷花喝住了那家门口拴着的猎狗，叫醒了老朱和盲眼梅梅。

“朱叔！”荷花这样叫老朱。她从周老八那儿论辈分。她看见老朱投来大惑不解的眼神，便直截了当地说明了来意。

“你看这事！你看这事！”老朱摊着手说，难为得在屋里转圈儿，“这事……他们要从东岭岔过，准是用武装押着，怎么办呢？”

“也许这只是猜测，他们咋能对林生下毒手呢？不会吧？”梅梅也觉得事态严重，不知怎么办才好。

“我倒希望是谣言，可这是知情人亲自透露的，兴启亲自打听的，不会有错！”荷花想起了兴启的叮咛，“兴启让我向你们赔罪，他把你们的枪动员去了，是干了一桩糊涂事。”

“这时候了还说这！可要是有火枪，也能吓唬吓唬狗日的，现在是两手空空！”老朱急得搓着大手，“左青农是公家人，造反派是毛主席封了的，咱们不敢惹人家，何况人家手里有家伙，咱们……”

荷花本来是来动员老朱的，刚才想到了这事可能给这个家带来的危险，她是想来讨个主意，现在看夫妻两个这样，就更不好出口了，这关系着一家人的身家性命，她怎么能动员呢？

“我也是没办法了，才决定冒这个险，”荷花指着自己的打扮，“我想拼一下，能救下林生算是老天保佑，救不下，看他们能把我怎样。”

“按说我应当帮你，可这是犯法的事啊，我这一家人就靠我兜撸着，她又有身子了，唉！”老朱难为情地说，“可叫你一人去，这咋能行啊？”

这时炕上的两个娃娃醒来了，那个小娃红虫一样从烂被子下拱出来，赤条条地站在炕沿上，眯着惺忪的眼睛，向炕下撒尿。他的盲眼妈打着他的屁股，骂着。老朱忙用脚踢开脚地上的鞋子，地上一时便成了小河，尿流得到处都是。

荷花心里焦急，她不能在这儿耽搁，她多希望眼前的老朱是那个保卫周老八爷爷灵堂的刚烈汉子，自己站起来，拉上人马去东岭道上劫道，但现在松明子灯光里，她看到的是一副痛苦而焦虑的脸，是一个摊着手没主意的汉子。她深深地失望了，但看着空荡荡的屋子，看看那个红虫似的娃娃，还有那盲眼人隆起的腹部，她原谅他们了。他也是背着沉重的十字架啊，因为她而使这个家毁了，她不是又要背上另一副人生的十字架吗？

“我是来找个称手的家伙的，你们家有斧头或是砍刀啥的，给我一把！”荷花说。

“斧头倒是有一把，可……”老朱站着不动，“可你行吗？”

“我只能这样了！”

“我……”老朱砸着额头，十分痛苦地。

“你好好照看娘娘吧！”荷花说。她从老朱手里接过一把长柄的砍山斧，换下了那把菜刀。

“你千万小心，救不下人就跑回来，我……”

“我知道！”荷花拎着斧子冲下黑夜的石岗。

后岭沟到东岭岔要翻一座山，走一道砭。荷花只知道方向，不曾走过这条道。她从另一条道走过，记着岭头有座山神庙，见到山神庙，说明就到了。这一段路开始全是“之”字形的上山路，没有多少岔道，不必担心走迷了路。黑夜实在太浓重了，浓重得大山成了黑色的凝聚物，成了若隐若现的轮廓。荷花心急，只顾赶路，喘得像拉风箱似的。她这才觉得身子沉得有点过分了。女人啊，人类的繁衍让她们负载十个月漫长的日夜，还要用自己的血肉来供养自己的何尝不是人类的未来，用她们不很强壮的双腿支撑双重的身躯，在负载中孕育，这便是女人的伟大么？但是通常情况下，她们却把艰巨的劳作和冒险乃至勇武的献身交给了男性，这样也便公道了。然而她作为女人，却要承担一个英雄的男性的义务，用自己的冒险和牺牲去拯救男人的生命。她不是为了国家、民族、集团去铤而走险，而是为了一个自己爱着的人，一个自己认为善良而正直的人。她不是一个巾帼英雄，她是在男人不能的时刻自己才挺身而出的。她只有一个目的：救出亲人。这个目的把其他的目的——哪怕是崇高神圣的一切目的全排除了。她的目的具体但说不上崇高，鲜明但说不上神圣，完全为了亘古以来便存在的爱。她要用一个弱者的抗争来为亲人争得生的权利。如此而已。她伟大吗？

她登上了大岭的极顶，可以触及散布黑暗的天穹了。在黑暗的无边无际中，她强烈感受到自身的渺小和孤单，她怀疑自己的力量。但这时已经不是考虑力量对比和出现什么样结果的时候。她只剩下行动本身可供选择。她站在大岭之巅，只抚摸了一下隆起而沉重的腹部，“孩子，我是为了救你爹，你给妈妈以力量和勇气吧！到你长大的时候，妈向你讲一个伟大的人生的故事。”她向腹中的孩子说。她没有停留，继续向前走。黑暗始终包围着她，浸染着她。黑色是庄严的，是一种压迫，却也是一种保护，是一种可资弱者利用的武器，也是一种妨碍。

她下岭时，总觉得有几双眼睛在跟踪。但当她回头时，身后只有黑暗和天籁。下到一个山垭，在一株黑色的伞状的巨松旁，她发现了另一条道路。她扶住巨松，恢复了一下体力，向东折，踏上了一条砬道，又上行了。

荷花终于看见了坐落在另一个山垭处的山神庙。她的心一阵狂跳。那儿等待着她的是什么，她要等待的又是什么呢？

山神庙原来围绕庙台筑了个石头寨子，清朝时，四川一个姓田的杆子拉起百十号人，在寨上扯旗造反，自封皇帝，还加封了丞相、大将军、各部尚书等一应的官儿，颇惊动了朝野和地方官儿。后来寨子里发生内讧，大将军杀了姓田的皇帝，下面的各部尚书又联合小头目们杀了大将军，一时大乱。清兵乘虚而入，一举破寨，将一百多口子，全部抛尸山野，山中野兽饕餮了几个月。现在寨墙已坍塌，只剩下一圈儿石堆。山神庙中神像早已砸烂，庙内物事和椽檩木架，神龛供桌，全被山民偷去，只剩四堵石墙，一地荒草和灌木丛。

山神庙虽成为残垣断壁，但却是个不赖的断道的藏身之地。

荷花没有表，天又阴着，无法判断时间。她倒希望夜无休止地延长。如果是白天，她空有胆量也无能为力。兴启的推断会不会可靠？左青农最会声东击西，施放烟幕，会不会从水路上解押林生去县城，而让她扑了空呢？根据荷花判断，左青农不会从水路押解的，他既同意了兴启的意见，就不会改变，他会在时间上做文章。要是今晚等不着，就让老朱明天上八里打听，明晚再来。

那是一段漫长而难耐的等待。荷花确认今晚的计划破产了，因为东天已微微泛白，黎明就要悄然而至了。

当荷花准备返回后岭沟朱家，计划实施第二个方案时，却听见垭下路上有了响动。

荷花警觉地退到庙前的一丛树棵子里，竭力想透过黑暗看清垭下的路上有什么走动，却什么也未看见。但却传来了低低的吆喝声：

“妈的，还不快点，到水坪赶不上早饭，饿死我们啊！”

“东彪，帮着他点。你狗日的吃什么，叫我也尝一口！”

荷花看见不远处的石坎下冒出几个人头来。

啊，已经到跟前了！一共五个人，中间的肯定是林生。荷花已经来不及思考了，只觉小肚子一阵抽疼，心也停止了跳动。她握紧了斧头，两腿已灌满了劲，准备着冲出去。

那一队人已走到跟前，粗重的呼吸声都听得很清楚。

“妈的，总叫人夜里走，我脚上扎了一根刺，疼得不敢落地了！”一个人瓮声瓮气地抱怨。

“你这才立了功，司令说不定赏你个老婆！”

“有好媳妇还能轮咱，司令还不过了头水？让我洗浑水澡，我可不干！”

“去你的，你他妈还挑剔，尾巴揭开，是母的你就兴蹦了，还说的人得很！”

荷花看见林生低头在中间走着，腿有点跛，喘着气。“林生，我救你来了！”荷花心里说，顿时，她觉得自个儿就是英雄好汉，是女中豪杰。热血在浑身奔突，豪气在躯内行动。

荷花让过两个领头的。等林生走过后，她冲后面的一个跛腿者站起来，挥着斧头，喊着“杀呀”冲了过去。

那四个扛枪的人全懵了，愣怔着，不知发生了什么事。荷花挥斧向大块头的跛腿者劈去，那人大叫一声躲过了，跳到一边哇哇地叫。

荷花也怔住了，这下完了，他们怎么不开枪又不跑呢？

“冲啊，捉活的啊——”

正在这时，只听山神庙后响起了一片冲杀声，喊声震天，还有石头滚下山的巨响。

“冲啊，别让‘风雷激’跑了——”

这阵，那四个人，才灵醒了，一齐向来路跑去。山神庙后像是有千军万马，喊声不绝，滚石声、跑动声响成一片。

荷花弄不明白是什么人来助阵。她走过来，把捆林生的绳子割断了，低声对林生说：

“我是荷花，快跟我跑！”她不容林生说话，拉着林生向水坪方向跑。

庙后山上的喊杀声持续了一会儿沉寂了，像是什么事也未发生一样。荷花拉着林生跑了一段下坡路，便钻进了一片林子里。

“林生，我总算救下你！”荷花抱住林生大哭，“我总算救下你了！”

林生似乎仍在噩梦中，他好久表情木然，似乎不相信眼前的现实。

“你和哪些人来救我？”林生痴痴疑疑地问。

“我一个人，我是一个人来的。”荷花说。

“那满山喊杀的人是哪里来的？”

“我不知道，我不知道，是他们吓跑了那些人，可他们是谁呢？”

“是谁你不知道？”

“是他们，准是老朱他们！”荷花推测，肯定是老朱叫了人暗中跟着保护她，给她助威。她真不知怎样感激这些勇敢仁义的后岭沟人，他们这样做要冒多大危险啊。他们是一些最可亲的亲人！

“我们怎么办呢？”林生问。

“还能怎么办？”荷花说，“你跑吧，跑得远远的，跑得越远越好，到世事平稳时再回来。”

“只有躲到外面去了。”林生说。

“你保证一定要跑得远远的！”荷花摇着林生，“不再参与有理兵团的事。”

“我保证！”林生说，“可你？”

“我一定等你！”荷花说，“我和孩子！”

他们不能拖延了，因为天快亮了。

一对亲人，在黎明中分手了。荷花向西，林生向东。

“跑得远远的！”荷花回头叮咛。

“跑得远远的。”林生回头允诺。

冬日的汉江码头，冷清而萧瑟。

午后的阳光已失去了温暖，淡漠地照在依斗门下的一百单八台上，似乎恍恍惚惚。顺江的寒风，削得脸颊和鼻尖像刀刮一般。荷花用头巾包了头脸，只露两只眼睛，袖着双手，有点瑟缩地站在依斗门旁，等待着晚班船开来。

金牛来信了，说是今天乘晚班船回家。信是写给兴启的，儿子对她仍有着深深的成见。

她已经来了好一会儿了。一百单八台下的码头边停了几艘货驳子，正在装木材，十几个披着红披风的装运工，正在上上下下地忙碌着，吆喝着。货驳子后面江心中，有只小木船，在主航道上一会儿划上去，一会儿漂下去。那是只打渔船，正在作业。江水冬季里显得瘦了，两岸露出了被冲刷带着水痕的伤疤似的岩岸，江水更绿了，绿得像是一江绿色的汤汁。

自林生走后，荷花便收拢了一颗扑簌簌的心竭力稳住自己，不去想林生。虽然她还是一个三十九岁的风韵犹存的女人，她的控制力是有限的，折磨人的。

在开初的日子，她曾等待过，等待林生来橘园，她曾睚在橘园土屋的铺上，等待着。她希望林生在夜色的掩护下潜到橘园来，如同一个窃贼一样，出现在土屋门口，和她幽会，哪怕是一次也好。她也在八里集日，带点东西去卖或是去买点什么，长时间在街头踯躅，向往着与林生邂逅。她几乎对每个背影像林生的人都要惊惊咋咋跑前去，从正面打量。虽每次都让她失望，但她去控制不住自己，唯恐失之交臂。失望之后，她强令自己不去想，一门心事地作务橘园。然而园子的每一寸土地，每一棵橘树旁，都似乎留有他的身影。林生总像是从对面走过来，就在那橘树的背后，单单薄薄，刮青了的络腮胡楂，眼神里永远扫不去的忧郁和恍惚。林生无时不占据她的心，无时不在她的眼前出现。

更让荷花伤心的是自那晚橘园失手以后，儿子总用仇视的眼睛看她，很少理睬她。更不能容忍的是，儿子竟混迹到左青农的纸厂里去。她恨儿子没志气，可又不能阻止儿子。她怀疑左青农有阴谋，要拆散他们母子或父子关系。左青农是什么事都干得出来的，而且还会干得不露声色。她曾经告诉儿子，左青农为人阴险狡诈，不要儿子染指那建在汉江边上的火纸厂。

儿子不听她的，而且对她嗤之以鼻。儿子说，人家是全县有名的企业家，开拓型人才，放着脱产干部不当，停薪留职办企业，这是走在时代潮头。儿子还夸赞左青农的许多设想蓝图，诸如要把火纸厂逐步扩建为造纸厂，利用当地产的稻草做原料，生产黄板纸，瓦楞纸，左青农可望成为马胜利一样的企业家。儿子还说左青农让他好好干，先吃两年苦，之后厂里出钱让他上大学，专攻造纸专业，负责全厂的技术工作。

收到儿子的信，她是喜忧参半。她想念儿子，就要见到儿子了，但儿子还用那厌恶鄙视的目光看她吗？还对她冷言冷语挖苦讥讽吗？她的一颗心已经破碎了，还能再经受刺疼和耗损吗？

晚班船迟迟不见开来，她有点冷，想回依斗门里找个地方暖和暖和。正欲动身，却见从依斗门里走出来一个穿绿呢大衣的女子，高跟鞋，健身裤，大红围脖，烫发在肩后松松散散飘着。这不是秋英吗？秋英画了淡妆，眸子更大更水灵，都让她认不出来了。

秋英站在那儿向江边码头张望，也发现了对面走来的荷花。

“噢，荷花婶子，你是来接金牛的吧？”秋英飘过来，像一朵绿色的云，高跟皮鞋敲得石条台阶嘎嘎有声。

“噢，是秋英！”秋英的称呼使她好一阵心中揪疼，但她克制住了，“你来是……”

“婶子，和你一样！”秋英说。

“你也收到金牛的信了！”荷花警惕地问。

“金牛才不给我写信哩，是我偷看了爸爸的信才知道。”

秋英快活中流露着伤感。

“噢。”荷花松了一口气。她看见秋英特意打扮了，光彩照人，便又让她担心，“听说你转学了，还好吗？”她注视着这个同父异母的隔山妹子问。

“好啥哩，混个毕业证算了！”秋英不在乎地说。

“怎么，你不争取高考啊？”

“上大学，那比登天还难，这辈子不想了，等下辈子吧！”

“你小孩子家，怎么这样想？”

“好婶子哩，上大学有啥用？还是趁早寻个事干着，挣点钱好！”秋英一只脚在地上打个拍子。

“你可不敢学金牛，金牛没出息！”

“现在我倒觉得金牛停学是对的！”秋英说，“我巴不得明天就毕业哩！走，婶子，咱们到平台上去！”

荷花和秋英边说话边走下高高的一百单八台，来到码头平台上。她们在码头旁边找到了一个待运的木头垛，对面坐下来。

荷花看着秋英，似要在这女子的脸上找出与她相似之处来。但她发现，秋英更像她的妈妈毕淑贞，个头、脸庞和那眉、那眼、那稍带冷峻的嘴唇、那酒窝、那一颦一笑，都如同那个女人的复制。而她的爹呢？只是复制这杰作的工匠，找不出有哪点像。说实在，爹的形象，她已经淡忘了。她只在他出狱以后去看过一次。那时，父亲和过去判若两人，没有昔日的潇洒，脸上没有了执着的坚毅和稍带忧郁的热情，完全是一副看惯了人生的无所谓的冷漠。父亲没有忏悔，对家人，对子女，而只有抱怨，抱怨命运对他太不公平了，他丢掉了岁月，丢掉了一切，也不想挽回什么。她曾经要父亲到她家住几天，散散心。父亲却说，那是一个不堪回首的地方，应当忘记。父亲像一片云，在外边的天空飘荡，却从未飘到八里她家的上空。现在父亲的形象已经模糊得像洗罢脸的脏水，成为既空洞又缥缈的概念。她即使给秋英的面容神态乃至举止上遗传下什么基因，她也捕捉不到了。她只觉得秋英太漂亮了，漂亮得让她有点心惊。这样漂亮的一位隔山妹子，今天却特意打扮了，来码头接她的儿子，这意味着什么呢？别让金牛落入这网里，也别让她家再出现这剪接错了的故事。老天爷啊，再别捉弄我们了！

码头上的小贩们，都无精打采地坐在摊后，没有船靠码头，便没有生意可做。一个推着小车的水果贩子走过来了，冲着秋英叫卖。

“小姐，买橘子吧，八里的金橘，甜得像蜜，来几斤吧？”

秋英连动也未动，用好看的嘴操着普通话问：“别是酸的吧？”

“看这位小姐说的，要是酸的，把我这车推到江里去！”

“那倒用不着——来两块钱的——秤要称够！”

小贩对这位可意的操官话的小姐未在秤上做手脚，把一秤橘子装入塑料袋里去。

“这位婶子来多少？”小贩对荷花兜售橘子。

“我们是一起的！”秋英说。

小贩真会揽生意，又走向另一位楚楚动人的水乡女子。

秋英把橘子送荷花，荷花拒绝了。

“我牙不行！”她由橘子想到橘园那一幕，心又一阵揪疼。这女子，对她怎样看呢？真像金牛说的讨厌她看不起她吗？

“婶子，你包的橘园挺不错的，说后来让人哄抢了，你怎不告他们呢？现在各级政府会保护专业户利益的啊！”

“告谁，都是本乡本土的，能告谁？”荷花不敢看秋英投来黑葡萄似的眼睛。这女子，怎么好问这个话题呢？不是让她难堪吗？

“这阵儿活人不能太软弱，要厉害一些！”秋英说。

“好秋英，我们家能厉害得起来吗？”

“金牛长大了，他会撑持一个家的！”

“他还是个孩子啊！”

下江湾里传来一声汽笛，像是山羊叫声一样，带着潮闷味儿。码头上的小贩们活跃起来了，纷纷挤占有利地盘。有的小贩把货物装在网兜里，挑上了长长的竹竿，准备与船上的乘客做生意。打扮得花枝招展的小客店女招待们，也从一百单八台上飘然而下，一个个绽开了春风般的笑脸，准备招徕客人。接货的脚夫，已经披上了红色的斗篷，斗篷在江风中猎猎作响。只有接亲友的显得斯斯文文，从容不迫，从各处走过来，整理着衣服和仪容，凝望着从江湾里冒头的班船。

班船行驶得很慢，几乎像没有怎么动。很久，才靠了码头。在这段时间里，秋英和荷花之间出现了空白，各自都在想自己的心事。

金牛走在匆匆下船的旅客中间，通过浮桥。金牛头戴无檐带把的形如金瓜一样的呢帽，围一条长围巾，穿一件六兜的五条拉链的防寒服，牛仔裤，完全不像去时的乡村中学生打扮的金牛。他背去的黑皮包显然已经丢掉了，提在手里的是一个公文包式的手提包，脸色也比去时略显红润和粗糙了一些。

金牛首先看见了秋英，高声叫着，往日那种因家庭屈辱感而造成的隔膜已荡然无存。他未看见荷花就在秋英旁边，正用热烈而胆怯的眼神望着他，他只看见绿色的如同美人蕉似的秋英。

金牛越过了几个人，抢到检票口，冲了过来。他上来和秋英握手。他没想到秋英会来码头接他。金牛拉住了秋英伸向他的手，喜不自禁地问："你怎么知道我回来？"

"别问我，婶子在这儿呢！"荷花指着身后的荷花。

金牛先是一愣，之后说："妈，你也来了！"

荷花发现儿子眼里的光芒暗淡了，嫌恶地看着她。

"大冷天，你来干啥？"金牛似乎责备荷花。

"两月了，我和你爹都想你，你爹让我来！"荷花理亏似的说。

"才两个月，有啥想的！"金牛转过身去和秋英说话："左叔叔好吗？"

"好什么啊，也不来接你！"秋英说。

"怎敢劳驾他，他是大忙人啊！"金牛乐滋滋地说。

荷花要接儿子手里的包儿，儿子拒绝了。但当秋英接时，金牛却给了。秋英把橘子给了金牛。

"嗬，多甜的橘子，太想吃橘子了。那边卖的橘子质量差，还贵得惊人！"金牛边吃橘子边与秋英拉话。被冷落的荷花跟在两人后面，沉重艰难地攀登着石阶，多么高的一百单八台啊，她简直没有登上依斗门的勇气了。

“妈，你回家吧！”金牛在依斗门上回头对下面的荷花喊，“我先去厂里见见左叔叔！”

“不先回家吃饭去？”荷花很生气，到了家也不回，却先去左青农那儿，“你爹等你几天了，天天盼你回家！”

“哎呀，你先回去，告诉爹我回来了。我是厂里派出去学习的，怎么能不向左叔叔汇报一下呢？”

荷花一想也是。但她看出，儿子对她的态度未有任何改变，她心凉了。她看着儿子与秋英两个扯着提包带，并肩往依斗门里走去。日脚划过了依斗门的风铃和兽脊，江风更猛了，她觉得身子一阵阵瑟缩，便歇了三歇，上了最后一个台级，带着一颗空落落冷浸浸的心回到家里。

自林生离去后，他就十分痛苦，自觉对不起林生。因为自己，才有了这桩不幸的婚姻，才把枷锁套在荷花脖子上，也才有林生的介入和不幸，才有林生和金牛父不父子不子难堪局面。如果这世界没有他，不是一切都会照另一种方式来编排吗？他目前这样，与人有碍，于社会无益，为什么还要赖着活着呢？林生和荷花对他已经恩重如山了，几十倍地对得起他。而他们的所有不幸却缘起于他的存在。他为什么要存在这个世界上，让这些善心的人们背上人生的十字架呢？他看出这段时间里荷花对林生的思念之深之切。他注意到有时荷花做着活儿却突然停活发呆，有时正与他说着话儿却颠三倒四，她的心在林生身上。他也能想得出，林生是怎样思念荷花，思念着金牛，怎样饮泣人生的苦酒。为什么要让他们妻不妻、夫不夫、父不父、子不子呢？他有罪呀！他多少次生出了与这个世界分手的念头，解脱自己，也解脱别人，然而对生的留恋，特别是荷花和金牛甚至对林生的依恋，使他终未下定最后决心。

兴启在这矛盾和痛苦中生活着，煎熬着。林生的介入他自以为是维系这个家庭的最好的选择。谁知矛盾却越来越复杂，他也无异于作茧自缚。在痛苦的煎熬中，他的身体越来越坏了，心里越来越自卑。他既无力到人群中去，也不愿到人群中去。自经历了那场动乱之后，他更羞于到人群中去，而把自己牢牢地封闭起来，包裹起来。他的一条好腿由于不走动，也萎缩得几乎失去了功能，背由于久卧，弯成了一张弓，胸肌已经没有了，两臂也如同柴枝。他时时出现头晕，晕起来屋子和窗外的世界都在旋转、颠倒。这也许是一条走向解脱之路——慢性自残，无声无息，不惊动亲人，自己尚可接受。但愿这样的进程快一点，再快一点。

有几次，他有机会单独和金牛在一起，他偶然提及林生时，便看见金牛眼里突现的仇恨烈焰，那烈焰叫他不寒而栗。他几次想斗胆将一切给孩子讲明白，但话到嘴边又吞咽回去了。他怕，水蓄的过了警戒线，封闭了多少年的闸门一旦打开，会承受不了的。什么时候才能让金牛平静地接受这个现实呢？那应当是金牛能理解复杂人生的时候，可那需要有经历，自己经受苦难的磨练，还要有点年岁，感情有了张力。而现在的金牛是一个愣头小伙子，这年龄是创造奇迹成长天才和智能的年龄，也是犯罪和走向毁灭的年龄。这孩子特别容不得伤害，自尊心太强。但愿金牛能早熟起来，用一个痛苦的灵魂去理解他们，谅解他们。兴启想到，这是他责无旁贷的义务，他于这个特殊的家庭的义务。他尽到了这种义务，才对得起林生，对得起荷花，对得起人生。但这义务于他来说，实在是太艰巨了。

现在面对这样一个金牛，他该怎么办呢？

馒头蒸出来了，虽不尽如人意，但也差不到哪儿去。而荷花这时的心情却无意与别的给周老八爷爷摆献的干女儿比手艺了。她只机械地把馒头和面花晾在筛子里。着了色的面花很鲜艳，可以乱真。一会儿，她就把四个馒头打扮得花团锦簇，姹紫嫣红。

“金牛不去，我看你也算了！”荷花说，“我一个人去吧！”

“我去，也许……”兴启把“也许这是我唯一能去的一次了”的话吞进肚里。

“那我到村里借把架子车去！”荷花说完，便出了门。她通过靠坡跟的一块开着金灿灿的油菜花田埂，插斜来到镇西村里。走过左青农家门口时，见秋英在门口坐着看书。是一本花皮儿小说。

“荷花婶子，今天有空过来串门子呀？”

“我过村里借一辆架子车。”荷花说。秋英的称呼让她很不自在，“你坐在这儿好清闲，怎么没去学校？”

“清明节，我请了一天假提前回来了。”秋英说，“金牛在家没有？”

“没有，你有啥事?”荷花警惕地问。

“明个逢九，我想上紫云山上，我们前次已约好了!”

“他们厂子正施工，忙得那样，他能请了假?”

“咳，忙什么呀！我爸说啦，明天清明节，全厂放一天假!”

荷花这才想到金牛回家取衣服的用意了。他是要去紫云山，还说是加班施工。你个贼东西，能和秋英去紫云山逛，就不能和我们去后山祭周老爷爷？金牛也太不像话了！

荷花来到村后，在一家借了架子车，从雨后有点泥泞的官路上，拉到冷水泉下，把轮子卸下来，扛到家里去，车辕就靠在泉旁土坎上。

荷花没有告诉兴启金牛要和秋英去紫云山的事。金牛和秋英的关系越向前发展，她越是心焦。也许左青农施加影响，会起作用。金牛听左青农的，甚至崇拜左青农。为了金牛，为了秋英，也为了那可恨的爹的那桩罪孽，她只好去见她平时避之唯恐不及的人了。既然秋英约了金牛，这阵儿金牛肯定不在厂里，正好利用这个空当去会会那个人。

下午，左青农安排了基建中几项工作，把火纸厂的几个工人放了假，自个儿便提前回了家。几天来他差不多连轴转，有点精疲力竭，完全靠未来的事业所鼓舞起来的精神亢奋支持着。他想回家去，一个人好好清闲一天，睡个好觉。

走到家门口，见养父左老汉在拔他家菜畦外的干篱笆桩子。老汉已经佝偻得两头匝地，腰弓得像条笼拌。大春天，正是整治园子的当口，他正准备要人修补篱笆，这老东西却偷着破坏，准是没柴烧了。老东西命真长，八十多的人了，一口口扑哧扑哧吹气，抖抖索索，像根光树桩子，却一年年从大冬天挣扎过来。左老汉由村上五保着，柴每集给买，也够一个人烧饭，但全被烤了火。村上给盘的石头炕，烤一天火烙得睡不成，但揭了被儿晾着。左老汉的生命全靠那万能的火延续着，成了人见人嫌的多余人。

老汉毕竟衰弱了，对付不了那篱笆桩子，几次下力，都没能得手。

“嗨，你咋啦?”左青农从背后向养父吼了一嗓子，“找死!”

左老汉没反应，仍不屈不挠向篱笆桩子进攻。

“真是个绝户!”左青农低声骂了一句。

“啊？你狗日的骂我绝户得是？”老汉抱住篱笆柱质问养子。他不把左青农当做人物，总以养父的身份和口气说话，“我要的儿子死了，才当绝户；你没儿，迟早也要绝！要绝！要绝！”老汉凶狠得像一头雄狮，带着喘，吹着气，就要撞过来拼命。

左青农自知失言。老汉骂得他毛骨悚然。是啊，他没儿，我有吗？不也是绝户吗？他赶紧落荒而走，尽那老东西拔桩子去，如果他拔得动的话。

回到家，三间房空荡荡的，脚踩在地上，蹚蹚地响。前个周末扫了的蛛网又结上了，空中布满了黏黏的细丝，让他气急败坏。大床上铺着榆林毛毯，叠放着高高的锦缎被垛，但却显得冷浸浸的，让他没勇气躺下去。走进灶屋，柴烧光了，炊门前狗舔了一样干净。锅盖上落满灰尘，热水瓶也干瘪了，取下来再盖时，竟掉进瓶肚里去，他也无心将它倒出来。

这是家吗？没有女人，这只能算屋，不能算家。没有女人的屋子是冷冰而空寂的，任什么家具摆设也填充不起温暖和充实来。他平时躲避这屋子，只有秋英回来，这儿才像个家，不，像半个家。

他看见秋英小房的门帘挑着，莫非秋英回家了。进屋一看，秋英已把自己的小屋打扫了，床铺也整理过。这孩子，跑哪儿去了呢？

那就在女儿的床上躺一会儿吧！这儿没有自己屋子那种冷凄。他刚闭上眼睛，便又看见那个养父，那“绝户，绝户”的凶狠的骂声便在耳际震响。老东西的咒骂太可怕了，他立即没有了睡意，下了床，到堂屋柜里取了一瓶酒，坐在沙发里干喝起来。

有馍没牙，有牙没馍。世事真他妈不公平。左青龙现在什么都有了，而且还会拥有更多：金钱、产业和荣誉。但左青龙却没有真正意义上的家。自从妻子离异以后，家便不存在了。先是逆境，后来是事业的振兴。他想用事业转移独处的寂寞，然而事业的成功仍然填充不了没有妻室的家庭的巨大空洞，事业越有希望，越向前发展，这种空洞越大、越深。他没有比今天更感受到它的巨大。他需要填充它，使他在精神生活和家庭生活上，也如事业一样同步。他经常进城，也看到城里一些个体企业经营者，那些爆发起来的万元户，出入舞厅赌场。还有更甚者，嫖娼，吸毒。他们鄙夷的他捐资助教的行为。他们及时行乐，有的一年换几个老婆，公开带着年轻的姘妇，出入于公共场合。有那么一位叫做郑百万的包工头，五年里结了十七次婚，兜里还揣着1993年的备用结婚证书，由于钱能通神，没有一次东窗事发，十六届卸任夫人全用金钱安顿打发，竟皆大欢喜。想起来，他左青农活得也太委屈了。妻子抛弃了他，长期以来，不思再娶，连情人也反目为仇。他想到荷花。这女人已经四十了，而风韵不减当年。她竟能伴一个高截肢的废人几十年，还不是因为当初有他，后来插足了一个林生吗？他占有过她，但不曾获得她，这不曾获得也如同被抛弃一样让他痛苦，也让他从未甘心。他未得到的，那个林生却得到了，而且还有了一个金牛。金牛越来越显示出林生的某些特点和气质，每每看到金牛，他就有种被欺骗被嘲弄的愤怒，就想虐待和报复，但这时总想到荷花。他未获得她，但那段日子仍是令人回忆和难忘的，使他想到了权力的美好和占有的惬意。金钱有着同样的妙处，可金钱能否像权力一样，在荷花身上重温旧梦呢？他有着这方面的强烈的欲望。施恩于金牛，不仅仅是因为秋英的任性，而有他自己的长远考虑。那个林生这段时间在八里消失了，荷花怎样打发未消逝的青春呢？靠与那废人同床共枕吗？靠看那被烧伤弄得狰狞可怖的面孔来打发朝朝暮暮，那真难以想象。也许她正等待着他呢！她也如他一样，生活中存在着巨大的空洞，需要有人填充。与这样的女人重温旧梦，不也是人生一大乐事吗？左青农看得出，那个废人王兴启健康状况欠佳，差不多像风里的灯儿，不定什么时候就走完了艰难的一生，那这个女人便是自己的了，说不定会给自己生出一个金牛似的儿子来，一个未来造纸厂的小主人。对，应当考虑这事了，找个时间主动打上门去，还可以用点手腕。为什么不现在就去呢？带点钱，去关心那个兴启，他既是自己过去树的英雄，又是当年的副司令，去看看他完全在情理之中，然后再与荷花慢慢沟通。他锁上门，往外走时，却见路口上走来一个女人。这不正好是荷花吗？太阳打西边出来了怎的，她竟主动来了，也许她熬不住了，比自己更主动。

（选自《八里情仇》，中国文联出版公司1993年版）

中国往事（节选）

伊　沙

【作者简介】伊沙，原名吴文健。当代著名诗人、全天候实力派作家。1966 年生于四川省成都市。1989 年毕业于北京师范大学中文系。现于西安外国语大学任教。已经出版各种著作 60 余部，其中包括 7 部长篇小说、3 部中短篇小说集。获国内外多种文学奖，应邀出席在多个国家举行的国际文学节、诗歌节，作品被译成多种外语在国外出版。

第七章　1976

“索索，起床！该起床了，六点半都过了，早操迟到，你们那个苏老师又该批评你了！你是越长大越不叫我省心啊！”

这是父亲在催我——他是在去年冬天下雪以后回来的。他回来不久，我又在学校里跟人打了一架：是去年秋天在去红光电影院看电影的路上被我一拳砸出一脸鼻血的三班的“小猴子”喊了两个高年级的来寻仇，我在“死党”卢福根的协助下，不但没有吃亏，还叫来犯之敌遭受重创，又见了血……这两个高年级的原本并不好惹，我因为这一架而威镇高年级——对于我尽早想在八仙庵小学称霸的霸业来说，具有长远的战略意义，但在当时的下场是：我被苏老师扣押在学校中，具体地点是在教师办公室里。苏老太太从刁卫国嘴里听说我父亲从野外回来了，就命刁带话回来叫父亲到学校去领人，父亲骑上车子就去了，这就给了苏老太太一次告大状的机会。把我从学校领回来，父亲也并没有打我（看来他是发誓不打我了），只是罚我在里屋半截柜上的母亲遗像前站立了半小时，对母思过，与此同时还声情并茂地给我上了一堂生动的革命传统教育课："你这样的表现，对得起你死去的妈吗？——你要好好想想这个问题！"……现在已是一月，冬天容易贪恋温暖的被窝，我还想多磨蹭一会儿时，可当脑中迅速闪过苏老太太木乃伊直立行走般的身影和那张凶神恶煞的脸时，贪睡的欲念瞬间全消，迅速穿好衣服起了床，来到外屋，走出门去，发现外面的天空阴沉，并且已经飘起了雪花，让我感到一阵窃喜！

当我在我家的小厨房里刷完牙洗完脸，回到外屋的饭桌边准备享用父亲早早起来为我备好的早点时，我家的门被人从外头猛然一把推开了，随一阵凛冽的寒风飘进来了几朵可爱的小雪花，走进来的人是干妈邢阿姨，她的眼圈红红的，手中拿着一只空碗，这副样子真像是和干爸打架了——可干爸昨晚上没回来呀？她在我家又和我爸唧唧咕咕相谈甚欢到后半夜才走的……我正纳闷着，她却带着哭腔喊出话来——

"老武！周总理……死了！"

这时屋外的高音喇叭突然响了，巨大的哀乐声铺天盖地……

大约一小时后，我们八仙庵小学的操场上也飘荡起同样的哀乐声，随着漫天纸钱般的雪花一起飘飘荡荡。早操停了，全体师生静立在操场上，听广播里反复播送的一则由党中央、国务院所发布的讣告，一遍又一遍……有人开始哭了，站在台上的女校长就像我干妈那样眼圈红红的，不住地用手绢擦着眼睛；苏老太太简直就是号啕大哭，她的哭带动了全班同学，几乎全部女生都跟着她哭起来，我甚至还观察到：陈晓洁哭得最好看！好看的女生哭起来也好看，这是什么道理？我想只有天知道。一部分男生也哭了，班长刁卫国哭得最夸张、最拙劣，他完全是在模仿苏老师的号啕大哭！但只见鼻涕不见泪。和我并列站在最后一排的卢福根不但没有哭，还噗嗤一声笑了出来——我想：他肯定不是为周总理的去世而高兴吧？他一定是看着刁卫国那副滑稽的样子，忍不住笑了。我也没有哭，只是心中充满了遗憾：前年夏天，我跟着干爸还有他的两位工友跑到解放路口去迎接周总理，本来我是有机会见到他的，现在他却死了！唉唉！就差一眼啊！从此以后我再也没有机会见着他了！这让我心中有些难过，也有那么一点点想哭的冲动，但我以为好男儿是不哭鼻子的——憋不住想哭，也不能当着众人的面。

到了下午每周例行的班会上，事情就来了，苏老师神情严峻地走上讲台，一声大喝："卢福根！"

"啊……到！"卢福根有点吊儿郎当地应答着。

"站起来！"

卢福根站了起来。

"站到前边来！"

卢福根犹豫了一下，还是走到前面去了，歪着身子冲我们站着。

"站直了！说！敬爱的周总理死了——大家都这么沉痛，你为什么要笑?！周总理是人民的好总理，几十年来，为人民鞠躬尽瘁，死而后已，人民总理爱人民，人民总理人民爱，你那无产阶级的感情跑到哪里去了?！是不是让狼狗给叼去吃了?!"

"……"

"大家听好了，班长已经把今天早晨没有哭的同学的名字都记下来了——今年发展第二批红小兵的时候，将不考虑这些同学——你们实在是——不配！"

这天是1月8日。

紧接着，在北京方面给周总理召开追悼大会的这一天，我们全体师生重又集合在学校的操场上，面对他的遗像和各班献上的花圈，开了我们自己的追悼会。会前，苏老太太要求大家必须哭，又以"谁不哭就不许加入红小兵组织"相要挟——她此招果然奏效，至少对我来说是如此：我真的很想很想成为一名红小兵！刁卫国、陈晓洁他们当个班干部啥的，我倒真不眼红，好赖我也当过，但一看到他们胸前飘着的用烈士鲜血染红的鲜艳的红领巾，我的心里老是有一种说不出的痒痒，我羡慕他们就像羡慕军人一样，看见红领巾就像看见了红五星、红领章……所以我要求自己：一定得哭出来才是！我以为多想想我那在我四岁那年就一命归西了的母亲（这是我比绝大多数孩子所拥有的经历上的一大优势啊），就一定会哭出来，但却事与愿违——关于她，关于自己的生身母亲，我竟然什么都想不起来了，她之存在就仿佛是大人们秘密合谋为我编造的一段动听的故事，为的是对我进行革命传统的教育？这时候我通过回想自身的经历方才意识到：一个孩子没了妈也是一样能够长大的呀！后来，还是站在旁边的卢福根的表现启发了我，我发现连他竟然都哭了！甚至像苏老师和刁卫国那样号啕大哭！但却只见鼻涕不见泪，据我观察，他是在假哭！啊呀！连卢福根都“哭”了，那全班未哭者就剩我一个人了吧？我一下给急了，“哇”的一声哭了出来……

我想我是急哭的！

这些日子，各家的大人都给孩子的胳膊戴上了一个黑箍（黑纱），以示悼念。让人想不到的是：这个黑箍竟然也能惹出事端。那是在一个星期三的下午——我之所以能够记得如此准确是因为星期三下午不上课，不用到校，那是老师们用来搞政治学习的时间，等于给了我们这帮学生一个周中的半天假期。午饭以后，我被父亲摁在桌上做作业，在他跟苏老师接触之后，便开始“抓”我了——也不知该如何下手怎么来“抓”，便只好“抓”我的作业，将老师布置的作业量翻上一倍让我来做：譬如，原先老师要求写五遍的生字到他这里就变成了写十遍。即便如此，我也照样完成。等两点一到，电铃一响，睡了个午觉的父亲就去上班了，他走后不久卢福根就跑来找我了：他先在我家附近的冬青树后用口哨给我发信号，我就用口哨回他，他这才推门而入，说他爸妈去食堂上班了，刚好我的作业已经基本做完，我们就跑到外面玩去了。

三点钟左右，我俩从我们的“百草园”里钻出来（冬天以后那里没啥玩头了），来到前面的操场边，正看见蔡铃莉和陈晓洁在那儿丢沙包玩，她俩一看见我俩顿时眉开眼笑喜上眉梢，蔡铃莉叫我俩过去和她俩一起玩，我俩虽然有点勉强，但也还是参加了。由于蔡铃莉把我和她先分在了一组，而把卢福根和陈晓洁分成了另外一组，开玩之后陈晓洁一直不大高兴，在玩的过程之中也不怎么跟卢福根配合，直到他们那组连连大败了几场之后不得不进行实力重组即重新分组——把我和陈晓洁分在了一组之后，她才高兴起来。我从来都不屑于参加这种小女生的小游戏——总觉得她们玩得有些古怪：譬如老见她们玩的那个“丢羊骨头”，也不知那些羊腿关节上的骨头是真是假，从哪儿搞来，这种游戏让每个女生看起来都像是一个小巫婆似的……就说现在正玩的这个打沙包吧，弄上一点沙子，缝在一块破布头里，丢来丢去的有啥意思嘛！但是这一次我却很奇怪地玩进去了，原因在于我主观上是把这原本无趣的沙包当成了棒球或是垒球来玩的——只有正规的体育运动才能够唤起我真正的热情。在玩的过程中，我灵感一来便搞了一项小发明：将自己左臂上的黑箍（黑纱）取下，套在自己的左手掌上，就像棒球或垒球比赛中接球手用的那个皮套子一样，如此一来，我接“球”——沙包的成功率便大大地提高了，另外三人便纷纷效而仿之……

我们正玩得热闹时，视野中出现了三条红领巾，那是刁卫国、马天翔、冯红军这三个“好孩子”出现了，这三个家伙最让我瞧不顺眼的地方在于：在家里还正儿八经地戴着红领巾，这他妈的不是故意在气我嘛！他们在这个时候才出来晃悠，一定是在冯红军家一起做完了作业才出来活动活动的（他们的暑假课余学习小组并没有因为开学而中断）。站在一旁的刁卫国提出想加入进来一起玩，被蔡铃莉一口回绝了，她真是一点都不给班长面子，陈晓洁也同样不给，还催促道：“快点发球啊！别理他们！”——女孩，不论是像蔡铃莉这样的，还是像陈晓洁那样的，似乎都是爱和我和卢福根这类“坏小子”玩的，这是天性使然……当时，那三个“乖乖虎”闷闷不乐地走掉了。

等我们回到学校里，才知道又惹出了事。第二天下课后，我们四个参与过头天那场沙包游戏的被苏老师留下了，在办公室里神情严肃地询问我们头天所发生的事：当时的关键性细节。我们的“罪行”是用悼念总理的黑纱接沙包玩——很显然，这又是刁卫国告的密，苏老太太勒令我们每人回家之后各写出一封书面检查，第二天交上去。我们四个二年级的小学生哪里会写这个啊（上回打架还是“干妈”帮我写的）？只好求助于家长，结果家长们在了解了实际情况后却不答应了，尤其是我爸和陈晓洁她妈这两个知识分子反应得尤为激烈，我爸说：“这不是胡乱上纲上线地整孩子吗？哪有这样当老师的?!”他连夜伏案疾书写了一封信，四位家长一起在信尾签上了自己的名字，让我在第二天带给了苏老师，苏老太太读罢此信便没了脾气，再也不提此事了，“沙包事件”总算不了了之。

无意中在家长那里获得的支持，让我得到了这样一个启示：不是老师认为“错”的就真是错的。对于这件事，苏老太太也并不肯善罢甘休，在学生背后的家长这里遇挫之后，她最为记恨的自然是我和我那执笔写了“抗议信”的父亲了。有一天早自习的时候，满堂巡查的她转到最后一排我的课桌前，眼睛定定地瞅着正在朗读课文的我，有些意味深长地说：“武文革，从今往后，我再不管你了，让你爸亲自来管你好了！他既然这么有水平……他要是管不好的话，就让社会来管你吧！”——等我长大以后才搞明白她这后一句话的刻毒：什么叫“就让社会来管你吧”？她主要是在暗指派出所、公安局、拘留所、监狱等这类“无产阶级专政机关”——在她看来：我这样的孩子是应该直接归这些地方管的。

在“抗议信”交上去的当天，我就在课间跟卢福根商量要教训一下刁卫国，具体的办法也商量好了。等到下午放学后，我班的队伍在学校门口一解散，我们俩先撒丫子朝前猛跑，跟赛跑似的，一直跑到路拐弯的地方才停下来等他，等他到达时同时上去将他一把擒住并扭到墙角里去，我们一边骂着“叛徒”一边照着他的肚子频频出拳——这一招也是在事前就想好的：不打脸，不见血，不留下任何蛛丝马迹，他要是跑到家长那儿去告状的话，我们就死不认账！还可以反咬他撒谎！当时，他被我俩一顿猛捶之后，人便矮了下去——蹲在地上了，我实在不敢相信这个以“告密”为能事的“叛徒”会不再去告发我们，就用双手抓起他脖子上的红领巾用力朝上提拉，并且恶狠狠地说：“刁卫国，你这个不要脸的叛徒，你要再敢去告状，我就用你的红领巾吊死你！”——这一切都是当着我们院那几个孩子的面发生的：那两个女孩算是我俩的“同党”，与我们“同仇敌忾”，马天翔、冯红军原本就是这个“叛徒”的“帮凶”，但慑于我们这两个小流氓的淫威而不敢胡乱造次，只能眼睁睁地看着他们的“主谋”挨揍，马天翔很乖巧，想给自己留条后路，还在第二天的课间跑来向我汇报情况：说是头天刁卫国在挨揍之后回到家里，晚饭也吃不下，只是肚子疼，他那当着办公室主任的秃头爹带着他去找马天翔他爸看，马医生看来看去，也看不出什么毛病，只是说孩子像是受到了某种精神刺激，受了惊吓思想负担很重似的……我把这个情况转告给了卢福根，我们俩躲在校园的一个角落里哈哈哈地好一通坏笑！

周总理去世后，父亲单位也曾开过一个追悼会。在这个追悼会上，有一幅与市面上通行的周总理彩色标准像不同的巨幅黑白画像震撼和感染了在场的每个人——因为这个追悼会是在我们晚上看电视的“电视房”（原本就是单位的会议室）里举行的，在尚未将此画撤下的那几天里，我有幸亲眼目睹过它，是一幅炭笔素描肖像画，我当时的强烈感觉是画得太像了，简直栩栩如生——跟真的似的！父亲就是深受其震撼和感染的人中的一个，和别人不同的是：他并不满足于这一时一地的被震撼和感染，还打听到这幅画像的作者是单位里他的一位女同事在美术学院教书的丈夫——这位美术学院的老师，“文革”前就是市上数得着的“青年画家”了，因为素来敬仰周恩来总理的情操与品格，欣赏其“东方美男子”的形象，几年来一直在暗中进行着这幅画的创作，现在终于派上了用场——当时，大概也只能这么一用。他之所以画得这么好，正因为不是“急就章”，而是倾注了多年的情感与心血的一件作品。很快我便知道了：父亲做此打探，实则另有图谋，完全替我着想。有天晚上，检查完我的当天作业后，他问我要去了我的美术作业本。三天以后，下班回到家，他向我宣布：今晚不做饭了出去吃——在饭馆的桌子上他才对我说：

“索索——不，武文革同学，知道爸爸今天为啥这么高兴吗？算了，不让你猜了，你肯定猜不到：我给你请了一个高水平的老师，专门教你画画儿。你不是从小就爱画的嘛，奶奶带你那会儿就开始画了，画街上的汽车，因为你的画奶奶还夸你是个天才呢！你的美术作业我让人带给这个老师看了，人家认为你能画有潜力，所以才答应教你。没啥可说的，这事儿就这么定了！等将来你长大成人了就会了解爸爸的一片苦心：你学习成绩好，门门都是一百分，这一点没错！但如今这个社会——这个社会风气不大对头，已经不大看重学习了，所以你得尽早学习一门手艺、一项技术！你别小看人家陈晓洁，成绩虽然不如你，但人家会拉小提琴——这就是本事！有本事的人才会有饭吃，才会在社会上吃得开。我问过陈晓洁她爸这个专家，他说想要学习乐器你已经有点晚了，再说我也没看出来你有啥音乐细胞——除了会唱两句样板戏，那咱就学画吧……”

于是，在寒假刚开始的一天里，我跟随父亲和他的那位女同事，在单位门前乘上一路公共汽车，先坐到市中心的钟楼，再转乘另一路开往南郊的公车，一直坐到很远的终点站——就到美术学院了。

在美院破败不堪的家属楼里，在一小套光线很暗的房间中，我见到了这位阿姨的丈夫——也就是父亲给我请的美术老师，是个头发长长戴眼镜还围着一条大围巾的很像电影中的“叛徒”的中年男子，在他家里，他给我上了第一堂课。

之后，每周我都要上他家去一次，父亲带我去了两次之后便让我自己一个人去，我虽然有点胆怯（美术老师非常严厉），但也还是硬着头皮背着画板去了。从此，一周中至少有那么一天，在单位的人眼里，我是一个背着画板出出进进的“小画家”。

父亲说得一点没错：我是爱画的。我的美术老师教导我说：“画你所看到的一切，看见什么就画什么，心里头有什么就画什么，想画什么就画出来。”当我照他要求的从桌面上的一只茶缸画起，我便感觉到了画画这件事儿的好玩有趣：那件东西就在那里，我可以把它画下来，当我把它画下来时，它似乎就跟我有关系了。一个寒假下来，我家中的小物品几乎被我画遍了，老师翻着我的作业本，脸上流露出明显的满意之色，甚至跟我开起了玩笑：“索索，现在你家有什么好东西，我全都知道了，把门锁好哟！小心哪天我去你家把它们全都偷过来！”

我爱上了画画，卢福根却恨上了画画，因我自打学画之后和他在一起疯玩的时间明显减少了，画画侵占了玩的时光。他不懂得我仍是快乐的，我找到了一个人独在的快乐方式——那就是画画。我几乎每天都画，画完了一个寒假，画来了新的春天。

有一个好消息是过年前就传出来的：说是三年前就开始重建的家属院，在此三年之中，在经历了两次因资金短缺而造成的大停工之后，费尽周折，开春以后终于就要完工了！也就是说：我们很快就要从机关单位这片临时的家属区搬入到这个新建的家属院中去了。

等家属院那边彻底完工，把新盖的房子挨家挨户分好之后，自己已经跑去过多次的父亲用他的自行车带我过去看了一趟：这一晃几年过去了，那一片的贫民区几乎没有一丝一毫的改变，“六号坑”还是当年的“六号坑”，还是那么破，我在它门前忍不住地从父亲自行车的后座上跳下来时，也忍不住地想到了常奶奶、常红，还有“垃圾爷”，我朝坑里头望了一眼：我当年住过的土坯房子还是保持着一座废墟的样子，也不见有人在上边另盖新房……父亲在叫我，我猛一回头，不免大吃一惊，风景这边独好：我们的家属院确实已经旧貌换新颜了，走进一个十分气派的新门楼，只见原先的旧格局已被全部打破，原来的老房子被拆得一间也不剩了，甚至连点蛛丝马迹都已经找寻不见，如今放眼望去，是齐刷刷的五排红砖平房——不是那种传统的瓦房，顶上是用水泥预制楼板盖的，室内也不再是砖地，而是光滑的水泥地板，四壁雪白，至少在室内的感觉很像是住进了楼房，又兼容了平房的长处。从外环境来说，这些个大人未必就想带着他们的孩子搬回来居住——这不又搬回到到环境恶劣的贫民窝子里来了嘛！但每个家庭自身住房条件上一层次的明显改善谁又会拒绝呢？考虑不了那么多了，自身住得好才是第一位的。我即将搬入的新家是在第一排房子最靠里面的一套——因为我家只是这个单位里的单职工家庭，所以只能分到两室的一套（双职工家庭分的都是三室的一套），为了防止以前那种各家自行乱盖小厨房的现象再度发生，单位领导提前就想到了：统一在各家门外盖了一间小厨房，用的也是一样的红砖。由于我家是在第一排的最里头（墙那边就是一户居民大院了），这个小厨房在门前一盖，形成合围之势，就像一下子拥有了一个自家的独门小院似的，父亲也就势安装了一个小栅栏门上去……

在过年之中，父亲就开始手把手地教我学做饭了，不需要做太多的思想工作和动员，他只是将现实的严峻性实实在在地摆出来：等搬回到家属院以后，吃食堂就是不可能的了，我必须自己学会做饭才能确保不饿肚子。他让我从蒸米饭、下挂面开始学起，从炒鸡蛋、炒肉丝开始学会了几样炒菜，甚至还学会了做汤，围绕做饭同时学会了生火和买菜，并跟着他去附近的煤厂拉回了两架子车足够烧上一年的蜂窝煤。

单位派车集体搬家的日子定在3月底，在搬走的前一天晚上，父亲买了酒，做了几样拿手的川菜，准备把隔壁的干爸、干妈都请过来，一起吃顿饭，算是告个别——这一对跟我们做了三年邻居的夫妇也在准备搬家，但却不是跟大伙一道搬到单位的家属院去（那边的房子他们压根儿就没有申请），而是准备搬到干爸所在的钢厂去，厂里分给了他们一套房子，是在楼里的一套，条件明显更好，没有理由不去——可是这天晚上，他们家却没有人，房门紧锁着。结果，父亲白白做了一桌好菜，却独自一人喝了一晚上闷酒，一根接一根地抽烟，神情之中有几分黯然几分落寞几分感伤……我现在当然知道他这是为什么了。

家刚搬过去，父亲就走了，自然是：又到野外去了。

我在十岁这年就已经感觉到了：现实总是与美好的愿望相反——比方说：我最希望卢师傅家成为我家的新邻居，但他家却被分到五排中的一小套中去了，跟我家的距离几乎是最远的。如果一定要叫我说出来我最烦跟谁家做邻居的话——我一定会说是刁卫国他们家，但就是这么气人，偏偏就是他家做了我家一墙之隔的邻居！住对门的也是我所不乐意的冯红军家，虽说在头一年的暑假中，我爬在高高的香椿树上瞧见了他妈那美好的大屁股，但我从心底里对这个无所不通好为人师的妇人还是厌恶的，对老是跟在刁卫国屁股后头跑的冯红军也是满心的瞧不起；再加上马天翔家又住在了我家的斜对门——我感觉我被这三股“恶势力”完全包围住了（说成是“三座大山”就有点过了）！在搬来的头几天里，心情极为压抑。

很快我便发现这三家早就串通一气，好得有点非比寻常，就跟一家人似的，我在我家小厨房里做饭的时候，透过窗子看得十分清楚：他们三家人相互之间老是窜来窜去的，这家做了好吃的，端一点到那家；那家做了好吃的，再端过来。马天翔他妈——也就是马大夫他老婆是附近一家国营菜场的头儿，老是帮着另外两家买菜，自然都是优质的新鲜蔬菜……也许这跟他们在单位的时候住得较近有关，还有一些相互利用的利益关系：刁卫国他爸大小是个领导——办公室主任很有点小的实权的，马天翔他爸是看病的他妈是卖菜的，都属于“特权阶层”，冯红军他妈是个教书的，正好是这三家孩子的“课外辅导老师”。真是物以类聚人以群分，习小羊家是住在二排的，这对父子也常到这三家来串门，习小羊他爹身上的那股子狐狸味，我待在我家的“小院”里就能闻得到。这会儿是春天，清明尚且未到，夏天还很遥远，这三家人似乎有点急不可耐了，已经在下班回来吃晚饭时将家中的小桌搬到院子里来吃，为的是一边吃一边可以东家长西家短地议论单位和家属院的事，于是此处便成了一个信息发散地，我站在我家的小厨房里，是一个最佳的接收位置……

4 月的一天晚上，晚饭之后天已经黑下来了，他们还坐在院子里头说话，一边说话一边收听半导体广播，那会儿正是晚间八点——中央人民广播电台正在播出《各地广播电台联播节目》，这头条新闻就让他们一下子安静下来——在我一个十岁的中国小孩的感受中，一听播音员的腔调就能敏感地意识到又出了大事！那个播音员的声音很像是在三个月前播送周总理死讯的那一个，他现在播讲的内容大致是：北京天安门广场上出现了一小撮反革命分子，在清明节前后借悼念总理之名大肆进行反革命煽动，妄图颠覆无产阶级专政，推翻人民革命政权，其中有个理着“小平头”的家伙（这个描述给我留下了至深的印象）还在广场上疯狂叫嚣地公开发表发动讲演，他们的幕后指使竟然是中央的邓小平，为此党中央、国务院、中央军委已经做出重要决定：撤销邓小平党内外一切职务！

这条新闻播完，窗外的黑暗中一片死寂，过了好一阵子，只听刁卫国他爸这个办公室主任意味深长地开了腔：“我不是要当事后诸葛，我早就看出来这个老邓不行，你们数数看：这才上来几天呀？又倒台了下去了！看来狐狸的尾巴是夹不住的……”

对刁主任的观点热烈附和的是那只发出骚味的“狐狸”。

后来的几天中，在同一地点，他们还在议论这个“天安门事件”，热情始终不减，还在某一天变得更加高涨和热烈——正是在这一天，我从他们口中，听到了干妈的名字和一个令我大吃一惊深觉恐怖的消息：干妈被公安人员抓走了！就在大白天在单位上被戴上手铐抓走的，罪名是在清明前后，私自参与了在本市新城广场所发生的同样以悼念总理为名的反革命煽动，她写了一首悼念总理的诗，并在诗后署上了自己的名字和单位，在各地举行的同类活动被上面定了性之后，公安人员轻而易举就找到了她……

干妈被抓，似乎让窗子外头的这些长舌妇们感到十分的惬意和亢奋——

“叫她张狂！看她这下到号子里头还张狂不张狂了！”马天翔他妈说。

“这狐狸精平时见咱们女的老抬头挺胸的，根本就没把咱往眼里搁，见了男的那个骚劲啊！不瞒你们说：她在我们家老刁手下工作，我可是一直不放心哪！”刁卫国他妈说。

“还写诗呢？诗这东西能随便乱写吗？写不好就成了反党反社会主义颠覆无产阶级专政的工具喽！真是连最起码的一点政治素质和觉悟都没有！”冯红军他妈说。

……

这件“大事”出了之后，学校的操场上很快便召开了一场“批邓反击右倾翻案风”的誓师大会，各年级都指定有学生代表上台发言，三年级的代表是“小黄帅”习小羊，二年级的代表是我班班长刁卫国——我们院里有人才啊！

会开完了，和以往运动来时一样，学校要求：各班都要利用教室后面的黑板报办出一期大批判专栏来，还要进行全校性的大检查、大评比。

在我们班上，这项工作是该由宣传委员陈晓洁来负责的，苏老太太任命她做宣传委员，主要是看重她在文艺表演这方面的宣传才能，忘了把办黑板报这件事情考虑进去。陈晓洁虽然并不擅长于办黑板报，但搁在平时她一个人还是应付得了的，只是因为这一期的专栏要拿出去参加比赛，她便有点底虚了：她对她的字还是有信心的，主要是不满意自己的画，于是便心生一计想到我。其实在这时，她还没有亲身领教过我画得有多好呢，只是在我暗自学画以后，我在校内的美术课上已是今非昔比，画出的作业就有点鹤立鸡群的意思了，每堂课几乎都要受到老师的提名表扬，她听多了便留下了我擅长画画的印象。一天下午，在放学回家的路上，她向我提出：希望我能够帮她来办这一期的黑板报——也就是拿出去参加比赛的“大批判专栏”，当时我故做矜持了一小下，还是表示同意了——我有什么理由拒绝这个一向待我不薄的“小美人”的请求呢？

刚巧第二天下午正是我去南郊的美术学院学画的时间，等老师给我上完课，我向他提出了一个额外的问题：即黑板报——大批判专栏如何画的问题，他在大概了解了我的意图和需要之后说：“这个嘛，最容易。”他从抽屉里拿出了一本专门指导大家办黑板报和壁报的小册子，说这是他本人也参与撰写并绘制的一本书，让我自己读了然后照着上面说的来做。

有专家在背后撑腰，我的腰板挺得更直了。

于是在两天以后，便有了那么一个美好的下午，下课之后同学们全都走光了，我和陈晓洁留下来对付那块并不算小的黑板。老师给我的那本小册子我已经在家仔细钻研了两天，我按照上头的一个示范图例，做了整体设计：有一个通栏的大标题，我用刚刚学会的美术字写道：“将批邓反击右倾翻案风进行到底”（套用的是“将无产阶级文化大革命进行到底”这个范例）！然后在整个黑板的正中位置画了一个大报头，也是照着小册子中的图例画的：工农兵站一起挥手指方向那种的，在他们三人的身前还画了一名戴红领巾的女红小兵——这可是我自个儿想出来的：是照着陈晓洁的小模样画的——我画得有点像，她自己愣是没有看出来，这一方面说明我画画的功夫还不到家，另一方面说明人其实是不知道自己长什么样的——美人也不知道自己长得有多美的。等陈晓洁把所有的文字都抄写完毕，我又在边边角角的地方画了一些小图饰。在最后一块空白处，用圆形的篆书写了六个字：二年级二班宣——这一手，是两年前从干妈那儿偷着学来的，现在终于派上了用场——我在用鲜红的粉笔写完这几个字时，心情暗淡地想起了我的干妈：她怎么就给公安人员抓起来了呢？我接受的教育是：凡被公安人员抓起来的人都是坏人，而我的干妈怎么也不像是一个坏人啊！这是我无法想通的一件事！

一想到此，我的心情一下子变得很坏，以至于陈晓洁面对办成的黑板报像只小鸟似的跳起来欢呼时，我竟恍恍惚惚地没有太在意……

天已经黑下来了，陈晓洁锁好教室的门我们就离开了学校。走出学校大门，由于搬了家，如今该是朝西走了——从学校到现在住的家属院的距离和原来住的单位差不多，但方向却截然相反，还要左拐右拐地穿越两三条小街小巷，一路上陈晓洁还在兴奋不已地谈论着我们联手办的黑板报，穿过最后那条窄而长的没有路灯的黑乎乎的小巷时，她的手来抓我的手，她的小手很凉，像只受到了惊吓的小耗子似的，直朝我的手心里钻，那一刻，我全身上下的毛孔全都张开了，这春夜里头任何一点微小的风儿都会令我敏感，因为带着她的天然的体香，我的胸中也像是揣进了一只兔子似的……陈晓洁知道我回家是需要自己做饭吃的，就拉我到她家去吃饭，她家到底不是卢师傅家，在我看来，她的父母也不像卢福根的爹妈那般随和，我就说我不去了，走进家属院的门楼后，我们就分手了，她家住在二排，是住在刁小羊家的隔壁……

第二天早晨，和往常一样，我是和卢福根一路去学校的，到得也比别人晚点，发现教室里头已经变得十分热闹了，所有先到的同学都在朝着教室的后墙看——欣赏着新鲜出炉的黑板报，相互打听着这是谁画的，有些人以为是陈晓洁本人画的，有些人说：报头上那个女红小兵画得像陈晓洁——这充分说明了我的绘画潜质，这三个月的画确实没有白学……我很得意又很矜持地坐下了，装得跟我没关系似的。早操的铃声响了，我们都先跑到操场上去集合做早操。等做完早操回到教室上早自习时，到校之后直奔操场的苏老师这才在这一天里头一回走进教室，她一眼便看见了后墙上的黑板报——那头一眼中甚至是带有几分欣喜的点点光亮的，怔怔地望了好半天之后，表情遂变得古怪起来，甚至充满了狐疑——就算我的想象力再丰富，预判能力再强，也无法想出她在这件众人都以为好的事情上的特立独行的反应——这位老太太终于结束了那长久的凝望与审视，快步走下讲台，几步就走到后面的黑板报前，回转身来厉声喝问道：

“这是谁画的?！陈晓洁——我问你呢!”

“是是是……我请……请武文革……画的。”

可怜的平时伶牙俐齿的陈晓洁被这突如其来的发问吓得给结巴了。

卢福根则忍不住地噗嗤一声笑了出来……

只见苏老太太伸出她那瘦骨嶙峋青筋暴露的“鸡爪子”点戳着“工农兵”中那个女农民高耸鼓胀的大胸脯说：“武文革！你这孩子！你脑子里头整天想啥呢！你这画的都是啥嘛？啥嘛?！你把人家农民的奶子画这么大干什么？人家又不给娃喂奶！是你想吃奶了是不是？是不是?!”说完，还用她那“爪子”在大奶上一抹，一下给抹花了……

全班同学哄堂大笑。

卢福根等几个捣蛋的家伙简直笑得死去活来。

我一言不发地低头坐着，眼前的这个“错误”倒是没让我觉着太冤：我是把那个女农民的胸脯给画得有点大了——比书中图例上的要大。我也确实是有意画大的，我这是遵照我的美术老师的教诲从生活出发的，这是我内心深处不可告人的秘密：我是照着我平时观察过的并且牢牢地嵌在印象中的冯红军他妈的胸脯（作为原型）画的——那个胸脯是我到目前为止见过的女人中最大的一个胸脯！也是我认为最好的一个胸脯！它强烈地吸引着我！我就是有着把它画下来的冲动，就像是想把陈晓洁俊俏的小脸蛋画下来一样！

结果是：我没有按照苏老太太的要求把那个女农民修改成瘪奶平胸，陈晓洁也不敢擅自乱改。这块被苏老太太的“鸡爪子”抹花了一小块（她简直像是“阶级敌人地主婆”在故意搞破坏）的我们班的黑板报，还是在全校的大检查和大评比中脱颖而出，和高年级的某个班一起获得了一等奖。

我在美术方面的这点小能耐于是就被上头注意到了，我们的女校长还亲自跑到班上来，公开表扬了我一下，还跟我谈了一阵儿话，说要把我抽调去画红小兵大队部的黑板报——那是一块更大的黑板，是在老师办公室那排平房侧面的墙上，从学校大门口一走进来就能看到它，于是我就去了，在那么一个公开的场合画画，真像是在当众表演。而最富有讽刺意味的是：我在自己班上并不负责黑板报这档子事，我连一名普通的红小兵都不是（又发展了一批还是没有我），但却画着红小兵大队部的黑板报。

由于有运动来了，“大事”发生——老在批邓老在反击右倾翻案风，这个学期过得非常之快，一转眼就到了期末开家长会的这一天——这天上午我们学生还到了校，参加了在学校大操场上举行的学期总结大会，会刚结束，我就被兼管红小兵大队部的那名工宣队代表给叫去了，还是画那块大黑板，画上欢迎各位家长来校指导工作的内容，还要赶在两点钟家长们到来之前画完。领受了这项“紧急任务”，我马上开始动手，我之所以对这项工作怀有较高的热情，一是本来就爱画；二是爱在人前出风头；三是对于因此得到的来自学校方面的少有的肯定很懂得珍惜；四是让我在无形之中获得了一种面对苏老太太的傲慢——我确实需要这种感觉！

整个中午我都在那里写写画画的，到了吃午饭的时间，那个工宣队代表还从学校的教工食堂打来了两份饭菜，拉我到老师办公室里和他共进午餐——这也算是这一天的这项工作给我带来的一点物质报偿吧：省了我自做的一顿午饭。这个懒鬼，吃完之后他还让我帮他跑了一趟腿，去学校大门外头的一家百货商店给他买了两毛五分钱一盒的大雁塔牌香烟，然后接着再画，在此之后，女校长也跑来“关怀”了一下，“指示”我要抓紧时间，按时完成。本来我是可以赶在两点之前画完的，但是在一点来钟，一些热情过度的家长就提前赶来了，一走进学校大门就看到这块大黑板，便直奔此处，都站在我身后看我写字画画，其中就有我们地质队的这些家长——由于刘虎子和蔡铃莉的爹分别是单位里的第一、二把手，刁卫国的爹又是要管很多具体事务的办公室主任，所以单位专门派了一辆车把要到小学开家长会的人一起送来了。由于我爹人在野外未归，可以代他前来的干妈又被抓走了，所以将不会有人来给我开这个家长会，这让我感到心中特别踏实，甚至还有几分窃喜！

我面对黑板继续画着，但身后已难得清静——

“索索，吃了没有？”卢师傅最先开口问我——他是我们院子里头最关心我吃饭问题的人了，还老让卢福根喊我去他家吃饭或干脆给我送饭到家，有好几次我已经把饭做好了，他的饭又送到了……

“吃过了，卢伯伯。”我很认真地回答他说，“我们老师在学校食堂买给我吃的。”

“索索，今天晚饭别自己做了，到阿姨家去吃吧，我们晓洁可盼着你去呢！”陈晓洁她妈这个大美人也走上前来关心我。

我“唔”了一声——但我知道我是不会去的。

“这娃画得好啊！”刘虎子他爹这名“老红军”嚷嚷起来。

“画得好！画得好！”蔡铃莉他爹这名“志愿军”也连声称赞。

“别看索索捣，这孩子是个人才！”卢师傅说——听起来更像是在替他儿子卢福根辩解。

“索索这画学得很有效果，看来你爸让你去学画是对的。”陈晓洁她妈评论道。

我面朝黑板，动作加快地画着最后的几笔，我看不到在我身后的场景之中，有那么四个大人被这料想不到的场景搞得很郁闷，他们分别是：习小羊的爹、刁卫国、马天翔、冯红军的妈——我甚至已经嗅到了习小羊他爹那一身的骚狐狸味（挺难闻的），还有冯红军他妈一身雪花膏的香气（挺好闻的），但却听不到他们的声音……

在我画完最后一笔并且颇有点潇洒之意地随手扔掉手中的粉笔头时，还是听到了——是冯红军他妈这位大学老师、这位其他家长眼中最懂教育的“内行”忽然说出了意味深长的一句：

“认识一个孩子关键是要看穿其本质。”

这三个娘们儿对我如此的不待见并不只是体现在这一时一地的场景之中，由于住得很近的缘故，她们在平时已经表现得够充分了——

有天下午放学，我在回家的路上绕道那家很大的国营菜场——就是马天翔他妈在里头当头头的那个大菜场给自己买菜。买菜的队伍排得很长（这是那个年头十分正常的景象），我跟在后面排着，与我同路而来的卢福根陪我一起排。刚排上不久，我就看见马天翔他妈从菜场里边走出来了，来到柜台前跟两个正在卖菜的女营业员有说有笑地聊起天来，明摆着：她看见我了。因为曾来队伍边上晃悠了一下，做了一点维持秩序的工作：带着一脸职业性的微笑请大家把队站好。她显然是故意装做没看见我，根本就不搭理我！这可是一个要给邻居（暗中还给领导）

把上好的蔬菜提回家去的热心女人啊！她只要动动嘴，我就可以免去排这个长队，可她就是不做任何表示，等我好不容易排到跟前时，她也只是冷冷地看了我一眼，转身走了……

这不是发生过一次的事——我在开始给自己做饭之后体会到了当年大人们的苦恼：不怕回来晚，就怕炉子灭。因为生炉子是一件极其麻烦的事，通常我会把铁炉子提到院子里来折腾。生炉子时冒出来的滚滚煤烟呛得在院中吃饭的那三家人也坐不安稳，即使挨呛坐不住了，将桌子搬回到屋子里去吃，他们也不来帮我——其实，如此帮忙易如反掌：他们不是已经吃上饭了嘛，炉子也不需要那么大的火力，只需在他们三家任何一家的炉子上夹一块烧红的蜂窝煤给我就可以，就比我从头生起要快得多，就让一个邻居家的没有大人管的孩子早一点吃到饭——可是呢，这三家将我完全包围住的邻居，总共六位在家吃饭的大人，就是没有一个人想到然后站出来帮我，那呛人的烟已经熏着了他们——他们就真的想不到吗？他们三家中谁家的炉子灭时不就是用这种方式相互帮忙的嘛！

我想用我孤儿般的成长经历诚实地作证：这个世界上有坏人，也有好人，两相比较还是好人多。在我不得不学会给自己做饭的这段日子，说我吃过“百家饭”未免有点夸张，但的的确确有很多家庭都曾来人给我送过饭，甚至还有些跟我家素无来往的家庭，让我觉着十分陌生的叔叔阿姨，但是将我包围起来的这三家邻居加起来却没有送过一次，想不到大概只能是个借口，所有给我来送饭的人都要端着饭碗或饭盒穿过这三家人的“包围圈”，有时候还要跟他们说上两句话，甚至明打明地告诉他们是来给我送饭的，那时候不知他们会怎么想……

暑假到来之后，冯红军他妈也成了个不用上班的闲人，由她牵头的那个课外学习小组的活动也变得频繁和密集起来，时间地点是晚饭以后在她家门口，活动的内容还是读报、读书、提问回答、发言讨论，主要成员还是那几个“好孩子”：习小羊、刁卫国、马天翔、冯红军……有时候，在卢福根还没有来找我玩的那段时间，我会坐在院子里的小凳上垫着画板画上一会儿画，那时候，他们都可以看见我，但却无人走过来邀请我参加……我倒是利用这个时刻，听到他们在读什么：读过报纸上的批邓文章，读过高尔基的小说《童年》——对于后者，我竟一下就听进去了，听得差点都快哭了，那真像是一个和我有关的故事啊……说心里话，我很想参加他们的活动！

我还很在意冯红军他妈这个女人！

那是一种非常特殊的“在意”。

如果不是这样的话，我怎么能够观察到她那高耸饱满的胸脯——并以之为原型画出那样一幅报头来呢？还有我曾爬在香椿树上目击过的她那雪白的大屁股，被紧紧包裹在黑绸裤里时也是那么饱满诱人的……其实，她的脸长得一点都不好看，线条很硬，看着很凶，比陈晓洁她妈和我干妈这种单位里的革命群众所公认的“美人”差远去了，但她脖子以下丰腴的身体却像是有着某种神奇的魔力似的，强烈地吸引着一名十岁少年的目光，正是从这一年开始，正是在这一个女人身上，我的目光开始变得不再纯洁，开始有了“贼意”……

而那个“贼”正在悄然地来到我的身上！

我在为着我所遇到的人和人性而感到有些困惑的同时，也开始困惑于自身正在悄然生长中的人性：对于住在对面的这位当老师的“阿姨”，我有一点想求其认可而不得的苦恼，有一种不可告人的不知是因爱生恨还是因恨生爱的爱恨莫辨爱恨交织的复杂感情！我已经无法做到爱憎分明……

对于我们这帮孩子来说，从单位搬回到家属院以后的最大损失是晚上没有电视看了，这个多年以来的保留节目就此取消，精神生活的缺少让我感到生活在倒退。但对我和卢福根这类天生的“玩家”而言，注定永远都不会空虚，因为永远都有的玩，有条件要玩，没有条件创造条件也要玩。

在春天里和我们一道从单位搬过来了一对新婚夫妇——男的叫范启山，是本单位的一名青工；女的叫白晓莹，是某路公交车的售票员。从外表上看，这是叫人眼前为之一亮的一对璧人儿，他们站在一起绝对会给人以“金童玉女”的印象——也正是因为形象上给人的般配感，才会使得介绍人（也是本单位的一名职工）积极请缨誓当红娘充满热情地将此二人撮合到一起。可谁也料想不到的是：乍一看堪称“绝配”的一对，初次见面便共叹相见恨晚，接触月余便领证完婚（是那个年代少有的“高速度”）的二人，在新婚之夜就干起仗来，接下来又打满了他们的蜜月，现在，他们已从单位打到家属院来了。这对新婚夫妇就住在我家所在的一排的头一家，一打仗这排住的人全都能听见，其他排的人也会闻讯赶来，搬来之后几乎夜夜干仗的他俩，极大丰富了人们贫乏的业余文化生活，也给没有电视可看而变得无所事事的孩子们带来了一档新鲜刺激的“真人秀”——

根本的原因在于那个女的——即白晓莹特别爱叫喊。

在她跟那个男的——即范启山干仗的过程中，她几乎是从头喊到尾啊！

呻吟、惨叫、怒斥……这些还都不是全部。

她会既作为当事人——女主角，又作为解说员，对全院——至少是我们那一排所住的“听众朋友”进行全程性的现场直播……

她喊——还老爱喊出关键性的细节！

这就好玩了。

有一次，她尖声喊道：“范启山这个不要脸地掐我奶头呢！啊啊啊啊啊……”

又有一次，她那被公交车售票员这个职业所培养出来的女高音在屋子里头如汽笛一般拉响了：“范启山！你再踢我下身我就把你那两个臭鸡蛋给掐碎喽——你信不信?!”——接着传出的是那个很少出声的男人一声深沉的惨叫：“啊——呜！”

这样一档“真人秀”可是比当年一本正经单调之极的电视节目有趣多了！那个年头，一个中国孩子是无法在正常的渠道中获得正规的性启蒙教育的，常识课上老师讲到动物的繁殖时是不讲人的，因此性知识的获取全靠偶然的机遇，靠的是天生的悟性怎样，靠的是无师自通——我感觉我们院这一拨和我年龄相仿的小孩正是在这一档现场直播的“真人秀”节目的刺激之下才有点开窍了的，我们在收听该节目时收录到脑子里去的“色情语录”也变成了我们在日常生活中的口头禅——我就曾对卢福根开玩笑地说道：“卢福根！你再踢我下身我就把你那两个臭鸡蛋给掐碎喽——你信不信?”卢福根十分默契地回应道：“武文革这个不要脸地掐我奶头呢！啊啊啊啊啊……”

整个暑假，我们都在享受着这档节目，日子一长，我和卢福根对于这档节目的口味要求有所提高，对此只闻其声不见其影的“广播直播”开始感到不满足了，想看能见到人影的“电视直播”，甚至是真人演出的“话剧”！在我家所住的第一排的后窗外面是一堵新砖砌的围墙，墙那边是一家整天叮叮咣咣敲个不停的小五金厂，我和卢福根在白天到处游逛时曾经爬上过那堵墙，骑在墙头之上正好可以看见第一排靠北的这一溜各家的后窗，透过窗子可以看到屋子里头，在那里我还看见了自己家里的景象——我脑子里存有这个印象，所以当后来的某个夜晚那对夫妇又开战的时候，我一把拉住卢福根穿过院子里借在外纳凉之机正在收听这一“广播节目”的“听众”，径直朝着房子后头跑去……

我们在夜幕的掩护之下神不知鬼不觉地爬上了墙头，面对面地骑在墙头上，伸长脖子朝着这家的两扇亮着灯光的窗子里看去——功夫不负有心人！我们总算如愿以偿地看到了里面的人影儿，看到了我们期待与盼望中的“电视直播”——不，是“话剧”！

一切正在激烈地进行之中：那男的正举着一根擀面杖在追着那个女的满屋子跑，从一扇（个）窗户（房间）跑到另一扇（个）窗户（房间）；那女的吱哇乱叫，抱头鼠窜，最终还是被逮着了——被一把掀翻在一张床上，那男的开始剥她的衣裙，三下五除二便剥了一个精光，灯光底下那女的显得有些惨白——一片叫人眩晕的白光，躺在床上还在叫喊：“范启山这个臭流氓强奸我啦……”只见那男的举起手中的擀面杖朝着她的头好一通猛敲，那女的便没声了——就像是死了，男的扔掉擀面杖，也把自己剥了一个精光，然后扑向那个女的，伏在女人的光身子上，使劲朝下压着，那个姿势有点像我们在体育课上做的俯卧撑……

骑在墙头上的我完全看傻了，目睹此景，我不自自主地伏下身来，让自己已经变得硬邦邦的裆部和墙头的砖发生令人愉快的磨蹭——忽然，那里在经受一阵剧烈的大舒服之后好像又有岩浆喷涌，接着我便没劲了，也在瞬间失去了对眼前这件事的兴趣，双腿变得瘫软如泥，从墙头跳下时，我这个爬墙的老手竟然可耻地摔了一个结结实实的屁股蹲儿，被卢福根这小子好一通嘲笑！

7月28日早晨，我和周围的人都是从广播里听到唐山大地震的消息的——在当时，我只是对打小就听说过的“地震”一词有了一个与物对应落到实处的印象，还无法联想到：它会和我们的生活产生怎样的关系？

到了8月的一天晚上，天已经全黑了，我从外面玩回来，穿过那一排——穿过由那三家邻居所形成的“包围圈”时，看见晚饭以后似乎永远都坐在这里乘凉的大人们并未坐着，而是站在院子当间，朝着西南方向的夜空戳戳点点地议论着什么——我也驻足于此，站在大人身边，翘首望向天空，只见那黑漆漆（似乎比往常更黑）的夜幕上时有颇似闪电的一道道白光闪过……我还在心里头判断着：这是快下雨了，觉得这些大人有点少见多怪。我颇觉无趣地几步走回到家中，感到极度疲乏，便想不洗就睡……

当我迷迷糊糊地来到门边，准备将关门和拉灯这两件事一起完成时，却看到白色墙壁上的灯影晃动起来，越晃越大，像在荡秋千似的——我回望那只将灯罩像太阳帽一般戴在头上的灯，它确实正在晃荡着，脚下的地板似乎也晃了起来，让人站不稳了，还有一点头晕……当我尚未对此做出一个明确的判断甚至尚未觉出这有什么不对时，就听到门外的院子里头有人高声喊了起来——

“地震！这是地震！”

“地震啦！地震啦！大家快从家里出来啊！”

在万籁俱寂的夏夜里，上述一男一女的声音划破了夜空，又像两瓢冰水兜头浇下，令已经迷糊的我立马清醒了，反应还算快的——拔腿撒丫子跑啊！发挥出短跑冠军的冲刺速度，从门边直冲门外，跑到院子里去了……

“地震啦！地震啦！大家快从家里出来啊！呆在家里危险……”——那个高叫的女声发自于冯红军他妈，她还在喊着。

“大家快出来啊！”男声发自于刁卫国他爸。

我家小厨房前的这一片——因为那三家亲如一家的人喜欢在晚饭以

后围坐在一起乘凉和聊天的缘故，而把各家厨房里的灯都牵引出来挂在门边的钉子上做照明之明，所以显得格外明亮，站在无边黑夜之中的这一小片光明之上，让我获得了安全感，到了这会儿，我还看见被挂在这三家厨房门外的那三盏秃头挂灯还在剧烈地晃动着……

正在这时，一个意想不到的情景突然发生在眼前，令所有在场者都陷入到目瞪口呆的状态中：一个披头散发赤身裸体的女人从屋子里头疯跑出来，冲向了这一片光明，在明亮得有些刺目的灯光下，她全身上下的水渍和水珠都看得格外清楚……很显然，这是一个正在自己家中洗澡的女人，听到外面有人喊“地震”，便不顾一切地狂奔而来——估计是由于跑得太急，她也没顾得戴上眼镜，失去了眼镜和衣服，就跟平日所见的样子不怎么像了，我在当时当刻不是用肉眼辨认而是看她是从哪间屋子也就是谁家跑出的事实做出了一个滞后的判断：这个裸奔而出的女人正是刁卫国的妈！

我最大的感慨是：女人不穿衣服就和平时不一样了啊！

而像一股强大的冲击波一样冲击着我的视觉是：她那一身丰满但却松垮的白肉，胸前那一对有些下垂的甩来甩去的奶子（也像被地震震成了这个样子），小腹以下颇为神秘的黑乎乎的一团……她在冲入这一小片光明地带之后，面对为数不少（这一排的人全都跑到了这里）目瞪口呆的人们——女人、男人、老人、小孩，羞耻感令她本能地蹲在了地上……

而接下来所发生的一幕也同样令人尴尬和难堪——

“老刁，快进屋去给你老婆把衣服拿出来！”喊这话的是冯红军他妈。

小厨房门前的那个“秃头挂灯”还在动弹着，灯泡在墙壁表面滚动时还发出清晰的“咣当——咣当”的声响，大地仍在微微地颤动……冯红军他妈的话对刁卫国他爸来说，真可谓是“出难题”和“馊主意”啊！那一瞬间，在随时都有可能从天而降的灭顶之灾面前，这位“老刁同志”没有经受住考验：他站在原地，裹足不前，还急得团团乱转，跟一只无头苍蝇似的……

“卫国你去——快去！把你妈衣服拿出来！”冯红军他妈转而冲刁

卫国喊道，带着老师般命令的口气。

刁卫国这个小孬种竟吓得朝后连退两步：“我……我……不敢!”

老刁不敢去，小刁也不敢去，真是有其父必有其子！任由他们家那个可怜的女人（他的妻子和他的母亲）一丝不挂地蹲在地上……面对父子二人如此表现，女人再次蒙羞，从地上一跃而起，冲向院中的黑处，那架势就像跳井自杀似的……

也没有其他人挺身而出，冲进去拿……

面对如此残忍的一个场面，连我这个刚满十岁的孩子都有点看不下去了！但真正启动我的是刁卫国这个“班长”、这名“优秀红小兵”和“连年三好学生”的这一番让我瞧不起的表现，应该这么说：是小刁的怯懦促发了我的勇敢！我在事后其实对我当时的行为毫无印象和记忆，但又仿佛目击过这样一幕情景：一个我从我身体所在的位置上像出膛的炮弹一般射了出去……

这是在事后方才回忆起来的细节：在刁家的外屋中间确实摆放着一只硕大的铁澡盆，里面尚有半盆水……冲进屋去的我是见着像衣服的东西就抓，抓起来就朝屋外跑……

当我跑出刁家时，厨房上的“秃头挂灯”忽然停住了，有人说：“不震了!”“过去了!”躲在黑暗的“深井”中的赤裸的女人并没有接受我冒死抢出来的衣服，她从黑处冲出，冲回到这一小片光明之中，又在众目睽睽之下，裸奔回自己家……

刁卫国他爸这个老丑忽然恼羞成怒地冲着人群嚷道：“看什么看?!有啥好看的?!没见过咋的?!”

而刁卫国这个小丑则急吼吼地从我的手中一把抢夺过他妈的衣服，那副样子显然是对我有气……

这天晚上绝大部分的人都睡在了院子里，不敢在家睡。

第二天一早，我们还是在广播里收听到：昨天晚上，是四川松潘地区发生了强烈地震。我们所经历的正是这次强震对本地的波及。

这个夏末，我冒着生命危险充当了一把“小英雄”，但却当得毫无感觉。

我那足可以“惊天地、泣鬼神”的“英雄事迹”也就到此为止，未得远播，连我所在的二里以外的小学都没有传到。

我之所以会落个“无名英雄没人提”的下场，恐怕还在于这个事件的叫人难以启齿、羞于提及——当晚蒙羞的恐怕不仅仅只是那个在地震中裸奔的女人，而是在场的所有人——尤其是他的家人和其他的大人！前者有羞无愧，后者却该愧字当头、羞愧难当！我在当晚的所作所为严重地伤害到了他们，从此以后，我在这排人中好像更加不受待见了……

但也不尽然，由于一日三餐是需要我自己来操心的事，对当年的我来说，操作起来也确实存在着一定的难度，所以在这件事上我对那些帮助过我的人和家庭记忆尤其深刻：在此事发生以后，给我送饭的人更多了，都是当晚不在现场的住在其他排的人——这便是我在做了一件好事之后所得到的一点点回报吧！

开学了，我们升到了三年级，最大的变化是告别了平房教室，搬到楼里去了——只不过是在一楼。

这似乎是平常的一天，是九月上旬一个阳光灿烂的大晴天，跟往常并没有什么区别，下午上完两节课后，大家刚收拾好书包，正准备起身离座到教室门外排队放学，下午没课的班主任苏老师走进教室，走上讲台说：

“大家先别急着走，学校来了个通知：所有同学都留在教室里收听重要广播。”

这种情况似乎还是头一次遇到，但并不让人感到有什么奇怪。

过了一会儿，挂在教室前头那面墙上的有线广播便嘎嘎嘎地有了动静（它最日常的用途是用来给我们播放眼睛保健操的音乐的），在经过一番调试之后，终于放出了正常的声音——是广播电台播音员所发出的标准声音——那个男播音员的浑厚苍劲的声音听起来有点耳熟，似乎是在哪里听到过：

“现在播送中共中央、国务院讣告：中国共产党中央委员会主席、中国共产党中央军事委员会主席、中国人民政治协商会议名誉主席毛泽东同志因病医治无效，于1976年9月9日凌晨三点五十六分在北京逝世……”

对于一般三年级的小学生来说，想要一次就把上面这番话听明白是不容易的——我感觉我们班全体同学几乎无人听懂，甚至连我们的老师——苏老师也没有听懂，所以，当这个“重要广播”所播出的“特大新闻”的主要新闻事实已经明确地告诉了大家之后，教室里面还气氛如常，就像什么都没发生似的……

我自然也没有听明白。

回想起来，我是被卡在如下两个错误的概念上了：一、未将“毛泽东同志”跟“毛主席”画上正确的等号；二、错误地以为毛主席是不会死的，是会“万岁”的、是会“万寿无疆”的——我还清楚地记得：在我六岁住在军工城的那一年，我的“娘娘”曾经告诉过我：毛主席是不会死的，因为他们红卫兵已经从高山上给他老人家采到了一种可以让人长生不老的草药……“因病医治无效”和“逝世”我倒是多少能够听明白一点的，因为在1月份周总理和7月份朱德委员长死的时候就曾听到过……

继续听下去，越听越明白！

如果这是一次语文课上的听读小测验的话，在我听懂到能够确保我的成绩在90分以上时，我小声地对着我的同桌蔡铃莉说：

“毛主席死了！”

蔡铃莉听完之后那个惊骇不已惊恐万状的小可爱样儿我真是一辈子都忘不了——这一年、这一天、这一个时刻，全中国有多少小女孩在了解到这个事实之后会流露出这样的一个表情啊?!

我说给同桌蔡铃莉的悄悄话被坐在前头一排的刁卫国这个“奸细”的好耳朵给捕捉到了，他回过头来满脸正义义愤填膺地对我怒斥道：

“武文革，你胡说！你敢造谣？你想当反革命啊?!”

——“地震事件”发生之后，他更恨我了！我冒死给他娘抢出遮羞蔽体的衣服，换来的是他对我更大的仇恨！

这时，广播里的讣告已经播送完了，开始重播不久，我们的苏老师——这个大人总算听明白了，忽然号啕大哭——她这一哭，也就把此次“语文听读小测验”的正确答案公布出来了：

“同学们！毛……毛主席……毛主席死了！”

我们不得不接受一个无法想通的事实：毛主席死了！

毛主席死了，各班教室都设立了灵堂。

苏老太太还向我班同学发出了一个“给毛主席守夜”的倡议！这个“守夜”不光有守灵的意思，还肩负着严防阶级敌人盗窃遗像花圈破坏灵堂的艰巨而光荣的任务。她让大家自愿举手报名参加，此言一出，全班同学都齐刷刷地举起手来，连一向反应慢的刘虎子，这回也慢得不是太多，歪斜着身子把手举得老高。结果，女生们算是白举了，苏老师首先将她们排除在外；我和卢福根手举得比谁都高——不光手举得高，连人都从座位上站起来了，但是白举了也白站了，接着，非红小兵也被排除在外——我们已经三年级了，红小兵已经发展了好几批，全班尚未被批准加入的只剩下我、卢福根和刘虎子三个人，刘虎子是因为身残而造成的智障（几乎门门功课都不及格），算是情况特殊，我和卢福根则完全是因为长期以来日积月累的不良表现造成的。教室（即灵堂）里那几个敬献于毛主席遗像前的花圈严格说来也是没有我们仨的分，因为它们都是以红小兵每个小队的名义献的。最终被苏老师指定为“毛主席的守夜人”自然还是那几个男的班干部，我们院就占了三个，不用说就是那三个“好孩子”：刁卫国、马天翔、冯红军。

闷闷不乐地回到家中，我和卢福根都颇有一点不甘心，为毛主席守夜舍我其谁啊！我们觉得：在毛主席死的时候去给毛主席守灵就跟毛主席活着时去保卫毛主席的任务差不多，得由勇敢无畏的孩子来承担而不是那几个胆小鬼！在本班里头，我们俩正好属于那种“勇敢无畏的孩子”：就在本学期开学报到的那一天，卢福根怀着搬到楼里来的兴奋直接跑到二楼上——跳上二楼阳台的水泥护栏上来来回回地走了一遭，就像杂技演员在走钢丝，吓得苏老师跪在一楼的地上求他下来，其结果是卢师傅又被叫到学校来了一趟，回到家中又把卢福根痛揍一顿！我虽没有卢福根如此之大的胆量，但也是敢于冒着地震的危险而大做好人好事的，再加上在打架方面也算是一把好手（我在三年级时已经威震八仙庵小学了），万一碰上盗窃遗像花圈破坏灵堂的阶级敌人不就派上用场了嘛！就这么一合计，我和卢福根做出了“不让去我们自己去”的决定。

这天晚上，为了节省时间，我没有开火做饭，直接跑到卢师傅家去蹭饭吃，吃饭时我听见卢福根骗他爸说：老师号召大家去为毛主席守夜，挑上了我们俩。卢师傅这个大老粗信以为真未加怀疑，使我们得以顺利地出门。拐过那几条街巷到达学校的时候，天已经完全黑了下来，大大出乎我们预料的是：整个校园竟被笼罩在一片黑暗之中，整座教学楼没有一间教室是亮灯的，摸黑来到我班教室门前发现竟还上着锁，难道这些“守夜人”是潜伏在黑暗的教室里头吗？为给图谋不轨的阶级敌人造成一个无人把手的假象？然后一网打尽？我俩紧贴着冰凉的窗玻璃把小鼻头压扁了朝着教室里头喊话——

“刁——卫——国，快——出——来！我们是阶级敌人来偷花圈喽！”

“马——天——翔，快——出——来！我们进来了噢！快来抓我们呀！”

“冯——红——军，快——出——来！我们是鬼——鬼来喽！吓死你这个小猴子！”

里面真是一点动静都没有：绝对不可能藏着人。

这帮家伙怎么没有来呢？是不是我们来得太早了？

卢福根说：到楼上去看看。我们便摸黑到楼梯口爬到了最高的三楼，挨个教室走过去，快走到走廊尽头时忽然发现了一点情况：是二楼的教师办公室的窗口透出了灯光，我们赶紧爬到三楼的护栏边去看，自上而下，正对里面的一切看得清清楚楚——

里面有人！

是一个男的和一个女的！

瞅着眼熟，仔细一看：是军宣队代表和我们的音乐老师！

两人的行为不太规矩，正动手动脚地搂抱在一起，还探头探脑地用嘴啃咬着对方——那个架势实在像在摔跤……

“摔”了一会儿，他们兴许是热了，就开始脱衣服了，自己脱，还相互脱——接着我们便看到一对赤条条的男女，像是从水里游上岸来的鱼……

由于已经有过偷窥的经验了，我们正津津有味地等着往下看时，那扇窗户中的灯却忽然灭了！

这让我们大为扫兴！

他妈的！

离开水泥护栏时我发现我的裤裆里头又变得硬邦邦的，就跟爬在我们家属院的墙头上看范启山和白晓莹那夫妻俩打架时一样，还有一点十分憋尿的感觉，我就解开尿口在楼道的黑暗中撒了一泡，小鸡鸡硬硬的，站了半天才撒出尿来。之后我们下到一楼，发现那里依旧是没有情况，就无精打采地回家了。

等到第二天我们到校后才知道，这个由苏老师想出来的“为毛主席守夜”的主意被校长给取消了，校长说：悼念毛主席他老人家的最好方式就是要化悲痛为力量好好学习天天向上——学生在晚上守了灵，没睡觉，白天如何能够正常上课呢？

对伟大领袖和导师毛主席的一系列悼念活动最后走向了广场——在北京天安门广场上举行追悼大会的当天，本市的新城广场上也举行了一个追悼大会。

小学生也有分参加——广场上将会出现一个方队。但具体到我们班，却只能派几名代表去了：自然还是那几名班干部代表我们去了。我、卢福根、刘虎子还有蔡铃莉是没有资格去的。

这天先是阴云密布，接着大雨瓢泼，去新城广场参加追悼会的人都被淋病了，回来就发烧感冒，搞得马天翔他爸这个大夫好一通忙乱，病得最厉害的是我们的苏老师：听说当场就哭得一头栽倒在地，昏死过去，被送到医院后三天才苏醒过来，也不见来学校上课……

这一天应该算是“国丧日”，我们留在家里的这些“后进生”也算没有白留，按照老师布置的作业般的任务：有条件看电视的看电视，没有条件看电视的就听广播——我们原本计划是去单位看电视的，但因为天降大雨，就只好留在家里听广播，他们几个都集中到我家来——那应该是一种弃儿式的想要挤在一起的心理在作怪吧……

当时，由于天很阴，室内的光线很暗，我就拉开了灯，在听广播的时候，眼见着那灯摇晃起来——8 月份那个地震之夜以来，我对灯的摇晃格外敏感，当我第二眼确定那灯真的是在晃动时，便一声大叫：

“地震了！”

我一把拉起他们就朝门外跑，刘虎子还磨磨蹭蹭地不愿跑，傻乎乎地说：“外面……下雨了……下雨了！”

我们跑到院子里，看见从别的屋子里也跑出了几个大人，他们也说“地震了！”

从这天起，本地将要发生一场特大地震的传言便兴了起来，被说得有鼻子有眼：说震级不亚于唐山，震中就在西安市，甚至说到就在我们所处的东边。西安本来就处在地震带上，历史上就曾发生过两次 7 级以上的大地震，最经典的一个例证是：小雁塔在头一次地震中被震裂了，塔身开了叉；第二次地震又给震合上了……

毛主席死了，这新社会没有变回成旧社会，这地球没有立刻爆炸已经够让我觉着奇怪的了！这种心理让我觉得必然会有大的灾难发生，不发生就不像话。

将要发生大震的传言越传越盛，因为眼前这场一直没有停下来的绵绵秋雨，西安附近的渭河泛滥了——水灾抢在了地震前头，连我们所住的院子里也已经变得水汪汪的，有了波光……这天晚饭时我正在小厨房里给自己做饭，忽然感受到脚下的震动——当时，我还以为又地震了（确实已经震过好多回了），反应神速地跑出去一看，却看见冯红军他爸穿着一件军用雨衣脚下是黑色的雨靴，正用一把镐头挖着我家小厨房前路面上的砖头，一边用力挖着一边还气哼哼地骂道：

“把路面垫这么高，这不是缺德吗？把水全都灌到别人家去了！”

——这个男人是苏州人，平时说话柔声细气的，有点娘娘儿腔，属于动不动就爱翘兰花指的那种，特别是有他老婆在场的时候更是连屁都不敢放，一个典型的“妻管严”患者，很难想象他会在这时候面对这个问题上忽然变得狰狞起来，不用猜就知道是站在他背后（这会儿一定是坐在家里）的那个“百事通”“能不够”的老婆怂恿和指使的……

自古英雄出少年，我的“英雄本色”在这时表现出来了，作为家中唯一的留守者，我理所当然地要保护我家的利益——当时，我手拿锅铲（正炒着菜呢），站在雨中，对着这个大人大喝一声：

“谁让你挖我家的路?!”

那小男人猛地一愣，被吓了一跳的样子，过了半天才转过身来，满脸怒气地瞪着我说：

“挖你家的路？我还想挖你呢！”

随后，恼羞成怒的他便挖得更加猖狂，活生生在我家厨房墙下挖出了一个大坑，让流向他家（还有马天翔家）门前的雨水又倒流回这个坑里……

“这坑是谁挖的?”

父亲刚好是在第二天吃晚饭的时候回到家的——他是在听了满耳朵的西安将要发生大地震的传言后连夜赶回来的，进屋之前看见这个奇怪的大水坑，进屋之后就问我，听我一五一十地细述完事情的经过之后就跑到院子里去了，站在雨中朝着冯家的窗户发出了咆哮：

“这坑是谁挖的?！快给我滚出来！”

无人应答，整个这一排都变得一片死寂！父亲也不多问，跑回家来，在小厨房里翻找了半天才找出一把铁锨，重新回到我家院子里，举着那把铁锨，一下一下地，把面朝我家的冯家的那扇窗户上的玻璃全都给捣碎了！

真是太痛快了！那家人明明就在里面，但就是没人敢于站出来。

“姓冯的，你听好了！”愤怒的父亲冲着被捣得玻璃全无的窗子说道，“路面垫得过高又不是我让垫的，当时工人就是这么修的。你这是趁我不在家欺负孩子啊！你们——所有的人，都给我听清楚了：谁要是趁我不在家就敢欺负我儿子，我就砸他家玻璃！姓冯的，你听好了：明晚之前，你把这个坑给我填平喽！把路修得好好的！不然我砸你人！”

父亲在我面前真是表现得太英雄了！太大无畏了！太男子汉了！听说要发生大震就连夜赶回，回来就帮我出了这口恶气。他砸完冯家玻璃，就说要吃我做的饭，吃到嘴里直说好吃，还喝了二两酒。晚饭以后，他拿着从野外带回来的一个牛头骨架去送给卢师傅，借以表示对照顾我的一番谢意，我因为有作业要做，就没有跟他一块到卢家去，等他在卢家跟卢师傅又喝了一顿酒才回来时我已经躺在床上睡着了，我感到有一双温暖、粗糙、有力的大手正在帮我脱衣服，一个喷吐着酒气的声音在说：

“索索真是个好孩子！你妈活着的话，还不知道会怎么为你骄傲呢！”

我在一种忽然降临的巨大的安全感和幸福感中想到：这肯定是因为卢师傅告诉了他我在地震初发当晚的“英雄事迹”了吧！

小震接连发生，上头终于绷不住劲儿了，下了一纸通知：命令各级单位成立“防震工作领导小组”，由各单位的头儿亲任组长。接下来便是一段四处大盖防震棚的“峥嵘岁月”：有天早晨我们到学校去上课时发现，仅仅在一夜之间，我们学校的操场上已经盖满了大大小小乱七八糟的防震棚，操场边的一面围墙上还被凿开了一个很大的缺口，那是在昨天深夜小震再次袭来时，住在学校附近苦于空间狭小的居民在情急之下干出来的。我们的课也不敢在教室里上了，起先是在露天，后来是在学校统一搭建的防震棚中。在一个星期天，父亲带着我拎着一些从野外带回来的土特产去看过舅爷、舅婆一次，看见秦岭厂那块在四年前还曾举办过全国性专业比赛的标准足球场如今已是惨不忍睹，毁得不成样子了——上头也是盖满了防震棚，像个难民营一般！舅爷家也在其中搭了一个，到了晚上，他们一家人就住在里边……

父亲所在的单位倒是不用搭建什么，因为本身就是地质队，帐篷这种物资是常备的现成的有的是，从仓库里去拿就是了。和那些私自搭建的五颜六色奇形怪状丑陋不堪的“防震棚”相比，我们的军用帐篷显得正规而又漂亮。在家属院每一排的空地上都支开一个大号的棉帐篷，但只允许妇女、孩子和老人进驻，为青壮年男人准备的帐篷是支在了单位的操场上……

父亲将单位发给他的一个行军床支在我们那一排的帐篷里，在上面铺好被褥，算是把我安顿了，还当着我面将一只事先备好的棕色皮箱塞到床下，有点郑重其事地将我拉回家来给我交代说：

“索索，如果真的发生了大震，四周会变得很乱，你一时半会找不到我的话，就照看好这只皮箱，千万别把它弄丢了——你爷爷、奶奶还有你妈的骨灰盒全都在里头呢！还有一个存折——是咱家的全部积蓄……”

父亲将我安顿妥当并做出如上交代的当天晚上，并未像其他“青壮年男人”那样去单位的帐篷里睡觉，他就在我家的床上开着门睡的，也就距我在帐篷中的位置有个几十米远——这让我感到很踏实，但他却置身于危险之中：我们所住的虽说是平房，但房顶却是水泥预制楼板盖的，就算有机会爬到床底下，木床腿的承受力也不行。有人因此而怀念起我们过去住的旧瓦房来了。以大家现在都很了解（因为老在宣传）的唐山和松潘的经验：在家中睡觉时把家门打开无疑是正确的，但真要有大震发生的话，能够在剧烈的震动和摇晃中逃出屋子的可能性是极小的……

我在长大以后想到过：如果我的家庭健全母亲在世的话是无论如何也不会任父亲这么做的！正是因为母亲早早地死了，没人管着父亲，他才可以这么胆大妄为！而年幼无知的我是不知道加以劝阻的，甚至还为他这种天不怕地不怕八级地震更不怕的“英雄行为”深感自豪——用当年流行的一句话叫做“老子英雄儿好汉”。

我在长大以后还曾想到过：父亲在当时表现得过于有点不怕死了！这让我深感后怕。这多少说明：他其实并不怎么留恋活，因为活得并不快乐！母亲死后，属于他个人的一份生活之乐就几乎没有了，他主要是在为我在活！活得很累，想要解脱?！在那生死关头，他是将生与死的判决权交付给了天，他对我的那一番交代越琢磨越具有“最后的”“临终的”“诀别的”的意味，让我洞悉到他在当时内心的颓废、坚硬和残忍，甚至于想要放弃对于我这个儿子的责任，真是“无毒不父亲”啊！

在当年的那个晚上，我睡在黑暗的集体宿舍般的帐篷里，睡在被褥很厚的行军床上但却想不了这么多，全新而且特殊的环境令我感到新鲜和兴奋，迟迟地睡不着觉，在别的孩子都没声了之后，我还能听到不远处冯红军他妈对马天翔他妈说：“真不习惯当着这么多人脱衣服……”

“我反正不脱，穿着睡。”马天翔他妈说。

没有听到刁卫国他妈的声音——自打地震初发当夜的裸奔事件发生之后，这个女人就像变了一个人似的，变得少言寡语十分低调，再也不抛头露面说三道四了……

这时，帐篷门帘撩开手电光一闪，宣告着公交车售票员白晓莹的姗姗来迟，黑暗中不见其人但闻其声："啥叫爷们儿？啥叫男子汉？你们站到帐篷外头来听听——老武在家打呼噜呢！呼噜打得山响！再瞧瞧我们家那口子，饭一吃就跑得没影儿了……"

"骚货！"马天翔他妈压低声音骂道。

"留个男人在这排也好，万一有小偷强盗趁火打劫……"冯红军他妈不阴不阳地"总结"道。

感谢白晓莹在这个时候带给我父亲的信息！它让我在巨大的安全感（尽管是虚假的）中酣然入睡。

我一睁眼，周围已经亮了，大家正在起床，放眼一瞅我的两眼立马发直：满帐篷的娘们儿全都只穿着奶罩和裤衩，包括昨晚临睡之前宣告不脱的两个：冯红军他妈的奶罩真叫那个大，因为奶子长得要比别人家的都大，大得连那个也很大的奶罩都快包不住了……最惹眼的还有白晓莹，她的奶罩和奶子倒不大，但却和别人的式样不同：只有奶子上的两块布，白生生的肚皮和小腰都露在外面，裤衩也是小小的三角形的，两条晃眼的大长腿在地上走来晃去，像是故意在这些年纪比她大有一轮的生过孩子的妇女面前展览身材……看得我眼花缭乱直咽唾沫！

接下去，我在这个集体宿舍般的帐篷里头住了有十多夜，它令我永生难忘——最难忘的正是每天早晨起床时刻的风景。

由于这段日子闹地震，我学画的事给中断了，一直到10月上旬才得以恢复。

还是在一个无须到校的周三下午，我在去南郊美术学院的途中来到市中心的钟楼转车，看见全市最大的那个新华书店旁边的壁报栏前围满了人，都是一副交头接耳议论纷纷的样子，爱看热闹的我从人缝中钻了进去，出现在壁报前，只见上头刷着几条白纸黑字的大标语：

枪毙江青！
吊死张春桥！
油炸王洪文！
活剥姚文元！

这些触目惊心的标语却令一个十岁的男孩感到匪夷所思——这些人不都是经常在广播里听到其大名的“党和国家领导人”嘛！怎么又是“枪毙”又是“吊死”，又是“油炸”和“活剥”的？“油炸”这个字眼尤其让我浮想联翩，脑子里已经出现一口热油滚滚的大油锅了：我们学校门口的一家小吃店里就有这样的一个油锅，是专门用来炸油糕的，我特别爱吃那家的油糕，经常买来当做早点的……与此同时，我还在脑子里拼命地搜索着极其有限的有关这四个人的信息：我知道这个“江青”是个女的，最初在电视上看见戴着一顶帽子的她时我还以为她是个男的呢！是单位电视房里和我一起看电视的大人说她是个女的，还听他们大人说：这个江青是毛主席的老婆——这话让我将信将疑，我的理由是：毛主席怎么能像普通人那样娶老婆呢？这多不好！毛主席是谁呀？是神而不是人！另外一个名字我也听说过，那就是王洪文——是去年党的“十大”开完以后，父亲单位曾经搞过一个图片展，里头就有他：有一幅是穿着军装在讲话，另一幅是他和毛主席、周总理坐在主席台上（坐在“九大”时林彪所在的位置），这个“十大”图片展是“干妈”具体负责搞的，记得“干妈”当时还说过这么一句话：说我相貌长得好，长大了准保会像这个王洪文一样生得“一表人才”……

这天下午我在钟楼的这个壁报栏前耽误了一些时间，转车到达美院时已经迟到了，见我的美术老师面带不悦之色，我就如实向他讲明了迟到的原因，顺便将钟楼看到的情况向他做了汇报，他一听便面色严峻起来，反复追问我：是真的吗？是真的吗？在得到我一五一十的回答之后，他有些兴奋地说：“孩子，要变天了！”

我带去的消息竟让我的美术老师没有心思教我了，那天下午的课上得草草了事，给我布置了些作业就提前结束了。因此当天吃晚饭时，我已经回到了家，下班归来的父亲已经做好了饭还摆好了酒，约了他关系最好的几个同事到家里来，他们关起门来一边喝酒一边谈论着“北京来的消息”——就是标语上的那四个家伙被抓起来的消息，显出十分兴奋的样子……

没过两天，这个消息就公开了——“四人帮”被粉碎了！

消息传来，我们全校师生到城里去游了一次行，来到城里发现这是一次全市出动的狂欢节式的大游行，车水马龙、锣鼓喧天，比过年还要热闹。游行队伍走过解放路口的解放餐厅时，我还对身旁的卢福根讲起了两年前“干爸”和他徒弟比赛吃饭，看谁吃得多，结果把他徒弟吃死的事，卢福根不信吃饭还能把人吃死，就跟我抬上了杠。回来的路上，他和我一直在争论我们俩如果比赛吃饭谁更能吃的问题。我们的苏老师自打在毛主席追悼大会那天被淋病之后便一病不起，直到这时候还没有到学校里来，我们班正好处于群龙无首的混乱状态：苏的课是由别的老师代上的；班主任的工作是由三班的那个男老师（年级组长）兼管的……这让我和卢福根这样的“自由分子”不亦乐乎！

游行归来，各班队伍在操场集中、集会，这时我班的队伍里头却忽然不见了卢福根——连一直和他走在一起的我也没有注意到：他是怎么就给不见了的？我们的女校长在台上讲话，我正纳闷这小子跑到哪儿去时，忽然听到有人叫唤：

“打倒‘四人帮’！拥护华主席！打倒‘四人帮’！拥护华主席！打倒‘四人帮’！拥护华主席……”

我和操场上的人朝着声音传来的方向侧目而视，只见教学楼二层的水泥护栏上站着一个小人儿——正是卢福根！他手中举着两面小红旗，高呼着游行中的口号……

“你是哪个班的?!”女校长中断了讲话，用面前的麦克风冲着二楼上的卢福根厉声喊话，“快点下来！下来！”

这一回，卢福根还算听话，他是下来了——不过，是手举两面小红旗，纵身一跃，从二楼的水泥护栏上跳了下来，人在空中还在高呼口号：

“打倒‘四人帮’……”

（选自《中国往事》，远方出版社2007年版）

女贞巷（节选）

史峭石

【作者简介】史峭石，又名史效颙，字慕李，乳名尼生，1931年10月8日（农历八月二十七）出生于陕西省兴平县庄头村一个书香世家。5岁上村塾，7岁在兴平槐巷学校上小学，13岁高小毕业，后继续在槐巷学校上至16岁初中毕业。17岁到西安陕西省立兴国中学读了两年高中。1949年在进步师生的革命思想引导下，报考进入西北人民革命大学（原延安大学）学习，1950年由学校直接分配到中国人民解放军一八九师政治部任宣传干事（助理员），从此便开始了一生的文学艺术创作。1951年随部队参加了抗美援朝，1953年回国，在河北省获鹿县驻军。由于创作的诗歌、小说极富军队战士豪情，有浓郁的生活气息，老诗人田间、臧克家曾给予评介及鼓励，在20世纪五六十年代又有南张北峭之名（南张系指昆明军区张勤，北峭系指北京军区峭石）。1963年由北京军区借调至1966年正式调入北京军区文化部任文艺创作员（级别副团级）。1968年受迫害被关押，1969年强制复员，携全家回原籍兴平参加农业劳动（时年38岁）。“文革”结束后，1980年给予彻底平反，恢复工作后转业到地方，获得第二次文学创作生命。1981年加入中国作家协会，国家一级作家。1987年加入中国共产党，咸阳市政协第一届、第二届常务委员。历任咸阳地区文艺创作研究室主任、咸阳市文学艺术界联合会副主席、咸阳市作家协会主席、陕西省文学艺术界联合会委员、陕西省作家协会主席团委员等。1992 年退休。2010 年 3 月获得陕西省作家协会“从事文学创作 60 年”证章、证书。曾用笔名史歌、红英、庄莽、袁堡屏，一生共出版诗集 5 本、短篇小说集 3 本、长篇小说 5 部（还著有 1 部长篇小说《龙卷风》等待发表），在全国各大报刊发表杂谈、散文、评论近 500 万字，其中有诗歌散文被编入中学课本。2012 年 3 月 7 日因病谢世于咸阳家中，享年 81 岁。

第一章　女贞巷的来历

一个古老的故事

本书要说的，是女贞巷里一个年轻女人的故事。

既然故事发生在女贞巷，就先说说女贞巷吧。

女贞巷在县城的西北角，是一条窄窄的巷子，窄得仅仅并排走得过两辆大车。对面两排房屋，夹得这巷道像秦岭山中的一条峡谷。这峡谷一直笼罩在淡淡的阴影里，只有在正午时分，才能见到一会儿明亮的阳光。县城是十分古老的，这巷子自然也是古老的。时间已经进入了二十世纪八十年代的中期，这县城的建筑，基本上还是明清时代遗留下来的样式。女贞巷也是这样。它普普通通，并没有什么特别引人注目的地方。

但这巷子在县里却很有名气的，远远近近的人，别的巷子不知道，都知道城里有条女贞巷。

女贞巷为什么叫女贞巷？

一种说法是，很久很久以前，这巷子北头的井台上，有一棵异常高大的女贞树。早年，关中地区，女贞树极少极少，这个县全境之内，只有这一棵女贞，算是全县一宝，号称十景之一，“女贞绿云”，颇含诗意的。这女贞树长得异常高大，比砖砌的城墙还要高。十几二十几里之外远望县城，黧黑的城墙垛口之上，都望得见它蘑菇状的树冠。巷因树而得名，人们便叫它女贞树巷，日子久了，人们嫌那个树字拗口，叫着叫着，便去了那个树字，叫成女贞巷了。

但这棵女贞树是夏是周，是秦是汉有着的，却谁也没见过。关于这树的种种说法，都属不见经传的逸闻趣事。

另一种说法是确有其据的。说是在大明王朝的正德年间，这巷里出过一个节烈女。这在县志上是有记载的，直到现在，还不断被人提起。

这巷子中段路东，有一户人家，姓贾。因为在明代万历年间，曾出过一位榜眼，因而人称贾榜眼家。这贾榜眼家有个小子，名叫贾文进，从小颖悟过人，五六岁时即可吟诗作对，被人称为神童。十三岁时，便中了秀才。贾家对他抱着满怀希望，认为他定会超过祖先榜眼，要考上头名状元的，谁知却应了中国一句古老的谚语——“佳人命薄，才子寿短”，贾文进过了十四岁生日，一场突然袭来的伤寒，不到三天，便夺去了他的性命，呜呼哀哉了。那时候，凡有钱的人家，给孩子定亲都定得特别早，而且女方的年龄都稍大，这夭折的少年才子，在三岁时，便定了媳妇，是县城西面吕家村吕监生的女儿，名叫吕婉贞。贾文进一死，人们都认为，这场婚姻，怕就这样完了。谁晓得这没过门的媳妇吕婉贞，一听见自己前程远大的夫君突然死去，竟哭得死去活来。她头顶白纱，身披白衫，腰系白裙，脚穿白鞋，亲自哭着走向女贞巷，找到婆家，说是要替夫君吊孝送葬。吕监生是个笃信孔孟之道的读书人，三纲五常，时刻恪守，一看女儿有此心意，自然全力成全，便亲自陪着女儿，一同来了。这一举动，立刻轰动了整个县城，男女老幼，你挨我挤，奔来观看。只见吕婉贞一边哀哀啼哭着，走到灵前，亲手点燃了一炷香，两支烛，化了一串纸钱，便跪在地上，裂肝断肠地大哭不已，那眼泪儿，像碎了的珠子一样，从脸上直朝下滚。哭得连观看的人，都忍不住也掉下泪来。那吕婉贞哭着哭着，忽然站起来，猛地一头朝那副四页瓦黑漆棺材，撞了过去。人们不曾提防，都惊得呆了。赶到扶起她时，她满脸是血，昏厥了过去。只见的她额角上，撞了寸把长个大口子，红肉都翻了出来，血汩汩地直朝外冒。好不容易，才救得她苏醒过来。她兀自哭得死去活来，口口声声，说是要随着她的未婚郎君，一同去到阴曹地府。未婚丈夫死了，没过门的媳妇去哭丧吊孝，这一带虽曾有过，却甚是寥寥，已算得上个稀罕事儿，如今吕婉贞矢志不改，说是一马难驾双鞍，一女不配二男，她生为贾家人，死为贾家鬼，既然进了门，便决不活着出去。要生则同床，死则同穴。这样一来，不但惊动了县太爷，知府大人，连巡抚也从省城赶来了。他们对吕婉贞叹赏不已，决心全力支持。贾文进死后的第三天，就在贾家，为贾文进和吕婉贞举行了极为隆重的婚礼。这婚礼的仪式，和正式结婚是完全相同的。不同的是，因为新郎已不在人世，便让新郎的弟弟或妹妹，怀里抱着一只大白公鸡，顶替新郎。（另外，还有两种情况，一是新郎身在远方，婚期无法回家；一是新郎重病加身，借结婚冲喜，便让弟弟或妹妹，抱着一只大红公鸡，顶替新郎去拜花堂。）这一天，贾榜眼的家里，热闹异常。吕婉贞头戴凤冠，身穿霞帔，腰系百褶石榴红花裙，显得特别的庄严凝重，宛如一朵盛开的牡丹。知县知府和巡抚的亲自光临，更使得这罕见的婚礼溢光流彩。仅是宾客，便待了三百余席，赶来瞧热闹的，更是人山人海。这个婚礼一举行，死去贾文进和活着的吕婉贞，便成了名正言顺的正式夫妻。但就在婚礼举行后的当天晚上，夜半三更，新娘子吕婉贞用一条白绫，自缢在贾文进棺材上空的大梁上。于是，又一副漆得明光瓦亮的四页瓦柏木棺材，和原来的寻一副，并排儿地摆在了一起。又隔了两天，便举行了这一对鬼夫妻的合葬大礼。这一天，比婚礼的那天更为热闹。因为能看见婚礼的人，毕竟是极少极少的，更多的人只能听听热闹。葬礼便不同了。因为它要出殡，要入土，从女贞巷到坟地，至少有四里路，人们即使挤不到跟前，从远处也会看见的。密密麻麻的人流，从巷子到坟地，如一片五颜六色激荡着的洪波。除了路两旁站着的人们以外，还有许多人是跟着棺木奔跑着看的，棺木周围，人像滚着的绣球。沿途千亩土地，庄稼苗儿，被啃得一棵不剩，地面像碌碡砸过的场面一样，又硬又光。谁不羡慕吕监生养了烈女，贾榜眼家出了个节妇？天下的女子，几个有吕婉贞这样的志气？几个有吕婉贞这样壮烈的行为？这可真可谓是感天地，泣鬼神的呀！不几天，便有了这样的民谣：

两家荣，一县荣，
女贞巷里显名声，
生儿看看贾榜眼，
生女瞧瞧吕监生。

又过了半年多，正德皇帝传下圣旨，旌表节烈女吕婉贞。不用说，县城里又出现了一番空前热闹的景象。吕婉贞与贾文进合墓地的路上，竖立起一座青石雕刻的贞节牌坊。这牌坊有五孔大门，一丈五尺多高，七根方柱上，龙缠凤绕，栩栩如生。中间的大门上方，刻着大大的“圣旨”二字，旁边四座小门的上方，刻着八个古代烈女的故事，人物形态逼真，颇有生气，据说均取材于《烈女传》。从大路要去坟地，迎着坟墓，又是一座青石牌坊。据说人们一到这里，武官要下马，文官要下轿，以示对烈女的崇敬。进了这座牌坊朝里，一对石狮，一对石虎，一对石羊，一对石马，一对男石人，一对女石人，或蹲或卧，或站或奔，列成整齐的两行，显得庄严而又肃穆。然后才是乌龟驮着的大石碑，和贾文进吕婉贞的合葬墓。偌大一块墓地，覆盖在一片郁郁苍苍的古柏的浓荫之中，真是气象森森，非同一般。这便是全县尽人皆知的烈女坟。

女贞巷的名字，据说便是这样来的。女贞者，贞女也，便指的吕婉贞这件事。

这是根据县志所载而言的。

但凡去过烈女坟的人都知道，这里的石牌坊，石狮石虎石羊石马石男石女，下半截儿，一直是湿漉漉的，从未干过。这又是什么原因？原来在民间的传说中，这故事却成了另一番样子——

吕婉贞和贾文进，虽说从小即已定亲，换了庚帖，但二人从未见面，根本谈不上爱与不爱，为什么在贾文进死了以后，能以死相随呢？这里面，有个很有趣的隐秘。

这个吕婉贞，比贾文进大整整三岁，那年已经十七岁了。十七岁，正是豆蔻年华，已经懂得了男女之间的事情。这天，吕婉贞的姐姐来娘家，领着五岁的女儿，和吕婉贞睡在一个被窝。吕监生是个读书人，把女儿也都给了读书人，吕婉贞的姐夫读书读成了书呆子，肩不能挑，手不能提，还爱摆读书人的臭架子，日子过得很拮据。跟妹妹脚对脚睡在一个被窝，不由说起了自己的委屈，说着说着，便羡慕妹子有福，跟了个神童，小小的便中了秀才，将来准能中状元，做大官，妹子也能当诰命夫人，享荣华富贵，不似她老在苦里熬，又没得个出头日。吕婉贞为了劝慰姐姐，便说：

“好姐姐呢，你们穷是穷，可是却能夫妇相伴，白头到老。你说我好，谁知道呢？前头的路儿是个黑的。人家比咱家有钱有势，我过去了，还不知人家使得过使不过呢。再说，人家要是中了状元，当了大官，说不定要娶个三房四房，扔下我不管了……”

姐姐道：“你长得又好，手儿又巧，他欢喜还来不及呢，还能嫌弃你？他就是娶个小的，你还是要被尊为老大，你要他亲小的，他才能亲，你不让他亲小的，他还不得亲你！”

吕婉贞道：“姐，瞧你说的……”

姐姐道：“咋哩！姐说的是实话。姐要是个男人，能娶到你这样心疼的好媳妇，天天抱着你，怕连手都舍不得撒呢！”

三说两说，说得吕婉贞的心里直动，身上直热，一种莫名的快感，在全身骚动。话说完了，她躺在被窝，老想着有谁来亲一亲她，愣是烦躁得睡不着。好不容易睡得迷迷糊糊的，便看见贾家来迎亲，她和新女婿肩蹭肩儿地进了洞房……

偏生这天夜里，一对猫儿在后院里叫着，一声叠着一声，甚是富有激情。猫儿叫春的声音很难听的。吕婉贞姐姐那五岁的小女娃儿，从未听见这种叫声，以为不是黄狼，便是鬼怪，吓得直朝被子里缩。尽管妈妈告诉她这是猫儿在叫，她只不信，因为她只知道猫儿的叫声，是好听的“喵呜喵呜”，从未有过如此焦急发狠的声音。妈妈都睡着了，她还睡不着。她在被窝里缩了好长时间，等猫儿的叫声停息了，她的恐惧心理，才渐渐平息了下来。正等要睡去时，忽然觉得自己的小脚，蹬在一个毛茸茸黏糊糊的物件上。她不由吓了一跳，不知道被窝里藏了什么，便用脚趾轻轻地去揣摸，想弄清个究竟。她愈摸愈稀奇，只觉它愈来愈黏，连脚都抹得黏糊糊的，却始终不晓得那究竟是个什么。她又稀罕，又害怕，她不敢摸了，悄悄战战兢兢地要抽回自己的脚。谁知道小姨却伸过手来，轻轻握着她的脚脖子，把她那只小脚，又放在了原来的地方。她这才明白，这稀罕的物件，原来是小姨的，她放下心来，便把脚静静放在那毛茸茸黏糊糊物件上，要安心地睡去了。谁知小姨却不让她就这样睡去，轻轻捉着她的小脚，在那物件上一蹭一蹭地。她很喜欢小姨。小姨既然愿意这样，就让她这样吧，就这样，过了一会儿，只听得小姨的出气声粗了起来，身子也不停地扭动。她不知道小姨发生了什么事情，吓得忙叫着：

"小姨！小姨！你咋了？"

小姨却并不回答她，只用劲握了一下她的小脚，示意她不要说话。她便再也不言声了。

过了一会儿，只听小姨长出着气，躺在炕上动也不动，握她小脚的那只手，却并未松开，那脚仍放在原来的位置上。她这才放心了，原来并没有什么大不了的事情，她这才安心地熟睡了。迷迷糊糊地，她又似乎觉得小姨握着她的脚，在那毛茸茸黏糊糊神秘的物件上拨弄，但这已不干她的事，太瞌睡了，任小姨怎么样吧，她只顾睡她的觉。

吕婉贞的春心就这样地发动了起来。小外甥女那一只无意中伸过去的小小的脚丫子，引起了她对性的强烈的渴求，这不可思议的快感，鼓荡着她浑身的每一块肌肉。它是那样神秘，又是那样诱人。

吕监生是个穷家，虽说并不困难，却也并不富足。这天要做饭，吕婉贞到后院去抱柴火。柴垛子靠着东墙摞着，墙的东边是邻居的柴垛。这邻居姓师，有个小子，叫师友明，师友明比吕婉贞只大两月，两人小时候时常在一块玩。只是后来稍大一些了，男女有别，才接触少了，但也是进门不见出门见。这师友明虽说是个农民，家境一般，却出脱得一表人才，精明能干。吕婉贞走到柴垛子跟前，正要伸手扯柴，忽地听见东邻后院有人低声唱曲儿，怪好听的！

小奴家今年整整一十八，
出脱得就像一朵石榴花。

哎哎哟，一朵石榴花！
石榴花，吹喇叭，
那声儿传到东邻西舍家，
问一声奴的情郎在哪哒。
小奴家今年整整一十八，
出脱得就像一朵石榴花。
哎哎哟，一朵石榴花！
石榴花，香气发，
叫一声蜜蜂儿快来咂，
情郎哥你把奴家活想煞……

清清楚楚地，这是师友明的声音。这歌儿，她小时候也唱过，但那时候是唱着玩儿，并不晓得它是什么意思。用不着人教，她现在是知道它的情趣了。一听师友明的这声音，她立刻又想起了昨儿夜里那猫儿叫春的情景，立刻回味起那神秘莫测的快感，这快感让人浑身通泰，美妙难言。说来也怪，她一想起这些，这快感立即像涨了的潮水一样，又在她的体内涌动了起来，一浪接着一浪，朝她连续地进行袭击。这人生最为神奇的快乐，鼓动着她的勇气。她把握不住自己了。她忍不住双手扳着墙头，脚蹬在柴垛子上，朝那边观看。原来东邻居在后院里种了几畦青菜，师友明手里拿了个小锄锄，圪蹴在畦子里锄草，一边锄一边唱着。这清俊的面孔，结实的肩膀，虽说平常她是见过的，但今天看来，却和往日大不相同。它是那样地富有吸引力，诱惑力，她多想让他用那粗壮的臂膀抱着自己，让他用厚实的胸脯紧紧贴向自己隆起的胸脯。她忍不住低低叫了一声：

“友明哥！”

友明正在唱着曲儿锄地，忽听有人叫他，只见西墙上露出了半张红朴朴的脸儿，一双水汪汪的眼儿，一眼便认得是吕婉贞，便笑着问道：

“妹子，你弄啥呢？”

“你唱啥呢？”

友明也是个聪明的小伙子，自然听得出这话中是有话的了，便放了锄头，走了过来，边走边说：

“你听啥呢？”

吕婉贞一笑说：“人家有耳朵，咋能不听？”

师友明走到墙根下仰着脸儿也笑着说：“那人家有口有舌头，咋能不唱？”

吕婉贞道：“你一个人在这儿悄悄偷着唱，有啥意思嘛！”

师友明伸出一只手抓着她的手儿说：“那咱俩这阵儿就一块儿唱！”

这手儿一抓着手儿，吕婉贞的身上，不由颤了起来，说：“我才不唱呢，你唱的那是啥呀！”

师友明一看她闪烁不定的眼神，摸着她柔软如棉光滑如玉的手儿，浑身也燥热起来，说：“我唱的是妹子你就是石榴花，哥是只蜜蜂要把你咂！”

吕婉贞扑哧一笑说：“你想得倒美！”

师友明道：“美得太呢！”他拽着她的手儿：“你过来！”

吕婉贞道：“过来弄啥？”

师友明道：“过来美一美！”

吕婉贞半嗔半笑地叱道：“你敢！”

师友明瞧着她娇媚的样儿，胆子更大了起来：“你看我敢不敢！”

他说着，奋力朝上一耸，双手扳住墙头，便翻了过来，一伸双臂，便抱了个满怀！

吕婉贞道：“你敢！你敢！”

她轻声说着，却并不反抗，一任师友明去搂去抱。师友明一抱住她，便把嘴伸了过来。她忍不住也用嘴去迎接，两张嘴，紧紧地吸在了一起……

吕婉贞的母亲见女儿到后院去抱柴火，半晌不见回来，一瞅，没个人影儿，觉得有点儿蹊跷，便走过来想看个究竟。女人家缠的是小脚，走路很轻，一男一女正玩得紧张，根本没有听见。婉贞娘走到近前，听见垛子后边，有人轻声呻吟，更觉得奇怪，绕过去一看，只见俩人光着下半截，正搂得紧紧地干着这快活销魂的营生。她吓得浑身一软，便顺着柴垛子，跌坐在地上，流着眼泪，半晌说不出话来。

吕婉贞和师友明快活够了，分了开来，这才发现婉贞娘在他们跟前坐着。这一吓非同小可。师友明赶紧一穿裤子，翻墙跑了。吕婉贞忙穿好衣裳，过来扶娘，娘哭着说：

“娃呀！这不得了！人命关天哪！”

吕婉贞只顾一时快活，根本没有想到这事儿的后果，一看娘吓成这个样子，又这么说，也吓得不得了，说：

“娘，我再也不敢了！”

娘说：“这就够了，够了！”

婉贞娘到底心疼女儿，当她一听说仅此一回的时候，便把这隐秘藏在心里，心想，贾家下半年就要娶亲，人一过门一了百了，这事儿神不知鬼不觉也就抹过去了。谁知道吕婉贞一度春风，却已暗结了珠胎。别人可以瞒过，吕监生却是瞒不过的。他提出一条麻绳，朝地上一丢，怒气冲冲地朝吕婉贞说：

“说！你是上吊呢，还是要让我把你勒死？”

吕婉贞吓得脸无血色，浑身抖个不住。

婉贞娘抱住丈夫的脚，哭着说：“你就这么狠心么？活活个人，你让她死！”

吕监生道：“女人一失贞节，活在世上还有什么意思？也没脸再活在世上呀！”

婉贞娘道：“世上这样的女人不止她一个，难道就她该死？”

吕监生哭着说：“难道我就忍心么？你想想，咱家是甚样人家？虽说穷，可是是有头有脸的，这事儿一让人知道，咱家不让人拿唾沫淹了？”

婉贞娘道：“百人百口，谁咋说就咋说去，我只要我的女儿。”

吕监生道：“你倒说了个轻松。这世上，‘万恶淫为首，百行孝当先’，做女人，最忌的，就是犯了这个淫字。咱的婉贞，犯就犯在了这个刀口口上面。咱要是个无知无识愚鲁人家，没皮没脸，不懂礼仪，也还罢了。咱家虽说并非大门大户，却也算得书香世家，即使别人容得，咱自己也容不得。你再想想，她许配的是什么人家？那是全县全省全国都有名儿的榜眼贾家。全国考试的头三名，皇上经过殿试，御笔亲点的！她的女婿，又是出了名儿的秀才，少年神童！这样的人家，有多少人千方百计地想攀结，还攀结不上呢！人家跟咱家联姻结亲，是瞧得起咱们。还因为咱家，是个读书的人家。如雪无痕，如玉无瑕。要是一听说他家没过门的媳妇出了这种丑事，还了得？论名声，论地位，论钱财，哪一样是咱们能惹得起的？就是我想让她活，豁出这张老脸不要，人家贾家呢？能答应么？从县到府到省，哪一级衙门，不看贾家的眼色？她免得了脚上锁，脖子枷，上法场吃那一刀？与其将来弄得张张扬扬，还不如现在就一死了之，倒也干净！伤心一下子，也就过去了。”

婉贞娘和吕婉贞一听，父亲说的确是那么一回事儿。除了一死，无路可走了。母女二人抱在一起，哭成一团。

就在这个时候，消息传来：贾文进一身水没有出来，死了。（这地方把伤寒人称出水病，要是汗发出来，人便无生命危险；要是汗发不出来，必死无疑。这地方通常把出汗叫做出水，故有此名。）吕监生一听到这个噩耗，先是一愣，接着便高兴起来，不由哭着叫道：

“这下好了！这下好了！”

婉贞娘一听，以为女婿死了，女儿的这条命便可以保存下来了，便搂着女儿流着泪说：

“这一下，你可就能逃离这鬼门关了！”

吕监生道：“逃？往哪逃？”

婉贞娘道：“他家的儿死了，难道也非让我的女儿死了不成？”

吕监生：“你想想，他死了，难道她还想活吗？”

婉贞娘道：“你老糊涂了？”

吕监生道：“我没糊涂，你才糊涂呢！”

婉贞娘道：“那你不是说这下好了么？”

吕监生道：“我是说，咱的女儿这下有了个好的死法，光光彩彩的死法！”

婉贞娘道：“说来说去，我家婉贞还是非死不可吗？”

吕监生道：“女人从一而终，是古代圣人定下来的。她的女婿死了，她就应相从于地下，生不相伴，死也要相随的！”

婉贞娘道：“你真这么忍心吗？”

吕监生道：“不是我忍心，是她干下的丑事，没法儿收场。要是没这桩事，他死了，她守节，虽说清苦，还能活着。她一出这事，只得跟他一块走了。”说着，含泪朝吕婉贞说：“好女儿，如今只有这么办了。你做的这事，是天地鬼神都不相容的。一死遮百丑。为了两家的名声，你不走这条路，也得走这条路了。这是一条很体面的路，一条轰轰烈烈的路，一条光耀门庭的路。要不，你肚子里的孽种该咋办呀？听爸的话，你要穿白戴孝，死在贾家，争取个节烈女的名声。从古到今，你看这世上有几个节烈女？多了不值钱，少了才金贵。你成了节烈女，人人仰慕，代代称颂，声振寰宇，名扬四海。要是皇上一下圣旨来旌表你，那可更是名传青史，永垂不朽了。这么做，从私下里说，你是将功补过。从面面上说，你成了贾吕两家的女中精英，婉贞，如今你只有这么办了！”

那样年代，女孩儿的命运，是由不得自己的。她只好随着父亲，穿白戴孝，走向贾家。她知道她这一去，是再也回不来了。死的恐惧，更使她特别悲伤。一离开家门，那眼泪便不断线儿地朝下掉。不知道内情的人，还以为她真是在为死的夫君，肝肠寸断呢。

在演出了那一场死鬼要活妻的闹剧之后，贾家的人便和吕监生进行密商：吕婉贞是一世守节好呢？还是以死殉节好呢？吕监生自然怕女儿腹中的小生命，露出了什么端倪，便捋着胡须说道：

“未亡人者，活着跟死了一样的人也。活着，她不也是活受罪么？人生百年，终有一死，只要死得其所，便可瞑目。我家女儿，从小受圣人之训，她决心以死相随的。只是如今，她已是你们贾家的人，如何是她，还是要你们拿个主意。”

贾家一想，这个小女子正当妙龄，如一朵花儿，刚刚放绽，如果守寡，熬得过吗？万一出了招蜂引蝶的事儿，岂不玷污了名声？既然吕监生是这样的口气，与其日后常常操心，不如现在下个狠心。当晚，便用白绫将她勒死，然后吊在梁上，说是她自殉夫了。吕婉贞就是这样以她年轻的生命，换来了这一座贞节牌坊，赢了个好名声。

吕婉贞就这样死了。正如她的父亲吕监生说的，她确是死得有声有色，死得轰轰烈烈。但这只是表面上的。实际上，她死得极不甘心。烈女坟周围村庄的人，常常在更深夜静的时候，听见她在伤心地哀哀啼哭。六年之后，和她缱绻过一次的师友明，赶着一辆三套大车，从贞节坊底下经过。那三匹大马，突然像被什么惊吓了一般，前蹄蹬空，竖了起来。路是光滑的平路，师友明双手抱着鞭子，在辕上坐着，根本没有想到会发生什么事故。马一竖起来，车自然也竖了起来，他从辕上跌了下去，恰好落在车轮底下。三匹马的前蹄一落地，立即狂奔起来，那铁皮的轮子，恰好从他的脖子上碾了过去。师友明这样死了以后，那坟地里哀情凄凄的鬼哭，也渐渐地听不到了。

人说，这一对年轻的情人，终于在这贞节牌坊下团聚了。他们就在这儿继续进行他们在草垛子后面所进行的交接，那是人世上男女之间最美妙最激动人心的事儿。一到这种时刻。他们便什么也不顾忌了。惹得那些石头东西也动了情。大白天，它们一东一西，分开站着，循规蹈矩，一脸正经，但当河汉横空，星月闪烁，也紧紧地搂抱在一起，嬉戏狎昵之声，便洋溢在这森森的柏树林里，据说贾家的人，知道这种秽闻，便出钱雇人，悄悄敲掉了这些石头东西的脑袋……

传说到底只是传说，并非正史。然而传说有时却比正史更为真实。也比正史更有生命力。官方的史官大多是不敢讲真话的。普通的黎民百姓却没有什么顾忌。前者妄加矫饰，后者却道出赤裸裸的真情。

这巷子的名字，便是这样来的。女贞者，贞女也。这吕婉贞的烈女坟，一直便在那儿耸立着。只是到了公元一千九百五十八年，全民大修水利，才把那雕刻精细的石牌坊，连同石狮石虎石羊石马石男石女，砸烂之后，做了石料，全民大炼钢铁，伐了柏林，扔进了熊熊的炉火；深翻土地，平了那长满了野花野草的坟头。从那以后，它才从地面上消失了。到了公元一千九百六十六年，红色的狂风卷地而起，“革命小将”嫌这巷子的名称太封建了，而且明显含有歧视妇女成分，便改其名为“革命巷”，而且在巷口的一道山墙上面，嵌入了一块铁质珐朗的红底白字大牌，用仿宋体写着“革命巷”三个大字，红光闪闪地悬在那儿。至今，这当代的“革命历史文物”依然在那儿炫耀自己，表示它是个伟大的存在。但在人们的日常习惯里，却从来不曾有过它的合法地位。只有女贞巷这个名字，才是永久属于它的。笔者的这个故事，便发生在这女贞巷，而且，还发生在这榜眼贾家。

第二章　花穗穗的向往

一

仲夏。一个下午。

从西北方向掠来的风，吹得宽大的玉米叶子沙沙一片声响。随着风，大块大块的云团，也从西北方向朝这儿奔驰。闷热闷热的暑气，被无情地驱赶着，一场大雨眼看着就要洗浇这片葱茏的土地。

果然，功夫并不很大，随着一声炸雷，镍币一般大的雨点儿，便箭一般地从天空斜射下来。很快地，天地朦胧在一片浑浊的雨雾之中。

茂密的玉米林，蜿蜒着一条水渠。水渠的旁边，有一座极小极小的草房。那是守水门的人临时歇息的地方。它土坯垒墙，树枝做棚，胡乱抹了些泥，覆了些瓦。一孔永远开着的土门，里面是仅容两三人的小土炕。除非干旱时节，昼夜浇地，管水的才在这儿停几天，平时，它空空荡荡忍耐着无声的寂寞。

但现在，在这场突然降临的大雨里，这土积尘封的小房子里，却迎接了两个陌生的客人。

这是两个很年轻的人，二十出头的年纪。一个是男人，一个是女人。这男人长得高大结实，脸色黧黑，虽然穿着眼下很时兴的西服上衣，但搭眼一看，便知他是个农民，那种有知识的农民。那女的一头黑得发亮的秀发，衬托得那张白里透红的脸儿，格外的妩媚动人，一看便是个少见的美人儿，从她的肤色和衣着看来，她像个城里人；但从她的神态看来，她却又像个农村的媳妇儿。

两个人的衣服都淋湿了。那女的紧紧合着两扇衣襟，竭力地掩盖着她隆起的富有弹性的胸脯。

女的在土炕上蹲着。她没有坐，因为一坐衣服上便会沾上尘土。男的在炕前站着，那头儿挨着房顶。两人都没有说话。两人似乎谁都不敢看谁。两人都拘谨得一动不动。似乎谁动一下，都会打扰了这简陋寒碜的小房内的安静似的。

雨，在外面拼命地下着，遮天盖地，哗哗一片。

女的似乎难忍这寂寞，低着头低声问道：“鲁鲁，你冷不？”

“不！”这被叫做鲁鲁的男子，似乎被一问弄得有些慌乱，头也不敢抬地回答了一声，便又抿起了嘴唇。少顷，他也许觉得这样的回答不够礼貌，又问：“你呢？穗穗，你冷么？”

“有点！”这被叫做穗穗的女人说，“谁能料到遇见这场雨。”

鲁鲁道：“可也是的。”他接着问：“你怎么忽然走到这儿来。”

穗穗姓花，叫花穗穗。她叹了一口气，说：“菊菊结婚，我去参加婚礼。心里闷得慌，便出来随意走走，便走到这儿来了。”

鲁鲁道：“我知道，这几年你很不顺心。可我……”他忽然抬起头来，勇敢地瞅着她。

这时她抬起头来，要看他。目光和目光在不经意间碰撞了，两个人的脸都红了，又都赶紧低下头去。

“今天多亏了你！那猪狗不如的东西！”她很感谢地瞅着他，“不然，我……”

鲁鲁似乎很不好意思，说：“那有什么，为了你，我……”他说着，又抬起了头。

两人的目光又相遇了。这回他和她，都不再回避了。他们互相望着。两颗心，都加快速度跳了起来。

鲁鲁的嘴唇颤动着。也许是心里过分紧张，连面颊上的肌肉，都颤动了。他似乎想说什么，又不好意思去说。嘴唇动了几次，他才吭哧吭哧地说了出来：

“我写给你的信，送给你的鸡蛋，都收到了吗？”

花穗穗深情地瞅着他，长出了一口气：“都收到了，谢谢你，你总是想着我。”

鲁鲁低下头去，用眼瞅着自己的脚尖，说：“你不生气吧？我说，我知道你不喜欢我。可无论如何，我总是想着你，爱着你。我知道我不够条件！我知道我不自量力。可我没有办法！我别的女人都不爱，我一心只等你……”

花穗穗忽然伸出一只手来，抓着了他的手，说：“这些我都知道，鲁鲁，别说了，行不行？”

在她抓他的手的时候，他的浑身颤了一下。这似乎是一种信号，也似乎是一种鼓励。他向她走近一步，说：“不！我要说。这几年我无时无刻不在想着你。当你情况好的时候，我就替你高兴；当你情况不好的时候，我便心里很不好受。我想着，尽管你不爱我，我还是要爱你。一厢情愿地爱你。爱是什么？爱是不管距离多远，这一颗心总是为那一颗心而跳动，这一条生命为那一条生命而生存。这是不变的，永远是不变的。即使我们不可能生活在一起，也许你另有所爱，但在我，却是这样，我的心目中只有一个你……”

“唉！你太傻了……”她低下头去，叹息着，“而我，也太傻了……”说着，她不由伸出另一手来，抓住了他的手。

当她的双手都伸出来的时候，她的衣襟便敞开了。她的上身穿着件蝉翼般的浅乳色的背心，桃红的乳罩圆馒头一般的朝前突起，雪白的胸肌羊脂玉一般的纯净。这一切，都毫无顾忌地袒露在他的眼前。一看见这一切，他更慌乱了起来。他是生平第一次才看女人的一切，似乎一下子还难以承受。听得她这么说，他也呻吟似的说：

“是的，我太傻了，是太傻了……”

两个人都不再说话了。屋外喧嚣，更显得屋里沉静。

她握着他的手，看着他。他让她握着，浑身激动地颤着，他不敢直接看她，只看着她的胸脯。他的身上燥热，心也狂跳起来。他觉得幸福。他不敢动，生怕一动，这幸福便会惊跑了似的。他真想摸一摸她诱人的乳峰，亲一亲她纯白的胸肌，但他不敢。在他看来，这是一块神圣的领地，不是什么人都可以亵渎的。但当他的目光逐渐上移，和她的目光又一次碰撞的时候，他忽然发现她的目光里似乎有一种火，一种让人浑身都燃烧起来的那一种火，朝他喷射了过来。与此同时，她握着他的那两只手上，似乎也传来了一种让人心旌摇动的热流。他难以自持了，忽地伸出了双臂，紧紧地抱住了她。她并没有拒绝，只是呻吟了一声，说：

“别，别……”

那柔软的弹性的胸脯，挨着了他结实的胸脯，似乎有一种无形的电波，在向他传递着爱的住处。他觉得他的精神彻底地解放了，长久以来苦苦地追求，此刻，才获得了回报。他把她从炕上抱了下来。她虽然嘴里说着“别，别！”但却也伸开双臂，紧紧搂住了他的脖颈。她仰起头来，把她红红的嘴唇，迎向了他的嘴唇。两颗心，两副胴体，在这简陋的小小的草房里，凝结在一起……

多好的一场雨呀！

二

城北十二里，有个花苑村，传说秦将章邯，投降了西楚霸王项羽之后，被封为雍王，曾在这一带建都。这花苑，就是为他育花种草的地方。花苑村的人，清一色的都姓花，他们的祖先，想必都是为章邯种花的奴隶。古时有以职业为姓氏的，这大约便是他们姓花的缘由。

花苑村的人们姓花，女子们也一个个长得像花。这在全县是有名的。民谚：花苑的女子白又嫩，十里外就闻见香喷喷。直至现在，不少人家还都希望能在花苑村讨个媳妇。花苑村的女子是不愁嫁不出去的。她们不但能寻个如意的婆家，还能卖个好的价钱，订婚时仅正礼，一岁不讲都是五十元的行情。对于找到花苑村女子的男方说来，花的钱多，不但不觉得是个负担，反而觉得是一种难得的骄傲和光荣，因为他毕竟成为角逐的胜利者。正是因为这样，花苑村的女子，在十五六岁之前，就大都有了婆家。

只有一个人是例外，这就是住在村东头的花穗穗。她今年二十四岁，至今婚事还没有个眉眼。二十四岁还没个婆家，这可是创造了花苑村有史以来的最高纪录的，可以这样说，这件事是花苑村的一个奇迹。

是什么原因，使她创造了这花苑村有史以来唯一的一桩奇迹呢？她生理上有什么缺陷吗？没有。她不呆不痴，不瞎不聋，不瘸不跛，不秃不哑，甚至头发里没一根黄毛，鼻梁没有一颗雀斑。是她长得不漂亮吗？不！她是村里女子群里有名的“梢子”，天生的美人胚子。如果农村也像某些大学有“校花”的话，她准是花苑村的“村花”，如果中国也有选美活动的话，她一定也会戴上这顶桂冠。是家里有什么不好的名声吗？也不！她的父母，以至她的祖宗，世世代代都是本本分分的农民，堂堂正正过日子的人家，没人能说个不字的。是没人给当介绍人吗？更不！七八年来，对象不晓得提了多少（中国的统计学似乎极不发达，农村人更不晓得此门学问为何物，所以花穗穗在婚事上提及的对象，是没有个确切的数字可说的），但都没有成功，而且绝大多数都是只提了一下，就到此为止了，起点同时也是终点。

这不是那不是，到底原因是什么？

原来，花穗穗从小儿就有个非常强烈又非常顽固的愿望，就是，长大了，要当个工人。

有人会说，这太可怜了，又太可笑了。我以为她有什么雄心大志，想当国务院的副总理，或是想当皇上的娘娘，如同英王爱德华八世（后称温莎公爵）的夫人一样。她的要求太低了，生活的目的也太简单了。但是，我说，可尊敬的有远大目标的仁人志士，圣贤豪杰们，请不要嘲笑她，也不要瞧不起她，就是这么一个可怜而简单的愿望，她至今还是无法实现的。

花穗穗从小儿就想当个工人，并不是没有原因的。花穗穗的姑姑，就是一家国营纺纱厂（实际叫棉纺织厂，农村人叫纺纱厂叫惯了，硬是改不过口来）的工人。花穗穗从记事的时候起，就对姑姑产生了极其深刻的印象。那时候，婆（祖母）还在，每逢姑姑从百里之外坐火车回家来的时候，平静的家，总要引起大的波动。在婆的指使下，爸爸要到城里去买肉买菜，就像要过大年一样。姑姑来了，手里总提着五颜六色的食品盒，别说吃，单是一看见这颜色，就让人的嘴角流哈喇水。姑姑身上穿的，不是平绒，就是灯芯绒，脚上穿的是锃亮的皮鞋，腕上戴的是放耳朵上嘀嘀直响的手表。你想一想，那时候的农村是什么样的生活水平？生活稍好一些的人家，能用灯芯绒做个鞋面，便洋活得忘记了生日；只有过年才做件花哔叽衣服。因为对穿一身灯芯绒衣裳的人过于羡慕，出于嫉妒心，当时农村还流行了两句新民谣，说：是人不是人，都穿了一身灯芯绒，讽喻他们过于奢侈了。肉、点心、洋糖，都是农民的娃娃们稀罕的东西，吃一口，无异于从天上掉下来的龙肝凤髓。姑姑一进门，爸爸、妈妈像迎接最尊贵的大人物一样，婆更是笑得合不拢掉了牙的嘴，显得像是比往日里多了十倍的精神。就连邻居们，也比往日多了许多的殷勤，你来他往，都想跟姑姑说句话儿。要是婆给他们手心里放一块洋糖，他们竟像是得了最光荣的赏赐似的，舍不得吃，装进了大襟下的兜兜。如此种种，在花穗穗如同一张白纸的心灵上，就画下了一幅最新最美的图画，这画儿就是当工人。工人是世界上最高贵的职业；当工人，是人生最大的幸福。当婆、爸爸或妈妈问她长大了做什么时，她总是挺起胸脯，睁大两只明亮而快活的眼睛，大声地说："跟姑姑一样，当工人！"在她的印象里，工人好像是并不难当的。听得人说，姑姑进工厂的时候，才十七岁，刚刚高小毕业，别人都不敢去，她却去了；别人以为她文化低，考不上，她却竟考上了。一个农村的高小毕业生能考上工厂，她花穗穗为什么就不能呢？她跟姑姑一样，不也是个农村女子么？她上过高中，在文化程度上，不是比姑姑更具备了优越条件么？开始，她曾把当工人看得非常的神秘，不知道姑姑当工人到底是做些什么，后来，又听得人说，姑姑是在纺纱厂里，是纺线织布的，就是铺子里卖的那些洋布（市布），哔叽，咔叽，但她们并不手摇纺线车，像婆摇的那种一个木轮带着锭子的纺线车；也不脚蹬织布机，像妈妈蹬的那种椿木打就的平机，而是只看着机器，人只是看着，由机器自己去纺线织布的。她想，这有何难呢，既然姑姑会的，自己怎么就能不会呢？她曾经快乐地幻想着，自己要是也进了工厂，当了工人，一定也要做一件高粱红的平绒褂子，海蓝色的灯芯绒裤子，买一双圆口平底皮鞋，一块圆圆的手表，把自己也"武装"起来。过个把月，回一次家，手里也提上鸡蛋和洋糖，来看爸爸、妈妈和婆，这，该是多么让人称心如意啊！

人生活在这世界上，总是会根据他的环境、条件和经验，以及他对生存的要求，产生出许多幻想和希望的。如果没有，除非他是傻瓜或白痴。每一个精神正常具有思想的人必然都是这样。我以为，这是人一生向前奋进的一种原动力。即使这幻想和希望并不高远，甚至是平庸的，它毕竟也是好的，它依然对社会的发展，起着推动作用。花穗穗的这种当个工人的愿望，虽然看来是平凡的，低档的，但谁又能说她是错误的呢?

然而，随着时间的推移，花穗穗实现她这个平凡而简单的心愿的希望，是越来越渺茫了。据研究社会发展的学者们说，在从封建主义到资本主义的过渡时期，大量的农民被逼破产，不得已而流入城市，作为廉价的劳动力，进了工厂，当了工人，成为资本家获得剩余劳动价值的剥削对象。可见在那个历史时期，当工人并不困难，甚至是你不当也得当的。又据洞悉社会主义经济发展规律的学者们说，我们的目的，是要采取一定步骤和相应的措施，来消灭城乡差别和工农差别的。然而，事实的发展，却似乎是与这种理论相悖而行的。几十年过去了，城乡差别与工农差别不但未曾消失，反而在城市与乡村之间形成了一道不可逾越的鸿沟。农业人口，非农业人口，这不太容易解决的矛盾，越来越鲜明地突出在人们的面前。城市的待业青年都安排不过来，农村的青年是无资格进工厂当工人的。工人的子女可以接班当工人，农民的孩子只能世袭当农民。假若花穗穗是她姑姑生的该有多好?可惜她不是。假若花穗穗的爸爸是 1949 年 9 月 30 日以前参加革命的老干部该有多好?可惜他只会在黄土地上把日头从东山背到西山。假若花穗穗的舅父是屁股后边冒烟的县委书记，或是实权在握的劳动局长该有多好?可惜他只是个打胡基（外地叫土坯）的专家，三脚十四锤子，出点蛮力，是他的专长，别的本事，他是没有的。假若花穗穗也会提上茅台酒抱上彩色电视机去走后门也好，可惜她连偏门在哪儿开着都不晓得。“前门开着不准进，后门开着无法寻，门儿到底在何处?无钱无权无门神。”赶花穗穗高中毕业的时候，她当工人的路儿，已经无迹可寻了。

但花穗穗并不因此而悲观，她依然是满怀信心地，在不懈地追求着，在实现她的这强烈的愿望。她认为她有个得天独厚的条件，能够使她达到自己的目的，这个条件，就是她的美。美，是女子的骄傲，也是女子的资本。花穗穗从实际生活中，逐渐懂得了女子的美，如同男子的权势和金钱一样，也是一种威力强大的武器。对于自己的婚姻问题，她宣布了一条非常明确的政策——

“谁能让我当工人，我就跟谁结婚!“

这种提法，表面看来似乎没有什么稀奇，但实际上却反映了一种极其伟大而深刻的变革。在旧时代，姑娘们找女婿时，一般是两个愿望，一个是要寻财东家，另一个是寻念书人。寻了财东家一生无冻馁之忧，寻个念书娃有学问名声好，而且这两人的社会地位都是毋庸置疑的，谁见敢不仰着脸看？况且财东家的娃才能念得起书，念成了书的娃日后必然会升官发财。新中国成立以后，这种旧观念逐渐地被改变了，20 世纪 50 年代和 60 年代，姑娘们找对象时，开始是找“八个兜兜”的，即是干部，干部穿的制服上是四个衣兜，裤子是四个衣兜，简称为“八个兜兜”的；后来是找有“馋嘴本本”的，即城市里吃商品粮的，吃商品粮的那时都有个副食本，凭副食本可以买到豆腐、粉条、鸡蛋、芝麻酱之类的东西，无此本者只好望洋兴叹，农民对此不太满意，讥之为“馋嘴本本”。加之那时候“净化城市”，在城里犯了错误的，打成右派的，触犯刑律的，戴了什么帽子的，有历史问题的，等等，等等，从城里撵到农村来了，美其名曰：“劳动改造”，这样一来，农民自古以来，就是被“劳动改造”的对象了。旧社会民谚“七十二行，庄稼为王，谁若不信，去问皇上”，被“农村是个垃圾箱，什么东西都往里装，香的弄臭，臭的难香，别的不管，只要公粮”的新民谚所替代了，无论从名誉上或物资供应上，有副食本本的都比没副食本的高了一等，成为优等公民。因而农民慨叹说：“城里个拉尿粪的，也比个农民状元高贵啊！”哪个女子能找个有副食本本的对象，那简直像是叫花子上了金銮殿。到了 80 年代，花穗穗能提出这样的口号，显然比 50 年代和 60 年代，是跨进了一大步的，是带有浓重的现代意识色彩的。

然而，自古以来，现实这个滑稽的怪物，就很爱和人们的理想或希望开玩笑。在现实生活中，大多数人，总是不会按他的心愿一帆风顺地达到目的，他总会受到各种条件的制约。甚至以痛苦而告终，正如造酒时，却酿出一缸酸醋一样。花穗穗的这个简单而正常的愿望，从她提出的时候起，五年过去了，却依然不见转机。不少的人追求她，她也寄希望于不少人家，然而，像她这样的情况，要由一个农业人口转为城镇人口，又要进厂去当工人，谈何容易！才二十三岁，并不算大！至少还有三至四年追求的时间！她并不灰心，依然在不屈不挠地奋斗着，要达到她幸福的目的。

三

这一天，花穗穗骑上她家那辆半新不旧的飞鸽自行车，向县城里驶去。

前几天，她在城里碰见了上高中时的一个女同学，这个同学的父亲，原来在水电局工作，才五十出头，就托病退休，让女儿接了他的班，她现在水电局当打字员。俩人几年没见面，见了面自然有一番亲热。说着说着，不由就互问起各人的亲事。她说，她已经有了对象了，男方在县药材公司当会计。花穗穗说她的婚事，还没个眉眼。她很关心花穗穗，问她要什么条件的。花穗穗笑道：“咱有什么条件呢？只要让我当工人就行！”她想了一会儿，说：“咱县计委主任的娃，曾托我给他介绍个对象。依你的人才长相，他看上你，是十拿九稳的。只是这当工人的事，我可不敢保险。好在他爸是计委主任，也许有些办法，他曾把他的一个女子两个小子，都弄到工厂里去了。试试看吧，过几天你来找我。”花穗穗听了，高兴得不行，说：“那就请你多费点心了。”今天，她就是去看这事儿的。

十二里土疙瘩路，颠颠颤颤，她到了城里，心想着，说不定今儿个跟那娃还能见上个面呢，在街上也没逛，就先跑进百货公司，买了一小瓶瓶百花牌的雪花膏，揭开盖儿，用小拇指挑出好大一块，用手心抹匀了，使劲地朝脸上擦着，惹得那售货员一边找钱，一边瞅着她直笑，说：“小心点儿，你那皮儿嫩得像张粉连纸，别蹭破了！”她听了也不说话，只是抿着嘴儿得意地笑着。从百货公司出来，她在街上，又买了一包五香葵花子，二斤红香蕉苹果，才推着自行车，高高兴兴地向水电局走去。

到了水电局门口，人家问她找谁。她说：

“找菊菊！”

“没有个菊菊呀！”

她这才想起，人家的学名儿叫陈文竹，便说：“她就是你们的打字员陈文竹。”

人家点了点头，她这才进了大院。

找到了菊菊办公的房子，还没顾得她叫她，她已在屋子里快活地叫起她来：

“穗穗，我在这儿呢，快进来！”

她掀开雪白的门帘儿走了进去。只见靠着窗户，是一张写字台，写字台上，是一台崭新的打字机。房子中间，一张三屉桌，一张双人床，印花的太平洋床单和杭缎被子，铺得平展，叠得方正。整个房间里，显得宽敞，明亮，干净，齐整。一种羡慕之情，从心底油然而生。她站在房子里，手里提着苹果兜兜，说：

“看你，如今多神气呀！”

说着，心里不由还有些酸酸的。这菊菊长得精瘦精瘦，像根缺水的玉米秆儿，皮肤又黑，头发梢梢老是红褐色的。功课呢，也只平平常常。无论哪一方面，都不如她。可人家，就因为她爸是个国家干部，一下子就来到了这个好的去处。可见老天爷做事，是很不公道的。

菊菊并未留心穗穗是个什么心境，只是笑着说：“神气啥呀？凑凑合合罢了！”说着，一直把她拉到床边坐下，说：“你难得到这儿来，快坐快坐！”

花穗穗笑道：“我身上有土，别弄脏了你的床单。”

“你这是哪里的话，弄脏了，我再洗嘛！”她拉着她，并肩儿坐在床上，用鼻子朝她的脸上嗅了嗅说：“老天爷，你擦了这么多的雪花膏。”

穗穗笑道：“就这，还没人敢要呢！”

菊菊在她脊背上拧了一把，说：“我要是个男人，非死到你怀里不成！”

穗穗道：“死丫头！说的什么鬼话！我如今卖都卖不出去呢！”

菊菊道：“那是不到发市的时候呢！再说，你如今要的这个‘价钱’，别人也难出呀！”

穗穗道：“我那个条件，还难么？”说着，从兜兜里掏出来葵花子和红香蕉苹果，“你没听见，王老师给咱讲的那故事么？”

菊菊道："啊呀，我怎么能吃起你买的东西来？"说着拉开三屉桌的一个抽斗，从里面取出一包傻子瓜子，一包南糖，一包三原的薄脆来，拉过一条凳子，放在上边，又忙着去泡茶。她一边干着这些，一边问："王老师讲的什么故事？"

花穗穗瞅着菊菊笑道："忙活什么呀？真让我这农村稼娃，今儿个开你的洋荤吗？"一边嗑着傻子瓜子，一边说："解放初期，有个新参加革命的女学生，组织上给她介绍对象，她提出了四个条件，说是条件办到，可以结婚，缺一条儿，都办不到。"

菊菊问道："哪四条？"

"头一条，团级干部；第二条，经过长征的。谈话的人说，这好办。她说，第三条，年龄不得超过二十五岁；第四条，是北京天津上海昆明，无论哪个大学的大学生。谈话的人一吐舌头，这样的人，天底下怕是没有的吧！"

菊菊双手一拍："天哪！亏她想得出！"

穗穗道："难道我会提出这样的条件吗？咱一不要财，二不要礼，等于白身子跟人，还说我提的条件难。"

菊菊道："这你就不知道了。如今的人给娃找对象结婚，三四千块钱出得起的人，有的是，唯独由农村人口进城镇入工厂这一条，却比较难。城镇的待业青年，多得像韭菜一样，这一茬没割完，那一茬又上来了。如今要为这走个后门儿，谈何容易？"

穗穗叹道："唉！容易来了，比吐口唾沫还容易；难起来了，比人钻针尻子还难。我们村有个女子，不知谁给介绍的，到西安去给个大干部当小保姆，抱了三年孙子，那个干部一个纸条条，她就当了工人。初中都没毕业，如今可牛着呢！"

菊菊笑道："你要是也有这么一条粗粗的牛腿，还有说的啥呢！"

穗穗道："只怪咱命不好，错投了胎，错选了生辰八字，有什么办法呢！"说着，便问菊菊："你说的那事儿，咋个样呢？"

菊菊道："那娃跟我说过，要我帮他找个对象。那天跟你见面之后，第二天我就去找他，找了两次，才找着了。一谈这事，他说他知道你，是花苑村的凤凰，能跟你谈恋爱，是他求之不得的。只是进城招工的事，他不敢保险。上回检查‘三招’，有人告他爸的黑状，弄得议论纷纷。他说你要愿谈，就先不要提这件事……”

穗穗把嘴一扁，说：“要不提这事，我跟他还谈的什么？啊，他在城里吃商品粮，让我在农村受罪，当一辈子农民？”

菊菊一听这话，想劝她几句，却觉得话不好说。怎么当农民就是受罪呢？但自己已经接了班，进了城，脱离了农村，要说农村也不错，岂不是成了漂亮话儿，坐着说话不腰疼？只好瞅着她笑了笑，没有言语。

穗穗抓起一块寸金，放在嘴里“嘎嘣”一咬，说：“唉！这事吏儿，又吹灯了！”说着还咯咯地笑出两声。

菊菊在学校里，跟花穗穗说不上特别要好，但关系还是不错的。虽然几年没见面的，但从思想上却并未感到疏远。她觉得计委那娃还是不错的，虽然进城工作几年了，但并未沾上那种吃喝玩乐的不良习气，人还是诚实可靠的，花穗穗跟上他，不能不说是一对美满姻缘。她真想做工作，玉成其事，便笑着说：

“八字还没见一撇，怎么就说是吹了灯呢。其实人家他爸他妈，也主张给他娃寻个农村的。屋里一砖到顶的三间大瓦房，谁去了谁就当了家。再说，这娃为人可正气得很，模样儿不错，脾气也好……”

“你就说他是块金子，也解决不了我的问题呀！”穗穗不等菊菊说完，就又来了这么一句。

“我说穗穗，这找对象，可要找个称心如意，因为你要跟他过一辈子的。你找的是人！只要人好，你可就享了福了！”

“当不了工人，享的什么福？谁能让我当工人，他就是个单眼铳，榩枷腿，镳镳脖子豁豁嘴，我也愿意跟！“

“那你这朵花儿，真愿意插到牛粪上？“菊菊打趣地问。

“咱可不是王老师讲的那个女学生，会提那种苛刻条件。“穗穗说。

菊菊一看自己什么话儿也灌不到她的耳朵里去，只好不再说了，便抓起一片薄脆，说：“你尝尝这个，三原的特产呢！”

穗穗接过，便吃了起来，说：“果然不错，香得很，你也吃我个苹果嘛，这阵儿我光吃你的了！”

菊菊用把小刀，削起苹果的皮儿来。削着削着，像记起什么事儿似的，说："这件事，虽然刚开了个头，就断了线，可人家还是蛮关心你的。他跟我说，人家花穗穗提的条件，咱可能办不到，这事要是因为这吹了，你就跟她说，要真是想当工人，就赶快到女贞巷找对象去……"

"女贞巷。"菊菊说道："据非常可靠的消息，女贞巷的农户，全部要改成商品粮了，够年龄的，都要到化工厂去当工人。"

"真的?"花穗穗睁大了惊奇的眼睛。

"怎么不真?"菊菊非常肯定地说："要知道，人家他爸是计委主任，这一类事儿，人家可是知道得最早，他告诉我说，这件事，你悄悄告诉花穗穗，事不成，有交情在，反正我是很喜欢她的。只是这事暂时还是个秘密，让她千万不要张扬出去。"

"这么说，这回是千真万确的了?"

"千真万确。他是个诚实人，不会说空话的!"

花穗穗高兴得几乎要跳起来，把手里的一片儿薄脆，一下子就都塞到了口里，说着，就要走。

菊菊说："咱们久不见面，你来了，也不吃顿饭么？走了，我请你到伊斯兰吃碗羊肉泡。"

"不了，以后再说吧!"

花穗穗说着，急急忙忙地从屋里走了出来，推起车子就要走。菊菊从里面送了出来，笑着说：

"没想到，你还是个火燎毛的性子，碰见个事儿，风风火火的。"

花穗穗推起车子，一摆手，说："你快打字去吧！别送了。我怕是云里没雨，又失去了个机会!"

四

花穗穗从水电局的大院里出来，就到了大街上。她想骑上车子快点朝回走，可怎么也骑不动。大街上，平时也不见得怎么样，今天像是显得特别的人多。一不过节，二不逢集，这多的男男女女，也不晓得上大街来干什么。有许多人还结伴儿并排儿地走着，说说笑笑的，一副闲暇无事的样儿，全不管别人心里急不急。快到县城中心十字大街的时候，别说骑，推着车子都像牛上坡似的。她在人群里推着车子弯来拐去，走走停停地蠕动着，忍不住嘴里嘟嘟哝哝地诅咒着。

女贞巷要由农业人口转成城镇吃商品粮人口的事，早在三年以前，就已经到处传开了。“文化大革命”以前，在县城的西北角，沿着金钏河，就开始盖一座老大的化工厂，女贞巷的耕地，将近百分之八十五，都被一道临时砌起的砖墙围在了里边。不知道什么原因，许是“抓革命，促生产”发挥了极其强大的威力，也许是现代化过于深奥复杂，这座工厂前前后后，花费了九年功夫，才总算建成，投入了生产。它到底都生产些什么东西，局外人是不大晓得的。周围的人，只知道它生产碳酸氢氨、硝酸铵和呛得喘不过气来的氨水。这是令人惊奇和欣喜的。那一辆辆又圆又长的油罐车，由火车拖进了厂里，出来的竟是些这么个玩意儿，上到地里，能多打粮食，可见，人是比神仙还要灵得多的啊！于是，这神奇的工厂，便吸引了全县人的目光。那高大的宽阔的厂房，竟像一座座脊梁高耸的山包。那银色的铁塔，雄伟地矗起，它的身上缠满了粗粗细细的虬龙一般的管道。那伸入天际的烟囱，像是一根笔直的竹竿。这些盘来绕去大大小小的管道，起立的铁塔和烟囱，到底隐藏着什么样的奥秘呢？旁观者是不知底细的。人们只知道，它给这古老而平凡的县城，带来了一种亘古未有的奇观，带来了现代的物质文明。县里的风物，在原来的十景之外，又添了一景，叫做“金钏烟云”。因为远远望去，那厂里的塔上，不断地升腾着乳白色的蒸气；那笔直的黛黑色的烟囱上，不停地突突地冒着橙黄色的浓烟，乳白色的蒸气和橙黄色的浓烟，蔚为壮观。假若是在夜晚，辉煌的灯火映着这厂房、铁塔和烟云，这工厂则又是一幅斑斓瑰丽的图景，就像是金钏河畔，突然出现了琼楼玉宇，仙山琼阁一般。有人说，那橙黄色的烟是有毒的。但它却一直就这样地冒着，人们只晓得它色彩鲜丽，对于别的，就不甚深究了。正如有一个人，给大家办了一件大好事，大家因而感激他，景仰他，他即使干了几件小的混蛋事儿，大家也就宽容了他一样。这化工厂不仅仅有着色彩的美，而且有着声音的美。远远地，就会听见它那雄浑的隆隆的歌唱，像是远方旋卷的狂飙，像是夏夜天际隐隐的雷声。据懂一点音乐的人说，它像是美国的黑人歌手罗伯逊敞开了歌喉，又像是在演奏德国音乐家德彪西的交响乐。在这气魄宏大的旋律中间，时不时地响起一下低沉的爆炸声，如同突然敲响的铙钹声一样。这响声，使得这交响乐的节奏显得更为强烈。这声响的真实原因，外人也并未探其究竟，但人们都说，这“声音一响，黄金万两”——出化肥了！总之，这工厂的建成和投产，给这空旷的土地增添了风光，带来了繁荣的景象，也给人们的生活，带来了不少的乐趣，长了见识，开了眼界。

自从这化工厂建成以后，它那神奇的光彩，便吸引了众多的男男女女。那深蓝色的，胸前印着米黄色号码的工作服，简直像古代帝王的仪仗队的服饰一样，显得既威严而又有光彩。谁不想自己也能穿上那么一身呢？每逢招工，凡能跻身于这个行列的，无不是热情奔走，明争暗斗，展开一场激烈的角逐，就像荒原上的狼群在撕咬一只黄羊一样。货架上的茅台酒一扫而空，甚至旧瓶里装上八分钱一斤的醋的假茅台也成了黑市上抢不到手的热门货。“红双喜”烟和云烟卖到三十元一条。糕点包包里装的不是食品而是人民币。一切的关系网恰如一根根灵敏的神经一样，都迅速勃起而且运动起来，比平常兴奋十倍地发挥着它们的能量。那紧张和神秘的劲头，不禁使人想起骰子碗边那些赌徒的眼睛。可惜，幸运儿是没有几个的，尤其是在这个县里。正是因为这样，凡能在这个厂里当工人的本县人，在群众的眼里，简直变成了天之骄子。但是，既然这个厂是建在这个县里，占了这个县的地皮，吃的这个县的粮油，不为这个县的人谋一点利益是不行的。据“参考消息”透露，经过几个回合的较量之后，这腰粗气壮的中央基层工厂，终于做了妥协和让步，协助本县，利用厂里的技术力量和某些原料，办起了一座碱厂。这个县办厂，自然是为本县干部的子弟开门的。招工时虽然免不了有一番热闹，但还是比较容易平衡的。但是，这工厂占的既然是县上的地皮，更直接的，却还是女贞巷的地皮呀！土地，就是他们赖以存活的命根子，既然化工厂能为干部子弟谋利益，为什么就不能为失去土地的女贞巷的农民谋一点儿利益呢？据说，大队干部和贫协代表，并没有通过县上的某些单位，直接就找到工厂领导的办公室去了，开始并不是很顺利的。但农民总有农民的办法。化工厂虽然很大，却依然是女贞巷领土上的一座孤岛。它的周围，除临金钏河的一面外，全是女贞巷的土地。

女贞巷的农民，在大小队干部的支持和唆使下，不断地根据这种或那种理由，制造振振有词的纠纷，弄得厂里不堪其扰，加之厂里原来的工人，大多数站在了同情农民的一边，再说，他们还要扩建，要扩建，女贞巷的领土就是他们难以跨越的障碍。没有办法，他们只好低头了，答应请求有关单位，办一个大集体厂子，将女贞巷的农民，全部由农户转为“副户”。“副户”者，有“馋嘴本本”的城镇居民之谓也，尽管这本本已无形中自生自灭了，但习惯的称谓是难以改变的，正如即使再“革命”，女贞巷的名字无论如何也革不掉一样。

那时，女贞巷由农户要改为“副户”的风声，刮得很大，在县城近二十里的半径以内，曾引起了相当的震动。人们在羡慕女贞巷这特有的幸运的同时，很快引起了一场结亲热，这半径之内的许多人家，以将女儿能嫁到女贞巷为荣。在和别处人谈亲时争多议少，和女贞巷谈亲时却不提价钱，一个个显示了少有的雍容大度，甚至许多年龄不够的，都千方百计地改了岁数，领了结婚证，举行不举行婚礼，先把户口转过去再说，占住了位位，别人是抢不走的。

（选自《女贞巷》，太白文艺出版社 1995 年版）